Franz Hohler
Der Autostopper

Franz Hohler

Der Autostopper

Die kurzen Erzählungen

Mit einem Nachwort
von Beatrice von Matt

Luchterhand

Inhalt

7 IDYLLEN

93 WO?

169 EIN EIGENARTIGER TAG

263 DER MANN AUF DER INSEL

381 DA, WO ICH WOHNE

457 DIE BLAUE AMSEL

551 ZUR MÜNDUNG

647 DAS ENDE EINES GANZ NORMALEN TAGES

IDYLLEN
(1970)

A

B

C

D

E

F

G

H

I

K

L

M

N

O

Ö

P

Q

R

S

Sch

St

T

U

V

W

X

Y

Z

Aarespaziergang

Lue s Bärli, sagt die Mutter am Bärengraben zu ihrem Zweijährigen, während sich drunten im Betonverlies ein zottiger Riese auf die Hinterbeine hebt und das tut, was man von oben als betteln bezeichnet. Träfe man ihn in dieser Haltung auf freier Wildbahn, man erschräke zu Tode, so aber kommt er seiner Pflicht nach, rührend und tolpatschig zu wirken. Ein nußbrauner Diplomat wirft mit zierlichem Schwung einige Rübchen hinunter. Er ist offenbar noch neu in Bern. Das Münster starrt zuversichtlich in den Nebel, und das Bundeshaus thront kahl und unwiderleglich über der Aare. Es ist einig, einig, einig. Beim Dählhölzli stehe ich manchmal vor den Tiergehegen still, grüße ein Wildschwein, das aus irgendeinem Grund den feuchten Boden aufwühlt, aber es beachtet mich nicht. Dabei gehöre ich zur Krone der Schöpfung. Der Kies auf dem Terrain des Gartenrestaurants ist zu sauberen Häufchen zusammengewischt, Tische und Stühle sind keine mehr da, die Birnen sind aus den Fassungen herausgeschraubt. Ein Wegweiser versucht mich zu überzeugen, daß es nach Thun nur 6 Std. 40 Min. sei, aber ich bin sicher, es ist viel weiter. Auf dem Gurten gehen ein paar Lichter an. Ein leerer Lastwagen holpert über den Schachen. Jetzt ist die beste Zeit für Herbstgedichte.

Basel

Ich sitze im Hotel Hecht und schaue auf den Rhein. Am andern Ufer steht die alte Universität, daneben das blaue und das weiße Haus, welches der Basler Regierung für ihre Empfänge dient. Auf einem schmalen Haus direkt gegenüber ist zu lesen

Fritz Richter
Bettfedern
Dampfreinigung

Das Haus ist so schmal, daß zwischen jeder Zeile ein Stockwerk liegt. Daneben ist die Confiserie Spillmann, ich sehe von hier aus, wie sich die Kellner zwischen kuchenessenden Damen durchschlängeln. Der Erker in der Mitte der Rheinbrücke heißt Käppelijoch, früher soll man dort gebetet haben. Über die Brücke gehen Leute, fahren grüne Trams und viele Autos, ab und zu hupt ein Krankenwagen, aber im dichten Verkehr gelingt es ihm nie, so zu rasen, wie man das von einem Krankenwagen erwartet. Alle zehn Minuten fährt unten ein Rheindampfer vorbei, seine Form ist der des Rheines angepaßt, lang und schmal. Flußaufwärts haben viele ein bißchen Mühe, zum Beispiel kam heute ein Schiff mit Sutter-Kies fast nicht vorwärts. Ich frage mich, ob Herr Sutter darüber im Bild ist, vielleicht sollte man ihm telefonieren.

Ich bin hier in Kleinbasel, es sieht ganz so aus, als ob dies von jeher der weniger edle Teil von Basel gewesen sei. Zum Beispiel ist auf der andern Seite der Straße ein Hundebad und links und rechts davon zahlreiche Coiffeurläden (Mod. Haarpflege).

Im Schaufenster des Hundebades sind Metallkämme und Gummibürsten ausgestellt, auch ein Buch »Mein Freund – der Pudel« sowie eine Tafel, daß man hier seinen Hund trimmen und scheren lassen könne. Ein Haus weiter arbeitet ein tschechischer Emigrant an Bildern zu einem Kinderbuch, das noch kein Verlag angenommen hat. Das ist mir unverständlich, denn das Kinderbuch ist von mir. Man findet hier viele verblaßte Aufschriften wie Eis-Fabrik, Tapeziererwerkstätte, Schildermalerei. Wo früher eine Leder- und Fellhandlung war, bietet heute der Casanova-Discount als Sensation eine dreiteilige Bettumrandung an. Auf einem Restaurantschild steht der Untertitel »Maison meublée«, und das Männerheim der Heilsarmee ist ab 23 h geschlossen. Es befindet sich ganz in der Nähe der Staatlichen Arbeitslosenkasse, welcher auch das Einigungsamt angegliedert ist. Trödlerläden versuchen mit vollgestopften Schaufenstern auf sich aufmerksam zu machen, »Antiquariat und Leihbibliothek« heißt ein Geschäft, dessen Schlager mit Bleistift auf ein gehäuseltes Papier geschrieben ist:

außerordentlich günstige Gelegenheit
Liebesromane
3 Stück = 10 Rappen

In einem andern Schaufenster habe ich alte Jahrgänge einer Zeitschrift für Eisenbahnamateure gesehen. Das hat mich daran erinnert, daß ich einen geschiedenen Onkel habe, der sich seit Jahren nur noch mit Eisenbahnen beschäftigt. Als ich ihn das letztemal sah, sagte er mir, er arbeite sich jetzt gerade durch die schottischen Lokomotiven der Jahrhundertwende durch. Damit das auch etwas mit Basel zu tun hat, füge ich noch bei, daß solche Leute nie in Kleinbasel wohnen würden.

Chur

Chur ist die Hauptstadt des Kantons Graubünden. Dieser Kanton hat von der ganzen Schweiz die höchsten Ausgaben für Schulbücher, denn er gibt sie in sieben Sprachen heraus, in deutsch, italienisch und den fünf Formen des Rätoromanischen.

Chur ist so etwas wie eine alpine Stadt, obwohl der Calanda mit seinen 2800 Metern noch nicht als Alpengipfel gilt. Der Wald am Calanda hat einmal gebrannt, vor etwa 25 Jahren, das habe ich letzten Sommer im Safiental bei einem Gespräch unter Pilzsammmlern gehört.

In Chur steigt man um, wenn man ins Bündnerland in die Ferien fährt, die rhätischen Bahnen haben eine andere Spurweite. Ich bin dutzendemale in Chur umgestiegen, bevor ich das erstemal durch die Stadt ging. Durch den Teil, der als sehenswert gilt, führen rote und blaue Fußabdrücke als Wegweiser.

Ich kenne zwei Schauspieler, die aus Chur kommen, der eine lebt in Zürich, der andere kämpft in einem Kölner Kabarett für den Sozialismus. Der Churer oder überhaupt der Bündner Dialekt gehört in der Schweiz zu den beliebtesten Dialekten, aber ich bin froh, daß ich ihn nicht spreche, denn er verpflichtet einen zur Urchigkeit.

Wer in Graubünden nicht Romane ist, ist Walser. Das sind deutschsprachige Kolonisten aus dem Wallis, die vor etwa tausend Jahren in dieses Gebiet auswanderten und heute Gegenstand volkskundlicher Untersuchungen sind. Die Gewährsleute dieser Untersuchungen sind verrunzelt und freundlich; wenn man echtes Volksgut sucht, fragt man immer die Alten. Die meisten von ihnen haben Blutgruppe 0, wie alle richtigen Urvölker.

In einem Buch über die Walser habe ich den Satz gelesen: »Wo der Walserlaut noch erklingt, ist Walserheimat – *Walsertum ist Sprachvolkstum!*«

Aber auch die Romanen eignen sich für Untersuchungen, vor allem ihre Sprache. Man tut gut daran, einem Bündner gegenüber zum Beispiel das Surmeir nicht als Dialekt zu bezeichnen; ich kenne einen Herrn aus Filisur, der mir sagte, er spreche eine Sprache, die außer ihm nur noch sieben oder acht Menschen sprächen. In Chur wird ein Dictionnaire der gesamten rätoromanischen Sprache herausgegeben. Jedes Jahr erscheint ein neues Heft, im Moment steht man beim Buchstaben d. Unter a war ein ganzes Heft der Wortgruppe »pflügen, Pflug« von lateinisch arare gewidmet. Einen Linguisten packt eine leise Wehmut, wenn er einen Bergbauern mit einer Mähmaschine sieht.

Chur hat auch ein Stadttheater, das von Januar bis April ein eigenes Ensemble mit eigenen Inszenierungen unterhält, ab und zu gelingt es einem unbekannten Schriftsteller, ein Stück aufführen zu lassen, das die andern Schweizer Bühnen abgelehnt haben. Bertolt Brecht hat hier vor zwanzig Jahren seine Antigone inszeniert.

Dann kenne ich noch zwei Oltner in Chur. Der eine ist Redaktor und lebt mit seiner Mutter zusammen, die er immer mitnimmt, wenn er umzieht, der andere, ein junger Deutschlehrer, fuhr letzten Frühling mit dem Auto über die Furka und wurde von einem Felsbrocken totgeschlagen, weil man ihn bei einer Sprengung nicht gewarnt hatte.

Dorf in Böhmen

Sicher ist es von allgemeinem Interesse, wenn ich einmal ein böhmisches Dorf beschreibe. Ich fange deshalb ohne Umschweife an.

Meistens sind die böhmischen Dörfer locker gebaut und haben etwas Zufälliges. Es ist nicht zwingend, daß sie dastehen und daß sie gerade so dastehen, man kann ihnen nichts nachweisen, sie tun nichts, um sich einem einzuprägen. Sie glauben so wenig an sich selbst, daß man kaum an ihre Existenz glaubt. Wenn man in einem böhmischen Dorf eine Panne hat, tauchen lautlos ein paar Kinder auf und schauen lautlos zu, wie man damit fertig wird.

Auf der Ortstafel steht etwas wie Kněžvice oder Štrbov, und daneben liegt der Feuerweiher. Ob er künstlich oder natürlich ist, läßt sich bei den wild überwachsenen Ufern nicht sagen, Holderbüsche hängen hinein, oder Weißdorn, vielleicht auch Schwarzdorn, der soll ja noch weißer sein. Weil es nie brennt, ist der Spiegel völlig mit Algen überzogen und liegt da wie eine verrostete Maschine. Was nach der Ortstafel kommt, läßt sich nicht voraussagen. Vielleicht ein Hof, ein richtiger Hof, mit einem Hof in der Mitte. Sicher ist: man sieht keinen Menschen. Es könnte auch gleich der einzige Laden des Dorfes kommen, ohne Schaufensterchen, nur mit der Aufschrift »smíšení zboží«, was man mit »Colonialwaren« übersetzen müßte. Sicher hat es auch eine Wasserpumpe, eine böhmische Wasserpumpe, vielleicht zwei oder drei. Es ist nicht möglich, das Gemeindehaus ausfindig zu machen, und weil niemand da ist, kann man auch niemanden fragen. An den Telephonmasten hängen Lautsprecher, immer zwei und zwei, aber man zweifelt, ob es hier etwas zu verkünden gibt. Möglicherweise ist im Dorf eine Abzweigung, auf einer Art Platz, wo zum Beispiel ein Schulhaus steht, das man an seinen hohen Fenstern und den zwei rostigen Kletterstangen erkennt. Irgendwo hängt an einem krummen Holzgestell eine Feuerglocke, die jeder ziehen kann, ohne eine Scheibe einzuschlagen. Obwohl es hier Bauern geben muß, sehen die Häuser nicht bäuerlich aus. Die Kirche ist eine Mutprobe, sie kann jeden Augenblick zusammenfallen. Manchmal steht in einer Nische über dem Portal ein Heiliger und schaut mit zerbröckelndem Blick zum Himmel, die Hand auf der Brust. Er heißt Wenzel.

Ein paar unordentliche Gärten mit Dahlien und Rhabarbern, ein paar Gänse, und das Dorf ist zu Ende. Man versucht noch einmal den Namen zu wiederholen und buchstabiert schon den nächsten.

Endingen

E

(Gespräch mit einem jungen Autostopper)

Ich: So, Si chöme vo Endinge? Dasch dört, wo früecher d Jude gwohnt hei.

Er: Jo.

Ich: Hets hütt no?

Er: Fasch keini me. Z Lengnau hets no nes Altersheim mit Jude.

Ich: Und wohne vill drin?

Er: Öppe hundert Schtück.

Friedhof

Mitten in den Häusern von Schwabing ist ein Stück Hoffnung ausgespart, der alte Nordfriedhof. Er ist schon längst nicht mehr in Betrieb, aber man hat ihn stehengelassen, weil verwitterte Marmorplatten und halb geneigte Grabsteine unter großen Weiden etwas Beruhigendes haben. Der Tod wirkt hier nicht mehr so frisch, man hat das Gefühl, auch er sei vergänglich. Seine Opfer sind zum Teil schon unleserlich geworden, beklagt werden sie von niemandem mehr, nicht einmal die in Granit gehauene Apothekenbesitzerswitwe. Das einjährige Weinhändlerskind wäre jetzt 104 Jahre alt, wahrscheinlich ist es doch besser, es ist gestorben. Oder der unaufhaltsame Aufstieg der Familie Moser, dargestellt auf einer Grabplatte in 6 Abschnitten:

1. Frau Moser   Forstratsgattin
2. Frau Moser   Oberforstratsgattin
3. Frau Moser   Prakt. Arztensgattin
4. Frau Moser   Professorsgattin
Intermezzo: Ein kleiner Moser stirbt als Hauptlehrerssöhnchen
5. Frau Moser   Regierungsratsgattin

Und alle wollen in den Himmel.

Gelsenkirchen

Gelsenkirchen ist nichts für Reiseführer. Diese bevorzugen übersichtliche Städte mit gut erhaltener Altstadt, einigen bemerkenswerten Fachwerkbauten und dem Dom aus dem 14. Jahrhundert (spätgotischer Altar im rechten Seitenschiff). Gelsenkirchen besitzt nichts von alledem, ist aber trotzdem eine Stadt. Wenn man von der Autobahn her kommt, weiß man nicht, soll man links, rechts oder geradeaus fahren, denn überall geht es nach Gelsenkirchen. Der fehlende Stadtkern wird durch ein reiches Angebot an Stadtteilen geschickt vertuscht, Gelsenkirchen-Buer, Gelsenkirchen-Horst, Gelsenkirchen-Schalke, Gelsenkirchen-Erle – vor allem Schalke hat etwas Listiges. Da die Stadt laut Baedeker »im Herzen des Ruhrgebiets« liegt, ist sie von anderen Städten wie Oberhausen oder Wanne-Eickel nicht recht zu unterscheiden, es gilt Debussys Ausspruch über Wagners Musik: »Ça ne commence pas, ça ne finit pas, ça dûre seulement.«

Alles, was es ist, verdankt es den karbonen Kohlenflözen unter seinem Boden, aber in der Werbeschrift der Stadt steht, daß Gelsenkirchens rustikales Image als Kohlenstadt längst unzutreffend ist. An seine Stelle ist eine mobile Infrastruktur und eine wohlüberlegte Steigerung des tertiären Sektors getreten, was immer das bedeuten mag. Auf einer Fahrt durch Gelsenkirchen werden einem verschämt ein paar Zechentürme und Raffinerien gezeigt, man streift einige Kanäle und Hafenanlagen, vernimmt, daß 70 Prozent des deutschen Treibstoffs hier hergestellt werden, daß aber jetzt weniger die Kohle, sondern die Chemie und das Glas, und dann kommen die Grünanlagen. In Gelsenkirchen ist die Natur das Unnatürliche. Sie wird deshalb wie etwas sehr Seltenes gezeigt und in ihrer Entwicklung nicht dem Zufall überlassen. So wurde das Wäldchen an der Uhlenbrockstraße in Scholven/ Bergmannsglück kürzlich vom Oberbürgermeister den Bewohnern als neue Erholungsstätte übergeben. Nachdem es die Stadt gekauft hatte, wurde es erst einmal gründlich durchforstet, es wurden 870 Meter neue Wege angelegt, und vier Eingänge sorgen für einen geordneten Besucherverkehr. Für die Kinder gibt es eine Spielecke und für die Invaliden verschiedene Skattische. So hat jeder sein Plätzchen, oder korrekter gesagt, seine Zone, denn jede rechte Grünanlage ist in Zonen unterteilt, zum Beispiel Geselligkeits-, Bade- und Spielzone, oder Zone für Begegnungen älterer Menschen. Alle Grünanlagen zusammen bilden die sogenannte Grüne Lunge, mit der das Herz des Ruhrgebiets am Leben erhalten wird.

Da ich von Industrie nichts verstehe, kann ich weiter nicht mehr viel über Gelsenkirchen berichten. Es gibt hier eine Kreisgruppe des Bundes hirnverletzter Kriegs- und Arbeitsopfer e. V., sowie den Verband bergbaugeschädigter Haus- und Grundeigentümer. Das Theater ist ein großer Glasbau, und ein Herr Riebe organisiert in der Aula der Bildungsanstalt für Frauenberufe Casinokonzerte. Wie in jeder deutschen Stadt gibt es auch hier einen Branddirektor und mehrere Oberbrandräte. Die Zentralstelle für den Bergmannversorgungsschein befindet sich an der Vattmannstraße, aber ich weiß nicht, wer Vattmann war.

Doch, wie gesagt, auch der Reiseführer ist solchen Orten gegenüber, in denen bloß gewohnt und gearbeitet wird, ratlos. Er spielt ein paar triste Backsteinbauten hoch und geht dann rasch zu Göttingen über, dort gibt es anständige Fachwerkhäuser und einen Gänselieselbrunnen.

Herisau

Das Casino ist ein gemeinnütziger Bau mit hohen Fenstern, 1838 erstellt und seither für kulturelle Zwecke benutzbar, beispielsweise spielt das Bernhard-Theater nächste Woche den Schwank »Der Pantoffelheld«, das Plakat verspricht Lachen! Lachen! Lachen! Auch der Jodlerklub probt hier, er ist gestern am Stammtisch gesessen; vor allem ist mir ein Mädchen mit aufgesteckten Haaren aufgefallen, von dem ich das Gefühl hatte, wenn es jodle, töne es ein bißchen gewürgt.

Herisau ist keine Stadt, aber auch kein Dorf. Eine größere ländliche Siedlung mit zentralen Funktionen gilt laut Schweizer Lexikon als »Flecken«. Trotzdem würde niemand die Frage stellen: Aus welchem Flecken kommen Sie?

Am Barometerstand von Herisau steht gleich neben der Höhenzahl eine Distanztabelle, Paris 537 km, Berlin 640 km, Rom 665 km, Wien 535 km, Herisau ist ungefähr in der Mitte. Die Höhe über dem mittelländischen Meer ist mit 777 m angegeben. Die appenzellischen Hauptplätze haben immer etwas Piazzahaftes, obwohl viele Wirtschaften »Schäfli« heißen. Auch fällt einem auf, wie viele Fenster die Häuser haben, oft sind sogar die Außenwände zwischen den Stockwerken nochmals in Form von Fenstern gebaut.

Wenn man in Herisau eine Anspielung auf Sau macht, wird man darauf hingewiesen, daß der Ort einen balkentragenden Bären im Wappen hat, wahrscheinlich ist es der, der dem Hl. Gallus geholfen hat, seine Zelle zu bauen. Für die Etymologie der Ortsnamen ist übrigens Professor Sonderegger zuständig, er hat sich mit zwei Bänden über die Orts- und Flurnamen des Kantons Appenzell habilitiert und hält seither in Zürich donnernd und knirschend Vorlesungen über altgermanische Probleme. Die Meglisalp muß einmal einem gewissen Megelin gehört haben. Der netteste Herisauer ist mit Abstand Herr Näf.

Ignaz Heim-Platz

Darunter kann sich niemand etwas vorstellen. Man muß sagen »Pfauen« oder »Kunsthaus«, wenn man sich einem Zürcher verständlich machen will. Das liegt vielleicht daran, daß man gar nicht merkt, daß es sich um einen Platz handelt, und wenn man es merkt, denkt man bei seinem Anblick nicht an Ignaz Heim, um so mehr, als man nicht weiß, wer Ignaz Heim war. Da sein Denkmal direkt hinter dem Kiosk- und Bedürfnishäuschen steht, kommt man auch nicht auf die Idee, es anzuschauen.

Es ist überhaupt nicht üblich, sich auf diesem Platz irgend etwas anzuschauen. Manchmal sieht man Fremde vor dem Kunsthaus stehenbleiben und den Kopf über die Aufschrift von Rodins »Jüngstem Gericht« beugen, aber wenn sie gesehen haben, daß es kein Original ist, gehen sie erleichtert weiter. Das Kunsthaus selbst ist ein düsteres Gemisch aus einem Jugendstilbahnhof und einem Freimaurertempel. Es besteht aus einem länglichen und einem klotzigen Teil; die Nischen zwischen den Fenstern des länglichen Teils sind durch allegorische Figuren belebt, während der klotzige Teil von drei großen Darstellungen zum Thema »Mensch und Pferd« dominiert wird. Die Fenster sind ziemlich hoch, Bilder brauchen Licht, wie wir alle. Im linken Ende des Kunsthauses ist die Bank Leu untergebracht, zwei Messingtafeln flankieren den Eingang: »Change« und »Cambio«. Der neue Anbau des Kunsthauses ist das einzig wirklich schöne Haus am Platz. Es ist ein nüchterner Pfahlbau, darunter befindet sich ein Restaurant, in dem man sich von einer Ausstellung oder einem Theaterbesuch mit Sardellenbrötchen erholen kann, und das ganze Trottoir davor ist mit großen Steinfliesen ausgelegt.

Solche aufwendigen Sachen bezahlt in Basel die Chemie und in Zürich die Familie Bührle.

Der ganze Platz läuft fast versehentlich auf das Schauspielhausgebäude zu, das sich mit einer zerschlissenen Fassade gegen diese Ehre wehrt. Ein dreistöckiges Haus mit zwei Erkertürmen und einem leicht vorgeschobenen Mitteltrakt, im Giebelfeld ein eiförmiges Zürcher Wappen und zwei Füllhörner aus Stein, über dem Haupteingang die Aufschrift »Schauspielhaus«, links davon in gleicher Höhe »Blumen in alle Welt« und rechts »Buchhandlung«. Die ganze linke Fassadenhälfte hat man übrigens zu Reklamezwecken vermietet, man liest darauf »besser informiert – Neue Zürcher Zeitung«. Besser als wer steht nicht, vielleicht ist das Schauspielhaus gemeint.

Davor ist eine Tramhaltestelle, Nummer 5, 8 und 9, Drähte hangen herum, die ihrerseits wieder von quergespannten Drähten gehalten werden, die parallelen Drähte einer Trolleybuslinie kreuzen sie, Autos fahren in sechs Richtungen um die Asphaltinsel, welche das Zentrum des Platzes bildet, mit ein paar Bäumen, roten Bänken, einem Taxistandplatz und drei Telephonkabinen, die immer besetzt sind. Auch eine Säule ist da, über welche man die Polizei rufen kann, Hebel kurz drücken, Meldung abwarten, heißt es darauf, wenn man also eine Meldung hat, muß man zuerst die andere Meldung abwarten; ferner ein Kiosk, ein dorischer Kiosk, den Säulen nach zu schließen, aber mit einem Dachreiter auf dem First. Der hintere Teil davon dient als WC, an einer Tür hat es ein Täfelchen mit einer Frau drauf, an der andern Türe nicht, dafür zeigt die abgewetzte Stelle in Bodennähe, daß diese Tür öfters mit dem Fuß aufgestoßen wird, hier verkehren also die Männer.

Rechts gegenüber vom Schauspielhaus steht das Pianohaus Jecklin, bedeutend besser im Stand gehalten, weil es einem Privatmann gehört, und links gegenüber ein vierstöckiges Eckhaus, das aus der Pionierzeit des Wohnblockbaus stammt, mit durchgehenden Balkonen auf die Sonnen- und Lärmseite und dem Titel »Haus am Heimplatz«. Vis-à-vis vom Kunsthaus schließlich befindet sich der Turnplatz der Kantonsschule, eingerahmt von zwei brüchigen Turnhallen, man hat das Gefühl, schon ein Medizinball könne sie zum Einsturz bringen. Die eine erinnert an einen Schlachthof und die andere an die Maggifabrik Kemptthal, sie wirkt wie aus Suppenwürfeln gebaut.

Der Kern des Platzes ist mit einer Buchshecke gegen das Pissoir abgeschirmt und besteht aus einem kleinen Stück Boden zuinnerst auf der Asphaltinsel, das ganz mit Lorbeer bepflanzt ist. Darum herum stehen ein paar Bänklein, den Straßen zugewandt. In der Mitte des Lorbeerbeetes erhebt sich ein mannshoher Sockel, auf welchem der Kopf von Ignaz Heim in Gips aufgespießt ist. Er dreht dem Schauspielhaus den Nacken zu und blickt unverwandt, aufrichtig und anerkennend zum Bührle-Neubau hinüber. Laut Inschrift war er ein hochverdienter Förderer des Volksgesangs von 1818–1880, und er sieht aus, als ob er nur in C-Dur komponiert habe. Da ich noch zwei Gesangbücher meines Großvaters besitze, Eidgenoss I und II, kann ich nachweisen, daß dieser Eindruck täuscht. So ist zum Beispiel sein Lied »Schweigsam treibt ein morscher Einbaum« in As-Dur.

Koblenz

In Koblenz fließen Rhein und Mosel zusammen. Die Stelle heißt »Deutsches Eck« und wird von einem unglaublich häßlichen Bunker dominiert, auf dem die Worte stehen

> Nimmer wird das Reich zerstöret,
> Wenn ihr einig seid und treu.

Auf dem Bunker stand vormals eine Reiterstatue, die aber inzwischen zerstöret wurde.

Luzern

In Touristenstädten bin ich am liebsten, wenn keine Touristen da sind und man nur die Städte sieht.

Das Seilbähnchen auf den Gütsch, das ich gerne benutzt hätte, ist »bis März eingestelt«, das Panorama mit der glorreichen Entwaffnung der Bourbaki-Armee ist mit Rolladen geschlossen, und die beiden rostigen Brausen, die aus dem asphaltierten Teichboden des Löwendenkmals starren, haben etwas Unanständiges. Nur an der Tür des großen Souvenirladens mit den geschnitzten Älplern und den Bronzelöwen hängt ein Schildchen OPEN.

In der Chemie wurde mir erklärt, daß es Elemente gibt, die bildlich gesehen noch freie Stellen hätten, an denen sich andere Teilchen niederlassen können, und so werde das ganze zu einer Verbindung. Luzern ist auch so eine Stadt, sie wird erst mit den Fremden vollständig. Wenn eine Metzgerei Ochsenmaul für 60 Rp. pro 100 g ausschreibt, wirkt das geradezu untypisch. Der Pilatus gibt sich keine Mühe und ist immer halb in den Wolken. Auf der Kapellbrücke steht niemand mit steifem Nacken da, und plötzlich entdeckt man ihre Nützlichkeit. Man kann darauf von einem Ufer der Reuß zum andern gehen.

Eine Firma für Rammarbeiten geht am Lido ihren Rammarbeiten nach. Daß Hauptbahnhöfe eine Kuppel haben, muß aus den Jahren kommen, wo der Fortschritt etwas Heiliges war.

Wozu ein Grand Hotel da ist, merkt man erst, wenn es keine Gäste hat. Am vornehmsten soll der »Schweizerhof« sein, Karajan steigt hier ab, wenn er in Luzern dirigiert. Damit er weiterhin hier absteigt, hat ihm die Stadt Luzern kürzlich ihren Kunstpreis verliehen. Ich war auch einmal im »Schweizerhof«, an einem Presseball. Es gab ein kaltes Buffet, wie man es nur von Rubensbildern kennt, die Hälfte mußte wieder weggetragen werden. Das Tanzorchester konnte derweilen verschnaufen, und die Musiker bekamen eine Cervelat mit einem Stück Brot. Die Hotellerie ist überhaupt sehr mächtig. So gibt es wunderbare Bahnverbindungen nach Luzern, aber wenn man nach einer Abendveranstaltung von Luzern wegfahren will, sei es nach Bern, Basel oder Zürich, stehen nur ein paar verdrückte Bummelzüge mit Milchkannen und Postsäcken herum.

Ich lebe hier in angenehmer Passivität und genieße das Gefühl, im Februar ein Fremder zu sein und im leeren Uhrenladen mit einem lüsternen »Good morning« angesprochen zu werden, obwohl ich nur den Sekundenzeiger reparieren lassen muß. Ein Kritiker bedauert das Sakrileg meiner Hamlet-Parodie. Meine Frau hat sich beim Reiten den Fuß verstaucht und gestern bei einem Beleuchtungsfehler »verdammt« geflüstert. Der Nachtzuschlag bei Apotheken heißt Noctu und beträgt drei Franken.

Männedorf

Geschäftiges Leben im Dorfkern, gefällige Eigenheime und weitverstreute, behäbige Bauernhöfe geben Männedorf das Cachet einer blühenden Zürichsee-Gemeinde und lassen die Nähe des allmählich zur Groß-Stadt heranwachsenden modernen Zürich vergessen.

Dieser Satz steht im Prospekt des Verkehrsvereins, und es läßt sich nicht viel gegen ihn sagen. Ich bewohne hier ein gefälliges Eigenheim, das in der Nähe eines weitverstreuten Bauernhofes liegt. Der Bauer heißt Reithaar, ist sechsundachtzig und macht noch alles selbst. Er ist klein und freundlich und erzählt mit Freude, woran der frühere Besitzer unseres Hauses gestorben sei, de het zvill gfrässe. Wenn Herr Reithaar auf den Kirschbäumen steht, hat man nicht das Gefühl, daß er zuviel esse. Er hat zwei Kühe, aber wie alle alten Zürcher Bauern läßt er sie nie aus dem Stall.

Es gibt hier eine Kirchgemeinde und eine römisch-katholische Kirchgemeinde. Auf jedem weitblickigen Hügel steht ein Bibel- oder Erholungsheim, auch Waisenhäuser und Eingliederungsstätten für Behinderte, nur das Altersheim liegt ein bißchen im Schatten, das kommt aus der Zeit, wo alt werden noch eine Schande war. Das Gemeindehaus hat vor dem Eingang zwei dicke Säulen, die ein Vordach tragen, auf welchem zwei Urnen stehen. Es ist mit »Gemeindehaus« angeschrieben. Briefe aus dem Gemeindehaus beginnen mit der Anrede »Werter Herr!« und enden mit freundl. Grüßen. Wenn sich um einen Sitz in der Schulpflege ein unverheirateter Kanzlist und eine Mutter von sechs Kindern bewerben, dann wird der unverheiratete Kanzlist gewählt, weil er bei der demokratischen Partei ist. Die Gemeindeversammlungen sind gut besucht, ab und zu wird ein Kredit für eine Bushaltestelle angefochten, den man aber doch annimmt. Jedes Jahr bekommt man einen detaillierten Rechnungsabschluß der Gemeinde zugestellt, in dem man genau nachlesen kann, wieviel ausgegeben und eingenommen wurde. Das längste Wort darin heißt Kadaververnichtungsgebühren, diese betrugen im Jahr 1968 Fr. 1461.–. Auffällig ist, wie in solchen Berichten das ganze Dorfleben in verschiedene Wesen aufgeteilt ist, das Geburtswesen, das Schulwesen, das Straßenwesen, das Bestattungswesen, das Friedhofwesen. Unter einem Friedhofwesen stelle ich mir etwas vor, das nachts über die Gräber schleicht.

Männedorf liegt am rechten Ufer des Zürichsees und gilt in den Liegenschaftsinseraten als schöne Wohnlage. Die Entfernung von Zürich wird in Autominuten angegeben, bei Männedorf heißt es: 20 Autominuten von Zürich. Ein großer Teil der Leute, die hier wohnen, wollte eigentlich in Zürich wohnen, wurde aber durch die Wohnungsknappheit hierher abgedrängt und nimmt nun das Glück eines ruhigen Landlebens auf sich. Natürlich gibt es auch Leute, die im Dorf arbeiten, vor allem Orgelbauer, Ledergerber und Alarmtechniker. Von diesen Leuten kenne ich niemanden. Orgelbauer stelle ich mir bleich, mager und leicht durchgeistigt vor, aber mit sehnigen Händen. Das ist wahrscheinlich falsch, denn ich habe hier noch nie jemanden angetroffen, der so aussieht. Die Gerberei hat, wie ich dem 25jährigen Jubiläumsbericht entnehme, in den letzten Jahren vermehrt auf hochmolekulare Polyäthylene umgestellt, riecht aber trotzdem nach Häuten.

Wenn ich krank bin, nehme ich die Hilfe eines Landarztes in Anspruch. Wie Herr Reithaar macht er noch alles selbst, und bei schwierigen Fällen wird er nicht kleinlaut, sondern fröhlich, was auf den Patienten sehr beruhigend wirkt. Ein Spital hat es auch, man sieht oft Krankenschwestern mit verschränkten Armen und über die Schultern geworfenen Jäckchen durchs Dorf gehen, manchmal stirbt hier ein Prominenter, weil das Spital für seine persönliche Pflege bekannt ist.

Da ich aber nicht mit etwas Traurigem schließen möchte, erwähne ich noch Schwester Rösli. Ihr Mann ist Bahnhofvorstand und spielt in der Freizeit mit Modelleisenbahnen.

M

Nachrichten aus den Gemeinden

Arni
Abschied

mw. Unter großer Anteilnahme der Bevölkerung wurde in Biglen Johann Albrecht Bühlmann zu Grabe getragen. Als Briefträger brachte Albrecht Bühlmann frohe und traurige Post in die Familien. 1962 wurde er pensioniert. Er erkrankte an einer schweren Lungenentzündung, von der er nicht mehr genas.

Attiswil
Lindenmättelifest

bg. In Scharen zogen die Attiswiler zu Fuß, im bequemen Car oder sonstwie motorisiert aufs Lindenmätteli. Das populäre Fest der Musikgesellschaft eröffnete Pfarrer Kübler mit einer gehaltvollen Bergpredigt. Eine besondere Note verliehen dem Anlaß die 37 anwesenden Teilnehmer der Klassenzusammenkunft der Jahrgänge 1916, 1917 und 1918. Nach dem einfachen Mittagsmahl unterhielten die Musikanten die vergnügte Gesellschaft mit einem schneidigen Ständchen. Zur Fortsetzung spielte die Kapelle Schütz zur Freude der Tanzlustigen auf.

Dotzingen
Adventsfeier für die Betagten

ff. Wieder lud der Gemeinnützige Frauenverein die 80jährigen zu einer frohen Adventsfeier in das zu diesem Zwecke liebevoll geschmückte Versammlungssäli ein. Besinnliche Worte sprachen zu den zahlreich erschienenen Betagten Pfarrer Schmid und dessen Gattin sowie die Gemeindekrankenschwester Emma. Die Organe des Frauenvereins sorgten für das leibliche Wohl.

Herzogenbuchsee
Kaninchen-Ausstellung

ku. Der Ornithologische Verein Herzogenbuchsee und Umgebung veranstaltete in der Turnhalle des Primarschulhauses eine Lokalschau zusammen mit der Silberklub-Gruppe Bern. Gegen 500 prächtige und gepflegte Kaninchen waren zu bewundern.

Schüpbach
Konzert und Theater

Ge. Der Arbeiterverein Signau bot im »Kreuz« ein abwechslungsreiches Unterhaltungsprogramm. Mit ihrem natürlichen Auftreten und den hellklingenden, melodiösen Stimmen eroberten sich die Geschwister Oberli – Edith, Sylvia und Rita – rasch die Gunst des Publikums. Ein nettes Ständchen brachte die »Rundermusik«. Diese rührige Bläsergruppe aus dem Dorf stellte sich damit erstmals öffentlich unter dem neuen Namen, der an den alten Brauch des Rundens erinnert, vor. Dic sechs Musikanten haben sich zum Ziel gesetzt, die gute Volksmusik zu pflegen. Auch das Jodler-Duo »Bärg und Thal« (Signau) war bis heute vielen unbekannt. Wie es einem jungvermählten Paar ergehen kann, wenn es seine Flitterwochen in einem »Bedli« verbringen will, erfuhren die Zuschauer durch das Lustspiel »Im Guldebachbedli«, einem Einakterchen von F. Wenger-Knopf.

Uetendorf
Offener Abend

of. Der zweite »Offene Abend«, zu dem der Kirchgemeinderat und die beiden Pfarrämter einluden, war diesmal eher schwach besucht. Frauen fanden sich nur wenige ein. Einige Mitbürger, darunter auch Frauen, hielten die einleitenden Kurzreferate zum Thema »Politik – ohne mich?« Dann setzte man sich in der nachfolgenden Diskussion, geleitet von Pfarrer U. Hutzli, mit dieser Frage auseinander, wobei verschiedene Auffassungen zum Ausdruck kamen.

Wichtrach
Weihnachtskonzert

ng. Das Konzert in der Kirche stand ganz im Zeichen der Adventszeit. Alice Jucker-Baumann bewies einmal mehr, daß sie eine erstklassige Künstlerin ist; ihre Orgelvorträge weisen sich über große Ausdruckskraft aus. Ferner verkündete Nelly Winnenwisser-Pickel mit ihrer klaren Altstimme den Besuchern die frohe Botschaft, die von Walter Hugs Violinspiel umrahmt wurde. Den Höhepunkt bildete der Vortrag des »Bereite Dich, Zion«, Rezitativ und Arie aus dem Weihnachts-Oratorium von J. S. Bach für Alt, Violine und Orgel.

N

Olten

Im Winter ist die Aare voll Möwen. Sie schwimmen, fliegen, flattern, krähen, ziehen Bogen, und zuletzt setzen sie sich meistens auf den First der Alten Brücke. Es gibt Verhaltensforscher, die wissen, was eine Möwe meint, wenn sie kräht, flattert oder einen Bogen zieht. In Olten gibt es keine Verhaltensforscher, für die Oltner sind die Möwen einfach ein kreischender Haufen. Wenn sie zum erstenmal im Jahr da sind, kommt am nächsten Tag ein Bild in der Zeitung mit dem Titel »Die Möwen sind da!« und einer melancholischen Betrachtung über den Winter. Am liebsten fliegen sie um die Holzbrücke herum.

Warum hat es in der Schweiz so viele gedeckte Holzbrücken? fragte mich einmal eine Ausländerin. Ich wußte es nicht, mir war das noch nie aufgefallen. Dabei sind Holzbrücken etwas Bemerkenswertes, es fällt einem sofort auf, wenn es wo eine hat, hingegen empfindet man es nicht als Mangel, wenn es wo keine hat, man ruft dann nicht aus: »Schau mal, hier hat es keine Holzbrücke!« Das ist mit den meisten Sehenswürdigkeiten so.

Olten hat einen Stadtarchivar, der immer wieder in Vorträgen mit Lichtbildern auf die verborgenen Schönheiten dieser Stadt hinweist.

Aus einem seiner Vorträge weiß ich noch, daß das Haus, in dem der Zahnarzt Champion seine Praxis hat, ganz früher das Schulhaus war. Der Zahnarzt meiner Mutter ging einmal nach Indien auf die Elefantenjagd, nachdem er mir einen Nerv getötet hatte. Ich ging dann zu einem andern, der ging nach Ungarn auf die Jagd und haßte die Juden.

Olten liegt am Jurasüdfuß. Als Kind habe ich mir diesen Fuß

43

immer vorgestellt, wenn er in den Wetterberichten auftauchte, er bestand aus gigantischen, fleischigen Zehen, die nach Süden blickten. Olten liegt am Zusammenfluß der Aare und der Dünnern. Die Aare stinkt ein bißchen, was auch begreiflich ist, wenn man bedenkt, daß die ganze Kanalisation der Stadt hineinfließt. An der Dünnernecke stehen meistens ein paar Fischer, aber sie fangen nie etwas; der Reiz des Fischens soll ja auch nicht im eigentlichen Fischfang bestehen.

Olten ist ein Eisenbahnknotenpunkt. Hier verknotet sich das schweizerische Bahnnetz. In den meisten Schulklassen gibt es Kinder, deren Väter Lokomotivführer sind. Einmal ist einer ertrunken, der Vater einer Schulkameradin, was mich damals sehr beeindruckte. Irgendwie hatte ich geglaubt, Lokomotivführer stürben nur bei Eisenbahnunglücken oder pensioniert. Da, wo wir wohnten, lebte im untern Stock ein pensionierter Eisenbahner. Er war Depotchef gewesen, was er immer als Döpochef aussprach, hatte Arthritis und schenkte meinem Bruder und mir alte Briefmarken. Manchmal erzählte er ein bißchen aus seinem Leben, ich erinnere mich nur noch an die Geschichte von einem Bahnarbeiter, der sich beim Rangieren das Bein gebrochen hatte. Herr Gügi, der Depotchef, wollte nach Italien reisen und besuchte vorher noch diesen Mann im Spital, und der sagte zu ihm: »Wenn dir umechömet, bin i nümme do.« Herr Gügi sagte jawoher, das sei doch bloß ein Beinbruch, aber als er zurückkam, war der Mann gestorben. Seither fürchte ich mich ein bißchen vor Beinbrüchen.

Auch im Haus neben uns wohnte ein pensionierter Eisenbahner, ich fragte ihn einmal, als ich für einen Wettbewerb wissen sollte, welche schweizerischen Bahnhöfe in Deutschland liegen. In Olten findet man immer Leute, die solche Fragen beantworten können. Aber sonst hatte ich keine große Beziehung zur Eisenbahnwelt, ich wußte nie, wieviel Achsen eine Lokomotive hat. Im »Dampfhammer«, der Kantine der SBB-Werkstätten, hatte ich einmal in einem Krippenspiel den Joseph gespielt.

Mein Vater ist jetzt schon mehr als zwanzig Jahre Lehrer in Olten, und er lächelt oft, wenn er die Listen für die Gemeinderatswahlen ansieht. Kürzlich war einer drauf, der als Schüler einmal ein schlechtes Zeugnis meines Vaters in die Aare warf und daheim behauptete, er hätte sein Zeugnis nicht bekommen. Heute ist er Kaufmann, und anhand des Fotos hat man nicht das Gefühl, daß sich seine Taktiken grundlegend geändert haben. Wenn man von Olten wegzieht und wieder einmal zu Besuch kommt, fragen einen die Leute: »Wohnet der immer no z Züri uße?«

Ich wohne schon seit einiger Zeit nicht mehr in Olten, aber ich kann mit Sicherheit sagen, daß zu Weihnachten immer noch Krippenspiele aufgeführt werden, im Dampfhammer, im Bürgerheim, im Kantonsspital, im Haus zur Heimat, in allen Kirchen und Kindergärten. Auch bin ich sicher, daß es den Gesangverein noch gibt. Er hat immer noch Schwierigkeiten mit dem Nachwuchs, und der FC Olten bemüht sich vergeblich um den Aufstieg. Auch einiges andere wird sich gleichgeblieben sein. Das Stadtorchester gibt jedes Jahr ein Symphoniekonzert, das seine Kräfte ein bißchen übersteigt (die Hornisten muß man aus Langenthal zuziehen), das Jugendcorps geht jeden Herbst auf seinen Ausmarsch, jedes zweite Jahr wird das Schulfest gefeiert, jeden Tag sind die Wartezimmer der Zahnärzte besetzt, und immer gegen den Winter kommen die Möwen.

Österreich

Imst
Wörgl
Zürs
Flirsch
Floing
Fischamend
Gnigl
Uderns
Gurk
Potzneusiedl
Ampflwang
Mürzzuschlag
Heiligenblut
Vorderstoder
Judenburg
Völkermarkt
Deutschfeistritz
Wundschuh
Zwettl
Mittertrixen
Niederwölz
Obergurgl
Scheibbs
St. Thomas am Blasenstein
Bramberg am Wildkogel
Pruggern im Ennstal
Villach-Warmbad

Ö

Mariapfarr

Au
Aussee
Altaussee
Altausseer See

Prag

Wenn man ein östliches Land besucht, gibt einem oft ein Bekannter etwas für einen Bekannten mit, der einem dann mißtrauisch die Tür öffnet und erst bei der Nennung des Namens seines Bekannten in überschwengliche Herzlichkeit ausbricht.

Ich läute bei einem solchen Bekannten, es ist ein ehemaliger Schloßbesitzer, dem man 1948 sein Schloß in Ostböhmen verstaatlicht hat. Es hatte 48 Zimmer, dafür hat er jetzt freien Eintritt, wenn er es besuchen will. Wie ich komme, sagt er gleich: »Das kann nur in Tschechoslowakei passieren. Wir haben Kohl bestellt, ist er vor zehn Minuten gekommen, und jetzt missen wir in der Kiche essen.« Ich verstehe den Zusammenhang nicht, aber wir gehen in die Kiche. Seine Frau ist rund und bodenständig, und wenn ich etwas Tschechisches sage, stützt sie die Hände in die Hüften und sagt strahlend krasný, mit einem ganz langen a. Ein hellblauer Wellensittich hüpft in seinem Käfig herum und ruft dauernd seinen Namen: »Pepiček Švagera! Pepiček Švagera!« Der Schloßbesitzer beugt sich tief über seinen Teller und erzählt, er sei 16 Jahre lang Schoffeer gewesen. Während des Essens läuft das Radio unablässig weiter, und sobald jemand fertig ist, zieht er ihm den Teller unter den Händen weg und stellt ihn auf das Abwaschbrett. Er hat eine Glatze, zeigt Postkarten von seinem Schloß und hofft, daß seine Pension demnächst erhöht wird.

Ich sage, daß ich im November wiederkomme. Das Wort für November heißt auf tschechisch Blätterfall. Man sagt also »im nächsten Blätterfall«. Wenn man als Ausländer tschechisch lernt, schlägt einem eine Art freudiger Verständnislosigkeit entgegen.

Alle sind erstaunt, sagen krasný, aber niemand begreift recht, was man damit will.

Es ist Februar, die Stadt ist ungeheuer schmutzig. Schneebrigaden schaufeln für 10 Kronen in der Stunde die Hauptstraßen frei, indem sie den Schnee auf eine Baggerschaufel werfen, welche ihn dann auf einen Lastwagen hebt. Auf den Nebenstraßen liegt eine matschige schwarzbraune Schicht, aber wenn genug Autos durchfahren, sieht man nach einiger Zeit zwei Streifen Kopfsteinpflaster. Im Prager Polizeigebäude sind alle Türen gegen außen mit Leder gepolstert und haben keine Falle, man kann also nicht anklopfen, wenn man etwas will. In einer Ecke der Bethlehemkapelle murmelt ein Fremdenführer seine Litanei, und im alten Ghettoareal ruft eine Frauenstimme von einer dunklen Fassade auf die Straße hinunter: »Abraham!«

Meine Freundin lacht und sagt, opodeldok könne man nicht übersetzen.

Quinten

Schären 2171 m

Nägeliberg 2163 m

Leistchamm 2102 m

S u l z l i

Wald Wald Wald
Wald Wald
Wald Wald Wald Wald
Wald Wald Wald Wald Wald
Wald Wald Wald WaldWald
Wald Wald Wald Wald Wald
Wald Wald Wald Wald Wald
Wald

Q

uss weg Fuss weg Fus sweg Fuss weg Fuss weg

Haus
REBBERGE REB BERGE Haus Haus Haus
Kirche Haus Haus
Wirtschaft Fussweg Haus Haus Haus Haus
Haus UferUferUfer UferUferUfer Fussweg Fussweg Fussweg fer sweg Fuss weg Fussweg Fussweg Fussweg
UferUferUferUferUfer fer Ufer Ufer Ufer Ufer Ufer Uf

Seetaxi Murg-Quinten
Tel. 8 53 52

W A L E N S E E
sehr tief

Richetli

Zwischen dem Durnachtal und dem Richetlipaß liegt das Richetli. Wenn man nicht genau weiß, wie man es geographisch richtig bezeichnen soll, als gewölbten Abhang, Talkessel oder -kegel, kann man das Buch »Grund und Grat« zu Rate ziehen, in welchem Paul Zinsli alle Ausdrücke zusammengetragen hat, welche die Bergbewohner für die verschiedenen Bodenformen kennen. Demnach wäre das Richetli am ehesten als Gubel, Bühl oder Hoger zu bezeichnen. Etwa in der Mitte dieses Gubels steht in 1700 Metern Höhe eine Schäferhütte, in der ich einmal übernachtet habe. Leider war der Schäfer nicht zugegen, aber ich kann trotzdem etwas über ihn sagen.

Er ist ein ordentlicher und reinlicher Mensch. Unter dem Dach vor der Hütte hängen Leitern, lange, schmale Wassertröge für die Schafe, und darunter sind gespaltene Holzvorräte aufgeschichtet. Ein paar Schritte von der Hütte weg steht ein Bänklein für den Abendblick auf die umliegenden Berge, man sieht zwar nicht besonders weit. Weiter drüben gegen eine kleine Felswand zu ist eine Quelle gefaßt; sie sprudelt nicht, sondern liegt einfach still und klar zwischen den Brettern.

Im Innern ist die ganze Hütte gegen die Ritzen mit Zeitungen, Plakaten und Kartons von Lebensmitteln austapeziert, Elm 1000 m Kanton Glarus, France Sports d'hiver, Einer aß Ravioli, König und Königin von England. Die Decken für das Strohlager sind an einem Nagel aufgehängt, es hat auch ein kleines Strohlager für den Hund. Ein wackliger Eisenofen steht auf vier dünnen Beinen. Über dem Herd ein Besteckhalter mit ein paar Messern und Gabeln, ein Löffel mit graviertem Stiel ist besonders plaziert, dann zwei Regale mit Tassen und Tellern, einer Kanne und einem Kesselchen, darunter ein Titelbild eines Heftchens, Wyatt Earp, Fernsehabenteuer-Reihe, es zeigt einen Mann mit schwarzem Cowboyhut und schwarzem Colt. Auf der Sitzbank am Tisch liegt die übrige Lektüre des Schäfers, »Schloß Hubertus« Band 1 und 2 sowie »Der Mann im Salz« von Ludwig Ganghofer. Da es in dem einen Raum, aus dem die Hütte besteht, keinen Schrank gibt, hängen alle Geräte und was sonst noch benötigt wird, an der Wand, eine Krätze, ein Rucksack, eine Säge, ein Schermesser, die Mäntel des Schäfers aus altem Uniformstoff, dann eine Sturmlaterne, eine Tasche, Schlüsselbünde aus alten Flaschenverschlüssen, Bürsten, Becken, Pfannen und Pfannendeckel. Wenn der Schäfer nicht da ist, steht auch der Spaltstock mit der Axt in der Hütte.

In der Ecke gegenüber dem Ofen, wo man früher die Heiligenbilder und Marienstatuetten aufbewahrte, hängt alles Persönliche des Schäfers. Er scheint der seltene Fall eines Schäfers zu sein, der genau so ist, wie sich ein Städter einen Schäfer vorstellt. Er schreibt sich jedesmal ein, wenn er wieder einen Sommer lang hier war. Auf einem Karton heißt es

Franz Grünbacher!
Schäfer aus Südtirol

und dann kommen die Jahrzahlen, seit 1958 war er jeden Sommer im Richetli. Ein Karton einer Cartoleria aus Bozen dient als Rahmen für ein aufgeklebtes Gedicht, »Der Tag des Herrn«, das er aus einer Zeitung ausgeschnitten hat. Eine abgeschossene Postkarte mit deutschem Aufdruck und italienischer Briefmarke steckt auch an der Wand, sowie zwei Vierzeiler von ihm, mit Bleistift auf graue Schachteldeckel geschrieben.

Weiter unten hängt die

Eriñerung

Am 25. Juni 19+62 ist mein Treuer Freund und helfer, nach
einem 12-Järigen Dienst, als zu verlässiger und
braver Schäfer Hund verändet. Er war 8 Jahre bei Kaspar
Rhyner als Schäfer Hund, und 4 Sommer bei mir den
jetzigen Schäfer Franz Grünbacher.
Kan nur gutes über ihn berichten, über meinen
unvergeslichen Lieben. Er stand im
15 Lebens Jahre.
Bläss

und darunter, in einem Strauß von Edelweiß und Alpenrosen,
die Worte BERG HEIL und Im Treuen Gedenken!

Ich habe in der Hütte sehr gut geschlafen und bin am andern
Tag weitergegangen, über den Richetlipaß auf die Wichlenmatt
und gegen den Panixer hinüber.

R

St. Gallen

Die Kathedrale erinnert mich an ein Sportstadion, kein Ort der Andacht, sondern ein Ort der Massenveranstaltungen, ganz darauf angelegt, daß man sich allein darin unwohl fühlt. Ein Profanbau jedenfalls, wie die meisten Barockkirchen. Katholische Orte erkennt man daran, daß Witze über die Kirche besonders gut ankommen.

Heute ist schmutziger Donnerstag. Im Rößli Abtwil steht die Fasnachtsdekoration unter dem Motto »Geheimnisvoller Orient«, und das Gasthaus Rietwies in Herisau kündigt an »HALALI – mit den rassigen Amazonen!« Als ich am Nachmittag in einem Café saß, traten zwei als Sträflinge verkleidete Mummenschänzler herein, bestellten einen Kaffee, tranken ihn stumm aus und gingen dann stumm davon. Alle schauten ihnen befremdet nach. Am Abend hörte ich in einem Restaurant die Dibi-Däbi-Clique ihre Schnitzelbank vortragen, die mit dem Vers endete:

> Jetz hoffed mer es heg Eu gfalle
> Und öppis täg i 's Böchsli falle

worauf ich fünfzig Rappen ins Böchsli fallen ließ.

Ich wohne in einem Hotel, das sich alle Mühe gibt, verworfen zu wirken. Das Restaurant ist als Lasterhöhle aufgemacht, mit Serviertöchtern in Leopardenfellen, die knapp unter dem Hintern aufhören. Darin stehen sie lustlos und verlegen herum und sind verwirrt, wenn man sie um Zündhölzchen bittet. Am Vormittag will einfach keine rauchige Stimmung aufkommen, Gäste hat es keine, der Flipperkasten blinkt effektlos, und der Hotelier sitzt mit hängendem Schnauz am hintersten Tisch und blättert in einer deutschen Illustrierten. Eine Bestellung für ein Frühstück trifft alle unvorbereitet, die Serviertöchter beraten sich gegenseitig, was zu tun sei.

Es soll hier einen Huthändler geben, der seine Kunden mit den Worten »Was wotsch?« nach ihrem Wunsch frage. Weiter wird von ihm berichtet, er knalle mit fauchenden Lauten eine Auswahl auf den Ladentisch und befehle einem gewissermaßen, was man kaufen müsse, und man kaufe es dann tatsächlich. Er wird als Original bezeichnet.

In der Handelshochschule hat, so höre ich, Braque eine Taube geliefert, aber die Parkplätze sind jetzt schon zu knapp. Einer der größten deutschen Dichter war ein St. Galler, aber da er noch vor der Nobelpreiszeit gelebt hat, ist er nicht besonders bekannt, nicht einmal in St. Gallen. Sein Name ist Notker, mit langem o. Er hat im 11. Jahrhundert verschiedene Bücher aus dem Lateinischen ins Deutsche übersetzt und dabei einige Wörter erfunden, zum Beispiel das Wort »Gewissen«. Heute erinnert die Bahnhaltestelle Notkersegg auf der Strecke von St. Gallen nach Trogen an ihn.

Ich habe hier einen bleichen Kollegen aus meiner Studienzeit getroffen, der über das Menschenbild bei Otto F. Walter dissertiert.

Schwetzingen

Schloßpärke sind am schönsten im November. Die Arbeit, alle Blätter von den Kieswegen zu rechen, ist sinnlos, aber es findet sich immer irgendein Mann mit einer Mütze, der sie ausführt. Die Wasserbecken der Brunnen sind leer, Neptune und Nymphen sind schon mit Brettergehäusen verschalt, nur die Urnen hat man stehen gelassen. Wenn man durch die hohen Fenster der Orangerie blickt, hat man das Gefühl, diese Räume könne man nicht heizen. Im Gebüsch lebt ein seltsamer Schlag, die Menschen aus Stein. Grünbeschlagen preisen sie ganz überraschend die Mathematik und die Fruchtbarkeit hinter einem Holunderstrauch oder hüten in Taxusrondellen die Liebesgeheimnisse vermoderter Kurfürsten. Amoreske Türmchen und Tempelchen werden sorgsam am Verfall erhalten, in der Moschee stolpert ein verspäteter Tourist unlustig mit einem Stativ umher und schaut immer wieder bedenklich zur Sonne. Die ist dünn und weiß und gibt nicht mehr warm. »Ein Laster des Weisen gilt für tausend« steht auf einem Bogen. Ein gebeugter Mann mit wollenen Handschuhen schlurft an einem Stock gegen den großen Teich zu, auf dem Enten und Schwäne zwischen braunen Ahornblättern schwimmen und jedem Spaziergänger ihre ganze Aufmerksamkeit widmen. Am Ende des Parks kann man sich umdrehen und auf die Schloßfassade zurückblicken. Plötzlich merkt man, daß es etwas zuviel Platz hat, und man möchte ihn jemandem schenken.

AHV-Zweigstelle	71 11 31
Andenmatten Sigismund (-Huber)	
Landwirt	71 12 95
Brenn Giatgen (-Fetz) Lehrer	
und Bienenzüchter	71 11 31
– Valerie (-Baumann) Posthalterin	
Villa Repos	71 13 71
Candreia Emil Gemeindepräsident	71 13 71
– Jak. Jos. Zuchtbuchführer	71 12 90
Aufträge werden keine ausgerichtet	
– Joh. Revierförster	
Gemeindesprechstelle	71 11 75
– Nina (-Frank)	71 12 50
Jagdaufseher	
E. Candreia	71 13 71
Pfarramt römisch-katholisches	
Pfarrer Ant. Levy	71 12 19
Posta e telegraf	
telefon public	71 11 92
Restaurant:	
– Belavista Gasthaus	
Joh. Candreia	71 11 75
– Piz Ot Familie A. Demarmels	
Lehrer	71 11 78
Sektionschef	71 13 71
Vinzenz Anton (-Candreia)	
Landwirt	71 13 84

St

Thun

Ich lese gerne Amtsanzeiger. Ich verstehe gar nichts von Landwirtschaft, aber es interessiert mich, die Schauvorschriften für die Musterung von Zuchtstieren zu lesen. Für die Anerkennung zur Zucht muß ein Fleckviehstier eine Milchleistungsabstammung von mindestens 45 Punkten aufweisen, und der durchschnittliche Milchfettgehalt der Mutter muß mindestens 3,8 Prozent betragen. Bei einer Versteigerung der Fahrhabe eines Bauernhofes wegen Aufgabe der Pacht kommt unter anderem auch eine Schnellbänne unter den Hammer. Es ist von trächtigen Erstlingsschweinen und neumelkigen Kühen die Rede, auch ein Mastgusti wird angeboten. Vormundschaften werden übertragen und aufgehoben, als Vormunde amten Spengler und pensionierte Lehrerinnen. Für die freiwillige Vorauszahlung der Staatssteuer gibt es einen Vergütungszins von 4¼ Prozent. Jemand stellt sich als Heiratsvermittler auf christlicher Basis zur Verfügung, und weiter unten heißt es: Haben Sie Probleme? Lebenserfahrene Frau hat Zeit für Sie. Die Stadt sucht Polizeirekruten, man muß gesunder, gutbeleumdeter und wehrpflichtiger Schweizer sein. Eine geschiedene Frau behält den Namen ihres Mannes, gemäß Artikel 30 des Schweizerischen Zivilgesetzbuches. Ein Besitzer einer Champignonkultur hat ein Bauvorhaben eingereicht, Zweck: Erweiterung der Champignonkulturen. Als Bauart hat er er eine Backsteinmauer mit Eternit braun als Bedachung im Sinn, woraus ich schließe, daß Champignonkulturen nicht im Freien stehen. Hingegen möchte ein Herr Amstutz seinen Zimmeranbau mit braun engobierten Doppelfalzziegeln überdecken, und wer dagegen Einsprache erheben will, muß dies bis zum 15. Februar tun. Bei den Gottesdiensten interessieren vor allem die zahlreichen Sekten, Pilgermission St. Chrischona, Gemeinde für Urchristentum, Pfingst-Mission, Advent-Mission, Freie Missionsgemeinde, man hat das Gefühl, recht viele Leute haben eine Mission. Der Staat verkauft Brennholz, das weiß ich, in Zürich habe ich einmal ein Zimmer mit Holzofen bewohnt und zwei Winter lang mit staatlichem Holz geheizt, ich hatte einen Dpppelzentner bestellt und mich bedankt, als der Träger den Sack in den Estrich geschleppt hatte. Da sagte er: »Warten Sie, es sind noch neun Säcke.« So erfuhr ich, was ein Doppelzentner Holz ist. 10 Ratschläge beim Verhalten von Brandfällen; was ich nicht verstehe, ist der Hinweis, nachts für Beleuchtung zu sorgen, im Brandfall. Das Wort Fettbrand ist mir neu, tönt aber sehr substantiell. Das Betreibungsamt hat eine »Steigerungspuplikation« drin, der Druckfehler wird einen Rüffel absetzen. Dann kommen die offenen Stellen voller Betriebe mit gutem Arbeitsklima, interessanten Tätigkeitsbereichen und neuzeitlich eingerichteten Firmen. Was sind einschlägige Polsterarbeiten? Jemand verkauft ein Ruhesitzli in hilber Lage, der Foltergarten des Dr. Diabolo verspricht schonungslose Einblicke in die menschlichen Abgründe, während der Jodlerklub Heimelig an seinem volkstümlichen Unterhaltungs- und Passivabend s Chorbflicker Rosi zur Aufführung bringen wird. Ein Prediger lädt zu einer Besinnungswoche in der Pauluskapelle ein, und Homelite-Motorsägen liegen auf der Hand. Eine gew. Arbeitslehrerin ist gestorben, und ein älteres, ruhiges Ehepaar sucht eine Wohnung.

Unterwegs

Die Strecke Männedorf – Lissabon ist 2380 km lang. Wenn man in Madrid auf Anhieb die richtige Ausfahrt findet, sind es 22 km weniger, aber man muß aufpassen, es gibt Polizisten, die »Siga, siga, siga!« schreien, wenn man sie nach dem Weg fragt.

Eine lange Autofahrt ist an sich ein Erlebnis, die Landschaft ist nebensächlich, man kann sie ohnehin nicht mit vollem Namen und Adresse in die Erinnerungskartothek aufnehmen, nur was groß genug ist, kommt hinein. In Spanien zum Beispiel tauchen auf weit sichtbaren Hügelkuppen Stiere auf, riesig groß und schwarz wie aus Kinderträumen, und machen für Cognac Reklame. Die vielen Dörfer; man fährt durch die Ruhe hindurch, Frauen hocken strickend vor den Häusern, Männer stehen unter der Tür, ein Hund liegt wie ein Laib Brot auf einer Bank. Man vergißt alles.

U

Valencia

Von dieser Stadt kenne ich nur das Ateneo Mercantil, ein großes Gesellenhaus für alte Männer. Hier verkehren ausschließlich wohlgestellte Pensionierte, glatzköpfige Knacker mit gutsitzenden Bäuchlein, die gepflegt duften. Unten haben sie ein Kaffeehaus mit Marmorsäulen und Ledersesseln, das etwas von einem Börsenvorraum hat, alle strecken gedämpft und in Gruppen die Köpfe zusammen und verstehen es, ihren Gesprächen einen zeremoniellen Nachdruck zu verleihen. Im ersten Stock gibt es langgezogene Tanzsäle mit Spiegelwänden und einem kleinen, pavillonartigen Podest für die Kammerkapelle (man kann sich hier fast nur ein Streichtrio vorstellen) und, mit zwei Scheinwerfern bestückt, eben den Theatersaal, in dem ich mich vor einem sehr merkantilen Publikum vergeblich abgemüht habe, zum Mittelpunkt des Abends zu werden. Da die alten Herren auch Zutritt hatten und sich hier richtig zu Hause fühlten, war ein dauerndes Hin und Her an der Schwingtüre, die nie richtig zum Stillstand kam. Nach der Aufführung kam ein junger, ungeheuer schnell sprechender Spanier zu mir und versuchte mir in zwei Minuten klar zu machen, was er mit den Dramen meine, die er schreibe.

Ein sehr kultivierter Deutscher ist schon über sechzig und hat drei kleine Kinder von einer fruchtbaren Endvierzigerin, die jeden Kellner mit jovialem Augenaufschlag anturtelt und findet, die Spanier müssen noch etwa zehn Jahre geführt werden. Sie spricht sehr viel und ist erst zum Schweigen zu bringen, wenn sie ihr Mann am Oberarm anfaßt und sagt: »So, Gertrud.« Wie er meiner Frau anvertraut hat, will er sich nach seiner Pensio-

V

nierung an einen Ort zurückziehen, wo wir mehr Zeit haben
füreinander.

Wien

Ich habe einmal auf einem Kalenderblatt einen türkischen Spruch gelesen, der besagte, daß jedem Menschen zum voraus ein bestimmtes Maß an Essen, Trinken und Schlafen zugemessen sei, und je üppiger er esse, trinke und schlafe, desto eher habe er dieses Maß aufgebraucht und müsse sterben.

Wien hat sein Maß an Geschmack in der Klassik und im ausgehenden letzten Jahrhundert aufgebraucht, Schönberg hat der Leiche noch die Augen zugedrückt, und seither liegt sie da, wohlbalsamiert und aufgebahrt, behütet von den besten Tempelwächtern und Mausoleumswärtern. Aber man hat es den Leuten noch nicht zu sagen gewagt. Für den Wiener ist die Schönheit Wiens ein Axiom, ein Gespräch ist immer nur über die Nuancen dieser Schönheit möglich, ein Punkt, in dem die Wiener den Schweizern ähnlich sind.

Wien war den Lebenden nie besonders günstig gesinnt. Keine andere Stadt hat so viele Sterbezimmer berühmter Leute. Die Konzerte haben hier etwas von Totenehrungen, eine andächtige Gemeinde trifft sich im festen Vorsatz, sich auch heute wieder von Bruckner und Richard Strauss erschüttern zu lassen. Man gedenkt hier lieber als daß man denkt.

Da die Stadt keine Gegenwart hat, stellt sie ihre Vergangenheit zur Schau. His aedibus adhaeret concors populorum amor, heißt es über der neuen Hofburg, und es deprimiert einen, daß diese Inschrift recht hat, alle lieben diese Gebäude, alle freuen sich daran, viele kommen von weit her, wenige stoßen sich daran, daß immer nur das Volk den Herrschern Denkmäler errichtet und nie die Herrscher dem Volk.

Man sagt, die Wiener seien höflich. Das ist nicht wahr, sie sind bloß ausdrücklich. Sie versuchen, die Wirklichkeit in der Sprache nochmals zu wiederholen. Eine Türe ist in Wien nie geschlossen oder zu, sondern zugesperrt. Das ist endgültig. Ein Briefkasten wird nicht geleert, sondern ausgehoben, und zwar auf einer großen Post nicht durchgehend, sondern durchlaufend. Da ein Metzger ins Fleisch haut, ist er ein Fleischhauer, aus demselben Grund ist ein Winzer ein Weinhauer – wenigstens fast aus demselben Grund. Was andernorts hergestellt, fabriziert oder einfach gemacht wird, das wird hier erzeugt. Man kann also unter einem Firmennamen durchaus lesen »Erzeugung von Hosenträgern und Sockenhaltern« oder »Jagd- und Wohnstubenerzeugung«, Ausdrücke, bei denen einem seltsam ursprünglich zumut wird. Seit ich einmal in Wien mit den Worten »Setzen Sie sich nieder« aufgefordert wurde, Platz zu nehmen, weiß ich erst, was das heißt, sich setzen.

Trotzdem hat man nicht das Gefühl, daß eine Aufschrift wie »Innung der Lebzelter und Wachszieher« den Sachverhalt wirklich treffe, die Sprache stammt, wie das meiste in Wien, aus einer andern Zeit, es sieht auch gar nicht so aus, als ob man hier wirklich spräche, viel eher, als ob man sich die Sprache bieten lasse.

Die Währung ist übrigens auch nicht besonders.

X

Die einzige Stadt mit X am Anfang, welche mir einfällt, ist Xanten. Ich fürchte jedoch, es würde etwas gezwungen wirken, wenn ich jetzt einfach Xanten beschriebe, ich kenne nämlich diese Stadt nicht und habe auch keine Lust, sie kennenzulernen.

Wenn ich aber in einem Schreibmaschinenskript etwas durchstreiche, dann tue ich das immer mit einer Salve X, und so möchte ich unter diesem Buchstaben einigen Sätzen eine Heimstätte geben, die ich aus irgendeinem Grund aus den Entwürfen verstoßen habe, von denen ich mich aber nur schwer trennen konnte.

So habe ich in Gelsenkirchen einen Mann mit Hosenklammern gestrichen, der mich durchdringend anstarrte.

In Basel ist leider ein Fahrverbot weggefallen, das den Zusatz trug »Zubringerdienst sowie Fahrrad- und Handkarrenschieben gestattet«. Unter Thun wollte ich noch erwähnen, daß in den meisten schweizerischen Kasperlistücken der Bösewicht baseldeutsch spricht, außer in Basel, dort ist er ein Zürcher. Ich wollte das später in Chur unterbringen, aber es paßte auch nicht recht hinein.

Da ich Herisau Hannover vorgezogen habe, sind auch die beiden Männer verschwunden, die mit freundlichen Gesichtern NPD-Prospekte verteilten.

Vom Giebelfeld des Zürcher Schauspielhauses habe ich zwei mollige Steinengel fallen lassen, die mir jetzt leid tun.

In Schwetzingen wollte ein irres Kind eine Klinke drücken. Da es zu pathetisch wirkte, ließ ich es weg, obwohl ich es gesehen habe. Im selben Abschnitt stand auch die Beobachtung,

X

daß ein Pfau seine ganze Würde verliert, wenn er einem Stücklein Brot nachrennt. Wem dieser Satz gefällt, der kann ihn nach
dem Satz von den Enten und Schwänen einfügen. Statt »nachrennt« kann man auch »nachhastet« sagen, das ist vielleicht aus-
drucksvoller.

In Luzern habe ich aus familiären Gründen die Verwandten
meiner Frau gestrichen, deren Ahne 1869 aus Eisleben eingewandert war. Ich verzichte auch hier auf eine nähere Beschreibung,
möchte aber betonen, daß es diese Verwandten gibt.

Unter Österreich versuchte ich zuerst eine Sequenz von erfundenen Ortsnamen, bis ich draufkam, daß die echten besser sind.
Einige der erfundenen Namen sind aber auch nicht schlecht,
zum Beispiel Bad Salzstötzl, Grabschzwurgl, Apostelwölbing
und Flachgstoder am Schlirzpückl.

In Wien habe ich einen ziemlich gespenstischen jüdischen
Arzt verschwiegen, einen Rückwanderer, der keine Stelle mehr
fand und seine Dokumente immer in einem Körbchen am Arm
mit sich herumtrug.

Erwähnenswert wäre auch noch der Vortrag von Pastor
Wurmbrand über Religionsfreiheit in den kommunistischen
Ländern.

Es ist eigentlich alles erwähnenswert.

~~Bei Triboug gibt es in Restaurant Xaun Donnerstag der XXXX Klabei.~~

Yverdon

In Yverdon werden Schreibmaschinen hergestellt. Auf meiner Schreibmaschine steht die Aufschrift

E. PAILLARD & CIE. S.A. YVERDON (SUISSE)

Es ist eine schwarze Hermes Media, die mir mein Vater geschenkt hat, als er sich eine neue kaufte. Er hat sie seinerseits von seinem Schwiegervater bekommen, von meinem Großvater mütterlicherseits also, vor etwa dreißig Jahren. Als ich sie einmal in die Revision brachte, sagte man mir, das sei ein Armeemodell und nicht umzubringen.

Meinen Großvater habe ich nur als sehr alten Mann in Erinnerung, der in einem Miethaus in Biel lebte und an Erdstrahlen glaubte. In seinem Zimmer waren Schnüre gespannt, Röhren mit Kupferdrähten umwickelt und eine Chaiselongue nach Norden gestellt. Immer, wenn man zu Besuch kam, wurde man von ihm gemessen, er nahm einen Meter aus der Tasche, auf den man die Hand legen mußte, dann hielt er seine linke Hand darüber und ließ mit der rechten ein kleines Pendel schwingen, das dann an einem bestimmten Punkt des Meters zum Stehen kam. Meistens schaute dabei heraus, daß man mehr Honig essen solle. Er hörte fast nichts mehr, stand jeden Morgen um sechs Uhr auf und stellte die Frühnachrichten an. Er wollte nur das Wetter wissen, nachher drehte er ab. Auch die sprechende Uhr hörte er immer, richtete seine Armbanduhr danach, verglich sie mit der Küchenuhr und zog die Wanduhr in der Stube auf. Diese Wanduhr war mir immer etwas unheimlich, sie hatte ein großes Pendel mit einem langsam schleifenden Geräusch, und daneben hing ein düsteres Bild von Ludwig van Beethoven. Wenn ich in

Biel in den Ferien war, legte mein Großvater jede Nacht das Pendel still, damit ich keine Angst hatte.

Mein Großvater sah ungefähr aus wie Pablo Casals. Da er als Kind kein Instrument lernen konnte, wollte er das als Erwachsener nachholen und ließ sich ein Cello bauen. Sein kleiner Finger war aber so klein, daß alle Töne zu tief wurden, die er damit drückte, und so gab er das Cellospielen wieder auf und lernte Mandoline. Sein Cello habe ich bekommen, als ich zwölf Jahre alt war. Jedesmal, wenn mein Großvater zu Besuch kam, mußte ich ihm etwas darauf vorspielen, und jedesmal erzählte er mir die Geschichte von seinem kleinen Finger.

Vor vier Jahren ist mein Großvater gestorben, und die Großmutter lebt heute in einem Altersheim. Sie trägt beide Eheringe und hat ein Bild von ihm aufgestellt.

Ich habe kein Bild von ihm aufgestellt und denke auch nicht mehr viel an ihn, aber alle Musik, die ich spiele, spiele ich auf seinem Cello, und alle Texte, die ich schreibe, schreibe ich auf seiner Schreibmaschine aus Yverdon.

Zuzgen

In meinem Paß steht, daß ich von Zuzgen komme. Jedesmal, wenn ich in einem Hotel übernachte, schreibe ich es auf den Anmeldezettel, ich habe auch einen Heimatschein, der mir schwarz auf weiß bestätigt, daß Zuzgen meine Heimat ist.

Wenn ich noch dort wohnen würde, bekäme ich wahrscheinlich jedes Jahr einen Ster Holz, und wenn ich einmal alt und arm bin, kann ich mich in Zuzgen auf dem Gemeindehaus melden, dann muß man für mich sorgen. Die meisten Schweizer kennen ihren Heimatort nicht, sie suchen ihn vielleicht einmal auf und gehen nachdenklich über den Friedhof, um zu sehen, wer noch alles geheißen hat wie sie.

Auch ich weiß fast nichts von Zuzgen, und das, was ich weiß, haben mir meine Großeltern und mein Vater erzählt. So kommt es, daß ich mir unter Zuzgen immer ein Dorf um die Jahrhundertwende vorstelle. Ich weiß, daß das Bauernhaus, in dem mein Großonkel lebte, ein bißchen oberhalb des Dorfes stand und daß es daneben eine hohe Pappel hatte. Wenn im Dorf ein Prolog oder eine Schnitzelbank gemacht werden mußte, fragte man gewöhnlich meinen Großonkel. Er sagte einmal zu meinem Vater, die besten Ideen kämen ihm immer am Morgen beim Melken, nachher gehe er dann hinein und schreibe sie auf. Leider kenne ich von ihm nur zwei Zeilen. Sie beschreiben einen Mann in fürchterlicher Angst und lauten:

Är mueß bätte jetz Greseischte
Wie anere n Uffert oder Pfeischte.

Der Zusammenhang ist mir unbekannt, aber ich glaube auf Grund dieses Fragments, daß seine Verse gut waren. Greseischte sagte man statt Gegrüßt seist Du, Maria.

Mein Großonkel war aber nicht der einzige im Dorf, der Verse schrieb. Ein Junger, der eine Nacht lang auswärts zum Tanz aufgespielt hatte, schickte seinem Mädchen eine Postkarte, auf der stand:

Habe die ganze Nacht geblasen den Bügel,
Während Du im Bette lagst an einem Krügel.

Wobei Krügel nicht etwa ein kleiner Krug ist, sondern von »zämegchrügelt« kommt. Dieser Vers war so eindrücklich, daß er sich einer ganzen Generation von Zuzgern eingeprägt hat.

Übrigens war der Kichenchor einer der besten der Umgebung und trat auch an Sängerfesten als Jodeldoppelquartett auf.

Dann weiß ich von einer Tante Salome, die immer einen Schleifsäbel über ihrem Bett hängen hatte, wenn emol äin chunnt, und ihren Ziegen im Winter Säcklein mit heißen Kirschensteinen in den Stall legte. Ich weiß auch, daß ein Neffe meines Großvaters diese Tante in einem Schulaufsatz mit den Worten beschrieb: »Sie hat kein Geld und sonst nichts. An den Händen hat sie Totenmosen.«

Mein Großvater selbst wurde einmal vom Lehrer getadelt, weil er statt heimtückisch heimtürkisch las, was ihm richtiger schien. Ein Satz aus dem damaligen Lesebuch muß geheißen haben: »Kurz, unter der zu großen Last erlag der Esel.« Mein Großvater zitierte diesen Satz oft beim Jassen, wenn er sah, daß er keinen Stich mehr machte. Als er fünfzehn Jahre alt war, starb sein Vater an Magenkrebs. Der Arzt fragte nachher die Familie, ob der Vater etwa heiß gegessen habe, worauf alle einmütig sagten: »Jo, dä het heiß gässe.« Ich weiß von meinem Urgroßvater praktisch nur, daß er die Suppe heiß gegessen hat. Ich wüßte gern mehr von ihm, aber mein Großvater und mein Großonkel sind tot, und so weiß ich nicht mehr von Zuzgen. Doch, meinem Ururgroßvater haben sie das Bein ohne Narkose abgesägt. Er hieß der lange Franz, und man hörte ihn durchs ganze Dorf schreien.

Ich selbst bin nur einmal in Zuzgen gewesen, zu Fuß von Olten aus. Das Haus meines Großonkels stand noch, es war weniger groß, als ich es mir vorgestellt hatte, und die Pappel war weniger hoch. Am Abend habe ich mit einem Verwandten und zwei Bekannten dieses Verwandten im »Adler« gejaßt und vier Franken gewonnen. Mein Partner hieß auch Hohler.

Das ist aber schon ein paar Jahre her, ich habe inzwischen vergessen, wie es wirklich aussieht, und das Haus und die Pappel haben wieder ihre ursprüngliche Größe.

Z

3 Ersatzidyllen zum Überkleben

Aarau	Für Leute, die gern entschlossene Anfänge haben.
Graz	Für Liebhaber österreichischer Idyllen.
Heimfahrt von Köln	Für Leser, denen Herisau oder Koblenz nicht liegen und solche, die gern von Deutschland heimfahren.

Aarau

In dieser Stadt bin ich drei Jahre lang zur Schule gegangen. Die Kantonsschule hat heute über tausend Schüler und einen sehr guten Ruf, Wedekind und Einstein sind aus ihr hervorgegangen, auch ein Professor Karrer, der später Nobelpreisträger für Chemie wurde. Er hat wesentlich zur Entdeckung und Synthetisierung der Vitamine beigetragen (ich glaube, Vitamin A vor allem), aber er ist nicht allgemein bekannt, Chemiker dringen weniger ins Volk. Mein Chemielehrer an der Kantonsschule war für das Positive im Leben. Er war Abstinent, rauchte nicht und machte uns darauf aufmerksam, daß er die Hände immer so verschränke, daß die linke Hand über die rechte zu liegen komme. Auf diese Weise strahlte das Strontium in den Leuchtziffern seiner Armbanduhr nicht schädigend in sein rechtes Handgelenk, sondern verbreitete sich direkt auf die vordersten Schüler. Einsteins Maturzeugnis ist noch vorhanden, in Chemie hatte er eine 5, in Französisch eine 3, Genies sollen gewöhnlich schlechte Schüler sein. Die Relativitätstheorie hat er dann in Bern herausgefunden, in einem Haus an der Kramgasse, das heute eine Gedenktafel trägt. Die meisten Aarauer, die es zu etwas bringen, bringen es nicht in Aarau dazu. Eine Ausnahme bildet Paul Hubschmid, der hier als Schüler den Hamlet spielte, was ihm später meines Wissens nie mehr gelang.

Alles, was positiv ist, wird in Aarau geschätzt. So hat die Kantonsschule bis heute noch kein Sprachlabor, weil ein Lehrer den Regierungsrat überzeugen konnte, daß das eine negative Einrichtung ist. Hingegen wird der Ententeich neben dem Eingang des Schulhauses von niemandem in Frage gestellt. In den Zwi-

schenstunden setzen sich die Schüler in die Nischen der großen Kellerfenster. Einmal, als ich mit andern dasaß, kam ein altes Männchen an einem Stock vorbei, hielt an, drehte sich zu uns und sagte: »Vor siebzig Jahren habe ich auch dagesessen.« Auch in Aarau geht die Zeit rasch vorüber.

Kürzlich hatten wir eine Klassenzusammenkunft in Lenzburg, wo wir alle fanden, die Zeit gehe rasch vorüber, aber im Grunde genommen seien wir dieselben geblieben. Mehr schaut bei einer Klassenzusammenkunft nicht heraus.

Dafür gibt es im Aarauer Bahnhofbuffet die besten Crèmeschnitten weit und breit.

Graz

Manchmal kommt man weiter, wenn man eine Stadt mit einem Vogel vergleicht. Wien beispielsweise hat etwas von einem Flamingo, man hat immer Angst, die Beine knicken eines Tages durch. Graz dagegen ist ein Spatz. Alles ist ein bißchen schäbiger, alles ein bißchen dreckiger, alles ein bißchen billiger und alles ein bißchen fröhlicher. Die Vergnügungssteuer heißt hier Lustbarkeitsabgabe. Die paar Kirchen, die die Stadt zu bieten hat, reichen bei weitem nicht aus, sie sehenswert zu machen, auch der Schloßberg, den man in den ersten warmen Frühlingstagen und den letzten schönen Herbsttagen besteigt, ist noch keine Reise wert. Graz ist keine Reise wert, wer hierher kommt, hat hier zu tun, sonst käme er nicht. Russische Reisegesellschaften machen mit Vorliebe einen Tag Aufenthalt in Graz, weil ihre eigenen Städte den Vergleich mit Graz aushalten. Deshalb fühlt man sich hier auch wohler als in Wien.

Wenn die Leute etwas tun, dann sind sie wirklich dabei. Wien ist eine Stadt der Mitläufer, Graz eine Stadt der Mitmacher. Man findet hier ein lebendigeres Publikum als in Wien. Wenn den Leuten etwas gefällt, dann vergleichen sie es nicht zuerst mit etwas anderem, das ihnen auch noch gefällt, sondern dann lachen sie. Graz soll auch die Stadt gewesen sein, welche die Nationalsozialisten am freudigsten begrüßt hat, es fand hier eine Volkserhebung zu ihren Gunsten statt. Heute kann es einem passieren, daß man während des Verzehrs eines Stücks Zwiebelrostbratens dreimal den Marsch »Badenweiler« aus der Music-Box zu hören bekommt und der Wirt beim Kassieren fröhlich sagt, das waren auch nicht die schlechtesten Zeiten.

Man macht sich also offenbar nichts vor und steht zu dem, was man glaubt.

Einmal sollte ich im März ein Gastspiel haben, bekam aber zwei Wochen vorher ein Telegramm, auf dem stand: »Gastspiel leider unmöglich, da Heizung zusammengebrochen. Nur noch Sommertermine möglich.« Vor allem der letzte Satz befremdete mich. Wenn irgendwo eine Heizung zusammenbricht, dann wird sie normalerweise repariert. Nicht so in Graz. Hier sind ab sofort nur noch Sommertermine möglich. Etwas später erhielt ich dann einen Brief, in welchem ausführlich erklärt wurde, wie es damit bestellt war. »Die Reparatur der Heizkörper ist von der Versicherung gedeckt und bereits durchgeführt. Der Heizkessel aber gehört der Stadtgemeinde Graz. Sie hat zwar zugesagt, einen neuen einzubauen, aber trotz heftigem Urgieren unsererseits hat sie sich bis jetzt nicht gerührt, und wir haben die letzte Hoffnung verloren, daß die Heizanlage rechtzeitig funktionieren wird.«

In Graz nützt alles Urgieren nichts.

Heimfahrt von Köln

Auf den Winteräckern liegt Schnee, aber nur so wenig, daß man die magere Schraffur der Furchen noch sieht. Die gräuliche Silhouette eines Fabrikareals schiebt sich vorbei. Aus zwei Kaminen schlägt roter Rauch. Die Blitzableiter sind so dünn, daß man sich wundert, wie der Blitz sie trifft. Der Himmel ist hellblau, der Mond blaßgelb, aber das sind auch nur Worte, wie Mehlem oder Sechtem. So heißen hier Ortschaften.

Das Siebengebirge wirkt nur noch wie eine Kulisse zum Wintermärchen. Die Apfelbäume sehen aus wie große Gehirne, die sich die Landschaft ausdenken. In Remagen erinnert sich meine Frau, daß hier Bekannte ihres Vaters wohnen, welche ihm jedes Jahr zu Weihnachten ein Löffelchen schicken, auf dem es »Remagen« heißt. Das ist auch so ein Name, Remagen, etwa wie Wallraf-Richartz oder Gürzenich. Im Gürzenich habe ich gestern Kabarett gespielt, vor den Professoren der Universität. Der Rektor hielt die Ansprache und bat dann alle Anwesenden, sich recht ruhig zu verhalten, weil die nachfolgende Darbietung vom Westdeutschen Rundfunk aufgezeichnet werde. Die nachfolgende Darbietung war ich. Am nächsten Tag gingen wir ins Wallraf-Richartz-Museum, weil ich gern Bilder sehe. Im Katalog habe ich mir den Ausdruck »mit reich punziertem Goldgrund« angestrichen – ich muß zu Hause unbedingt nachsehen, was punziert heißt.

Jetzt kommen die Rheinstädtlein, bei denen man immer Angst hat, der Zug dränge sie ins Wasser. Man sieht fast nichts mehr. Die Schiffe fahren mit aufgesteckten Lichtern. Einige Pappeln versuchen sich noch gegen die Dunkelheit zu wehren,

indem sie sich vom Schnee abheben. Die paar Laternen nützen auch nicht viel. Bei der Reklame für die Witwen- und Waisenkasse, die blau leuchtend in der Nacht steht, schäme ich mich ein bißchen, daß ich keine Witwe oder Waise bin. Dann kommt wieder eine lange gleichförmige Strecke. Links und rechts hat es reich punzierte Lichtreihen. In der Mitte stelle ich mir den Rhein vor.

H K

WO?
(1975)

Vor der Stadt

Am östlichen Stadtrand von Zürich steht eine blaue Ortstafel mit der Aufschrift »Zürich«. Daneben, sehr viel größer, aber ebenfalls in blau, eine Tafel, auf der es heißt

Chocolat Lindt   Milch
                         au lait
                         al latte

Diese Tafel ist in einem Schutthaufen verankert, der von zahlreichen Schutthaufenpflanzen bewachsen ist, jetzt ist alles noch braun, aber eine Goldraute ist trotzdem der Form nach zu erkennen. Ein Bäumlein hat es auch, mehr als mannshoch, der Schutthaufen muß also schon länger da sein.

Schräg vor der Ortstafel liegen zwei Autowracks, das eine ist auf alten Petrolfässern aufgebockt. Ein bärtiger Mann mit wattierten, schwarzfettigen Handschuhen ist dabei, verwertbare Teile herauszunehmen und wegzutragen, hinter einen sehr großen, durch und durch verrosteten Öltank, der zwischen dem Schutthaufen und der Straße steht, oder liegt. Geradeaus führt die Straße als Brücke über ein dreckiges Flüßlein, die Glatt, die hier die Stadtgrenze bildet. Eine Grenze muß man sich hauchdünn vorstellen, wahrscheinlich verläuft sie so, daß die eine Hälfte des Flüßleins den Zürchern gehört und die andere den Wallisellern. Auf der Walliseller Seite führt ein Fußweg dem Ufer entlang, für die, die sich getrauen. Er geht in Sichtweite von Maschinenlagerstätten durch, dann sieht man den blassen Rauch eines Abfallfeuers, und weiter hinten, sagt man, soll es Männer geben, die ihre Schnäbel zeigen. Der Weg heißt »Ida Zuppinger Weg«.

Auf der Zürcher Seite ist rechts der Straße noch eine Tankstelle, ein Weg, der nach rechts abbiegt, ist mit einem Reitverbot belegt. Das erste Stück Walliseller Boden heißt »Pi's Ranch«, worunter ein Wohnwagenpark zu verstehen ist, der Eingang ist torartig aus geschnitzten Holzpfählen gebildet, die durch Wagenräder verziert sind. Weiter hinten gehen zwei Bauplätze ineinander über, einer für die Autobahn, die man bei uns Nationalstraße nennt, und einer für ein Einkaufszentrum mit dem Titel »Glatt«. Mehrere Krane, die sich zum Teil überschneiden, beugen sich über die aufgerissenen Stellen, als ob sie etwas angeln wollten.

Man sieht Baracken, davor parkierte Autos, einen Bagger mit kompliziert schwenkbarer Schaufel, eine Mischmaschine, überlebensgroß. Vor den Baracken wird die Straße umgeleitet, eine Wand von rotweißen Latten, darauf ein großer schwarzer Pfeil, der nach links gerichtet ist, alle Autos drehen also nach links ab. Die Baustelle besteht weiter aus Stahlgerüsten, sehr engmaschig, und aus Betonsäulen, die etliche Meter in die Höhe ragen, aber das, was sie stützen, ist noch nicht da.

Dahinter, weit weg, erkennt man, durch die Perspektive auf gleiche Höhe wie die Betonsäule gebracht, einen mehrstöckigen Wohnblock mit blauen Balkonen und daneben ein etwa dreistöckiges Haus aus der Zeit, wo man Wohnen noch in Verbindung mit Ziegeldächern, Mansardenfenstern und dergleichen brachte.

Mit großen Schritten schwingt sich eine Hochspannungsleitung über das Gelände, rechts der Baustellen vorbei, und entfernt sich über die ausgeschlagene Kuppe eines Waldhügels.

Geradeaus und dann links sind einige kleine Industriebetriebe, mit Schuppen, denen man zum Teil noch die Tenne ansieht, und ein Wäldchen. Kleine Stücklein Natur in der Nähe von großen

Städten haben etwas Unheilvolles oder bloß Ungemütliches, oder einfach etwas Ungenügendes. Zwei Mädchen, die mit Velos am Waldrand standen, haben mich mißtrauisch angeschaut, und als ich sie grüßte, hatte ich das Gefühl, sie zuckten ein bißchen zusammen. Hinter dem Wäldchen, das weiß man, wenn man von der andern Seite gekommen ist, befinden sich einige Schrebergärten neben einem ausgedehnten Röhrenlager. Von den Gärten sieht man direkt auf die eisernen Pfahlwände, die von der Firma Gautschi in den Boden gerammt werden.

Ich weiß nicht, was die Leute haben, sagt der Mann in den wattierten Handschuhen, grüßen wollen sie nicht, aber wegen des Abfalls zeigen sie einen an. Weiter hinten, bei einem der Industrieschuppen, bekommt man Schokolade zum halben Preis, Ausschuß, und als er einer Frau gesagt habe, die beladen daherkam, so, längts wieder für nes Jahr? habe sie gesagt, seien Sie ruhig, sonst hole ich die Polizei.

Die Menschen wohnen alle in den Hochhäusern, die man sieht, wenn man sich von der Ortstafel gegen die Stadt dreht. Hier bekommt man anonyme Anrufe – wenn man abnimmt, nachts, sagt jemand, hallo... hallo, und hängt wieder auf, und das drei, viermal. Ein anderesmal hat man einer Frau am Telefon gesagt, sie soll vor die Türe, es warte unten jemand auf sie, und als sie vor die Tür gegangen sei, sei einer dagestanden und habe gesagt, wenn sie das nächstemal nicht schneller komme, dann schlage er sie tot.

Das sind die Sagen, die man sich am Stadtrand erzählt, niemand weiß genau, ob sie wahr sind, aber alle glauben daran.

Eine Frau, fährt der Alte fort, hat sich letzthin aus dem 13. Stock zum Fenster hinausgestürzt und hat zwei Tage lang tot am Boden gelegen, bevor sie jemand gesehen haben will, zwei Tage lang, dabei hocken die Leute alle hinter den Fenstern und schauen hinaus.

Man muß sehr laut sprechen, wenn man sich hier verständigen will, denn auf der Straße fährt ein Auto nach dem andern durch, von der Baustelle her lärmen die Baumaschinen, und über der Gegend kreisen die Düsenjäger, die vom Militärflugplatz Dübendorf aufgestiegen sind.

Leute sieht man fast keine.

In der Stadt

Man wird nirgends mehr eingelassen, alle Kellner sagen Feierabend.

Es windet hier ziemlich scharf, man trifft nur noch Betrunkene. Ein ganz kleiner Mann mit einer randlosen Brille wankt vorbei und schaut mich klug an.

In den Parkhäusern stehen Autos.

In den Betten liegen Menschen.

Manche haben sich Nachrichten hinterlassen, bin morgen wieder da. Jemand hat auf eine Glastüre geschrieben, ich bin so schrecklich allein, weißt Du (ich glaub, ich werd noch verrückt).

Viele haben sich heute einen Film angeschaut, in dem andere glücklich werden.

In den Bahnhoftoiletten hängen Kondomautomaten, empfindungsecht, superfeucht, erste Qualität.

Manche läuten noch an Türen und wissen nicht, daß die Klingel defekt ist.

Im Zimmer nebenan stöhnt eine Frau fast eine Stunde lang, vom Mann hört man keinen Laut, man hört nur verbissen das Bett wackeln.

Ich schätze, daß es in der Stadt dreimal soviel Zimmer wie Leute gibt.

Nachts ziehen sich die Leute in die Zimmer zurück.

Etliche können nicht schlafen.

Sie husten noch ein bißchen.

Sie lesen die Zeitung, um zu erfahren, was anderen Leuten passiert ist. Ein Gammlerehepaar wollte sein Kind für 5 DM einem Kellner verkaufen und warf es dann in die Mosel.

Heute war ich dabei, als etwas passierte.

Im »Wienerwald« hat einer eine Stange mit acht vorgebratenen Hähnchen gestohlen und ist damit verschwunden. Der Hähnchenstangenbewacher rief die Polizei und verzeigte einen Mann, der diesem Diebstahl tatenlos zugesehen hatte. Acht Hähnchen sind allerhand, sagte er, und die zwei Polizisten verhörten etwas ratlos den Zuschauer. Ich weiß nicht, wie die Geschichte geendet hat, ich bin dann gegangen.

Ich kenne hier einen Herrn, der mit einem andern Herrn eine sehr gute Männerehe führt.

Ein weiterer Herr hat seiner Frau ein Kellertheater gekauft, damit sie wieder auftreten kann.

Andere spielen in Märchen mit.

Ein Mensch namens Schröder schlug mir vor, eine Nummer über den Eigentumsbegriff zu machen.

Man kennt sich hier.

Man trifft sich an.

Man wird beobachtet.

Viele denken über etwas nach.

Manche frieren.

Einer kotzt an eine Hausmauer.

So richtig glücklich ist niemand.

Durch das Fenster

Zuerst die Zweige des Aprikosenspaliers.
Dann Tropfen vom Dach.
Dann drei Büsche, Tamariske, Holder, Forsythie.
Dann Schnee mit Regen vermischt.
Dann eine unsaftige Februarwiese.
Darauf stehen Apfel- und Birnbäume.
Was ein Baum für ein Baum ist, kann man an seiner Form sehen, Apfelbäume sehen aus wie Äpfel, Birnbäume wie Birnen, Kirschbäume wie Kirschen usw. Bei den Kirschbäumen bin ich nicht ganz sicher.
Dann kommen Häuser mit Mansardenfenstern und Fernsehantennen.
In der linken untern Ecke meines Fensters befindet sich ein Bauernhaus, von dem ich nur die Tenne sehe.
Knapp über dem Sims verläuft eine Straße, auf der die Kinder zur Schule gehen. Manchmal fährt auch ein Auto vorbei.
Den untern Viertel meines Fensters beschließt die Seestraße, dort fahren dauernd Autos durch, öfters hupen sie, weil es eine Überholstrecke ist.
Dann kommt der Zürichsee, der links von einer ganz hohen Antenne fast durchschnitten wird.
Soeben fährt ein Zug durchs Fenster, auch er hält sich an die untere Bildhälfte.
Ein Freund aus Deutschland, der diesen See zum erstenmal sah, fragte mich kürzlich, was denn dieses langgestreckte Ding sei.
Ab und zu passiert ein Ledischiff das Fenster, im Winter kleine

Kursschiffe und im Sommer die großen Ausflugsschiffe. Fast immer liegen ein paar Boote im Fenster, in denen Fischer stehen, besonders wenn es regnet.

Dann kommt das andere Ufer, man sieht die Brauerei Wädenswil und die neuen Wohnblockquartiere.

Der Horizont geht ungefähr durch die Mitte, er heißt Gottschalkenberg.

Den oberen Teil des Fensters nimmt der Himmel ein.

Im 6. Stock

Unter mir ist ein Dachkännel, der wahrscheinlich verstopft ist. Das Wasser kräuselt sich darin. Ein riesiges Entlüftungsrohr kriecht 5 Stockwerke an der gegenüberliegenden Mauer hoch. Es sieht so aus:

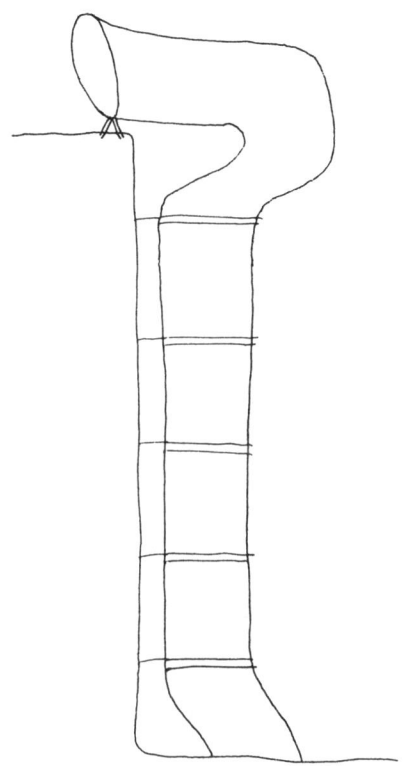

Man sieht Dächer und Kamine auf den Dächern. Wenn es kalt ist, heizen die Münchner ihre Häuser, und der Rauch, der durch die Verbrennung entsteht, steigt durch die Kamine. Es windet sehr stark draußen. Weiter hinten sehe ich einen Kran, an dem ein Drahtseil mit einem Gewicht hängt. Im Wind baumelt das Seil hin und her. Normalerweise wissen wir nicht, woher der Wind kommt. Wir sehen ihn auch nicht. Wir sehen nur flatternde Kopftücher, ein Blumenpapier, das sich langsam am Boden überschlägt, eine Sauerampferstaude am Rand eines bewachten Parkplatzes, deren Blätter hektische Zeichen geben, jetzt sehe ich ein noch größeres Papier, das sich wie ein Erbrechender um eine Parkverbotsstange gekrümmt hat, ein Mann hält den obersten Knopf seines Mantels zu, jetzt sehe ich auch, daß alle Antennen schwanken, aus einem Kamin wird der Rauch flach weggetrieben, und da hat es sogar einen Baum, den der Wind auf die Seite drückt, und die Vögel fliegen auch anders, leidenschaftlicher. Niemandem bläst es den Hut vom Kopf, wie das bei Wind typisch ist, allerdings habe ich schon zwei alte Frauen vorbeigehen sehen, die sich beide an der Hutkrempe festhielten. Wind kann man auch hören. Wenn er auf Hindernisse stößt wie Häuser und Türme, gibt es Geräusche, und zwar pfeifende, sausende oder heulende.

Weit hinten steht ein Hochkamin und schwankt überhaupt nicht. Er ist das einzige, was ich sehe, wenn ich im Bett liege und zum Fenster hinausschaue und erinnert mich daran, daß gestern im Frühstücksraum ein Herr Phallus ans Telefon gerufen wurde. Wenig vorher war die Freifrau von Thimig und dann die Prinzessin von Koey verlangt worden. Es ist eben ein gutes Hotel. Wenn man im 6. Stock sitzen und zusehen kann, wie draußen der Wind wirkt, ist es ein gutes Hotel. Dazu kommt, daß es Sonntagmorgen ist.

An der Tour de Suisse

Am Nachmittag habe ich beschlossen, die Tour de Suisse anzusehen und bin mit dem Auto auf den Ricken gefahren.

Auf dem Weg dorthin fiel mir auf, daß ich Atembeschwerden hatte, ich konnte nicht voll durchatmen. Ich überlegte mir, ob ich vielleicht Lungenkrebs habe, ein Gedanke, der meine Stimmung etwas drückte.

Auf dem Ricken angekommen, stellte ich den Wagen bei einem Parkverbot ab und ging in der Richtung, in der ich den Bergpreisstrich vermutete. Die Tourkolonne schien noch nicht in nächster Zeit erwartet zu werden, man sah erst einen Wagen, der durch den Lautsprecher von Verspätung sprach und daß man sich die Zwischenzeit mit Sinalco verkürzen solle.

Einen Polizisten, der zur Verkehrsregelung eingesetzt war, fragte ich, wo der Bergpreis sei, aber er sagte, er habe keine Ahnung. Zwei andere Zuschauer fragen zwei andere, ob sie etwa auch den Bergpreis suchen, und die andern sagen, sie glauben, er sei hinter der Kirche. Der Ricken ist eben kein Paß in dem Sinn, daß man steil aufwärts fährt und einen höchsten Punkt erreicht, von dem aus es dann steil abwärts geht, sondern man überquert ein kleines Hochplateau. Ich gehe also in der Richtung der Kirche, es scheint mir aber, je weiter ich gehe, daß dort, wo ich herkomme, die größeren Menschenansammlungen sind, ich frage noch einen Pöstler, wo der Bergpreis sei, und er weiß es auch nicht.

Da ich immer noch keinen Bergpreis sehe, kehre ich um und gehe wieder in die Nähe meines Autos, nun kommen langsam die ersten Reklamewagen und werfen den Kindern Kartonschirmmützen und Papierfähnchen zu, einem Paar vis-à-vis von mir werden auch zwei auf den Sportwagen geworfen, ich frage sie, ob sie sie brauchen und nehme sie mit, ich hätte Kinder, sage ich, obwohl ich nur eines habe.

Der Parisiennes-Wagen sagt, wie das Rennen steht und daß es jetzt zwei Parisiennes Super gebe, eine mit gewöhnlichem Filter und eine mit Doppelfilter. Aus einem andern Wagen steigen nun zwei Männer in grünen Pepita-Leibchen aus und rennen der Straße entlang. Sie verkaufen Programme, eins kostet zwei Franken. Ich kaufe eins, es enthält Bilder von früheren Touren, Erinnerungen an frühere Touren, Ranglisten von früheren Touren und einige Fotos, die ich schon als Kind gesehen zu haben glaube, zum Beispiel vom Sturz einiger Fahrer in einer Paßkurve, mit dem Kommentar »In den schweren Paßabfahrten sind Stürze nicht ganz zu vermeiden.«

Ein erster Fahrer in einem roten Tricot, den man auftauchen sieht, ist kein Spitzenreiter, sondern einer, der der Tour ein Stück weit vorausfährt, damit man meint, er sei der erste.

Dann sieht man aber wirklich den ersten hinauffahren, er wurde angekündigt als der Belgier David und ist es offenbar auch, er hat ein schwarzweißes Tricot, das für eine Kücheneinrichtungsfirma wirbt, ist klein und trägt eine Brille, er wird die Etappe gewinnen, was ich aber zu diesem Zeitpunkt noch nicht weiß. Er sieht sehr strebsam aus und etwas gequält.

Nach kurzer Zeit sieht man das Feld kommen. Es sind etwa fünfzig Fahrer, einige sind gleich alt wie ich, die meisten jünger, einer der vordersten ist Louis Pfenninger im Goldenen Tricot, er kontrolliert das Rennen, wie man allgemein weiß. Die Rennfahrer sagen dem gelben Leibchen »de Sack«. Vom Moment an, wo der erste Fahrer des Feldes durchgefahren ist, schaue ich ihm nach, sehe also alle Fahrer von hinten, und als es mir einfällt, daß ich sie von vorne sehen wollte, schaue ich mich wieder um, aber sie sind schon alle durch. Ich drehe mich wieder um und sehe sie nochmals alle von hinten, bevor sie verschwunden sind. Ich habe nicht »Hopp!« gerufen, und auch in meiner Umgebung hat niemand »Hopp!« gerufen. Von weiter oben habe ich einen Buben »Hopp Pfänni!« rufen gehört. Jetzt kommt noch ein Nachzügler, ein Italiener, dem Aussehen nach, und dann setzt der normale Straßenverkehr wieder ein.

Ich gehe zum Auto, da ruft ein Vater seinem Buben zu, lueg, Martin, da chunnt na eine, de arm Cheib! Und tatsächlich kommt noch einer, wirklich ein armer Cheib, schon mitten im Autoverkehr, aber es fährt ihm eigens ein Polizist auf einem Motorrad voraus, und neben ihm fährt der Wagen, den man besteigen kann, wenn man das Rennen aufgibt, auf der Rückseite des Wagens ist eine Aufschrift ENDE DER TOUR.

Jetzt weiß ich es und steige in mein Auto. Auf der Heimfahrt merke ich, daß ich immer noch Atembeschwerden habe. Ich werde nächstens einen Arzt aufsuchen.

An der Bundesfeier

Dieses Jahr habe ich die Bundesfeier besucht, welche die Republikaner auf der Forch veranstalteten.

Vom Parkplatz zum Wehrmännerdenkmal ging ich hinter einem Waadtländer her, der in Tracht gekommen war und eine große Fahne seines Kantons über der Schulter trug. Als man auf halbem Weg an einem Sanitätszelt vorbeikam, rief der Waadtländer einem Mann namens Nägeli, den er kannte, »Nägeli!« zu, während hinter mir einer auf Baseldeutsch sagte, in die Landschaft müßten sie noch stärker hineinkommen.

Nachher mußte man zur Seite treten, weil drei Polizeiautos im Schrittempo hinauffuhren.

Ich erhielt ein grünes Programm und trat zu der Festgemeinde, so, daß ich von der Seite knapp auf das Rednerpult sah, an dem ein Dr. Hegg gerade dazu aufforderte, das Versauen und Verschmieren anderen zu überlassen.

Viele Leute hatten sich auf den Stufen des Denkmals niedergelassen, andere, die Mehrzahl, auf dem Bord gegenüber, einige hatten Feldstühle mitgebracht, auf denen sie nun saßen.

Das Denkmal, welches eine Flamme darstellt, ist übrigens den Schweizern gewidmet, die im Ersten Weltkrieg beim Militärdienst ums Leben kamen und wird im Volksmund als gefrorener Furz bezeichnet. Es war eine zeitlang sehr häßlich, aber heute, wo man diesen Stil erneut zu schätzen beginnt, ist es wieder schön.

Jetzt wurde Herr de Meuron aus Neuenburg angesagt, der den Gruß der Welschen überbrachte, und von dessen schneidigen Worten mir der Satz hängengeblieben ist: On ne meurt pas pour une société anonyme!

Die Grüße der Tessiner übermittelte ein jugendlich aussehender Mann, der als Bruno Abderhalden vorgestellt wurde und beim Verlesen seines Textes einmal ein Blatt zuviel umkehrte, so daß er einen Satz, in dem das Wort »eroiche« vorkam, wieder abbrechen mußte.

Währenddem Nationalrat Oehen von der weit verbreiteten Geringschätzung unseres Nationalfeiertages sprach, merkte man, daß weiter hinten etwas geschah. Oehen bat die Festgemeinde, die Aufmerksamkeit ihm zuzuwenden, trotzdem wurde nun allgemein gemutmaßt, was wohl los sei, einige Männer standen entschlossen auf und gingen nach hinten.

Dort hatte sich offenbar ein Kampf um eine rote Fahne abgespielt, die ich noch wie einen Speer den Hügel hinunterfliegen sah. Ein Demonstrant lag am Boden, die Beine über dem Körper dicht angezogen, während auf ihn eingeschlagen wurde. Er wurde von der Polizei befreit und festgenommen, zwei Kantonspolizisten hielten ihn mit eisernem Griff, der eine der beiden machte seine Ratlosigkeit mit einem grimmigen Gesichtsausdruck wett.

Die Leute hörten jetzt eine Weile nicht mehr zu, sondern besprachen halblaut den Vorfall. Schickt nur noch mehr auf die Hochschulen, sagte einer mit Schweißperlen auf dem Haarboden, und, die Presse unterstützt sie ja noch, ein anderer, oder, als sich zwei Fernsehleute in der Krawallrichtung entfernten, das ist etwas für euch, das könnt ihr wieder aufbauschen.

Als nun der Bundesbrief vorgelesen wurde, beruhigten sich die Festteilnehmer etwas, und hinter mir flüsterte eine Frau, dä do vorne im bruune Pullover sett me n au usegheie, dä stört doch au mit sine Heftli. Es war ein junger Mann, der mit provozierend freundlichem Gesichtsausdruck eine kommunistische Schrift feilbot.

Dann trat Fritz Schäuffele, von dem ich als Knabe ein Jugendbuch über die Wikinger gelesen habe, an das Rednerpult und trug ein selbergemachtes Gedicht über den 1. August vor, das mit den Worten »Sie wollen ihn uns verleiden« begann. Von ihm war auch der Text zur Republikaner-Hymne, die anschließend erstmals gesungen wurde, und die sich etwa mit den Worten Streit, Freiheit, Zeit, bereit zusammenfassen läßt.

Beim Auftritt von James Schwarzenbach ertönten einige Pfiffe, aber sonst war es während seiner Rede außerordentlich ruhig. Er sprach Mundart und wies auf den blauen Himmel hin, wobei ich mir vorstellte, daß im Manuskript noch eine Schlechtwettervariante in Klammer dabeistehen mußte, in der wahrscheinlich das Wort »trotz« vorgekommen wäre.

Was er sagte, hätte über weite Strecken von einem Kommunisten oder Sozialisten sein können, sein Haß auf die Banken, die Spekulation, die Großindustrie, das interessenvertretende Parlament erntete sozusagen satzweise Zustimmung, fast bei jeder seiner Forderungen wurde applaudiert, nur als er persönliche Freiheit für jeden forderte, klatschte niemand. Mit großem Erfolg zählte er echte Feinde auf, also die modernen Vögte hinter den Banktresoren oder die Planer, die unser Land verplanen. An diesem Punkt kam dann auch die politische Abzweigung nach rechts, indem er sämtliche sozialisierenden Maßnahmen ablehnte und die Schweiz der Zukunft als ein genügsames Land schilderte, das von bescheidenen Gewerbetreibenden und Kleinhändlern bewohnt wird und wieder sich selbst gehört, und nicht den Ausländern. Er betonte immer wieder, daß wir selber zum Rechten sehen müssen und schloß mit einem Zitat von Gottfried Keller.

Als die Landeshymne angestimmt wurde, ging ich schon den Hügel hinunter.

Dann hörte man plötzlich, wie ein Sprechchor einen Vers skandierte, dessen erste Zeile lautete: »Schwarzebach-Partei!«

und sich, soviel ich verstand, in der zweiten Zeile auf »hei«
reimte. Mit diesem Ruf zog eine Gruppe von Blue-Jeans-Leu-
ten unterhalb des Denkmals durch. Von der Anhöhe herunter
stürzten sich nun Männer mit Knüppeln und Fahnenstangen auf
das Züglein, das unter ihren Hieben bald auseinanderstob, und
das alles sah von weitem, zu den dünnen Klängen der Landeshymne, mit dem höchst farbigen Wurm von Menschen, der sich
vom Hügel herabwand, und den weißen Hemden der Kämpfer,
die in der Sonne morgartenhaft leuchteten, äußerst lieblich aus.

Beim Sanitätszelt rieb man sich in der Hoffnung auf Verletzte
schon die Hände, eine Tragbahre lehnte einladend bereit, mitten
auf dem Weg stand ein Alphornbläser, der die Töne nie gleich
traf, und neben mir sagte jemand im Hinabgehen: Die Soubruet
isch halt überall.

Am Fernsehen

Heute stand ich um viertel nach sieben Uhr auf, um die Bundesratswahlen am Fernsehen zu sehen.

Schon in der Nacht hatte ich die Stube, in der der Fernsehapparat steht, vorgeheizt, wobei ich festgestellt hatte, daß aus der Steckdose, an die ich den elektrischen Speicherofen normalerweise anschließe, kein Strom kam. Daraufhin hatte ich den Ofen an den Fernsehstecker angeschlossen.

Zusätzlich zündete ich jetzt ein Cheminéefeuer an, und meine Frau machte einen Kaffee für beide. Mein Sohn, der zweieinhalb ist, bekam eine Ovomaltine.

In gefüllten Kunststoffsäcken sitzend, tranken wir den Kaffee und schauten gleichzeitig in den Fernsehapparat, der bei uns ziemlich erhöht steht.

Herr Muheim, der Nationalratspräsident, ein schmucker Mann mit einer angenehmen Stimme, eröffnete die Sitzung und verlas das Demissionsschreiben von Bundesrat Tschudi, der währenddessen groß im Bild zu sehen war und ein trockenes Gesicht machte, oder hatte. Als Herr Muheim das Wirken von Herrn Tschudi kurz würdigte, war ich im Keller zum Holz holen, aber meine Frau sagte mir, Herr Muheim habe gesagt, daß bei Tschudi gewissermaßen der Hans und der Peter gearbeitet hätten. Herr Tschudi heißt zum Vornamen Hanspeter.

Daraufhin ergriff Bundesrat Tschudi das Wort, um einige zusammenfassende Sätze über seine Arbeit zu sagen, wobei er vor allem den Beamten seines Departements dankte. Danach mußte meine Frau zum Augenarzt.

Das gleiche wiederholte sich nun mit den Bundesräten Bonvin und Celio, wobei mir auffiel, daß Bonvin ohne Manuskript sprach. Er verglich die Schweiz mit einem Haus, das solid gebaut sei und stellte den Bundesrat und das Parlament als eine Art Reparaturequipe dar, die manchmal auch nur ein paar Möbel verschieben müsse.

An Bundesrat Celio rühmte Herr Muheim vor allem seinen Humor, der ihnen allen nun fehlen würde. Celio selbst sprach sehr kunstvoll in seiner Muttersprache und brachte irgendwie die Politik oder sich selbst mit einem Wildbach zusammen, der gegen unten gemäßigter fließe, genau habe ich es nicht verstanden.

Während der ganzen Zeit störte mich der Gestank aus den Windeln meines Sohnes, der sich langsam in der ganzen Stube festsetzte. Jetzt kamen aber die Erklärungen der Fraktionspräsidenten, die ich nicht verpassen wollte.

Herr Müller von der SP gab im Namen seiner Partei eine Erklärung ab, in der er aber dann doch das Wort »ich« brauchte. Er betonte, das Kandidatenwahlverfahren in ihrer Partei sei demokratisch gewesen, und man solle den aufgestellten Herrn Schmid wählen.

Dann tauchte die bullige Figur von Herrn König aus Zürich auf, der für den Landesring gegen die Absprache der Parteien, drei Räte miteinander zurücktreten zu lassen, protestierte.

Herr Schwarzenbach äußerte alsdann im Namen der Nationalen und der Republikaner, wie sehr doch das ganze ein ausgetüfteltes Spiel sei und wie wenig bei den offiziellen Nominationen auf die befähigenden Eigenschaften geschaut worden sei und legte allen den tatsächlich erstaunlichen Artikel 91 der Bundesverfassung ans Herz, wonach die Räte ohne Instruktionen stimmen.

Alle Bürgerlichen samt den Sozialdemokraten konterten dann

diese beiden Voten, warfen ihnen Unwürdigkeit, Gehässigkeit vor, Herr Alois Hürlimann aus Zug sprach sogar von »unschweizerisch«, und der Großvater der Sozialdemokraten, Herr Eggenberger, bedauerte, daß nun ein Schatten der wilden Anwürfe der Presse auch in diesen Saal falle, und das sei in den 26 Jahren, in denen er hier sitze, noch nie passiert.

Jetzt kam meine Frau vom Augenarzt zurück. Sie machte nochmals einen Kaffee, und wir nahmen etwas Brot, Butter und Honig dazu. Mein Sohn war noch immer nicht gewickelt.

Die Stimmzettel für die erste Ersatzwahl wurden verteilt, es waren 242, das heißt, daß zwei Leute fehlten. Nun telefonierte der Geschirrwaschmaschinenmonteur und kündigte seine baldige Ankunft an, worauf meine Frau in der Küche das Geschirr noch etwas in eine Ecke rückte, damit sie sich nicht zu schämen brauchte. In der Wartezeit wurde ein Film über Bundesrat Tschudi eingespielt. Der Kleine schlug den Kopf an einer Schranktür an, die meine Frau beim Aufräumen öffnete, und begann zu heulen. Er mußte hautnah getröstet werden, wobei der Gestank fast nicht auszuhalten war, aber da jetzt das Resultat jeden Moment zu erwarten war, konnten wir nicht ins Badezimmer.

Als der entscheidende Zettel zu Herrn Muheim kam, steckte er noch zwei, dreimal mit den Umgebenden die Köpfe zusammen, dann verlas er das Ergebnis.

Gewählt war mit 123 Stimmen der Solothurner Regierungsrat Willi Ritschard. Der offizielle Schmid hatte es nur auf 77 gebracht.

Das war eine Überraschung.

Herr Ritschard war, da er nicht Parlamentsmitglied ist, gar nicht in Bern, sondern zu Hause in Solothurn. Man mußte ihn zuerst anrufen, um zu fragen, ob er die Wahl annehme. Ich stelle mir vor, daß er das ganze am Fernsehen verfolgt hat und unheimlich erschrak, als Herr Muheim seinen Namen las. In ganz kurzer Zeit traf aber schon die Nachricht ein, Herr Ritschard habe die Wahl angenommen und mache sich auf den Weg nach Bern, das zum Glück nicht allzuweit von Solothurn entfernt liegt.

Jetzt wurden die Stimmzettel für die zweite Ersatzwahl verteilt, und es wurde ein Film über Bundesrat Bonvin eingespielt.

Meine Frau ging nun in die Schule, und ich säuberte endlich meinen Sohn, der dagegen protestierte, daß ich ihm dabei das Schwänzchen hochhob, da dieses sonst kaputtgehe. Bis ich ihm seine Tageskleidung angezogen hatte, war die zweite Wahl schon zu Ende.

Gewählt wurde nicht der vorgeschlagene Tessiner Franzoni, sondern der Zuger Regierungsrat Hans Hürlimann. Herr Muheim bat ihn »ans Mikrofon«, wie er sich ausdrückte, und Herr Hürlimann nahm seine Wahl an, dankte und hoffte auf die Hilfe Gottes.

Als nun nach der Verteilung der Zettel zur dritten Wahl ein Film über Bundesrat Celio eingespielt wurde, traf der Geschirrwaschmaschinenmonteur ein. Ich erklärte ihm, was der Maschine fehlte und half ihm beim Hervorziehen derselben. Dabei fand ich hinter der Maschine zwei heruntergefallene Abwaschbürsten, etwas Besteck und einen entsetzlichen Kerzenständer sowie zwei Untersätze aus Kunststoff. Der Monteur wußte noch nicht, daß Hürlimann gewählt war, fand aber, das sei wieder einer dieser Zuger, welche den ausländischen Briefkastenfirmen zu Geld verhülfen. Ich fragte ihn, ob er ihn nicht mit Alois verwechsle, aber er war nicht sicher.

Dann begann er nach Kurzschlüssen zu suchen, und in der Stube wurde das Ergebnis der dritten Wahl bekannt: gewählt war Herr André Chevallaz, der sogleich aufjuckte und nach vorn eilen wollte. Er setzte sich erst wieder, als der Nationalratspräsident sagte, weitere Stimmen hätte Herr Schmitt bekommen, nämlich 93. Herr Henri Schmitt war der offizielle Kandidat der Freisinnigen gewesen. Dann erst durfte Herr Chevallez ans Mikrofon und begann seine Annahmeerklärung mit den Worten: Je mesure le poids de la charge que vous m'avez confiée.

Die Vereidigung, die eigentlich jetzt hätte folgen müssen, mußte noch etwas aufgeschoben werden, da Herr Ritschard immer noch auf Bern zufuhr, und so wählte man zuerst noch den Bundespräsidenten, was eine reine Formsache war, aber auch wieder eine Viertelstunde ausfüllte.

Dann endlich wurde Herr Ritschard von den Weibeln hereingeführt, er wurde mit Applaus empfangen, einige verärgerte Sozialdemokraten verließen zwar den Saal, der Kommentator wies darauf hin, aber ich konnte sie nicht von den herumeilenden Pressefotografen unterscheiden.

Herr Ritschard war ebenso feierlich angezogen wie die andern, man konnte also annehmen, daß seine Frau den Anzug für alle Fälle schon bereit hatte. Bei ihm schlug die Bewegtheit nicht in Strammheit um wie bei Herrn Hürlimann oder in Vibrato wie bei Herrn Chevallaz, sondern in einen fehlerhaften Satz, was ihn gleich sympathisch machte.

Zur Vereidigung wurden nun die drei Bundesräte nicht mehr ans Mikrofon, sondern ins Halbrund gebeten, wo sie einer nach dem andern schwören mußten, daß sie ihr Amt korrekt ausüben würden und dazu die drei Schwurfinger der rechten Hand, also Daumen, Zeigefinger und Mittelfinger erheben mußten, etwas, das man selten sieht. Nachher half ich dem Monteur eine Sicherung suchen, dieselbe, an der auch der Speicherofen hing, so daß ich das Interview mit Herrn Ritschard verpaßte, ich nehme aber an, daß er gesagt hat, er hätte nicht mit seiner Wahl gerechnet.

Das Interview mit Herrn Hürlimann sah ich hingegen, er betonte, daß er bereit sei, jedes Departement zu übernehmen, das man ihm gebe – man weiß aber bereits, daß er das Innere bekommt.

Nachher mußte ich wieder in die Küche, wo mir der Monteur erzählte, daß sein fünfjähriger Enkel eine TB erwischt habe, und zwar von ihm. Ich wurde etwas vorsichtiger und ging wieder in die Stube, aber das Interview mit Herrn Chevallaz war schon vorbei, man sah noch Bundespräsident Brugger mit einem großen Blumenstrauß in der Wandelhalle stehen, und dann stellte ich ab.

Der Defekt an der Geschirrwaschmaschine war inzwischen auch behoben, an der Heizung war ein falscher Kontakt gewesen, und mein Sohn und ich schauten zusammen durch das Fenster zu, wie der Monteur mit seinem blauen Volvo davonfuhr.

An der Demonstration

Heute habe ich an einer Demonstration gegen das geplante Atomkraftwerk in Kaiseraugst teilgenommen.

Lukas, der Kaiseraugst als Kaiserangst aussprach, rief mir nach: »E Grueß!«

Aus Gründen der Stilreinheit fuhr ich mit dem Zug, obwohl die Verbindungen sehr schlecht waren. In Brugg, wo ich umsteigen mußte, fielen mir zwei Männer auf, die auch warteten, einer mit Baskenmütze, der andere mit Bart, ferner einige langhaarige Burschen in Reportermänteln. Auf der anderen Seite des Geleises wartete eine größere Trachtengruppe auf den Zug nach Zürich, wo an diesem Sonntag ein Trachtenfest stattfand.

Nach einer halben Stunde fährt der Bummelzug Richtung Basel ein, ich habe – ein kleiner Stilbruch – 1. Klasse gelöst, im Gegensatz zu den andern Wartenden, und steige ins einzige Nichtraucherabteil, in dem schon ein Mann sitzt, mit uneinsichtigem Gesicht, der dauernd Kambly-Biscuits verzehrt, und zwar auf eine Art, die mich beinahe zum Wechsel ins Raucherabteil bewegt. Auf der Fahrt erwäge ich die Schaffung von Esser- und Nichtesserabteilen und überlege mir auch, weshalb die Natur die Hagebutten mit derart scharfen Dornen verteidigt. Die Dokumentation der Atomkraftwerkgegner habe ich bis Brugg gelesen, im großen und ganzen bin ich mit ihnen einverstanden, bin aber zugleich von der weltweiten Unausweichlichkeit des Wahnsinns überzeugt, zu der auch die Unmöglichkeit eines Rüstungsabbaus gehört. Daraus leite ich übrigens die Notwendigkeit ab, gegen den Wahnsinn und für den Rüstungsabbau zu demonstrieren, aber das ist meine Sache.

Es ist sonnig, in Frick stehen zwei gelbe Postautos, vor denen niemand wartet, die Chauffeure sitzen auf einem Mäuerchen und unterhalten sich. Für Bummelzüge würde ich durchs Feuer gehen. Ab Möhlin höre ich im benachbarten Abteil den mir von meinen Großeltern her vertrauten Fricktaler Dialekt, i glaub it, sagt jemand, das heißt: Ich glaube nicht.

Immer mehr junge Leute steigen unterwegs ein, nur die erste Klasse bleibt leer, bis auf mich und den Herrn, der inzwischen die Biscuitschachtel ausgegessen und in den Abfallbehälter gemurkst hat.

Endlich sind wir in Kaiseraugst, die Passagiere ergießen sich auf das Bahnhofsareal, die Baskenmütze und der Bart sind wieder zu sehen, und zu meinem Erstaunen steigt auch der Herr mit den Biscuits im Bauch aus und macht sich auf den Weg zum Gelände.

Die Demonstration spielt sich auf dem Boden ab, auf dem das Atomkraftwerk gebaut werden soll, mitten drin ragt ein Gerüstturm schlank und stahlgrau in die Höhe, man hält ihn sofort für das Profil des Kühlturms, es ist aber, wie mir später ein Einheimischer sagt, ein meteorologischer Turm, unten ist er eingehagt, der Zaun umschließt auch ein Wärterhäuschen mit einem Gärtchen, in dem Begonien blühen. Der Kühlturm würde beträchtlich höher.

Auf dem Gelände sind Bänke und Tische volksfestartig angeordnet, zuvorderst ist eine mit Plastik gedeckte Bühne, auf welcher die Referenten und Votanten sich ablösen. Weiter hinten befinden sich die Stände mit Informationsmaterial, nur solche der Gegner natürlich, am meisten Interesse findet ein Stand, an dem ein Physiker erklärt, was Radioaktivität ist, sowie ein Stand, an dem man gratis heiße Milch und Ovomaltine haben kann.

Unter den Anwesenden gibt es viele, deren Gesichter dem unter der Baskenmütze gleichen, Leute mit intensivem Blick, die zur Hohlwangigkeit neigen. Sehr viele Junge unter zwanzig Jahren, die so aussehen wie Junge unter zwanzig aussehen, dann auch die reinen Ablehnungsgesichter, für die Technik und Fremdenhaß irgendwie dasselbe sind. Ganz vorn an der Tribüne stehen drei Bauern, mit schwarzen Zipfelmützen und skeptischem Blick. Viele aparte Frauen um die vierzig herum fallen mir auch auf.

Kurz nach der ersten Ansprache, in der der Karikaturist Jürgen von Tomëi das Atomkraftwerk als Karikatur bezeichnet, prüft ein gewaltiger Gewitterregen die Versammlung auf ihre Standfestigkeit. Alle haben irgendeine Bedeckung mitgebracht, nur ich nicht, ich verdrücke mich zur Rednertribüne und überlebe trocken.

Die Leute, welche die Veranstaltung organisieren, erkenne ich nach einer Weile daran, daß sie alle Gummistiefel tragen. Einer der Redner, der ein Grußwort einer befreundeten Organisation überbringt, muß nachher sofort abreisen zu einer weiteren Geländebesetzung im elsässischen Marckolsheim. Die meisten Redner überbringen gewaltlose, aber entschlossene Grußworte. Eindrücklich ist Ossip K. Flechtheim, ein kleiner, höchst normal aussehender Herr, der das Allgemeine so zu formulieren versteht, daß man überzeugt ist, etwas Konkretes gehört zu haben. Herr Molinari, Gemeindepräsident von Rheinfelden, legt dar, warum das Atomkraftwerk für Rheinfelden unzumutbar ist, und von Trudy Gersters Rede bekomme ich nur den Schlußappell an die Wissenschaft mit, da ich rasch eine Cervelat essen mußte.

Viele Eltern haben ihre Kinder mitgebracht, zwischen zwei Ansprachen werden Agnes und ihr Brüderlein über den Lautsprecher ausgerufen, bzw. deren Eltern darauf aufmerksam gemacht, daß die beiden beim Kasperlitheater warten. Eine Malwand lädt die Kinder ein, zum Thema Atomkraftwerk oder Umweltschutz zu malen, am besten gefällt mir ein Totenkopf mit einer Zigarette, neben welchem steht: Rauchen ist Dein Tod. Zwischen den Bänken geht ein hochgeschossener Vegetarier durch und bietet aus einem großen Korb Radieschen und rohe Rüben an, später sehe ich ihn beim Verteilen einer Schrift mit dem Titel »Volksaufklärung über Gesundheitsschäden durch erhitzte und vergiftete Nahrung«, wobei mit Erhitzen einfach Kochen gemeint ist.

Die Abfolge der Reden wird durch musikalische Darbietungen unterbrochen. Ernst Born, ein junger Basler Liedermacher (es gibt eigentlich *nur* junge Liedermacher) hat das Pech, daß ihm während des Vortrags seines ersten Liedes das Mikrofon ausfällt, am Schluß fragt er, ob mans verstanden habe, alle rufen »nein!«, er fragt, ob ers nochmals singen solle, nun rufen einige »ja!«, andere aber hörbar »nein!«, worauf er es nochmals singt und dann vom Veranstaltungsleiter erfährt, daß das gleichzeitig sein letztes Lied gewesen sei.

Gegen Ende der Demonstration, mitten in einem zweiten Regenguß, komme ich selbst dran. Ich richte zuerst den Gruß meines Sohnes aus, ziehe dann eine Gasmaskenbrille und ein Paar Eishockeyhandschuhe an und singe mein Sprechlied vom Weltuntergang, das ich auf einem bereitgestellten Ölfaß begleite. Wie ich zu Ende bin, bin ich erleichtert, daß ich nicht drausgefallen bin und kann mir nun in Ruhe die zwei letzten Voten anhören, von denen ich nichts mehr weiß. Es ist überhaupt nicht üblich, das ist mir zusätzlich aufgefallen, daß die verschiedenen Votanten einander auch selbst zuhören, wenn einer fertig ist, tuschelt er meist noch eine Weile irgendetwas mit dem Leiter oder einer dastehenden Person.

Eine Resolution wird gefaßt, einstimmig, eine Gegenmeinung hätte hier auch bedeutend mehr Mut gebraucht als das Vortragen von etwas Passendem. Es schließt sich eine Publikumsdiskussion an, in der sich mehrere Leute mit ähnlichen Beiträgen melden und in der vergeblich nach einem Herrn Fischer Ausschau gehalten wird, der die Interessen der Motor Columbus, Bauherrin dieses Kraftwerks, verträte. Ein wirrer Typ hält mir eine Zeichnung vor die Augen, auf der die Erde mit einer Kartoffel verglichen wird, woraus dann über magnetische Umwege die Notwendigkeit von geothermischen Kraftwerken hervorgeht. Er sei wegen dieser Theorien von der Universität geflogen und verkaufe nun diese Zeichnung für zwei, drei Franken, weil er ziemlich pleite sei. Ich kaufe ihm eine ab, verabschiede mich von den Veranstaltern und fahre mit Bekannten, die ich getroffen habe, nach Rheinfelden auf den Bahnhof.

Während der Heimfahrt sehe ich aus den Häusern schon überall das blaue Fernsehlicht leuchten.

Auf dem Schlachtfeld

*»Dieser Krieg ist aus einem schrecklichen Mangel an Phantasie
entstanden.«*
Franz Kafka über den 1. Weltkrieg

Vor fünfzig Jahren stand auf den Hügeln nördlich von Verdun
kein Baum mehr. Auf Luftaufnahmen sieht man eine vollkommen bloße, sandartige Kraterlandschaft, die von Rissen durch-
zogen ist. Die Krater sind Geschoßeinschläge, die Risse sind
Schützengräben.

Heute gedeiht hier eine seltsam reiche Vegetation. Aus den
Geschoßtrichtern sind algenüberzogene Sumpftümpel geworden, mit knarrenden Fröschen, mit Schilf, Schachtelhalmen und
Kanonenputzern. Hart daneben gibt es Föhren (sonst ein Zeichen für trockenen Boden) und ein rücksichtsloses Gedränge
von Laub- und Nadelbäumen, teils im Efeu erstickend, teils von
Nielen umklammert, aus dem ein Mischklang von Vogelrufen
steigt, so dicht und üppig, als werde hier noch Leben nachgeholt.
Dazwischen sprießen gekrümmte Eisenstücke aus der Erde, die
man zunächst für Wurzeln hält, man merkt erst beim Darüber-
stolpern, bei diesem bösartigen Zurückschnellen, daß das kein
Holz sein kann. Von den paar Straßen und Fußwegen, die die
entscheidenden Punkte des einstigen Schlachtgeländes miteinander verbinden, getraut man sich nicht ab, denn noch sind weite
Teile dieses Bodens scharf geladen.

Der Verbrauch an Eisen muß enorm gewesen sein. Bei einer
Befestigungsanlage hat man noch eine Bombe im Boden stecken
gelassen, mit dem Schwanz in der Höhe. Wie ich näherkomme,

höre ich verzweifeltes Vogelpiepsen und sehe schließlich, daß durch den Spalt zwischen Geschoßmantel und -schwanz zwei Meisen geschlüpft sind, die nun im Innern der Bombe sitzen und nicht mehr hinauskönnen. Ich sehe auch keine Rettungsmöglichkeit und lasse sie in ihrer Todesfalle zurück. Nicht jeder Vogel, der in Verdun stirbt, hat das Glück, dies auf eine so wirkungsvolle Art hinter sich zu bringen wie jene Brieftaube, die mit der letzten Nachricht aus dem von den Deutschen eingeschlossenen Fort Vaux durch Wolken von Giftgas in ihren Bestimmungsschlag flog und kurz danach verendete. Die Taube erhielt ein Staatsbegräbnis, obwohl ihre Nachricht an der Kapitulation des Forts nichts mehr geändert hatte. Solche Tiergeschichten inmitten der Schlachtereignisse wirken irgendwie beruhigend, weil sie die Unmäßigkeit dessen, was geschehen ist, auf ein Maß verkleinern, das auch in die allergeringste Vorstellungskraft noch hineinpaßt.

Viele Soldaten müssen in den Kratern versunken sein. Einer, so liest man im Museum, sei in einen frisch entstandenen Trichter voll Dreck und Schlamm gerutscht, habe um Hilfe gerufen, ein Kamerad habe ihm darauf zweimal das Gewehr hingehalten, sei aber, als sich der andere nicht gleich daran hochziehen konnte, weitergegangen und habe ihn im Matsch ersticken lassen.

Genau genommen ist das Wort »Soldat« nichts anderes als eine Beschönigung. Es erhebt den Anschein, die damit Bezeichneten seien ja dafür da, daß sie töten und getötet werden, darum gilt es auch als weniger schlimm, wenn Soldaten ums Leben kommen, als wenn es sogenannte Zivilisten trifft. Der Kanonier so und so, heißt es, oder der Artillerist, oder der Mitrailleur, aber wahrscheinlich waren die meisten einfach junge Leute, die ratlos vor Schrecken aus irgendeinem Graben herausgefeuert haben.

Ein amerikanischer Kriegspsychologe nimmt auf Grund seiner Studien in Korea an, daß im Gefecht etwa 75 % aller Soldaten durch die Angst nahezu gelähmt werden und nicht imstande sind, einen gezielten Schuß abzugeben oder eines der Manöver auszuführen, das sie ihrer Ausbildung nach beherrschen sollten. Die wenigen, die das dann können, sind wohl auch die, die am Ende überleben, die Phantasielosen und die Freiwilligen. Der erste Franzose, der bei der Wiedereroberung das Fort Douaumont betrat, war ein neunzehnjähriger Freiwilliger, der tatsächlich Dumont hieß, Paul Dumont. »On y va?« habe er zu seinen Kameraden gesagt, bevor er hineingesprungen sei. Der deutsche Besatzungschef muß darauf »Kommandantur!« geschrien haben, worauf Dumont, der wußte, was sich gehört, nicht schoß, sondern ihn und seine Adjutanten gefangennahm. Die Vorarbeit für Dumont, die Säuberung der letzten Schützengräben, erledigten übrigens senegalesische und sambesische Truppen, also Afrikaner, die auf Seiten der Franzosen kämpften, oder kämpfen mußten.

Auch wenn man nur als Bäcker eines Forts beim Kneten eines Teigs getroffen wurde, das Schlachtfeld war ein Feld der Ehre, un champ d'honneur, noch heute wird es als geweiht betrachtet, und laut deutschem Text ist verboten: ESSEN – FREIEN – CAMPING – MUSIK – SPIELE.

Zwei Väter haben ihren Söhnen Grabkreuze errichtet, genau dort, wo sie gestorben waren, zwei unfreiwillige Einundzwanzigjährige. Tausende von Umgekommenen sind auf dem Soldatenfriedhof begraben, dessen strenge Ordnung sich in den Parkplätzen der anschließenden Gedenkstätte fortsetzt.

Verdun selbst, die Stadt Verdun wurde von den angreifenden Deutschen nicht eingenommen, hingegen wurden einige Dörfer im Kampfgebiet so gründlich zerstört, daß man sie nicht wieder aufgebaut hat. Eine normale Ortstafel an der Straße kündigt an:

FLEURY

devant DOUAUMONT

Dort, wo aber das Dorf stehen sollte, steht nur eine zweite Tafel mit der Aufschrift

ICI ETAIT

FLEURY

Hier war Fleury. Etwas weiter im Wald steht ein Denkmal, das die ausgelöschte Gemeinde Fleury denjenigen Söhnen des Dorfes gewidmet hat, die in dieser Schlacht ums Leben kamen, 8 Namen stehen darauf. 8 Männer waren also nicht von irgendwoher zu irgendwelchen Schützengräben gebracht worden, sondern hatten in den Wäldern gekämpft, in denen sie als Knaben gespielt hatten, hatten die Häuser verteidigt, in denen sie aufgewachsen waren, für 8 Männer war es nicht ein Kampf um einen Begriff, sondern ein Kampf um einen Ort.

700 000 Menschen sollen insgesamt bei Verdun getötet worden sein. Etwas wie Trauer beschleicht einen, wenn man sagen soll, wie man das hätte vermeiden können. Oder soll man etwa sagen, damit diese 700 000 Menschen hätten am Leben bleiben können, hätten eben 700 000 Menschen den Dienst verweigern müssen? Das wäre eine einfache Mathematik, nur weiß man eben, daß das Leben keine Mathematik ist, und man weiß, daß es nicht möglich ist, daß alle den Dienst verweigern, alle 700 000, das wäre eine Ungeheuerlichkeit, das wäre einfach zuviel verlangt von den Leuten. Daß sie sich allerdings nachher in einem menschenunwürdigen Wirrwarr von Morast, Geschossen und Gas umbringen und umbringen lassen, sich gegenseitig zerstören und entstellen, das kann man eigenartigerweise wieder verlangen von den Leuten. Doch, das schon.

Beim Essen und unmittelbar danach

Im Salmen hat es noch Platz, am Fenster, neben zwei Männern, die über Warenhäuser reden. Die EPA hat gute Ware, sagt der eine. Ich nehme eine Einlaufsuppe und einen Teller Geschnetzeltes mit Nudeln.

Der Mann geht, und es kommen zwei ältere Frauen, die einen Oberländer Dialekt reden, sie sagen chöife und ghaben. Der andere Mann spricht nun plötzlich auch Oberländer Dialekt.

In der Zeitung lese ich, daß ein Gletscher auf ein Walliser Dorf zu stürzen droht.

Schtitzschtrimpf nützen ihr nichts, sagt die ältere der beiden Frauen.

Eine dritte Frau kommt dazu, will sich aber nicht an denselben Tisch setzen.

Ich zahle und gehe zur nächsten Post. Eine Dame gibt umständlich zwei Briefe auf, eingeschrieben, expreß und erst noch ins Ausland. Vor mir wartet ein Italiener, er will eine Karte aufgeben, auf welcher in einem Herz ein junges Paar abgebildet ist. Er dreht die Karte hin und her, und ich sehe, daß sie nach Magenta geht und daß er auf die Rückseite geschrieben hat: Ti amo tanto e ti bacio. Tuo Luciano. Jetzt dreht sich der Italiener um, und ich schaue rasch woanders hin, auf den Rücken der Dame, aber er hat gemerkt, daß ich die Karte gelesen habe.

Ich gebe einen Brief nach Amerika auf, den ich an eine Frau geschrieben habe, die ein Postfach hat.

Dann gehe ich in mein Hotel zurück, will aber unterwegs noch einen Kaffee trinken.

Ich sehe eine Aufschrift, café oasis, und trete ein, ein enger, dunkler Schlauch, in dem nur ganz junge Leute sitzen. Ich lasse mich an einem runden Tisch nieder, frage, ob hier frei sei, und ein Mädchen sagt yeah. Ich bestelle einen Espresso und bezahle ihn gleich, das Mädchen hat zu lesen begonnen, daneben sitzt ein Paar, das sich unablässig in die Augen schaut. Eine laute Rockmusik geht los, einer, der das Mädchen kennt, setzt sich auch an den Tisch, da sagt das Mädchen, nicht zu ihm, sondern zu dem von dem Paar, embrasse-moi, beugt sich über den ganzen Tisch und küßt den Burschen, während sich dessen Freundin weit zurücklehnt.

Zwei Hereinkommende suchen einen Platz, ich stehe auf und überlasse ihnen meinen.

Auf dem Heimweg fällt mir noch ein Mann mit einer ganz dicken Backe auf, aber als ich an ihm vorbeigehe, ist die Backe wieder normal. Wahrscheinlich hat er also nur mit der Zunge nach irgendeinem Fleischrest gesucht.

In vollen Zügen

In vollen Zügen kann ich nie etwas genießen. Ich sitze dann eingepreßt zwischen den auch eingepreßten Nachbarn und leide weniger darunter, daß ich mich nicht rühren kann, als daß ich mich nicht rühren könnte, wenn ich mich rühren wollte.

In der Luft

Ich weiß, daß es das Fahrwerk ist, das eingezogen wird, wenn es unter meinem Sitz knirscht und zittert, aber trotzdem habe ich dieses Knirschen und Zittern nicht gern.

Ich weiß, daß das Leiserwerden der Triebwerke keinen Ausfall der Triebwerke bedeutet, sondern nur ein Leiserwerden, aber trotzdem habe ich dieses Leiserwerden nicht gern.

Ich weiß, daß es eine Turbulenz ist, wenn das Flugzeug zu wackeln beginnt, aber trotzdem habe ich nicht gern, wenn das Flugzeug wackelt.

Wenn es im Lautsprecher klingelt, weiß ich, daß jetzt dann die Stewardeß sagt, man solle sich anschnallen, aber trotzdem habe ich dieses Klingeln nicht gern.

Ich weiß, daß sich der Pilot auch orientieren kann, wenn er durch die dicksten Wolken fliegt, aber trotzdem habe ich nicht gern, wenn er durch die dicksten Wolken fliegt.

Ich weiß, daß fliegen möglich ist, aber trotzdem glaube ich es nicht, wenn ich oben bin.

Unter dem Boden

Unter dem Boden hat es auch Leute.

Sie arbeiten mit Helmen und mit Stirnlampen, welche auf diesen Helmen befestigt sind. Ihre Arbeit besteht zum Beispiel darin, einen Tunnel zu betonieren, vielleicht nur provisorisch zu betonieren, das heißt den Boden mit einem Ausgleichsbeton zu bedecken, damit man schon zu den weiter hinten gelegenen Stellen des Tunnels fahren kann, die Wände und die Wölbung dagegen mit Spritzbeton, den man auch Gunit nennt, von englisch gun, weil man mit ihm richtiggehend auf die Wände schießt, damit nachher nichts mehr auf die Leute herunterfällt, welche sich zu den weiter hinten gelegenen Stellen des Tunnels begeben oder sich gerade an jener Stelle aufhalten, welche nun mit diesem Gunit gesichert ist.

Da man aber nicht weiß, ob die Felsmassen wirklich an ihrem Platz bleiben, gibt es unter dem Boden auch Leute, welche etwas ins Gestein treiben, das sie Nägel nennen, das sind etwa zwei bis drei Meter lange Eisenstangen, die vorne mit einem sich spreizenden Element versehen sind, welches man allerdings erst spreizt, wenn es im Fels steckt, auf diese Art hofft man ihn beieinander zu halten.

Andere Leute sind damit beschäftigt, das Atmen im Tunnel möglich zu machen, sitzen an der Überwachung der Ventilationsanlage, welche durch 300 oder 500 Meter hohe Schächte, die wieder andere Leute zuvor gebohrt und ausbetoniert haben, Luft zu den Leuten bringt, Luft, die durch gewaltige weiche Rohre von den Schächten in den Tunnel geleitet wird, bis ganz nach hinten, aber auch zu den Leuten, welche an der Fertigung der endgültigen Ventilation arbeiten, schräg sich erweiternde Löcher an der Tunneldecke bauend, mit Kreissägen und Hobelbänken an Verschalungsteilen werkend, durch ein Gewirr von Armierungsstangen von einem Ende des Gerüsts zum andern gehend, um einen Bestandteil zu holen, der gerade zum Armieren, Verschalen, Hobeln, Sägen oder Löcherbauen gebraucht wird.

Andere dieser Stirnlampenleute wiederum knien mit schlecht sichtbaren Werkzeugen an Entwässerungsgräben, die sich neben der zukünftigen Tunnelstraße hinziehen, das heißt, sie ziehen sich eben nicht von selbst hin, sondern werden durch Stirnlampenleute in einen Zustand gebracht, der es dann zu sagen erlaubt, sie zögen sich hin. Leute, die wissen, wovon sie sprechen, wenn sie Rigole sagen, nennen diese Entwässerungsgräben Rigolen.

Unter dem Boden wird vor allem daran gearbeitet, daß man später einmal nicht mehr merkt, daß man unter dem Boden ist. Deshalb müssen Leute Kunststoffolien an die Wände kleben, die nachher von andern Leuten wieder zubetoniert oder noch mit Stahlblech abgedeckt werden müssen, damit der Berg an der Stelle, wo man ihn verletzt, nicht schwitzen kann. Der Bergschweiß ist das Wasser, das durch die Rigolen fließt, vermischt wohl auch mit Piß und Schiß der Tunnelleute, die dort unten keine Toiletten haben.

Baggerführer gibt es auch, drei-, vier-, fünfhundert, tausend, tausendfünfhundert Meter unter dem Boden, die den ausgehobenen und abgesprengten Schutt auf Kippwagen laden, welche schon halbe Reptilien sind, in ihrer Länge und Langsamkeit, mit ihren trüben gelben Augen. Manche Fahrer haben sich ein Tuch vor Mund und Nase gebunden, um sich gegen den Staub zu schützen, andere rauchen während des Fahrens eine Zigarette.

Unter dem Boden hängen dünne, rote Strahlen, von Laser-Maschinen abgesondert, in der Luft, sie gehen wie Beetschnüre von einem Punkt des Tunnels zum nächsten, es gibt auch Leute, seltener kommende allerdings, mit Manchesterhosen in den Stiefeln, die ihre Meßinstrumente mit diesen Strahlen vergleichen und das, was sie verglichen haben, auf ihre Pläne eintragen.

Unter dem Boden gibt es Leute, die nirgendwo anders als unter dem Boden arbeiten wollen, lombardische Mineure, doch ihre große Zeit ist irgendwie vorbei, ihr Metier gilt noch etwas im Sicherheitsstollen oder in den Quergängen zum Sicherheitsstollen, wo man sozusagen von Hand bohren muß, aber die große Arbeit, dort, wo es dem Berg ans Lebendige geht, an der Stelle, die fast zärtlich Brust genannt wird, die macht ein riesenreifiges Unding, das mit vier Bohrarmen zuhinterst im Tunnel auf der Lauer liegt, das zuerst den Sprengmeister mit einem pfeifenden Geräusch auf einer beweglichen Kanzel zum Fels vorschiebt, damit er ihn mit roten Tupfen markieren kann, brandmarken kann, denn gleich darauf treibt das Unding seine Eisen unerbittlich in diese Male hinein, mit einem Brüllen, das einem die Hände an die Ohren drückt und das durch die ganze Tunnelröhre zurückgeschletzt wird, so daß man weiter vorn nicht weiß, wer hinten brüllt, das Unding oder der Berg.

Leute, Stirnlampenleute, füllen dann die Bohrlöcher mit Sprengstoff, und einer zündet ihn, mit, wie ich annehme, königlichem Gefühl.

Unter dem Boden, das muß noch gesagt werden, unter dem Boden sind Leute immer Männer, es gibt sogar Mineure, die einen Stollen nicht mehr betreten, wenn einmal eine Frau drin war – hier gibt es nur eine Frau, und das ist der Berg.

Dann gibt es unter dem Boden auch Leute, Männer also, die mit einem Lastwagen nach hinten fahren, über den Ausgleichsbeton, ein Wort, das wir jetzt brauchen können, im Linksverkehr vorbei an allen Kippern und Baggern, vorbei an den irrlichtartigen Stirnlampen, immer unter der roten Lichtbündelschnur nach hinten, die aber auch dort weiterfahren, wo der Belag aufhört, wo nur noch schlammiger Dreck am Boden liegt und große, sickernde Tümpel, wo der Tunnel plötzlich zur Kalotte wird, die nur noch halb so hoch ist und wo sich noch keine Abzugsgräben den Wänden entlang ziehen, keine Rigolen, um uns auch von diesem Ausdruck zu verabschieden, so weit nach hinten, daß man sich immer mehr vorne fühlt, bis zu den Männern, die für etwa 15 Franken in der Stunde zusammen mit dem Unding auf den Fels losgehen, so weit nach hinten fahren sie, denn jemand muß doch diesen Leuten, welche während einer ganzen Schicht den brandigen Geruch des Naßbohrens einatmen, sich den Schuttstaub aus den Augen wischen und sich trotz Gehörschutz dem Gebrüll des Undings nicht entziehen können, jemand muß doch diesen Leuten einmal heißen Tee bringen, oder?

In Amerika I

In Amerika geht es immer noch hart zu.

Findet doch da einer (der im Vietnam-Krieg Gefangener war, aber fliehen konnte und auf der Flucht sogar selbst Gefangene machte), als er mit seinen geheuerten Mexikanern auf sein Melonengrundstück kommt, bereits andere Mexikaner an der Arbeit, die ihm einer unterjubeln will. Dieser falsche Arbeitgeber bedroht ihn mit seinem Gewehr, worauf er (der im Vietnam-Krieg Gefangener war, aber fliehen konnte und auf der Flucht sogar selbst Gefangene machte) ihn mit einem Faustschlag zu Boden legt und samt seinen Arbeitern verschwinden heißt.

Wenig später, als die richtige Melonenernte mit den richtigen Melonenpflückern voll im Gang ist, wird er (der im Vietnam-Krieg Gefangener war, aber fliehen konnte und auf der Flucht sogar selbst Gefangene machte) verhaftet wegen Körperverletzung, worunter eben dieser Faustschlag zu verstehen war.

Der Zufall will es, daß er, nachdem er inständig und sehr vernünftig darum gebeten hat, für die Dauer der Melonenernte frei bleiben zu können und die Sache nachher erledigen zu dürfen, was ihm aber wegen einer Vorstrafe, die er in Kalifornien abgesessen hatte, auch wegen Körperverletzung übrigens, verweigert wird, daß er also bei der Überführung ins nächstgrößere Gefängnis mit einem Berufskiller zusammen in den Polizei-Bus kommt, der aus eben diesem Bus durch seine Bandenkollegen befreit werden soll. Der Befreiungsversuch läuft auf eine unübersichtliche Schießerei mit mehreren Toten und Verwundeten hinaus, die damit endet, daß er (der im Vietnam-Krieg Gefangener war, aber fliehen konnte und auf der Flucht sogar selbst Gefangene machte), nennen wir ihn der Einfachheit halber Charles, dem Berufskiller die Schlüssel zu den Handschellen geben könnte, die ein schwerverletzter Polizist bei sich hat, sie aber nicht herausgibt, sondern den Polizisten von den andern Gefangenen hinausschaffen läßt, nicht ohne vorher dessen Handschellenschlüssel an sich genommen zu haben, sich dann ans Steuer des Busses setzt und mitten durch die Schießerei davonfährt, wobei es ihm erstaunlicherweise gelingt, die Verwirrung der Verfolger ausnützend, gänzlich zu fliehen, allerdings immer noch mit dem Berufskiller an seiner Seite.

Nun versucht er (der im –), nun versucht Charles telefonisch, seine Freilassung gegen die Rückgabe des Berufskillers einzuhandeln, weil er um jeden Preis seine Melonenernte zu Ende bringen will, die Freilassung wird ihm zugesichert, gleichzeitig aber läßt er sich, und da will er zuviel, auf einen Handel mit dem Berufskiller ein, der sich seinerseits – er ist immer noch in den Handschellen, zu denen Charles die Schlüssel hat – seine Freilassung von Charles erkaufen will. Das ganze mißlingt insofern, als Charles wohl auf der Polizei ankommt, doch ohne den Berufskiller, dem er unterwegs nur mit knapper Not entronnen ist.

Der Berufskiller ist nun dermaßen erbost auf Charles, daß er ihn umbringen will, weil, und das passiert ihm scheinbar zum erstenmal in seinem Leben, weil er ihn umbringen will, und nicht, weil er dafür ein Honorar kriegt, etwa so, wie ein Bäcker auch einmal für sich selbst ein Brot bäckt. Er veranlaßt den falschen Arbeitgeber, seine Klage zurückzuziehen, womit Charles wieder frei ist, aber ungemütlich frei, nämlich zum Abschuß für den Berufskiller. Der zieht nun in trüber Gesellschaft auf, nistet sich in der Nähe in einem Blockhaus ein und versucht, an Charles, der jetzt von der Polizei bewacht wird, weil sie schon ahnt, was der Berufskiller im Sinn hat, heranzukommen.

Der erste Schlag ist, daß dieser die ganze Melonenernte, die

Charles inzwischen mit Hilfe einer zupackigen Mexikanerin ein-
bringen konnte, vernichtet, indem er und seine Kumpanen mit
Maschinenpistolen im Lagerhaus herumfeuern. Sie haben es auch
bald soweit, daß niemand mehr für ihn arbeiten will, der einzige,
der es noch tut, dem werden beide Beine gebrochen.

Gleichentags wird das Haus von Charles umzingelt, und am
Morgen glückt es ihm, es ist fast unglaublich, mit Hilfe seiner
Mexikanerin in einem Kleinlastwagen zu fliehen, es beginnt
nun eine Verfolgungsjagd, die Mexikanerin fährt, und Charles
schießt von der Ladebrücke herunter den ersten ihm nachstel-
lenden Wagen fahruntüchtig, dann setzt er sich ans Steuer und
kann, da er das Gelände kennt, so manövrieren, daß er plötzlich
hinter dem zweiten Wagen auftaucht und ihn in einen Abgrund
schubsen kann. Den dritten Wagen, in dem der Berufskiller, sein
Hauptkomplice und der falsche, übrigens sehr feige Arbeitgeber
sitzen, kann Charles beinahe kaputtschießen, die drei entkommen in ihr gemietetes Blockhaus, wo es aber dem erstaunlichen
Charles, nennen wir ihn der Einfachheit halber Bronson, gelingt,
die beiden Gangster zu liquidieren und den falschen Arbeitgeber
der Polizei, die unmittelbar danach eintrifft, zu übergeben, indem er ihm noch in der Sprache Amerikas zuruft: »He, Kumpel,
du hast doch den falschen Beruf erwischt!«

In Amerika II

Männer mit Papiersäcken gehen über die Straße.

Ein älterer Mann aus Kalifornien erzählt von seinem Hund, der 16 Jahre alt wurde. Seit er gestorben ist, kann er keinen neuen mehr kaufen, ein Hund ist ein richtiger Freund, sagt er.

Auf einem Zeltplatz merken zwei Picknickende, daß sie beide in Vietnam waren, Etappenleute, der eine bei der Luftwaffe, der andere bei der Marine. Beide fanden, dort unten hätten sie nichts verloren. Ein anderer hat sich freiwillig zum Krieg gemeldet, ein junger blonder Student mit einem Zwirbelschnauz, den ich als Autostopper mitgenommen habe. Auf die Frage, was ihn dazu bewogen habe, zuckt er die Achseln und sagt, it's a good life. Tatsächlich ist er auch heil wieder zurückgekommen, diesen Leuten passiert nie etwas.

In Utah weisen alle mit Nachdruck darauf hin, wie glücklich sie sind. Trotz der Hitze wirkt jedermann freundlich und fleißig, der ganze Wüstenstaat ist bewässert. Im Museum der Mormonen kann man die Pistolen ihres ersten Propheten, Joseph Smith, besichtigen. In Utah muß ich auch das Nummernschild meines Autos wechseln; später, am Ontario-See, bei Nebel und Regen, stützt sich ein Tankwart mit dem Fuß auf die Stoßstange und fragt melodisch: »From Salt Lake City?«

In Nevada ist nichts bewässert, hier gründet sich der Wohlstand auf Spielbanken und atomare Versuchsgelände. In Las Vegas sitzen dürre Frauen vor den Spielautomaten und warten, bis sich ihr Becher mit Münzen füllt. Wenn der Automat seinen ganzen Inhalt hergibt, ertönt ein schrilles Klingeln. Die Spielhallen sind so groß, daß es fast dauernd irgendwo klingelt, so daß alle die Hoffnung haben, bei ihnen klingle es jetzt dann auch bald.

Im Radio erhält jeder Sendezeit, der sie bezahlt, so kommt es, daß eine Corn-Flakes-Firma Gottesdienstübertragungen offeriert. Männerchöre singen »Back to the Bible!«. In Page, einer kleinen Stadt, die vor 15 Jahren anläßlich eines Staudammbaus gegründet wurde, zähle ich neun Kirchen.

Wer nach Kalifornien fährt, muß durch eine Fruchtkontrolle.

Auf den Ortstafeln steht immer auch die Bevölkerungszahl, abgekürzt mit Pop, aus Population. Eine habe ich gesehen, auf der stand

Kyburz

Pop 9

Die müssen irgendeinmal aus dem Aargau gekommen sein. In Amerika sind fast alle irgendeinmal von irgendwoher gekommen.

Die letzten Amerikaner sind aus Kambodscha zurück, ein Soldat sagt in einem Zeitungsinterview, I don't know, was it worth it?

Frau Nixon umarmt peruanische Erdbebenkinder, die Frau von Edward Kennedy befürchtet in einem Interview, daß ihr Mann auch erschossen wird und glaubt ihm alles. Im Fernsehen sagt ein Bauchredner, Leute, die lange im Gefängnis gewesen seien, könnten häufig auch sprechen, ohne die Lippen zu bewegen. Die Selbstmordrate unter Indianern ist zehnmal höher als unter der übrigen Bevölkerung. Indianer sind wahrscheinlich gar keine Amerikaner.

Auf dem Broadway von San Francisco stehen Animatoren vor den Striplokalen, two girls making love on a giant pillow! schreit einer. Zwei junge Inder fragen, making love with a pillow? und gehen grinsend weiter.

Für San Francisco muß man Frisco sagen, oder auch San Fran,

wenn man seine Vertrautheit mit den Verhältnissen betonen will. Für Los Angeles sagt jeder zweite L. A., es tönt wie ein Ausruf, ahoi, oder ähnlich, und einmal, als ich einen Wagen mieten wollte, um nach Philadelphia zu fahren, rief die Angestellte nach hinten, a car to Philly!

Aber im Westen ist es schön. Den Straßenrändern entlang weiden die Steaks, und auf den Kühllastwagen heißt es THERMOKING.

In Amerika III

E s ist zwei Uhr morgens.

Eine Gaslampe, auf die es regnet, raucht.

Ein Motorflugzeug ist tief über der Stadt zu hören.

Ein Straßenschild ist zu sehen: Garfield Street N.W. Garfield ist ein amerikanischer Präsident, der ermordet wurde. N.W. bezeichnet den Stadtteil, man wohnt hier im Nordwesten der Stadt. Auch in den Nachrichten wird diese Einteilung benutzt, der Sprecher sagt nicht, in Washington wurde letzte Nacht jemand erschossen, sondern, a North-West-man was shot last night.

Ein größeres Schild hat die Aufschrift

STREET

ENDS

–

NO

OUTLET

Es wird von einer Straßenlaterne beleuchtet, die ein grelles Licht verbreitet. Vor einem Jahr wurde beim Briefkasten in der Nähe ein Mädchen vergewaltigt, kurz danach wurde die Lampe verstärkt.

Irgendwo in der Stadt hört man die Sirene eines Polizeiautos, es ist ein sehr hoher, rasch schwingender Ton.

Vor zwei Tagen, noch in Boston, als ich spät abends in einem Imbißlokal saß, kam ein Polizist herein und sagte zum Imbißlokalhalter, indem er sich setzte, another guy shot at Austin Street, etwa so, wie ein Polizist bei uns sagt, scho wider es Töffli gklauet.

Auf der Fahrt nach Washington, in einem gemieteten Auto, wurde ich kurz vor Baltimore so müde, daß ich dort übernachten wollte, ich fand zunächst kein Hotel, fuhr kreuz und quer in der Stadt herum, ohne mich orientieren zu können und hielt sofort an, als ich endlich eine Aufschrift HOTEL sah, ging hinein, fragte nach einem Zimmer und merkte dann, daß es ein Hotel in einem Schwarzenviertel war. Ich tat so, als ob das für mich selbstverständlich wäre, schob aber, sobald ich im Zimmer war, das Nachttischchen vor die Türe und stellte fest, daß ich notfalls über eine Feuerleiter hinauskönnte, was mich etwas beruhigte, bis mir in den Sinn kam, daß man über die Feuerleiter auch hineinkonnte. Im Hotel war ein unheimlicher Lärm, Leute klopften bei andern Leuten an die Türen, aus denen laute Musik drang und riefen sich mit heiseren Stimmen Sätze zu, die ich nicht verstand. Um halb sechs Uhr morgens donnerte es an meine Tür, open the door! rief jemand. Ich lag angezogen auf dem Bett und weigerte mich zu öffnen, rief, ich schlafe noch, open the door! rief der andere dauernd, ich faßte schon den Fluchtweg ins Auge, da merkte ich, daß es der Concierge war. Er fragte mich, ob der grüne Wagen mir gehöre, ich sagte ja, und er sagte, ich solle herunterkommen, es sei eingebrochen worden. Ich nahm gleich den Koffer und ging mit ihm hinunter. In der Eingangshalle, in der einige Farbige tatenlos saßen oder standen, lag mein weißer Lammfellmantel am Boden ausgebreitet. Is this your coat? Yes, sagte ich, nahm ihn und ging hinaus, bei meinem Mietwagen war die hintere Scheibe eingeschlagen worden, und zwar mit einem schweren Steinbrocken, der nun auf dem Boden des Autos lag. Ich schmiß den Koffer ins Auto und fuhr sogleich weg, drehte dann später im Fahren das Radio an und hörte als erstes das vom Nordwestmann, das ich bereits erwähnt habe. Jetzt bin ich hier.

Wenn um diese Zeit ein Auto vor dem Haus anhält, zögernd

in der Straße ohne outlet wendet und eine Weile stehenbleibt, hat man Angst, man könne gemeint sein. Aber das Auto fährt wieder weiter, man hört den Motor, das Geräusch der Reifen auf dem nassen Straßenbelag, und dann nur noch den Regen.

Plötzlich bewegt sich etwas.

Eine schwarz und weiß gefleckte Katze geht im Trab über die Straße und verschwindet hinter der Hecke auf der andern Seite.

In schlechter Gesellschaft

Nachts um zwölf Uhr in Frankfurt angekommen, hat er in der Nähe des Bahnhofs mit Mühe ein Hotelzimmer gefunden, das letzte, wie ihm der Nachtportier sagt, welcher einen andern Gast, der dieses Zimmer eigentlich reserviert hat, seinetwegen fallen läßt, ihn noch, wohl zur Verdeutlichung der Tatsache, daß er ihm ein Trinkgeld schuldig sei, fragt, als er wieder herunterkommt, ob nicht etwa fremdes Gepäck im Zimmer sei. Nein, sagt er, und dann, scherzhaft gemeint, nur sein eigenes, aber der Portier läßt nicht erkennen, daß er das Scherzhafte an der Bemerkung erkannt hat.

Daß er wieder herunterkommt, liegt daran, daß er noch hinausgehen will; das Hotel liegt mitten im Nachtvergnügungsviertel, und er verspürt den Wunsch, sich in diesem Nachtvergnügungsviertel noch etwas zu vergnügen, geht also eine der Straßen hinauf und hinunter, in denen überall farbige Lämplein flimmern und Schaufenster mit Bildern von lustvoll verkrümmten Frauengestalten beleuchten.

Schon bei der Durchfahrt mit dem Auto ist ihm vorher ein mit Pizza-Bar überschriebenes Schaufenster aufgefallen, er ist nämlich zugleich noch hungrig, er findet das Schaufenster wieder und geht zur dazugehörigen Tür hinein, in der unbestimmten Erwartung, von lustvoll verkrümmten Frauengestalten, wie sie auch im Schaufenster dieser Bar ausgestellt sind, mit Pizza bedient zu werden. Das ist offenbar falsch, denn als er drinnen nach Pizza fragt, lacht ihn eine unglaublich häßliche Ausländerin entlarvend an und wiederholt das Wort Pizza in einer Art, die ihm nur als Codewort begreiflich ist, reißt ihm zugleich den

Mantel vom Leib und heißt ihn Platz nehmen. Er setzt sich, voll Unbehagen, und doch gespannt, was passieren wird; von der Bar löst sich ein schönes Mädchen und fragt ihn nach seinen Wünschen, er sagt »Gin Fizz«, um weltläufig zu wirken. Das Mädchen verbessert ihn in gewollt schlechtem Deutsch dahingehend, daß es dem Gin einfach etwas Orangensaft beimischen werde, wogegen er nichts einzuwenden wagt. Während sie dieses Getränk zubereitet, sieht er, wie winzig klein das Lokal ist, ein paar Barstühle, auf denen Männer mit glatten Gesichtern sitzen, etwa vier Tischchen oder Tischnischen, die man mit einem Vorhang zuziehen kann – in einer davon sitzt er – und zwei Toilettentüren, durch die er niemals hineingehen würde, aus Furcht, in das Stellmesser eines Zuhälters hineinzulaufen.

Das Mädchen bringt den Gin, sagt »Langsam trinken« – er tut es, voll Argwohn, was damit gemeint sein könnte, und nun betritt ein ungepflegter Kerl den Raum, dem das Mädchen sogleich etwas zuflüstert, aus dem er das Wort »Gin« herauszuhören glaubt. Der Mann, den das Mädchen Bradko nennt, nimmt nun die Stelle hinter der Bar ein, und das Mädchen setzt sich zu ihm, dem Gast, an den Tisch, gegenüber, sagt, setzen Sie sich neben mich, und will ihm den Platz an der Wand zuweisen. Dies scheint ihm im Hinblick aufs Hinauskommen die ungünstigere Position zu sein, und er manövriert sich an die Kante und das Mädchen an die Innenseite. Beim Gedanken, er müsse nun mit diesem Mädchen nächstens das tun, was hier offenbar mit Pizza umschrieben wird, erkennt er die völlige Unmöglichkeit eines solchen Vorhabens, versucht das dem Mädchen unverzüglich klar zu machen, welches ihn bereits auf einige Ortsnamen seines schon preisgegebenen Heimatlandes zu behaften sucht und sich dann zu einem Fläschchen Sekt bei ihm einlädt, den sie zeremoniell bei Bradko bestellt. Dieser Bradko erscheint zur Aufnahme der Bestellung vor der Tischnische, verbeugt sich äffisch vor ihm und bietet ihm seine Hand zum Gruß, die, wie die ganze Gestalt dieses Menschen, außerordentlich schmuddelig wirkt, was in seltsamem Kontrast zu seinen Gesten steht. Den Gesten entnimmt er aber eine klare Drohung, nämlich, wenn du dich hier nicht wohlfühlst, kannst du etwas erleben.

Das Mädchen betont, es wolle nur sprechen und verkaufe sich nicht, schlägt aber eine Einladung zu sich nach Hause vor, weil man dort besser sprechen könne, küßt ihn auch auf die Wange, beißt ihn sogar leicht hinein, was er als Zeichen zum Aufbruch nimmt. Bradko hat den Sekt gebracht und hat das Entkorken mit der Warnung verbunden, mach sie mir nicht betrunken. Er strengt sich nun an, zu bezahlen und wegzukommen, warum warum, fragt das Mädchen, er sagt, er wolle einfach gehen, für den Gin hat er schon 20 Mark bezahlt, der Sekt kostet 61 Mark, er legt eine Hunderternote hin, die sofort kassiert wird, und »No change!« kräht Bradko hinter der Bar hervor, während das volle Portemonnaie des Mädchens danebenliegt. Das Mädchen fragt auf einmal, ob er Hunger habe, und deckt unvermittelt ein halbgegessenes Reisgericht auf, das unter einer Serviette auf ihrem Tisch verborgen lag, aber er steht auf, verlangt seinen Mantel, den ihm die häßliche Ausländerin tatsächlich herausgibt, das Mädchen versucht ihn zu halten, lacht, tut, als ob sie betrunken sei und sagt, we are drunk, aber bevor Bradko die Nummer spielen kann, in der er den Gast zu weiteren Zahlungen erpreßt, weil er das Mädchen nun doch betrunken gemacht habe, geht er hinaus, wird sogleich von verzweifelten Ausrufern auf neue Attraktionen hingewiesen, 2.20 kostet ein Bier, beteuert einer, 2.80 ein anderer, 3.– ein dritter, der ihn auch unverbindlich hineinzuschauen auffordert, er tut es, auf einer winzig kleinen Leinwand laufen harte Pornofilme, in denen man die zum Anschauen wohl unerotischsten Teile des Menschen anschauen kann, er geht hinaus, betroffen darüber, daß ihm seine ursprüng-

liche Sinnlichkeit als etwas derart Unsinnliches wieder entgegen-
kommt, beschließt, es nochmals in einem Lokal mit dem Titel
Pizzeria zu versuchen, durch dessen Glasscheiben man sieht, daß
es wirklich auch etwas zu essen gibt, er tritt ein und merkt, daß
sofort alle Gespräche gedämpft werden und sich die Köpfe der
Männer, und es hat nur Männer, in verhaltener Aufmerksamkeit
zu ihm wenden, wie er es sonst nur aus Filmen kennt. Er zieht
seinen Mantel gar nicht aus, und als der Chef, an seinen Tisch
getreten, ihm sagt, es gebe nichts mehr, steht er unlangsam auf
und geht wieder hinaus, wo es die ganze Zeit schon schneit, ein
Mädchen will ihn mit Gewalt in ein Lokal mit einer schmalen Leinwand zerren, doch er geht zurück in sein Hotel, ist eine
Weile lang nicht fähig, ICH zu denken und bittet unten, ihn um
7 Uhr zu wecken.

Auf der Straße

```
vill                dass ich zu 90 bis 95%
Sache               vollkommen unschuldig
woni                                    bi
vorhär
achtlos
dra
verbygange
bi                       Was
en
Ascht               machsch
oderChasch s Vaterunser immer no
        du   uf Französisch?

      jetz?
                 ja,das isch alls na chli
                 unsicher
                 verschideni Möglichkeite
        DO       ich bi jetz
     BRUUCHTS  grad
       EIFACH       am Entscheide

        DISZIPLIN
        Dasch scho de grööscht
        Schafseckel wo mer händ

               ich ha nüt schlächts
               gmacht ich ha mi
               nu ygsetzt

         nüd
           emal     MACHED
            Velo    KE SEICH !
             hämmer
              gha
              früener

               Ha ebe probiert
               und denn isch gange
               und dä het e Freud
               gha
          Jo
             das  cha    dän
                     mer     ke

                              ANDREAS
                              isch
                              würkli
                              en
  (Ich wott ke                gruusige
  Ussesyter sy                Name
  weisch wie
  mich das
  aschysst)
```

I fahren immer miserabel, wenn mi Ma derby isch. Miserabel.

und einisch simer am 60.Geburtstag vom Franz

148

Bei den Vorfahren

Letzthin habe ich mit meinem Vater zusammen einen Nachmittag bei unsern Vorfahren verbracht. Sie befinden sich im Ortsregister meiner Heimatgemeinde, das bis 1648 zurückreicht, wo ein Pfarrer mit säuberlicher Handschrift ein Verzeichnis der Geburten, Heiraten und Todesfälle begann, nachdem das alte den Dreißigjährigen Krieg nicht überstanden hatte. Der Gemeindeschreiber hat die Bücher sorgfältig vor uns aufgeschichtet, er hat sie in einer Art hergebracht, als trüge er etwas Lebendiges in den Armen.

Will man seine Vorfahren ermitteln, geht man von jemandem aus, den man noch namentlich kennt, also z. B. vom Urgroßvater, schaut im Register unter dessen Geburtsdatum nach, findet dort verzeichnet, wer seine Eltern waren, sucht deren Geburtsdatum, findet es vielleicht, vielleicht hat es aber auch mehrere gleichen Namens, die es gewesen sein könnten, schiebt das Verfolgen der weiblichen Vorfahren noch auf, weil man die männlichen wichtiger findet und gelangt schließlich mit halber Sicherheit zu einem Namen, von dem aus es nicht weiter zurückgeht. Mein ältester schriftlich erfaßter Vorfahre hieß Hans Friedli Hohler. Seine Ehe war, als das Gemeindebuch eröffnet wurde, bereits im Gange, er hatte acht Kinder, davon hießen drei Johannes. Die ersten zwei sind bei der Geburt gestorben, der dritte war dann lebensfähig. Später sehe ich allerdings unter »nomina defunctorum«, daß er mit 18 Jahren gestorben ist. Auf der Suche nach den Vorfahren gefällt man sich im Gedanken, daß man mit diesen Menschen, ohne das geringste von ihnen zu wissen, auf irgendeine Art verbunden sein könnte, daß man vielleicht noch einen Zug in oder an sich selbst hat, eine Geste möglicherweise oder eine Art zu reagieren, bei der ein Zeitgenosse des Hans Friedli sagen würde: grad wie der Hans Friedli.

Mein Familienname ist heute selten, so selten, daß ich neugierig werde, wenn ich jemanden treffe, der auch so heißt. Wenn mir dann ein 70-jähriger Hohler erzählt, er habe in seiner Jugendzeit im Dorf mit seinen fünf Brüdern zusammen ein Bläsersextett gehabt, mit dem sie Tanzmusik gemacht hätten, fühle ich mich irgendwie bestätigt, auch wenn ich von den Theateraufführungen, Männerchören und Schnitzelbänken höre, scheint mir, es sei gerade in diesem Dorf und gerade unter diesen Leuten etwas in der Luft gewesen, eine Freude am nutzlos Schönen, an der Form überhaupt, in der ich mich selbst wiedererkenne.

Beim Durchblättern des Ortsregisters wird aber der seltene Name immer unseltener, Hunderte von Leuten tauchen auf, die sich umdrehten, wenn man sie so anrief, da gab es welche, die hießen zum Vornamen Barnabas, Wunibald, Fridolin, Abraham, Euphrosine. Beim Namen Albertine Hohler erinnert sich mein Vater, daß sich seine Großmutter noch an diese Frau erinnert hatte.

Auch Franz Hohler sind schon viele dagewesen, einer war Gemeindeschreiber, noch früher finde ich einen, der am 22. Oktober 1746 starb, de arbore lapsus, schrieb der Pfarrer noch dazu, also von einem Baum gefallen, und weiter, daß er nach dem Sturz noch 14 Tage in Schmerzen gelebt habe und erst dann gestorben sei. Ein anderer Franz Hohler ist 1904 in der Limmat ertrunken, aus welchem Grund, steht nicht, und wieder einer, ein Bruder meines Urgroßvaters, ist 1879 nach Amerika ausgewandert. Bei Verwandten wird uns nachher ein Brief gezeigt, in welchem der Tod eines Frank Hohler geschildert wird, wahrscheinlich der Sohn des Ausgewanderten. Im Brief, der vor zwölf Jahren geschrieben wurde, heißt es: »Frank was blessed with a happy disposition, he could sing and laugh and joke up to the last minute.«

Und für Momente schlägt einem etwas wie Kälte aus dem Buch entgegen, wenn bei einem Paar, das sein Kind zur Taufe bringt, steht: Vagabundi et acatholici. Oder wenn bei zwei andern »vagi«, Anna Maria Büechlerin und Johannes Kuder, steht: patriam habent nullam, Vaterland haben sie keines. Überhaupt das Latein, das Seminarlatein der Dorfpfarrherren, das ist eine Sprache, die ich verstehe, ad aeternitatem migravit, er wanderte in die Ewigkeit, repentina morte obiit, starb eines plötzlichen Todes, oder von einem alten Mann: senex ac mendicus, Greis und erst noch Bettler. Mein Heimatort gehörte damals noch zu Österreich, deshalb ist es auch ungewöhnlich, tönt fast wie ein Privileg, wenn bei der Herkunft steht: Ex Helvetia. Aus der Schweiz.

Am Ende eines Nachmittags mit diesen Büchern bleibt auf einmal nichts mehr übrig von der Langsamkeit und Ruhe der Vergangenheit, alles verdichtet sich zu einer großen Hast, einer Hast im Gebären und Sterben, die so groß war, daß einer der Pfarrer, der die Eintragungen machte, sich gar nicht die Mühe nahm, ein Neugeborenes, das wenig später starb, noch bei den Todesfällen aufzuführen, sondern immer nur mit zwei starken Federstrichen den Namen durchkreuzte, abkreuzte eher, erledigt, tot, der nächste, drei Johannes, vier Johannes, fünf Johannes, bis endlich einer lebt; stirbt einem seine Frau, wird gleich nochmals geheiratet und wieder gezeugt, um in diesen Zeiten des plötzlichen Todes möglichst viel Leben zu hinterlassen, Trauzeuge war während eines Vierteljahrhunderts fast immer ein Isaak Hohler, vielleicht ein guter Unterhalter oder ein wohlhabender Mann oder beides zusammen, jetzt, da niemand mehr von ihm erzählen kann, ist er nur noch einer, der zu seiner Zeit von Fest zu Fest eilte, im Verzeichnis wird das Leben gewaltig abgekürzt,

Geburt ein Datum, Tod das zweite, auf jeden, der heute noch lebt, lauert im Register schon das leere Kästchen mit dem zweiten Datum, und die Unweigerlichkeit, mit der die paar Ziffern früher oder später vom Gemeindeschreiber eingesetzt werden, der Tag, der Monat und das Jahr, macht alles zwischendrin so schnell und hilflos, daß einem beim Gedanken an die Dorftheater, Bläsersextette und Schnitzelbänke fast die Tränen kommen.

Früher muß es nachts dunkler gewesen sein.

Im Gebärsaal

Heute hat meine Frau ein Kind zur Welt gebracht.

Um 8 Uhr fuhr ich sie zur Untersuchung ins Spital. Der Arzt fand, der Zeitpunkt sei da, meine Frau, die ich eigentlich lieber Ursula nennen möchte, meine Frau also hatte schon während der Nacht eine Unruhe im Bauch verspürt und erhielt nun Pillen, welche, verbunden mit Spaziergängen, die Unruhen zu Wehen steigern sollten. Diese Pillen muß man interessanterweise zwischen das Zahnfleisch und die Oberlippe stecken und dort langsam zergehen lassen.

Ich ging zuerst nach Hause und kam dann wieder, spazierte auch ein Stück mit, der Bahnlinie entlang, wir kreuzten zwei andere Ehepaare, die auch leicht verlegen der Bahnlinie entlang spazierten. Vor allem eine Italienerin hat den Bauch schon fast zwischen den Knien.

Nach Zerlutschen der letzten Tablette gehen wir ins Spitalgebäude, fahren mit dem Bettenlift (1000 kg) in den dritten Stock und lassen uns im Vorraum des Gebärsaals nieder.

Meine Frau wird drinnen nochmals untersucht, ich warte. Dann kriege ich einen Chirurgenmantel aus Gazepapier und darf auch in den Gebärsaal.

Der Gebärsaal wirkt eigentlich nicht als Gebärsaal, er hat bloß zwei Betten, die durch einen Vorhang abgetrennt werden können, aber jetzt brauchen sie nicht abgetrennt zu werden. Meine Frau liegt auf dem zweiten Bett, daneben sehe ich auf dem Tischchen ein Blatt mit dem Titel »Wehentafel«. Es hat bereits einige Eintragungen darauf.

Der Arzt horcht mit einem wirklichen Hörrohr die Herztöne

des Kindes ab, streift sich dann einen durchsichtigen Handschuh über und greift vorsichtig in den Darmausgang.

Der Muttermund, sagt er mir nachher, ist etwa so weit offen, und macht mit der Hand ein kleines Loch, und damit es hinauskann, muß er so weit offen sein, und er macht mit beiden Händen ein Loch.

Ich habe also Zeit.

Ich gehe nach Hause und esse Hörnchenauflauf, mache mich auf einen langen Nachmittag gefaßt, an dem ich vor allem putzen will, da geht nach dem zweiten Teller das Telefon, und die Hebamme sagt, wenn ich fertig gegessen habe, soll ich kommen.

Ich komme und finde Ursula verändert. Sie liegt auf der Seite und wirkt nach innen gerichtet. Ich stütze ihr nun den Rücken, wenn die Wehen kommen. Die Hebamme, klein, fröhlich und kernig, seift sich die Hände bis zu den Ellbogen ein, was mich etwas beunruhigt.

Als Ursula sagt, nun ziehe es gegen unten, geht die Hebamme ans Telefon und sagt, d Frau Hohler tuet de gebäre. Wir finden es eigenartig, daß wir vom Wort »gebären« persönlich betroffen werden, und ich stütze wieder.

Der Arzt kommt, zieht wieder seine Handschuhe an, frische allerdings, und Ursula liegt schon auf dem Rücken. Die Hebamme sagt, sie sei tapfer, und auch der Arzt spart nicht mit Ausdrücken wie »Sehr gut!«. Er macht mich darauf aufmerksam, daß man jetzt hinter der Öffnung schon das Köpfchen sehe, aber ich kann mir unter dem, was ich sehe, oder zu sehen glaube, kein Köpfchen vorstellen, wie ich auch auf diesen Satellitenfotos von der Erde, bei denen es heißt, links sei deutlich der südamerikanische Kontinent zu erkennen, nie den südamerikanischen Kontinent erkenne.

Der Arzt macht nun etwas, das er der Hebamme gegenüber murmelnd als »Epi« bezeichnet, er schneidet meine Frau ein bißchen auf, damit die Öffnung groß genug ist.

Ursula preßt sehr stark, ich halte ihr den Kopf hoch dazu und lasse ihn sinken, wenn sie ausatmet. Ich streiche ihr dauernd mit einem nassen Tuch übers Gesicht, was vielleicht falsch ist, aber mir fällt nichts anderes ein.

Und jetzt kommt der unheimliche Moment, wo der graue Kopf eines Kindes zwischen den Beinen meiner Frau herausragt und an ihr hinaufblickt. Schauen Sie, wer da kommt! ruft die Hebamme, meine Frau schreit Nein! und preßt weiter, der Arzt drückt mit den Händen den Rest des Kindes zum Bauch hinaus, und da liegt ein hellviolettes Wesen und schreit.

Alle sind einen Moment lang glücklich. Eigentlich würde ich jetzt gerne Gott danken, danke aber statt dessen dem Arzt und der Hebamme. Dann geht es routiniert weiter, das Kind wird abgenabelt und unter einen Infrarotstrahler gelegt, es schreit und schlottert zugleich mit dem Unterkiefer und beginnt schleunig und schwarz zu scheißen, ein Zeichen, wie die Hebamme weiß, daß es etwas zu lang getragen ist. Später höre ich dafür den Ausdruck »Kindspech«.

Die Plazenta wird nun noch ausgestoßen, der Arzt und die Hebamme entfalten sie und studieren sie wie eine Landkarte, während mir ein Blick genügt. Jetzt näht der Arzt wieder zu, was er aufgeschnitten hat, das Kind wird gebadet und angezogen und darf dann zur Mutter liegen, ich trage es auch ein bißchen, bin gerührt von der Spatzenhaftigkeit seines Gewichts und merke, daß es kalte Hände hat.

Dann bringt uns die Hebamme Kaffee, Zwieback, Butter und Confiture, schiebt das Bettchen, in dem der wirklich sehr Kleine nun liegt, zu uns, sie hat ihn seitlich gelegt, so daß er, wenn er die Augen offen hat, zu uns schauen muß, ob er will oder nicht, und so schaut er also, während wir Kaffee trinken, zu uns, liegt, ohne zu schreien, seitlich und nachdenklich da und beginnt langsam Kaspar zu heißen.

In der Flasche

Etwa um fünf Uhr nachmittags sehe ich, daß in die offene Traubensaftflasche, die ich leer auf dem Tisch unserer Laube stehen gelassen habe, eine Wespe geraten ist. Sie läuft angestrengt auf dem Boden herum, fliegt von Zeit zu Zeit auf, aber nicht höher als bis zum oberen Rand der Etikette und stößt dort schwirrend gegen die Flaschenwand.

Oben ist die Flasche offen.

Ich beginne die Wespe zu beobachten.

Ich sehe, daß sie den Kopf putzt, mit den Vorderbeinen, wie man es auch von Fliegen kennt. Dazu macht sie ähnliche Bewegungen mit den Hinterbeinen.

Dann steht sie längere Zeit still und bewegt nur die Spitze ihres Hinterleibs leicht auf und ab, als ob sie atmen würde.

Nun bewegt sie ihre Fühler nach links und nach rechts, der Kopf folgt mit der Bewegung nach, dann der Körper, und jetzt läuft sie wieder. Der Flaschenboden ist leicht nach oben gewölbt, er hat also eine rundum durchgehende Rille, in der noch ein Rest von Traubensaft übrig ist. Die Wespe streckt ihren Kopf in diesen Rest, oder bloß ihre Kiefer, und es sieht so aus, als nippe sie davon.

Sie geht einmal ringsum und begibt sich dann an den höchsten Punkt der Wölbung, wo sie sich erneut reinigt, vor allem vorn, es dünkt mich, sie wolle ihre Klebrigkeit loswerden, die sie sich beim Erforschen des Traubensafts zugezogen hat.

Ich erinnere mich, daß Bienen im Winter mit Zucker gefüttert werden müssen; das Tier kann also unter diesen Umständen sehr lange leben, denn die süßen Reste des Traubensaftes bleiben ja gerade zuunterst.

Allerdings ist das hier keine Biene, sondern eine Wespe.

Wenn sie den Hinterleib putzt, fährt sie nicht nur von oben nach unten darüber, sondern hält ihn oft mit zwei Beinen stützend in der Schwebe. Sie kann den Leib sogar mit einem einzelnen Hinterbein stützen und erst noch dieses Bein dazu bewegen.

Eigentlich kann sie recht viel.

Jetzt fliegt sie wieder an der Flaschenwand hoch, und beim Niederfliegen fällt sie zum erstenmal in den Traubensaft, mit dem Hinterleib voran. Sofort begibt sie sich auf die Wölbung des Flaschenbodens und putzt den Hinterleib, dann rennt sie, nach einer Weile der Besinnung oder der Konsternation, intensiver hin und her. (Zuerst wollte ich schreiben emsiger, dann kam mir in den Sinn, daß emsig von ameisig kommt, und das hier ist ja keine Ameise, sondern eine Wespe.)

Um sieben Uhr abends liegt sie regungslos in der Traubensaftrinne. Ich hebe die Flasche und stelle sie hart auf den Tisch, da kriecht die Wespe zum Saft heraus und beginnt ihre Wanderung von neuem, allerdings etwas langsamer. Sie versucht jetzt vermehrt, mit den Vorderbeinen an der Wand hochzukommen, gleitet aber sehr oft seitwärts ab. In dieser Stellung, halb aufgerichtet, bleibt sie schließlich auch liegen. Als ich später, nachdem es schon dunkel geworden ist, mit einer Taschenlampe nach ihr schaue, richtet sie sich auf und krabbelt mit den Füßen steil empor, um sich nach einer Weile wieder sinken zu lassen.

Am nächsten Morgen liegt sie in der Traubensaftrinne und läßt die Fühler zur Seite hängen. Man kann jetzt in aller Ruhe ihre Segmente betrachten. Sie hat 5 gelbe Streifen. Der Hinterkörper läuft spitz aus. Liefe er stumpf aus, wäre es, wie ich gestern noch im Lexikon nachgelesen habe, eine Gemeine Wespe, so aber ist es eine Papierwespe. Im Lexikon steht nichts darüber, wie Wespen leben, aber von irgendwoher glaube ich mich zu erinnern, daß es räuberische Tiere sind, die andere Insekten überfallen, bestimmt sind sie also nicht erhaltenswert, wie z. B. die Bienen, die wir wegen ihres Honigs schätzen.

Jetzt ist es einen Tag her, seit die Wespe in der Flasche ist. Immer noch läuft sie im Kreis herum, in der Rille, und schleppt ihren spitzen Hinterleib, der sie zur Papierwespe macht, durch den Traubensaft. Während der ganzen Zeit war der Verschluß offen.

Wenn man von oben hineinschaut, sieht man alles ganz deutlich und kommt sich als Voyeur vor, wenn man von außen durch das Glas schaut, gibt es immer wieder Verzerrungen. Am Boden der Flasche liegen auch einige undefinierbare Partikelchen, über die die Wespe manchmal stolpert, wahrscheinlich sind es Traubenreste, wie sie oft im Satz zu finden sind.

Zum erstenmal stelle ich jetzt zuckende Bewegungen fest, bei welchen die Wespe vor allem ihren Kopf rührt, manchmal aber auch den Hinterleib. Mich dünkt, ihre Flügel seien ziemlich naß, jedenfalls fliegt sie nicht mehr. Wenn sie sich jetzt fortbewegt, schleppt sie ihren Hinterleib am Boden nach, er muß schon ganz mit Traubensaft vollgesogen sein. Sie geht wieder dem Rand entlang, aber weniger hektisch als zu Beginn. Manchmal, scheint mir, trinkt sie vom Traubensaft oder senkt auch nur ihren Kopf hinein. Dann liegt sie wieder still und halbschräg da.

Tags darauf lebt die Wespe immer noch. Sie liegt in der Rinne und zuckt. Ein Flügel liegt am Boden, in der Flüssigkeit. Dann rafft sie sich wieder auf und überquert den Flaschenboden. Sie putzt sich jetzt viel seltener, fast nicht mehr. Mir kommt ein Bericht aus einem Konzentrationslager in den Sinn, wo jemand gesagt hat, wer einmal aufgehört habe, sich zu waschen, sei schon verloren gewesen.

Wie scharf der Vorderleib vom Hinterleib getrennt ist.

Es wird Abend, und ungeduldig erwarte ich den Tod der Wespe. Noch immer gibt sie nicht auf. Noch immer versucht sie, an der Wand hochzukommen. Noch immer ist der Verschluß geöffnet.

Wenn sie jetzt die Wölbung des Flaschenbodens ersteigt, sieht man, wie ihre Füße am Boden nicht fassen, sondern dauernd ausrutschen. Eigentlich wirkt sie gar nicht wie ein Raubtier.

Auch am folgenden Morgen lebt die Wespe noch.

Warum sollte sie eigentlich nicht leben? Nahrung hat sie, der Traubensaft hat für sie die Größe eines Sees, Luft hat sie auch, da ja der Deckel offen ist – was also fehlt ihr? Wieso richtet sie sich nicht ein? Wieso will sie unbedingt hinaus?

Als ich um fünf Uhr nachmittags wieder hineinschaue, ist etwas passiert.

Eine zweite Wespe ist in der Flasche. Noch ungebrochen, versucht sie all das, was die erste Wespe nicht mehr versucht. Diese liegt nun knapp neben der Rinne, und die Flügel sind ihr am Leib angeklebt. Die zweite steht, nachdem sie eine Weile versucht hat, am Glas hochzukommen, dicht neben ihr, gegen die Wölbung zu, und so warten beide und tun nichts.

Die Partikelchen auf dem Flaschenboden sind jetzt grau geworden und riechen nach Schimmel, wenn man die Nase über die Öffnung hält. Die neue Wespe hat ein stärkeres, leuchtenderes Gelb als die alte. Als ich nachts um zwölf Uhr nach einem mehrstündigen Gewitter nochmals hineinschaue, liegt die neue Wespe schräg über einem Schimmelteilchen, tot, wie mir scheint, und die alte steht in einem rechten Winkel zu ihr und lebt.

Am nächsten Morgen sehe ich: Ich habe mich getäuscht. Die neue Wespe ist nicht tot. Sie sitzt vor einem Schimmelstücklein in der Rinne. Die alte Wespe liegt regungslos in der Rinne gegenüber, aber sie lebt.

Am Abend ist es soweit. Die alte Wespe ist tot. Ich habe die Flasche dreimal angehoben und auf den Tisch gehauen, da gab es, beim zweitenmal, einen kleinen Reflex eines Fühlers oder Beines, dann hab ich das ein zweitesmal getan, und es geschah nichts. Die Wespe hatte alle Glieder angezogen, dicht an den Leib, also ihre 6 Beine, 2 Flügel und 2 Fühler, nichts stand mehr ab. Die andere stützte sich mit dem Hinterleib auf ein Schimmelklümpchen und zappelte mit den Vorderbeinen wie verrückt an der Flaschenwand hoch.

Beim Einnachten stelle ich fest, daß ich mich doch geirrt habe. Die Wespe ist noch nicht tot. Sie macht ganz langsame Bewegungen und ist jetzt einwärtsgebogen wie ein Embryo.

Der nächste Tag ist ein Sonntag, und um acht Uhr, beim Läuten der Kirchenglocken, versichere ich mich, daß die Wespe wirklich tot ist. Sie liegt zusammengekrümmt, den Kopf gegen das Flascheninnere gerichtet, mit eingezogenen Beinen und Fühlern, aber mit ausgestreckten Flügeln in der Rinne.

Die andere Wespe ist immer noch stark und beharrt auf ihren Fluchtversuchen. Über Nacht ist eine hellrote Fliege dazugekommen, von einer Art, wie ich sie noch nie gesehen habe.

Etwas später, als das Läuten der Kirchenglocken durch das Knallen vom Schießplatz her abgelöst worden ist, schaue ich nochmals in die Flasche und sehe, wie die lebende Wespe über der toten Wespe steht und ihr den Kopf aussaugt. Nach einer Weile setzt sie ab und putzt sich die Kiefer ausführlich wie nach einer guten Mahlzeit.

Wespen sind *doch* Raubtiere.

Zu Hause

Heute war ich zu Hause.

Es war Sonntag, und um 9 Uhr frühstückten wir, es gab selbergemachtes Brot von meiner Frau und selbergemachte Hagebuttenconfiture von mir. Nach dem Frühstück mußte der Kleinste gestillt werden, und ich wollte eigentlich in mein Musikatelier hinübergehen, aber Lukas stand da, und es war schönes Wetter, und so ging ich mit ihm in den Garten. Als ich ihm die Stiefel anzog, sagte er, gell, den Stiefeln kann man Stiefel sagen. Ich bekräftigte ihn in dieser Annahme, und er fuhr nun fort, der Türe Türe zu sagen, der Treppe Treppe und dem Haus Haus, bis wir im Garten waren, dem er Garten sagte.

Ich bewohne ein altes, im Verfall begriffenes Haus, das jahrelang leerstand. Es ist von einem großen Grundstück umgeben, das früher, vor etwa vierzig Jahren, den schönen Rosengarten des Dorfes beherbergte, aber heute ziemlich verwildert ist. In diesen Garten, der auch Anlaß zu Beschwerden von Nachbarn gibt – den einen stören die Brombeeren, der andere will bei sich Beeren setzen und verlangt die regelmäßige Abmähung des darüberliegenden Hanges – in diesen Garten also gingen wir zusammen, nachzusehen, ob es schon Haselnüsse gibt. Diejenigen, die ich sah, waren aber entweder ganz braun oder ganz grün, wir waren gleichermaßen zu früh und zu spät, und so gingen wir zu den Birken hinunter, um die von den letzten Herbstwinden herabgewehten Zweige aufzulesen.

Nachdem wir zwei schöne Bündel gemacht haben, die ich zum Anfeuern brauchen kann, gehen wir wieder ins Haus, und ich verziehe mich ins Atelier nebenan, das früher ein Pferdestall war und dann das Atelier eines Malers und jetzt mein Musikatelier. Um halb ein Uhr komme ich zurück, es riecht sehr gut, mein Sohn ruft mir begeistert das Wort Poulet entgegen, ich gehe in die Küche und schneide es auf, mit einem Riesenmesser, das ich einmal gekauft habe, als ich etwas über Messer schreiben wollte, und das meiner Frau immer etwas unheimlich ist, zu Recht übrigens.

Das Essen ist wirklich delikat, coq au vin, etwa ein halber Liter vin ist in der Sauce, den Rest der Flasche trinke ich dazu.

Während Lukas in seinem Zimmer Mittag macht, machen wir uns einen Kaffee, und mit unserm Kaffee ist auch sein Mittag zu Ende, der ohnehin unterbrochen war durch Forderungen nach Nastüchern und nach Öffnen der Hosenträger zum Brünzeln.

Am Nachmittag gehen mein Sohn und ich nochmals in den Garten, ich habe letzten Winter einen Kompost angelegt und nachher erfahren, daß das nur einen Sinn hat, wenn man ihn auch umschichtet, das heißt, es muß ein zweites Geviert neben das erste, und damit habe ich gestern angefangen. Ich habe Holzpfähle vorn spitz zugesägt und sie mit einem großen Scheit, das ich als Hammer benützte, in den Boden gerammt. Dann habe ich 15 cm lange Nägel, die man als 150-er Nägel verlangen muß, wenn man im Eisenwarenladen etwas gelten will, in einem Schraubstock mit dem Hammer krummgeschlagen und in die Pfähle getrieben, als Halter für die Bretter, die ich nun eines übers andere einschieben kann, bis das neue Geviert fertig dasteht.

Nun schaufle ich den ganzen Kompost in dieses neue Gehege, und Lukas versucht die halbverfaulten Bestandteile zu identifizieren, indem er einen Apfel einen Apfel nennt und eine Zitronenschale eine Zitronenschale. Zu einem dicken Regenwurm, den er in die Finger nimmt, sagt er ärgerlich, tue dich doch ver lengere, weil gestern einer in dieser Stellung fast doppelt so lang geworden war. Hinderlich sind Kinder insofern, als sie häufig am selben Ort sein wollen wie die Erwachsenen, also nicht etwa knapp daneben, sondern genau am selben Ort. Deshalb stolpern sie so oft vor einem auf den Treppen oder fallen einem zwischen die Beine, oder sie kriegen auch einmal einen Stoß ab, wenn man einen Kompost umschaufelt.

Meine Frau bringt Äpfel, als wir eine Pause machen, und Lukas sagt, es ist uns gerade ein wenig verleidet.

Der Tag ging dann so zu Ende, daß ich um sechs Uhr abends nach Stuttgart abreisen mußte, unsere Mitbewohner, die sonst immer im Haus sind, sind heute nicht im Haus, Lukas badet, Kaspar trinkt, Ursula tränkt, ich habe mein Zeug gepackt, habe noch auf dem Schreibtischzettel gesehen, was ich alles hätte tun sollen und schiebe es zu dem, was ich nächstes Wochenende auch nicht tun werde.

Vom Hauptbahnhof aus rufe ich noch einmal an, Kaspar schläft, Lukas hat fertig gebadet, ist nun im Schlafanzug und geht auch bald ins Bett.

Jetzt, wo ich das schreibe, bin ich schon in Stuttgart im Hotel. Ich habe hier alles, was ich brauche, fließend Wasser, Dusche, Zimmerradio und Fernsehapparat, nur die Toilette ist auf dem Gang, aber das stört mich nicht, ich mache gern zwischenhinein ein paar Schritte.

Im Rausch

Einen richtigen Alkoholrausch habe ich nie gehabt. Einmal wollte ich mich vorsätzlich betrinken, brachte es aber nicht zustande.

Einen Haschischrausch habe ich einmal gehabt. Ich mußte zuerst gewaltig lachen, dann habe ich farbige Musik gehört, und zuletzt sah ich Glaszähne, in denen Gras wächst.

Im Schlaf

Ich bin an einem großen Fest mit leicht schwüler Atmosphäre, sitze da und weiß, daß Ursula mit einem andern tanzt, und zwar völlig hingegeben und verliebt, was mich sehr unruhig macht. So nehme ich eine andere Frau, die mir gefällt und die irgendwie auf mich gewartet zu haben scheint, ziehe sie ostentativ auf die Tanzfläche und beginne mit ihr zu tanzen, aber Ursula und ihr Partner nehmen nicht die geringste Notiz davon.

Es kommen dann Zwischenstücke, ziemlich unklare, z. B. bin ich mit Ursula in einem Zimmer, da bringt die Post einen Stuhl von ihrem neuen Liebhaber, den sie sogleich aufstellt. Ein Telegramm trifft auch ein, aus einem Schloß, das man zum Fenster hinaus sieht, es ist ganz nah, höchstens fünf Minuten zu Fuß, aber die Nachricht kommt trotzdem telegraphisch.

Sozusagen gleichzeitig bin ich in meinem Elternhaus in der Mansarde und höre die Türe unten gehen. Ich stehe auf, erstaunt, weil ich annehme, die Eltern schlafen beide, es ist nachts drei Uhr, da kommt mein Vater die Treppe herauf, hat eine Glatze und irgendwelche grünlichroten Ausschläge oder Erhebungen am Kopf. Ich frage ihn, wo er gewesen sei, und er sagt, er habe bei einem Theaterstück mitgespielt, ich weiß aber nicht mehr, bei welchem.

Dann wieder die Festatmosphäre mit der Trennung. Die ganze Gesellschaft ist jetzt auf einmal in einem Schiff, und jemand ruft uns zu, wir sollten draußen schauen, wir führen durch die Meerenge von Gibraltar. Ich kann das fast nicht glauben und gehe auf das Deck, sehe dort tatsächlich, wie sich die Uferlichter vorne in der Form der Gibraltarstraße verengen, halb ist es wie vom

Flugzeug aus. Wir fahren aber darauf zu, und die Meerenge besteht aus einer zweiflügligen Wildwestschwingtüre, die von zwei clownhaften, abgerissenen Typen bewacht wird, einer steht in Tanger, der andere in Gibraltar. Wie das Schiff kommt, reißen sie die Türen johlend auf, winken und rufen uns etwas zu wie, jetzt seid ihr durch, und wir fahren durch die offenen Flügel, die sofort hinter uns zuschnellen. Ich denke, so, jetzt sind wir auf dem Meer draußen, doch plötzlich steigen wieder Berge auf, und zwar immer näher, links und rechts, und wir beginnen zu sinken, nicht unter die Oberfläche, sondern auf ihr, das ganze Meer geht steil abwärts, es wird finsterer, ab und zu sieht man noch einen Lichtfleck, aber es ist, als ob wir immer tiefer in ein Tal sänken, aus dem keine Rückkehr möglich ist. Der Schiffskoch gibt uns die Nahrung aus, eine Suppe war versprochen, es sind aber nur eine Art Nüsse. Das Schiff hält, wir dürfen es einen Moment verlassen, aber wo man aussteigt, ist alles schwarz, es gibt nichts zu sehen, und so steige ich rasch wieder ein. Beim Einsteigen sehe ich erst, daß das Schiff über dem Eingang eine längliche Holztafel hat, auf der die Inschrift steht »Way to Hell«, und darunter, wieder als geschnitzte Inschrift auf einer Holztafel, die, an zwei Kettchen befestigt, den Eingang versperrt, »Next Stop 1785«, plus eine genaue Ortsangabe, die ich nicht mehr weiß, ich glaube aber, sie hatte mit Frankreich zu tun.

Da wurde mir klar, daß wir jetzt auf dem Weg in die Hölle sind, daß wir immer weiter zurück in die Vergangenheit sinken werden, ohne daß wir diese Vergangenheit kennenlernen wollen, und daß ich Ursula irgendwo in der Menschenmenge des Riesenschiffes verloren habe, daß ich sie aber auch nicht suche, sondern daß alle Aktivität ausgelöscht ist durch eine dumpfe, nicht allzu schmerzhafte Beklemmung, und daß das schon die Hölle ist.

EIN EIGENARTIGER TAG
(1979)

.

Ein eigenartiger Tag

Welch ein eigenartiger Tag! Welch ein eigenartiger Tag!
Es regnet geradezu übertrieben. Am Bahnhof Meilen, wohin
ich mit dem Auto fahre, sind alle Parkplätze besetzt, ich überlege
mir, ob ich unkorrekt in die blaue Zone soll, oder ob ich mit
dem Auto nach Zürich soll, wie alle, die ein Auto haben, aber
ich will nicht sein wie die, die ihr Auto unkorrekt in die blaue
Zone stellen und auch nicht wie die, die mit dem Auto nach Zürich fahren, also fahre ich, dem Zug um weniges voraus, nach
Feldmeilen, verlange dort schnell ein Billett und einen Parkschein für das Auto, denn das braucht man, wenn man den Wagen im Verkehr mit der SBB länger als 30 Minuten stehen lassen will, dieser Parkschein muß aber unbegreiflicherweise vom
Schalterbeamten zuerst ausgefüllt werden, währenddessen fährt
schon der Zug ein, ich springe zum Auto, lege den Parkschein
gut sichtbar unter die Windschutzscheibe, eile dann in langen
Sätzen die Unterführung hinunter und hinauf auf das Perron,
wo sich die Türen soeben automatisch zischend geschlossen haben, ich reiße eine Türe nochmals auf, wogegen sich das Blockie-
rungssystem in der für diesen Fall vorgesehenen Weise zur Wehr
setzt, aber ich bin stärker und bin im Zug, in dessen erstes Coupé
ich mich setze, einer unbeweglichen Frau gegenüber. Kaum fährt
der Zug, kommt mir in den Sinn, daß ich ja, um mich korrekt
zu verhalten, das Billett am automatischen Billettentwerter hätte
entwerten müssen und denke, dann tu ich das halt an der nächsten Station, ich will nach dem Billett greifen, weiß aber nicht,
wohin ich da greifen soll, weil mir jede Erinnerung an das Billett
fehlt. Da ich Kleidungen mit vielen Taschen bevorzuge und auch

eine Einkaufstasche mit mehreren aufgenähten Taschen bei mir habe, durchsuche ich nun der Reihe nach alle meine Taschen, zuerst tastend, dann, indem ich den Inhalt herausnehme und betrachte, die unbewegliche Frau rührt sich nicht, aber ich fühle, daß sie durch meine Unruhe beeinflußt wird. Diese Suche breche ich erst ab, als in Küsnacht ein Bekannter von mir einsteigt, dem ich von der Erfolglosigkeit meines Tastens, Herausnehmens und Betrachtens erzähle, und vor allem davon, daß es das Billett ist, das ich suche, und nun scheint mir, der unbeweglichen Frau falle ihre Unbeweglichkeit wieder leichter. Der Bekannte besitzt ein Generalabonnement und erzählt mir, wie er es kürzlich verloren und später von einem Taucher, der es in der Limmat gefunden habe, wiederbekommen habe, und wie sich viele Taucher ihren Tauchsport dadurch finanzierten, daß sie in der Limmat nach verlorenen Dingen tauchten, oder nach im Überschwang weggeworfenen, wie z. B. Zinngeschirr entlang den Zunfthäusern, am Tag nach dem Sechseläuten.

Warum soll ich mir, denke ich am Bahnhof Stadelhofen, wo ich den Zug, ohne daß ich einer Billettkontrolle unterlaufen wäre, verlasse, warum soll ich mir für die Tramfahrt keine Zeitung kaufen? Ich kaufe mir keine Zeitung, halte mein Tramabonnement in den automatischen Billettentwerter, der ihm ein Eckchen abhaut und gleichzeitig die nötigen Angaben über Datum und Ausgangspunkt der Fahrt draufstempelt, steige ins Tram und schaue zum Fenster hinaus, lese auch die Aufschriften an den Häusern, vergesse sie aber sofort wieder, außer zwei Hausnummern, 293 und 295.

Ich steige aus und gehe in die Yogastunde, die mir eine Lehrerin erteilt, nehme seltsame Stellungen ein und versuche mich dabei so zu konzentrieren, daß ich nicht mehr daran denke, daß ich seltsame Stellungen einnehme.

Auf der Rückfahrt im Tram steht ein fremdsprachiger Mann

bei einer Haltestelle lange auf dem Trittbrett, das sich sonst automatisch nach oben klappend schlösse, und ruft seiner Frau in der fremden Sprache Anweisungen zu, wie sie den Billettautomaten behandeln müsse, da sagt ein alter Mann mit einem Mützchen sehr laut: »So chumm, schtig ändlech y!« und ein anderer, auch alter: »Chumm, chumm!«, aber die Frau wirft immer noch kleine Münzen ein, und der Mann getraut sich nicht mehr, länger auf dem Trittbrett seines Gastlandes zu stehen, und im Abfahren sieht man noch, wie sich seine fremdsprachige Wut auf die Frau ergießt.

In der Papeterie, die ich für die beste Zürichs halte, verlange ich dunkelgelbes Umdruckpapier, d. h. soll ich das jetzt erzählen, angesichts des Elendes dieser Welt, doch, doch, es ist schließlich wahr, und was wahr ist, kann man auch erzählen, dieses Umdruckpapier nämlich, das mir die ältere Verkäuferin in einem Musterkatalog zeigte, mußte im Keller geholt werden, und bevor sie es holen konnte, verlangte ich noch selbstklebende A4-Couverts von einer Art, wie sie fast nur die Papeterie führt, die ich für die beste Zürichs halte, ein Couvert aber, das den wenigsten Verkäuferinnen dieser Papeterie bekannt ist, so daß ich sie immer mit sanfter Beharrlichkeit auf die mir bereits bekannte Stelle im Musterkatalog hinführen muß. Aha, sagt die ältere Verkäuferin und muß diese Couverts auch im Keller holen. Als sie zurückkommt, bringt sie außer den Couverts ein häßliches, sogenanntes Kanariengelb und sagt, das goldgelbe sei ausgegangen. Es fällt mir nun auf, daß das Papier sehr dick ist, 160 g, ich brauche aber normales, 80grämmiges, sie geht also nochmals und kommt nach langer Zeit nochmals mit einer kanariengelben Schachtel zurück, da auch das 80grämmige goldgelbe Umdruckpapier ausgegangen ist, es sei unheimlich, flüstert mir die Verkäuferin zu, was im Keller alles fehle, und sie gebe mir jetzt diese 500 Stück zu einem niedrigeren Preis, nämlich dem, den

500 Stück kosten würden, wenn man 1000 nähme. Im Katalog, den ich für sie lesen muß, weil sie die Brille verlegt hat, steht bei 500: Fr. 23.10, und bei 1000: Fr. 21.90, womit der Preis für 500 Stück gemeint ist, wenn man 1000 nimmt, die Verkäuferin teilt ihn aber nochmals durch zwei und kommt auf Fr. 10.90, wogegen ich, da ich finde, die Papeterie, die ich soeben noch für die beste Zürichs hielt, verdiene einen Denkzettel, nichts einwende.

Nun will ich nach Hause telefonieren und mitteilen, daß ich in der Stadt zu Mittag esse, weil ich beim Papiereinkauf zuviel Zeit verloren habe. In eine Telefonkabine vor der Zentralbibliothek biegt gerade ein Bibliotheksbenützer ein, der mir um ein kleines zuvorkommt, ich wende mich um und sehe, daß ich eben an der Post Mühlegasse vorbeigegangen bin und daß dort eine Kabine offensteht, eine Kabine, von der aber, wie ich drauf zugehe, auch eine andere Person angezogen wird, hineingesogen fast, die Tür schließt sich weich und unerbittlich hinter ihr. Ich beschließe, vor dieser Kabine zu warten, setze mich auf die Treppe und ziehe, da plötzlich die Sonne scharf scheint, eine Sonnenbrille an, die ich bei mir habe.

Einer, den ich kenne, geht nun an mir vorbei und wirft etwas, das wie ein Brief aussieht, in einen Schlitz am Postgebäude, über dem steht KEIN BRIEFEINWURF. Ich rufe ihm einen Gruß zu, aber er bezieht ihn nicht auf sich, Kurt! rufe ich lauter, als er an mir vorbeigeht, er schaut mich an, ohne mich zu erkennen, he! rufe ich, aufdringlich laut, stehe auch auf, ziehe die Sonnenbrille aus, behalte die Mütze und den Bart an, jetzt kennt er mich, ich frage ihn, ob er wisse, daß das kein Briefeinwurf gewesen sei, und ob er essen gehe. Er weiß, daß das kein Briefeinwurf gewesen ist und geht nicht essen, sondern nach Hause, zum Erziehen, sagt er, ich frage, ob er die Frau oder die Tochter erziehe, er sagt, die Frau lasse sich nicht mehr erziehen, die Tochter bald nicht mehr, trotzdem erziehe er immer wieder.

Nun wird die Kabine frei, ein anderer biegt um die Ecke, nein, rufe ich, jetzt habe ich lange gewartet, und fasse die Kabinentür, doch der andere wollte gar nicht in die Kabine, sondern in die Post, merkt aber, wohl etwas verwirrt durch meinen Zuruf, nicht, daß diese schon geschlossen ist und prallt in die Türe hinein. Ich muß meinen Platz halten und winke dem, den ich kenne, diesem Kurt somit, zu, ich muß telefonieren, rufe ich, er steigt auf ein Velo, er fährt also Velo, denke ich, und rufe zu Hause an, wo mein Sohn abnimmt, sage ihm, daß ich nicht komme, meine Frau kommt auch noch schnell, gleichzeitig mit einer andern Frau, welche die Türe der Kabine aufreißt und sofort wieder zumacht, ich werfe noch einen Zehner ein, merke aber, als die Verbindung im Abschiednehmen unterbrochen wird, daß ich ihn nicht eingeworfen habe, sondern immer noch in der Hand halte.

Entschuldigen Sie, ich habe Sie nicht gesehen! ruft mir ein Mädchen entgegen, als ich, geblendet, hinaustrete. Ich entschuldige, ohne zu wissen was, und erst nachher wird mir klar, daß das die Frau ist, welche in die Kabine eindringen wollte, als ich mit meiner Frau sprach.

Was für ein eigenartiger Tag. Die Buchläden legen die Herbstproduktionen aus wie frisches Obst, ich kaufe den neuen Handke und beginne ihn, als ich mich im »select« gesetzt und ein Schnitzel »Frascati« bestellt habe, sogleich zu lesen, dabei fällt mir auf, daß ich die meisten Bücher von Handke irgendwo unterwegs lese, das »Wunschlose Unglück« in einem jugoslawischen Restaurant in Würzburg und den »Hereinbrechenden Augenblick« (oder was war das?) in einem Hotel in Stuttgart, die erste Hälfte, und die zweite Hälfte in einem Gasthof in Rottweil, und daß ich mich dann jeweils weniger allein gefühlt habe. Der Wirt wirft zwei Burschen hinaus, mit kleinen, widerlichen Handbewegungen, warum, ist nicht klar, auch sehe ich zum erstenmal, daß es hier einen Wirt gibt und nicht nur Serviertöchter.

Draußen schauen sich Leute nach anderen Leuten um, schauen auch durchs Fenster hinein, beiläufig, ob sie jemanden kennen. Wir sind drei am Tisch, drei, die nicht miteinander sprechen, ich, ein Mann und eine blonde Frau um die vierzig, die hat ihren Blick wie einen Stolperdraht über die Straße gespannt, jetzt läuft einer hinein, ein Schwarzer bleibt stehen, lächelt erkennend durch die Scheibe, deutet graziös und fragend auf den leeren Sitz neben ihr, sie bestätigt die Leere, und er kommt herein. Wie verwandelt sind doch die Leute, sobald sie sprechen, die Sprache ist wie ein Prinz, der sie aus dem Dornröschenschlaf wachküßt. Die beiden sprechen englisch zusammen, man kann lang lesen dazu, man muß doch hinhören, man muß, wenn man daneben sitzt, und die Leute merken es, alles, was sie sagen, ist zwar für den Zuhörer, den sie kennen, aber auch noch ein bißchen für den Zuhörer, den sie nicht kennen, I don't think I can stand the life here, sagt sie zum Schwarzen, den sie offenbar von London her kennt, erzählt von diesem traurigen Zürich, von Drogen- und Alkoholfällen, obwohl sie nicht der Typ ist, der aufmunternd-solidarische, dem solche Fälle über den Weg laufen, und draußen schauen sich immer noch Leute nach anderen Leuten um, als ob Zürich keine traurige Stadt wäre, und im Buch haben sich die zwei schon getrennt, überraschend und doch vorauszusehen, und ein Kind spielt auch eine Rolle, wie schon früher, und einer sagt, als er sich in den Mantel hineinmurkst, na drei Wuche, und ich bi uf Null une.

Truffes du jour, lese ich, als ich wieder zum Bahnhof Stadelhofen gehe, der wie ein arabischer Radiosender neben dem Restaurant »Olivenbaum« steht, ich gehe in den Laden, verlange die angebotenen Quantitäten zu sehen, hat es helle *und* dunkle drin, frage ich beim 150 g-Päcklein, ja, sagt die Verkäuferin, aber ich kann Ihnen auch nur helle abfüllen, ja, sage ich, geben Sie mir nur helle, 150 Gramm, Sie können auch eins probieren, sagt sie, es ist Degustation heute, und weist dabei auf drei Degustationsexemplare, die auf dem Ladenglas stehen, sie sind aber alle dunkel, oh, sagt die Verkäuferin, die sind ja alle dunkel, und legt mit einer Zange ein helles dazu, ich danke und möchte keins degustieren, wirklich nicht, wir sind beide etwas verlegen, sie, weil sie zu höflich war, ich, weil ich zu wenig höflich war, ich sehe, daß sie mir, obwohl der Zeiger der Waage auf 150 g steht, noch ein weiteres Stück hineintut, ohne es aber zu erwähnen, doch sie muß merken, daß ich es gemerkt habe, ohne daß ich es erwähne.

Der SBB-Beamte, bei dem ich jetzt nochmals ein Billett für die Rückfahrt nach Feldmeilen lösen will, sagt jedem einzelnen vor mir, er hätte das Billett ebensogut am Automaten lösen können, ich will jetzt von einer solchen Bemerkung auf keinen Fall betroffen werden und verlasse die Reihe, gehe zum Automaten, wo ich durch richtiges Drücken und richtiges Einwerfen der richtigen Münzen das richtige Billett bekomme, dieses auch am Automaten entwerte und in den Zug einsteige.

Auf der Fahrt nach Feldmeilen scheint die Sonne auf eine von grauen Wolken bestimmte Seelandschaft mit hervorstehenden Häusern, und im Buch bekommt die Frau, die jetzt mit dem Kind allein lebt, Besuch von ihrem Vater.

Als ich in Feldmeilen aussteige und mit meiner Tasche zum parkierten Auto gehe, stehen ein paar Leute um ein anderes parkiertes Auto und reden zusammen von Ferien in Ascona, als ob nichts wäre.

Die Asamkirche

Heute möchte ich einmal die Asamkirche ansehen, damit ich genau so wie der Bekannte, dem ich gestern meine Absicht mitteilte, diese Kirche zu besuchen, in einem ähnlichen Fall, das heißt wenn mir jemand sagen würde, er möchte diese Kirche besuchen, oder wenn mich gar jemand fragen würde, ob es sich lohne, diese Kirche zu besuchen, damit ich also dann, wie jener Bekannte, nicken kann und sagen: Ja, die Asamkirche ist sehr schön.

Unterwegs komme ich an einer riesigen Grube vorbei, deren Bauherr die Bayerische Staatsschuldenverwaltung ist, wie ich auf dem Schild daneben lese. Erst jetzt wird mir bewußt, daß auch Schulden verwaltet werden müssen, wie Vermögen, und daß dafür Leute beschäftigt werden müssen, die in Häusern an Schreibtischen sitzen und dauernd an diesen Schulden herumrechnen, so wie es Leute gibt, die dauernd an den Vermögen herumrechnen, ja, daß wahrscheinlich Schulden und Vermögen irgendwie das gleiche sind.

In der Innenstadt gerate ich, dem Sog der Leute folgend, in die schön angestrichene Gegend, welche nur Fußgängern offen ist und höre hier das Geräusch der unzähligen Schuhe, welche diesen Boden gehend, schlurfend oder eilend berühren. Alle Schritte zusammen tönen ausgesprochen zielbewußt.

Da ich nicht genau weiß, wo die Asamkirche ist, trete ich in die erste Kirche ein, die mir weniger durch ihre Fassade als durch den aus ihrer geöffneten Türe ausströmenden Geruch aufgefallen ist. Den Stil erkenne ich sogleich als klassizistisch, es kann also nicht die Asamkirche sein, die mir als barock bekannt ist. Das

Muster des Deckengewölbes erscheint mir wie ein Vorläufer zu den Konkreten, zu Bill zum Beispiel, um nur einen zu nennen, da ich keinen anderen weiß. Diese Kirche wird tatsächlich zum Beten benutzt, es hat Leute, die hineinkommen und kurz hinknien, ich gehe also wieder hinaus.

In einem Schaufenster bemerke ich, wie dumm ich in meiner an den Enden leicht nach unten gebogenen grünlichen Polaroid-Sonnenbrille aussehe, die ich mir kürzlich gekauft habe, und nehme sie wieder ab. Etwas später allerdings frage ich mich, warum ich eigentlich nicht dumm aussehen soll, und setze sie wieder auf.

Im Eingangsraum der nächsten Kirche, die auch wieder nicht die Asamkirche ist, bietet mir ein schöner junger Priester einen Prospekt über die Marianische Kongregation an, den ich nehme, aber nicht lese.

Auf den platzartigen Erweiterungen der Straße hat die Stadt München Stühle hingestellt, auf die man sich setzen kann, wenn man müde ist oder wenn man sich einfach einen Moment setzen will. Ich will mich einfach einen Moment setzen, bin aber nicht müde und stehe bald wieder auf.

Beim Karlstor lasse ich mich von der Rolltreppe in die große Unterführung hinabbringen. Wenn man noch einen Stock tiefer will, führt einen die Rolltreppe unter einer Reihe von durchsichtigen Telefonkabinen durch, in denen Leute in verschiedenen Stellungen und mit verschiedenen Handtaschen nachdrücklich in die Muscheln zu andern, hier nicht sichtbaren Leuten sprechen, die irgendwo anders ebenfalls in verschiedenen Stellungen, wenn auch vielleicht ohne Handtaschen, zuhören, was die Leute über den Rolltreppen unter dem Karlstor gerade zu sagen haben, ihnen vielleicht auch etwas erwidern, was die Leute in den durchsichtigen Kabinen wiederum zu einer Antwort zwingt, oder auch nur dazu, noch mehr Münzen in den Apparat zu drücken.

Andere Leute verpflegen sich hastig an den Imbißständen, indem sie diesen Ständen den Rücken zukehren und leicht vornübergebeugt in irgend etwas Heißes beißen, das sie gerade gekauft haben. In den Ständen selbst werden längliche Brötchen auf Metallstangen gespießt, bevor man sie mit Würstchen ausstopft und Leuten wie den eben erwähnten zum Verzehr anbietet.

An einem zugigen Aufgang stehen zwei dunkle Mädchen und halten todesmutig die italienische Ausgabe des »Wachtturmes« vor sich hin.

Hier unten wirken die Leute noch zielbewußter, alle streben einer bestimmten Rolltreppe zu. Ich komme an einem Informationsbüro vorbei, verlange zuerst einen Stadtplan und lasse mir dann darauf zeigen, wo die Asamkirche ist. Das Fräulein zeichnet den Punkt an und macht auch ein Kreislein um die Stelle, wo sie mir gerade dieses Kreislein macht. Hier sind wir, sagt sie dazu, mit einer angenehmen Betonung auf wir.

Die Sauberkeit bei der Umhergeherei von soviel Leuten ist eigentlich erstaunlich. Die wenigen Bettler haben Mühe, die für Bettler typischen Eckchen zu finden, man hat das Gefühl, sie müssen sich richtig zusammenfalten, um noch ins Bild zu passen.

Später, der Sendlinger Straße zustrebend, auch ich jetzt mit einem Ziel, sehe ich auf einer Treppe, von einigen Menschen umstanden, eine hingefallene Frau, der beim Sturz die Brille zerbrochen ist und die nicht mehr aufstehen kann, ein Wagen der Polizei hält soeben an und ein Mann informiert den aussteigenden Polizisten über die Einzelheiten des Sturzes dieser Frau.

Jetzt habe ich die Asamkirche erreicht und trete ein. Sie ist sehr schmal und wird gerade renoviert, ist daher innen fast vollständig mit einem Gerüst ausgefüllt, wodurch sie noch schmaler wirkt. Einige Arbeiter besprechen sich gerade über das weitere Vorgehen bei der Renovationsarbeit.

Nachher gehe ich essen und breite eine hauchdünne Papierserviette über meine Knie, auf welcher steht »Die Familie Schneele wünscht guten Appetit«. Ich stelle mir eine ganze Familie vor, die freundlich nickend meinen Tisch umringt und esse eher unruhig.

Vor dem Fenster, an dem ich sitze, läßt sich am Tisch im Freien ein altes Ehepaar nieder, und der Mann nimmt einen Igel aus der Tasche, den die beiden offenbar als Haustier halten, läßt ihn auf dem Tisch spazieren, die Frau drückt ihn an die Wange und streichelt ihn, und sofort stehen Passanten still und beginnen mit den Igelhaltern über den Igel zu sprechen. Beim Hinausgehen höre ich, daß der Igel »Mecki« heißt.

Ein Invalider rollt in einem Stuhl auf zwei sitzende Frauen zu und bietet ihnen große Postkarten zum Kauf an, die man als Briefe frankieren muß.

Für den Haushalt ist diese Größe handlicher, sagt eine Verkäuferin an einem Stand, und nachher, als ich eine Kinokarte löse, fragt mich die Kassiererin, für die Flasche? Der Film heißt »Die große Flasche«, außer ein paar Kindern und mir sitzt niemand drin, und im Vorspann wird unter anderem ein Mann erwähnt, der für »Continuity« verantwortlich ist, also wohl für die Kontinuität, das sehe ich zum erstenmal.

»Hinterstellte Räder werden entfernt« lese ich noch an der Wand eines Bank- oder Verwaltungsgebäudes, als ich gegen Abend in die Amalienstraße zurückgehe.

Die Hochzeit

Die Hochzeit, zu der ich mich begab, fand in einem Bergrestaurant in Magglingen statt.

Ich fuhr deshalb zuerst mit dem Zug nach Biel.

Es war Samstag, August, ein Sommerschlußtermin, und der Zürcher Hauptbahnhof war voll von Heimreisenden, vor allem von Ferienkolonien oder aus Lagern zurückkehrenden Gruppen jugendlicher Menschen mit Hemden, die entweder einheitlich grün, blau oder braun waren oder sonstwie erkennen ließen, daß die Träger für das Gute waren. Eine solche grüne Gruppe spielte aus einem abfahrenden Zug heraus ein Trompetenstück, mindestens zu sechst, was in der Bahnhofhalle sehr eindrücklich klang.

Schräg gegenüber von mir saß ein Jüngling mit einer Gitarre und einem Traggestellrucksack. Als er in Aarau ein Mädchen auf dem Perron sah, das auch aus unserm Zug ausgestiegen war, lief er an mein Fenster und rief ihm »Tschau!« zu, und ich spürte auf einmal die ganze Bahnhofunterführungsmelancholie von früher, wenn man aus einem Skilager oder von einer Schulreise heimkam, und alles war zu Ende, die Eltern standen da und holten einen ab, und die kleine kollektive Erwachsenheit ging wieder in Obhut über. Ein Mädchen gab es, ein gleichaltriges, das wurde nie von seinen Eltern abgeholt. Dieses Mädchen habe ich immer ein bißchen geliebt, und ich könnte viel von ihm erzählen, aber wir wollen ja jetzt an diese Hochzeit.

Die eigentliche Zeremonie ist übrigens im Moment, wo wir im Zug sitzen, schon im Gange, und zwar wird die Trauung auf einem gemieteten Schiff auf dem Bielersee vollzogen. Ich gehe nur an den Hochzeitsabend.

Unterwegs lese ich einen Artikel über den Migros-Chef Pierre Arnold und entdecke darin die Antwort auf die Frage, die mir mein Sohn kürzlich gestellt hat: Was heißt eigentlich Migros? Es heißt MIttelgroß/halbenGROS. Ich glaube aber nicht, daß ich das meinem Sohn noch erklären werde.

In Olten steigt der junge Gitarrenmann aus und eine alte Frau ein, die sich minutenlang zum Fenster hinaus von einer anderen alten Frau verabschiedet, es bleibt ihr auch nichts anderes übrig, da der Zug minutenlang hält und die andere Frau auf keinen Fall weggehen würde, bevor der Zug abgefahren ist. Die Frau im Zug fragt die andere, mit welchem Bus sie heimfahre, und ihre französische Aussprache dieses Wortes erinnert mich daran, daß ich in die Westschweiz fahre, dort sagen die Leute Büs, meine Großmutter, die in Biel wohnte, hat immer Büs gesagt, vielleicht ist dies sogar ein sprachliches Kennzeichen der Nordwestschweiz, denn in Bern sagt man Böss. Wäre ich Sprachforscher, würde ich dem jetzt nachgehen, da ich jedoch keiner geworden bin, genügt mir die Vermutung.

Bei der Fahrt über die Gäubrücke schaue ich, ob jemand vom Chessiloch die Aare hinunterschwimmt, wie wir das als Buben getan haben, aber ich sehe niemanden. Früher wäre an einem Tag wie heute die Aare voller Schwimmer gewesen. Ich überlege mir, was das eigentlich heißt, früher, und merke, daß das für mich heißt, etwa vor 25 Jahren. Aber es macht mich nicht traurig oder wehmütig oder nachdenklich, sondern es gefällt mir, ich werde gern älter.

In Egerkingen sehe ich neben der Bahn ein Schienenlager, das ich noch nie gesehen habe. Überhaupt gibt es entlang der Bahnlinie viele Gelände, auf denen irgend etwas gelagert wird. In Oensingen z. B. befindet sich vor einem Militärgebäude ein Stacheldrahtlager.

Bei der Durchfahrt durch Niederbipp denke ich an Gerhard

Meier und versuche mit einem Blick auf den Kiosk hinter dem Bahnhof auszumachen, ob seine Frau dort gerade Dienst hat, aber der Zug fährt zu schnell. Bei den Tanklagern gleich hinter Niederbipp kommt mir in den Sinn, was mir einmal ein Korrosionsschutzfachmann gesagt hat, nämlich, daß diese Tanklager ohne die vorgeschriebenen Sicherungen gebaut wurden und daß man die Baubewilligung dazu erhalten habe, indem man die Bauweise als neuen Versuch ausgab. Solche Geschichten stimmen fast immer.

In Solothurn steigt ein alter Mann ein, den die alte Frau kennt. Sie läßt ihren Schicksalsroman sinken und beginnt mit ihm zu schwatzen. So erfahre ich, daß sie im Oltner Kantonsspital ihren Schwager besucht hat, der einen Schlaganfall gehabt hat. Es sei, sagt sie wörtlich, auf der Waagschale, man wisse nicht, welchen Weg es gehe. Wie alt denn der Schwager sei, fragt der alte Mann, 72, sagt die Frau, dasch noni so alt, sagt der Mann, und man merkt, daß er älter ist, einiges älter.

Die Eisenbahn wird mehr und mehr zum Transportmittel der ganz Jungen und der ganz Alten, die mittlere Generation, die sagen kann, früher, und damit meint, vor 25 Jahren, diese Generation fehlt beinahe vollständig, kaum einer, der den wirklichen Fahrpreis zahlt, alle alten Leute schlagen fast triumphierend ihr Halbtaxabonnement auf, das sie schon lange vor dem Erscheinen des Kondukteurs in der Hand halten oder auf das Fenstertischchen gelegt haben. Plötzlich kommt mir ein Wort in den Sinn: Halbtaxleute.

In Grenchen steigen die beiden aus, die Frau wohnt in Moutier und muß umsteigen, der Mann wohnt in Grenchen. Ich gehe auf die Toilette und sehe unter dem Sitzbänklein vis-à-vis der Toilettentür eine Migrospapiertragtasche, über deren Inhalt eine zweite Migrospapiertragtasche gestülpt ist, das ganze ziemlich zerknittert und verwahrlost. Wie, denke ich, wenn darin eine Bombe wäre, die jetzt dann losgeht? Der Gedanke bleibt eine Weile und wird langsam zum Gefühl, ich frage mich, ob das ein Gefühl ist, das ich ernstnehmen muß und dem ich mindestens durch einen Platzwechsel in den hinteren Wagen nachgeben soll, aber ich bleibe sitzen.

Zu Recht, wie sich in Biel zeigt, als die Tragtasche von einem pfarrerähnlichen schmalen Mann an sich genommen wird. Was von dann an mit ihr geschah, weiß ich allerdings nicht.

Ich ging zum Magglingerbähnchen hinüber, das bei meinem Eintreffen soeben abgefahren war.

So setzte ich mich in die Gartenwirtschaft »Paradisli« neben der Talstation, wo ein Schild mitteilt, daß Grock hier 1893 gelebt habe. Ich habe Grock noch auftreten sehen, vor 25 Jahren oder noch mehr, und wundere mich, daß er 1893 schon gelebt hat, und ausgerechnet in diesem Gartenrestaurant. Es wird gerade ein kleines Sommerfest abgehalten, dessen Hauptattraktion ein Eglifiletstand ist und ein Glücksradbetrieb, bei dem man Topfblumen gewinnen kann. In der Zeit, in welcher das Glücksrad ruht, hört man über einen Lautsprecher ein Volksliedpotpourri mit dem Trio Eugster. Ich trinke ein Rivella, nehme kein Los und gehe auf das nächste Bähnchen.

Mein Halbtaxabonnement (ich habe auch eins) ist hier nicht gültig, nur die AHV-Halbtaxabonnemente. Ihr letztes Gesuch, sagt der Seilbähnler, sei abgelehnt worden von der SBB, wegen der Finanzknappheit, denn die SBB müßten ihnen ja dann etwas zahlen, wenn sie das Halbtaxabonnement auch anerkennten, und das sei jetzt offenbar wegen der Finanzknappheit nicht möglich, was er persönlich aber bedaure. Ich nehme das zur Kenntnis und lasse mich zum vollen Preis hinaufziehen.

Das Hotel habe ich vom Bahnhof in Biel aus telefonisch reserviert, ich bekomme ein Zimmer im Nebengebäude, das sonst der PTT für Schulungszwecke dient.

Dann mache ich mich durch die eidgenössische Turn-, Sport- und Leistungslandschaft auf zur Hohmatt. Dreiviertel Stunden seien es schon, meint die Hotelsekretärin, die etwas überrascht ist, daß ich nicht mit dem Auto da bin. Die Zeitangaben der Ortsansässigen nehme ich nie sehr ernst. In einer halben Stunde bin ich bei der Bergwirtschaft, nachdem ich der Versuchung widerstanden habe, zu einem Weiler abzubiegen, der »End der Welt« heißt. Einen solchen Namen kann ich nicht ohne Rührung lesen, besonders auf einem gelben Wanderwegweiser mit einer Zeitangabe: 10 Min.

Eine hochzeitlich gekleidete Dame frage ich, ob sie zur Hochzeit gehöre, was sie freudig bejaht, und sie erzählt mir gleich, wie es auf dem Schiff gewesen sei und wie beim Aussteigen der ganze Kavallerieverein Spalier gestanden habe, und ein kleiner Esel sei auch dagewesen und ein ganz kleiner Kaminfeger, sie zeigt mit der Hand die Höhe ab Boden an, und ich frage, ob das für mit oder ohne Hut gelte, und sie sagt, für mit.

Auf der Wiese stehen 6 Alphornbläser einsatzbereit. Sie haben schon einmal gespielt, und ich dachte, ich käme zu spät, da hatten sie sich aber nur eingeblasen und erwarteten auch, wie ich und die freudige Dame, die Hochzeitsgesellschaft, welche jetzt, gerade jetzt, aus einem Büs entlassen wurde, oder aus zweien, und zu den nun erklingenden Tönen der Alphornbläser langsam die Wiese heraufkam, auf mich, die Dame und das Sextett zu, an der Spitze Braut und Bräutigam, die Braut mit einem Sonnenschirm.

Heute

HEUTE habe ich geträumt, ich sei in Olten, wo ich aufgewachsen bin und müsse in der Kirche etwas reparieren, und
zwar, wenn ich mich recht erinnere, eine Holzverkleidung im
Chor, die aber früher zur Orgel gehörte, wie mir jemand anhand
eines Fotos zeigt. Ich beginne an der Sache herumzuschräubeln,
muß dazu ins Kirchenschiff schauen, das sich langsam zu füllen
beginnt, es ist Sonntag, zehn vor neun Uhr, ich sehe in der Sakristei schon den Pfarrer meiner Kindheit im Priestergewand hin
und hergehen. Ich schräuble also alles wieder zu, versuche auch
noch einen lockeren Dübel festzumachen, wobei man mich vom
Schiff aus etwa zur Hälfte sieht, unangenehmerweise. Ich ziehe
mich in die Sakristei zurück, die Messe beginnt, ich warte, dann
höre ich, daß plötzlich ein anderer Pfarrer auf italienisch predigt,
ich lehne mich in die Türöffnung der Sakristei, aber der Pfarrer
meiner Kindheit zischt mir zu: »Geh weg!«
   Es kann übrigens auch durchaus die Orgel selbst gewesen
sein, die ich reparieren mußte; wenn ich mehr auf meine Träume
achten würde, wüßte ich das wohl, man kann sich ja im Träumen üben, sie mit dem Notizblock neben dem Bett belauern
und beim Erwachen gleich mit Aufschreiben ahnden. Früher hat
man Boten abgefangen, die mit irgendeiner Nachricht durchzu-
kommen suchten – aufgeschriebene Träume sind solche Boten,
die eine Nachricht bei sich haben, eine Nachricht allerdings von
einem selbst, man ist doch größer als man denkt, man hat auch
abgelegene Teile, so weit weg, daß die Boten, die von dorther
kommen, schon eine andere Sprache sprechen.
   Ich muß doch mehr auf meine Träume achten, danach, das

weiß ich noch, ging ich ins Kirchenschiff, ich machte es so, daß ich von hinten herankommen konnte und ging auf die linke Seite, wo nach unsrem Usus nur Frauen standen. Ich drückte mich leicht störend zwischen den Reihen durch (ich stell mich nicht zuhinterst hin, wo niemand wäre, den ich störte), setze mich schließlich, von links kommend, rechts neben einen Mann, auf den nächsten Stuhl (es gibt Stühle, nicht, wie in Wirklichkeit in der Kirche meiner Kindheit, Bänke), dann merke ich, daß ich ihm zu nahe komme und setze mich so, daß ein Stuhl zwischen uns leerbleibt.

Heißt das nun etwas? Heißt das nun etwas anderes? Ist das nun eine Sprache, zu der man nur das Wörterbuch besitzen sollte, dann verstünde man alles?

Später mußte ich an einer Säbelfechterei teilnehmen, entweder im hinteren Teil der Kirche oder in einem Lokal, irgendwie ist es auch ein Spiel, sei es, daß es für einen Film ist oder daß ich weiß, daß es nur ein Traum ist, dennoch werde ich getroffen, in die Hüfte, sehr schmerzhaft, das sei ja gar nichts, sagt mein Gegner, da laß ich mich fallen und stelle mich tot, ich kriege noch einen geringfügigen Stich in den Rücken und bleibe im Getümmel liegen, die Sache hört sofort auf (war sie nur für mich arrangiert?), sonst bleibt niemand am Boden, ich liege in der Nähe der Türe, alle steigen nun sorgfältig über mich hinweg.

GESTERN ABER, GESTERN war ich in der Stadt, und das ist wahr, und für die Heimfahrt nahm ich aus Trauer 1. Klasse. Ich fand mich mitten unter Leuten, die behaglich über andrer Leute Unglück sprachen, einem ist die Harnröhre zugewachsen, der mußte drei Operationen machen lassen, das Kantonsspital ist völlig überfüllt, und ist erst vierunddreißig, von weiter hinten höre ich von einem, der hat durchgedreht, mit achtundzwanzig, ja, im Aargau, und ein anderer hat natürlich Krebs, die Frau ist auch schon tot, und er kommt kaum mehr heim, ist zweiunddreißig, sanft und sicher hält der Zug in Zollikon, in Goldbach, Küsnacht, Erlenbach, in Winkel, und überall steigt man gediegen aus, mit Wintermänteln gegen den Abend gesichert, läßt das fremde Schicksal im Polster zurück und verschwindet am Ende des beleuchteten Perrons in Richtung seiner ölgeheizten Friedlichkeit, und als ich selber draußen bin und um mich schaue, wo mein Wagen steht, da träum ich nicht, da brauch ich keine Übersetzung, da fühle ich mich frei zum Abschuß.

Wie ich lebe

Seit ein paar Tagen bin ich in Basel.

Ich bewohne hier ein Apartmenthaus, aus dem man direkt auf einen Platz hinuntersieht, welcher fast ohne Autoverkehr ist. In der Mitte steht ein großer Brunnen, den ich nachts plätschern höre. Gestern habe ich von meinem Fenster aus gesehen, wie tote Schweine aus einem Lieferwagen in eine Metzgerei gebracht wurden. Die Metzgerei verfügt über eine Hängeschiene, der Lieferwagen ebenfalls, die beiden Schienen werden zusammengekoppelt, und nun gleitet ein Schwein nach dem andern, mit einem Fleischerhaken an dieser Schiene hängend, ins Innere der Metzgerei.

Etwas später bin ich auf die Post telefonieren gegangen und mußte beim Bezahlen am Schalter eine Weile warten, weil vor mir ein bärtiger Amerikaner in einem Wollpullover ein Telegramm nach Tanger aufgab, auf welchem stand: I LOVE YOU MORE THAN I CAN SAY. Es kostete 14 Franken.

Ich rufe jeden Tag nach Hause an und erkundige mich, wie es meiner Frau und meinem Sohn geht.

Heute morgen habe ich bei einer Marktfrau, welche ihren Stand auf dem Platz neben dem Brunnen aufgestellt hatte, ein Dorschfilet gekauft. Der Frau, die vor mir zwei Dorschfilets kaufte, war, seit sie die Marktfrau zum letztenmal gesehen hatte, ihr Mann gestorben, 71 war er und war nur rasch ein Glas Wasser holen gegangen und tot zusammengebrochen, der Arzt sei auch ganz baff gewesen.

Der Bub der Marktfrau, wahrscheinlich ihr Enkel, ruft, schöne Forellen haben wir auch noch, und stochert mit einem

Fangnetz im Zuber, in dem sie herumschwimmen. Ich bleibe aber bei meinem Dorsch, der ist schon tot und hat keine Gräte.

In der Zeitung lese ich, daß der Flughafenangestellte, welcher die Frachtraumtüre einer später abgestürzten DC-10 verschlossen hat, beteuert, er habe die Türe richtig verschlossen. In seinem Leben habe er schon Hunderte, ja Tausende von Türen verschlossen und könne auf keinen Fall für den Absturz verantwortlich gemacht werden. Gestern habe ich vor dem Einschlafen Goethes »Wahlverwandtschaften« zu Ende gelesen. Ottilie und Eduard sterben zum Schluß, und das Buch hört mit den Worten auf:

»So ruhen die Liebenden nebeneinander. Friede schwebt über ihrer Stätte, heiter verwandte Engelsbilder schauen vom Gewölbe auf sie herab, und welch ein freundlicher Augenblick wird es sein, wenn sie dereinst wieder zusammen erwachen.«

Diesen Schluß finde ich sehr schön.

Der Rest des Tages

Im Theater habe ich einer Frau, die mich angelächelt hat, gesagt, sie habe sich verwandelt. Ich hatte sie am Nachmittag schon gesehen, und da hatte sie sich noch nicht so schön zurechtgemacht. Ich ging dann zu Fuß zum Aeschenplatz, fand ihn aber nicht gleich. Ich kam an einem enorm geschlossenen Gebäude vorbei, die Fenster waren ebenso hoch wie vergittert. Es war, wie ich über der Türe las, die Schweizerische Nationalbank, wenigstens der Teil davon, der in Basel steht.

Dann kam ich am Kunsthaus vorbei und sah, daß hier die Fenster gleichermaßen vergittert waren. Ich sah auch, daß das anschließende Plätzchen Picassoplatz heißt und freute mich für Picasso. Seit der Nationalbank wußte ich, daß ich zu stark nach links marschiert war und bog nun entschieden dem weiter rechts gelegenen Aeschenplatz zu.

Ich überlegte auch, ob ich nicht irgendwo mein Wasser lassen könnte, aber es war überall so hell. Im Theater war ich durch die mich anlächelnde Frau nicht dazu gekommen, weil ich sie bis vors Theater begleitet hatte und gerne auch noch weiterbegleitet hätte, wenn nicht ihre zielstrebige Mutter dabeigewesen wäre.

Der Aeschenplatz, dachte ich, ist doch die Art von Platz, wo's noch irgendwo ein Pissoir gibt, und als ich über die Fußgängerstreifen und Traminseln ging, sah ich tatsächlich ein Kiosktoilettenhäuschen, vor dem ein Mann stand. Sogleich ging ich dorthin, trat bei »Herren« ein und fand mich vor einer Treppe, die nach unten führte. Als ich einige Stufen hinuntergegangen war, dachte ich plötzlich an das Honorar, das ich vom Nachmittag her in der Tasche trug und an den Mann vor dem Häuschen und an die große Einsamkeit dieses Untergeschosses am Aeschenplatz, kehrte wieder um und überquerte schnellen Schrittes den Platz.

Fast vor meinem Auto angekommen, schwenkte ich in ein Restaurant ein, wo ich ein Bitter Lemon bestellte, gleich zahlte und ins Pissoir im Keller ging, das auch nicht viel weniger einsam war. Die Kellnerin war schon älter und blond und hatte erfreuliche Brüste.

Ich war dann sehr erleichtert, stieg in mein Auto ein und fuhr durch die Nacht nach Zürich.

Erlebnis

Heute ist mir gegen halb sechs Uhr abends in den Sinn gekommen, daß ich meine Frau an der Autofähre in Meilen abholen könnte, mit welcher sie um sechs Uhr eintreffen wollte. Ich nahm also einen Regenmantel mit und ging auf die Straße, die vor unserm Haus durchführt, gegen Meilen hinunter.

Eine Frau, die mir entgegenfuhr, schaute mich im Entgegenfahren an. Lastwagen eines Meilener Transportunternehmens fuhren mit großer Geschwindigkeit talwärts.

Kleinbusse von Bauunternehmen oder Schreinereien waren auch auf dem Weg nach Hause, man sah die Arbeiter im Laderaum sitzen, einige drehten den Kopf, als sie vorbeifuhren.

Am Restaurant ging ich vorüber, ohne einzukehren. Ich wohne seit mehr als zwei Jahren hier und bin noch nie im Restaurant eingekehrt. Dann habe ich auf dem Straßenbord Margriten gesehen und gedacht, ich muß eine mitbringen. Ich ging auf die andere Straßenseite hinüber und pflückte eine, die noch nicht zu fest offen war. Im Weitergehen drehte ich sie zuerst etwas zwischen den Fingerspitzen, dann steckte ich sie mir plötzlich hinter das rechte Ohr, wie einen Kugelschreiber oder einen Bleistift.

Ein Weinbauer, der direkt am Straßenrand an einer Rebe arbeitete, beachtete meinen Gruß nicht.

Einen richtigen Bauern sah ich durch die halbhohe fallenlose Tür in den Stall gehen.

Zwischen den Rebbergen waren verschiedentlich Baugespanne zu sehen, neben einem Stück Rebland wurde eine Betontreppe gebaut, die Reben am Rand wuchsen aus dem Bauschutt heraus.

Ich passierte die Ortstafel Meilen, sie ist weiß mit einem schwarzen Rand darum.

Vor einem Wohnblock war ein Schutthaufen, der schon gänzlich mit Gras und langen, fleischigen Schutthaufenpflanzen überwachsen war. Drei Italiener, die mit Stangen nach Hause gingen, pfiffen drei ganz jungen Mädchen nach, zwei hatten rote Haare und eines schwarze. Das mit den schwarzen Haaren drehte sich um, und die Bewegung wirkte aufreizend. Der letzte Italiener wäre fast in mich hineingelaufen, weil er zu dem Mädchen zurückschaute.

Das Mädchen stand neben einem Transformatorenhäuschen, an dem die Straßentafel »Bergstraße« befestigt war.

Neben einem Stopsignal standen zwei Frauen und sprachen miteinander, die eine hatte lange Haare, die andere kurze. Die mit den kurzen sagte gerade, das bruuchsch eifach.

Dann kreuzte ich viele Leute, die mir vom Bahnhof her entgegenkamen und gelangte auf die Seestraße, wo ein neues Strandbad in den See aufgeschüttet wird.

Gerne wäre ich bei der Ankunft der Fähre schon am Ufer gestanden und hätte gewartet, aber bevor ich den Landeplatz erreichte, kam mir meine Frau entgegengefahren. Als ich ihr winkte, hielt sie an, und ich stieg ein.

Chicago

Diese Stadt ist auf Sand gebaut.

Wer hier einen Wolkenkratzer aufstellen will, muß zuerst Dutzende von Metern durch den Sandgrund graben, bis er auf Felsen stößt, die das Fundament halten können, d. h. er wird kaum selbst graben, sondern er wird graben lassen, und auch die Zeiten des Wortes »er« sind eigentlich vorbei, es sind mehrere Leute gemeinsam, die im Namen von noch mehreren Leuten beschließen, durch weitere Leute ein Fundament für einen Wolkenkratzer und dann auch den Wolkenkratzer selbst bauen zu lassen, damit man wieder einen Ort hat, von dem aus andere Leute im Namen wieder anderer Leute telefonieren und Briefe schreiben können.

Chicago ist eine Stadt, in der viele Leute im Namen anderer Leute telefonieren, Briefe schreiben und Wolkenkratzer bauen, wer hier lebt, habe ich gehört, atmet täglich gleich viel schlechte Luft ein, wie wenn er zwei Päcklein Zigaretten rauchen würde, wobei ein Raucher den Rauch der Zigaretten ja nicht schlecht findet, sondern ihn im Gegenteil deshalb einatmet, weil er für ihn einen Genuß bedeutet, obwohl er nachgewiesenermaßen schädliche Elemente enthält, und um diese schädlichen Elemente geht es auch beim Vergleich mit der Luft Chicagos.

Wer in dieser Stadt mit der Untergrundbahn zur Arbeit fährt, oder fahren muß, jeden Tag, verliert in ein paar Jahren einen Drittel seines Gehörs, habe ich gehört. Der Lärm ist groß, die Bahn ist zum Teil eine Hochbahn, die einfach über den Straßen herfährt, auf eisernen Brücken, in gleicher Richtung, die Häuser links und rechts der Straßen sind so hoch, daß einem diese Zweistöckigkeit nicht als unnatürlich vorkommt. Unser hiesiger Konsul ist übrigens noch nie mit der Untergrundbahn gefahren.

Leute kommen aus Gassen, ganz hohen, engen, bei denen sich die Feuerleitern der beiden Mauern fast berühren, der Boden voll Abfall, so uneinladend, daß man es nur noch fotografieren möchte, aber eigentlich hat man diese Fotos schon gesehen.

Am Fuße dieser hohen Häuser jedoch wohnen freundliche Menschen. Sie sagen einem, wo es noch etwas zu essen gibt nach Mitternacht, sie halten an, wenn sie Blinde sehen, die über die Straße wollen, und es hat viele Blinde hier, auf einem großen Platz vor einem großen Haus steht eine große Plastik von Picasso, und in der Nähe dieser Plastik steht ein Bronzetisch, auf dem die Plastik und der Platz in Blindenschrift beschrieben sind, sogar ein Reliefmodell des Platzes kann betastet werden.

Vieles deutet darauf hin, daß auch in den hohen Häusern freundliche Menschen wohnen. Eines dieser Häuser, so stellte sich erst nach dem Bau heraus, liegt in der Route eines bestimmten Zugvogels – Tausende schossen nachts in die beleuchteten Fenster und starben. Jetzt wird an den zwei Monaten, in denen diese Vögel unterwegs sind, das Licht im ganzen Haus gelöscht, und nun weichen ihm die Vögel aus wie einem Baum. Überhaupt stellt sich bei diesen hohen Häusern vieles erst nach dem Bau heraus. Ein schwarzer Wolkenkratzer mit einem goldenen Fries weit oben steht ein kleines bißchen schief, weil man seinerzeit die Sache mit dem Sand und Fels zu wenig genau genommen hat.

In den zwanziger Jahren hat ein Bürgermeister zwischen der Stadt und dem Ufer des Michigansees einen Parkgürtel aufschütten lassen, der sich meilenweit ausdehnt, aus dem Abfall von Chicago, aus Flaschen, Büchsen, Schachteln, Fetzen, der ist mit einem Bauverbot belegt, und jetzt hat es dort Gras und Bäume für die freundlichen Leute aus den hohen Häusern und die,

die am Fuß der hohen Häuser wohnen, dort, wo es zieht den ganzen Tag, auch wenn das Wetter schön und warm ist, und wo es immer sehr bald Abend wird.

Nicht alle Leute halten dieses Leben aus, ein altes Weib postiert sich neben die Blumentöpfe, die die Stadt aufs Trottoir hat stellen lassen und ruft: Look at all this shit! Eine andere Frau kommt in einen Laden, wo man seine Wäsche waschen kann, mit einer Katze, die sie an einem Halsband zerrt, und jedesmal, wenn die Katze miaut, sagt die Frau: Shut up! Sonst sagt sie nichts.

Einer in einem flotten Bluejeansanzug, der mit einer Grafikermappe ausgesprochen sicher durch die Straßen geht, sagt, als ich ihn nach dem Weg frage, er sei erst den dritten Tag in Chicago, and I get lost, ich fühle mich verloren. Dann fragt mich jemand nach dem Weg, aber ich weiß ihn nicht, verspreche mich auch und sage statt I don't know, I don't think. Man denkt auch nicht, sondern läßt sich treiben, Haifischhemden gebe es hier, lese ich an einem Warenhaus, gehe hinein, frage, bis jemand weiß, wo, sehe dann, daß es keines hat, das klein genug ist für meinen kleinen Sohn, der so gern Haifische hat, finde auch das aufgerissene Maul des Haifisches auf diesen Hemden sehr erschreckend und gehe wieder hinaus.

Die freundlichen Leute aber, wenn sie in einen Lift gehen und es ist schon ein anderer drin, schauen diesen andern manchmal etwas furchtsam an, weil sie nicht sicher sind, ob er auch zur freundlichen Mehrheit gehört.

Eine Pianistin, die in einem abgeschlossenen Saal übte, zu dem ich den Schlüssel bekam, stand verstört vom Flügel auf, als sie meine Schritte hörte. Das wäre aber nicht nötig gewesen, denn ich bin ja freundlich.

Der Anfall

Er kommt nicht plötzlich.

Zuerst kommt er einfach in die Nähe und verharrt dort, träg und selbstsicher, bis man merkt, daß er da ist.

Nun kann man an nichts anderes mehr denken.

Er hat aber Zeit, er lümmelt noch herum, verbreitet einen schlechten Geruch, bläst einem seinen Rauch ins Gehirn, und die Hoffnung, daß er wieder gehen könnte, wird immer sinnloser. Er ist unwillkommen, er ist unwillkommen – merkt er nicht, wie unwillkommen er ist?

Dann tritt er seine Zigarette aus und springt dich an.

Jetzt spürst du, wie er sich in dich hineinzwängt und wie er nicht hineinpaßt und wie er zu groß ist für dich und wie du dich aufrichtest in den Hüften und wie du zitterst in den Füßen und wie du die Hände zusammenkrallst und wie du stöhnen mußt, weil er ganz in dich hinein will und weil er so groß ist und du so klein.

Er geht auch nicht plötzlich.

Er glaubt es nicht sogleich, daß du nicht seine Größe hast. Nach und nach zieht er sich wieder heraus, probiert, bevor er ganz draußen ist, nochmals deinen Kopf an, um zu sehen, ob er wirklich nicht für ihn ist, flegelt sich dann auf den Stuhl und bleibt noch eine Weile sitzen, um dich seinen Ärger spüren zu lassen. Und dann, wenn du wieder zum Fenster schaust, wo er soeben noch saß, ist er weg.

Aber er glaubt es nicht, daß ihr nicht zusammenpaßt.

Er ist zu dumm dazu.

Er wird wiederkommen.

Morgen im Spital

Zimmerradios werden angedreht, aus denen Ländlermusik und Wetterprognosen quellen. Thermometer werden eingesteckt, herausgenommen und abgelesen, der Zahl mit einem Komma entnimmt der Patient, wie es ihm heute geht.

Es wird gebettet, Zähne werden geputzt, Waschlappen werden genetzt, Flaschen werden geleert, Rasierapparate werden über Hälse gezogen, erste Leistungen.

Es wird auch mit den Schwestern gescherzt.

Und dann das Frühstück, der Kaffee, die Weggli, die Butter, die Konfitüre. Mit all dem ist man lang vor acht Uhr fertig und wartet nachher auf den Tag.

Kriminalromane werden vom Nachttischchen genommen und wieder zur Seite gelegt.

Ärzten wird erwartungsvoll in die Augen geschaut.

Über dem See verläuft der Horizont wie das Elektrokardiogramm eines Gesunden.

Abend im Spital

Eine Glocke läutet.

Auf dem See hupt ein Schiff, aber man stellt sich ungern vor, daß man noch einsteigen muß.

Autos fahren über die Seestraße, es ist naß, man hört es am Geräusch der Reifen.

Eine Amsel singt.

Die Kastanienbäume bewegen sich nicht.

Man sieht nur knapp über den See, es ist trüb und bewölkt. Von der andern Seite dringt ein Lokomotivenpfiff herüber. Die Leute liegen in den Betten und denken über das nach, was sie haben.

Viele könnten jetzt Trost brauchen.

Wenige bekommen ihn.

Herbst

In den Bergen ist der Herbst klar erkennbar.

Wenn man zum Beispiel bäurisch aussehende Männer sieht, die das dürre Laub um die Hütten herum zusammenrechen und es zu großen Bündeln binden, kann man sicher sein, daß das ein Zeichen des Herbstes ist, auch wenn man es noch nie gesehen hat und auch nicht fragen mag, ob das nun zum Füttern des Viehs oder vielleicht nur als Streue gebraucht werde, weil man Angst hat, vom Bauern für dumm angesehen zu werden, was man ja auch tatsächlich ist, weil man nicht einmal genau weiß, was eigentlich Streue ist.

Soviel zum Herbst in den Bergen.

Auf einer Wiese habe ich heute überraschend einen Schwan sitzen gesehen. Erst nachher habe ich dahinter einen Weiher bemerkt, was meine Überraschung etwas gemildert hat.

Ich habe auch den Tröchniturm aufgesucht, einen sehr hohen, umfangreichen Holzturm, der sich oben erweitert wie ein Funkturmrestaurant und der früher benutzt wurde, um die Leintücher zu bleichen. Heute dient er zu nichts mehr, er ist nur noch ein Zeuge vergangener Zeiten, wie es in Reiseführern heißt. In der Nähe habe ich einen alten Mann gesehen, der auf den Teich schaute, vor dem der Schwan stand. Weiter hinten, im Verlauf meines Spaziergangs, ist mir eine Frau aufgefallen, die in einem kleinen Garten direkt neben dem Trottoir mit einem Setzholz Löcher in die Erde bohrte.

Noch weiter hinten kam ich zu einem Kasernenareal, der Weg führte neben einer Kampfbahn vorbei. Zum Beispiel gab es dort knapp über dem Boden ausgespannte Drahtgeflechte, die durch kleine Pfosten gestützt wurden und unter denen die Soldaten durchkriechen müssen. Man sieht auch zickzackförmig in den Boden eingelassene Betongräben, oder Betonklötze, die in der Art von Sprungschanzen gegen oben ansteigen, auch große Holzgestelle ragen in die Höhe, die man wohl in der Schule des Lebens irgendwie überklettern muß. Ich bin dienstuntauglich.

Vor mir her gehen drei hohe Offiziere, denen ein Soldat oder Rekrut beim Verlassen des Areals das Gatter öffnet. Laut neuem Dienstreglement ist er nicht mehr verpflichtet zu grüßen und grüßt auch nicht, hingegen grüßen ihn zwei der Offiziere, indem sie die Hand an den Mützenrand heben.

Da ich auch eine Mütze habe, lege ich meine Hand auch an den Mützenrand, aber es hat nicht dieselbe Wirkung.

Später komme ich an einer Druckerei vorbei, die Alldruck AG heißt, was ich zuerst als Alpdruck AG gelesen habe.

Aufenthalt in Karlsruhe

Auf dem Weg nach Heilbronn wurde ich, da ich mit dem Zug unterwegs war und umsteigen mußte, zu einem Aufenthalt in Karlsruhe gezwungen. Ich hatte zwei Stunden Zeit.

Direkt neben dem Bahnhof beginnt der Zoo. Ich löse eine Eintrittskarte (3 Mark) und spaziere ins Zooinnere. Es ist Herbst, Teiche werden ausgelassen, auf denen sonst Gondelfahrten angeboten werden. Der Zoo ist zugleich der Stadtpark, und es geht sehr lange, bis man das erste Tier sieht. »Wolfanlage« lese ich und denke, endlich, aber beim zweitenmal sehe ich, daß es »Wolff-anlage« heißt und erinnere mich, daß »Wolff« eine Parfümfabrik ist, welche das Aftershave herstellt, das ich früher kaufte, als ich mich noch rasierte. Es hieß »Prestige«. Vielleicht haben also meine paar Fläschchen, die ich gekauft habe, auch ein ganz kleines bißchen zu dieser Anlage beigetragen, die ich im übrigen nicht aus den andern Anlagen heraushalten kann.

Jetzt komme ich zu den ersten Gehegen und Gebäuden. Erdmännchen habe ich noch nie gesehen, eine südafrikanische Schleichkatzenart, gesellig und wärmeliebend, sie halten sich meist in der Nähe der Infrarotstrahler auf.

Vier Elefanten sind an einem Vorder- und einem Hinterbein gefesselt und müssen frontal zum Publikum schauen, während sie mit dem Rüssel ihr Heu ins Maul stopfen.

Der älteste der Schimpansen ärgert sich über die Besucher, denen er preisgegeben ist. Zuerst nickt er nachdenklich-parodistisch zu den Leuten, dann rennt er mit unheimlichem Tempo auf die dicke Scheibe los, die ihn von den Zuschauern trennt und donnert wie ein Wahnsinniger mit Händen und Füßen gleichzeitig an das Glas, indem er dazu laute Schreie ausstößt. Die Männer lachen, den Frauen ist es etwas peinlich.

Fast in jedem Zoo stößt man auf eine besonders traurige Tierart. Hier sind es die Baumkänguruhs. Sie sind sehr langsam, steht daneben zu lesen, weil sie auf den Bäumen kaum Feinde haben, außer dem Menschen. Eigentlich haben die meisten Tiere kaum Feinde außer dem Menschen.

Im Gelände vor dem Zoo, wo ich an einem Stand eine Crêpe esse und einen Glühwein trinke (»Schmeckt's?« sagt der Crêpeverkäufer), sehe ich einen Mann mit einer rasenmäherähnlichen Maschine, welche alles Laub an einen Haufen bläst. Vielleicht nennt man das einen Laubbläser oder ein Gartenallzweckgerät mit Laubblasgang.

Warum ist QUICKY die meistgekaufte Hand-Brennschneidmaschine der Welt? wird in einem Schaufenster gefragt. Ich weiß es auch nicht und gehe weiter, an einem Großherzogobelisken und einer Großherzogpyramide vorbei, auf das Schloß zu. Es ist breit und licht, mit erfreulich viel Platz davor. Solche Bauten stehen sonst eher etwas außerhalb der Städte, bei dieser hier ist die Stadt darum herumgebaut worden, ab 1715, wie ich auf einem der Denkmäler lese. Ich frage mich, was die Kellertreppen sollen, die man überall in der Anlage sieht, bis ich draufkomme, daß der ganze Schloßvorplatz mit einer Tiefgarage unterhöhlt ist.

Auf dem Rückweg zum Bahnhof sehe ich, daß jemand einen Wegweiser POLIZEI mit zwei Strichen so abgeändert hat, daß es jetzt ROLIZEL heißt. Wie schön, wenn das allgemein üblich würde und man sich z. B. drohen müßte, indem man riefe: Hören Sie auf, sonst hole ich die ROLIZEL!

Der Weg zurück zum Bahnhof ist weiter, als ich gedacht habe, aber es reicht noch, ich hole meine Tasche aus dem Schließfach Nr. 17, trage einer hinkenden Frau den Koffer auf den Bahnsteig

Nr. 8 und steige in den Eilzug Nr. 3341 nach Heilbronn, der gar nicht eilig aussieht.

Zwei Dinge habe ich noch gelesen, eins betrifft Karlsruhe, eins betrifft mich. Die Radioaktivität in der Umgebung des Kernforschungsinstituts Karlsruhe ist mehr als doppelt so hoch, wie sie eigentlich sein sollte, habe ich kürzlich bei Robert Jungk gelesen.

Heute aber habe ich in der Zeitung gelesen, daß sich Jean Améry in einem Hotelzimmer in Salzburg mit einer Überdosis Schlaftabletten das Leben genommen hat. Er befand sich auf einer Lesetournee.

Ein temporeicher Vormittag

Bis zu welcher Haltestelle ich fahren soll zur Bobsleighweltmeisterschaft, frage ich den Postautochauffeur beim Einsteigen in Pontresina. Bis zum Hotel Bären in St. Moritz, sagt der Chauffeur, das sei gerade beim Start, und ich löse ein Billett dorthin, denke aber unterwegs, daß das Ungewohnte bei einem Bobsleighrennen weiter unten geschehen müsse, wenn die Rennschlitten mit erschreckender Geschwindigkeit durch die hohen Kurven dem Ziel zugetrieben werden, und steige schon in Celerina aus, wo sich große Gruppen von Menschen der Straße nach bergauf bewegen, es ist Sonntagmorgen, die Glocken läuten, und einen Moment lang stelle ich mir vor, all diese Leute seien, ebenso zahlreich und ungeduldig, auf dem Weg zur Kirche.

Kinder zahlen erst ab 14 Jahren, sagt das zehnfrankenverlangende Fräulein, das die Eintrittskarten wie Lose von einer Art Schlüsselring abreißt, also Buebe, gönd dure!, ruft der Familienvater, der die Frage gestellt hat, und verlangt »zwei Erwachsene«, erhält sie im Gedränge nicht gleich, etwas später, als er seiner hinzugekommenen Frau den Bescheid weitergibt, sagt sie, dann brauche er ja nur für einen der beiden Buben zu bezahlen, und der Vater gibt ihr einen häßlichen kleinen Stoß mit dem Ellbogen.

Über ein enges, glattgetretenes Weglein und eine nicht sehr tragfähig wirkende Passerelle geht man nun zur Bobsleighbahn, der dritte Lauf ist im Gang, oder muß man sagen, der dritte Gang ist im Lauf, die vier Italiener, die jetzt herunterfahren, werden angekündigt wie ein hoher Besuch, der Lautsprecher sagt, zu welcher Zeit er sich wo befindet, und den Satz, mit dem er ihre genaue Ankunftszeit bekanntgibt, kann er lange bevor sie durchs Ziel gefahren sind beginnen, so schnell fahren sie. Sogleich berichtigt aber der Lautsprecher meinen Eindruck: die Italiener sind, gemessen an den übrigen Teilnehmern, ausgesprochen langsam gefahren. Eine Ferienkolonie aus Rorschach hat einen großen, an zwei Skistöcken befestigten Karton mitgenommen, auf dem steht »Hopp Schwiz«, zwei Schüler wollen diesen Zuruf in den Schnee stecken, tun das so, daß die Schrift parallel zur Bahn steht, andere Schüler sagen, so sähen es die Fahrer ja nicht, nun stellen sie's so, daß es die Fahrer sehen können, wenn sie hinschauen würden, und jetzt sagt einer, Schwiz schreibe man mit ie.

Die Spanier, die gleich darauf knirschend und kratzend vorbeisausen, sind offenbar ähnlich langsam wie die Italiener, wahrscheinlich ist diese Sportart nichts für Südländer. Mittlerweile bin ich, neben der Bobbahn ansteigend, unterhalb der untersten Kurve stehengeblieben, es hat hier einen Streckenwart, der nach jeder Durchfahrt in die Bahn steigt und sie sauberschaufelt. Bei der nächsten Fahrt sehe ich, daß der Schlitten nach der Kurve auf der Gegenseite zwei bloßliegende Holzplanken streift und ihnen einige Späne abspleißt, und daß es vor allem diese Späne sind, die weggeschaufelt werden müssen. Ich lasse an dieser Stelle drei, vier Bobs passieren, jeder säbelt etwas ab, und als nachher der DDR-Schlitten kommt und die Bretter überhaupt nicht berührt, weiß ich schon, daß er der schnellste sein wird. Seit sechs Uhr morgens arbeiten sie an der Bahn, sagt der Streckenwart zu einem Bekannten, es hat nämlich über Nacht geschneit, und das Eis muß unbedeckt daliegen, spiegelblank, wie man in solchen Fällen sagt.

Es finden sich immer mehr Leute ein, ich steige nach und nach der Bahn entlang höher, das Weglein ist beinahe so blank wie die Bobbahn, dauernd fallen Leute hin, helfen sich mit

Scherzworten wieder auf, danken sich auch übertrieben für kleine Hilfeleistungen. Es gibt keinen Punkt, an dem man nicht vom Lautsprecher erreicht wird, der einem unerbittlich jede Zwischenzeit mitteilt und einen alles hören läßt, was man nicht gerade sieht. So konnte beim Start der englischen Mannschaft der Bremser nicht mehr aufspringen (ein richtiger Bremseralptraum), und nun fuhr der Viererbob zu dritt hinunter, gespannt erwartete man unten den nur mit drei Leuten besetzten Schlitten, und als er kam, sah man, was man schon wußte, nämlich daß es ein nur mit drei Leuten besetzter Schlitten war. Die Engländer schieden also aus, dabei ist es ein englischer Sport, anscheinend, sonst hieße die Bahn nicht Run und der Schlitten nicht Bobsleigh, selbst die Zwischenzeitenflurnamen heißen Sunnyside, Horseshoe, und die letzte schlicht Tree, wenigstens verstehe ich es so aus dem Lautsprecher.

Ich habe mich jetzt an die Geschwindigkeit gewöhnt, auch wenn ich angesichts der großen englischsprachigen Kurve, bei der soviele Zuschauer sind, daß sie auch einen Würstchenstand nach sich gezogen hat, keinesfalls in einen solchen Bob einsteigen möchte, und das kann man, eine sogenannte Taxifahrt, wo man zwischen den ersten und den letzten Mann eingeklemmt und so hinuntergefahren wird, kostet 78 Franken und ist im übrigen, soviel ich weiß, für Frauen ein Abtreibungsgeheimtip, so stark ist der Druck und die Erschütterung.

Zu Beginn des letzten Laufes sind die DDR-Männer mit ihrem Steuermann Meinhart Nehmer, der wirklich nicht Reinhart heißt, wieder unschlagbar hinuntergeschlittelt, durch einen Kanal von Stille, während der nachfolgende Schweiz-II-Bob unter einem dichten Wirbel von Hopp! Hopp!-Rufen durchrast, aber es hilft nichts, er rast immer ein bißchen langsamer als die Ostdeutschen.

Hinauf kommen die Fahrer, die ganz sattanliegende Anzüge

tragen, sehr viel gemächlicher als hinunter. Ein Lastwagen nimmt sie samt ihren Schlitten und ihren Betreuern auf die Ladebrücke und reiht sich wie ein Viehtransport in den stockenden Verkehr auf der Straße von Celerina nach St. Moritz ein. Gerade sehe ich den Lastwagen mit den mutmaßlichen Siegern hinauffahren, ein paar Zuschauer winken ihnen zu, sie winken zurück. Ich winke nicht. Warum sollte ich ihnen winken? Wegen der paar Holzspäne vielleicht? Zugegeben, den Schweizern hätte ich vielleicht gewunken, aber das sind ja auch Schweizer.

Ein Kameramann, der auf einem hohen Turm über der großen Kurve steht, hat einen Licht- und Wetterschutz übergezogen, der nur seine Beine freigibt und ihn mit seiner Kamera zu einem einzigen Wesen werden läßt, mit fünf Füßen, einem grauen Buckel und einer schwarzen Mündung, die sich immer auf die Kurveneinfahrt richtet, dort jeden Schlitten abfängt und mit ihm mitschwenkt, so daß man meinen könnte, dieser Kopffüßler sei der Beherrscher der Zentrifugalkraft, der die Schlitten alle an einer Leine um die Kurve herumführe und sie nachher talabwärts schleudere.

Oben, beim Bobhaus, sehe ich noch die letzten paar Starts, da ist die Stimmung weniger wählerisch als unterwegs, jede Mannschaft wird mit Rufen wie »Go! Go! Go! Go!« in die Tiefe getrieben, und wenn die Startzeit 5:40 oder darüber ist, weiß man schon, daß es für diesen Bob kaum noch etwas zu holen gibt, die verlorenen zwei Zehntelsekunden auf die Besten sind nicht wieder gutzumachen.

Der Schlitten Bundesrepublik II fährt so schnell, daß er, wenn man alle vier Läufe zusammenzählt, und das tut man, um den Weltmeister zu ermitteln, daß er eine Hundertstelsekunde weniger lang gebraucht hat als der Schlitten Bundesrepublik I und damit dritter ist, alle rufen aaah!, als das bekanntgegeben wird, wie bei einem knapp verpaßten Tor auf dem Fußballplatz, jedenfalls wie bei einem Ereignis. Ereignisse sind hier nur noch dank der Elektronik möglich, ein Bremser, der am Start liegenbleibt, ist ein beinah rührender Versuch, ein Geschehen im alten Sinn herzustellen.

Nach der Abfahrt des letzten Bobs steht fest: die DDR hat gewonnen, Schweiz II ist zweite, Bundesrepublik I ist dritte. Die Preisverteilung wird bald stattfinden, etwa in einem Viertelstündchen, sagt der Sprecher, und das ist plötzlich wieder eine Zeit, die man sich vorstellen kann, besser als 1:11:23, eine Viertelstunde ist eine Viertelstunde, aber ein Viertelstündchen ist meistens ein bißchen mehr als ein Viertelstündchen, darum bleibe ich nicht, obwohl Herr Gunther Sachs die Hundertstelhelden ehren wird, ich gehe am Bobhaus vorbei, der Oberhalbsteiner Gian Carlo Torriani, mit Schweiz I Fünfter geworden, sagt autogrammverteilend zu einem Nahestehenden, der Nehmer sei bei seiner ersten Weltmeisterschaft auch Fünfter geworden, und als ich mich beim Hotel Bären auf einen Hydranten der von Roll'schen Eisenwerke Klus setze und auf den Bus nach Pontresina warte, sagt eine Frau zu einer anderen Frau, indem sie St. Moritzwärts geht, jo genau, me mues es einisch gseh ha.

Der Leuchter

Den ich jetzt beschreibe, besteht aus einem schön geschnitzten länglichen Stück Holz, aus dem auf jeder Seite je 3 Lampen herausragen. Dieses längliche Stück Holz, Nußbaum wahrscheinlich, dem stumpfen Glanz nach, ist oben mit einem Furnier bedeckt, während die untere Seite schön geschwungen ist, d. h. rechts ist sie schneckenartig eingerollt, dann kommt eine bauchige Erhöhung, die in ein spitzes Tal mündet, aus dem sich eine neue bauchige Erhöhung schwingt, die dann in einer flachen Stelle endet, welche die Mitte dieses kleinen Balkens darstellt, von da an geht es symmetrisch zur rechten Seite weiter.

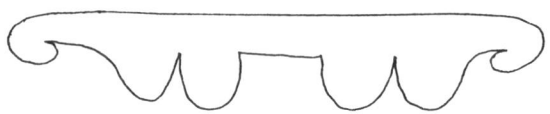

(Abb. 1)

Jetzt können Sie sich schon den ganzen Balken vorstellen, allerdings nur in groben Zügen, z. B. ist die ganze Linie der bauchigen Erhöhungen durch eine Zierlinie betont, die diesen Rändern nachgeführt ist, sie ist doppelt eingekerbt und erweitert sich über dem zweiten Bauch von rechts (damit wir uns richtig verstehen, es sind insgesamt 4 Bäuche), und erweitert sich über dem zweiten Bauch von rechts zur Darstellung einer Traube, die das ganze Feld zwischen Bauchung und oberem Abschluß einnimmt, und auf der parallelen Seite sieht man drei Ähren, die sich von oben nach unten neigen.

Nun kommen wir zu den Lampen. Auf jeder Seite des Balkens sind drei davon, und zwar sind sie an folgenden Orten befestigt: Eine in der Mitte und die andern zwei je über der ersten Rundung von außen. Befestigt sind sie auf Holzschildern von wappenartiger Form, welche ihrerseits durch je eine Schraube in jeder Ecke am Balken festgemacht sind.

(Abb. 2)

Auf diesen Holzschildern sind die Lampenarme befestigt, gebogene Holzstücke, mit einer Schnecke beginnend, ebenfalls mit Kerblinien, welche die runde Form unterstreichen, in der Schneckeneinrollung bleibt noch Platz für eine gekerbte Blume, einen Korbblütler.

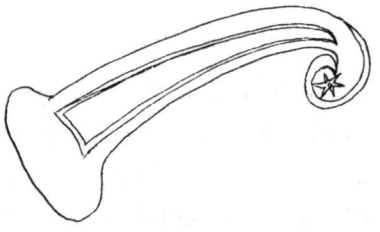

(Abb. 3)

Vorn erweitert sich das Holz zur Fassung, in die dann das Lampenglas eingelassen ist, es ist ein Milchglas mit glockenblumenblütenähnlicher Form und mit geschliffenen Längsstreifen. Die Farbe: Ein gelblich-beiger Ton, hell, bleich, wenn die Birnen brennen, sieht es etwas dunkelgelber aus.

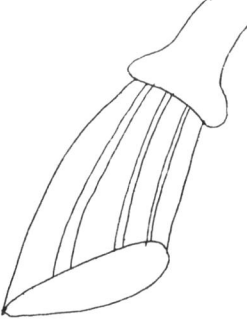

(Abb. 4)

Auf der Oberseite des Lampenhalters ist knapp vor dem Schne-
ckenende auf jeder Seite eine Kette angebracht, die beiden Ket-
ten verjüngen sich nach oben, wo sie an einem kleinen Stück
Holz dieser Form befestigt sind, das unten eine gerippte Fläche
hat.

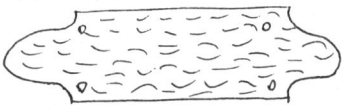

(Abb. 5)

Ehrlich gesagt: Einen solchen Leuchter würde ich nie kaufen.

66 Fragen

Wie groß sind Sie?

Wie lange können Sie den Atem anhalten?

Können Sie durch die Finger pfeifen?

Wann haben Sie das letztemal einen Purzelbaum gemacht?

Wenn Sie in einem Restaurant sind und einen Kaffee trinken, und es gibt verpackten Zucker dazu, und Sie trinken den Kaffee ohne Zucker – nehmen Sie dann den Zucker mit?

Kennen Sie viele Apfelsorten?

Können Sie etwas über Nagetiere sagen?

Worum ging es im Ersten Weltkrieg?

Kennen Sie den Namen Ihres Briefträgers?

Glauben Sie an Impfungen?

Wogegen?

Gibt es ein Gedicht, das Sie auswendig können?

Gibt es ein unanständiges Gedicht, das Sie auswendig können?

Von wem stammt die Kuh ab?

Was finden Sie schwerer, aufhören oder anfangen?

Wie heißen Sie?

Sind Sie mit Ihrem Namen zufrieden?

Wenn nicht, wie möchten Sie lieber heißen?

Können Sie ein Märchen erzählen?

Haben Sie zu Hause einen Luftbefeuchter?

Worauf hoffen Sie?

Können Sie an einer Zoohandlung vorbeigehen, ohne hineinzuschauen?

Können Sie an einer Handlung für Damenwäsche vorbeigehen,
ohne hineinzuschauen?

Sind Sie männlichen oder weiblichen Geschlechts?

Was stellen Sie sich unter Bandenergie vor?

Waren Sie schon einmal in psychiatrischer Behandlung?

Wem gehören Sie?

Glauben Sie, daß man Zeit gewinnen kann?

Schreiben Sie von Ihren Ferien Ansichtskarten?

Wem?

Hassen Sie Leute, die Witze im Kopf behalten können?

Denken Sie oft ja, wenn Sie nein sagen?

Gibt es einen Metzger, den Sie persönlich kennen?

Können Sie einen Blindgänger markieren?

Dieses leichte Stechen in der Nierengegend, haben Sie das schon lange?

Geben Sie alle Ihre Einkünfte der Steuer an?

Wieso wehren Sie sich gegen das Wort Hinterziehung?

Hassen Sie die Pest?

Wie geht es Ihnen?

Wissen Sie, was ein Moschusochse ist?

Wenn Sie es nicht wissen, interessiert es Sie, zu wissen, was das ist?

Können Sie den Unterschied zwischen einer Aktie und einer Obligation erklären?

Benutzen Sie die Wörter »Dein, Ihr, Euer« am Schluß eines

Briefes?

Schreiben Sie Briefe?

Glauben Sie daran, daß Sie einmal sterben müssen?

Glauben Sie das wirklich?

Kennen Sie jemanden, der gelb als Lieblingsfarbe hat?

Wie gut kennen Sie ihn?

Fürchten Sie sich vor Verkäuferinnen?

Beginnen Sie Ihre Unterschrift oben oder unten?

Gehen Sie gern zu Fuß?

Wann sind Sie zum letztenmal rot geworden?

Gibt es ein Wort, das Ihnen zuwider ist?

Wenn Sie einen Pfirsich anfassen, kriegen Sie da eine Hühnerhaut?

Werfen Sie Schnüre von Paketen, die Sie bekommen, weg?

Können Sie kochen?

Töten Sie gern Insekten?

Haben Sie ein Taschenmesser?

Wo liegt Ihrer Meinung nach Abu Dhabi?

Macht es Ihnen nichts aus, eine Salbe gegen Hämorrhoiden zu kaufen?

Gibt es etwas, das Sie noch nachholen möchten?

Wie alt sind Sie?

Ist Ihnen der Gedanke an rohes Fleisch unangenehm?

Haben Sie diese Fragen nur gelesen oder auch beantwortet?

Wo denken Sie hin?

Theaterpause

In der Pause eines Theaterstücks, in dem abstrus geschminkte Schauspieler in schimmernden Kostümen mit ausgiebigen Gesten ihre Reden begleiten, mit andern, anders geschminkten Schauspielern zusammenstießen, die in kunstvoll zerrissenen Lumpen daherkamen, in dem auch überreich oder kaum angezogene Schauspieler erstochen wurden, mit Kerzenständern und Theaterdegen, und in dem sich zuletzt zwei Schauspieler in einem weit entfernten Land, das die Bühne war, in einem von oben herabflatternden Goldregen badeten – in der Pause dieses Theaterstücks also, das gewissermaßen ein Bild für das gesamte Leben darzustellen vorgab, trank ich einen Orangensaft und trat dann an die frische Luft, das heißt unter die Eingangsarkaden des Theaters, wo man zu frischer Luft kommen kann, indem man mit dem Rücken gegen eine Buchhandlung steht und geradeaus auf eine Traminsel schaut, über die an diesem Abend ein feiner Regen niederging.

Als ich ein bißchen dagestanden war, allein unter andern, sah ich links von der einen Arkadensäule ein Wesen durchhuschen, das eigentlich sofort rechts der Säule wieder hätte auftreten müssen, denn in dieser Richtung bewegte es sich. Es mußte sich aber direkt hinter der Säule anders besonnen haben, denn es tauchte rückwärts gehend nochmals links von der Säule auf und starrte in die Leute, die vor dem Theater und auch im erleuchteten Saal hinter den Glasportalen zu sehen waren. Dieses Wesen, daran war nicht zu zweifeln, dieses Wesen war eine alte Frau, aber in einem Zustand, für den nur noch die Bezeichnung Weiblein übrigbleibt.

Sie ging fast rechtwinklig gebückt an einem Stock, hatte einen abgeschossenen Regenmantel an und ein Regenhütchen mit nach unten gebogenen Krempen, dem man die ehemals blaue Farbe noch knapp ansah, aber was man fast nicht für wahr halten konnte, war das weiße Mäskchen, das sie sich um den Mund gebunden hatte; es war eine Art Chirurgenmäskchen, aus Gaze, mit zwei Bändelchen auf jeder Seite, eins oberhalb und eins unterhalb des Ohres, und es wölbte sich so unheilvoll über Mund und Wangen, daß man darunter ein Geschwür vermuten mußte oder sonst etwas Abstoßendes.

Nachdem das Weiblein eine Weile in völliger Starre in die Leute geblickt hatte, ging es seinen ursprünglichen Weg weiter, hielt aber rechts der Säule erneut an und blickte nochmals fast fassungslos ins Innere der Arkade. Dann schob es sich, oder schob sie sich plötzlich zwischen den Theaterbesuchern durch, merkwürdig flink, vielleicht war sie es gewohnt, daß man vor ihr zurückwich. Fast prallte sie auf das Schaufenster der Buchhandlung. Zuerst tastete sie mit der einen Hand den Sims ab, wie um sich zu versichern, ob er wirklich an dieser Stelle sei, hatte dazu ihre Augen weit aufgerissen und schnellte auf einmal aus ihrer Rechtwinkligkeit hoch, schaute vollkommen aufrecht stehend wie ein schnupperndes Erdtier um sich und fiel dann wieder in ihre alte Haltung zusammen.

Als sie dem Buchhandlungsfenster, durch welches hinter den Bücherregalen auch wieder die Theaterbesucher sichtbar waren, den Rücken kehrte, bemerkte sie, wie auf der Traminsel ein Tram einfuhr und ergriff die Flucht. Hurtig und ohne anzustoßen wetzte sie durch die Dasteher und trat, ohne sich umzusehen, einfach mit weit erhobener Hand auf die Fahrbahn, und als sie vor zwei stark abbremsenden Autos auf den Waggon zueilte, schloß sich die automatische Türe im selben Moment, in dem sie sie erreichte, und wäre nicht ein Passagier im Innern des

Trams aufgestanden und hätte den Türöffnungsknopf zu ihren Gunsten gedrückt, wäre das Tram ohne sie abgefahren.

So sah man noch, wie sie, nachdem sie die zwei Tritte hinaufgestolpert war, durch den Ruck des anfahrenden Wagens fast umgeworfen wurde und wie sie dann, als sich das Tram beim Abbiegen nach rechts als Achter entpuppte, merkte, daß sie in die falsche Linie eingestiegen war, sich sofort wieder hochrappelte und sich zum Türöffnungsknopf hinaufstreckte, den sie jetzt unablässig drückte, ohne daß dies das Tram irgendwie beeinflußte, welches langsam mit dem verzweifelt maskierten Weibchen um die Ecke herum verschwand.

Dieser Auftritt war so eigenartig, daß ich mich eine Weile fragte, ob er etwa auch ein Teil der Inszenierung sei, aber als sich nach der Pause der Vorhang wieder öffnete und zwei Schauspieler mit einem ganz in Gold gekleideten König sprachen, wurde mir klar, daß das Weiblein nichts mit diesem Theater zu tun haben konnte.

Es gehörte zu einem andern Stück.

Die Hinrichtung

Gestern habe ich einer Hinrichtung beigewohnt.

Zum Tode verurteilt war eine Frau von etwa fünfzig Jahren. Sie näherte sich dem Richtplatz von rechts in einem Auto, indem sie drei in einer Stopstraße wartende Wagen überholte und auf die Kreuzung hinausfuhr, wo eine Kolonne von stehenden Wagen in der Mitte eine Lücke für die Verurteilte freigelassen hatte.

Während sie auf diese Lücke zusteuerte, nahte hinter der Kolonne auf der Gegenfahrbahn, für die Verurteilte unsichtbar, in einem Sportwagen der Scharfrichter.

Seine Fahrt war gut berechnet. Im selben Moment, in dem die Verurteilte durch die Lücke fuhr, prallte er von rechts in ihren Wagen, der dadurch leicht in die Luft gehoben wurde und weiter links auf der Kreuzung zum Stehen kam.

Die Verurteilte war bewußtlos an die seitliche Scheibe gesunken, ein roter Blutstreifen rann über ihre Stirn. Als die blau-uniformierten Vollstreckungswächter die Tür öffneten, um ihren Körper wegzubringen, atmete sie noch, aber es war ein Atmen, das zeitweise in ein Röcheln überging.

Der Scharfrichter hatte beim Aussteigen nichts mehr von einem Scharfrichter an sich. Er sah ratlos zu, wie das Kühlwasser aus seinem zerstörten Wagen auslief, zitterte am ganzen Leib und machte überhaupt den Eindruck eines verzweifelten Menschen.

Er hatte, wie sich später herausstellte, nichts von seiner Ernennung zum Scharfrichter gewußt.

Ebenso hatte die Frau, das versicherten ihre Angehörigen, nichts von ihrer Verurteilung erfahren, und auch mir hatte niemand gesagt, daß ich zum Zeugen bestellt worden war.

Der Abstecher

Ich stand in Bern auf dem Bahnhof und wartete auf den Zug nach Zürich, der soeben als leicht verspätet gemeldet worden war.

Als ich nach einer Weile aus dem Lautsprecher hörte: »Auf Gleis 11 steht der Schnellzug nach Singapur«, konnte ich nicht widerstehen. Ich nahm mein Mäppchen, begab mich durch die Unterführung nach Gleis 11 und stieg in den bereitstehenden Zug ein, nicht ohne mich vorher zu vergewissern, daß am Wagen tatsächlich ein Schild mit der Aufschrift »Bern-Singapur« hing, und daß dieselbe Angabe auch auf der Anzeigetafel über dem Perron zu lesen war.

Warum ich einstieg, kann ich heute nicht mehr genau sagen, so etwas tut man ja nicht auf Grund einer bestimmten Überlegung. Vielleicht, dachte ich mir lediglich, vielleicht gibt es in der Nähe von Bern einen Weiler, der Singapur heißt, so wie es doch auch irgendwo in der Gegend ein Bethlehem gibt, mit einer kleinen Post, auf der man zu Weihnachten Kartengrüße abstempeln lassen kann, und das Ganze hängt mit einer Werbung für die Bundesbahnen zusammen. Das einzige, was für mich feststand, war, daß dieser Zug nicht nach Singapur fuhr.

Ich war deshalb etwas überrascht, als mich der Kondukteur bald nach der Abfahrt des Zuges mit ernstem Blick darauf aufmerksam machte, daß mein Billett nur bis Zürich Gültigkeit habe.

Gut, sagte ich, dann möchte ich nachlösen, und schaute den Kondukteur prüfend an. Als ich in seinen Augen nichts Schalkhaftes entdeckte, fügte ich vorsichtig bei, bis Singapur.

Der Kondukteur ließ sich immer noch nichts anmerken, zog

ein Tarifblatt aus seiner Tasche, tippte mit einem Bleistift einige Felder darauf an, bewegte lautlos seine Lippen und sagte zum Schluß, das macht noch 1182 Franken.

Ich habe aber ein Halbtaxabonnement, sagte ich.

Sie haben recht, sagte der Kondukteur, das verbilligt natürlich die Strecke Zürich-Buchs, 1167.50 ist es dann noch.

Tja, sagte ich, wissen Sie was, ich steige doch lieber in Zürich aus.

Das geht leider nicht, sagte der Kondukteur, wir fahren über Zürich-Enge, ohne Halt.

Ohne Halt bis wohin?

Ohne Halt bis Singapur.

Jetzt wurde ich etwas unruhig.

Das ist ein Mißverständnis, sagte ich, ich will gar nicht nach Singapur.

Wieso sind Sie dann in diesen Zug gestiegen?

Einfach so, sagte ich, einfach so – Sie fahren doch nicht wahrhaftig nach Singapur?

Wohin denn sonst? sagte der Kondukteur, halten Sie uns für Betrüger? Ich habe mich schon vorbereitet, fuhr er fort und knöpfte seine Uniform über dem Gürtel ein bißchen auf, so daß man darunter ein khakifarbenes Hemd sah. Es kann sehr heiß werden, sagte er halblaut.

Ich habe mich überhaupt nicht vorbereitet! rief ich, indem ich von meinem Sitz sprang, ich habe nicht einmal einen Paß!

Sie haben keinen Paß? fragte der Kondukteur, das ist aber unangenehm, da wird man Sie in Singapur gleich wieder heimschicken.

Ich bleibe gleich daheim, sagte ich entschieden, man wird mich ja schon bei der Grenzkontrolle in Österreich nicht durchlassen, und setzte mich wieder, froh, daß mir dieses Argument in den Sinn gekommen war.

Es gibt keine Grenzkontrolle in Österreich, sagte der Kondukteur, die Wagen sind plombiert.

Ich konnte fast nichts sagen.

Heißt das, fing ich an, heißt das…

Ja, sagte der Kondukteur, die einzige Grenzkontrolle ist in Singapur. Bis dahin bleiben wir im Wagen.

Plötzlich drängte ich mich am Kondukteur vorbei, eilte zur Türe und zog, was ich sonst noch nie getan habe, die Notbremse. Sogleich ertönte im ganzen Wagen eine sanfte und tiefe Instrumentalmusik, zu der eine dünne Frauenstimme ein unverständliches Lied sang.

Wir haben alles getan, um unsern Reisenden die Fahrt angenehm zu machen, sagte der Kondukteur, der jetzt hinter mir stand. Wenn Sie zweimal ziehen, hören Sie das klassische Programm, und wenn Sie dreimal ziehen, Ländlermusik. Ein bißchen Heimat braucht man ja schon auf einer solchen Strecke.

Ich schaute an seinem breiten Lächeln vorbei, das mir mißfiel, und sah erst jetzt, daß dort, wo sich sonst die Gepäckträger der Wand nach ziehen, Schiebeschränke angebracht waren.

Die Betten, sagte der Kondukteur, der meinen Blick bemerkt hatte. Sie steigen hinauf, schieben die Tür hinter sich zu, und schon sind Sie wunderbar für sich. Es hat sogar, sagte er stolz, eine kleine Bibliothek bei jedem Sitz. Er zog an einer Armlehne, und es kam ein Regal mit ein paar Büchern heraus, hauptsächlich von Simmel, Konsalik und Frank Arnau. Essen, sagte er weiter, wird Ihnen dreimal täglich gebracht, für einen Speisewagen hat es noch nicht gereicht. Mit dem Wasser sollten wir etwas sparen, dafür hat es reichlich Feuchtwaschtüchlein.

Entschuldigen Sie, sagte ich, ich muß etwas frische Luft haben, und trat zu einem Fenster. Der Kondukteur trat auch herzu und sagte, Fenster können keine geöffnet werden, aber die automatische Lüftung funktioniert einwandfrei.

Lassen Sie mich bitte einen Moment allein, sagte ich.

Bitte sehr, sagte der Kondukteur, und ging zur Tür hinaus. Vom andern Ende des Wagens her nahte sich nun langsam ein fetter Asiate mit einem kragenlosen weißen Hemd und einer Mütze, der ein blitzblankes, überall geschlossenes Metallwägelchen durch die leeren Reihen schob.

Ich riß die Tür auf und stieß auf den Kondukteur, der gleich dahinterstand. Fährt denn sonst niemand nach Singapur? fragte ich ihn.

Leider nicht, sagte er, Sie sind der einzige, der sich dazu entschlossen hat. Übrigens, Flückiger ist mein Name.

Später, als wir uns darauf geeinigt hatten, daß ich den fehlenden Billettbetrag durch meine Bank überweisen lassen würde, sobald wir in schätzungsweise drei Wochen in Singapur eingetroffen wären, und sich der Kondukteur mit seinem Tablett neben mich gesetzt hatte und mir während des Essens von seinem Interesse am Eiskunstlauf erzählte und der Asiate schweigend danebenstand, um uns nachzuschöpfen, wenn dies nötig wurde, und ich auf der andern Seite des Zürichsees die Kirchtürme von Herrliberg, Meilen und Uetikon erscheinen und wieder verschwinden sah, hatte ich zum erstenmal in meinem Leben Lust, einen Menschen umzubringen.

Das Fußballspiel

Nur gering war das Interesse für das Fußballspiel der Lebenden gegen die Toten. Die Lage war zu klar, der Favorit zu eindeutig, als daß das Spiel große Massen angezogen hätte, ja, genau genommen war ich sogar der einzige Zuschauer.

Es kam aber anders, als man hätte denken können.

Die Toten waren schon lang vor Beginn des Spiels so aufgestellt, daß sie im Feld keinen einzigen Mann stehen hatten, sondern so ins Tor eingepfercht waren, daß sie dieses vollkommen verriegelten.

Als nun das Spiel begann, rannten die Lebenden vergeblich gegen die Toten an, von denen jeder Ball wie von einer Mauer zurückflog. Die Lebenden konnten dribbeln und tänzeln und köpfeln soviel sie wollten, im Tor der Toten gab es keine Lücke.

In der Halbzeit, als sich die Lebenden in ihren Kabinen duschten, schob ein Mann in einem langen schwarzen Mantel die Toten auf einem Karren ins andere Tor und baute sie dort genau so auf wie vorher.

Nach der Pause änderten die Lebenden zunächst ihre Taktik; sie versuchten die Toten mit Witzen und Kapriolen zum Lachen zu bringen, kitzelten sie sogar, aber als die Toten genau so starr blieben, schossen sie wieder mit allen Kräften auf das gegnerische Tor, ohne daß ihnen allerdings ein Treffer gelang.

Kurz vor Schluß, als sich auch der Torwart der Lebenden mit einem Scharfschuß versuchte, prallte der Ball so stark von den Toten ab, daß er ins leere Tor der Lebenden flog, und das Spiel endete 1:0 für die Toten.

Als der Mann im langen schwarzen Mantel die Toten auf dem

Karren vom Platz schob und ich den Captain der Lebenden fragte, was er in Zukunft tun wolle, um solche Niederlagen zu verhindern, sagte er: »Wir werden wohl alle etwas stärker zusammenhalten müssen.«

Die drei Beobachter

Drei Freunde beschlossen einmal, von jetzt an alle etwas zu beobachten.

»Ich werde die Hirsche beobachten«, sagte der erste, »wo sie durchgehen, was sie fressen, was sie miteinander tun.«

Der zweite sagte: »Ich will die Sterne beobachten. Wie sie sich verschieben, wie sie entstehen und verlöschen, wie sie sich um andere Sterne drehen.«

»Und ich«, sagte der dritte, »ich will Häuser beobachten. Wie sie dastehen, wie sie ihre Farbe verändern, wie sie einstürzen.«

Da wunderten sich die andern beiden sehr und versuchten ihn von seinem Vorhaben abzubringen. Häuser, sagten sie, könne man doch nicht beobachten, auch sei ein Hauseinsturz etwas sehr Seltenes, und überhaupt werde er es mit dieser Tätigkeit nirgends hinbringen.

Der dritte ließ sich aber nicht davon abhalten, und so trennten sie sich und vereinbarten, daß sie sich nach zwölf Jahren wieder am selben Ort treffen wollten.

Als sie sich nach dieser Zeit wieder sahen, konnten die beiden ersten kaum warten, bis sie erzählt hatten, was aus ihnen geworden war, der eine war bereits ein bekannter Hirschforscher und der andere ein aufstrebender Astronome.

»Und du?« fragten sie den dritten, der alt aussah, »hast du deine Häuser beobachtet?«

»Ja«, sagte der dritte, »ich habe die ganze Zeit nichts anderes getan.«

»Und hast du je ein Haus einstürzen gesehen?« fragte der zweite.

»Nein«, sagte der dritte, »ich habe nie ein Haus einstürzen gesehen, und ich habe es auch nicht zu etwas gebracht wie ihr. Trotzdem ist es geradezu unheimlich, was ich alles erlebt habe.«

Eine üble Gewohnheit

Ein Bekannter von mir hat eine Gewohnheit, die man nur als übel bezeichnen kann. Seine liebste Beschäftigung ist es nämlich, Erdbeeren zu zerquetschen. Dies tut er nicht etwa, um sie zu einem Mus zu verarbeiten oder sonst wie aufzuessen, sondern er läßt sie in diesem Zustand in seiner Wohnung liegen. Wo immer man seinen Fuß aufsetzt, tritt man auf zerquetschte Erdbeeren, auch wenn man sich auf einen Stuhl niederläßt, schaut man besser zuerst, ob auf der Sitzfläche nicht Erdbeeren kleben; manchmal legt er ein Kissen auf den Stuhl, auf dem keine Erdbeeren zu erkennen sind, hat man sich aber darauf gesetzt, merkt man an der Feuchte, daß das Kissen inwendig voll Erdbeeren ist, die man gerade durch das Draufsitzen zerquetscht hat, ein Vorgang, den mein Bekannter mit leicht vorgerecktem Hals und halb geöffneten Lippen zu verfolgen pflegt. Schlägt man bei ihm ein Buch auf, sind sicher irgendwo die Seiten durch eine eingetrocknete Erdbeere zusammengeklebt, will man bei ihm telefonieren, läßt sich die Wählscheibe nur mühsam drehen, weil zerquetschte Erdbeeren daruntergestopft sind, drückt man ihm zum Abschied die Hand, hat man nachher eine zerquetschte Erdbeere darin. Vorsicht ist geboten, wenn man bei ihm übernachten will. Er sieht zwar meistens davon ab, Erdbeeren zwischen die Leintücher zu stecken (das tut er nur bei sich selbst), aber dafür reicht er einem vielleicht eine Bettflasche, die sich ungewöhnlich schwer anfaßt, bis man draufkommt, daß sie mit heißen Erdbeeren gefüllt ist, ein Gefühl, bei dem sich fast nicht einschlafen läßt. Befremdend wirkt auch, daß er die einmal zerquetschten Erdbeeren nicht gleich beseitigt, sondern über längere Zeit hinweg so liegen läßt, wodurch es in der ganzen Wohnung ständig nach Schimmel riecht.

Was meinen Bekannten dazu geführt hat, eine solche Gewohnheit anzunehmen, weiß ich nicht, man kann mit ihm nicht darüber sprechen, im übrigen weiß ich auch nicht, wie es ihm zurzeit geht, denn im Moment, wo ich das schreibe, wird mir bewußt, daß ich ihn schon jahrelang nicht mehr besucht habe.

Eine waldreiche Geschichte

In der besten aller möglichen Welten, meine Lieben, in der besten aller möglichen Welten gibt es fast nur Bäume.

Ein Baum reiht sich an den andern, nichts als Bäume, Bäume und Bäume, so weit das Auge blickt. Ihr müßt euch vorstellen, daß dort, wo sonst eine Autobahn durchgeht, Bäume stehen, auch dort, wo sonst eine Turnhalle ist, wachsen einfach Bäume, und dort, wo gewöhnlich eine Münzpräganstalt steht, steht in der besten aller möglichen Welten keine Münzpräganstalt, sondern ein kleiner Wald.

Ist das eine Luft, sag ich euch! Ihr kennt die Frische eines Waldes, in den die Sonne schräg hineinscheint, durch das Grün des Laubes vielfach gebrochen, und wenn dazu die Vögel zwitschern... genau so muß es in der besten aller möglichen Welten sein. Vielleicht ist es nicht ganz so lichtvoll wie in einem gewöhnlichen Wald, denn dieser Wald wächst natürlich sehr stark, und an seiner Oberfläche spielt sich ein steter Kampf um die sonnigen Plätze ab. Die Blätter und Äste der verschiedenen Bäume verschränken sich dermaßen, daß kaum mehr Licht oder Regen durchdringt, und unten, in der Geborgenheit, rankt sich ein Stamm um den andern, da kommt es zu Querwüchsen und Verkeilungen, man sieht sogar Bäume, die ihre Wurzeln ins oberste Astwerk eines andern Baumes schlagen und abwärts wachsen. In die Wurzeln dieser kopfstehenden Bäume aber nisten sich neue Wurzeln von gewöhnlich wachsenden Bäumen ein, und so entsteht langsam über dem eigentlichen Wald ein zweiter Wald, und nichts spricht dagegen, daß mit der Zeit nicht noch weitere Wälder darüberwachsen.

Von den bei uns üblichen Tieren sind in der besten aller möglichen Welten viele ausgestorben, der Wolf konnte nicht schnell genug laufen, weil er sich dauernd im Wurzelgeflecht verfing, die Hirsche blieben mit ihren Geweihen zwischen den Stämmen eingeklemmt, und die Elefanten sind richtiggehend zugewachsen, es erinnert nur noch hie und da eine rundliche Baumgruppe mit riesigen grauen Blättern an sie – es ist die Welt für wendige Tiere, die schlüpfen oder hüpfen können, der Waldrapp ist sehr verbreitet, auch die Baumeule und die Wurzelmaus sowie der lichtscheue Moosfrosch.

Menschen, das vergaß ich fast zu sagen, Menschen gibt es nur wenige in dieser Welt. Sie haben Mühe, sich zu finden und sind in der Form eher den Bäumen angeglichen, schlank und schmal, ihre Arme nehmen deutlich die Gestalt von Lianen an, und wenn sich einmal zwei gefunden haben, was selten vorkommt, weil sie meistens vereinzelt zwischen den Stämmen herumschleichen, wenn sich also zwei gefunden haben, schlingen sie ihre lianenartigen Arme umeinander und bleiben so stehen, ohne sich je wieder loszulassen. Bereits sind einige von ihnen fähig, Nahrung durch die Zehen aufzunehmen, und ihre Haare gleichen immer mehr kleinen Baumkronen.

Irgendwo aber, da bin ich sicher, irgendwo in dieser besten aller möglichen Welten sitzt ein Mann am Boden, ritzt mit einem Stein verworrene Pläne in eine Baumrinde und denkt Tag und Nacht über nichts anderes nach als über eine große Erfindung, die er Säge nennen wird.

Heißes Bratenfett

Der Versuch einer Hausfrau, heißes Bratenfett, statt es einfach in den Ausguß zu leeren, wo es mit den Abwässern die Kläranlage in einer, wie sie durch verschiedene Hinweise in Presseerzeugnissen wußte, unzumutbaren Weise belasten würde, in ein spezielles Glas zu schütten, welches nur dieses Bratenfett oder vielleicht, wenn noch Platz dazu wäre, später weitere Bratenfette enthalten würde und auch mit einem sogenannten Vakuumverschluß versehen war, der ein Herausfließen oder -tröpfeln selbst in Kopflage des Glases verunmöglichte, dieser Versuch ging kürzlich so aus, daß der Hausfrau, die sich übrigens durch die Bezeichnung Hausfrau nicht vollständig gekennzeichnet fühlte, indem sie auch Arbeiten verrichtete, die mit der Führung eines Hauses nichts zu tun hatten und vielleicht gerade dadurch Überlegungen wie derjenigen mit dem Bratenfett eher zugänglich war als eine Person, deren Interessen knapp außerhalb der Mauern, die sie behaust und behausbar macht, zu Ende gehen, daß also dieser Hausfrau, die wir im weiteren trotzdem Hausfrau nennen wollen, daß dieser Hausfrau, sage ich, das Umschütten des Bratensaftes aus der Bratpfanne in dieses Vakuumglas zwar gelang, und das ist schon keine Kleinigkeit, wenn man sich die regelmäßige, durch keinen Schnabel unterbrochene Rundung der Bratpfanne vorstellt, welche, zusammen mit dem Gewicht derselben, ein Zielen mit der Flüssigkeit äußerst schwierig macht, daß aber durch die Hitze des Bratenfettes das Glas zersprengt wurde, wenn auch so, daß der Boden des Glases mit den unteren Teilen der Glaswand als *ein* Stück erhalten blieb, in dem sich noch eine ansehnliche Menge des schon umgegossenen heißen Saftes befand, worauf die Hausfrau beschloß, diesen Saft trotzdem noch der vernünftigeren Vernichtung zuzuführen, mit andern Worten, den Saft nochmals umzuschütten, in ein neues, ganzes Glas, das man dann zur Verbrennung im Kehrichtwerk abgeben könnte, zusammen natürlich, damit sich der Gang lohnte, mit anderen, ähnlich aufbewahrten Öl- und Fettrückständen, und zu diesem Zweck die Bratpfanne aufs Abtropfbrett stellte, ein zweites Vakuumglas bereitmachte und dann mit Zeigefinger und Daumen der rechten Hand den Rest des ersten Glases ergriff, es aber mit einem Schrei sofort wieder fallenließ, weil es vom Bratensaft noch so heiß war, daß sie sich die beiden Finger schmerzhaft daran verbrannte, was zur Folge hatte, daß aller Bratensaft in den Ausguß floß und der Schüttstein voll von zum Teil fettigen Glassplittern war, die nun entfernt werden mußten, und daß sich die Hausfrau eine Wundsalbe auf die angesengten Stellen ihrer Haut tupfen mußte, aber das schlimmste war für sie, wie sie später sagte, der Gedanke, daß es auf das gleiche herausgekommen wäre, wenn sie den Bratensaft von Anfang an in den Ausguß geleert hätte, ohne sich dieser Haltung zu befleißen, welche ihr nun auf einmal nicht mehr verantwortungsbewußt, sondern rechthaberisch, ja lächerlich vorkam.

Eine ganz neue Erfindung

Die meisten Erfindungen sind darauf ausgerichtet, den Leuten eine bestimmte Mühe abzunehmen, ihnen eine Arbeit zu erleichtern, also eine Flaschenabfüllmaschine zum Beispiel nimmt den Leuten die langweilige Arbeit ab, Most in eine Flasche zu schütten und mit einem Deckel abzuschließen, und wo früher dreißig Leute ein Leben lang abfüllten und zuschraubten, steht jetzt nur noch einer und schaut der Maschine bei der Arbeit zu, vielleicht sitzt er sogar.

Heute ist es aber so, daß der eine oder andere ganz froh wäre, er könnte wieder Most abfüllen, nicht gerade ein Leben lang, aber sagen wir ein halbes Jahr oder auch ein ganzes, denn inzwischen sind so viele Erfindungen gemacht worden, daß sie den Leuten mehr Arbeit abgenommen haben als die Leute eigentlich abgenommen haben wollten. Deshalb ist es Zeit für eine andere Art von Erfindungen, Erfindungen nämlich, die den Leuten Arbeit bringen statt sie ihnen abzunehmen, und ich habe damit den Anfang gemacht, indem ich eine neue Bleistiftspitzmaschine erfunden habe.

Nun gibt es an sich schon Bleistiftspitzmaschinen, und meine Bleistiftspitzmaschine sieht vorne auch genau so aus wie alle andern Bleistiftspitzmaschinen, die Neuerung beginnt erst beim Hebel, mit dem man den Bleistift gegen das Spitzwerk dreht. Dieser Hebel ist bei mir nicht vorhanden, sondern an seiner Stelle befindet sich eine Turnhalle. Die eine Hälfte dieser Turnhalle, die vordere nämlich, wird von einer Konstruktion aus Zahnrädern und Transmissionsriemen ausgefüllt, die zweite Hälfte nimmt ein Trampolin ein, das sich in Bodennähe befindet.

Um dieses Trampolin herum führt in erhöhter Lage ein Laufsteg für ca. 30 Personen. Wird nun vorn ein Bleistift in die Maschine eingeführt, so löst das in der Turnhalle ein Tonband aus, auf welchem eine aufmunternde Stimme »Hoppla!« ruft. Auf dieses »Hoppla!« springen alle 30 Personen auf das Trampolin, werden gegen die Decke der Turnhalle geschleudert und ergreifen dort einen mit der Maschine verbundenen Balken. Durch das Gewicht der gleichzeitig anfassenden 30 Personen wird der Balken langsam heruntergedrückt und setzt das ganze vielrädrige Übertragungswerk in Gang, welches so berechnet ist, daß bei der Ankunft des Balkens knapp über Trampolinhöhe der eingeführte Bleistift gespitzt ist. Die 30 Personen lassen den Balken los, gelangen über Kletterstangen wieder auf den Laufsteg, der Balken wird hydraulisch auf seinen Ausgangspunkt gehoben, und die Maschine ist bereit für den nächsten Bleistift.

Wenn nun jemand einwendet, diese Maschine werde sich gegenüber dem normalen Bleistiftspitzer nicht durchsetzen können, da man eine Turnhalle mieten und 30 Leute bezahlen muß, um einen Bleistift spitzen zu können, so möchte ich ihm nur sagen, daß solcherart die Maschinen der Zukunft beschaffen sein werden, ob es ihm paßt oder nicht, und daß ich mehr als einen Menschen kenne, der lieber ein paarmal am Tag auf ein Trampolin springen würde als an einer Drehbank irgendwelche Bestandteile herzustellen, zum Beispiel für eine Bleistiftspitzmaschine.

Der Liederhörer

Eines Tages hatten alle Festivals, Sängertreffen und Workshops ihre kreativitätsfördernde Wirkung getan, und es gab so viele Liedermacher, daß niemand mehr übrigblieb, um die Lieder zu hören. Jeder besaß eine Gitarre, jeder beherrschte die einfachsten Griffe, jeder verfügte über einige Reimwörter, aus denen er ein paar Strophen basteln konnte, und wenn er selbst keine zustande brachte, sang er die seines Nachbarn oder die seiner Vorbilder.

Das war die Zeit, als der lange Ulli Linnenbrink aus Kreuzberg plötzlich bekannt wurde, weil er eine ganz außergewöhnliche Fähigkeit hatte: Er konnte Lieder hören. Er hatte eine Art, dazusitzen und dem, der Lieder sang, mit übereinandergeschlagenen Beinen, mit leicht gefalteten Händen und verständnisvollem Gesichtsausdruck zuzuhören, die jeden Liedersänger zu Höchstleistungen antrieb. Hatte er sein Talent anfänglich nur in kleinem Kreise, vor Freunden und Kollegen und ab und zu in einer Kreuzberger Kneipe zur Geltung gebracht, wurde bald ein namhafter Liedersänger auf den begabten jungen Mann aufmerksam, und nun ließ sich sein Aufstieg nicht mehr verhindern. Bald trat er in großen Theatern auf, er setzte sich auf die Bühne, und der ganze Saal war voller Liedermacher, von denen ihm jeder ein Lied vorsingen durfte, zu dem Ulli dann nickte und manchmal auch applaudierte, was für den Betreffenden ein großer Erfolg war. In welcher Stadt auch immer die Plakate »Ulli Linnenbrink hört Lieder!« hingen, die Liedermacher rissen sich die Karten aus den Händen. Linnenbrinks erste Platte, auf der er nur leise atmete und gelegentlich etwas Beifall klatschte oder »Das war aber sehr schön« sagte, wurde ein Erfolg, der jede Liedermacher-Platte in den Schatten stellte.

Natürlich fand er viele Nachahmer, die auch zu ihm in Kurse kamen, aber seltsamerweise minderte das den Ruhm und den Erfolg Linnenbrinks keineswegs. Darauf angesprochen, pflegte Ulli nur mit dem Kopf zu nicken und zu sagen: »Tja, es ist schon so, Lieder*machen* ist keine Kunst, aber Lieder*hören* kann nicht jeder.«

Die Reinigung

In eine Wäscherei kam einmal ein Mann und brachte eine Hose, die einer gründlichen Reinigung bedurfte, denn sie war durch und durch schwarz vor Schmutz. Als er sie wieder abholen wollte, reichte ihm die Verkäuferin eine Plastiktasche und sagte, mehr sei von der Hose nicht übriggeblieben.

»Die ist ja leer!« sagte der Mann.

»Ja«, sagte die Verkäuferin, »dafür ist dieser entsetzliche Dreck weg.«

»Da haben Sie recht«, sagte der Mann, nahm die Tasche, bezahlte die Rechnung und ging.

Der Verkäufer und der Elch

Kennt ihr das Sprichwort »Dem Elch eine Gasmaske verkaufen«?

Das sagt man in Schweden von jemandem, der sehr tüchtig ist, und ich möchte jetzt erzählen, wie es zu diesem Sprichwort gekommen ist.

Es gab einmal einen Verkäufer, der war dafür berühmt, daß er allen alles verkaufen konnte.

Er hatte schon einem Zahnarzt eine Zahnbürste verkauft, einem Bäcker ein Brot und einem Obstbauern eine Kiste Äpfel.

»Ein wirklich guter Verkäufer bist du aber erst«, sagten seine Freunde zu ihm, »wenn du einem Elch eine Gasmaske verkaufst.«

Da ging der Verkäufer so weit nach Norden, bis er in einen Wald kam, in dem nur Elche wohnten.

»Guten Tag«, sagte er zum ersten Elch, den er traf, »Sie brauchen bestimmt eine Gasmaske.«

»Wozu?« fragte der Elch. »Die Luft ist gut hier.«

»Alle haben heutzutage eine Gasmaske«, sagte der Verkäufer.

»Es tut mir leid«, sagte der Elch, »aber ich brauche keine.«

»Warten Sie nur«, sagte der Verkäufer, »Sie brauchen schon noch eine.«

Und wenig später begann er mitten in dem Wald, in dem nur Elche wohnten, eine Fabrik zu bauen.

»Bist du wahnsinnig?« fragten seine Freunde.

»Nein«, sagte er, »ich will nur dem Elch eine Gasmaske verkaufen.«

Als die Fabrik fertig war, stiegen soviel giftige Abgase aus dem

Schornstein, daß der Elch bald zum Verkäufer kam und zu ihm sagte: »Jetzt brauche ich eine Gasmaske.«

»Das habe ich gedacht«, sagte der Verkäufer und verkaufte ihm sofort eine. »Qualitätsware!« sagte er lustig.

»Die andern Elche«, sagte der Elch, »brauchen jetzt auch Gasmasken. Hast du noch mehr?« (Elche kennen die Höflichkeitsform mit »Sie« nicht.)

»Da habt ihr Glück«, sagte der Verkäufer, »ich habe noch Tausende.«

»Übrigens«, sagte der Elch, »was machst du in deiner Fabrik?«

»Gasmasken«, sagte der Verkäufer.

P.S. Ich weiß doch nicht genau, ob es ein schwedisches oder ein schweizerisches Sprichwort ist, aber die beiden Länder werden ja oft verwechselt.

Die Riesen im Parkhaus

Drei Riesen gingen einmal in ein Parkhaus.

»Ich gehe ins Parterre«, sagte der erste.

»Ich in den ersten Stock«, sagte der zweite.

»Ich in den zweiten«, sagte der dritte.

Dann nahm jeder eine schwere Eisenstange, ging in seinen Stock und zertrümmerte alle Autos, die dort abgestellt waren.

Nachher trafen sie sich am Ausgang, gingen zusammen fort und kamen nie wieder.

Die Befreiung

Da bin ich!« rief der Prinz, als er mit seinem Schwert im Dornenhain auftauchte, »komm mit!«

»Wohin?« sagte die Prinzessin und richtete sich langsam von ihrem Lager aus Jutesäcken auf.

»In die Freiheit! Rasch!« sagte der Prinz, indem er sich mit dem Ärmel das Blut aus dem Gesicht wischte. »Ich habe mir, als ich den Drachen wegfliegen sah, einen Gang durch die Dornen gehauen. Komm mit, bevor er wieder da ist!«

»Wieso?« fragte die Prinzessin.

»Wie kannst du so etwas fragen?« sagte der Prinz. »Draußen ist die Freiheit, das Leben, die Freude. Du kannst wieder in einem richtigen Bett schlafen, dich waschen und kämmen und schön anziehen.«

Und er blickte auf die Bettstelle der Prinzessin und auf ihr zerrissenes Kleid, unter dem überall die Haut zu sehen war, mit einem rötlichen Ausschlag, der über den ganzen Körper zu gehen schien.

»Ich liebe den Drachen«, sagte die Prinzessin.

Der Prinz war fassungslos. »Was? Dieses garstige, ruppige, schuppige Vieh?«

»Ja«, sagte die Prinzessin. »Er kann fliegen, und wir lieben uns immer in der Luft. Das Gefühl, wenn ich hoch oben schwebe, mich an ihn klammere und er mir sein feuriges Glied zwischen die Schenkel treibt, ist unbeschreiblich.«

»Es gibt doch noch anderes«, sagte der Prinz.

»Ja«, sagte die Prinzessin, »aber es ist alles nichts gegen dieses eine Gefühl.« Und sie sah ohne Mitleid zu, wie der Drache, der soeben zurückgekehrt war, den Prinzen zertrat. »Komm«, sagte sie zum Drachen, »komm, wir wollen fliegen.«

Sie umarmte ihn, und zusammen erhoben sie sich in die Luft.

Der Eisberg in der Hölle

Ein Eisberg kam nach seinem Tod in die Hölle, weil er einmal zwei Schiffbrüchige abgeworfen hatte.

»Soo«, sagte der Teufel händereibend, »was machen wir denn mit Ihnen?«

»Alles, nur nicht schmelzen lassen«, sagte der Eisberg zitternd.

Der Teufel setzte ihn höhnisch auf ein Förderband, das ihn in einen Kessel plumpsen ließ, unter dem ein munteres Holzkohlenfeuerchen glomm.

Als der Eisberg unter Höllenqualen geschmolzen war, wurde der Kessel über eine Hängeschiene in ein Kühlhaus gefahren und so lange dort gelassen, bis aus dem geschmolzenen Wasser wieder ein Eisberg wurde, worauf er erneut über das Feuer gehängt wurde, bis er wieder geschmolzen war, und so ging das nun während Jahren.

Da sich aber die Eisbergmoleküle durch den ständigen Wechsel des Aggregatszustandes sehr schnell verändern, hatte der Eisberg bald jede Erinnerung an seine Vergangenheit verloren.

»Hallo«, rief er dem Teufel zu, als er ihn einmal mit einem Thermometer an seinem Kessel vorbeigehen sah, »worum geht es hier eigentlich?«

»Weiß ich doch nicht«, sagte der Teufel, denn auch seine Moleküle veränderten sich durch die herrschende Hitze so stark, daß er jeweils schon nach kurzer Zeit ein ganz anderer wurde.

»Können Sie mich hier nicht rauslassen?« fragte der Eisberg.

»Nein«, sagte der Teufel und schüttete noch einige Kohlen nach, »ich muß nur dafür sorgen, daß die Temperatur stimmt.«

Er blickte wieder auf sein Thermometer und ging zufrieden nickend weiter, während der Eisberg stöhnend schmolz.

Der Gärtner

Es war einmal ein Gärtner, der war dafür bekannt, daß er einen steinernen Hintern hatte.

Viele Leute besuchten ihn deswegen, tasteten, während er die Beete begoß, sein Gesäß ab oder tätschelten ihn verstohlen drauf, wenn er im Treibhaus stand. »Es ist nicht zu fassen«, sagten sie dann zueinander, »der hat tatsächlich einen Hintern aus Stein.«

Von seinen Blumen aber sprach nie jemand.

Das neue Alphabet

Bullinger hieß er, jener Apotheker, der den größten Teil seiner Freizeit mit dem Studium der Schriften zubrachte. Sie waren ihm alle geläufig, alle, das Sanskrit, das Arabische, das Hindi und das Tibetische, das Japanische wie auch das Chinesische, und je länger er sich in die Zeichen und Formen vertiefte, die der menschliche Erfindungsgeist sich in allen Gegenden der Welt ausgedacht hatte, um Laute, Silben und Wörter ungesprochen mitzuteilen, desto mehr kam er zur Überzeugung, daß die abendländische Schrift eine der armseligsten dieses Erdballs war. »Menschlicher Erfindungsgeist – was ist das? Das kann doch *ich* sein!« dachte er schließlich und nahm sich vor, für die europäischen Sprachen eine neue Schrift zu schaffen.

So etwas braucht Zeit und Einsatz, er übergab die Führung seiner Apotheke einer Verkäuferin und zog sich für einige Zeit zurück, um sich ganz der Entwicklung dieser Schrift widmen zu können. Nach einem halben Jahr war er soweit, daß er den Buchstaben A neu erfunden hatte – es war ein Zeichen, das für sein ganzes Alphabet richtungweisend sein sollte. Nach einem links oben ansetzenden Kreis stürzte sich die Linie in einen steilen Abgrund, aus dem sie mit Schwung wieder hochkam, dieses Ereignis mit einem erneuten kleinen Abstieg feierte, einem Hüpfer fast, von dem es dann halbschräg aufwärts ging bis zu einem Punkt, der ungefähr auf der Höhe des Kreises lag, und dort war der Auftakt zum Schlußbogen, der etwa die Form einer Klammer hatte und nochmals die ganze Amplitude des Buchstabens bestrich, einer Klammer allerdings, die nicht gegen den Buchstaben gerichtet war, sondern vom Buchstaben weg, die also im

Abschließen gewissermaßen den nächsten Buchstaben schon umfaßte.

Bullinger notierte dieses Zeichen mit weißer Kreide auf ein rotes Schiefertäfelchen und schickte eine Fotografie davon an die UNESCO mit der Bitte um einen Unterstützungsbeitrag. In einem Brief schilderte er seine Absicht und legte auch dar, daß er bei gleichbleibendem Arbeitstempo für die Entwicklung eines vollständigen Alphabets circa 11 Jahre benötigen werde, eine Zeit, die er nicht ohne finanziellen Zuschuß überstehen könne.

Die Antwort von der UNESCO kam ziemlich bald. In einer Zeit, hieß es darin, da die komplizierten Schriften, wie das Chinesische und das Japanische, vereinfacht würden, um sie den Leuten besser zugänglich zu machen und ihnen die Bildung zu erleichtern, gehe es nicht an, die einfachen Schriften kompliziert zu machen, und deshalb sei an eine Unterstützung seiner Arbeit gar nicht zu denken, ja, was er da tue, hielten sie für grundsätzlich falsch.

Daran hatte Bullinger nicht gedacht – ihm war es darum gegangen, mit seiner Schrift eine Synthese zwischen dem Abendland und den anderen Kulturen zu schaffen, eine Synthese, auf Grund derer sich die Völker hätten näherkommen sollen, aber er sah ein, daß der UNESCO-Beamte wahrscheinlich recht hatte und kehrte wieder in seine Apotheke zurück, was auch höchste Zeit war, denn die Verkäuferin hatte schon damit begonnen, nur noch die gutgehenden Artikel zu führen und die selten gefragten ausgehen zu lassen, und das wäre auf die Dauer das Ende der Apotheke gewesen.

Eine Flugzeuggeschichte

In einem Flugzeug löschten während eines sehr unruhigen Fluges plötzlich drei Buchstaben einer Leuchtschrift aus. Die Aufforderung NO SMOKING hieß jetzt NO KING. Dem schenkte niemand Beachtung, bis die Passagiere bemerkten, daß trotz der Ankündigung, man werde jetzt bald landen, das Flugzeug nicht landete. Einigen Leuten schien es, der Ankunftsort sei erreicht, und sie glaubten ihn bereits tief unter sich wahrzunehmen, tiefer unten, als die Stadt eigentlich bei einem Anflug hätte sein müssen. Es machte sich jetzt auch eine gewisse Hast unter den Stewardessen bemerklich, man sah, daß sich zwei etwas zuflüsterten und sich dann die dritte zur Pilotenkabine begab. Als sie wieder herauskam, war sie sehr bleich, und ihre Lippen zitterten, als sie sagte: »Ist zufällig ein König unter den Passagieren?« In der ersten Klasse erhob sich ein kleiner, dunkler, kraushaariger Herr mit einer goldumrandeten Brille und stellte sich als König eines afrikanischen Landes vor, das wie Basotho oder Basoko tönte. Die Stewardeß bat ihn, mit ihr nach hinten zu kommen. Dort sprach sie sehr eindringlich mit ihm, aber so leise, daß niemand verstand, was sie sagte. Man sah nur, wie sich gleich darauf eine Luke im Boden öffnete, durch die der König in aufrechter Haltung, wenn auch mit etwas traurigem Blick, hinaussprang.

Hierauf fiel die Leuchtschrift ganz aus, und das Flugzeug landete mit geringer Verspätung an dem zur Ankunft vorgesehenen Ort.

Die Karawane

Noch nie hatte ich so tief in den Milchkrug hineingeschaut wie diesmal, als ich ihn so gründlich reinigen wollte, daß auch die weißen Ringe im Innern verschwänden, die sich in Bodennähe von stehengelassener Milch gebildet hatten. Deshalb war mir auch noch nie aufgefallen, daß sich am Boden des Krugs eine Sandwüste ausdehnte, auf die ich wie aus einem Flugzeug hinunterblickte.

Zwischen den vielen Dünen, die einem erstarrten Gewässer glichen, bemerkte ich plötzlich eine Karawane, die sich langsam vorwärts bewegte. Ich flog etwas tiefer und sah, daß es eine Kamelkarawane sein mußte, deutlich waren die langen Hälse der Tiere zu erkennen, die sich zähelastisch im Rhythmus ihres Ganges vor und zurückbewegten.

Zwei Kameltreiberfiguren schritten mit, der eine vor der Karawane her und der andere am Schluß derselben, in langen weißen Mänteln, welche im Winde flatterten, der hier trotz des hellblauen Wetters ziemlich scharf zu sein schien. Gerade wollte ich mich daranmachen, die Last der Kamele genauer zu betrachten, da hörte ich, wie der rückwärtige Kameltreiber dem vorderen etwas zurief, das außerordentlich erregt tönte.

Beide warfen sich zu Boden, und im selben Moment fiel von hinten eine Elefantenherde über die Kamelkarawane her, trampelte sie nieder, und jeder Elefant fraß mit großer Geschwindigkeit ein Kamel auf. Dann trotteten die Elefanten gemächlich davon, die Kameltreiber hoben ihre Köpfe und fanden sich in der Wüste allein mit den Elfenbeinschnitzereien, die aus den zerfetzten Stoffballen in den Sand gefallen waren.

Ich hob meinen Kopf vom Milchkrug hoch, schaute dann wieder hinein, aber die Wüste war verschwunden.

Ich wußte, es war unmöglich, daß sich so etwas auf dem Boden eines Milchkrugs ereignet.

Trotzdem habe ich es gesehen.

Der Skarabäus

Ein junger Holzfäller wollte sich einmal, nachdem er im Bergwald einen Baum umgesägt hatte, etwas ausruhen und setzte sich auf einen Felsblock, der in der Nähe lag. Sogleich sprang er wieder auf, denn er merkte, daß er sich auf etwas Lebendiges gesetzt hatte, das nun davonkroch. Es war ein Wesen mit sechs Füßen, einem enormen, fell- und flügellosen Rumpf und einem Kopf, der in eine spitze Schnauze ohne sichtbaren Mund auslief.

Dieses Wesen, das größer war als der Holzfäller selbst, zwängte sich rückwärts in eine Höhle am Fuß der Fluh, blieb gleich hinter dem Eingang sitzen und starrte hinaus.

Der Holzfäller rannte in sein Dorf, holte sein Gewehr und erzählte den andern, die er antraf, was er gesehen hatte. Einige seiner Freunde nahmen nun ebenfalls ihr Gewehr mit und begaben sich zu der Höhle, in welche sich das Wesen geflüchtet hatte.

Als sie es dort nicht mehr sahen, schossen sie ein paarmal ins Dunkle hinein, aber auch dann regte sich nichts, und schließlich gingen die andern wieder nach Hause und lachten den Holzfäller aus.

Von diesem Tag an ging es aber schlecht im Dorf. Fast jedem Bauern starb ein Rind oder ein Schwein, die Gemüsegärten wurden von Schnecken überfallen und zerfressen, Raubvögel begannen kleine Kinder anzugreifen, steile Straßenstücke rutschten plötzlich in die Tiefe, und in den Wäldern begannen die Tannenbäume umzustürzen, daß Tag und Nacht ein Krachen in der Luft lag. Aus dem Telefonapparat auf der Post quoll eine grünliche Salbe, die Leute mußten nachts aus ihren Betten rennen und erbrechen, und eines Morgens tauchte ein Rudel Wölfe auf dem Friedhof auf, trabte lautlos durch die Hauptstraße und verschwand am Ende des Dorfes im Wald.

Nun verließen alle Bewohner das Dorf, zogen entweder zu Verwandten oder Freunden oder versuchten anderswo ein neues Leben anzufangen. Der Holzfäller wanderte nach Asien aus und kehrte nie mehr zurück. Er war gerade daran, sein Erlebnis allmählich zu vergessen, als er einmal ein Museum betrat und dort eine Skulptur sah, welche das Tier darstellte, das er damals gesehen hatte. Es war genau gleich groß, nur war es aus Stein, und darunter stand: Skarabäus.

»Jetzt weiß ich, was ich hätte anders machen sollen!« rief der Holzfäller laut, bevor der Skarabäus durch die zersplitternde Scheibe kroch und ihm mit seinen zwei vordersten Füßen den Kopf abriß.

Ein erschreckender Anblick

Als Herr Direktor J., bevor er von zu Hause wegging, noch rasch in den Spiegel seines Korridors schaute, erschrak er.

Sein Anzug war zwar in Ordnung, auch die Krawatte saß, aber dort, wo sonst sein Gesicht war, sah er einen Wasserhahn.

Das muß eine Täuschung sein, dachte Herr J. und wollte sich ins rechte Ohr kneifen, aber statt dessen drehte er das heiße Wasser auf, das sich nun in einem vollen Strahl auf sein Hemd ergoß.

Mit einem Aufschrei schloß er den Hahn wieder, und in dem Moment sah er, daß er sich wirklich getäuscht hatte – im Spiegel war sein normales Gesicht, und auch als er es mit den Händen abtastete, änderte sich nichts mehr, von einem Wasserhahn konnte keine Rede sein.

Beruhigt wandte sich Herr Direktor J. der Türe zu, da merkte er, daß er so nicht gehen konnte. Sein Anzug war durch und durch naß, und unter dem Hemd spürte er einen brennenden Schmerz, der langsam stärker wurde.

Der Sonderling

Er war keine alltägliche Erscheinung. Schon von weitem sah man ihm an, daß er eigentlich ein anderer war. War es der Buckel, der ihm aus dem linken Schulterblatt über den Kopf hinauswuchs und auf dem sich ein Zwergreiherpaar eingenistet hatte, welches jeden, der sich nähern wollte, mit langen Schreien vertrieb? Oder war es sein Gang, der bei aller Behendigkeit etwas Hinkendes hatte, was vielleicht daher kam, daß sein rechtes Bein ein Krokodilsschwanz war? Möglicherweise war es auch der Unterleib einer Nixe, die sich in seinem bis über die Knie reichenden Fellmantel versteckte. Genau konnte man es nicht sagen, denn die Reiher ließen niemanden nahe heran, und auch wenn man einen Feldstecher auf ihn richtete, erkannte man ganz unterschiedliche Einzelheiten. So schien es einem manchmal, seine Ellenbogen seien mit Schildkrötenpanzern überzogen, und aus seiner Brust, die immer halb entblößt war, schauten zwei Schweineschnauzen. Um den Gürtel herum war der Mantel stark gewölbt und in ständiger Bewegung, bei günstigem Wind trug es einem Pferdegetrappel an die Ohren, und man vernahm Zurufen und Klatschen einer großen Menschenmenge. Von ihm selber allerdings hat nie jemand etwas anderes gehört als die krächzende Ermunterung: »Hopp, meine Bären!« Seinen Mund bekam man kaum zu sehen, weil er unter dem Elefantenrüssel, der seine Nase war, stets verdeckt blieb. Seine Haare waren nicht eigentlich Haare, sondern ein Nest von Blindschleichen, aus dem sich die Zwergreiher von Zeit zu Zeit eine herauszerrten. Das waren die Momente, in denen man den Sonderling röhren hörte wie einen Hirsch. Dann ließen die Leute, die ihn von ihren Booten aus beobachteten, wie er an der Mündung des Kanals hin und herging, die Feldstecher sinken und packten ihre Ruder. Einige sagten auch, sie hätten seine Augen gesehen. Sie seien lid- und wimpernlos, und wenn man den Feldstecher ganz scharf einstelle, dann seien es zwei Weltkugeln, die sich im Kopf des Sonderlings um sich selbst drehten.

Auch sein Domizil ist ungewöhnlich. Er hält sich nicht in Häusern, Dörfern und Städten auf wie wir, sondern haust zwischen zwei Buchdeckeln, und er lebt eigentlich nur, wenn man das Buch unvermittelt aufschlägt. Manche aber, die das Buch aufgeschlagen haben, sagen, daß er seither auch bei ihnen lebe, und es scheint, daß er im Begriff ist, seinen bisherigen Wohnort zu verlassen und nach und nach in die Gehirne der Leute einzudringen.

Die plötzliche Fläche

Ich könnte mir eine Fläche vorstellen, eine plötzlich erscheinende, welche etwa die Form eines Schachbrettes hätte und ohne jeden Grund über einer blühenden Wiese schweben würde, größer wäre allerdings als ein Schachbrett, so groß fast wie ein Küchenboden, und aus dieser Fläche stiege nun ein weißer Bluthund empor, nicht etwa so, daß er von der Wiese aus die schwebende Fläche durchstieße, sondern er stiege aus der Fläche selbst herauf, im hinteren linken Winkel derselben, und käme dann zögernd auf den Betrachter zu, der auch gleich bemerken würde, daß diesem Bluthund eines seiner vorderen Beine fehlte, aber bevor das Tier winselnd am Rand des Schachbrettbodens angelangt wäre, erhöbe sich aus der Fläche eine Tuchschere von selten gesehener Größe, stellte sich in geringer Entfernung vom Bluthund auf, mit leicht geöffneten Klingen, die im Sonnenschein funkelten, denn Sonnenschein läge über der ganzen Szene, worauf der Hund sich zu ducken begänne, zitternd, auch ginge sein Winseln in Knurren über, und aus dem Stumpf seines fehlenden Beines wüchse nun zum Entsetzen des weißen Bluthundes, dem sich ob dieses Anblicks die dünnen Haare aufrichteten, eine Otter, welche ihn, indem sie giftig gegen ihn züngelte, zur Flucht vor sich selbst antriebe, zur Flucht, die aber sinnlos wäre, da er ja das Verhängnis an seinem eigenen Bein mitschleppte, ein Zustand, aus dem ihn jetzt die Tuchschere von selten gesehener Größe durch ein schnelles Zuschnappen befreite, wodurch der Hund vor Schmerz halb irre würde, er müßte sich dauernd die neuerliche Wunde lecken, während die Tuchschere der Otter auch noch den Kopf abschnitte, worauf die Schlange sofort zu Dunst zerfiele, der weiße Bluthund sich wieder in den schwebenden Boden verkröche und nichts auf der Fläche bliebe außer der Tuchschere, welche nun, über der sanft vom Wind gestreichelten Wiese, langsam gegen den Betrachter zu käme.

DER MANN AUF DER INSEL
(1991)

Der Mann auf der Insel

Es war einmal ein Mann, der lebte auf einer Insel. Eines Tages merkte er, daß die Insel zu zittern begann.

»Sollte ich vielleicht etwas tun?« dachte er.

Aber dann beschloß er, abzuwarten.

Wenig später fiel ein Stück seiner Insel ins Meer.

Der Mann war beunruhigt.

»Sollte ich vielleicht etwas tun?« dachte er.

Aber als die Insel zu zittern aufhörte, beschloß er, abzuwarten. »Bis jetzt«, sagte er sich, »ist ja auch alles gut gegangen.«

Es dauerte nicht lange, da versank die ganze Insel im Meer, und mit ihr der Mann, der sie bewohnt hatte.

»Vielleicht hätte ich doch etwas tun sollen«, war sein letzter Gedanke, bevor er ertrank.

Die alte Frau

Eine alte Frau lebte ganz allein und war immer traurig.

Sie hatte keine Kinder, und alle Menschen, die sie gern gehabt hatte, waren gestorben.

Den ganzen Tag saß sie am Fenster ihres Zimmers und schaute hinaus.

»Ach«, dachte sie oft, »wenn ich doch ein Vogel wäre und fliegen könnte.«

Eines Tages, als sie das Fenster geöffnet hatte und die Sonnenstrahlen hereinschienen und sie draußen die Vögel zwitschern hörte, dachte sie wieder: »Ach, wenn ich doch ein Vogel wäre und fliegen könnte«, und auf einmal war sie nicht mehr eine alte Frau, sondern eine schöne weiße Möwe, die sich von ihrem Fenstersims in die Luft erhob. Sie flog über die ganze Stadt, machte einen langen Bogen über den See, setzte sich auf viele Kirchturmspitzen und Brückengeländer und schnappte fröhlich krähend nach Brotstücklein, die ihr von Großmüttern und deren Enkeln am Seeufer zugeworfen wurden, bis sie am Abend wieder nach Hause flatterte, zu ihrem Fenster hinein auf den Stuhl hüpfte und dort die alte Frau wurde, die sie am Morgen gewesen war.

»Das war aber schön«, dachte sie, und am nächsten Morgen öffnete sie wieder das Fenster und schwang sich vom Sims als Möwe davon, und so machte sie es fortan jeden Tag, bis sie einmal so hoch und so weit fortflog, daß sie nicht mehr zurückkam.

Eine kurze Geschichte

Kommst du den Kindern noch gute Nacht sagen?« rief die Frau ihrem Mann zu, als sie um acht Uhr aus dem Kinderzimmer kam.

»Ja«, rief der Mann aus seinem Arbeitszimmer, »ich muß nur noch den Brief zu Ende schreiben.«

»Er kommt gleich«, sagte die Mutter zu den Kindern, die beide noch aufgerichtet in ihren Betten saßen, weil sie dem Vater zeigen wollten, wie sie die Stofftiere angeordnet hatten.

Als der Vater mit dem Brief fertig war und ins Kinderzimmer trat, schliefen die Kinder schon.

Das letzte Jahrzehnt

Ein Tier wird geschlachtet. Es sieht aus wie eine Riesenschildkröte ohne Panzer. Ach, wie weich es ist, und wie man sein Skelett sieht, über das sich das Fleisch spannt. Während der Schlächter einzelne Teile herausschneidet, beginnt das Tier zu rufen, mit leiser, aber deutlicher Stimme: »Bitte nicht!«, zu wiederholten Malen. Der Schlächter, unbeirrt, trennt ihm weitere Teile ab, schneidet ihm ins Weiche, hackt Knochen mit kurzen Hieben durch. Nun wendet er sich einen Moment ab, um das gewonnene Fleisch hinzulegen. Ich hoffe, das Tier sei tot. Da richtet es sich nochmals halb auf, wimmernd, und bittet um Schonung. Gelähmt stehe ich daneben, erschreckt über mich selber. Bin ich dem Schlächter in den Arm gefallen? Habe ich andere zu dem leidenden Wesen gerufen, damit wir ihm gemeinsam hülfen? Während ich noch immer dastehe, wächst in mir der Verdacht, das Tier könnte ein Mensch sein.

Die Schiffahrt

Ich trete aus dem Speiseraum des Schiffes auf das Deck. Es ist dunkel, kalt, neblig und windig, die See ist bewegt. Ich habe gut gegessen, jetzt ersteige ich die Kommandobrücke und suche den Steuermann.

Da steht er, in einem gelben Ölanzug, die Mütze bis knapp über die Augen gezogen, hinter seinem Steuerrad.

»Sind wir gut unterwegs?« frage ich ihn.

»Ja«, sagt er und blickt auf den großen Kompaß.

Der Kompaß hat drei Nadeln. Eine zeigt nach Norden, die andere zeigt den Kurs, den wir fahren sollten, die dritte zeigt den Kurs, den wir wirklich fahren. Die zweite Nadel ist rot, und die dritte weicht deutlich von ihr ab.

»Wieso fahren wir nicht auf unserm Kurs?« frage ich. Ich habe ein Recht zu fragen, denn das Schiff gehört mir.

»Da sind zur Zeit gewaltige Stürme«, sagt der Steuermann.

»Dann werden wir aber für unsere Reise länger brauchen«, sage ich.

Mein Schiff ist unterwegs nach Amerika.

»Das macht nichts«, sagt der Steuermann, »wir haben genügend zu essen und zu trinken mit uns.«

»Wird es nicht kalt werden?« wende ich ein, »wir fahren nach Norden.« Und ich blicke auf die Nadel, die zitternd unsern Kurs anzeigt.

»Ich bin warm angezogen«, sagt der Steuermann, »und du kannst ruhig wieder ins Innere des Schiffes gehen.« Schon friere ich, denn die Steuermannskabine ist links und rechts offen. Trotzdem bleibe ich noch einen Augenblick stehen.

»Wie orientierst du dich eigentlich?« frage ich plötzlich.

»An den Sternen«, antwortet er.

Ich blicke zum Himmel. Lauter Wolken und Nebelschwaden.

»Und wenn man keine Sterne sieht?« frage ich.

»Dann warte ich, bis ich sie wieder sehe«, sagt der Steuermann, »einmal erscheinen sie immer.«

Ich wundere mich und bin auch etwas beunruhigt. Das Meer ist so groß, der Wind so stark, und ich vermag nichts zu erkennen.

»Geh wieder hinunter in dein Schiff«, sagt der Steuermann und lächelt.

»Gut«, sage ich schließlich und füge hinzu: »Wenn etwas ist, kannst du mich rufen.«

»Es wird nichts sein«, sagt der Steuermann, »ich brauche dich nicht zu rufen.«

»Und wenn du mich doch rufst?« frage ich.

»Wenn ich dich rufe, kann es nur eines sein«, sagt der Steuermann.

»Und was?« frage ich.

»Wenn ich dich rufe, dann ist es der Tod.«

Und zischend schlägt die Gischt über das Geländer, während ich ins Innere meines Schiffes hinuntersteige, das unter dem Druck der Wellen erbebt.

Der Haken

Als er erwachte, hing der Haken immer noch über ihm. Deshalb glaubte er zuerst gar nicht, daß er erwacht war, sondern nahm an, er träume immer noch. Er war Ingenieur und somit Realist und wußte, daß es nur ein Traum sein kann, wenn man erwacht und den riesigen Haken eines Krans über sich sieht; dies war für ihn umso gewisser, als er gerade vor dem Erwachen einen solchen Traum gehabt hatte.

Er sei, hatte er geträumt, in seinem Bett gelegen, allerdings habe dieses Bett in einem fremden Haus gestanden, einem älteren Backsteinbau, der ein bißchen dem glich, den er vor einer Woche abgerissen hatte, und eine Trauerweide, ähnlich derjenigen im Garten, den er letzthin in eine Parkgarage verwandelt hatte, habe ihre Äste durch das Fenster in sein Zimmer hängen lassen.

Da sei plötzlich durch die zersplitternde Decke ein Kranhaken gedrungen und habe sich auf ihn gesenkt. Er selbst hätte einen Gurt umgehabt, der so locker gewesen sei, daß sich der Haken habe darunterschieben können und dann begonnen habe, ihn hochzuziehen. Erst da habe er bemerkt, daß seine Hände und Füße am Bett angewachsen waren, mehr als das, sie waren im Bettgestell verwurzelt, und das Bettgestell hatte seinerseits tiefe Wurzeln im Zimmerboden geschlagen.

Als sich nun der Haken anhob, lösten sich seine Hände und Füße nicht vom Bettgestell, sondern das ganze Bett wurde krachend aus dem Zimmerboden gerissen, Kalk, Gips und Mörtel rieselten von den Wurzeln zu Boden, und der Ingenieur wurde mitsamt dem Bett, an das er angewachsen war, auf einen Schuttlastwagen geworfen, welcher mit laufendem Motor vor dem Haus wartete.

Hier hatte der Traum geendet, und der Ingenieur war erwacht. Seltsam, dachte er, wie stark Träume sein können, bis er erstarrend merkte, daß er wirklich wach war und daß er in seinem eigenen Zimmer lag und daß sich darüber der Himmel wölbte und daß der Haken, den er über sich sah, sich langsam senkte, und daß er sich auf ihn senkte, auf ihn allein, und daß er vor Schreck kein Glied rühren konnte und so reglos und schwer auf dem Bett lag, als wäre er damit verwachsen, und daß er nicht einmal zu einem Schrei fähig war, als er spürte, wie die Kälte des Hakens unerbittlich auf ihn zukam.

Spurensicherung

Das muß, dachte der Ornithologe, als er am frühen Morgen durch den Ufersumpf stapfte und eine feine Vogelspur sah, das muß der doppelzehige Strandläufer gewesen sein, und er freute sich über die seltene Entdeckung. Als er der Spur behutsam ein paar Schritte folgte, kreuzte sie eine zweite, etwas gewichtigere Spur. Na, dachte der Ornithologe, eine Schilfrohrdommel, und er folgte der neuen Spur, erstaunt und erfreut zugleich. Wenig später gesellten sich frische Abdrücke dazu, die weiter auseinanderlagen. Der Ornithologe blieb stehen und schüttelte den Kopf vor Verwunderung und Begeisterung. Eine Pfuhlschnepfe, murmelte er vor sich hin, tatsächlich, eine Pfuhlschnepfe, und er schaute sich vorsichtig um, ob vielleicht ein Ziel all dieser Spuren zu erkennen sei. Was er sah, waren weitere Vogelfußzeichen, unter denen er bei genauem Betrachten die Krallen der Dämmerralle, des Rauhfußschwirls und des Seidenzwergschwätzers ausmachen konnte. Er war entzückt, und als er zum Punkt kam, wo sich fast alle Vögel gleichzeitig vom Boden abgehoben haben mußten, fragte er sich, was sie wohl zu dieser Bewegung, die wie eine Flucht aussah, getrieben haben mochte.

Er verfolgte die Spuren rückwärts, mußte sich dabei durch eine zähe, dornige Hecke kämpfen, in welcher er auf das verlassene Nest einer Wasserwachtel stieß, und erblickte dann, aus dem Gebüsch tretend, die Spur, die alles erklärte. Doppelläufig, engrillig, ein Riesen-Pied-de-Poule: Big John, der dreigelenkige Aushubbagger aus der Familie der Fünfundfünfzigtonner, ein bißchen laut vielleicht, wenn er am Werken ist, jedoch von Herzen gut und gelb, und überschäumend fröhlich.

In Nevada

Als der Zisternensattelschlepper über die Brücke mit dem ausgedörrten Bachbett gefahren war, setzte plötzlich eine Musik mit Streichern ein, die mit solcher Macht aus den Bergen auf den Highway Nr. 15 herunterbrauste, daß der Lastwagenchauffeur anhielt und über Funk die nächste Polizeistreife benachrichtigte. Als der Streifenwagen eintraf, hatte sich eine Mundharmonika über die Streicher gelegt, die in langsamen Synkopen eine Melodie voller Weite und Fernweh spielte.

»Hören Sie das?« fragte der Chauffeur, immer noch fassungslos.

Die zwei Polizisten stiegen aus und horchten.

»Das ist schon richtig«, sagte der erste.

»Es ist von Morricone«, sagte der zweite.

Dann stiegen sie wieder ein und fuhren weiter.

Der Lastwagenchauffeur blieb kopfschüttelnd zurück, während sich zu den Streichern und der Mundharmonika eine gewaltige Bläsergruppe gesellte.

Der Traum

Eine Frau wachte einmal nachts auf und hatte das Gefühl, etwas Wichtiges geträumt zu haben, nur wußte sie nicht mehr was. In der nächsten Nacht ging es ihr ebenso, da dachte sie, vielleicht behalte sie es, wenn sie es gleich aufschreiben könne und legte sich einen Notizblock mit einem Bleistift neben das Bett. Als sie in dieser Nacht wieder erwachte, schrieb sie etwas auf und schlief sofort wieder ein. Am Morgen griff sie voller Spannung nach dem Notizblock. Darauf stand

$$2 + 2 = 5$$

Die Frau lachte, riß den Zettel ab und nahm ihn mit ins Büro. Dort heftete sie ihn mit einem Reißnagel über ihren Arbeitsplatz.

»Was ist das?« fragte ihr Vorgesetzter.

»Ein Traum«, sagte die Frau.

»Also nehmen Sie es wieder ab«, sagte ihr Vorgesetzter, »das ist ja falsch.«

»Es ist zwar falsch, aber wahr«, sagte die Frau.

»Entweder Sie oder der Zettel«, sagte der Vorgesetzte.

»Dann gehen wir beide«, sagte die Frau, steckte den Zettel sorgfältig in ihr Handtäschchen und ging.

Ein paar Fragen zum Tage

Glauben Sie, daß man den Computer je wieder rückgängig machen kann?

Gehen Sie gern in ein Fotokopiergeschäft?

Gefällt Ihnen das Foto auf Ihrer Identitätskarte?

Wissen Sie, was auf der ersten Seite Ihres Passes steht?

Ist es Ihnen peinlich, wenn Sie weinen müssen?

Haben Sie auch schon einen Fehler gemacht, der nicht wiedergutzumachen ist?

Wenn ja, wie haben Sie sich ermutigt, daß Sie trotzdem weiterleben können?

Haben Sie auch schon mit einem Ihrer Körperteile gesprochen?

Welche Farbe haben Ihre Augen?

Sind Sie sicher?

Kennen Sie jemanden, der früher Elektriker war und jetzt Heilpädagoge ist?

Kennen Sie jemanden, der früher Heilpädagoge war und jetzt Elektriker ist?

Haben Sie Angst vor dem Fliegen?

Warum?

Haben Sie Angst vor dem Autofahren?

Warum nicht?

Was möchten Sie noch lernen?

Haben Sie auch schon geträumt, Sie würden ermordet?

Kennen Sie eine Chirurgin?

Wann haben Sie Ihre besten Freunde zum letzten mal getroffen?

Sind Sie sicher, daß Sie Freunde haben?

Wann haben Sie das letztemal eine Platte aufgelegt?

Können Sie einen Videorecorder vorprogrammieren?

Können Sie ein Brot backen?

Welche von den zwei Rollen im Mysterienspiel »Jedermann« würden Sie lieber spielen, Gott oder den Teufel?

Ist Gott Ihrer Meinung nach protestantisch oder katholisch?

Was zerbricht eigentlich bei einem Ehebruch?

Wann waren Sie das letztemal in Lebensgefahr?

Haben Sie sich etwas vorgenommen für den Fall, daß Sie davonkommen?

Möchten Sie nach Ihrem Tod lieber bestattet oder kremiert werden?

Haben Sie gern Hunde?

Haben Sie gern Hundehalter?

Können Sie nach dem Pfeifton locker auf einen Anrufbeantworter sprechen?

Nezamantan beri i Sviçre desiniz?

Können Sie sich ein Leben ohne Kaffee vorstellen?

Wie würden Sie jemandem helfen, der heroinsüchtig ist?

Wenn Sie allein zu Hause sind und Sie gehen auf die Toilette, schließen Sie da die Toilette ab?

Können Sie Bäume fällen?

Können Sie mit einem Textverarbeitungssystem umgehen?

Fallen Ihnen Druckfehler auf?

Sind Sie treu?

Könnten Sie zuschauen, wie einem Menschen mit einer Kreissäge ein Arm abgetrennt wird?

Könnten Sie zuschauen, wie einem Menschen im Film mit einer Kreissäge ein Arm abgetrennt wird?

Kennen Sie Kinder, die gern solche Filme anschauen?

Was ist der Unterschied zwischen diesen Kindern und Ihnen?

Kaufen Sie Parmesankäse lieber gerieben oder am Stück?

Alarm

Ein Geräusch in meinem Traum, unangenehm und beharrlich, geht solange nicht weg, bis ich aufwache und merke, daß es nicht aus meinem Innern kommt, sondern von draußen. Mein Schlafzimmerfenster steht einen Spalt offen, und was ich höre, läßt keinen Zweifel zu: Es sind Alarmsirenen, die durch die nächtliche Stille brüllen.

Ich stehe auf, benommen, gehe in die Küche hinüber und schaue zum Fenster hinaus auf die Straße. Nichts Außergewöhnliches, kein Widerschein einer Katastrophe am Himmel. Es ist Sonntagmorgen, 4. Dezember, halb drei Uhr. Niemand flüchtet durch die leeren Straßen mit einem Bündel auf dem Rücken, niemand packt fieberhaft sein Auto, nur dieses Geräusch draußen, das sich durchs Quartier fortpflanzt wie das Gebell von Hunden, die sich gegenseitig anstacheln.

Was könnte passiert sein? Der Sihlseestaudamm? Die ersten SS-20 und Pershing II? Ich gehe zum Telefonbuch und suche die Alarmseite, die zweitvorderste, glaube ich, doch da sind nur Dienstnummern und Erläuterungen, Taxauskunft Ausland, Lawinenbulletin, die gebräuchlichsten Zusatzapparate – ach, es muß die zweithinterste Seite sein, richtig, da ist sie, Alarmierung der Bevölkerung in Friedenszeiten, das wäre also jetzt, es ist doch Friedenszeit, Advent sogar, und warum heulen diese üblen Wachhunde von allen Dächern? Es gibt, stelle ich langsam erwachend fest, einen allgemeinen Alarm, der ist es nicht, und es gibt einen Wasseralarm, der ist es auch nicht, und es gibt einen unterbrochenen an- und abschwellenden Heulton von 2 Minuten, das ist der Strahlenalarm, und der ist es.

Jetzt erschrecke ich. Kann das sein, daß es soweit ist? Aber was und wo? Beznau? Ich habe kürzlich etwas über den Zustand der Dampferzeugerrohre gelesen, reines Flickwerk. Doch nicht etwa Gösgen? Oder Frankreich? Fessenheim? Der schnelle Brüter von Malville? Ist die Natriumkühlung in die Luft gegangen? Jedenfalls teilt das Telefonbuch ganz klar mit, was von dieser Warnung zu halten ist: »Gefährdung steht unmittelbar bevor.«

Ich schalte das Radio ein, auch das eine Empfehlung des Telefonbuches. Die Batterien meines Transistors, den ich jetzt in den Keller mitnehmen sollte, sind aus, ich wollte schon längst neue kaufen, ich setze mich ans Zimmerradio. Auf DRS weicher Nachtsound, schläfrig und ungefährdet. Oder ist es auf Zürich beschränkt? Chemieunfall in einem Lagerraum in Kloten? Dann wäre nun die Stunde der Lokalradios da. Radio Z, Radio 24, Radio Zürisee, überall der gleiche musikalische Landregen, aber auch keine Stimme, die einem sagt, es sei alles in Ordnung.

Ich bin Familienvater, meine Frau und die Kinder schlafen (wie nur?), ich will für sie das bestmögliche tun. Ich gehe zum Telefon.

Die Polizei ist besetzt.

Hätten wir Wasser im Keller? Seit Wochen wollte ich neues Mineralwasser holen, in den Harassen stehen nur noch leere Flaschen. Die Decken könnten wir einfach alle unter den Arm nehmen, es ist ja kalt unten. Der Hund? Kommt mit, selbstverständlich, ein Trost für die Buben.

Die Polizei ist besetzt.

Ich bin nicht der einzige, der anfragt. Jetzt haben die Sirenen aufgehört. Aus den Lokalradios regnet es weiter. Keine Meldung. Wachsende Erleichterung. Es kann nichts Ernstes sein, aber dennoch, ich will es selbst hören.

Jetzt bin ich dran. »Hallo«, sage ich, »was ist das für ein Sirenenalarm in Oerlikon?« Und da kommt sie, freundlich und

hilfreich, die frohe Botschaft an die Bevölkerung in Friedenszeiten: »Fehlalarm. Technischer Defekt.« »Das ist ja beruhigend«,
sage ich und hänge auf.

Aber eigentlich bin ich nicht beruhigt. Obwohl sich heraus-
gestellt hat, daß nichts war, kann ich nicht mehr einschlafen. Es
war eben trotzdem etwas. Es war der Auftritt eines Gespensts.
Sein Name: technischer Defekt. Und im Morgengrauen bleibt
das unbehagliche Gefühl zurück, es könnte nur ein Zufall sein,
wo das Gespenst zum nächstenmal erscheint.

Der Aussteiger

Beim Einsteigen in den Trolleybus sehe ich ihn sofort, den Mann, der sich ans Herz greift und keuchend sein Gesicht verzieht. Es geht nicht vorbei, und nach einer Weile beuge ich mich über den Mittelgang zu ihm hinüber und frage ihn, ob er Hilfe brauche. Er wehrt ab, keucht aber weiter. Die Frau, die ihm gegenüber sitzt, hält ihm probeweise ein Aspirin hin, er verneint mit einer Handbewegung. Er riecht stark nach Alkohol, aber es muß das Herz sein, er murmelt das Wort Infarkt. Mühsam dreht er sich in die Fahrtrichtung, sieht, daß er in der Nähe des Ziels ist, erhebt sich, schlurft zur Vordertüre, immer mit der Hand am Herz, und fragt, schon gegen die Türe gerichtet, den Chauffeur etwas, aber der sagt bloß, wir halten nur an den Haltestellen. Jetzt kommt die nächste Haltestelle, der Mann, den ich zwischen 40 und 50 schätze, steigt ganz langsam aus. Offenbar hat er gefragt, ob der Chauffeur weiter vorne anhalten könne, und weder ich noch sonst jemand unter den Fahrgästen ist aufgestanden und hat dem Chauffeur gesagt, daß der Mann in Not ist, sondern wir sind alle sitzen geblieben und haben beim Weiterfahren die Köpfe nach ihm umgedreht, dem Wankenden, der jetzt an einer Hausmauer lehnt und nicht mehr imstande sein wird, die paar Schritte bis zur Arztpraxis zu gehen. Es ging zu schnell, dachte ich hinterher, ich war auch zu spät zu einer Abmachung unterwegs, und ich habe ihm ja Hilfe angeboten, und der Chauffeur, den ich später fragte, warum er keine Ausnahme gemacht habe, sagte, er hätte nicht verstanden, was er gefragt habe, und er habe nach Alkohol gerochen, und die Frau, die ihm die Tabletten hingehalten hatte, sagte hörbar, er wäre nicht der erste, der im Trolleybus stirbt, und so wissen wir alle etwas zu sagen oder zu denken und finden irgendeine Ausrede dafür, daß wir das Selbstverständliche wieder einmal nicht getan haben.

Abschied von Max

Als wir aus dem Aufbahrungsgebäude heraustraten, lag Schnee auf den Zierbäumen, die immer noch rote Blätter trugen.

Max hatte friedlich ausgesehen. Er hatte nichts nachzuholen. Er hatte wirklich gelebt, und jetzt war er wirklich gestorben. Niemand von uns konnte es glauben.

Und jetzt kamen sie von der Bushaltestelle herauf, schwarz auf weiß, wie eine Schriftzeile, die gesetzt wird, und oben im Gang vor der Abdankungshalle standen sie auch schon, die einen in dunklen Kleidern, die andern, aus Trotz fast, in denselben farbigen Jacken, in denen sie mit Max zu Lebzeiten verkehrt hatten. Verstohlen wurden Instrumentenköfferchen mitgetragen, neben die Füße gestellt, irgendwo hinten sah man eine Baßtuba.

Die städtische Trauerkarosse brachte die Familie, die Wartenden bildeten sofort eine Gasse für sie, und dann gingen wir hinein in die Halle, vorn saßen schon seine Freunde vom Trio Grande, Mario, Rico, Hampi, und spielten ein Stück, und Max, ihr Bassist, lag im Sarg hinter ihnen, Pepe Solbach saß für ihn da und spielte mit, auf der Gitarre, aber der Baß fehlte.

Am Sonntag waren sie noch zusammen aufgetreten, keine Woche war es her, und am Montag, dem 11.11., war Max als Pfarrer verkleidet mit Mario als Gemeindeschwester durch die Beizen gezogen, halb predigend, halb handorgelspielend, und am Abend war er mit seiner Guggenmusik unterwegs, und am nächsten Morgen lag er tot in seinem Bett.

Nun waren wir da und merkten langsam, daß es wahr war, und Huldrych, der Pfarrer, machte keine großen Versuche, tröstlich zu sein, er war untröstlich, wie wir alle, und deshalb ertrug man auch, daß überhaupt jemand etwas sagte. Aber die wirkliche Sprache war die Musik. Von seinen Musikerfreunden kam einer nach dem andern nach vorn und spielte noch einmal etwas, für ihn, für sich, für uns. Noch nie habe ich jemanden so leise und fein trommeln gehört wie Joggi, als er Flurin Caviezel begleitete, und Peter Fahrnis Schwyzerörgelisolo war zart, zärtlich sogar, und seine Ländlerkollegen spielten eine von Maxens wenigen Kompositionen mit dem unverwechselbaren Titel »Kabelbrand am Würstlistand«, und die Harlem Ramblers kamen mit einem Blues, und ich dachte, das sind ja lauter weißhaarige Männer. Max war auch weißhaarig, schon lange, aber er war erst 46.

Und dann die Lehrerin von Max, die ein Gedicht über ihn vortrug. Wie froh war ich, daß jemand daran gedacht hatte, ein Gedicht zu schreiben. Max hatte gerne Verse erfunden, Zweizeiler, das war auch ein kleines Ritual zwischen ihm und mir, wenn wir uns sahen, und es war das letzte, was wir zusammen gemacht haben, zwei Tage vor seinem Tod, als er um die Ecke bog, um in sein Haus zu gehen, das neben dem meinen liegt. Ich wischte gerade die Blätter des Kastanienbaums zusammen, und er rief mir zu:

Wenn der Franz die Blätter wischt
weiß ich, daß es Samstag ischt!

Ich konterte mit einem andern Vers, auf den er wieder einen erfand und so weiter, bis er unter seiner Haustür stand und fragte, ob ich oder Ursula den Hasen mitessen kämen, den er auf dem Markt gekauft hatte. Ich mußte am Abend auftreten, Ursula war auch nicht da, und jetzt saßen wir beide in der Abdankungshalle, mit Tränen in den Augen, und mit uns die andern Nachbarn, die dann den Hasen wirklich gegessen hatten, und all die vielen, die mit Max gegessen, getrunken und musiziert hatten.

Das Trio Grande spielte nochmals, sie sangen sogar, tapfer, verzweifelt, obwohl jeder einen Klumpen im Hals haben mußte, sie sangen gegen den Tod, und als Huldrych den Schlußsegen gesprochen hatte, war man dort, wo sonst die Orgel das Ausgangsspiel gemacht hätte – und da donnerte von der Empore herunter die Guggenmusik, mit der Max am letzten Abend noch herumgezogen war, mit einer ohrenbetäubenden, herzzerreißenden Macht, eine gewaltige Auflehnung gegen alles Tötele, und langsam kamen sie von der Empore herunter nach vorn, in Kostümen, geschminkt, und unablässig schmetternd, paukend, kesselnd und trötend wie Weltuntergang, Fegfeuer und Auferstehung zugleich.

Jetzt müsse er eins trinken, sagte Rico nachher, chumm mir gönd is »Reschti«, der Max hockt sicher scho dört.

Das »Reschti«, wo Max so gern und oft war, war reserviert für die »Trauergäste Max«, wie es auf dem Zettel an der Türe hieß, und wenn jemand am frühen Nachmittag draußen vorbeiging, ein Fremder, und diesen Zettel las und hörte, wie das Trio Grande musizierte, wie die Lupa dazu sang und der Marthaler klarinettelte, dann muß er sich gefragt haben, was das wohl für eine Trauerfeier sei.

Es war die traurigste Feier, an die ich mich erinnere, weil sie so fröhlich war, und ich mußte an das andere Original denken, den Dällenbach Kari, der seine Freunde im Testament zur Fröhlichkeit aufgefordert hatte. Max hatte das nicht aufzuschreiben brauchen, wir wußten alle, daß er es am liebsten so gehabt hätte. »Sali Max!« rief plötzlich einer um den andern, als das erste Musikstück im »Reschti« verklungen war. Aber Max war nicht mehr da.

Am Abend mußte ich auftreten, und als ich nachts um ein Uhr wieder zu Hause war und nochmals auf den Balkon trat, hörte ich, wie ein Trommler durch die Baumgartenstraße zog, und da wußte ich, daß einer nochmals ganz Oerlikon wecken mußte, um die unglaubliche Nachricht zu verkünden, daß Max Wynistorf tot ist.

Bedrohte Völker

Auf der linken Seite meines Schreibtisches liegen die Briefe, in welchen ich um Mitarbeit an Büchern und Zeitschriften gebeten werde, oder um Unterstützung bestimmter Vorhaben, Beitritt in ein Patronatskomitee, Unterzeichnung eines Aufrufes oder Ähnliches.

Als ich heute den Brief hervornahm, der dem Text über den Vater gilt, kam darunter ein Schreiben zum Vorschein, das ich vergessen hatte, eine Aufforderung, der »Gesellschaft für bedrohte Völker« beizutreten, welche sich dem Schutz von Eingeborenen widmet, der Erhaltung von Menschengruppen mit eigenartigen Bräuchen, die sich gegen die Entwicklung unserer Zeit sperren, und da habe ich plötzlich gedacht, eigentlich sind meine Eltern auch ein bedrohtes Volk.

»Leben Ihre Eltern noch?« werde ich manchmal gefragt, eine selbstverständliche Frage an einen 44jährigen, und manchmal sage ich den Satz auch selbst als Bejahung, wenn ich nach ihnen gefragt werde, »sie leben beide noch«, und immer erschrecke ich hinterher über dieses »noch«, denn das ist das Wort, das sie bedroht, das Wort, welches das Ende in Aussicht stellt, das Ende des Glücks.

Und sie leben glücklich und zufrieden, wie die Formel heißt, sie genießen ihr Alter, die Pensionierung, sind beide aktiv, meine Mutter spielt Geige in verschiedenen Orchestern und Kammermusikensembles der Region, mein Vater leitet immer noch (noch!) die Theaterkommission seiner Stadt, welche die Gastspiele und Konzerte im Stadttheater auswählt und durchführt, verfaßt dazu eine Theaterzeitung mit einer Einführung zu jedem Stück, ist tätiges Mitglied einer Kirche, mit der ich große Mühe habe (hätte ich wohl mit jeder Kirche), macht Altstadtführungen für Gruppen, welche die Stadt besuchen, schreibt Kolumnen für die auflagestärkste Zeitung des Kantons, bespricht Anlässe für die Zeitung seiner Stadt oder für eines der Lehrerfachblätter. Wenn das Wetter gut ist, gehen sie beide gern in den Jura auf eine Wanderung, braten Cervelats an einem Waldrand, trinken dazu einen Schluck Wein aus Zinnbechern, die mein Vater jeweils mitnimmt, und das tun sie oft – fast immer, wenn ich am Sonntagabend telefoniere, erzählen sie von einem oder mehreren solcher Ausflüge, sagen auch, wie wenig Leute man gewöhnlich antreffe, die derartiges tun, und dann kommt mir dies alles auf einmal vor wie aussterbende Bräuche eines bedrohten Volkes, auch die klassische Theater- und Musikkultur, die sie beide lieben, wird dauernd unterhöhlt und überspült oder angegriffen von anderen Formen, tätlich angegriffen sogar, wie in der Vorstellung von »Anatevka« im Berner Stadttheater, die sie kürzlich besuchten und wo in der Pause Jugendliche eindrangen und Spiegel und Mobiliar des Foyers zerstörten, weil die »Reithalle« für ihren Begriff von Kultur immer noch nicht freigegeben wurde.

Und sie lebten glücklich und zufrieden bis an ihr seliges Ende, so heißt die ganze Formel, und ich muß sagen, daß ich dieses Ende fürchte, daß ich schlecht vorbereitet bin auf den Abschied, ja daß ich ihn mir eigentlich überhaupt nicht vorstellen kann, denn ich habe meine Eltern immer gern gehabt, und irgendwie hoffe ich, wir kämen alle um dieses Ende herum, es würde sich vielleicht, ausnahmsweise, nur ein einzigesmal, eine andere Formel durchsetzen, die doch auch so oft am Ende eines Märchens steht: Und wenn sie nicht gestorben sind, so leben sie heute noch.

Ich glaube, der »Gesellschaft für bedrohte Völker« werde ich beitreten.

Sein Schulweg

Wenn man an dem kleinen Platz steht, der jetzt den Namen Albin Zollingers erhalten soll, und, ringsum schauend, sich überlegt, in welchem der anliegenden Häuser am ehesten ein Schriftsteller gewohnt haben könnte, kommt eigentlich nur eines in Frage: das rötliche Haus mit dem Ladenvorbau, welcher sich im ersten Stock als Terrasse fortsetzt. Nach einem spanischen Balkönchen im zweiten Stock wird die Fassade durch eine stirnrunzelartige Verzierung im Giebelfeld abgeschlossen. Der Ladenvorbau wird heute nicht mehr als Laden benützt, die Türe ist definitiv zu, und die Schaufenster, von denen sie beidseitig eingerahmt ist, werden durch zwei große, feingestickte Vorhänge von innen abgedeckt. Hinter Bauten, deren Bestimmung sich geändert hat, wittert man Geschichte, Veränderung, Leben, deshalb wirken sie auf die meisten Schreibenden so anziehend. Aber vielleicht ist das ein Trugschluß, denn zu Zeiten Albin Zollingers war der Laden sicher noch ein Laden, das Haus auch noch vierzig Jahre jünger und vierzig Jahre normaler, ein gewöhnliches Haus also. Aber doch mit einem Laden. In meiner Vorstellung ist es ein Lebensmittelladen, einer, der mit »Colonialwaren« angeschrieben war, oder noch schöner, eine Bäckerei, und Albin Zollinger wäre jeden Morgen vom Duft des frischen Brotes erwacht. Ich weiß es nicht, ich weiß auch nicht, in welchem Stock Zollinger gewohnt hat, ich weiß überhaupt sehr wenig von Zollinger. Früher, als ich in Uetikon wohnte, habe ich seinen »Pfannenstiel« gelesen, und auch die Gedichte, doch jetzt, wo ich in Oerlikon wohne, habe ich nichts mehr von ihm gelesen, ich habe ein bißchen Angst, ich fände es vielleicht nicht mehr gut.

Aber seinen Schulweg kann ich beschreiben, kurz, wie er war. Er war so kurz, daß Albin Zollinger nach dem ersten Läuten der Schulhausglocke, das man sicher bis in seine Wohnung hörte, zumindest bei offenem Fenster, daß er sich also nach dem ersten Läuten noch auf den Weg machen konnte und immer noch zur Zeit kam. Er trat aus der Haustür, die nicht dieselbe war wie die Ladentür, sondern etwas zurückversetzt auf der einen Seite des Ladens lag, oder liegt, denn sie ist immer noch da, oder vielmehr steht, da es ja eine Türe ist, oder sich befindet, denn eine Türe steht auch nicht eigentlich, sondern sie hängt in den Angeln oder ruht in den Angeln, oder wie soll man das sagen. Gleichgültig, was für ein Verb wir dieser Türe zuordnen, Albin Zollinger macht sie auf und geht schwungvoll die paar Stufen hinunter, die noch davorliegen – ja, schwungvoll, so muß er gewesen sein. Das bekannte Photo von ihm zeigt ihn ja leicht schräg ins gerade Bild hineinragend, wie einer, der nur den Kopf hinhält und gleich weitergeht, mit einer Mappe voll Heften oder Manuskripten unter dem Arm.

Das Plätzchen, auf das er nach dem Aufstoßen des kleinen hölzernen Gartentors kam, kann sich nicht stark verändert haben, im Hintergrund ist ein Neubau sichtbar, und auch unmittelbar zur Rechten, an der Venusstraße, in die er jetzt einbiegen wird, ist die erste Liegenschaft neu, aber andere Häuser stehen schon lang und immer noch, sind zum Teil auch betitelt: »Moosrösli« heißt eines, mit Jahreszahl 1912. »Sunneschy« ein anderes, ohne Jahrgang, dann ein Backsteinhaus im Tessiner Stil, ein Haus mit Veranden, weitere normale Häuser, schätzungsweise aus den zwanziger Jahren, alle mehrstöckig, und in der Mitte des Plätzchens ein Ahorn, der allerdings nach genauer Betrachtung auch erst später eingepflanzt worden sein könnte. Vielleicht stand hier früher eine serbelnde Linde, die irgendeinmal vom Gartenbauamt ersetzt wurde. Der Fußgängerstreifen, der vor Zollingers Haus nach links über die Berninastraße läuft, dürfte damals noch nicht nötig gewesen sein. Auch heute wird er nur selten benutzt. Mein Sohn, der auf seinem Schulweg während eines halben Jahres diesen Platz überqueren mußte, nahm immer mit seinen Kollegen den direkten Weg am Ahorn vorbei, trotz meinen wiederholten und eindringlichen Schilderungen von Kinderunfällen und ihren Folgen.

Aber Albin Zollinger mußte ja nicht nach links, sondern nach rechts, in die Venusstraße, die an dieser Stelle eher ein breiter Fußweg ist als eine Straße. Den schon erwähnten Neubau rechter Hand können wir zwar nochmals erwähnen, übersehen ihn aber und wenden unsern Blick im Weitergehen nach links, was zwar unnatürlich ist, Albin Zollinger hat sicher wie die meisten Leute geradeaus vor sich hingeschaut, eher auf den Boden als in den Himmel, aber wenn er dort einmal den Blick nach links gewendet hat, dann hat er etwa das gesehen, was wir heute noch sehen, nämlich den großen Sportplatz, von den Leuten etwas verharmlosend Spielwiese genannt, es riecht hier mehr nach Leistung als nach Spiel, Rasen in der Mitte, Rennbahn außen herum, hinten alles von der Kugelstoß- bis zur Weitsprung- und Hochsprunganlage, sogar ein Hammerwerfernetz, dazugehörend ein Umkleide- und Gerätehaus, geradezu elegant, mit einer Reihe von Arkaden unten und einem beinahe russischen Zwiebeltürmchen oben, neben dem Haus eine Plastik, ein Gehender, von Franz Fischer, dem Bildhauer aus Oerlikon, der kürzlich in hohem Alter gestorben ist und der Albin Zollinger gut gekannt hat. Schon wegen dieser Plastik, 1937 dorthin gestellt, muß Zollinger manchmal seinen Blick nach links schweifen haben lassen. Was ist jetzt das für eine entsetzliche Form? Aber Vermutungen haben etwas Häßliches (auch grammatikalisch). Ich habe einmal mit meinen beiden Buben versucht, genau dieselbe Haltung einzunehmen wie dieser Gehende, das war nicht leicht.

Als er damals seinen Platz bekam, gab es einen Skandal, denn der Geher war nackt, und alle Lehrer und Lehrerinnen der Schulen in Oerlikon unterschrieben eine Petition an den Stadtrat, in welcher sie die Entfernung der Skulptur verlangten, alle, außer einer Kindergärtnerin und Albin Zollinger.

Der Sportplatz wird hinten abgeschlossen von einer Reihe kleinerer Häuser, die sicher alle schon dastanden, wenn Lehrer Zollinger mit auf den Boden gesenktem Blick zur Schule eilte, und dahinter erhob sich wie heute auch das Gubelschulhaus, dick und gelb, früher waren noch die Schulhäuser die höchsten Häuser. Genau gesagt ist es das Gubel A, das Primarschulhaus, den meisten Kindern gefällt dieser Name, sie empfinden ihn als Einheit und sprechen ihn auch so aus, auf die Frage, wo sie zur Schule gehen, sagen sie, is Gubelaa.

Aber Albin Zollinger unterrichtete seine Abschlußkläßler nicht im Gubelaa, sondern im Ligusterschulhaus, das jetzt bereits zur Rechten auftaucht und das wir nicht übersehen können, auch wenn wir den Blick leicht gesenkt haben wie Lehrer Zollinger mit seiner Mappe voll Heften, es schiebt sich unverdrängbar auch ins engste Blickfeld, eine Kaserne, hier wären Bezeichnungen wie A, B, C angebracht, Liguster geht noch für das kleine Sträßchen, das rechts abzweigt und hinter den Kletterstangen und den niedrigen Barren durchführt, doch der Bau, diese selbstsichere Flucht von gleichmäßigen Fenstern, die aussieht wie ein Übungsobjekt zur zeichnerischen Darstellung der Perspektive, dieser Bau verdient den Namen Liguster nicht. Aber dort muß er hinein, der Lehrer Zollinger, ob ihm der Name paßt oder nicht, er schwenkt also schwungvoll, in der leicht schrägen Haltung, die uns schon von seiner Haustüre her vertraut ist, durch das Schultor in den Schulhof, den seitlichen, denn er greift das Gebäude von der Seite an, nicht vom großen Frontalpausenplatz her, von der Seite, auf der auch die dazugehörige

Ertüchtigungshalle mit den hohen Fenstern steht, und geht nun geraden Schrittes, mit etwas stärker erhobenem Kopf, damit er keine Schüler übersieht, die ihn allenfalls grüßen, auf den Seiteneingang zu, nimmt die kleine Stufe aufwärts mit ähnlichem Schwung, wie er die zu Hause abwärts genommen hat, er hat den Schritt nochmals etwas beschleunigt, weil ihm ein Schüler von innen die Türe hält, oder ist es eine Schülerin, im Halbdunkel kann ich es nicht erkennen, er nimmt dankend die Türfalle in die Hand, nein, er hält die Türe oberhalb des Türgriffes leicht mit der Hand, weil die Schülerin, ja, es ist eine Schülerin, die ihm die Türe hält, weil sie immer noch die Hand an der Türfalle hat, er geht zusammen mit der Schülerin hinein, und während sich die Türe langsam schließt, lesen wir die Inschrift rechts des Einganges, die Lehrer Zollinger vorhin übersehen hat, weil er sich auf die Sache mit der offengehaltenen Tür konzentrieren mußte:

Bekennet Euch allezeit freudig
zum Guten und Schönen!
Aus einem Brief
Jakob Bosshart's (1862–1924)
an unsere Schüler

Jetzt ist die Türe zu, und das zweite Pausenklingeln ertönt. Albin Zollinger (1895–1941) tritt ins Zimmer, öffnet die Mappe und gibt die Aufsätze zurück.

Bulgakows Blick

Wenn Bulgakow aus seinem Haus in Kiew hinausblickt, sieht er auf ein kleines Stücklein Grün, auf dem zwei Holderbüsche wachsen, eine Eberesche mit ihren roten Beeren, einige Thujabäume und eine unglaublich zierliche Akazie, davor ein kleines Rondell mit einem Arrangement von Gartenblumen, in allen Farben leuchtend. Den Horizont bildet die Kuppel eines Backsteinhauses, das einem Theater gleicht, einem, das seine Stücke nie gespielt hat, ein Kastanienbaum verdeckt es allerdings beinahe.

Neben dem Grün auf der andern Straßenseite ein grünlich getünchtes Wohnhaus mit verzierten Fenstern und Dachkänneln, einem Balkon, den ich keinem Volksredner empfehlen würde, und einer Passage, durch die jederzeit Kafkas Landarzt auf die Straße treten könnte, dem falschen Läuten der Nachtglocke folgend.

Die Straße steigt zum Ufer des Dnjepr ab, gekrümmt und steil, und die Pflastersteine sind so verschieden groß, daß man befürchten muß, in eine Spalte zu stürzen.

Das Haus trägt dieselbe Nummer wie das Haus in seinem Roman »Die weiße Garde«, die 13, und lange Zeit gab man auch dem Haus daneben die Nummer 13, damit Menschen, welche Bulgakows Wohnhaus sehen wollten, nicht wußten, welches es nun war, dann wurden die Nummern ganz entfernt, aber manchmal stand plötzlich die 13 wieder da, von Hand gemalt, am richtigen Haus, und kaum stand sie da, wurde sie von der Geheimpolizei wieder überstrichen.

Heute wird das Haus, in dem ich mir also die Familie Turbin

während des verwirrlichen Jahres 1918 vorstelle, renoviert, und Bulgakow schaut als Bronzetafel direkt zur Mauer hinaus, auf einen Haufen Bauschutt und eine Holzwand, die ihn von der Straße trennt, aber nicht von der soeben beschriebenen Aussicht, und in der Tafel steckt, zwischen den Buchstaben seines Vornamens, Michail, ein kleiner, welker Blumenstrauß.

Defekte Geräte

Momentan sind in unserm Haushalt folgende Geräte defekt: das Fernbedienungsgerät für den Fernsehapparat. Bis jetzt hat es einfach niemand in den Elektroladen gebracht, wir fummeln lieber in Kauerstellung im Halbdunkeln an den Programmwahlknöpfen herum, bis wir den richtigen Sender haben.

Der Plattenspieler funktioniert auch nicht mehr. Von einer bestimmten Rille an springt der Tonabnehmer immer wieder zurück. Ob mit dem Gewicht hinten etwas nicht in Ordnung ist? Ein Plattenspieler ist so schwer unter den Arm zu nehmen.

Unser Polaroidapparat bringt nur noch verschwommene Bilder zustande, so ruhig man ihn auch halten mag. Zudem haben die meisten Bilder einen dreieckigen hellen Fleck in der linken unteren Bildhälfte. Aber bei Polaroidapparaten bin ich gar nicht sicher, ob man sie überhaupt reparieren kann, ich wage im Fotogeschäft nicht danach zu fragen. Bei meinem richtigen Fotoapparat zum Beispiel wird der eingebaute Belichtungsmesser, welcher, wie man mir sagte, im wesentlichen aus einer Selenzelle bestehe, nicht mehr repariert, er ist sozusagen aus Altersschwäche gestorben. Seither belichte ich nach Gefühl und bin erstaunlich gut gefahren damit.

Bei der Fahrradpumpe ist es wohl eher so, daß ich irgendetwas falsch mache, als daß sie wirklich defekt ist. Ich weiß nicht, wie Sie vorgehen, aber ich entferne zuerst das Ventilschutzdeckelchen, drehe dann das Ventil ein bißchen auf, schraube nachher das spezielle Aufsatzstück dazu, setze dann die Pumpe mit der Klammer an, und dann kriege ich entweder den Pumpenhebel nicht bis unten oder es zischt so laut neben dem Ventil hinaus, daß ich sofort merke, es geht kein Kubikcentimeter Luft hinein. Ich müßte also die Pumpe auf den Gepäckträger klemmen und ins Velogeschäft fahren und dort fragen, was ich falsch mache. Das empfinde ich aber als Demütigung, deshalb fahre ich lieber mit schlecht aufgepumpten Reifen herum, ärgere mich aber dennoch über das nutzlose Gerät, das ich gekauft habe. Beim Dreigangrad meiner Frau funktioniert der zweite Gang nicht, das Hebelchen gleitet beim geringsten Druck vom dritten in den ersten Gang und umgekehrt. Wenn ich damit hingehen würde, könnte ich auch gleich das Velo meines älteren Sohnes mitnehmen, bei dem der Sattel so locker ist, daß man ihn in jeden beliebigen Winkel verstellen kann. Mir fehlen die notwendigen Schlüssel mit der notwendigen Anzahl Zacken für die Innenkante dieser speziellen Schraube.

Zusätzlich fehlen mir einfach ein paar wirkliche Kenntnisse. Meinem jüngeren Sohn ist die Birne in seiner Lampe zersprungen, und zwar so, daß sie einfach am Hals durchgeborsten ist, ich mußte dann das Gewinde mit einer Spitzzange aus der Fassung drehen, und als ich eine neue Birne einschraubte, blitzte sie hell auf und erlosch gleich wieder. »Da muß ein Kurzschluß drin sein«, habe ich zur Erklärung gesagt, aber erklärt ist damit nichts, denn wie soll ich wissen, wo dieser Kurzschluß steckt und in welcher Erscheinungsform? Diese Lampen sind alle ganz billig und überall zugeschweißt – wer repariert so etwas und zu welchem Stundenlohn, wenn eine neue Lampe 19.50 kostet?

Schlimm ist auch, wenn Wecker, die man noch von Hand aufziehen muß, nicht mehr läuten. Die Blicke der Uhrmacher sind so vernichtend, daß wir uns lieber vom Telefon wecken lassen. Gerade habe ich im Tarifbüchlein gelesen, daß ein Weckruf 30 Rappen kostet; statt mir irgendwo eine 30fränkige Reparatur zu erkämpfen, kann ich mich also 100 Mal zur gewünschten Zeit anrufen lassen.

Unsere Waschmaschine wäscht manchmal unaufhaltsam weiter, und anderemale gibt sie erschöpft in der Mitte des Programms auf, kein Monteur kann sich das erklären, unser elektrischer Summer, mit dem wir von oben die Haustüre öffnen können, versagt auf zehnmal einmal, ein Wackelkontakt also, aber wo, man müßte wirklich einen Elektriker kommen lassen, und wenn die Schreibmaschine manchmal einen Zwischenraum zuviel setzt, nach einer Zahl z. B. oder nach den Buchstaben s und w, muß ich dann tatsächlich zum Schreibmaschinenladen damit? Heute bin ich gegangen, und als ich hinkam, war der Laden liquidiert, und die beiden sympathischen älteren Herren, die mir bisher die kleinsten Mängel meiner Maschine wieder instandgestellt hatten, waren einfach nicht mehr da, und ich blieb eine ganze Weile vor dem leeren Laden stehen mit einer Maschine, die manchmal einen Zwischenraum zuviel setzt, und mit dem Gefühl, nein, mit der Einsicht, mit der ohnmächtigen Einsicht, daß ich in einer Welt voll defekter Geräte lebe, deren wirkliche Pflege es erfordern würde, daß man jeden Tag mehrere Stunden damit verbrächte, sie irgendwohin zu bringen und wieder abzuholen, für sie zu telefonieren, Ersatzteile anzufordern, Leute kommen zu lassen, Rechnungen zu bezahlen und trotzdem unaufhörlich Neuanschaffungen zu machen.

Im Theater

Ich gehe selten ins Theater, aber wenn ich einmal gehe, nehme ich den teuersten Platz. Leute, die selbst beim Theater sind und die, wenn sie in ein anderes Theater gehen, Freibillette verlangen, sind mir zuwider. Nachdem ich den teuersten Platz genommen habe (es hat noch von allen Plätzen), trete ich wieder ins Freie, wo ich einen gesehen habe, der noch mit mir in die Kantonsschule gegangen ist und der jetzt auch Schriftsteller ist und über dessen Aussehen ich mich wundere, er hat einen Bauch und raucht einen Stumpen und ist Privatdozent für Schweizer Literatur seit 1968.

Wir unterhalten uns über den Niedergang der Schweizer Verlage und gehen dann langsam hinein, er verabschiedet sich im Foyer mit Handschlag von mir, was ich seltsam endgültig finde, man kann sich ja ohne weiteres in der Pause wieder begegnen oder am Schluß des Stücks, im allgemeinen Hinausgehen. Gerade wie ich hineingehen will, fällt mir ein, daß ich noch aufs Pissoir könnte, ich gehe also aufs Pissoir, an einem bärtigen Herrn vorbei, der mich mit Namen grüßt und den ich zurückgrüße, ohne mich zu erinnern, woher ich ihn kenne, und als ich endlich im Pissoir bin, steht mein Kantonsschulprivatdozent auch schon vor einer dieser halbhohen Schüsseln. Daß wir uns so schnell wiedersehen, habe ich allerdings nicht geglaubt.

Beim Hineingehen in den Zuschauerraum finde ich mich in derselben Reihe wie ein ehemaliger Dramaturg dieses Hauses, der jetzt beim Radio arbeitet und Theaterberichterstattungen macht. Wahrscheinlich sitzt er auf Freiplätzen.

Ich muß aufstehen und eine kleine Frau in einem roten Kleid

durchlassen, die zu mir sagt, wir haben uns zuletzt in Edmonton gesehen. Das ist schön, das gefällt mir, das ist weitläufig und welthaltig, Edmonton ist in Kanada, dort bin ich einmal aufgetreten, und im Hause dieser kleinen roten Frau habe ich damals übernachtet, die Welt ist groß und klein, wie das Stück, und sitzt vier Plätze neben mir.

Während das Stück beginnt und eine Frau in einem Hotel in Marokko laut vor sich herspricht, überlege ich, wie die Frau aus Kanada heißt. Ich nehme mir vor, es bis zur Pause zu wissen.

Nun kommt eine Szene, in der ein Mann und eine Frau beim Aufstehen miteinander sprechen, und plötzlich schaut eine andere Frau zum Fenster hinein, die aus Marokko. Dann kommt eine lange Szene mit verschiedenen Zimmern, die damit beginnt, daß man ein leeres Zimmer sieht, an das von außen jemand klopft, den man nicht sieht.

Sehr gut.

Jetzt ist mir in den Sinn gekommen, wie die Frau aus Kanada heißt, und ich sehe entspannt den weiteren Szenen zu, die alle in diesen Zimmern spielen.

In der Pause warte ich am Ende der Reihe, bis die Frau aus Kanada, die eigentlich aus Zürich ist, auch am Ende der Reihe ist und sage ihr ihren Namen, sie freut sich, daß ich ihn noch weiß, und ich frage sie, ob wir etwas trinken wollen, aber sie weiß es nicht, sie nimmt die Frage so ernst, wie wenn ich sie gefragt hätte, ob sie eigentlich noch länger mit ihrem Mann zusammenleben wolle. Das frage ich sie etwas später, als sie mir gesagt hat, sie mache etwa das, was die Frau im Stück mache, aber sie ist glücklich. Sie trinkt Henniez und ich Orangensaft. Beides kann man an einem Buffet haben, das in der Pause ins Foyer des Schauspielhauses gefahren wird und sich dort wie ein Triptychon entfaltet. Als wir mit unsern Getränken sorgfältig hinausgehen, ich voran, sie hinter mir her, und ich mich einmal umdrehe, erschrecke ich, weil die Frau im roten Kleid plötzlich sehr groß geworden ist, und dazu noch schwanger. Ich merke dann aber, daß es eine andere Frau in einem ebenfalls roten Kleid ist, die nur zufällig durch das Gedränge an diese Stelle gerückt wurde.

Ein Trompetensignet ruft uns nachher von draußen zurück ins Stück, eine andere Frau, die Bianca heißt und schwarz angezogen ist, habe ich nur begrüßt, ohne ihr solche Fragen zu stellen wie der roten Frau aus Kanada, welche Malerin ist und wieder zum Figürlichen gefunden hat, aber mit modernem Pinselstrich.

Die Frau im Stück gerät zunehmend außer sich und stellt dadurch die andern Figuren, die vorkommen, in Frage.

Nach dem Schlußapplaus, der sehr stark war, vor allem für die Schauspielerin, die die Frau gespielt hatte, ging ich hinaus, ohne auf die kanadische Zürcherin zu warten, und wünschte Bianca, deren gelochtes Parkhausticket ich auf dem Garderobetisch liegen sah, eine gute Heimfahrt, da faßte mich einer am Arm und sagte mir, meine eigene Vorstellung von letzter Woche habe ihm gefallen, ich lasse Bianca fahren und gebe mich dem Lob hin, der, der mich am Arm gefaßt hat, zieht weitere junge Menschen nach sich, die Ähnliches sagen, ich freue mich, sie sagen untereinander, sie gingen jetzt noch an ein Fest, und ich denke, ach wie schön, die sind noch jung, und wenn sie abends um elf zum Theater rauskommen, sind noch Feste im Gang, an die sie einfach gehen können. Halb möchte ich auch an ein solches Fest, und halb möchte ich nach Hause, meine Frau hatte vergessen, daß ich heute abend ins Theater wollte, und war überrascht und enttäuscht zugleich, als ich um sieben Uhr vom Tisch aufstand und mir ein schöneres Hemd suchte. Irgendwie wollte ich ein schönes Hemd anziehen fürs Theater, eins, auf dem Jack Morgan steht.

An der Tramhaltestelle sehe ich wieder den Herrn, der mich gegrüßt hat, ich frage ihn, woher wir uns kennen, und ich merke, daß ich schon am Fernsehen mit ihm zu tun hatte, und mache ihn und seine Frau auf die Schauspielhausfassade aufmerksam, wobei ich nicht weiß, ob sie wirklich diese Fassade anschauen wollten, aber ich fand sie bemerkenswert mit diesem Engel zuoberst, bei dem man das Gefühl hat, es greife von rechts unten eine große Hand nach ihm, die ihn jetzt dann sofort nach hinten hinunterreißt, wie einem das im Theater jederzeit passieren kann, und weil er, der Herr, und seine Frau liebe und freundliche Menschen waren, schauten sie auch auf diese Fassade und fanden ebenfalls, daß das Ding neben dem Engel etwas von einer Hand habe, die nach einem Engel greife.

Auch sie fanden das Stück gut.

Der Sonntagsspaziergang

Es war der letzte Tag im Februar. Ich ging von zu Hause weg und marschierte unter einem schmutzigen Himmel zum Zürichbergwald.

Einmal im Wald, stieg ich so gerade wie möglich aufwärts. Es war noch alles voll Schnee. Wenn man immer nach oben geht, dachte ich, kommt man zuletzt an einen Punkt, von dem aus es nicht weiter hinaufgeht. Diesen Punkt wollte ich erreichen.

Ich trat auf Wurzeln, hielt mich an Bäumen, rutschte auf dem unsicheren Boden aus, überhüpfte kleine Gräben, und immer hörte ich hinter mir die Stadt. Ein Wesen, das gleichmäßig vor sich herschreit.

Plötzlich, in einem Stück niedrigen Tannenwald, ist es sehr ruhig, und ich höre nur noch das Tropfen des schmelzenden Schnees. Es ist ein andächtiger, Ehrfurcht einflößender Raum. Man könnte in den Höllgrotten sein.

Lange Zeit folge ich den Spuren von einem, der auch quer durch den Wald gegangen ist, etwa mit Schuhgröße 44, meine Füße passen nicht ganz in seine Abdrücke, und ich denke, vielleicht treffe ich ihn plötzlich, wie er in einem Tannenwäldchen steht und dem Tropfen des schmelzenden Schnees lauscht, und es ist einer wie ich.

Später erreiche ich die Aufschüttungen, die wie keltische Fluchtburgen aussehen, die aber noch keine zweihundert Jahre alt sind, 1799, so lese ich auf den Schlachtplänen, die als Tafeln aufgestellt sind, 1799 haben die Franzosen mit den Russen um Zürich gekämpft. Das ist ja erstaunlich. Russische Wörter müssen hier zwischen französischen Geschossen durch den Wald geschwirrt sein.

Ein Denkmal, 1899 errichtet, erinnert ebenfalls daran, mit einem langen Gedicht eines N. v. E., schaaren ist noch mit zwei a geschrieben, was mir richtig scheint.

In den Stadtschrei, der wieder stärker wird, mischen sich nun Fasnachtsgeräusche: Guggenmusiken und primitive Trommelrhythmen.

Ich gehe schon eine Weile den Berg hinunter, zuerst den Massena-Weg, so hieß der französische General, dann den Hanslin-Weg, so hieß ein Oberstkorpskommandant, der vor 11 Jahren mit dem Helikopter abstürzte, dann die Hinterbergstraße und die Spyristraße, bis ich zum Haus komme, in dem ich früher gewohnt habe, und an dessen Stelle heute das Studentenfoyer steht. Die Föhre davor ist noch dieselbe, die Häuser ringsum auch. In meinem Kopf kann ich das Gartentor aufmachen, zur alten Türe gehen, das Treppenhaus hochsteigen und in meine knarrende Mansarde gehen, aber nur in meinem Kopf.

In der Stadt unten schaue ich mir das Ende des Fasnachtsumzuges an.

Am besten gefällt mir eine Gruppe von Hexen.

In Deutschland

Heute hatte ich nichts zu tun.

Ich mußte bloß von Frankfurt am Main nach Neuwied am Rhein fahren.

Im Zug setzte sich ein altes Ehepaar sehr umständlich, sie hatten Plätze reserviert, die nun hintereinander statt gegenüber waren, die Frau wußte, daß man die Sitze umdrehen konnte, wußte aber nicht wie, sie blieb stehen, bis der Schaffner kam, der zwar wußte wie, ihnen jedoch gleichzeitig in jovialem Ton andere Plätze anbot, in einem Abteilwagen, falls sie das wollten, ja, das wollten sie, denn sie hatten, wie die Frau wiederholt betonte, zwei Fensterplätze reserviert, zwei. Sie folgten dem Schaffner in das Abteil, und erst als sie später wieder in den Speisewagen gingen, sah ich, daß der Ehemann blind war.

Eine andere Frau fragt den Schaffner schon in Wiesbaden, ob er ihr in Köln den Koffer raustragen könne, nein, sagt der Schaffner, nur bis zur Aussteigeplattform könne er ihn tragen, denn in Köln, so fährt er fröhlich fort, habe er einen Schwerbehinderten, der hat beide Arme ab und ist blind, und dem muß ich beim Aussteigen helfen. Die Frau nickt verständnisvoll, aber beunruhigt.

»Du blöder Hammel!« ruft in Koblenz der Gepäckmann dem Schaffner des Gegenzuges zu, welcher das Zeichen zum Abfahren etwas zu früh gegeben hat, so daß er noch einige Koffer im Laufen in den Gepäckwagen des abfahrenden Zuges werfen muß, oder des ab*gehenden* Zuges, wie es in der Fahrplan- und Lautsprechersprache heißt. Sobald jeweils von fahrplanmäßiger Abfahrt die Rede ist, kann man sicher sein, daß der Fahrplan nicht eingehalten wird.

In Neuwied findet eine Taxichauffeuse das Hotel nicht, muß gewagte Wendemanöver und Rückwärtsfahrten machen, und das am ersten Tag, sagt sie.

Auf der Post, wo ich telefonieren will, gehe ich in die falsche Tür, der Postbeamte ruft mir zu, nein, dort, wo die vier sind! Die vier, das ist ein Plakat von vier gesuchten Terroristen, das an der Kabinentür klebt und dem ich instinktiv ausgewichen bin.

In Frankfurt sind mir die vielen beschädigten Telefonkabinen aufgefallen, man hat schon ein Schild machen lassen, »Wegen mutwilliger Beschädigung geschlossen«, das vorwurfsvoll in jeder zweiten Kabine hängt oder auf den Telefonbüchern aufgestellt ist. Haben Sie auch schon die Goethe-Statue gesehen vor dem Glasberg der Commerzbank und dem der Bank für Gemeinwirtschaft? Angesichts dieser rektangulären Gebirge gibt es fast keine Hoffnung mehr auf einen Trommler, der sie bezwingt, uns bleiben nur die Schluchten dazwischen.

Es ist heiß, ich habe auf dem Plänchen von Neuwied gesehen, daß es ein Freibad gibt, ich nehme meine Badehose und gehe hin. Die Umziehmechanismen sind überall auf andere Art undurchsichtig und qualvoll, deshalb nehme ich an mir fremden Orten immer eine Einzelkabine. Das kennt man hier nicht, man kann nur ein Schloß mieten. Ich tue das und erhalte die Nr. 7, die eigentlich in der Frauengegend liegt, das sei aber schon richtig, sagt mir die Kassiererin ausdrücklich, trotzdem gibt es fragende Blicke, scheint mir, und als ich ans Schwimmbassin trete, sehe ich, daß alle eine Badekappe tragen, das kann kein Zufall sein, und da ich unter keinen Umständen die Szene erleben will, daß mich eine Bademeisterin, die soeben ein paar Kinder zusammengestaucht hat, weil sie einander hineingeschubst haben, also von der will ich nicht rausgeholt werden, deshalb gehe ich zurück zur Kasse und miete eine Kappe, in der ich wahrscheinlich entsetzlich aussehe, aber darauf kann keine Rücksicht genommen werden. Wenn es Unregelmäßigkeiten im Badebetrieb gibt, zu große Ansammlungen oder Rammeleien im Wasser, bläst der Bademeister in eine Trillerpfeife.

Ich schwimme 16 Längen, crawlend, ich bin ein guter Schwimmer, ausdauernd vor allem, trotzdem habe ich immer wieder Angst, ich könnte in einem plötzlichen Schwächeanfall ersaufen wie ein Sack, und ich glaube, für die Bademeister hier wäre lautloses Ersaufen keine Unregelmäßigkeit, nur wildes Umsichspritzen, sie würden mich erst am Abend vom Grund des Beckens heraufschimmern sehen.

Ich habe aber nie einen Schwächeanfall, und so verlasse ich das Freibad nach kurzer Zeit wieder, erhalte für das Schloß und die Badekappe fast mehr Geld heraus, als ich hinterlegt habe, und gehe ins Städtchen zurück.

Am Rhein sehe ich ein Schiff mit einer Schweizer Flagge, sehe auch mit Rührung, daß es selbst hier so etwas wie ein Hafenviertel gibt, mit einigen zweitklassigen Bars, und merke mir für das Nachtessen ein italienisches Restaurant.

Am Abend gehe ich ins Schloßtheater und höre mir ein klassisches Trio an. Als ich, nachdem ich die Eintrittskarte gelöst habe, neben dem Schloßtheater ein bißchen nach hinten gehe, zu den Feuerwehrmagazinen und Ölfässerschuppen, werde ich von einem Wächter zurückgewinkt. »Hier vorne!« ruft er.

Hier vorne ist es weniger schmutzig, am Schloßtheater wurden Fenster aufgemalt, und am Gebäude gegenüber sind noch Schußlöcher, etwas, das man immer seltener sieht im westlichen Teil Deutschlands, eigentlich haben sie schlecht getroffen, die Schützen, man kann ja annehmen, daß sie auf die Fenster gezielt haben. Aber einige müssen doch getroffen haben, sonst müßten in Köln nicht Blinde ohne Arme aussteigen.

»Der Begriff Sonate bezeichnet ein aus mehreren Sätzen bestehendes Instrumentalwerk, dessen erster Satz im allgemeinen in Sonatenform angelegt ist«, lese ich im Programmheft. Ich war schon lange nicht mehr in einem klassischen Konzert, ich hatte vergessen, daß ein Trio, wenn es ein Stück zu Ende gespielt hat, aufsteht und hinausgeht, bevor es das nächste Stück spielt. Die Seitenumdreherin der Pianistin bleibt während dieser Zeit etwas geniert sitzen und fühlt alle Blicke auf sich gerichtet.

Ich saß in der hintersten Reihe, der Zugabe entzog ich mich durch einen Sprung über die Rücklehnen, ich ging sofort in das italienische Restaurant und aß eine Pizza und einen Salat, wobei mir mit großer Freude bewußt wurde, daß ich schon den zweiten Tag kein Fleisch aß. Ich bin nicht Vegetarier, irgendwie glaube ich an die Überlegenheit des Menschen über die Kuh. Trotzdem freute mich der Gedanke, daß ich nun schon zwei Tage ohne Fleisch lebte.

In Bremen

Ich bin für ein paar Tage in Bremen.

Es sind die ersten schönen Frühlingstage, man hat das Gefühl, alle Leute seien draußen.

Gestern habe ich die Turnhosen angezogen und bin den innerstädtischen Lagunen entlanggerannt, die wohl von früheren Befestigungsanlagen übriggeblieben sind und den seltsamen Namen Contrescarpe tragen, oder führen, oder man nennt sie einfach so. Nach einer Weile kam ich zur Weser. Der Fluß ist schmutzigbraun, trotzdem strahlte er eine wunderbare Weite aus. Viele Menschen lagerten sich am Abhang oder spazierten auf der großen Uferaue oder rannten, wie ich, oder fuhren Rad, oder waren mit Hunden und Kindern unterwegs. Liebespaare saßen da, einige schon in Badekleidern.

Vor einem Jahr, bei ähnlich schönem Wetter, explodierte der Reaktor von Tschernobyl. Der Apfelsaft, den ich jetzt trinke, hat, wie ich heute in der Zeitung las, 33 Becquerel. Ich wußte es und habe trotzdem kein Mineralwasser bestellt.

Die Pizzeria, in der ich vorgestern zu Mittag gegessen hatte, ist gestern Nacht ausgebrannt, im anliegenden Hotel sind drei Menschen am giftigen Rauch erstickt, das Hotelier-Ehepaar und die Frau des Portiers.

Walther Kauer, der Schriftsteller, ist tödlich verunglückt, habe ich auch in der Zeitung gelesen, mit dem Motorrad. Er tut mir leid, ich habe ihn gekannt, nicht ein Freund, aber ich habe ihn gekannt, er war ein lebendiger, neugieriger, gesprächiger Mensch, auf dem Gurten haben wir zum letztenmal miteinander gesprochen, beim Folk-Festival.

Emil Staiger ist gestorben, der Literaturprofessor. Vor 24 Jahren habe ich seine Vorlesungen besucht, man mußte Platzkarten lösen, wenn man seinen Ausführungen über das Schöne folgen wollte. Im ersten Semester habe ich meine Frau kennengelernt, von der heute ein Brief im Schlüsselfach des Hotels lag. Heute muß auch mein Brief an sie angekommen sein, in dem ich ihr geschrieben habe, wie ungern ich wegfuhr. Ich gehe schon lang nicht mehr gern fort, ich habe immer Heimweh.

Eine Arbeit über das nationalsozialistische Sondergericht in Bremen ist erschienen. 55 Menschen wurden in dieser fröhlichen, fleißigen Stadt mit dem adretten Spielzeughäuseraltstädtchen zum Tode verurteilt, z. B. wegen Diebstahls zweier Packungen Zigaretten oder eines Keilriemens.

Ein sechzehnjähriger, leicht debiler Zwangsarbeiter namens Walerjan Wrobel, der an Heimweh litt, wurde als Volksschädling hingerichtet, jemand hatte seinen Abschiedsbrief, den man ihm nicht zugestand, aus dem Gefängnis geschmuggelt. Er lautete: »Liebe Mami und lieber Papi, Bruder und Schwesterchen. Letzte Worte. Walerjan Wrobel.«

Was für Menschen konnten solche Urteile sprechen? Was für Menschen konnten sie ausführen? Was ist das für eine Zeitung heute? Und was für ein anhaltend schönes Wetter?

Der Hauptbahnhof steht verheißungsvoll da, eine Moschee von Abschied und Ankunft.

Papstbriefmarken gibt es nebenan, sagt der Beamte am Postschalter.

Heute abend kommt er in Deutschland an, der Papst. Morgen abend kann ich wieder nach Hause.

Wenn es nur regnen würde.

Nocturne

Heute nacht fanden unglaubliche Veranstaltungen für mich statt. Zuerst war ich in einem Hotel, dessen Hinterseite direkt auf das Schloß Chillon am Genfersee hinausging, und als ich aus dem Fenster meines Hotelzimmers blickte, sah und hörte ich im Schloß barock angezogene Musiker Menuette spielen. Das Hotelzimmer war aber schäbig, der Belag an den Mauern hatte Blasen, die zum Teil schon aufgesprungen waren, auch blieb kaum Platz, sich außerhalb des Bettes zu bewegen, und das Zimmer meiner Söhne, das man erst durch dunkle Gänge erreichte, war ein Schlauch mit einem winzigen Fensterlein, welches auf eine finstere Gasse hinausging, so daß man nur bei künstlichem Licht im Bett lesen konnte, also verließen wir das Hotel wieder.

Wenig später lag ich auf dem Rasen eines Fußballstadions, kurz bevor die Verlängerung des Cupfinals Grasshoppers – Servette begann. Ein Servette-Spieler in einem violetten Leibchen kam zu mir, ich wünschte ihm liegend viel Glück, da kam auch ein Grasshoppers-Spieler zu mir, und ich dachte, wenn ich schon in Zürich wohne, müßte ich eigentlich für Grasshoppers sein und wünschte ihm ebenfalls viel Glück. Ich fügte väterlich bei, wer etwas mehr Glück habe, werde das entscheidende Tor schießen, und die andern sollen es einfach nicht zu schwer nehmen, worauf beide voller Einverständnis nickten. Ich verließ dann das Spielfeld, und mit mir auch ein kleiner älterer Mann mit Bart, der ein Kind an der Hand führte. Der Mann, da war ich fast sicher, der Mann war der ehemalige internationale Schweizer Schiedsrichter Scheurer, obwohl ich ihn größer und hagerer in Erinnerung hatte.

Hinter dem Spielfeld lag dann ein schönes Hotel, in dessen Eingangshalle ich einen weißen Fußball mit schwarzen Tupfen hervornahm und etwas herumdribbelte damit, bis er mir in einen Gang entwischte. Ich ging ihm nach und schaute in das eine oder andere Zimmer hinein, fand aber den Ball nicht mehr.

Es kamen nun vom Ende des Ganges her eine Anzahl spanischer Dienstmädchen auf mich zu, und ich drehte mich um, um wieder die Hotelhalle zu erreichen. Das erste der Dienstmädchen, die in einer ballettähnlichen Formation daherkamen, ging ganz dicht hinter mir her und faßte mich an den Hüften dazu. Vom Gang zum Entrée führte ein kleines Leitertreppchen hinunter, dessen unterste Stufen fehlten, so daß ich einen sehr langen Schritt machen mußte, der schon fast ein Sprung war, und das spanische Dienstmädchen, die Hände immer an meinen Hüften, vollzog diesen Schritt mühelos mit und landete ebenso sicher wie ich, Fuß hinter Fuß mit mir, in der Mitte der Empfangshalle.

Als ich aus dem Hotel heraustrat und das Stadion suchte, war dieses inzwischen von dichten Baumbeständen verdeckt, die sich den Abhang hinunter zum Spielfeld zogen, es lag sogar ein kleines Tälchen zwischen mir und dem Stadion, und man konnte bloß hören, wie das Publikum auf den Spielverlauf reagierte, ein ganz kleines bißchen sah man vom einen Tor, aber dort spielte sich gerade nichts ab.

So konnte ich in aller Ruhe einen Film ansehen, der über die Rhätischen Bahnen gedreht worden war, und in dem man zuerst zu einem Waggonfenster hineinsah, wo zwei Kondukteure nebeneinander in einem Coupé saßen. Das Bänklein gegenüber, wo nochmals zwei Personen Platz fanden, war wegen des Blickwinkels nicht sichtbar, aber ich wußte plötzlich wieder, daß ich während der Aufnahmen mit meinem jüngeren Sohn dort gesessen hatte.

Das alles wurde heute Nacht für mich inszeniert, von mir selbst offenbar, vom schattenhaften Teil meiner selbst, und ich frage mich, was er damit im Sinn hat, dieser Teil, der Aufwand ist rührend, großartig und unverständlich. Schloßkonzerte, Cupfinals und Filme finden statt, altinternationale Schiedsrichter und spanische Dienstmädchen treten auf und ab.

Manchmal stelle ich mir mein Schattenhaftes wie ein Kind vor, das nachts durch die riesengroße Requisitenkammer der Welt streift, unbefugt und unbeaufsichtigt, und zufällig herausgreift, was ihm gerade gefällt und es dann rasch wieder zurückstellt und zum nächsten geht, und ich lasse mich von ihm an der Hand durch diesen nächtlichen Fundus von Realität ziehen, und es zeigt mir eine Realität, die nicht die meine ist, eigentlich müßte es wissen, daß mich Cupfinals nicht interessieren und auch Schloßkonzerte nicht, und einen Film über die Rhätischen Bahnen würde ich mir nur unter Zwang ansehen, unsere Zeit hat wahrlich andere Probleme, aber ich muß durch all das durch, ob ich will oder nicht, und ich kann froh sein, daß ich mich nicht aus einem Foltergefängnis an einem Seil über ein abgrundtiefes Tal hangeln muß wie ein paar Nächte zuvor, sondern daß ich hinter Bäumen die Reste eines Fußballspiels sehe, und plötzlich frage ich mich, mit welchem Kind der altinternationale Schiedsrichter Scheurer vom Platz ging, ob er es zog, oder ob er von ihm gezogen wurde, und ob es vielleicht auch sein Schattenkind war, das ihn durch seine Träume zieht, und ob er vielleicht heute Nacht mir begegnet ist am Rand eines Spielfelds und sich am Morgen gefragt hat, was das soll, daß er von mir geträumt hat, und wenn das so wäre, würde ich Herrn Scheurer, in Verständnislosigkeit vereint, grüßen und ihm sagen, es verbindet uns etwas, Herr Scheurer, Sie und mich, und das ist das Kind, das Sie nachts vom Spielfeld zieht in eine andere Welt, und das vielleicht dasselbe ist wie das Kind, das mich nachts auf das Spielfeld zieht, in eine andere Welt, denn wenn wir am Leben bleiben wollen, Sie und ich, dann brauchen wir dringend andere Welten, wo wir nicht zu Hause sind, wo man uns nicht kennt und wo wir nichts verstehen, denn sonst kommt uns das Wundern abhanden und das Staunen, und das ist das, was unsere Schattenkinder noch haben, und deshalb kommen sie jede Nacht wieder von neuem und nehmen uns an der Hand und ziehen uns hinter sich her.

Die wilde Jagd am Oberalp

Erschien sie früher ab und zu bei Mitternacht und Vollmond einem Sennen, der darob zu Tod erschrak, so ist sie seit dem Anbruch der neuen Zeit an jedem schönen Sonntag im Sommer zu sehen.

Die unruhigsten Seelen aus dem Unterland tauchen bereits mit dem ersten Sonnenstrahl auf der Paßstraße auf. Gebannt sitzen sie am Steuer ihres Wagens, während sie von einer dunklen Macht, welche sie nachts schon aus den Betten getrieben hat, unaufhaltsam aufwärts geschoben werden, um nach der Überquerung der Paßhöhe donnernd in die Tiefe zu stürzen. Wer die bleichen Gesichter hinter den Frontfenstern gesehen hat, den gequälten Ausdruck des Fahrers oder den glanzlosen Blick seiner Beifahrerin, der weiß, daß sie diese Fahrt nicht aus freiem Willen unternehmen, sondern daß sie einem Zwang gehorchen. Besonders bedauernswürdig sind die Unseligen, die in einem Autobus zusammengepfercht der Höhe entgegenstreben und durch grünliche Scheiben verzweifelte Blicke auf die weidenden Kühe werfen, denen es vergönnt ist, am selben Ort zu bleiben oder gemächlich ein Bein vors andere zu setzen, während *ihr* Los sie weiterschickt, dem nächsten Paß entgegen.

Und zwischen den Paßfahrern auf vier Rädern preschen die Zweirädrigen, bis zur Unkenntlichkeit vermummt in schwarzem Lederzeug, welches sie so grauenhaft zusammenschnürt, daß sie, wie Einheimische schaudernd erzählen, nach einem Sturz selbst mit gebrochenem Fuß noch gehen können. Sie sind zum steten Todesmut verflucht, der sie zur Vorfahrt in unübersichtlichen Kurven auf die Gegenseite jagt, von der sie nur mit größter Not zurückschwenken können, den Überholten zu jähem Bremsen zwingend. Wo sie fahren, fahren Angst und Schrecken mit, meistens reisen ganze Kolonnen von Dunkelgewandeten zusammen, und häufig hockt ein Weib auf ihrem Hintersitz, das sie voll Lust und Ohnmacht mit ihren schwarzen Armen umklammert. Rufen sie sich untereinander mit rauhen Stimmen etwas zu, sind das die einzigen Geräusche, die sich vom großen, tiefen Brummton der Paßprozession abheben.

Die unglücklichsten jedoch arbeiten sich keuchend und mit gekrümmten Rücken auf Leichtstahlfahrrädern empor. Die Qual des Aufstiegs versuchen sie mit bunter Kleidung zu vertuschen, aber wenn sie am Brunnen von Tschamut vom Sattel taumeln und mit verzerrten Mündern ihre Isostarflaschen auffüllen, dann wird es deutlich, daß sie nicht hier oben sind, weil sie wollen, sondern weil sie müssen. Auch wenn sie sirrend talwärts sausen, dabei das Tempo der Autos überbieten, mit Geschicklichkeit auch Busse überholen, hört man keinen Jauchzer, sondern es steht ihnen eine Strenge im Antlitz, die einen etwas ahnen läßt von der geheimen Gewalt, die ihren Lenker führt.

Ein Bleiben gibt es nicht. Darüber täuschen auch diejenigen nicht hinweg, die auf einer alten Ausweichstelle in abgetretenem Gras ein Picknick einnehmen und, auf Klappstühlen sitzend, Getränke aus Thermosflaschen schlürfen, denn ihre Augen machen von der Schönheit der Landschaft keinen Gebrauch, sondern sind stier auf den Verkehr gerichtet, den Leidensgenossen zugewandt, dem Schicksal Straße nicht entrinnend. Auch die Rast auf der Paßhöhe ist von Ruhelosigkeit geprägt. Wohl werden auf den Restaurantterrassen Speisen aufgetischt und große Coupes herangetragen, doch öfters wird die Formel »chanigradzale« gemurmelt, und die Gespräche der dickleibigen Männer in blauen Unterleibchen, die sich schwitzend über einen Schüblig hermachen, sind nicht frei und leicht und sonntagsfrisch, sondern kreisen in fataler Weise um das Gefährt ihrer Verdammnis. Die Frauen sitzen dumpf und dick daneben und schreiben Ansichtskarten an die Hinterbliebenen.

Erst wenn die Sonne untergeht, verschwindet allmählich auch der Spuk, der letzte Satteltaschenvelofahrer erkennt auf seiner Karte, die er vor die Lenkstange geklemmt hat, daß er die Höhe heute nicht mehr schafft und sucht Zuflucht im Massenlager der »Rheinquelle«, der eine oder andere Automobilist flieht noch seinen Scheinwerfern nach in Richtung Tiefland, der Blei- und Schwefelrauch, in den der ganze Zug sich hüllte, löst sich auf, die Luft wird sternenklar, und am Oberalp kehrt wieder die große Ruhe der Nacht ein, in welcher nichts mehr zu hören ist als das majestätische Dröhnen der Heutrocknungsanlagen und das plötzliche Verstummen der Bergbäche, die einer nach dem andern von den Fassungen des Curnerastollens verschluckt werden.

Ivo

Früher hießen sie Giovanni, die flinken Kellner mit den fröhlichen Augen, oder die Hilfsarbeiter, die von den Baugerüsten herunter den Mädchen nachpfiffen.

Heute heißen sie Ivo und sind bei den Giovannis angestellt, die inzwischen die Pizzerias und die Bauunternehmungen übernommen haben.

Der letzte Ivo, den ich kennenlernte, ist Chauffeur bei einer Tapetenfirma, und samstags fährt er Taxi. Seit zehn Jahren ist er mit seiner Familie in der Schweiz. Er hat vier Kinder, das jüngste sieben, das älteste zwölf. Er war fleißig und hat sich eine Eigentumswohnung kaufen können. Nächstes Jahr hofft er, das schweizerische Bürgerrecht zu bekommen. Aber vor zwei Monaten hat er seine ganze Familie nach Jugoslawien zurückgeschickt, ins Dorf, aus dem er herkommt.

Warum, frage ich ihn. Sind die Kinder in der Schule nicht gut genug, haben sie Schwierigkeiten mit der Sprache? Nein, sie sprechen so gut Schweizerdeutsch, daß man keinen Unterschied merkt zu den Zürcher Kindern, doch die Jungen in Zürich, sagt er, nehmen Drogen und gehen in die Discos und gehorchen ihren Eltern nicht. Was der Vater sagt, geht zu einem Ohr rein, zum andern raus. Darum, hat er entschieden, sollen sie zurück nach Jugoslawien, ins Dorf.

Und er? Er wird die Familie nur noch einmal im Jahr sehen. Aber er bleibt. Er will genügend Geld verdienen und nach Hause schicken, er will seine Wohnung hier abbezahlen, er will Schweizer werden. Doch die Wohnung ist zu groß für ihn, er muß alles selber machen, er muß kochen, waschen, putzen, und er ist ganz allein, und er hat keinen Appetit mehr, und er hat begonnen zu rauchen, nicht viel, am Morgen eine, am Mittag eine, am Abend eine, weil seit Familie weg ist, ich bin immer nervees und traurig ganzer Tag lang.

Ein Film

Die junge Schauspielerin hat mir gut gefallen.

Sie erinnert mich an eine junge Schauspielerin hier, die aber im Moment keine Rollen kriegt.

Sie erinnert mich auch an Rita Tushingham. Die ist inzwischen nicht mehr jung. Das erinnert mich daran, daß ich auch nicht mehr jung bin. Ich möchte gerne Rita Tushingham jetzt sehen, aus Neugier, wie sie sich verändert hat. Aber ich kenne keine neuen Filme, in denen sie mitspielt. Wäre ich Filmproduzent, ich würde unablässig Filme drehen, in denen Rita Tushingham älter wird.

In Japan soll es einen Berg geben, auf den die alten Menschen gehen, um zu sterben.

Ich denke manchmal, es sollte bei uns einen Hügel geben, auf den die Leute gehen können, um darüber zu weinen, daß sie älter werden. Dort träfe man andere Menschen mit dem gleichen einen Kummer, und vielleicht würde man den Hügel getrost und fröhlich wieder hinuntergehen.

Und die Alten. Vorgestern hat mir einer im Zug erzählt, wie er anfangs der dreißiger Jahre Haselstecken geschnitten habe, für einen Skistockhersteller, 5 Rappen das Stück, und später als Holzfäller ging, vor dem Krieg, für 18 Franken die Woche. Jetzt fährt er 1. Klasse und ist mit einem Schwarzdornstock unterwegs, den er sich selbst zugehauen hat, 71 Chnuppen, also abgeschnittene Dornen, und sein Sohn hat einen mit 140, und sein Vater ist von einer Tanne erschlagen worden, als er 70 war. Jetzt fährt er nach Baden, um dem Fluß entlang zu wandern.

Mein Vater, den ich an diesem Tag besuchte, ist 74 und wohlauf, er fällt auch keine Bäume.

Der Vater im russischen Film hat seinem zukünftigen Schwiegersohn mit einem langen Messer einen Stich in den Bauch versetzt, weil er so ekelhaft zu ihm war. Ich habe den Vater verstanden, auch das wohl ein Zeichen, daß ich mich seiner Generation nähere.

Daß die alten Aktivdienstsoldaten zu Gedenktagen für den Kriegsausbruch eingeladen werden, macht mir nicht viel aus, obwohl man eigentlich dagegen sein sollte.

Im Tram saß hinter mir ein Paar, und die Frau machte dem Mann Vorwürfe, daß er sich in den Finger beiße. Er sagte, er beiße nur, wenn es ihn jucke. Sie sagte, das sollte er eben nicht tun. Er sagte, das tue er oft. Die zwei waren ganz jung.

Etwas vor mir saß eine junge Frau, die die Haare mit einem Band kühn hinten hochgestapelt hatte. Ihr Begleiter war ein Mann mit einem blonden Roßschwanz, und sie lachte so unternehmungslustig wie die junge Schauspielerin im russischen Film. Aber der Film nahm kein gutes Ende. Am Schluß eines russischen Films heißt es nicht einfach »Ende«, sondern »Ende des Films«, damit man ganz sicher ist, was man gesehen hat.

Ich war ganz sicher, daß ich einen russischen Film gesehen hatte, ich ging dann noch durchs Niederdorf und wunderte mich über die unendlich vielen Zauberer, Marionettenspieler, Straßensänger und Schmuckverkäufer.

Ende des Films.

Eine Liebesgeschichte

Man dürfe nicht einfach sagen, die Deutschen hätten hier gewütet, sagt die 70jährige Frau in Kiew, sondern die deutschen Faschisten. Es habe nämlich auch andere gegeben.

Und sie erzählt die Geschichte von Sonja. Sie sei das schönste Mädchen der Schule gewesen, so schön sei sie gewesen, daß die Jungen am Morgen vor dem Eingang gewartet hätten, nur um sie hineingehen zu sehen. Sie sei Jüdin gewesen, und als die Nazis gekommen seien, habe sie für sie übersetzen müssen. Während dieser Zeit habe sich ein deutscher Soldat in sie verliebt, und sie habe sich auch in ihn verliebt. Als dann nach und nach die jüdische Bevölkerung ausgerottet wurde, zuerst die Alten, dann die Kinder, dann die mittlere Generation, sei die Reihe auch an sie gekommen, und es wurde der Befehl erteilt, sie umzubringen. Da habe der Soldat seinen Vorgesetzten gefragt, ob er das tun dürfe. Das sei ihm zugestanden worden. Er sei dann mit ihr auf einen Liebesspaziergang in den Wald gegangen, habe sie dort von hinten erschossen und habe gleich darauf auch sich selbst getötet und sei neben ihr hingefallen, und so habe man die beiden am Tag darauf gefunden.

Kostroma

Eine kleine russische Stadt, so groß vielleicht wie Zürich, inmitten von Birkenwäldern, in denen Bären und Elche wohnen.
Hier hat, das weiß man im Ort erst seit kurzem, Solschenizyn
ein paar Jahre an der Militärakademie verbracht, und ein Schriftsteller erzählt uns, Solschenizyn sei 1965 nochmals in die Stadt
gekommen, in einem langen Filzmantel, habe sich im Theater
ein Stück angeschaut und habe eins von sich angeboten, das aber
nicht angenommen worden sei.

Mit dem Schriftsteller ist ein Maler und seine Freundin, die
so jung und schlank und schwarzhaarig ist wie eine Mädchen-
figur aus einem Tschechow-Stück, und der Maler lädt uns nachher zu sich ein, und fünf von unserer Gruppe gehen mit, durch
schlecht beleuchtete Straßen hinunter zum Ufer der Wolga, auf
der wir heute mit dem Schiff fuhren, und dort in ein älteres
Holzhaus, um das wir herumgehen, zum Kellereingang, wo das
Atelier des jungen Malers ist, Walerii heißt er, wir treten ein, die
Türe ist nicht für Menschen meiner Größe gedacht, zwei winzige Räume, einer davon früher eine Küche, im zweiten Raum
sitzt der zweite Maler, er heißt auch Walerii und teilt die Räume
mit dem ersten Walerii, dieser zeigt uns ein paar Bilder, Portraits
vor allem, und dann, im Atelierraum, wo es kein Licht gibt, das
Bild auf der Staffelei, er entflammt ein Streichholz, und Christus
blickt uns an, mit drei kleinen Tänzern auf seinem Gürtel,
von denen jeder mit einer Taube spielt. Die Taube, sagt Walerii,
sei das Glück, und das Bild heiße »Rußland gestern, heute, morgen«. Das Streichholz erlischt.

Der Raum, in dem wir zusammen sitzen, ist kaum groß genug

für alle, der zweite Walerii dreht ein Fernsehgerät ab, auf welchem ein paar verschwommene Schatten Fußball spielen, wir pressen uns zu viert auf ein Sofa, dann gibt es noch ein Bänklein und einen Stuhl, und Walerii steht im Türrahmen und will, daß der zweite Walerii Gedichte rezitiert. Von ihm haben wir unerbittliche Apparatschik-Portraits gesehen, von Getreide-Selektionären des Agronomie-Instituts, welche für die Wahl der Sorten verantwortlich seien und somit auch dafür, daß das Brot knapp werde, und diese Bilder, die er nach Fotos gemalt hat, will er dem Institut verkaufen. Er ist 23 und hat eben erst, wie sein Freund auch, die Kunst-Akademie in Kostroma abgeschlossen.

Nun rezitiert er ein Gedicht von Jessenin, in eindringlichem Tonfall, es wurde in den zwanziger Jahren geschrieben und schildert den Zerfall des Landes, und Musa, unsere Ukraine-Schweizerin, die uns übersetzt, wundert sich, daß das Gedicht nicht von heute ist. Walerii spricht auswendig, wie vor zwei Tagen unser Buschauffeur, der, als wir im Bus im Regen warteten, bis jemand Brote besorgt hatte, plötzlich sagte, weil wir Schriftsteller seien, möchte er uns ein Gedicht von Jessenin vortragen, der aus Rjasan gekommen sei, derselben Gegend wie er, der Buschauffeur. Jessenin hat sich mit 30 Jahren umgebracht, ich werde ihn, sobald ich zu Hause bin, lesen.

Dann rezitiert Walerii ein eigenes Gedicht, in dem er eine normale, versoffene Umgebung beschreibt, während er, der Dichter, in Gedanken versunken im Kerzenlicht sitzt und Besuch erhält von Shakespeares Julia und von Lermontows Tamara, oder heißt sie Larissa, oder Natalja, jedenfalls stelle ich sie mir so vor wie das Mädchen aus den »Drei Schwestern« in der Sofaecke, ich frage, ob jemand Lermontows Übersetzung von Goethes »Über allen Gipfeln ist Ruh« kenne, ich spreche das Original, sage dabei in der letzten Zeile »auch du« statt »du auch«, und die Freundin des zweiten Walerii, ein bleiches, blondes Mädchen aus

Kasachstan, trägt nun die Übersetzung vor, sie hat sie im Kopf, und im Herz, und ich frage, ob es wahr sei, daß eine Zeile davon auf russisch heiße »Die Straße staubt nicht«, und sie nicken, und ich freue mich, das habe ich vor 27 Jahren, als noch keiner dieser jungen Menschen auf der Welt war, in einem Vortrag von Sigismund von Radecki über das Übersetzen gehört und nie vergessen.

Nun bitten sie den ersten Walerii, zu singen, und er holt eine Gitarre, setzt sich auf einen umgekehrten Eimer und singt, leidenschaftlich und kühn, ein Lied vom früh verstorbenen Vissotzky, dann ein eigenes, fröhliches Liebeslied, bei dem er in die Sofaecke schaut, und schließlich eines, das sie als Soldaten immer gesungen hätten, und das gar nichts mit einem Marschoder Scherzlied zu tun hat, sondern eine Episode aus einem sibirischen Lager beschreibt, wie einer am Boden einen Zigarettenstummel mit Lippenstiftabdrücken erblickt, sich darauf stürzt, ihn aber im Getümmel mit den andern, die sich auch darauf stürzen, und in der Schlägerei mit den Wärtern verliert, dann darum spielt und alles verliert, was er hat, sogar seine Jacke, und jetzt im Lagerkerker sitzt und frierend an die Frau denkt, zwischen deren Lippen die Zigarette war.

Sie erzählen von der Härte des Militärdienstes, den sie beide absolviert haben, es sei schlimmer als Sibirien, deshalb hätten sie dieses Lied so gern gesungen. Den Autor können sie nicht nennen. Darauf trage ich ihnen mein Gedicht über Andrej Kirsanow vor, den Afghanistan-Soldaten mit den weggeschossenen Beinen, der von seltenen Blumen träumt, die er züchten möchte, als Zeichen einer neuen Zeit, und so reichen wir uns unsere Gedichte und Lieder hin und her, und als die bleiche Kasachstanerin sagt, heute morgen hätten sie etwas zu essen gesucht und nichts gefunden, und da habe sie gedacht, bald fressen wir uns selber auf, und auf dem Tisch ist nichts zu sehen als etwas Brot, da kommt mir in den Sinn, was als Motto auf der Einladung zu einem literarischen Abend stand, der während des Krieges im Warschauer Ghetto von jiddischen Autoren veranstaltet wurde:

More than bread
Poetry is necessary at times
When there's no need for it at all …

Das hat ein Pole gesagt damals, und jetzt sitzen wir mit den Russen zusammen in Kostroma, und in Zeiten, wo es dem Volk schlecht geht, geht es vielen Künstlern noch schlechter, sie zeigen uns ein Buch über den ungewöhnlichen Maler Popkow, den sie verehren, er wurde in der Breschnew-Zeit ermordet, und als der zweite Walerii ein Gedicht spricht, das er über den Herbst geschrieben hat, laufen dem Tschechow-Mädchen in der Sofaecke die Tränen übers Gesicht, warum weinst du, fragt Musa, ach, sagt sie, jetzt kommt der Herbst, und es wird kalt, und auf dem Weg zurück beginnt auch sie Gedichte herzusagen, die sie geschrieben hat, und auch das bleiche blonde Mädchen schreibt Gedichte, und auf einmal weiß ich wieder, daß alle Gedichte schreiben, wenn sie jung sind, doch dann kommt das Leben, and bread is necessary, und auf einmal können wir es nicht mehr, und dann kommt der Herbst, und es wird kalt.

Noch eine Liebesgeschichte

Kürzlich wurden in den Ötztaler Alpen die Leichen eines Paares gefunden, das vor 25 Jahren nicht mehr von einer Bergtour zurückgekehrt war.

Die beiden sind damals in eine Gletscherspalte gefallen, und offenbar hörte niemand ihre Hilferufe. Wohl um sich möglichst lange gegen die Kälte und gegen die Verzweiflung zu wehren, umschlangen sie einander, bis sie starben, und so wurden sie nun wieder gefunden. Das Eis hatte sie derart gut erhalten, daß man ihre Gesichtszüge mühelos erkennen konnte, und auch ihre Pässe waren immer noch lesbar. 30 und 28 Jahre waren sie, als sie ums Leben kamen, und ihre Tochter war damals ein halbes Jahr alt und hat jetzt ihre Eltern zum erstenmal wirklich gesehen, zwei junge Leute, wenig älter als sie selbst. Kafka hießen sie und seien weitläufig mit Franz Kafka verwandt gewesen, lese ich am Schluß des Berichtes in der Boulevardzeitung, und es kommt mir nicht nur Johann Peter Hebels Erzählung »Unverhofftes Wiedersehen« in den Sinn, sondern auch, daß Kafka einmal gesagt hat, Franz Kafka also, dies sei die schönste Erzählung, die er überhaupt kenne.

Defilée

Der Zug nach Oerlikon ist so heiß, daß ich gleich wieder aussteige, kaum habe ich meinen Platz belegt. Ich setze mich auf ein Perronbänklein, es dauert sowieso noch fast eine Viertelstunde bis zur Abfahrt. Offenbar sind die Wagen vorher stundenlang in der Sonne gestanden.

Jetzt fährt der Pendelzug ein, der an die heißen Wagen gekoppelt wird, und entläßt seine Passagiere. Den ersten, die mit schnellen Schritten daherkommen, sieht man die Verärgerung darüber an, daß sie so weit hinten aussteigen mußten, vielleicht wollen sie in der letzten Ladenstunde des Samstagnachmittags noch etwas einkaufen, aber dann folgt in gelassener Formation der Haupttharst, Tamilen mit betont langsamen Bewegungen, ein afrikanisches Paar, sie mit unglaublich kurzem Rock, und er mit einer Kopfbedeckung, die auf französisch wohl »le képi« heißen würde, ein paar junge Italiener der zweiten Generation, alle etwas zu groß und etwas zu dick, mit Spaghetti und Mutterliebe durchgefüttert, ein hochgewachsener Fremdländer mit Sonnenbrille und Kraushaar und einem Aktenkoffer, Abessinien fällt mir ein, dann quält sich eine junge behinderte Frau an zwei Krücken tapfer über den endlosen SBB-Parcours, sie wird überholt von türkischen Familien, die Frauen müssen zerfließen vor Hitze unter ihren hermetischen Gewändern und Kopftüchern, Kroatisch glaube ich auch zu hören, und dazwischen, absichtslos wie Treibgut, ein paar Teenager.

Und dann kommt die Gruppe aus dem hintersten Wagen. Es sind lauter alte Männer mit einem »Diamant«-Abzeichen am Kittel, aufrechten Ganges die einen, leicht gebückt, etwas schleppend oder hinkend die andern, einen davon höre ich im Vorbeigehen sagen, der Leutnant Wunderli sei doch nachher umgeteilt worden. Sie ziehen an mir vorbei, ein geschlagenes Regiment, geschlagen von der Zeit, die sie alt gemacht hat, sie fahren im letzten Wagen mit, um den Dank des Vaterlandes entgegenzunehmen, oder haben sie ihn schon entgegengenommen, und das Vaterland, das ihnen dankt, ist schon lang nicht mehr das Vaterland, das im ersten Teil des Zuges mitfährt, und vor dem Festgelände werden möglicherweise junge Menschen stehen, von denen nicht einmal die Väter im Aktivdienst waren und werden den »Klunker« verteilen, um ihnen zu sagen, wie es damals wirklich war. Woher wollen sie das wissen? Waren sie etwa dabei, als Leutnant Wunderli umgeteilt wurde? Auf den Gesichtern der drei hintersten Veteranen glaube ich Ratlosigkeit zu sehen.

Oder ist sie auf meinem eigenen Gesicht?

Wachtm. Loder

Seit Jahren gehen wir jeden Winter in denselben Ort in die Ferien, und in diesem Ort in dasselbe alte Hotel, und in diesem Hotel in dasselbe Zimmer, und in diesem Zimmer stehen jedes Jahr dieselben alten Möbel, und an der Wand hängt immer dasselbe alte Bild.

Es ist ein Foto, welches die Ebene zwischen Samedan und Celerina zeigt, mit einem Lärchenhain rechts im Vordergrund und dem Piz da Staz und dem Piz Chalchagn am Horizont. Neben den Bäumen im Schnee steht ein Soldat in der Uniform des 1. Weltkrieges und schaut mit dem Gewehr im Hüftanschlag auf die winterliche Landschaft hinunter, über welche von der Malojaseite her eine dramatische Bewölkung aufzieht, die bereits die erste Bergkette erreicht hat. Beim genauen Hinschauen sieht man, daß auf dem Gewehr noch das Bajonett steckt, und das macht klar: der Soldat steht hier nicht zufällig im Schnee bis zu den Knien, sondern er hält Wache, und damit wir seine Leistung auch würdigen können, steht auf dem weißen Büttenpapier, das der Fotografie unterlegt ist, mit verblaßter Tinte der Name des Tapferen geschrieben: Wachtm. Loder.

Jedes Jahr freue ich mich, wenn die alten Möbel noch da sind, und jedes Jahr freue ich mich, wenn der alte Wachtmeister noch an der Wand hängt, immer gleich jung und immer gleich zuversichtlich und immer gleich pflichtbewußt in seinem einfachen schwarzen Rahmen.

Man fühlt sich beschützt und behütet beim Anblick dieses Bildes, obwohl nicht sicher ist, was hier genau vor wem geschützt werden muß. Er steht hier wohl als Teil eines Früherkennungssystems aus einfacheren Zeiten, dessen Reichweite etwa bis zum Berninapaß gehen dürfte. Sollten die Österreicher oder die Italiener über diesen Paß her eindringen, würde sie Wachtm. Loder untrüglich erkennen und die Meldung weitergeben: Sie kommen. Schießen könnte er nicht auf die Distanz, und auch bis es zum Gebrauch seines aufgepflanzten Bajonetts käme, würde es bestimmt länger als einen Tag dauern, bei diesem Schnee.

Aber er hat Glück gehabt, Wachtm. Loder, er brauchte keine eindringenden Österreicher oder Italiener zu diagnostizieren, und weder mußte er von seinem Bajonett eine Leiche abstreifen, noch wurde er selbst als Leiche von einem andern Bajonett abgestreift. Es genügte, daß er im Schnee stand und schußbereit auf eine Landschaft hinunterblickte, die ein Vierteljahrhundert später das Schlußbild abgab für Leopold Lindtbergs Film »Die letzte Chance«, wo sich ein gewaltiger Zug von Flüchtlingen durch diese Ebene auf den Kirchenhügel von San Gian zubewegte – ein Bild, das sich wiederum ein Vierteljahrhundert später als Lüge herausstellte, angesichts der gewaltigen Flüchtlingsströme, die wir damals zurückgeschickt haben, und heute, nochmals ein Vierteljahrhundert später, leben wir in einer Zeit, die von Erstschlag und Zweitschlag spricht und die Minuten zählt, welche dazwischen noch bleiben, um die Raketen zu zünden, und im Land, das Wachtm. Loder damals beschützte, gibt es eine Volksinitiative, welche dieselbe Armee abschaffen will, in deren Uniform er damals im Oberengadiner Schnee stand, und ich glaube nicht, daß Wachtm. Loder dies verstehen würde, wahrscheinlich würde er mich sogar hassen, weil ich diese Initiative auch unterschrieben habe, und das täte mir leid, denn ich mag ihn, den Wachtmeister, wie er unerschütterlich dahängt, oder steht, ich bin ihm sogar dankbar dafür, daß er damals mit geladener Waffe zum Berninapaß hinübergeschaut hat, und eigentlich bin ich sicher, daß er über die heutige Welt den Kopf schütteln würde, und irgendwo stellt er, glaube ich, meine Sehnsucht dar, in einer Welt zu leben, in der es noch etwas nützt, oben auf einem Hügel zu stehen und entschlossen über die Ebene zu blicken, aber wir leben in einer Welt, über die auch ich den Kopf schüttle, und das ist es vielleicht, was uns verbindet, Wachtm. Loder und mich, und ich hoffe sehr, daß es diese Welt, die keiner von uns beiden versteht, auch übers Jahr noch gibt, wenn ich wiederkomme, und daß er dann immer noch an der Wand hängt, im Zimmer des alten Hotels im Oberengadin, das er nun schon ein Dreivierteljahrhundert lang bewacht hat.

Die schöne Insel

Wenn etwas im sinnlosen Zweiten Weltkrieg besonders sinnlos war, dann war es die Eroberung Kretas durch die Deutschen im Mai 1941.

Griechenland hatte kapituliert, aber Kreta wurde noch von englischen Truppen gehalten, und plötzlich war die schöne Insel nicht mehr einfach eine schöne Insel, sondern ein Stützpunkt, ein wichtiger Stützpunkt im Mittelmeer, den man auf keinen Fall dem Feind überlassen durfte.

Und so mußten an einem heißen Tag Ende Mai ein paar tausend deutsche Fallschirmjäger über Kreta abspringen, mitten in die gut vorbereiteten Engländer hinein, und mußten versuchen, die Flugplätze unter Kontrolle zu bringen.

Dies gelang ihnen schlechter, als sie erwartet hatten, erst nach zwei Tagen waren die ersten Transportflugzeuge imstande, auf dem kleinen Flugplatz von Maleme zu landen und Gebirgstruppen abzusetzen, die dann von dort aus mit den wenigen übriggebliebenen Fallschirmjägern erstaunlicherweise die ganze Insel erobern konnten.

Eine abenteuerliche Flotte von allen möglichen, zum Teil in Piräus zusammengestohlenen Transportschiffen, die von Athen aus zusätzliche Truppen auf die Insel bringen sollte, lief kurz vor der Landung in die englische Marine hinein, und fast der ganze Konvoi wurde von ihr versenkt, mit andern Worten, die meisten deutschen Soldaten auf diesen Schiffen ertranken.

Die Kämpfe an Land müssen furchtbar gewesen sein. Viele wurden schon in den Fallschirmen erschossen, andere gleich beim Landen, die Kreter, sozusagen Partisanen aus Tradition, kämpften zum Teil zivil mit, mit Jagdflinten, oder mit Gewehren, welche sie den ersten getöteten Deutschen abgenommen hatten, und sie kannten jedes Haus und jedes Mäuerchen, im Gegensatz zu den Braunschweigern und Kölnern, die da vom Himmel fielen und denen man gesagt hatte, es sei nur mit vereinzeltem lokalem Widerstand zu rechnen.

Ihre Überreste liegen heute auf dem Hügel oberhalb des Flugfeldes von Maleme, auf einem der Hügel, von dem aus die Engländer auf die landenden Flugzeuge gefeuert haben müssen. Die Engländer waren übrigens nur zum Teil Engländer, es waren australische und neuseeländische Regimente dabei, gerade Maleme wurde hauptsächlich von den Neuseeländern verteidigt, unter denen auch, was für eine sonderbare Vorstellung, Maoris mitkämpften. Ich vermute, daß man denen die dreckigere Arbeit überließ. So erzählt ein neuseeländischer Offizier in einem Bericht, wie er einem Maori den Befehl gegeben habe, einen verwundeten, aber weiterkämpfenden deutschen Soldaten mit dem Bajonett zu töten. Der Maori habe das getan, habe aber dabei sein Gesicht abgewendet, weil er den Anblick nicht ertragen habe.

Und heute der Friedhof. Über 4000 Grabplatten liegen hier in Reih und Glied, aufgeteilt in Blöcke, Block I liest man, oder Block II, und im Besucherbuch hat jemand bei den Bemerkungen darauf aufmerksam gemacht, daß auch die Baracken in Auschwitz als Blöcke bezeichnet wurden.

»Sie starben für ihr Vaterland«, heißt der letzte Satz auf der großen Gedenktafel am Eingang, und ich versuche mir einen 19jährigen Lörracher Lehrling vorzustellen, der in Kreta aus dem Flugzeug rennt und dabei von einer neuseeländischen Maschinengewehrsalve umgebracht wird, für sein Vaterland.

Am Palmenstrand von Vai habe ich Schweizer Lehrlinge getroffen, die tags darauf gegen eine einheimische Mannschaft zu einem Fußballspiel antraten. Sie haben mehr Glück gehabt, sie sind 40 Jahre später geboren, und dazu noch in Basel, auf der richtigen Seite des Rheins, und sie konnten eine Twenreise nach Kreta buchen und in lockeren Kleidern mit gemieteten Motorrädern die Insel erobern und wieder verlassen. Ihr Lörracher Kollege von damals mußte sich mit entsetzlichem Gepäck in ein Flugzeug zwängen, in dessen Innern es 60 °C heiß war, zusammen mit andern 19- und 20jährigen, um sich auf einer Ferieninsel erschießen oder erstechen zu lassen.

Auch als Lörracher Lehrling konnte man allerdings Glück haben, es sind ja nicht alle ums Leben gekommen. Manche von den Überlebenden besuchen heute ihre lieben Kameraden, wie sie sich ausdrücken, einer schreibt ins Gästebuch, er sei der erste deutsche Fallschirmjäger gewesen, der in Heraklion gelandet sei, und dies sei alles völlig sinnlos gewesen – nie wieder Krieg!

Diesen Satz liest man mehr als einmal, es gibt auch etliche, die gegen den Zynismus des Vaterlandssatzes protestieren, und unter all den alten Handschriften lese ich nur eine unbelehrbare, die schreibt »Wir danken Euch für Euren Einsatz!« Der Mann kommt aus Österreich.

Das Namenbuch, in dem man nachschlagen kann, wer wo begraben liegt, ist abgegriffen, da gibt es noch viele, für die diese Gräber nicht Geschichte sind, sondern verlorene Menschen, ein Name ist mit einem dezidierten Kugelschreiberstrich korrigiert, nicht Horawetz Günther hieß der Major, sondern Morawetz, und oben, bei den Grabreihen, sieht man immer wieder Vasen mit frischen Blumen stecken.

Oft steht auf einer Platte auch kein Name, sondern »Ein unbekannter deutscher Soldat«. Das waren die, deren Angehörige noch Jahre nach dem Krieg hofften, die Türe ginge auf, und er stünde da und sagte: »Da bin ich wieder.« Vielleicht ist er aber schon am ersten Tag gestorben, und nun liegt er da und kriegt keinen Besuch mehr.

Weiter oben ist auch ein Gedenkstein für »Angehörige der deutschen Luftwaffe«, die 1975 bei einem Unglück in Kreta ums Leben kamen. Das erinnert daran, daß heute alles anders ist. Täglich landen deutsche Charterflugzeuge auf allen Flughäfen der Insel, ohne daß sie von den Engländern beschossen werden, weil die Engländer auch kommen, zusammen mit den Schweizern und den Skandinaviern, denn heute kann man sich hier günstig erholen, es gibt Flüge ab 450 DM, und die Kreter sind froh um die Touristen, in den Hotels sprechen alle deutsch, wenigstens die nötigsten paar Sätze, in einem Bergdorf habe ich am Sonntag die BILD-Zeitung vom Samstag zum Verkauf aufliegen gesehen, und Griechenland ist in der NATO, und England auch, also dürfen alle Soldaten wieder gemeinsam auf die Insel, und das Fotografieren des lächerlich kleinen Flugplatzes Maleme ist verboten, denn es könnte ja sein, daß wieder einmal eine fremde Armee dort landen will, und dannzumal werden die Deutschen und die Griechen und die Engländer miteinander auf die Soldaten schießen, die aus den Flugzeugen herauspurzeln werden, und wer es diesmal sein wird, ist noch nicht bekannt, vielleicht die Russen, vielleicht die Türken, doch die sind ja auch in der NATO, aber dann vielleicht die Libyer oder die Iraner, ich weiß es auch nicht, ich vermute nur, daß es auch diesmal, aus welcher Richtung sie immer kommen mögen, wieder 19jährige Lehrlinge sind.

Das Zentrum Amerikas

In Guatemala bellen die Hunde heute die ganze Nacht. Hoffentlich gibt es kein Erdbeben, sagt das Dienstmädchen, es heiße nämlich, die Hunde ahnen es voraus. Nachts um halb elf krähen schon die Hähne, auch das hört sie nicht gern. Eine Familie, die ein Dienstmädchen hat, ist reich, und natürlich wohne ich hier bei den Reichen. Reich ist man allerdings schon, wenn man genügend Geld hat.

Das Quartier liegt auf einem Hügel oberhalb der Stadt, mit einem großzügigen Blick über das Häusermeer, und hier oben wohnt man hinter hohen Mauern, geht nur schnell ins Auto und fährt gleich weg. Auf den Straßen sieht man kaum jemanden, nur hinter jedem Garagentor kläfft ein Hund, wenn man daran vorbeigeht. Von der Siedlung unten am Hügel sprechen die Leute mit Schaudern, dort muß der bare Terror regieren, wahrscheinlich hat man eine Faust im Gesicht, sobald man das Fußweglein betritt, das durchs hohe Gras hinunterführt. Mein Freund und ich sind mehrmals durch dieses Weglein gegangen und sind auf fröhliche Menschen gestoßen, die in äußerster Einfachheit leben, die ein Schwein vor der Behausung haben und ein paar Hühner im Innenhöflein. Sie haben uns eingeladen hereinzukommen, um uns zu zeigen, wie sie Tortillas backen, eine Frau war gerade daran, eine andere knetete den Teig dazu. Auf den Erdwegen des Dorfes stehen Männer, die sich miteinander unterhalten, kleine Kinder spielen, größere Kinder sind mit Körben unterwegs, Frauen mit Wassertöpfen auf dem Kopf, die sie mit der bekannten südlichen Anmut balancieren. Man hört Stimmen, Rufe, Gelächter, wenn wir grüßen, werden wir zurückgegrüßt.

Vor zwei Monaten wurde aus dieser Siedlung ein Kind entführt. Es wurde entweder als Adoptivkind verkauft oder als Organspender für ein amerikanisches Kind umgebracht, zu einem Preis von 75 000 Dollar. So stand es diese Woche in der Zeitung. Eigentlich war es auch ein amerikanisches Kind. Auf allen Autoplaketten steht oben GUATEMALA, und als Untertitel CENTRO AMERICA, das Zentrum Amerikas. Derselbe Untertitel ist auch auf den Schildern von Honduras, El Salvador und Costa Rica zu lesen. Auf dem einen Wagen aus Nicaragua, den ich gesehen habe, stand bloß NICARAGUA LIBRE. Das Zentrum ist also hier.

Aber es ist ein unruhiges Zentrum, das fängt schon bei der Geologie an. Das Land liegt auf einer Bruchzone, vor zwei Wochen gab es ein Erdbeben, daß die Häuser wackelten und die Leute auf die Straße rannten. Nahe der Hauptstadt erheben sich bereits die ersten Vulkane, einer davon, der Pacaya, schleudert alle paar Minuten Lavafontänen in die Höhe, die man nachts bis in die Stadt hinüber leuchten sieht, wenn man weiß, wo sie leuchten. Wir haben ihn gestern erstiegen und sind erst im Dunkeln wieder hinuntergegangen, weil das Schauspiel so eindrücklich war, zum Schrecken unserer Gastgeber übrigens, denn nachts in Guatemala einen Berg zu besteigen, gilt als Vorform des Irrsinns.

Am ungemütlichsten war es bisher am Tag. Auf der Fahrt nach Chichicastenango sind immer wieder Zweier- oder Dreiergruppen von bewaffneten Männern zu sehen, die ein Dorf bewachen, auto defensa wird das genannt, Selbstverteidigung. Am nächsten Tag lese ich in der Zeitung, daß heute auf dieser Strecke 8 Straßenarbeiter von der Guerilla entführt wurden. Ich weiß nicht, ob ich das glauben soll, und frage meinen Gastgeber, was er meine, daß die Guerilla mit 8 Straßenarbeitern mache. Er ist Architekt und hat einen Freund, der Straßenbauingenieur ist und in ländlichen Gebieten nur unter Militärschutz arbeitet, weil die Guerilleros Arbeitskräfte und Geräte für ihren eigenen Straßenbau brauchen können, sagt er. So oder so lag die Spannung in der Luft an jenem Tag, und ich hatte zeitweise Angst auf dieser Fahrt.

Die Presse gibt hier auch die Nachrichten der Guerilla-Agentur wieder, welche in den letzten zwei Wochen von insgesamt 46 »bajas« spricht, die ihnen gelungen seien. Eine baja ist es, wenn ein Feind zu Boden geht, tot oder verletzt.

Die andere Seite ist auch nicht untätig. In der Stadt wurde ein Gewerkschafter auf der Straße erschossen, zwischen seinen Söhnen, die mit ihm Geburtstag feierten. Ein Polizeiagent wird verhört, weil ihn die Söhne als Täter identifiziert haben, aber er behauptet, er sei an den Händen behindert und könne gar nicht schießen.

Eigentlich wäre Guatemala jetzt eine Demokratie, aber irgendwie fehlt noch die Übung. Im Radio werden Werbespots für die Demokratie gesendet, ein flotter Chor singt, sie sei die Aufgabe aller, und dann geht es weiter mit Werbung für die Lotterie und für Kühlschränke. In der Zeitung habe ich ein Inserat für einen Dampfabzug gelesen, der »El exorzista« heißt. Dann habe ich auch ein Inserat gelesen, in welchem deutsche Gewerkschaftsgruppen und die deutschen Grünen auf zwei Firmen aufmerksam machen, die jede gewerkschaftliche Regung unterdrücken und nur noch Arbeiter einstellen, die sich für einen 12-Stunden-Tag verpflichten. Die wohnen dann wahrscheinlich unten am Hügel.

Unten am Hügel ist man zwar nicht reich, aber auch noch nicht wirklich arm. Etwa 1500 Menschen leben z. B. ausschließlich vom Abfall der großen städtischen Deponie, den sie nach Eß- und Verwertbarem durchsuchen. Das weiß ich von der Tochter meines Freundes, die als Austauschstudentin ein Jahr in Guatemala verbringt und mit ihrer Schulklasse dorthinging, für eine gemeinsame Arbeit über die Frage des Abfalls. Die meisten Schüler sagten ihren Eltern nicht, wo sie hingingen, weil sie es ihnen sonst verboten hätten. Viele Schüler dürfen nicht einmal allein eine Busfahrt machen, weil die Eltern befürchten, es könnte ihnen etwas zustoßen. Sie sind 18, die Schüler, und alle ihre Eltern wohnen irgendwo oben am Hügel. Ich bin etwas ratlos, denn das Land, aus dem ich komme, liegt letztlich auch oben am Hügel.

Mit hiesigen Theaterleuten bin ich zusammengekommen, im kleinen »Teatro Metropolitano«, höre von ihnen, unter welchen Bedingungen sie arbeiten, von den stets wechselnden hohen Regierungsbeamten z. B., von denen es abhängt, ob man weiterhin eine Subvention kriegt oder nicht, und wie man immer wieder bei Null anfangen müsse, und daß kein einziger Schauspieler in diesem Land von seiner Arbeit leben könne, und sie wollen von mir hören, wie wir arbeiten in dieser Sparte. Ich erwähne leicht beschämt die Höhe der Subventionen ans Schauspielhaus und ans Opernhaus, erzähle ihnen dafür einige Feinheiten unserer Meinungsfreiheit, etwa daß mein Dienstverweigererlied vom Fernsehen nicht ausgestrahlt wurde, und frage sie nach entsprechenden Problemen, ob es so etwas wie eine Zensur gebe. Sie lächeln. Für das Theater gibt es keine Zensur, sagen sie, und es gab nie eine. Es gibt nur Drohungen. Ein Telefonanruf: Wenn Sie Ihr Stück weiterspielen, kommen wir in die Vorstellung und knallen die Schauspieler ab. Jeder Theaterleiter, der einen solchen Anruf kriegt, setzt sein Stück sofort ab, denn er weiß, daß das möglich ist, es ist mehrmals geschehen, daß Schauspieler und Besucher umgebracht wurden.

Es könne allerdings auch irrtümlich passieren, sagen sie. Vor ein paar Jahren rannte eines der besten Mitglieder ihrer Truppe nach der Vorstellung auf einen abfahrenden Bus und wurde von der Polizei, die einen Bombenleger suchte, mit Maschinengewehren niedergeschossen. Er hatte zuvor in einem Stück einen Menschen gespielt, der von einer Maschinengewehrsalve getötet wird, und war mit ausgebreiteten Armen vornüber auf die Bühne gefallen. Auf dem Foto des Toten, das am andern Tag in der Zeitung war, sahen seine Kollegen, daß er mit ausgebreiteten Armen vornüber auf das Pflaster gefallen war. Ich verstumme und habe keine Fragen mehr.

Diese Zeiten, sagen die Theaterleute, seien zwar seit der Zivilregierung vorbei, so habe man in letzter Zeit wieder zwei scharfe Stücke ohne Drohungen spielen können, aber man wisse nie, ob sie wiederkommen. Sie bitten mich, in ihrem Theater einen Vortrag über das schweizerische Theaterleben und über meine Arbeit zu halten. Ich sage zu, für den letzten Tag meiner Reise. Auf spanisch. Hoffentlich kann ich das. Aber verglichen mit den Problemen, die ich hier sehe, kommt mir das schweizerische Theaterleben ziemlich belanglos vor, ich frage mich sogar, wieso sie sich so stark dafür interessieren.

Dann denke ich jedoch, wieso sollen sie sich eigentlich nicht interessieren? Schließlich bin ich auch in ihr Theater gegangen, weil mich ihre Arbeit hier interessiert, und im Grunde arbeiten wir doch alle am selben, nämlich an der Darstellung der Menschen und ihrer Welt durch Wort, Spiel und Bild, und je schwieriger die Verhältnisse sind, desto dringender würde ja die Kultur gebraucht. Ihr erfolgreichstes Stück war übrigens eine Satire über die guatemaltekische Geschichte. Es freut mich auch, daß die Namen von Frisch und Dürrenmatt meinen Gesprächspartnern soviel bedeuten. Das letzte, was bei ihnen von Dürrenmatt gespielt wurde, war »Herkules und der Stall des Augias«, das Stück übers große Ausmisten, aber sie hatten kaum damit angefangen, kam das große Erdbeben und zerstörte das Theater samt den Bühneneinrichtungen, so daß sie es nicht wieder aufnehmen konnten.

Morgen wollen wir weiterreisen, mein Freund und ich, durch Guatemala nach Mexiko, und dann wieder zurück hierher. Ein paar Postkarten habe ich schon geschrieben. Die einzigen, die man von den Vulkanen bekommt, zeigen nicht nur die Vulkane, sondern noch eine Fliegerstaffel der guatemaltekischen Armee, die darüber hinwegbraust. Dies hat mich gestört, ich habe zuerst lange nach einer andern Karte gesucht, und es hat eine Weile gedauert, bis ich gemerkt habe, daß das die richtige ist.

Ostwestberlin

Sind Sie Bürger der DDR?« fragt mich der ostdeutsche Grenz-
beamte am Checkpoint Charlie.

Ich habe eine Plastiktasche mit 6 kg Orangen, die ich wegen
der Reißgefahr der Henkel wie ein Baby auf den Armen trage.
Das genügt zur Identifikation, wohin ich gehöre.

Alle Ostberliner kaufen Orangen und Bananen in diesen
Tagen, die Warteschlangen des real existierenden Sozialismus
sind plötzlich nach Westen exportiert und stehen vor dem mit
»Geld-Service« angeschriebenen Bus, in dem man das Begrüßungsgeld abholen kann, vor dem Platzkartenschalter am Bahnhof Zoo, vor Beate Uhses Sex-Shop.

Die Stadt läuft voll mit andern Menschen, aus den S-Bahn-
höfen quellen sie, aus U-Bahnhöfen werden sie heraufgespült,
durch das Mauersieb werden sie gedrückt, und nun sind sie da,
in grauen Anoraks und in hellblauen Windjacken, sie schauen
alles etwas länger an, sie bleiben oft stehen, um in ein Schaufenster zu sehen, und irgendeinmal lassen sie sich erschöpft auf einer Bank oder einem Mäuerchen nieder und packen ihr Picknick
aus, das sie mitgebracht haben, die Kinder haben Feldflaschen
umgehängt, aus denen sie DDR-Flüssigkeiten trinken; sie sind
mit dem Notwendigsten ausgerüstet, als seien sie in unwirtliche
Gebiete aufgebrochen, in denen es nichts zu essen und zu trinken gibt. So wandern sie zwischen den Orangen- und Bananen-
böschungen durch, die sich zu Füßen der Warenhausschluchten
hinziehen, und wenn sie in die Busse steigen, halten sie ihren
DDR-Ausweis wie einen Schutzschild vor die Brust.

Dieser Ausweis spricht sie von der Bezahlung frei, sie müssen auch nichts bezahlen, wenn sie telefonieren auf der Post, und eine alte Westberlinerin steht fassungslos zwischen zwei Warteschlangen und fragt, ob sie vielleicht auch gratis telefonieren könne, und natürlich darf sie nicht. »Das kommt uns ganz schön teuer«, sagt sie, und der Vater eines anderthalbjährigen Kindes, eines Westkindes, erzählt mir, wie er von einem älteren Ostberliner angesprochen wurde, der ihn fragte, ob er ihm nicht rasch das Kind ausleihen würde, damit er für sein im Osten verbliebenes Kind auch noch das Begrüßungsgeld abholen könne.

Das Geld, das Kaufen, die Schaufenster. Auf die Frage, wie es gewesen sei in Westberlin, ein 15jähriger Ostberliner: »Wie 'n großer Intershop.«

Aber doch auch mehr. Als ich beim RIAS am Empfang etwas warte, kommen drei junge Burschen, strahlend, neugierig, zu Erlebnissen entschlossen, und fragen, ob sie mit dem Moderator der Wunschhitparade sprechen können. Sie wohnen in Jena, und nun sind sie in Westberlin, und nun wollen sie diesen Mann einmal sehen, der zu der vertrauten Stimme gehört, und siehe da, er ist tatsächlich hier, er kommt und begrüßt sie und nimmt sie mit zu sich ins Studio, und halb haben sie es geglaubt, aber halb haben sie es auch nicht geglaubt, daß es diesen Mann gibt und daß sie ihn einfach so kennenlernen können, denn es ist noch keine Woche her, seit die Nachricht von der Durchlöcherung der Grenze gekommen ist, diese Nachricht, die viele zuerst gar nicht geglaubt haben, eine meiner Bekannten vermutete zuerst »irgend etwas Böses«, wie sie sich ausdrückte.

Und jetzt wollen alle einmal rübergehen. Der Zug, in dem ich auf der Rückreise von Berlin nach Hannover fahre, ist übervoll, und auf dem mickrigen Grenzbahnhof Marienborn, in dem nie jemand anderes eingestiegen ist als Grenztruppen (ich habe sie noch mit Schäferhunden erlebt), wartet ein Perron voller Menschen, die sich nun auf den Zug stürzen, sofort sind die Waggontüren verstopft, sie stellen sich außen auf die Trittbretter und versuchen, die vor ihnen Stehenden oder Steckenden hineinzumurksen, und Frauen mit roten Köpfen schreien ihren Männern zu: »Du mußt drücken!«, als ob sie das nicht selbst wüßten, und dann die Enttäuschung derjenigen, die nicht mehr hineinkommen, eine bellende Beamtinnenstimme aus den Lautsprechern, die Türen seien nun zu schließen, sonst könne der Zug nicht abfahren, und genau das wollen sie ja, die Leute, daß der Zug nicht abfahren kann ohne sie, und dann fährt er doch, und man fragt sich, ob hier das Ende des Zweiten Weltkrieges nochmals nachgestellt wurde oder was das war, das man soeben gesehen hat.

Sie seien seit 4 Uhr auf den Beinen, sagt mir eine junge Frau, und seien aus Magdeburg zu diesem Grenzbahnhof gefahren, wo das schäbige kleine Bahnhofsrestaurant geschlossen ist und es nur eine einzige Toilette gibt für ein paar hundert Menschen. Temperatur um den Gefrierpunkt.

»Aber nun hat man wieder etwas, worauf man sich freuen kann«, sagt mein Sitznachbar und strahlt, und es gibt viele strahlende Gesichter derzeit, bloß als die etwa fünfzigjährige Frau im Zugabteil laut nachdenkt, verfinstert sich ihr Gesicht einen Moment: »Die Jungen habens gut, die haben noch etwas vor sich, aber wir sind eigentlich (sie stockt, dann leiser) – die Betrogenen.«

Und zu Hause ist der Alltag nicht viel farbiger geworden. Zwar lesen die Leute plötzlich wieder die Zeitung in der U-Bahn, und wer keine hat, guckt dem Nachbarn über die Schulter und liest mit, und das Fernsehen ist jetzt auch interessanter geworden, aber der S-Bahnhof Ostkreuz sieht noch genau gleich aus wie vor einer Woche, nämlich so, als sei tags zuvor erst Krieg gewesen, und die Sprache ist immer noch von derselben kämpferisch-umständlichen Eigenart, die Komplexbrigade steht im Mach-Mit-Zen-

trum täglich von 8–15 Uhr zur Verfügung, auch der Reparatur-
stützpunkt hat dann geöffnet, die Sekundärrohstoffannahmestelle
zählt auf jeden, und auf dem Bahnhof bietet ein Dialog-Automat
Arbeiterrückfahrkarten zum Verkauf an.

Heilige Nacht

Nach unserer Weihnachtsfeier zu Hause vor dem kleinsten Baum, den wir je hatten, fahren meine Frau und ich in die Stadt, um an einer Mitternachtsmesse in Albisrieden teilzunehmen, bei der unsere Schwägerin Musik macht.

Wir haben anhand des Sonderfahrplanes der VBZ, der im ›Tagblatt‹ stand, lange gerechnet, wann ein Vierzehner am Sternen Oerlikon zu erwarten sein muß. An der Haltestelle stehen noch andere Wartende, die Schweizer unter ihnen erkennt man daran, daß sie mit großer Sicherheit in die Schlucht zwischen EPA und Kreditanstalt blicken, aus welcher der Vierzehner auftauchen wird.

Vor dem Jelmoli drehen Jugendliche ihre Töfflimotoren in die Höhe und brausen dann über den Platz, um sich gleich danach wieder unter dem Warenhausvordach einzufinden.

Wir haben alle richtig gerechnet, der Vierzehner erscheint, nur wenig besetzt. Am Milchbuck steigt hinten ein Betrunkener ein, der nun so lange vor sich herspricht, bis ihm eine Frau, die vor ihm sitzt, Antwort gibt. Am Stampfenbachplatz drückt er sehr lange den Türöffnungsknopf, um hinauszuschauen, wo er sich befindet. Die Frau sagt, dies sei der Stampfenbachplatz, und wo er denn aussteigen müsse. Er sagt, das wisse er selbst noch nicht – irgendwo werde er aussteigen, wenn er das wüßte, wo.

Am Bahnhof steigt er dann aus, und viele Leute steigen ein, sie kommen wohl von Weihnachtsfeiern, müde Kinder sind darunter, die sich an die Eltern lehnen, welche gefüllte Plastiktaschen auf den Boden stellen.

In einem entgegenkommenden Tram sitzen mehrere Männer mit Turbanen und schauen in unser Tram herüber.

Am Bahnhof Wiedikon steigen wir aus. Hier sind wir mit meinem Bruder verabredet, aber wir sind noch etwas zu früh. Plötzlich merke ich, daß heute Sonntag ist, gehe zu einem Blechkiosk und werfe zwei Franken für eine Sonntagszeitung ein. Mit einem kleinen Ruck erscheint ein Zipfel davon im Schlitz, und ich ziehe die Zeitung ganz heraus. Wir setzen uns in die Vorhalle des Bahnhofs, in welche die aufsteigende Treppe mündet. Ein Durchgang ist angeschrieben mit »Aborte Fahrpläne«. Bleiche Fresken schmücken die hohen Wände. Wir sind allein. Ich lese, gierig fast, was über Rumänien berichtet wird. Ein Tamile stößt die Türe auf, geht zum Automaten, wirft Münzen ein und zieht sich eine Schokolade heraus. Nun hört man unten einen Zug ein- und wieder abfahren. Der alte Mann, der etwas später als einziger die Treppe hochsteigt, ist ein Bekannter meiner Schwägerin. Er weiß nichts von uns, erschrickt fast ein bißchen, als wir ihn begrüßen, dann aber steht mein Bruder vor der Bahnhofstüre, und wir steigen alle in seinen Wagen und fahren zur Kirche.

Die Messe beginnt mit einem halbstündigen Konzert. Ein Stück vom neunjährigen Mozart für Hammerklavier und Streicher, etwas von Scarlatti und etwas von Corelli. Ich überlege mir, was ich mit neun Jahren gemacht habe. In der Predigt spricht der Pfarrer von Rumänien, und in den Fürbitten wird auch für die Clochards und Drogenabhängigen gebetet. Auf allen Simsen der Kirche brennen kleine Becherkerzen. Zuletzt spielen die Musiker, während die Leute hinausgehen, ein Konzert für zwei Geigen von Vivaldi. Dann machen wir uns auf den Heimweg.

Wir kennen die Gegend sehr schlecht. Wir schlagen die Richtung ein, in der ich das Stadtzentrum vermute. Bald fährt ein

Taxi vorbei, das wir anhalten können. Es ist eine gut geheizte Limousine, in der man die Füße strecken kann. Irgendwie kommt es immer so heraus, daß die Kälte für die anderen ist. Der Fahrer ist eigentlich Buschauffeur und hilft nur aus an diesem Abend. Er sei alleinstehend und habe niemanden, sagt er, drum fahre er lieber, statt zu Hause Trübsal zu blasen, heute. Als wir aussteigen, wundere ich mich, wie groß er ist, und wie einsam. Das kann man immer brauchen, sagt er, als ich ihm ein Trinkgeld gebe, auch wenn man allein ist.

Gestern haben Staatssicherheitsmitglieder in Rumänien 45 Kinder erschossen, die aus einem Puppentheater kamen. Was kann man da noch sagen oder tun? Wir füllen drei Schalen mit Wasser und legen in jede eine Schwimmkerze, zünden sie an und stellen sie auf den Balkon, damit irgend etwas leuchtet in dieser Nacht.

Bei uns

Im Moment seien, so sagt das Täfelchen am Eingang West des Bundeshauses, alle Tribünen besetzt.

Ich gehe trotzdem zur Tür und studiere, auf der obersten Treppenstufe stehend, die Traktandenliste von National- und Ständerat, frage dann den Weibel durch die Fensterscheibe der Türe halb akustisch, halb pantomimisch, ob die Ständeratstribüne auch besetzt sei, was er, indem er die Tür einen Spalt öffnet, bejaht. Etwa 800 Personen seien momentan oben, sagt er seufzend, darunter eben viele Schulklassen, aber es sei gut möglich, daß es nur ein paar Minuten dauere, bis er mich hineinlassen könne. Darauf schließt er die Tür wieder und geht dahinter unruhig auf und ab.

Ich beschließe zu warten.

Ein junger Vater kommt mit einer eiscremèschleckenden Tochter von 6 oder 7 Jahren, sieht das Täfelchen ebenfalls und wartet ebenfalls, sowie ein einzelner junger Mann.

Nach ein paar Minuten treten einige Zuschauer zur Türe heraus, mit einer Mischung aus Erleichterung und Langeweile in den Gesichtern, und wir können hinein.

Im Hinaufsteigen werfe ich durch einen Bogen einen Blick in die große Eingangshalle, wo sich die drei Eidgenossen über mehrere Etagen die Treue schwören, in Stein gehauen. Die Gründung unseres Staates scheint tatsächlich auf 1291 und nicht auf 1848 zurückzugehen.

Ich möchte gern den Ständeräten bei der Arbeit zuschauen und steuere auf den Ständeratssaal zu. Dabei muß ich einen Bogen um Ständerat Onken machen, der einer Schulklasse erklärt, was er hier tut. Aus der Tribünentür quellen ein paar Dutzend Zuschauerinnen und Zuschauer, und ich gehe hinein, um zu erfahren, daß die Sitzung beendet sei. Ich wundere mich, es ist kurz vor halb elf, da hätten sie doch endlich die Restwassergeschichte zu Ende beraten können, nach 14 Jahren. Bundesrat Ogi plaudert noch strahlend mit dem Vorsitzenden, aber sein Strahlen kenne ich schon, und da alle Ratsmitglieder aufstehen, stehe ich auch auf und gehe zum Nationalratssaal hinüber.

Dort ist noch ein Platz in der ersten Reihe einer Tribüne frei, ich steige also über den Vater mit seinem eiscrèmeschleckenden Mädchen hinweg, die beide schon auf der Treppe sitzen, und nehme den Platz an der Brüstung ein.

Gerade erhält Roland Wiederkehr das Wort und äußert sich zu einem Nuklearabkommen mit Frankreich, das wir im Begriff sind zu ratifizieren.

Es ist kaum jemand im Saal, und von denen, die da sind, hört ihm kaum jemand zu, die meisten lesen Zeitungen oder wühlen in Papieren herum, die sie auf ihrem Pult liegen haben. Einer der wenigen, die zuhören, ist Bundesrat Felber, und Wiederkehr ermahnt ihn nun, von den Franzosen zu verlangen, daß sie die Daten ihres Alarmsystems direkt an den Computer der Schweizerischen Alarmzentrale weitergeben. Etwas später antwortet Bundesrat Felber, und auch ihm hört niemand zu. Offenbar bin ich da in etwas Alltägliches hineingeraten, das eigentlich niemanden interessiert.

Das Wandgemälde über den Rednern ist eindrücklich, es zeigt den Vierwaldstättersee, leicht bewölkt, und aus den Wolken steigt ein nackter Engel mit einem Friedenszweig auf. Links vom Gemälde ist eine Skulptur von Wilhelm Tell, und rechts vom Gemälde eine der Helvetia, wenigstens nehme ich an, sie sei mit der jungen Frauenfigur gemeint, obwohl sie nächstens 700 Jahre alt wird.

Beim Blick in den Saal kommt es mir ein bißchen vor wie in der Fernsehkantine, wenn man die Leute vor sich hat, die man sonst am Bildschirm sieht. Herr Bodenmann hält einen Schwatz mit Herrn Couchepin, Walliser unter sich, Sepp Stappung studiert lange eine Schweizerkarte, dann liest er die »Bilanz«, Franz Jäger läuft ununterbrochen herum und hat manchmal einen Zettel in der Hand und dann wieder keinen, und links neben dem Vizepräsidenten Ulrich Bremi sitzen die zwei Mitglieder der Autopartei, als seien sie Übersetzer oder Weibel oder sonst etwas Offizielles, und schauen den Rest des Parlaments frontal an.

Es wird nun abgestimmt, ob man dieses Abkommen unterzeichnen soll, natürlich unterzeichnen wir es, die paar Bürgerlichen, die da sind, sind mehr als die paar Linken und Grünen, die da sind, und nun wird Paul Günter aufgefordert, seine Motion zu begründen, die vom Bundesrat verlangt, daß er die Menschenrechtssituation in den Ländern, die von uns unterstützt werden, ernster nimmt, jedenfalls entnehme ich dies seinem Votum.

Er erwähnt dabei eine Nachricht, die ich heute morgen auch gelesen habe, über einen türkischen Redaktor, der zu 768 Jahren Gefängnis verurteilt wurde wegen der Artikel, die in seiner Zeitung erschienen sind. Dann spricht er vom Atatürk-Stausee, den wir mitfinanzieren, und um dessentwillen 55 000 Kurden aus ihren Dörfern vertrieben werden, und vergleicht das mit unserm Erstaunen darüber, daß so viele Kurden zu uns kommen. Allerdings ist er auf der Tribüne immer schlechter zu verstehen, da der Geschwätzpegel im Saal stetig steigt.

Frau Pitteloud, eine junge Welsche, unterstützt Günter, Frau Dormann aus Luzern spricht nicht im Namen der Christlichen, sondern nur in ihrem eigenen Namen, und unterstützt ihn ebenfalls, und als Frau Stocker von den Grünen das Wort ergreift, erreicht der Konversationslärm ein Ausmaß, daß der Präsident zur

Glocke greift und sie kurz schüttelt, da wird es einen Moment ruhiger, wie wenn in einer Schulklasse der Lehrer seinen Kopf hebt, und dann beginnt der Pegel langsam wieder zu steigen. Auch Herr Weder redet für Herrn Günter und liest aus einem Artikel über die kurdische Umsiedlungsaktion vor.

Bundesrat Felber hört die ganze Zeit aufmerksam zu, er benutzt keine Übersetzungsanlage und macht sich Notizen mit einem Bleistift. Jetzt erklärt er gewandt und wortreich, daß er schon beim türkischen Außenminister interveniert habe und daß man nicht mehr tun könne, und bittet Herrn Günter, seine Motion in ein Postulat umzuwandeln, also von etwas Verpflichtendem zu etwas Bedeutungslosem. Nach einem Votum von Frau Aubry, welche betont, es sei ja wohl nicht unsere Aufgabe, die Minderheitenprobleme der Türkei zu lösen, sagt Herr Mühlemann, Kommissionspräsident der EDA-Angelegenheiten, zu Günter, das mit dem Postulat wäre wirklich vernünftiger, und zu meinem Erstaunen ist Günter einverstanden mit der Umwandlung, anscheinend war es ihm einfach wichtig, daß darüber gesprochen wurde, aber irgendwelche Folgen wird nun sein Postulat so wenig haben wie die Aufforderung Wiederkehrs wegen des Alarmcomputers, es ist zu einem Wölklein über der Rütliwiese geworden, das alsbald durch die weiteren Traktanden weggeblasen werden wird.

Die Ereignisse finden überhaupt anderswo statt. Wenn Günter sagt, er habe mit kurdischen Asylbewerbern gesprochen, dann klingt das hier so, als ob einer hereinkommt und einer gemütlichen Runde mitteilt, draußen gewittere es übrigens.

Indessen winkt die schöne Frau Zölch im Lederjupe zur Tribüne hinauf, ihr Sitznachbar Hari ebenfalls, wahrscheinlich ist ein Sektionsgrüppchen ihrer Partei eingetroffen, das wie ich einen Hauch Normalbetrieb schnuppern möchte.

Ich sitze über der sozialdemokratischen Fraktion und habe

Lust, Ursula Mauch, die direkt unter mir sitzt, ein Zettelchen hinunterzuwerfen, getraue mich aber nicht. Während Herr Felber immer noch über die Türkei spricht, schreibt Herr Portmann auf Nationalratspapier einen Brief, der mit »Lieber...« beginnt. Er wird ihn nicht frankieren müssen. Sein Parteikollege Ammann studiert eine Schweizerkarte, Ursula Ulrich setzt sich zu ihm und studiert mit. Der Pegel nähert sich wieder dem Schwellenwert des Unerträglichen.

Nun werden Interpellationen beantwortet, Herr Bundi wollte wissen, was mit Kanada los sei, bzw. dem Abkommen, daß Schweizer Spitzenunternehmer im Ernstfall dorthin flüchten würden, und Herr Felber schüttet das Füllhorn der Gesetze über den Interpellanten aus, was diesen, wie ich verstehe, unbefriedigt läßt, aber damit hat sich's. Man kann ja nicht immer zufrieden sein. Herr Ziegler (Jean) ist nicht da und kann somit seine Interpellation auch nicht begründen, Frau Aubry gibt ihm in contumaciam eins aufs Dach, und Frau Pitteloud verzichtet angesichts der vorgerückten Stunde, es ist 20 nach 12, auf das Vortragen ihrer Interpellation, wofür ihr alle dankbar sind, Herr Ruffy verkündet, daß die Sitzung geschlossen sei, verliest noch schnell die Traktandenliste vom Montag, jetzt hört schon lang niemand mehr zu, Frau Zölch winkt zuerst ihrem Tribünengrüppchen zum Abschied zu, dann küßt sie Herrn Hari, ich winke einigen vom SP-Völklein, die mich gesehen haben, verneige mich respektvoll vor dem Vizepräsidenten, der mich auch gesehen hat, mache noch schnell ein Foto vom Nationalratssaal, was verboten sei, wie mir der Weibel nachher freundlich sagt, aber es hat, wie alles andere, von dem ich während zweier Stunden Zeuge war, keine Folgen, und beim Hinausgehen verspüre ich ein starkes Bedürfnis nach Wirklichkeit.

Bildschirmwende

Da saßen wir also
über ein Jahr
auf den Polstergruppen
unsres Schlaraffenlandes
und sahen verwundert
was sich am Bildschirm tat
etwas weiter im Norden

Wir sahen zuerst
die vollen Züge aus Prag
die das graue Land passierten
und sahen die Menschen
die gerne mitgefahren wären
und die dann in Dresden und Leipzig
einfach nicht weggegangen sind
von den Plätzen und Straßen
und sahen
mit wachsendem Staunen
anfang November
Menschen so mutig werden
wie wir es niemals sein mußten
auf unsern Polstergruppen
und sahen voll Schadenfreude
Funktionäre sich winden und wenden
auch sie zum Mut gezwungen auf einmal
angesichts so vieler Menschen
auf die das Wort Volk

verblüffend gut paßte
so gut
daß die Oberen rasch und klaglos
die Pulte räumten
um andern Obern den Umgang
mit diesem bis anhin wenig bekannten Wesen
zu überlassen
und sieh da, die Oberen wechselten rasch
denn keiner
war diesen Umgang wirklich gewohnt
ob er fröhlich die Zähne bleckte
oder gedankenschwer seine Stirne runzelte
und das Volk
wurde zusehends ungebärdig
und es verlor die Geduld

Wir rückten zur Sesselkante vor
bei den Bildern der Menschen
welche die Zentren der Wächter der Obern erstürmten und
    ballten jubelnd die Faust mit ihnen
vergessend
daß auch wir im Polstergruppenschlaraffenland
eine Art Schlaraffenschnüfflerzentrale haben
und waren sogleich bereit
dieselbe Faust zu schütteln
gegen diejenigen
die bei uns die Zentrale stürmen wollten
im Frühling in Bern

Belustigt sahen wir auch
das graue Fernsehn entschuldigt sich öffentlich
für seine schlechten Programme

das hingegen
wär auch bei uns eine Wohltat zu hören
aber eben
letztlich sind es zum Glück doch gänzlich andre Probleme
im grauen Land
das wir nie besuchen wollten
weil es so mühsam war
und so grau
und das ist jetzt glücklicherweise vorbei

Wer aber war denn
all die Jahre hindurch
auf der richtigen Seite
und wer auf der falschen?
Dies wissen vor allem
wir
in den Polstergruppen rings um das graue Land
und zeigen mit Fingern auf die
die eben noch
unter den eisernen Ringen
Atemübungen machten
weil sie gedachten
die Ringe sachte zu lockern
statt sie zu sprengen

Dann haben wir auch gesehen
wissend nickend die einen
beklommen die andern
daß die mit dem Mut der ersten Stunde
kurz nach dem Platzen der eisernen Ringe
nichts mehr zu sagen hatten
daß sie verkamen zur Minderheit

deren Probleme die Mehrheit
– somit das Volk
wie wir wissen
in unsrer Polstergruppendemokratie –
deren Probleme von Identität
und eigenem Weg die Mehrheit
nicht interessierte.

Die Mehrheit nämlich
das sahen wir wohl
– und die Mehrheit hat schließlich recht
wie wir wissen
in unsrer Polstergruppendemokratie –
die Mehrheit suchte den Weg
den direkten Weg
vom Baukombinat und Getränkestützpunkt
zu Horten, Hertie, McDonald's und VW
und wahrlich, sie hat ihn gefunden
schneller als irgend jemand es zugetraut hätte
dem bisher wenig bekannten Wesen
so schnell
daß wir unsere Zuschauerkiefer
sprachlos hängen ließen
denn wir leben in einem Land
in dem wir täglich
dem Gott der Bedächtigkeit huldigen
in einem Land
in dem die Entwicklung
des kleinsten neuen Gesetzes
mindestens zwanzig Jahre braucht
oder mehr
und nun kommen die

und krempeln das alles um
in weniger als einem Jahr
da ist es auch klar
daß das eine oder andere Stück
aus der guten Stube
kaputtgeht dabei

Und an diesem Punkt
wo der dicke Nachbar
mit ausgebreiteten Armen wartet
vor der Kathedrale des Wohlstands
auf seine kleine graue Braut
um sich abermals trauen zu lassen mit ihr
nach vierzigjähriger Scheidung
da lehnen wir uns im südlichen Polstergruppenschlaraffenland
zurück in die Sessel
und hören bei dieser Hochzeit
unsere Großväter seufzen
und merken plötzlich
daß wir noch etwas kleiner wurden
und merken beim Blick
auf alle platzenden Ringe im Osten
bis weit zum Ural
irgendwie wurden wir nicht nur kleiner
sondern auch reicher
und plötzlich erscheint der Testamentsvollstrecker
des grauen Landes mit dem aristokratischen Namen
bei uns im Polstergruppenschlaraffenland
und bittet um Hilfe für seine Wirtschaft
und er selbst fügt die Vorsilbe »noch« vor sein Land
und auf einmal dämmert es uns
daß wir möglicherweise

aufstehen sollten
von unsern Bildschirmen
daß wir die Rolle des Zuschauers
in dieser Welt nicht ewig spielen können
daß diese fremde Erschütterung
erst einen Sinn hat
wenn es auch unsere eigene ist.

Einheitsschnitte

Alles ist vorbereitet.

Die BILD-Zeitung ist da und läßt jeden Morgen ein Flugzeug mit einer Werbefahne über Dresden knattern, in den nachgerüsteten Schaufenstern der Banken liest man Sätze wie »Wir helfen Ihnen bei Ihrer Existenzgründung«, als ob die Menschen vorher nicht existiert hätten, und ein Restaurant hat sein Speisenangebot auf kleine schwarzrotgoldene Tischfahnen aufgeklebt – Bundestagssuppe, Einheitsschnitte und Deutschlandplatte stehen zur Auswahl –, ein anderes Lokal lädt zum »Tanz in die Einheit«.

Der Umgang mit der wahren Mark hat sich eingepegelt, das graue Schattengeld wird noch bis zu 50 Pfennig angenommen, offenbar waren die bundesdeutschen Münzprägeanstalten nicht schnell genug. Kostet etwas 22 Mark, und man hält 30 hin, wird man gefragt, ob man's nicht klein habe.

Am Vereinigungsvorabend trete ich in der Dresdener »Herkuleskeule« auf, Zufall, das Datum war schon länger abgemacht. Nach der Vorstellung stehen ein paar junge Leute da, die mich einmal in Zürich angerufen haben, und wollen noch etwas mit mir trinken. Ich sage, sie sollen unten in der Wirtschaft mit den Einheitsschnitten auf mich warten, aber als ich nachkomme, stehen sie schon wieder draußen – man habe ihnen zugerufen: »PDS raus!«

Wir fahren in den Stadtteil Neustadt, ein Treffpunkt der Jugendszene. Dort stehen sehr viele junge Menschen auf den Straßen und warten, bis sie um Mitternacht Bundesdeutsche werden. Einige haben Kerzen angezündet, aber die meisten stehen einfach da und sprechen miteinander, sie wirken, als seien sie auf einen Angriff gefaßt. Wer wird kommen? Die Skinheads? Oder nur die Bundesrepublik?

Wir gehen in ein besetztes Haus mit einem Theaterraum und einer völlig überfüllten Alternativkneipe, es gibt Mineralwasser, Wein, Tee, Kaffee, aber das deutsche Nationalgetränk fehlt.

Während meiner Vorstellung auf der andern Seite der Elbe knallten dauernd Feuerwerkskörper, Raketen zischten, Kracher detonierten. Da, wo wir jetzt sind, wird nichts abgebrannt. Im Sommer versuchten sie hier die Republik Neustadt auszurufen, sie druckten sogar eine eigene Währung.

Der Countdown läuft.

Um zwölf stoßen wir alle an mit dem, was wir grad in der Hand haben, die DDR ist zu Ende, abgelaufen, ehemalig, sogar Erich Honecker wird einen bundesdeutschen Paß bekommen, ich wünsche als Noch-Schweizer alles Gute.

Ich fühl mich schon stärker, sagt einer mit einem Grinsen, als wir um halb eins auf die Straße treten. Vor der früheren Stasi-Zentrale, die jetzt durch das Rote Kreuz übernommen wurde, ist immer noch eine Mahnwache, ein paar Leute sitzen vor einem Feuer, sie übernachten in Zelten, aber jemand ist ständig wach.

Der dritte Oktober ist ein wunderschöner Tag, die Sonne strahlt wärmend über Fluß und Stadt, alle sind draußen und flanieren, es ist Herbst, doch es riecht nach Osterspaziergang.

Auf dem Altmarkt findet der freie Automarkt das größte Interesse, die Kühlerhauben der meisten Autos sind geöffnet, die Männer blicken fachkundig hinein, vergleichen Zylinderanordnungen und Kolben und Batterien.

Am Abend ist ein Gedenkgottesdienst in der Kreuzkirche, die für die Dresdener Wende etwas Ähnliches bedeutete wie die Nikolaikirche für Leipzig. Die Kirche ist voll bis unters Dach, sie hat zwei Emporen, die zweite unwirklich hoch, aber auch sie voller Menschen, der Kreuzchor singt nicht etwa Bach oder Buxtehude, sondern Eric Saties »Messe der Armen«, ein Musikstück, das immer ärmer wird und zuletzt einfach verstummt. Es enthält auch ein Gebet für alle Reisenden, man habe es, sagt der Pfarrer, vor einem Jahr hier gespielt für alle, die festgesessen seien, weil die Züge nicht mehr fuhren, und für die, die gern gereist wären, aber nicht konnten.

Am Nachmittag habe ich im Museum der Stadt die Ausstellung mit den Transparenten vom letzten Herbst gesehen, dazu wurden Fernsehaufzeichnungen der Bahnhofsdemonstrationen in Dresden gezeigt. Die Aufnahmen durften damals nicht gesendet werden, und inzwischen, so höre ich vom Museumsdirektor, sei das Original beim Fernsehen bereits wieder verschwunden, und ihre Kopie sei die einzige noch erhaltene. Die Stasi hat doch nicht ausgedient.

Um dieses Video drängen sich viele Besucher am heutigen Tag. Ich sitze am Boden, flankiert von Kindern mit Coca-Cola-Fähnchen, die verwundert zuschauen, wie Tausende auf dem Bildschirm »Freiheit! Freiheit!« rufen. Wann war das? Schon ist es Geschichte, wie die Barrikadenkämpfe und Napoleon im letzten Jahrhundert einen Stock weiter oben.

Ich habe im Duden der DDR zwei der Wörter gesucht, unter denen die Menschen am meisten zu leiden hatten, Staatssicherheit und Republikflucht. Beide waren nicht zu finden.

Was wird wohl aus der Sprache hierzulande? Aus all den Winkelementen, Komplexannahmestellen, Werktätigen und Sättigungsbeilagen? Ob sie im Einheitsduden einfach resorbiert werden?

Der Gottesdienst in der Kreuzkirche ist sehr verhalten, ohne jeglichen Triumph. Zwei Frauen sprechen Gebete, die mir geblieben sind. Sie beten darum, daß die neuen Verantwortlichen nicht wieder der Versuchung der Macht erliegen, und in einem andern Gebet bitten sie um eine würdige Erziehung der Kinder zu freien, unabhängigen Menschen, die nicht unter den Fehlern ihrer Eltern leiden sollen. Da kann ich mitbeten, das wünsche ich mir bei uns auch.

Warum nur, denke ich plötzlich, richten die Frauen diese Gebete an den Herrn?

Was ist das für ein Herr, der dies ermöglichen soll?

Trotzdem bin ich gern in dieser Kirche. Ich fühle mich von nachdenklichen Menschen umgeben, und in all den Jahren, seit ich mit der DDR in Berührung gekommen bin, hatte ich immer wieder das Gefühl, die Menschen seien hier nachdenklicher als bei uns, und etwas von dieser Nachdenklichkeit spürte ich tags darauf auch, als ich im Radio die ersten Bundestagsvoten von Vertretern der Eben-noch-DDR hörte, und ich hoffte, die Westgesamtdeutschen lernen ein bißchen davon.

Aber als ich in Dresden einen Bekannten besuchte, kam gerade ein Lebensversicherungsmensch vorbei, flott, jung und realistisch, und legte seine Tabellen mit den Prämien auf den Tisch und war durch nichts zu erschüttern.

Die feindlichen Schwestern

Zwei Schwestern hatten sich schon lange nicht mehr gesehen, weil sie sich in ihrer Jugend im Streit getrennt hatten. Die ältere war groß und reich und hatte von der jüngeren nur gehört, daß sie klein und arm sei.

Die jüngere war klein und arm und hatte von der älteren nur gehört, daß sie groß und reich sei.

Als sie sich nach Jahren wieder trafen, sah die ältere, daß die jüngere wirklich klein und arm war, und die jüngere sah, daß die ältere wirklich groß und reich war.

Trotzdem fanden sie Gefallen aneinander.

»Weißt du was?« sagte die jüngere, »wir könnten doch wieder zusammenziehen.«

»Abgemacht«, sagte die ältere, »du kommst also zu mir.«

Der Empfang

Alle sind wir gekommen, um ihn zu sehen.

Leibhaftig soll er vor uns stehen, so hat man es uns versprochen. Wir schauen uns um, wer sonst noch da ist. Viele sind es, allzu viele.

Wir rechnen uns aus, wie lange es dauert, bis er allen die Hand geschüttelt haben wird, und ob der Unmöglichkeit dieser Rechnungen schrumpfen unsere Hoffnungen auf ein persönliches Wort.

Aber er gehört doch uns. Wir lieben ihn doch. Er hat für die Freiheit gekämpft. Er ist im Gefängnis gewesen für die Freiheit, und jetzt ist er Präsident. Wir müssen ihm unbedingt sagen, daß wir ihn lieben.

Und wir haben ihm ja Dinge mitgebracht, nicht nur Blumen, einen Brief der eine, ein Buch der andere, der dritte will ihm ein Lied singen.

Aber das Auto trifft verspätet ein. Es bleibt keine Zeit vor dem Festakt. Und nach dem Festakt muß der Präsident zum Interview, hautnah abgedeckt von Sicherheitsmenschen. Als ob ihn hier jemand umbringen wollte, bei uns, im Land der Freiheit.

Die höheren Herren haben ihm Urkunden überreicht, Medaillen umgehängt, haben mühevoll tschechische Ansprachen auswendig gelernt. Endlich ein anständiger Dissident. Sie rühmen ihn und preisen ihn, sie sprechen ihn heilig, sie salben sein Haupt mit den fettesten Worten.

Aber er gehört doch uns. Vielleicht können wir ihn nachher noch am Ärmel fassen, im kleineren Kreis, wohin jeder glaubt, fast als einziger eingeladen zu sein. Mit Genugtuung sehen wir den andern erbleichen, wenn er hört, daß wir noch in den kleineren Kreis gehen.

Dann erschrecken wir, wie groß der kleine Kreis ist, und da stehen wir alle wieder, doch nun steht auch er da, als Kreismittelpunkt, und jetzt gelingt es uns vielleicht, in die Nähe seiner Augen und Ohren zu kommen, seiner Hände sogar, und einer zeigt ihm Fotos von früher, auf denen sie gemeinsam zu sehen sind, der Präsident schaut seltsam erstaunt drein, abwesend fast, obwohl er anwesend ist und freundlich, und der andere fragt ihn, ob er sich an ihre Begegnung erinnert, vor mehr als zwanzig Jahren, und der Präsident lächelt noch abwesender, und irgendwie haben wir alle gehofft, er kenne uns, wo wir ihn doch so gut kennen, aber es ist viel Zeit verflossen, und er war im Gefängnis, und wir nicht, wir haben unterschrieben für ihn, und er war im Arbeitslager, und wir nicht, und wir haben unterschrieben für ihn, aber dann haben wir alle wieder etwas anderes gemacht, und nun muß er etwas anderes machen als uns kennen, doch er spricht zu uns allen, und wir freuen uns, aber dann muß er gehen, warum muß er denn so schnell wieder gehen und säuft nicht eine Nacht mit uns durch, wir hätten Zeit für ihn, ach, da geht er, und hinter ihm seine drei wandelnden Stellwände, und die Musikgruppe wollte doch noch etwas spielen, das sie sich für ihn ausgedacht hat, und der Sänger wollte doch noch etwas singen, das er sich für ihn ausgedacht hat, und er geht einfach und läßt uns zurück mit unsern nicht gesagten Worten, mit unsern nicht übergebenen Briefen, mit unsern nicht geschenkten Büchern und unsern nicht gesungenen Liedern, und wir hatten doch so gehofft, er gehöre uns, und nicht allen.

Vorkrieg

Heute war ein Vorkriegstag.

Morgen nacht läuft das Ultimatum ab, das die Amerikaner dem Irak gestellt haben. Bis morgen muß er seine Truppen aus Kuweit zurückgezogen haben, sonst wird Amerika seine Armee wieder einmal anwenden.

Im Fernsehen kam ein Bericht über ein Reservistenpaar, welches trotz seines 13monatigen Kindes nach Saudiarabien einrücken mußte. Sie hätten, sagte die Frau, nicht damit gerechnet, sie hätten sich vor ein paar Jahren einfach aus Patriotismus und der materiellen Vorteile wegen gemeldet. Hätten sie gewußt, daß es einmal ernst werden könnte, sie hätten sich nicht gemeldet.

Eigentlich denken wir fast alle so, und dann ist plötzlich Krieg. Vielleicht schon morgen Nacht.

Aber heute bespreche ich mit meiner Büromitarbeiterin, was es heute zu tun gibt, sie wird Briefe beantworten und Material verschicken, als ob alles, worüber wir verhandeln, auch tatsächlich stattfinden würde, zum Beispiel Auftritte im Herbst dieses Jahres.

Dann telefoniere ich mit dem Lektor meines Verlags in Frankfurt und bespreche die Korrekturen meines Prosabandes, der im Frühling erscheinen soll. Ich kämpfe wieder einmal um Kommas, ich nenne sie Regieanweisungen beim Lesen, und möchte manchmal eins haben, wo nach der Regel keins hingehört, und manchmal möchte ich keins haben, wo nach der Regel eins hingehört.

Plötzlich, während wir meine Beschreibung eines Soldatenfriedhofs in Kreta behandeln, erzählt mein Lektor, daß die amerikanischen Soldaten in der Garnison um die Ecke in Gasmasken Basketball spielen, um sich an körperliche Anstrengungen mit dem Atemschutzgerät zu gewöhnen. Wir sind einen Moment lang still, dann sprechen wir von unsern Befürchtungen, bevor wir wieder zu den eingeschobenen Nebensätzen zurückkehren.

Morgen wird mein ältester Sohn zum erstenmal allein auf eine große Reise gehen, nach Senegal und Mali. Dort dürfte sich ja die Entwicklung am Golf nicht unmittelbar auswirken, trotzdem, es wird ein Abschied sein, und nach dem Ende des Telefonats geht es gegen Mittag, und ich begebe mich in die Küche und koche in kurzer Zeit ein Fischrisotto, für ihn, meine Frau und mich. Auch meine Mitarbeiterin ißt mit, auch sie ist bedrückt.

Ich erinnere mich an Kriege, die sich zu meiner Lebenszeit abgespielt haben. Die meisten brachen entweder überraschend aus, der Jom-Kippur-Krieg, der Sechstagekrieg, oder sie wurden gar nie erklärt und waren eines Tages einfach nicht mehr abzustreiten, wie der Krieg in Afghanistan oder derjenige in Vietnam. Aber daß so zielstrebig auf einen Krieg hingearbeitet worden ist wie jetzt, habe ich nie miterlebt. Da setzt man einen Termin fest, wie für eine Uraufführung, und dann läßt man sich durch nichts davon abhalten, schließlich laufen die Proben vielversprechend.

Mein erster Bühnenauftritt dieses Jahres fällt auf den Tag nach dem Ablauf des Ultimatums. Ich will mein Programm, das ich im November zuletzt gespielt habe, wieder aufnehmen, werde aber Verschiedenes ändern müssen. Was? Was gibt es zu einem Krieg zu sagen? Gibt es überhaupt etwas zu sagen? Ich sitze am Nachmittagsschreibtisch, ratlos. Ich beginne aufzuräumen, lege Manuskripte nach links, die rechts lagen, dann öffne ich mein Portemonnaie, nehme die Quittungszettel der letzten Tage heraus und sortiere sie, private weg, Berufsauslagen aufbewahren.

Ein Bekannter aus Olten ruft an, außer Atem, er ist Lehrer, hat mit seinen Oberschülern über den Krieg gesprochen, hat sogar gebetet, was er noch nie getan habe, und er findet, wir sollten hinunterreisen als Schutzschild, und ich soll diese Idee verbreiten und an bekannte Personen weitergeben, die ich kenne. Bevor ich ihm sagen kann, daß ich nicht als Schutzschild ins Kriegsgebiet reisen möchte, hat er aufgehängt.

Jeden Tag ruft jemand an, nur um seine Sorge mitzuteilen oder um zu fragen, ob ich auch keinen Rat wisse. Nein, ich weiß auch keinen.

Ein Mann vom Schlüsselservice kommt, weil ich für die Kellertür ein Zylinderschloß möchte. Als wenig später auch der Schlosser kommt, mit dem ich über ein Gitter vor den Kellerfenstern reden will, komme ich mir zum erstenmal in unserm Jubiläumsjahr wie ein richtiger Schweizer vor. Vielleicht brennt morgen die Welt, und ich sichere meine Kellereingänge.

Wenn Saddam Hussein seine Ölfelder anzündet, könnte dies ähnliche Folgen für unsern Globus haben wie ein atomarer Winter.

Wenn die amerikanischen Autohersteller Autos herstellen würden, die mit einem Liter Benzin 660 Meter weiter fahren könnten, als sie dies jetzt können, würde Amerika soviel Öl einsparen, wie es heute aus der Golfregion importiert. Solche Rechnungen machen mich wütend.

Meine Mitarbeiterin telefoniert für mich, eine ausländische Putzfrau putzt die Wohnung für mich, trotzdem kann ich mich nicht auf meine Arbeit konzentrieren.

Schließlich gehe ich für das Abendessen mit den beiden Söhnen noch etwas Käse kaufen und Bündnerfleisch und Kartoffeln und drei große Crèmeschnitten. Beim Gang über den Marktplatz höre ich eine Amsel singen, unbeirrt behauptet sie, es sei Frühling.

Danach bin ich imstande, zu üben und nachzudenken, dann mache ich geschwellte Kartoffeln, diskutiere mit dem Älteren während des Essens über die Abreise, und ob er alles hat, Seife, Waschtüchlein, ein zweites Paar Schuhe, einen Geldgurt, als müßte er einrücken. Dann sehen wir die Tagesschau. Die sowjetische Armee hat in Litauen zugeschlagen, das allerdings, Menschen vor Panzern, habe ich mehrmals gesehen in meiner Lebenszeit. Auf Bildern. Dabei war ich nie. Ich war immer zu Hause, ich war immer im Windschatten, und die Not drang nie bis zu meinem Kellereingang.

Aber diesmal, denke ich, könnte es anders sein.

Und wenn ich mich nicht konzentrieren kann, dann ist es nicht, weil ich müde bin oder lustlos oder unaufmerksam, sondern dann ist es, weil ich Angst habe.

Drei Gebete

1. Gebet

Lieber Gott
es ist mir schon recht, wenn's dich gibt
im Himmel
aber ich bin froh
wenn man nicht soviel merkt von dir
hier unten
ich habe dich gern am Sonntag
an Ostern auch
und an Weihnachten
wegen des Drum und Drans
es ist halt ein Ritual
die Kinder würden's vermissen
wir haben auch eine holzgeschnitzte Krippe
von meinen Großeltern her
die stellen wir immer auf
im Advent
und zur Konfirmation
da gibt's eine Uhr
und zur Hochzeit
gehört nun einmal der Traualtar
und der Gang aus dem Kirchenportal
wo stünden die Freunde vom Fechtklub sonst Spalier
und eine Beerdigung ohne Pfarrer
und ohne ein Bibelwort
das wäre doch trostlos

nicht, daß ich beten würde
selbst
doch ich bin in der Kirchenpflege
und meine Frau ist immer dabei beim Sockenstricken
für unsre Schwesterkirche in Moçambique
da wird viel Gutes getan
schon lange vor »Brot für Brüder«
die meinen ja auch mit ihrem Fastenkalender
sie hätten die Wahrheit erfunden
und was man nicht alles tun müsse
wenn man ein wirklicher Christ sei
das geht auf die Dauer nicht so weiter
wir lassen uns doch das Geschäft nicht vermiesen
lieber Gott
wie gesagt
es ist mir schon recht, wenn's dich gibt
und vor allem
wenn du dort bleibst
wo du bist
im Himmel.

2. Gebet

Lieber Gott
ich kann dich nicht finden
im Himmel oben
ich suche dich eigentlich
fast nur noch hier
bei den Menschen
mit denen ich lebe
und ich suche dich eher

bei denen, die leiden
ich vermute dich näher beim Schmerz
als beim Glück
und eines muß ich dir sagen:
Wenn du gelassen dort oben sitzest
und zuschaust
wie es hier unten zugeht
und ruhig bleiben kannst
auf deiner Empore
dann versteh ich dich nicht
dann bist du nicht der
den ich suche
denn ich suche einen
der fassungslos ist
ob all unserm Unsinn
und all unserm wohlorganisierten Leid
und dem es die Sprache verschlägt
wenn er hört
wie wir bedauernd rufen
»Das Boot ist voll!«
und meinen mit Boot
unsern Luxusdampfer.

Lieber Gott
falls dich so etwas kalt läßt
dann erkläre ich hiermit
daß ich die Suche nach dir
einstelle
und mich nur noch mit denen beschäftigen will
die sich nicht um das Jenseits kümmern können
weil sie so sehr darum kämpfen müssen
im Diesseits zu bleiben.

3. Gebet

Lieber Gott
ich bitte dich sehr
hab Mitleid mit mir
ich bin ein armer Hund
denn ich bin Pfarrer
und bin umstellt von Menschen
die es gut meinen
und die alle wissen, was ich zu tun hab
ich sollte den alten Leuten sagen
warum sie getrost sein sollen
und den jungen
warum sie empört sein sollen
und ich sollte lächelnd
am Bazar Kuchen essen und Kaffee trinken und Hände schütteln
während die Dritte Welt an den Grenztoren steht
und über die Berge steigt
durch die Flüsse schwimmt
aus Verzweiflung und Hoffnung
und wenn ich darüber predige
und über die brennenden Asylantenheime
ärgern sich Kirchenpfleger und Bazartanten
und wenn ich nur Psalmen lese in Altersheimen
ärgern sich engagierte Christen
und wenn ich mich
zu den Engagierten setze
meckern die Altersheime
»Wo bleibt der Herr Pfarrer?«
und wenn ich die Botschaft dann wörtlich verstehe
um Himmels willen, wörtlich
und die Kirche öffne

für die
die in Not sind
dann werde ich weggewählt
von der Mehrheit
die nicht in Not ist
oder von einem wohlgenährten Musterknaben
in einem Bischofspalast
des Mittelalters

Lieber Gott
ich bitte dich sehr
hab Mitleid mit mir
ich bin ein armer Hund
ich bin Pfarrer.
Amen.

Die Schöpfung

Am Anfang war nichts außer Gott.

Eines Tages bekam er eine Gemüsekiste voller Erbsen.

Er fragte sich, woher sie kommen könnte, denn er kannte niemanden außer sich.

Er traute der Sache nicht ganz und ließ die Kiste einfach stehen, oder eher schweben.

Nach sieben Tagen zerplatzten die Hülsen, und die Erbsenkugeln schossen mit großer Gewalt ins Nichts hinaus.

Oft blieben dieselben Erbsen, die in einer Hülse gewesen waren, zusammen und umkreisten sich gegenseitig.

Sie begannen zu wachsen und zu leuchten, und so wurde aus dem Nichts das Weltall.

Gott wunderte sich sehr darüber. Auf einer der Erbsen entwickelten sich später alle möglichen Lebewesen, darunter auch Menschen, die ihn kannten. Sie schrieben ihm die Erschaffung des Weltalls zu und verehrten ihn dafür.

Gott wehrte sich nicht dagegen, aber er grübelt bis heute darüber nach, wer zum Teufel ihm die Kiste mit den Erbsen geschickt haben könnte.

DA, WO ICH WOHNE
(1993)

Kulturlandschaft

Gestern habe ich abends um elf Uhr meine Eltern zum Bahnhof Zürich-Oerlikon begleitet.

Meine Frau kam auch mit, und auf dem Heimweg gingen wir über den Marktplatz, damit unser Hund noch ein bißchen rennen konnte.

Direkt neben dem Marktplatz erhebt sich das Hotel International, ein gut zwanzigstöckiges Hochhaus, wo sich jeweils ganze Flugcrews in die Joint Venture-Betten von Swissair und Nestlé sinken lassen. Am Mittwoch und Samstag, wenn Markt ist in Oerlikon, vergißt man das Hotel fast, nur manchmal, wenn man den Blick vom Bio-Stand in die Höhe erhebt, merkt man, daß all die naturnahen Rüben, Selleries und Nüßlisalate im Schatten dieses Betonturmes feilgeboten werden.

Neben der ersten Säule des Hotelvordaches aber schob sich gestern abend die Schnauze eines seltsamen Fahrzeuges vor, und nähertretend sahen wir, daß es sich um eine Schneeplanierraupe aus Fiesch handelte, die den fröhlichen Namen Pisten-Bully trägt und jetzt gutmütig und anbiedernd auf dem Asphalt von Oerlikon stand, schneefrei und sinnlos. Nach einigen weiteren Schritten stießen wir auf eine Gondel der Drahtseilbahn Fiesch-Eggishorn, die nicht ihrer Bestimmung gemäß in der Luft schwebte, schon gar nicht in der Luft zwischen Fiesch und dem Eggishorn, sondern die einfach auf dem Hotelvorplatz stand, wie ein gestrandetes Schiff. Als Passagiere hatte sie drei Schaufensterpuppen in Wintersportbekleidung geladen, welche mit rätselhaftem Lächeln durch die Scheiben auf die leere Straße blickten.

Spätestens hier wurde mir klar, daß das kein Zufall sein

383

konnte, ich schaute suchend nach oben, und siehe, da war das sinngebende Transparent, aufgespannt zwischen zwei hotelvordachtragenden Säulen: »Auf du und du mit dem Wallis«.

Da waren offenbar, und das mußte mir entgangen sein, Walliser Wochen am Laufen, wahrscheinlich gab es im Restaurant Raclette und Fondue mit Walliser Weinen, und daneben stand noch als drittes kulturelles Lockstück ein Saurer-Diesel-Lastwagen, der eben noch neu gewesen war, als ich eben noch jung war, mit einem gewaltigen Auspuffrohr, welches, durch ein Gitter geschützt, hinter der Führerkabine in die Höhe stieg, und auf der Plache des Lastwagens stand geschrieben: PROVINS VALAIS, und als Verzierung ein Walliser Wappen, das rotweiße mit den vielen Sternen drauf.

Das also ist die optische Abkürzung für den größten Schweizer Bergkanton:

1 Pistenfahrzeug, 1 Seilbahngondel, 1 Lastwagen.

Als ich nach Hause kam, räumte ich noch ein paar Zeitungen auf, darunter das Reklameblatt einer Einkaufskette, auf dem zuoberst stand:

»Super Hit! 1 Million Mödeli Kochbutter.«

1 Mödeli wiegt 250 g, und statt 3 Franken 40 kostet es nur 2 Franken 65.

»Beschränkung auf Haushaltmengen« steht dabei. Das Hotel International, das übrigens neuerdings mit »Swissôtel« angeschrieben ist, könnte also keinen asiatischen Küchenburschen schicken, der z. B. 1000 solcher Mödeli aufs mal kaufen würde, denn die Verkäuferin würde augenblicklich merken, daß es sich hier nicht um eine Haushaltmenge handeln kann, sondern um eine Hotelmenge, und wenn sie so etwas zuließe, dann wäre sie ihre Million Mödeli rasch los, bei all den Walliser Spezialitäten, die in Schweizer Hotels von asiatischen Küchenburschen zubereitet werden.

Absturz-City

Am Bucheggplatz fährt das Tram Nr. 11 ein, und während sich seine Türen öffnen, fährt der Bus Nr. 32 ab. Fahrplan ist Fahrplan. Als der Bus gleich darauf vor der Ampel halten muß, rennt ihm ein junger Mann hinterher und drückt mehrmals, aber vergeblich auf den Öffnungsknopf, offenbar ist er noch neu in Zürich.

Mit dem nächsten Bus fahre ich zum Helvetiaplatz und begebe mich zum Volkshaus. Im Vorbeigehen sehe ich ein Abstimmungsresultat: Die Parterrefenster des Kanzleischulhauses sind mit Brettern vernagelt, ebenso die hohen Fenster der Kanzleiturnhalle, die Pyramide auf dem Rasen steht noch, wahrscheinlich ist es schwieriger, Pyramiden zuzunageln.

Im Volkshaus findet eine Veranstaltung der Grünen über die Drogenpolitik statt, im Gelben Saal, während im Blauen Saal eine Verkaufsausstellung von Haushaltseinrichtungen im Gange ist, die vor allem von italienischen Paaren besucht wird, man kann sich hier komplette Aussteuern zusammenkaufen.

Vorn am Tisch sprechen verschiedene Leute, die mit Drogen zu tun haben. Alle sind vertreten, außer den Drogensüchtigen, die haben genug zu tun derzeit. Am Mittwoch ist der Platzspitz geschlossen worden, und ab jetzt soll die Bildung einer neuen offenen Drogenszene verhindert werden, die Zwischenbilanz, so Stadtrat Neukomm im »Tages-Anzeiger«, sei eher positiv. Ein Referent zitiert eine Aussage des Zürcher Polizeikommandanten von 1983, mit der dieser das damalige Konzept umschrieb: »Wo immer sich eine Szene bildet, kreuzen wir auf.«

Eine Mutter erzählt von der Schwierigkeit im Umgang mit

Behörden und erwähnt, daß ihre Tochter im Verlauf ihrer dreijährigen Drogenkarriere mit 51 verschiedenen Amtspersonen in
Kontakt kam. Warum wir eigentlich nicht sehen wollen, daß der
Selbstzerstörungsprozeß eines jungen Menschen nur ein Spie-
gelbild dessen sei, was die Menschheit als ganzes tue, fragt eine
andere Frau. Es gibt zu wenig Langzeittherapieplätze, es gibt zu
wenig niederschwellige Therapieplätze (was für ein Wort), es
gibt zuviel Repression, und es gibt keine Sicherheit. Eine Mutter
erzählt von ihrem Sohn, der nach einer dreijährigen Therapie
wieder abstürzte und an einer Überdosis Rohypnol starb.

Ein Drittel aller Strafgefangenen in der Schweiz sitzen wegen
Drogen. Die Hälfte aller Diebstähle in Zürich passieren wegen
Drogen. Der Stadtratskandidat sagt, man sollte die Kontakt-
und Anlaufstellen in Fixerräume umwandeln, einer, der in einer solchen Stelle arbeitet, verwirft die Hände und sagt, nur das
nicht. Alle sind sich einig, daß Drogen legalisiert werden sollten,
alle wissen, daß das zur Zeit nicht möglich ist. Niemand weiß,
was tun.

Später gehe ich zum ehemaligen Platzspitz. Die Insel ist gesperrt, man will sie entseuchen, der Boden muß reanimiert werden, aber dann könne z. B. sommers Kleintheater gespielt werden, schlägt der Gartenbauamtschef vor. Doch jetzt ist Winter,
die Insulaner sind alle noch da, verzweifelt schwimmen sie um
ihre Insel herum und werden von der allgegenwärtigen Seuchen-
polizei am Schwimmen gehindert. Die weiß, was tun. Kontrollen, Kontrollen, Kontrollen, Uniform, Zivil, Jacken, auf denen
hinten »POLIZEI« steht, graue Kastenwagen, orange Kastenwagen, weiße Kastenwagen, zivile Wagen, langsam durch enge
Straßen fahrend, aus schmalen Einfahrten herausdrängend, krei-
send über Kieswege eines Parkrondells, wer im Park sitzt, verschwindet flink und schattenhaft, einer schafft es nicht, wollte
sich einen Schuß präparieren, schon ist er umringt von einer

Sechsermannschaft, muß aufstehen, sich ausweisen, sein Zeug abgeben, wird durchsucht. Neben mir steht ein junger Mann auf der Traminsel, schaut hinüber, wie ich, und sagt, recht so, aufräumen müsse man mit dem Mist. Als ich ihn frage, ob er aus Olten komme, erschrickt er, traut mir nicht mehr und steigt ins nächste Tram. Ich habe ihn am Dialekt erkannt, den Katastrophentouristen.

Gespenstisch belebt die Straßen, die in die Limmatstraße einmünden. Hier gibt es Hinterhöfe, Ecken und Nischen, in denen Süchtige in einem ruhigen Moment zu fixen versuchen, hinter einem Mauervorsprung liegt eine schmutzige Matratze am Boden, von der soeben zwei Menschen aufgestanden sind und sich langsam unter die Gehenden mischen, die die ganze Straße ausfüllen.

Plötzlich stehe ich vor einem Gebäude, das mit »Kunsthaus Oerlikon« angeschrieben ist und will hineingehen. Es ist geschlossen, aber nach einer Weile wird mir geöffnet. Ich trete ein, ein kahler Raum, Fabrik oder Lager einstmals, und darin Bilder, an der Wand hängend oder am Boden gegen die Wand gelehnt, lauter Gesichter, verzweifelte, depressive, wütende, traurige, unglückliche, einer setzt sich eine Spritze in die Wange. Er porträtiere Drogenabhängige, sagt der türkische Maler, der in diesem Raum arbeitet. Die ganze Welt von draußen findet sich hier nochmals, mit dem Rücken zur Wand. Er verstehe das alles nicht, sagt der Maler, vorhin habe er gesehen, wie sie einem die Spritze aus der Vene gerissen hätten, daß ihm das Blut über den ganzen Arm gelaufen sei.

Später läute ich bei einem Freund an der Heinrichstraße, er ist nicht da, aber seine Frau und ihre Tochter, ich trinke einen Kaffee, bekomme auch ein Sandwich, werde aufgepäppelt wie einer, der Suppenhilfe braucht, dabei bin ich unversehrt, unabhängig, ungeschoren, Zuschauer.

Es ist Samstagabend; während die uniformierten Familienväter ihre Überstunden absolvieren, um die Bildung einer Szene auch 1992 zu verhindern, will ich ins Kino. Im Niederdorf schwankt ein junges Mädchen mit geröteten Wangen auf mich zu und fragt mich, ob ich ein bißchen Münz habe, ich frage sie, warum es nicht mehr gehe, erfahre aber nichts als Absturz und uf de Gass, und als ich mein Portemonnaie öffne, sehe ich, daß ich nur noch eine Hunderternote und etwas Münz habe, also gebe ich ihr mein restliches Münz. Sie ist perplex, so hatte sie es nicht gemeint. Besser wäre wohl gewesen, ich hätte sie zu einem Kaffee und einem Gespräch eingeladen, wie die Drogenärztin heute nachmittag empfahl. Es ist überraschend einfach, das Bessere nicht zu tun.

Ich kaufe ein Kinobillett und gehe noch eine Stunde in ein alternatives Lokal, in dem mich ein älterer Langhaariger unablässig von einem entfernten Tisch herüber angrinst, während ich die Informationsschriften des Elternvereins der Drogenabhängigen lese.

Dann gehe ich mir den Film anschauen, er wurde, wenn ich mich recht erinnere, schlecht besprochen, aber ich glaube keinem Filmkritiker, die sind alle neidisch, weil sie selbst keine Filme drehen können, und der Film berührt mich, stark ist er, eindringlich und deprimierend, er zeigt, wie in einer fleißigen und idyllischen schweizerischen Kleinstadt vor 200 Jahren eine Frau zur Hexe gemacht und durch einen Ratsbeschluß zum Tode verurteilt wurde, mit 32 zu 30 Stimmen, demokratisch also.

Information

Gibt es die Rede, die Dürrenmatt für Havel hielt, in einem Buch?« fragte ich die junge Buchhändlerin.

Sie wußte es nicht, ging zum Computer und tippte »Dürrenmatt« ein und dann »Havel«. Auf dem Bildschirm erschien nach kürzester Zeit der Satz »Suche beendet«, und sonst nichts.

»Nein, leider nicht«, sagte die Buchhändlerin.

»Sind Sie sicher?« fragte ich, denn mir war, als sähe ich vor meinem inneren Auge einen schmalen schwarzen Band. »Die Rede hieß ›Die Schweiz als Gefängnis‹ oder ›Die Schweiz ein Gefängnis‹« fügte ich leicht verärgert hinzu.

Die Buchhändlerin tippte nochmals »Dürrenmatt« ein, und dazu »Schweiz«, und als der Computer gleich darauf »Suche beendet« meldete, versuchte sie es mit der Paarung »Dürrenmatt« und »Gefängnis«, und wieder zeigte der Computer an, daß keine solche Kombination auf dem Buchmarkt existiere und daß er seine Suche hiermit definitiv beendet habe.

Als ich den Laden resigniert verlassen wollte, legte mir der ältere Buchhändler das gesuchte Buch auf den Tisch. Es war ein schmaler schwarzer Band, enthaltend zwei Reden von Dürrenmatt, eine an Gorbatschow, die andere an Havel, und er hatte im Regal gestanden, bei Dürrenmatts anderen Werken.

Aus diesem Ereignis sind verschiedene Schlüsse möglich.

Die junge Buchhändlerin wird daraus schließen, daß der Computer besser programmiert werden sollte.

Der ältere Buchhändler wird daraus schließen, daß die Anschaffung dieses Computers eine Fehlinvestition war und daß er es schon immer gewußt hat.

Und ich, schließe ich auch etwas daraus?

Ja.

Wenn der Computer sagt »Suche beendet«, dann heißt das, daß die Suche beginnt.

So alt?

Ooooh, jetzt sind wir schon 700 Jahre alt, kann denn das sein – aber man sieht's uns nicht an, oder? Wir sind doch frisch und dynamisch und mißtrauisch und geschäftstüchtig wie alle anderen auch. Gut, etwas anders sind wir schon, wieso kämen sonst noch Touristen zu uns.

Wir haben eigene, währschafte Gerichte, die wir auf den Sonnenterrassen unserer Paßstraßenhotels den Ausländern auftischen, Schüblig mit Härdöpfelsalat oder Pizokel oder Älpler-Magronen, die werden in den Paßstraßenhotelküchen von gut instruierten portugiesischen Köchen zubereitet und von jugoslawischen Serviertöchtern in Schweizer Sennenchutteli aufgetragen, wahrscheinlich sind wir europäischer als die meisten Staaten Europas, unsere Straßen und Tunnel bauen wir schon lange nicht mehr selber, in den Schützengräben unserer Baustellen kämpfen Spanier und Portugiesen und Türken und Kosovo-Albaner gegen den erbitterten Widerstand schweizerischer Nagelflühe und verrosteter Leitungsrohre, die Siegestore der einheimischen Fußballclubs werden von Isländern und Ägyptern geschossen, unsere Mülleimerleute rufen sich Witze in unverständlichen Sprachen zu, und wir schauen lieber geradeaus auf den Boden, wenn sie untereinander lustig sind, denn irgendwie ahnen wir, daß sie in Baracken wohnen, die wir nicht kennen und die wir auch nicht kennenlernen wollen, manchmal lesen wir eine Reportage über die Unterkünfte der Geleisebauarbeiter, die unter heißen Brücken in Wohncontainern hausen und dafür auch noch ausgenommen werden, und dann lesen wir doch lieber die Jubiläumsberichte, »Bescheidenheit und Zuversicht!« rufen uns unsere Landesväter von der Rütliwiese aus zu, denn dort haben sie sich versammelt am 1. August, und auch die früheren Väter sind gekommen, und alle Parlamentsvorsitzenden Europas waren eingeladen, Frau Süssmuth war da und hat genickt, als sie Bescheidenheit und Zuversicht gehört hat, und Alexander Dubček war da und wurde sofort von unserer nationalen Altlast Kurt Furgler eskortiert, der bis zum Ende der Feier nicht von seiner Seite wich, denn der fehlte noch in seinem Fotoalbum »Ich und die Welt«, in dem doch schon Herr Gorbatschow und Herr Reagan auf dem Genfer Flughafen kleben, denen Herr Furgler seinerzeit je in ihrer Heimatsprache etwas zugerufen hat, was heißt Hoffnung auf russisch, oder Bescheidenheit und Zuversicht, und gleichzeitig wurden wir alle bespitzelt, alle, die den Mund auch außerhalb der Rütliwiese aufgemacht haben, bescheiden natürlich, kein Vergleich mit der Stasi, aber doch zuversichtlich, daß sich irgendwer verraten würde, irgendeinmal, mit seinen Gedichten oder mit seinen Kontakten, und als dann einige von uns gesagt haben, sie machen in keiner Weise mit bei der großen Greisenfeier, vor allem in keiner kreativen Weise, i. A., wurden sie einhellig von sämtlichen Kulturredaktionen sämtlicher Zeitungen, von ganz links bis ganz rechts, mit Unverständnis überschüttet, der Phantasielosigkeit geziehen, wir müßten, sagte man uns, die einmalige Gelegenheit benutzen, endlich etwas Wohlsubventioniertes zu sagen, frech sollten wir das Auftragssystem unterlaufen, und irgendetwas sollten wir sagen, die Hauptsache sei, dabeizusein, nicht abseits zu stehen, sondern Utopien zu entwerfen, die dann nie verwirklicht würden, die uns aber doch einen Sonntagsmoment lang zeigen könnten, wo's allenfalls lang ginge, wenn's ginge, und wir wollten trotzdem nicht, und jetzt, wo wir von Freilichtspielen und Turn- und Trachtenfesten überrollt werden, jetzt müssen wir Deckung suchen vor soviel Schweiz, aber auch die Festspielschweiz können wir nicht mehr alleine liefern, das große Mythenspiel in Schwyz hat ein Österreicher inszeniert, und auch die Bühne wurde von einem österreichischen Bautrupp erstellt, und was das schlimmste ist, mit österreichischem Holz! Der Verband »Pro Silva Rigi-Nord« hat in der »Schwyzer Zeitung« unter dem Titel »Holz aus dem Ausland« einen flammenden Leserbrief geschrieben, der im Satz gipfelt: »Bei allen Varianten, die der Freihandel bietet, sollte es noch möglich sein, für einen Anlaß von nationaler Bedeutung eigenes Holz zu verwenden.«

Und unterdessen verhandelt unser strahlender Verkehrsminister mit dem griesgrämigen Nachbarn Krause, und soeben hat er sich sagen lassen müssen, wieviel 40-Tonnen-Lastwagen als Ausnahmeregelung unsere Nord-Süd-Achse befahren dürfen, und wenn es nun 100 sind pro Tag, ist das keine Niederlage, sondern ein Erfolg, und alle rufen Bescheidenheit und Zuversicht, und Dankbarkeit auch, und wenn die Festgemeinde einen Augenblick ruhig ist und ihr Ohr an den Boden hält, dann hört sie tief unten das leise Grollen der Lastwagen, die unter dem Rütli durch den Tunnel donnern, 2000 am Tag, aber wir werden einen noch größeren Tunnel bauen, 50 Kilometer lang, für die Eisenbahn, und dann laden wir in 20 Jahren alle Lastautos auf Güterwagen, und dann können sie benzinlos donnern, mit Atomstrom, durch den größten Tunnel, den wir je gegraben haben werden, wobei dieses »wir« wieder jene schon erwähnten drahtigen Burschen aus den anderen Teilen Europas sind, denen wir im übrigen nicht beitreten möchten, trotz des breiten EG-Lächelns von Herrn Delamuraz am ersten Tag nach den Wahlen, denn wir verlören unsere Souveränität, unsere kostbare, die wir zwar nicht ausüben bei unsern Volksabstimmungen, es geht nur noch ein Drittel der Bevölkerung zu den Urnen, und bei den Wahlen vielleicht etwas mehr, aber auch nicht die Hälfte, und diese knappe Hälfte genügt, um die Partei zu wählen, die die Souveränität des Autos auf ihre Fahnen geschrieben hat und welche unsere Parkplätze gegen die Asylsuchenden verteidigen will, und die Souveränität, wie gesagt, die hätten wir doch gern im Schrank, zusammen mit unserm Sturmgewehr und unsern 34 FA-18-Kampfflugzeugen, die wir jetzt dann in Amerika bestellen werden für ein paar Milliarden, denn wie es mit Sicherheit und Zusammenarbeit in Europa aussehen wird in 20 Jahren, wenn die Lastwagen unterirdisch transitieren, das wissen wir ja wirklich nicht, oder was meinen denn die alle, sollen wir vielleicht dem Fürstentum Liechtenstein beitreten, nein, wir möchten bleiben, wer wir sind, wir möchten selbst das Tempo unserer Auflösung bestimmen können, es wird bei uns jede Sekunde ein Quadratmeter Kulturland überbaut, und jeden Tag brechen 3 Bauernbetriebe zusammen, aus, fertig, Schluß, und der jährliche Zuwachs an Autos ist bei uns größer als der Zuwachs an Kindern, und so werden wir eines Tages wohl einfach zuwachsen, mit Beton und Einfamilienhausbiotopen, aber vorher möchten wir noch die Krebsmaus patentieren wie die Amerikaner, und ein besseres Urheberrechtsgesetz, damit die Autoren für ihre Untergangsmeldungen anständig bezahlt werden, auch für die schweizerdeutschen, und wir schreiben viel auf schweizerdeutsch jetzt, fast alles, was Freilicht ist, ist auch schweizerdeutsch, denn gehört nicht der Sternenhimmel uns wie die Lokalradios, die sprechen auch nur schweizerdeutsch, wehe, wenn Sie als deutschsprachiger Durchreisender irgendetwas erfahren wollen, unsere sprachliche Identität sprießt überall wie Angsttriebe aus einem sterbenden Baum, der 700 Jahre Bescheidenheit und Zuversicht in den Wurzeln hat, und wir glauben an ihn, und wir glauben auch nicht mehr an ihn, schaudernd sehen wir zu, wie die Slowenen und Kroaten gerne unabhängig wären, aber in der Schule haben wir Jugoslawien gelernt und nicht Veränderung, und wir rufen ihnen nichts Ermunterndes zu, wie, es lohne sich, ein selbständiger Kleinstaat zu sein, wir haben Litauen, Lettland und Estland erst anerkannt, als uns das übrige Europa voranging, denn wir müssen immer zuerst überlegen, was das bedeutet, für unsere Banken und unsere Industrie und unsere Neutralität, und ob es gut oder schlecht ist für unsere schweizerischen Festspielbühnen und Schützengräben und Tunnel, in denen sich fremde Menschen in fremden Sprachen Befehle zurufen, und an unsern Grenzen stehen schon Flüchtlinge, die auch die fremden Sprachen der fremden Menschen nicht mehr verstehen.

Zürich, 14. November 1991

Lieber Kain, lieber Abel!

Ich weiß nicht genau, wo Ihr zur Zeit seid, in Dubrovnik vielleicht oder in Vukovar oder in Osijek, aber mit Schrecken sehe ich: Wo immer Ihr seid, Ihr seid nicht weiter als im ersten Buch Mose.

Von hier aus kann ich nicht deutlich erkennen, wer von Euch auf welcher Seite der Gräben steht, und ob es Kain ist, der hinter einem Maschinengewehr kauert, und Abel, der sich an eine zerschossene Hauswand drückt, oder umgekehrt.

Ich sehe nur, daß es wieder ist wie damals, als Du, Kain, zu Deinem Bruder Abel sagtest: »Laß uns aufs Feld gehen.«

Lieber Kain, lieber Abel, ich bitte Euch, kommt zurück vom Feld, bevor es zu spät ist. Ich kenne den Ausgang dieser Geschichte, Ihr kennt ihn auch, wir alle kennen ihn.

Ich weiß nicht wirklich, was Euch diesmal entzweit, aber eines weiß ich auch aus großer Entfernung: Ihr seid Brüder.

Es bleibt nicht viel Zeit, und die Verbindungen sind unterbrochen, deshalb gebe ich meinen Brief einer Taube mit. Hoffentlich findet sie Euch und wird nicht abgeschossen über dem Feld.

Euer Urenkel

Franz Hohler

Die Antwort

Kürzlich träumte mir, ich ginge zum Friedhof, auf dem Jesus beerdigt sei, und heute sei ein besonderer Tag, denn Jesus sei auferstanden und lebe.

Als ich dorthin kam, lehnte er an der Friedhofmauer. Ich erkannte ihn sofort an den langen Haaren und dem milden Blick. Ziemlich aufgeregt stellte ich ihm die Frage, über die ich schon oft nachgedacht hatte: »Sind Sie wirklich Gottes Sohn?«

Er schaute mich müde an und fragte mich: »Häsch mer en Stutz?«

Da erwachte ich.

Ostern

Am Morgen erwachte ich ohne Wecker, frühstückte in der Küche und ging dann in meine Minderheitenkirche. Der Pfarrer predigte über die Trostlosigkeit neuer Schweizer Filme. Der Chor sang das »Halleluja« von Händel, so gut es ging.

Nachher trank die Gemeinde, also auch ich, Kaffee in der Kirchgemeindestube. Einige tütschten ein Osterei, ich nicht.

Auf dem Weg nach Hause sah ich einen Schüler mit seinem Rollbrett allein auf dem Pausenplatz des Ligusterschulhauses herumkreisen.

Es war kalt und regnerisch.

Am Nachmittag besuchten wir die Eltern meiner Frau. Da unsere Kinder erwachsen sind, versteckten *sie* die Eier, und *wir* suchten sie.

Wir fanden alle bis auf zwei.

Die Ausgießung

Der Heilige Geist war es leid, immer nur an den längst vergangenen Tag zu denken, an dem er in Erscheinung getreten war, und beschloß, es noch einmal zu versuchen.

Er hatte von einem Bischof in der Schweiz gehört, der ihn vielleicht brauchen könnte, fuhr also am Pfingstsonntagmorgen in dessen Kathedrale hinab und goß sich aus.

Als der Bischof vor dem Hochamt noch rasch durch den Altarraum schritt, sah er eine gallertige Flüssigkeit am Boden.

»Putzen Sie das auf«, sagte er zum Siegrist, der sogleich mit einem Kessel und einem Lappen kam, den Heiligen Geist feucht aufnahm und ihn in den Ausguß leerte.

Das war ein schönes Gefühl für den Bischof, in einer sauberen Kirche seine Pfingstmesse halten zu können.

Der Heilige Geist aber nahm, als er wieder in den Himmel kam, den Hintereingang.

Die Konferenz

Gott versammelte sich an einem großen Tisch und eröffnete die Sitzung.

»Meine Herren«, sagte er, »ich werde vom amerikanischen Präsidenten dringend um Beistand im Krieg gebeten. Zudem soll ich sein Land segnen. Hat jemand etwas dagegen?«

Er verschwand unter der Tischplatte und tauchte auf der linken Seite mit einem Palästinensertuch wieder auf.

»Tja«, sagte er hüstelnd, »ich werde vom irakischen Präsidenten dringend um Beistand gebeten. Zudem soll ich sein Land segnen und den Krieg heilig sprechen. Ich habe mir gerade überlegt, ob ich das möglicherweise tun könnte.«

Er verschwand unter der Tischplatte und erschien auf der rechten Seite wieder, mit einem Käppchen auf dem Kopf.

»Moment«, sagte er, »ich werde vom israelischen Präsidenten dringend um Beistand gebeten. Zudem soll ich sein Land segnen. Also was nun?«

In dem Moment kam der Erzengel Gabriel mit der Nachricht, der Fernsehapparat mit dem CNN-Sender sei jetzt installiert, und Gott brach die Konferenz ab, setzte sich vor den Bildschirm und schaute zu, bis der Krieg zu Ende war.

Eine Weihnachtsgeschichte

Es begab sich aber, in jener Zeit, da Flavius Cottius Statthalter von Helvetien war, daß in der Provinz Waadtland die Gemeinde Vivis, welche in der Sprache ihrer Bewohner Vevey heißt, alle jungen Bürger und Bürgerinnen von 18 Jahren zusammenrief, um mit ihnen zu feiern, daß sie nun erwachsen waren. Diese Feier geschah jährlich zu Beginn des Winters, und der Vorsteher der Gemeinde pflegte dabei den Jungbürgerinnen und Jungbürgern nach einem festlichen Abendmahle ihre Stimmrechtsausweise zu übergeben als Zeichen dafür, daß sie hinfort an den Geschicken des Landes teilnehmen durften.

Im November des Jahres 1991 nun, somit im 700sten Jahre der Geschichte des helvetischen Reiches, erschien zu dieser Feier auch ein schöner junger Mann aus dem Morgenlande. Er war von schwarzer Hautfarbe, redete aber die Sprache der Provinz Waadt, und als er seine Einladung vorwies, hielt ihn der Gemeindevorsteher für ein eingebürgertes Mitglied des reichen Helvetien.

Als jedoch der junge Mann aus dem Morgenlande die Speise der Provinz zu sich nehmen sollte, welche in der Sprache ihrer Bewohner Fondue genannt wird, fiel dem Gemeindevorsteher auf, daß dieser keine Kenntnis hatte vom Aufspießen des Brotes und dem Eintunken der Gabel in das Geschmolzene, und also setzte er sich zu ihm hin und fragte ihn, ob er dieses Gerichtes zum erstenmal genösse.

Der junge Mann aus dem Morgenlande sprach, fürwahr, es sei ihm diese Speise, so herrlich sie ihm scheine, gänzlich fremd, da er doch in Somalia, dem Lande seiner Herkunft, nie davon gekostet habe, und auch hier nicht, weil er als Flüchtling nach Helvetien gekommen sei, wo er Asyl zu finden hoffe.

Da erschrak der Vorsteher der Gemeinde, und er fragte alsogleich den Büttel, wie dieser junge Schwarze aus dem Morgenlande zu seiner Einladung gekommen wäre, auf der sogar sein Name richtig geschrieben stand, Ali Mohamoud Hassan.

Der Büttel antwortete und sprach: »O Vorsteher, verzeih, es muß die Schuld des Computers sein, welcher nur das Datum der Geburt beachtet und diesen da, ohngeachtet seiner Farbe und der Herkunft einlud, sich mit den Helvetiern gleichen Alters an einem Festmahl zu erfreuen.«

Der junge Ali Hassan aus Somalia aber hatte sich schon in Gesprächen mit dem einen oder andern seiner Nachbarn angefreundet und war bereits zum Mittun im Fußballspiele eingeladen worden, dem Spiel, nach dem ihn schon die ganze Zeit gelüstete, seit er in diesem Lande weilte.

Und wahrlich, als der Gemeindevorsteher sah, wie wohl dem fremden Manne war im Kreise der Helvetier, da ward er sehr beschämt. Er ging hin und bat den Herrn um Verzeihung dafür, daß es des Fehlers einer Maschine bedurft hatte, ihn die Liebe zu lehren, und er versprach, fortan zur Feier des Erwachsenwerdens auch die 18-jährigen zu laden, die nicht zum Reiche der Helvetier gehören, sondern hier nur Herberge suchen, in kalter Zeit.

Die sprechende Kastanie

Ein alter Mann lebte ganz allein in einem kleinen Haus. Er hieß Pietro, und seine Frau war schon lange tot. Kinder hatte er keine, und die meisten seiner gleichaltrigen Freunde waren gestorben.

Am liebsten sprach er von früher, aber niemand hörte ihm zu. Die meisten Leute saßen lieber vor dem Fernseher und schauten sich Kriege, Überschwemmungen und Vulkanausbrüche an. Aber ob der neue Pfarrer damals ins Dorf gekommen war, bevor der Schäfer Oreste gestorben war oder erst danach, interessierte niemanden.

Einmal im Herbst hatte er Kastanien gesammelt und wollte sie auf dem Kaminfeuer rösten. Bevor er sie in die Röstpfanne legte, schnitt er eine um die andere auf.

»Halt!« rief da eine Kastanie, die er in die Hand nahm, »schneid mich nicht auf, ich kann sprechen!«

Verwundert ließ Pietro sein Messer sinken und legte die Kastanie vor sich auf den Tisch.

»Du kannst sprechen?« fragte er.

»Ja«, sagte die Kastanie, »und ich weiß auch viele Geschichten von früher.«

»So so«, sagte der alte Mann, »dann weißt du vielleicht, daß der Hirtenhund des dicken Oreste einmal in den Bach gefallen ist.«

»Sicher«, sagte die Kastanie, »Oreste rang die Hände und sprang fast selbst in den Bach.«

»Aber was ich mich schon lange gefragt habe«, sagte Pietro, »warum ist er eigentlich in den Bach gefallen?«

»Er war hinter der Katze von Zia Amadea her, die hatte aus seinem Trog gefressen.«

»Richtig!« rief Pietro und mußte lachen, »wie konnte ich das vergessen, diese Katze war doch das frechste Vieh im ganzen Dorf!«

»Ja«, sagte die Kastanie und kicherte, »bei Orestes Leichenmahl hat sie dem Pfarrer die Forelle vom Teller gefressen.«

»Ach ja«, sagte Pietro, »aber sag mal, war das der neue oder der alte Pfarrer?«

»Aber Pietro«, sagte die Kastanie, »der alte natürlich, der neue kam doch erst nachher ins Dorf.«

»Eben«, sagte Pietro, »eben, ich hab's ja gewußt, der neue Pfarrer kam erst nachher.«

Dann fragte er die Kastanie noch bis tief in die Nacht hinein nach Geschichten, die im Dorf passiert waren, und sie konnte ihm alle haarklein erzählen und wußte auch manches, an das er sich nicht mehr erinnerte.

Als ihn die Nachbarin, die ihm immer die Milch brachte, am nächsten Morgen fand, hatte er den Kopf auf den Tisch gelegt, sein Ohr ganz nahe bei der Kastanie, und er sah sehr zufrieden aus.

Die Norne

Auf der Tessiner Alp, wo wir einen alten Stall haben, müssen wir das Wasser am Bach holen. Manchmal aber, im Frühling oder nach längeren Regenfällen, fließt auch eine kleine Quelle ganz nahe beim Stall, und das Wasser, das direkt aus dem Boden in eine Granitfassung quillt, die jemand vor hundert oder mehr Jahren hier eingerichtet hat, ist das beste der Welt.

Diesen Frühling floß die Quelle so schwach, daß ich das Wasser vom untersten Stein über ein Blättlein in die hingehaltene Flasche leiten mußte. Das tat ich mindestens zweimal am Tag, und Ursula und Kaspar lächelten darüber, aber das Wasser tranken sie gern.

An einem Abend kam ich mit zwei Flaschen zurück und stellte sie auf den Querbalken, der unsern Wohnraum auf Hüfthöhe in zwei Teile trennt. Die eine Flasche tranken wir leer, die andere stieß Ursula nach dem Essen versehentlich um, so daß sie zu Boden fiel und zerbrach.

Etwas verärgert schob ich den Tisch weg und begann mit Kaspar die Glassplitter wegzuwischen und das Wasser am Boden mittels alter Zeitungen aufzunehmen, während Ursula draußen das Geschirr wusch. Ich glaube, einer von uns benutzte auch das Wort »Katastrophe«. Als diese einigermaßen behoben war, ließen wir den Tisch aus Bequemlichkeit dort stehen, wohin ich ihn verschoben hatte, setzten uns darum herum und machten einen Jass. In der zweiten Runde, als ich am Verlieren war, löste sich ein Stützbalken aus dem Dach und fiel mit einem bösen Knall dorthin, wo vorher der Tisch gestanden hatte, genauer dorthin, wo beim Nachtessen Kaspar gesessen war. Hätte der Balken seinen Kopf getroffen, er hätte ihn erschlagen können.

Es dauerte eine Weile, bis wir merkten, daß der Tisch nicht am gewohnten Ort stand, und es dauerte nochmals eine Weile, bis wir merkten, daß er dort nicht stand, weil Ursula versehentlich eine Flasche umgestoßen hatte, die mit Wasser gefüllt war, das ich über ein Blättlein von einer schwach tropfenden Quelle in den Flaschenhals gelenkt hatte.

»Scherben bringen Glück«, sagte Kaspar, und ich, als ich nachts erwachte und rasch hinausmußte, sah auf einem Mäuerchen unserer Alp eine dunkle Frau sitzen.

Es dauerte eine Weile, bis ich merkte, warum sie dort saß. Sie schaut dem Spiel unseres Lebens zu, all unsern kleinen Taten und Verrichtungen, die oft das Ende einer Kette von Launen, Zufällen und Dummheiten bilden. Bei tausendundeinundvierzig unserer Handlungen schaut sie zu und tut nichts, aber bei der tausendundzweiundvierzigsten steht sie plötzlich auf und zeigt mit dem Daumen nach unten, oder, wenn wir Glück haben, nach oben. Dann setzt sie sich wieder auf ihr Mäuerchen und schaut auf die steinernen Häuser und auf die Lichter im Tal, als ob nichts geschehen wäre. Wenn der Tag kommt, ist sie schon woanders. Neben einer Straßenkreuzung, in einer Fabrikhalle, oder bei dir, vielleicht.

Das Blatt

Eine Ameise schleppt mit Mühe ein Blatt von weither zu ihrem Ameisenhaufen.

Wie sinnlos, denkst du, direkt beim Ameisenhaufen ist der Boden doch voll von solchen Blättern.

Was du nicht weißt: dieses Blatt ist ein Liebesbrief, den die Ameise einer andern bringt, und würde sie einfach neben dem Haufen ein Blatt auflesen, wäre es kein Liebesbrief, denn die wirkliche Liebe kommt von weither.

Die Kinder

Wenn du sehen willst, wie sich der Gesichtsausdruck der Menschen verändert, mußt du mit ihnen über ihre Kinder sprechen.

»Es ist drei und will alles wissen«, sagen sie, oder »Er macht jetzt eine Zimmermannslehre«, oder »Sie verbringt jede freie Minute im Reitstall«.

Leuchtende Sätze sind das, aus leuchtenden Gesichtern.

Nicht so diese:

»Er findet dort etwas, das er offenbar braucht.«

»Sie muß halt irgendwie ihren Weg suchen.«

Oder:

»Wir hofften eigentlich, daß er studieren würde.«

Intensivstationen gibt es aber auch, und Notschlafstellen und Friedhöfe, und manche Gesichter wenden sich auf die Frage nach den Kindern weg, und Sätze brechen ab.

Das Alter

Es ist hinter dir her, lange Zeit ist es hinter dir her, es ist, als gingest du durch eine nächtliche Straße und hörtest Schritte hinter dir, die näherkommen, und wenn du dich umdrehst, ist es schon zu spät.

Das Alter hat dich eingeholt, groß und grausam, in einem schwarzen Hut und einem langen Mantel, und es steckt langsam die Faust in die Tasche, mit der es dir einen Schlag versetzt hat.

Den halben Körper hat es dir gelähmt, und du wirst ihn mitschleppen müssen für den Rest deiner Zeit und ihn doch nicht mehr spüren, wie ein fremdes, viel zu schweres Gepäckstück wirst du ihn durch endlose Straßen und über steile Treppen tragen müssen, mit ganz kleinen Schritten.

Vielleicht hat er dir auch die Sprache zerstört, der Schlag. Du öffnest den Mund, um deiner Tochter guten Tag zu sagen, und zu deinem Entsetzen kommen die Laute eines Tieres aus dir heraus. Du kannst 2 + 2 nicht mehr zusammenzählen. Im Rollstuhl sitzest du. Was sind das für Runenzeichen unter den Bildern der Illustrierten? Wenn dir die Zeitung hinunterfällt, kannst du dich nicht bücken, um sie aufzulesen. Wieviel gäbest du, du könntest dich bücken. Ausländische Pflegerinnen stoßen dich auf die Toilette und putzen dir den Hintern. Jedesmal willst du dich entschuldigen, jedesmal lächeln sie. Du wartest sehnlichst darauf, wieder nach Hause zurückzukehren, aber deine Wohnung ist schon vermietet, dein Haushalt aufgelöst. Deine Söhne gehen immer schonender mit dir um, sie werfen einander Blicke zu, während sie laut und überdeutlich mit dir reden.

Vielleicht hast du Glück und kannst noch sprechen. Du weißt

nur nicht mehr, was du sagst, aber du bist sicher, daß du recht hast. Fremde Männer holen dich ab, legen zwei Rampen an einen Lieferwagen und schieben dich hinein. Sie wissen, wo sie dich hinbringen, aber sie wissen nichts von deinem Leben. Nichts. Sie wissen nicht, daß du das eigentlich gar nicht bist in deinem Rollstuhl. Wenn sie sagen, sie fahren dich ins Krankenheim Bachwiesen zurück, sagst du: »Meine Mutter wohnt in Magdeburg.« Du hast recht, und trotzdem dürfen dich die Männer dorthin bringen, wo sie wollen.

»Ich wohne Triemlistraße 15«, fügst du hinzu, und du könntest jedes Bild nennen, das dort an der Wand hängt, du kennst jeden Lichtschalter und alle Vorhänge und weißt, wo Mutters Kuchenteller steht mit dem Blumenmuster, aber niemand hat dir gesagt, wie lange die Wohnung schon vermietet ist an andere, die du nicht kennst, und alle sind fort und tot, und du bist allein im Laderaum eines Lieferwagens im Rollstuhl, allein mit den freundlichen fremden Männern, die dich in das Krankenheim bringen, dessen Namen du immer vergißt, an der Straße, die auf ihrem blauen Zettel steht.

Der Flüsterkünstler

für John Cage

Flüsterkünstler müßte man sein. Man würde dann an einem kleinen Tisch in einem großen Saal sitzen und unverständliche Texte ins Mikrofon flüstern, und die Menschen kämen sogar an sonnigen Vormittagen, um sich das anzuhören.

Aber vielleicht müßte man 79 werden, bis einem das gelänge, und man hätte sonst am Leben keine rechte Freude mehr, weil hinter jeder Toilettentür der Tod lauert. Das einzige, was einem bliebe, wäre eben, sich in einem großen Saal an einem kleinen Tisch zum Mikrofon zu beugen, als wollte man in einer Diskussionsrunde ein ganz kurzes Votum abgeben, und dann in dieser flüchtig vorgebeugten Stellung einen unverständlichen Text zu flüstern, aus dem höchstens einzelne Worte wie »Manchester« oder »explain« oder »I« aufschienen und in welchen man mit Hilfe eines Elektronikers einige Singsangtöne immer wieder einweben würde, und dies würde etwa so lange dauern wie ein Spielfilm oder doppelt so lang wie ein Gottesdienst, und die Leute wären hin- und hergerissen zwischen Verehrung und Langeweile.

Einige, die sich für die Langeweile entscheiden würden, würden irgendeinmal aufstehen und den Saal verlassen, andere, die sich für die Verehrung entscheiden würden, blieben sitzen bis zuletzt, aber eigentlich vermöchte am Schluß des Vortrags des Flüsterkünstlers niemand zu sagen, warum so viele dem heiseren Hupen der Schiffssirenen widerstanden hätten, um zuzuhören, wie einer an einem kleinen Tisch in einem großen Saal gegen das Verstreichen der Zeit anflüstert.

Die Druiden

Von überall her strömen sie zu der riesigen Halle, zum Tempel des Schreis, zur Kultstätte der Trance, die jungen Menschen, und sie haben sich für die heutige Messe schwarze Lederjacken angezogen, unter denen schwarze T-Shirts mit barocken Schriftzügen zu sehen sind, Anthrax, AC/DC, Metallica, und die Mädchen haben ihre knappsten Shorts angezogen, darunter schwarze Strümpfe oder Leggings über ihren wunderschönen Beinen, denn heute ist ein Festtag, heute kommen die Hohepriester des Sounds, die Masters of Puppets, und viele der Eintretenden bewegen sich schon unten am Eingang rhythmisch, wenn sie dem Securitaswächter ihr Ticket abgeben und von Trance noch nichts zu spüren ist, und gleich danach gibt's eine Waffenkontrolle, mich läßt man unabgetastet durch, ich bin schon im Saalwächteralter, und dann wird man ins Oval des gedeckten Stadions eingesogen, wo sonst Sechstagerennen stattfinden, und es liegt ein bläulicher Dunst über allem, Zigaretten werden geraucht, Tausende von Zigaretten, denn hier ist es erlaubt, kein Nichtraucherabteil, keine Nichtraucherecke, kein Schulhausabwart, keine Eltern, die einen auf den Balkon schicken, und die Erwartung ist groß, ein Mädchen steht auf, lehnt sich über eine Brüstung und schreit laut einen unverständlichen Namen, aber weit unten hat ihn einer verstanden und kommt über die Treppe hoch, um das Mädchen zu küssen, und zu den Tausenden von Zigaretten gehören Tausende von Besuchern und Besucherinnen der Halle, wo nun das Zeremoniell vorbereitet wird, indem zwei Lichtbrücken langsam von der Decke heruntergelassen werden, bis sie knapp über dem Boden schweben, die Techniker steigen über Metalleitern ein wie Astronauten in ihre Raumschiffe, dann werden sie langsam wieder nach oben gezogen, und statt einer Vorgruppe läuft nun ein Film, in welchem alle Mitglieder der Kultgruppe ausführlich im Bild sind, was die Sehnsucht nach ihrer Leibhaftigkeit steigert, jetzt geht im ganzen Stadion das Licht aus, schattenhaft sieht man die Priester des Lärms auf der Bühne huschend ihre Plätze einnehmen, ein Aufschrei geht durch die Masse, weil das erste Soundpaket in die Halle geschleudert wird, Scheinwerfer kreisen an der Decke herum, noch sieht das Volk seine Helden nicht, ein glutroter Lichtstrahl kracht auf eine Zwischenbühne, wo speziell erwählte Hörige die Hände jubelnd hochheben, eingepfercht wie Verdammte der Hölle, gleich darauf auf den Bühnentreppen Feuerexplosionen, und dann endlich, dann endlich das Licht auf die Hohepriester, die nun ihre Tonmesse zelebrieren, mit metallischen Schlägen auf das Trommelfell, die nur durch Ohropax erträglich gemacht werden können, und sie fegen auf der Bühne herum wie Pueri aeterni mit Stirnbändern und wehenden langen Haaren, einmal am einen Mikrophon, dann am entgegengesetzten, und dann plötzlich steht einer zuoberst auf der Treppe unter einer grünen Lichtdusche und schreit den letzten Ton, und gleich darauf pickt der nächste Scheinwerfer den Leadgitarristen an der Rampe heraus, und alle zaubern aus ihren abstoßenden eckigen Kunststoffschallkörpern die Schreie ganzer Chöre von Mißhandelten, und wenn plötzlich nur noch drei Scheinwerfer flach über das Publikum hinwegleuchten, sind Tausende von Armen zu sehen, die sich in die Höhe recken und schwankend bewegen, wie eine Tubifexzucht, und wenn dann auch noch diese Scheinwerfer erlöschen und nur noch ein einzelner Ton in der Halle schwebt, gehen zwei, drei, fünfzig, Hunderte von Feuerzeugen an, und die Band spielt auf einmal vor lauter Kindern eines Räbeliechtliumzuges, doch gleich darauf werden sie von den Maschinengewehren des Schlagzeugs ausgeblasen, und es geht wieder die Orgie ab, die Trance, wir sind am Stammesfest, und man merkt, wie schwach all diese Neubauwohnungen sind, und wie wenig sie die wilden Wünsche der Menschen zu bändigen vermögen, und wie das Fernsehprogramm und die Schweizer Illustrierte einfach nicht genügen, sondern wie noch etwas Gewaltiges gelebt werden will, etwas, das wir nicht kennen, wenn wir hinter unsern Schaltern sitzen, hinter unsern Pulten und Schulbänken, an unsern Telefonen und Computern, etwas, zu dem wir gemeinsam die Arme hochreißen können, die Köpfe auf- und abwippen können, was heißt können, müssen, unsere Jacken ausziehen und über die tanzenden, zuckenden Menschen schmeißen können, etwas, auf das wir uns freuen können wie auf ein Sommersonnwendefest, etwas, zu dem nicht alle zugelassen werden, etwas, das seit Wochen ausverkauft ist, und das ist kein Wunder, denn die Druiden des Rocks kommen nur einmal im Jahr, allerhöchstens, und wehe, wenn es einem nicht gelungen ist, dabeizusein und die Arme hochzuwerfen und den Kopf herumzuschleudern, dann hat man etwas Wichtiges verpaßt, nämlich ein Stück Leben, das die da mit achtzehn Lastwagen und mit der Unterstützung des Bankvereins ins Zürcher Hallenstadion geschleppt haben, und als ich die Messe etwas vorzeitig verlasse und durch die Kälte im Laufschritt zurück nach Hause renne, denke ich, was ich für ein Glück habe, und was vor allem meine Söhne für ein Glück haben, nur ein paar Minuten zu Fuß vom Tempel entfernt zu wohnen.

Die Tonleiter

Manchmal, wenn ich dasitze und Cello spiele, ist es mir, als könne ich einen Deckel öffnen und ich stiege eine Leiter hinunter. Vorsichtig würde ich die Füße von der letzten Sprosse auf einen sanften Boden aufsetzen und fände mich in einer Gegend, die einem Urwald gleicht, ich müßte mich behutsam zwischen dicken Stämmen und herunterbaumelnden Lianen durchtasten, würde dabei von Schlangen beobachtet, die sich um Äste gewickelt hätten, würde mich vor weichen Affenhänden ducken, die mich berühren möchten, stieße vielleicht auf ein leise glucksendes Rinnsal, dem ich entlanggehen würde, und das Rinnsal würde zu einem Bach, und ich käme in ein tiefes Bergtal und würde nun mit federnden Schritten in der Nähe des Wassers talwärts wandern, zwischen Geröllhalden und Schneeflächen, über breite Alpweiden mit Dotterblumen und Wollgras, und irgendeinmal wäre ich dann in einer Ebene, allein unter einem großen Himmel, und diese Ebene läge am Meer, und ich würde mich in den Sand setzen und hinausschauen auf die Brandung und die Wolken und die kleine Felseninsel am Horizont, und dann wüßte ich nicht, soll ich mich jetzt auf den Rückweg machen und den Deckel wieder suchen, durch den ich eingestiegen bin in diese Welt, der alles fehlt, was sie böse und unerträglich macht, oder soll ich einfach hierbleiben und sogar noch hinausschwimmen auf die Insel, auch wenn ich Angst habe, ich könnte dabei ertrinken oder es wäre dort draußen so schön, daß ich vergäße, wo ich hingehöre und nie mehr zurückkäme?

Der Begleiter

Was für eine Nachricht. Max Frisch ist gestorben.

Und dasselbe ungläubige Staunen wie beim Tod Dürrenmatts.

Dabei wußten wir alle, wie schlecht es ihm ging.

Aber er hat doch noch gelebt, und er hat doch eben noch seine witzig-bissige Antwort geschrieben auf Herrn Solaris Einladung zur helvetischen Jubiläumsfeier, vor kaum drei Wochen.

Und nun soll er tot sein.

Mein jüngerer Sohn hat es am Radio gehört, kurz nach zwei Uhr, und hat es meiner Frau und mir gesagt, wir tranken gerade Kaffee, und dann saßen wir alle drei da und sagten nichts und waren traurig.

Und wenig später kam mein älterer Sohn nach Hause, und auch ihn betrübte die Nachricht. Er hat Max Frisch bei der »Schweiz ohne Armee«-Demonstration in Bern angesprochen, um ihm zu sagen, daß ihm seine Bücher gefallen, und er freute sich auch jedesmal, wenn er ihn in der Stadt sah.

Ich glaube, Max Frisch war für ihn ein Grund, gerne Schweizer zu sein.

Oder spreche ich etwa von mir?

Als ich so alt war wie meine Söhne heute, war Frisch bereits einer der Schweizer Klassiker, ich habe mit Vergnügen und Entdeckerfreude »Biedermann und die Brandstifter« gesehen, ich las »Nun singen sie wieder« und war froh, daß es auch diese Darstellung des Krieges gab, aus der Sicht der Verschonten, und nicht nur das herzzerreißende »Draußen vor der Tür«, wir sind mit unserer Schulklasse von Aarau nach Zürich gefahren, um im Schauspielhaus »Andorra« zu sehen, und wir haben darüber heiß diskutiert, und es war für den Lehrer kein Problem, mit uns Nochnichtzwanzigjährigen über die Stücke von Max Frisch zu sprechen.

Auch ich hätte ihm ein Kompliment gemacht, als Schüler, wenn ich ihn gesehen hätte, bloß hätt' ich mich vielleicht nicht getraut, wie mein Sohn.

So war er über Generationen hinweg ein Begleiter der denkenden Menschen, einer unserer geistigen Väter, wie Dürrenmatt auch, und ich habe mich immer wieder gefreut, daß ich im selben Land wohne wie er, und in derselben Stadt, und immer mehr auch in denselben Sorgen, und er hat diese Sorgen geteilt, wir haben uns manchmal getroffen bei Anlässen, die aus einer dieser Sorgen entstanden sind, und das Kompliment, das ich ihm als Schüler nicht gemacht habe, habe ich später nachgeholt, aber mein Schülerrespekt ihm gegenüber ist nie ganz verschwunden.

Und nun hat er uns verlassen, und wenn er noch so sehr gesagt hat, er schreibe nichts mehr, so bin ich doch traurig, daß er nun wirklich nichts mehr schreiben kann, und daß weder ich noch meine Söhne ihn je wieder antreffen werden, wenn wir durch die Stadt gehen.

Frage

Was treibt einen Mann dazu, einen 69jährigen Mann, mitten in einem belanglosen Brief, mitten in einem Wort, mitten im Wort »müssen« aufzustehen und seine schlafende Lebensgefährtin und dann sich selbst zu erschießen, erschießen zu müs

Straßenecke in Stockholm

Eine kleine Straße mündet in eine große.

Die kleine ist eine Fußgängerstraße, zwischen zwei hohen neueren Gebäuden, fünf- oder sechsstöckig. Auf beiden steht groß und blau SKANDIA.

Im Erdgeschoß des einen Gebäudes befindet sich ein Laden mit Künstlerzubehör, Acryl-, Öl- und Aquarellfarben sind ausgestellt, Leinwände, Zeichenblöcke, Pinsel und Farbtöpfe für Stoffdrucke. Dort, wo im andern Gebäude Platz für einen Eckladen gewesen wäre, führt eine breite Treppe zur U-Bahn hinunter. Damit das neuere sechsstöckige SKANDIA-Gebäude aber nicht einknickt wegen des Treppenhohlraums, wird seine Ecke durch eine starke runde Säule gestützt, deren unterer Teil noch mit Eisenstäben verkleidet ist, vielleicht gegen das Ankleben von Plakaten. Kurz hinter der Säule beginnt ein Geländer, das vor dem Sturz in den Treppenabgrund schützt. Es endet dort, wo das Gebäude wieder bis zum Boden reicht. Entlang dieses Geländers sind etliche Fahrräder abgestellt, die zum Teil an die Geländerstangen angekettet sind, vielleicht von Leuten, die von hier aus mit der U-Bahn weiterfahren.

Vor der Säule auf dem Trottoir wächst ein kleiner Baum, absichtlich. Ein Wegweiser auf zwei Pfosten zeigt in die Richtung der Fußgängerstraße, die weiter hinten in einem Tunnel verschwindet, welcher, laut Wegweiser, von 6–22 Uhr geöffnet sei. Dort, wo die Pfosten ins Trottoir eingelassen sind, wächst ein wenig Gras, unabsichtlich. Am Rand der großen, ständig befahrenen Straße sind einige Bauplatten aufgeschichtet, und ein kleiner Bagger wartet auf Arbeit.

In der Unterführung, die einen zur U-Bahn bringt, muß es auch einen Friseur geben. FRISOEREN steht auf einer Tafel mit zwei Pfeilen, »Old Henry's Bar« auf einer andern. Auch ein Modegeschäft ist angekündigt, sowie ein Zeitungskiosk und ein Schuhmacher.

Aber die meisten Menschen, die über diese Treppe in die Unterwelt steigen, wollen zur U-Bahnstation Hötorget, auf die schon von weitem ein großes »T«, für Tunnelbanen, oben an der Säule aufmerksam macht.

Auch Olof Palme wollte zur U-Bahnstation, als er über die kleine Straße auf die Treppe zuging.

Sein Mörder kam ihm von der großen Straße entgegen.

Heute erinnert nichts, gar nichts an diese Tat an diesem Ort, und SKANDIA, so ist in der Vitrine neben der Treppe zu lesen, vor der der Erschossene niedersank, versichert alles, den Hausrat, das Auto, die Wertsachen und das Leben.

Schön leer

Wie freundlich die Isländer sind! Dabei stören wir sie ständig in ihrem Isländersein. Mit Isländern meine ich selbstverständlich auch die Isländerinnen, gerade sie. Die professionelle Gastfreundlichkeit wirkt hier nicht professionell, sondern improvisiert. Eine ganze Reihe von Schulhäusern wird während der Sommermonate in Hotels umgewandelt, es arbeiten dort auch viele Studentinnen und Studenten. Nachher ist der Touristenspuk vorbei, und sie können wieder in Ruhe Isländer sein.

Isländisch ist eine Sprache, die von 250 000 Menschen gesprochen wird. Ich habe mir eine Grammatik besorgt, bevor ich hinfuhr, und habe gemeint, ich lerne wieder althochdeutsch, so viele Endungen mit unabgeschwächten Vokalen kamen mir entgegen. Seit Jahrzehnten wird jedes neue Fremdwort konsequent islandisiert, was dazu führt, daß viele Dinge des heutigen Alltags sprachlich nicht wiederzuerkennen sind. Das Telefon heißt in den meisten Sprachen der Welt Telefon. In Island muß ich nach dem Wort für Draht fragen, sími. Während der Reise kaufe ich unermüdlich die Tageszeitungen, um sie bei den ersten Wortzusammensetzungen wieder sinken zu lassen. Wer sind die dickgedruckten Forsetar-Eystrasaltsríkjanna, und was geht zwischen múslimahópsins und lögreglu vor?

Ein Rundgang durch den kleinen Ort Djupivogur an der Ostküste ist bald beendet. Das einzige Denkmal zeigt den Kopf eines Radsherra, dessen Name auf -son endet. »Chi era?« fragt ein Italiener seine Begleiterin, und dann gehen sie ratlos weiter.

Wir wissen nichts von Island. Den Namen der Präsidentin kannte ich nicht, bevor ich hierher kam. Sie heißt Vigdis Finnbogadottir und hängt in vielen Postbüros und Banken, es gibt auch eine Postkarte, auf der sie in einem Rähmchen oberhalb der Präsidentenresidenz abgebildet ist. Man scheint sie zu mögen. Das Ende ihres Namens heißt Tochter. Alle Frauen heißen am Ende dottir. Alle Männer heißen am Ende son. Die Sprache erinnert daran, daß Männer Söhne sind und Frauen Töchter.

Die Menschen hier scheinen einander zu vertrauen. Eine Bank wirkt etwa wie eine Gemeindebibliothek, es gibt keine kugelsicheren Glasscheiben, alle können sich so weit über den Schalter hineinbeugen, wie sie wollen, oder wie es die Dottir will, die dahintersitzt. Auf einem Tischchen steht eine Kanne Kaffee, aus der man sich einschenken kann, mit Milch und Zucker daneben. Desgleichen auf der Post. Für Inlandflüge gibt es keinerlei Sicherheitskontrolle, auf einem kleineren Flughafen kann man ohne Schwierigkeiten auf die Piste gehen.

Die Isländer halten sich auch untereinander für freundlich. Früher war das anders, da haben sich die Männer schon wegen einer frechen Bemerkung umgebracht. Aber nachher gingen sie sofort zu den Angehörigen und sagten ihnen, wen sie umgebracht hatten und warum. Erst wenn sie das nicht sagten, wurde das Wort »Mord« benutzt. Dann besprach man den Fall am Thing. Meistens kam der Mörder mit einer Buße davon, üblich waren 200 Silberunzen. Fiel die Buße höher aus, bezahlten die Richter auch etwas daran, und es wurde zusätzlich unter den Anwesenden gesammelt. Dies entnehme ich der Njals-Saga, die ich auf der Reise lese.

Wenn sich bedeutende Männer totschlugen, war das allerdings nicht dasselbe, wie wenn eine junge Frau ihr Kind umbrachte oder wenn sie der Hexerei beschuldigt wurde. Im ersten Fall wurde sie in einem Teich ertränkt, im andern Fall wurde sie in einer Felsspalte verbrannt. Diebstahl war verachtenswerter als Totschlag, deshalb wurden Diebe gehängt. Gerichtet wurde in

Thingvellir, dem altisländischen Landsgemeindeort. Darunter muß man sich eine lange Felsschlucht vorstellen, in welcher die ganze Nation Platz fand.

Aber das ist lange her. Heute haben die isländischen Männer nicht einmal eine Armee, in die sie gehen können. Im Zweiten Weltkrieg haben das die Engländer für sie erledigt, heute sind es die Amerikaner. Die Engländer haben Radarstationen gebaut. Eine davon sehen wir, als wir zu einem Seehundfelsen fahren wollen, in einer gänzlich verlassenen Gegend. Überlebensgroße Betonspiegel und weiße Kuppeln stehen unerschütterlich auf einer den Stürmen preisgegebenen Landzunge, und gleich dahinter liegt eine Lagune, an welcher die ersten irischen Mönche gelebt haben sollen. Früher genügte ein Mönchsherz, um den Himmel abzuhorchen.

Immer wieder wundere ich mich, daß wir auf der Straße Nr. 1 fahren, eigentlich würde ich es nicht glauben, wenn es mir nicht ab und zu durch ein kleines Schild am Straßenrand bestätigt würde. Die Nummer 1 ist über weite Strecken nichts anderes als ein Feldweg, mit Schlaglöchern durchsetzt.

Es sind eben auch weite Strecken hier, und das Land ist so schön leer, wozu also dieser Asphaltgedanke? Von der Feldweghauptstraße biegen dann erst die Vierradantriebswege ab, die als Warnung einen eigenen Namen haben, und dort sind sie unterwegs, die Camper und Trailer und Cherokee-Chief-Wagen mit den Traktorpneus, die Fahrer durchqueren mit Bubenfreude die Bergflüsse, welche die Wege so hoch unter Wasser setzen, daß die Fontänen über den Wagen hinausspritzen. Aus Deutschland kommen sie und aus Frankreich und Italien, und sie sind auf der Flucht vor 6-spurigem und 4-spurigem und breitspurigem, sie suchen Gegenden, wo Fahren fast noch Gehen ist, legen sich abends frierend in ihre Zelte und verbrennen sich beim Kaffee die Finger an ihrem Spirituskocher.

Stundenlang fahren, ohne auf ein einziges Dorf zu stoßen, dieser Traum wird hier wahr. Und dann, auf irgendeiner der Dutzenden von Greinahochebenen und Lavafeldern, ein paar Hütten und ein Zeltplatz, mit dem wikingischen Namen Landmannalaugur, und da können wir uns in eine heiße dampfende Quelle legen und baden, bevor der Bus weiterfährt, durch die spritzenden Bergbäche hindurch, hinein in die alte Spalte, die sich durch ganz Island zieht und die die Naht zwischen dem amerikanischen und dem europäischen Kontinent bildet; entlang dieser Naht herrscht Unruhe im Boden, hier brechen Vulkane aus, Ritzen und Fugen platzen, werden zu Kratern und gießen Schutt und Asche auf menschliche Siedlungen, neue Berge erheben sich feuerspeiend aus dem Meer und stehen nachher so unwiderleglich da, daß die Landkarten abgeändert werden müssen zu ihren Gunsten.

Ein Mann, Osvaldur Knudsen, lebt, wie schon sein Vater, davon, daß er alle Vulkanausbrüche filmt. Im Sommer zeigt er seine Filme in Rejkjavik, in einem Raum, der zugleich sein Schneideraum ist, und erzählt dazu. In Mývatn, wo wir gerne hinwollen, liegt in der Tiefe eine Magmablase, die sich im Verlauf von etwa 5 Jahren immer wieder füllt und dann ausbricht. Jetzt sind 5 Jahre vorbei, der See von Mývatn hat sich um einen Meter gehoben, das Dorf um einen halben Meter. Plötzlich wollen wir nicht mehr unbedingt nach Mývatn.

Ganz im Norden, in Isafjördur, machen wir eine Fjordrundfahrt mit dem Postschiff. Da gibt es nur noch einzelne Höfe, das Schiff nähert sich dem Landungssteg, dort taucht eine junge Frau auf und übergibt den Schiffsleuten zwei Pferde, die mit dem Kran auf Deck gehievt werden, dann fährt das Schiff wieder ab, und die Frau reitet davon, ins Leere.

Auf einer Insel werden ein paar Säcke voll toter Papageientaucher aufs Schiff geworfen, und ein Matrose beginnt sie während der Fahrt auszunehmen, er reißt ihnen mit blutverschmierten Händen das Fleisch aus dem Innern und hackt ihnen die

Flügel ab. Ich kann nicht lange zusehen, die Vögel wirken so sympathisch, wenn sie in ihrem Watschelflug übers Meer vor dem Schiff davonrennen.

Die Kinder, die an den Landungsstegen warten, gehen alle ins Internat zur Schule, sagt die Köchin des Postschiffes, auch sie hat Kinder, und die sind nur im Sommer zu Hause.

Kleine Empfänge gibt es, für Ankommende, und einen großen Abschied für eine alte Frau, die innig umarmt wird von verschiedenen Angehörigen und nachher ins Schiff steigt, indem sie den Fuß zuerst auf einen Pneu setzt, und dann aufs Schiffsgeländer, und dann auf die Plane eines Campinganhängers, ständig von freundlichen Männerarmen gestützt und von den Zurückgebliebenen angefeuert.

In Vatnfjördur, wo ein Heuwender ausgeladen wird, der vorher am andern Fjordufer gebraucht wurde, sind drei Häuser und ein Kirchlein zu sehen. Hier sei, lese ich, im 13. Jahrhundert ein bedeutendes geistiges Zentrum gewesen, ein einflußreicher Ort. Aber sie haben nichts zurückgelassen, die Einflußreichen, genau wie in Skalholt, dem geistigen Zentrum Islands während mehreren Jahrhunderten. Das Holz der Klosterbauten ist verbrannt, die Erdbeben und die Vulkanausbrüche waren stärker. Der Mensch ist jederzeit aus Island wegzudenken.

Die Augen können hier Ferien machen und sich betrinken an dem, was nicht da ist. Die Landschaft ist zu groß für Fotoapparate, immer, wenn ich knipsen will, ist links und rechts mehr drauf als auf dem Bildausschnitt.

Und die Menschen in den großen, leeren Landschaften?

Sie wirken selbstsicher, hier fällt jeder einzelne auf, der sich bewegt.

Aber ich kenne sie nicht.

Vielleicht träumen sie von Städten, in denen es auch nachts nie ruhig wird.

Im Süden Amerikas

São Paulo

Morgen reise ich nach Chile weiter und weiß nach einer Woche gar nicht, ob ich hier wirklich gewesen bin.

17 Millionen Einwohner hat diese Stadt, fast dreimal soviel wie das ganze Land, in dem ich wohne, und jeden Tag kommen über 1000 neue dazu.

Nachts auf der Terrasse des größten Hochhauses stehend, sehe ich kein Ende der Lichter in keiner Richtung, vielleicht bin ich in eine Milchstraße geraten.

Wie kann eine solche Stadt leben? Wie finden die Fische ihren Weg auf die Menükarte des Restaurants im 41. Stock?

Einer, der hier eine Versicherung leitet, erzählt mir, wie er sich verfahren hatte und sich plötzlich in einem Dorf an einem See fand, die Erdwege von Hunderten von Flamingos besetzt, und als er gefragt habe, wo er hier sei, habe man ihm gesagt, in São Paulo. Er hätte sich dann nach der Sonne orientieren müssen, um wieder zurückzufinden.

Wer zu seinem Haus zurückfindet, öffnet mit dem Fernbedienungsgerät ein schweres Garagentor und fährt so schnell wie möglich hinein. Manchmal stehen Kinder vor der Haustür und fragen nach alten Zeitungen oder leeren Flaschen, oder ob man etwas zu essen habe für sie. Vielleicht wohnen sie in einem Hüttendorf unweit des automatischen Garagentors und werden nie in ihrem Leben ein Restaurant im 41. Stock besuchen können. Favelas heißen diese Quartiere, und es sind keine guten Adressen. Ein Chauffeur, dem meine Bekannten eine Abkürzung empfehlen, die an einer Favela vorbeiführt, hat Bedenken, würde lieber einen andern Weg fahren, bis sie ihm sagen, wir seien schließlich zu viert.

Die Angst ist das verbreitetste Gefühl in der Milchstraße. Alle wissen Angstgeschichten zu erzählen, in den Zeitungen wird der Hergang von Raubüberfällen mit Zeichnungen comicartig rekonstruiert. Im Moment werden häufig junge Menschen zusammengeschlagen, denen man dann die Turnschuhe auszieht. Ein Lehrer der deutschen Schule wurde vor seiner Haustür niedergeschossen, weil er die Einbrecher nicht einlassen wollte, die ihm aufgelauert hatten, ein Schüler der Schweizer Schule wurde zu Hause von Einbrechern empfangen, denen er sämtliche Geräte vom CD-Spieler bis zum Fernseher ausführlich erklären mußte, bevor sie sie mitnahmen. Dabei bellen hinter jeder Gartenmauer Hunde, so böse, als hätten sie selber die größte Angst.

Aber gleich nach der Angst kommt die Fröhlichkeit. Als ich dem Taxifahrer sage, ich sei nun 5 Tage in Brasilien, wiederholt er lachend »cinco dias« und schlägt sich mit der Hand auf den Schenkel, und zwar auf meinen. Ich weiß nicht, ob er 5 Tage zu wenig oder zuviel findet, aber er freut sich einfach darüber.

Die Kinder im Hort der Favela, die ich besuche, sind begeistert über ein Zauberkunststücklein, das ich ihnen zeige, und das Kind meiner Begleiterin wird augenblicklich von den Hortkindern zum Mitspielen eingeladen. Aber draußen werfen die jungen Schwarzen mit Messern gegen eine Holzwand. Das Leben in den Favelas ist dörflich, kleine Fußwege, ein Platz mit einer Wasserfassung, man kennt sich, man trifft sich, die Kinder spielen draußen. In den guten Quartieren spielen keine Kinder draußen, sondern sie werden mit Autos und Bussen in die Schule gebracht, die ebenso hohe Mauern hat wie die Häuser, in denen sie wohnen. Wäre das Leben in den Favelas nicht so unheilvoll mit Schmutz und Armut verbunden, es wäre menschlicher als das hinter den automatischen Garagentoren. Im Ambulatorium arbeitet jeden Nachmittag ein Arzt gratis, eine Affiche empfiehlt allen, den Stuhlgang untersuchen zu lassen, als Preis sind 2 Busbillette angegeben.

Alles wird laufend teurer, nur das Geld nicht. Ab morgen schlägt das Rauchen um einen Fünftel auf.

Eigenartig ist der Reportagestil im Fernsehen. Bei uns sieht man Bilder, und dazu kommentiert eine unsichtbare Stimme. Hier sieht man immer den Reporter, der der Kamera winkt, sie soll mitkommen, und dann geht sie schwankend hinter ihm her bis zur Stelle, an welcher es etwas zu sehen gibt. »Bericht« heißt hier »narração«, Erzählung. In einer Aktualitätensendung geht ein Reporter regelmäßig auf eine Polizeistation und fragt die frisch Verhafteten, was sie getan haben. Die einen verdecken ihre Gesichter und sagen nichts, die andern erzählen verlegen lachend, warum es beim dritten Tankstellenüberfall schiefgelaufen sei. Die Nachrichten selbst werden von den Moderatoren in die Kamera geschrien, als müßten sie Zeitungen auf der Straße verkaufen.

Vor dem Park Ibirapuera sehe ich eine Reihe von kleinen Ständen, an denen Wahrsagerinnen und Wahrsager sitzen, die einem aus Tarotkarten, Kristallkugeln, Runen oder Kaffeesatz oder einfach durch Handlesen Auskunft geben über das, was einem bevorsteht. Die Stände sind gut besucht, vor einigen gibt es sogar kleine Warteschlangen, und die meisten Leute erheben sich fröhlich von diesen Beratungen und schlendern wieder den Straßenschluchten zu, ganz so, als hätten sie eine Zukunft.

Dies muß einmal der bedeutendste Hafen der südamerikanischen Pazifikküste gewesen sein. Auf Bildern der Jahrhundertwende ist die ganze Bucht voll von Schiffen.

Heute sind nur noch einige Kriegsschiffe zu sehen, die man nicht fotografieren soll, wie eine Tafel auf spanisch und englisch bekanntgibt, sowie ein großes Containerschiff mit dem Namen HUMBOLDT EXPRESS. Dazwischen ein paar kleinere Schiffe, deren Zweck weniger deutlich zu erkennen ist.

Ein Widerschein vergangener Größe spiegelt sich noch heute an den Abhängen, wo zwischen einfachen Bauten immer wieder englische Villen und slawische Türme hervorstechen, es ist noch etwas zu spüren vom Paradies der Formen und Farben, aus dem wir längst vertrieben sind.

Die Hänge hoch fahren Ascensores, die abenteuerlichsten Seilbahnen, die ich je gesehen habe. Es sind eigentlich kleine Holzbaracken, die auf einem dreieckigen Unterbau stehen und den Berg hochgezogen und hinuntergelassen werden. Zum Glück sehe ich das rostige Riesenrad, über welches das Zugseil läuft, erst oben.

Asche schwebt durch die Luft. In Valparaíso brennt es immer irgendwo, sagt mein Bekannter, der hier wohnt.

Dann gehen wir durch krumme Gäßchen hinunter, zwischen buntblühenden Sträuchern und Abfall, und tauchen in die Hauptstraße, durch die sich der ganze Verkehr drängt, Taxis, Lastwagen, Privatautos, Motorräder, buntblühende Autobusse.

Auf einmal stehen wir in einem Hauseingang, steigen Marmorstufen hoch und sind in einem phantastischen Treppenhaus mit riesigen Spiegeln und Holzschnitzereien. Gleich daneben zwei alte Hotels, die unbenutzt und mit zerbrochenen Fenstern dastehen, sie kommen mir vor wie invalide Bettler.

Und wieder mit einer Seilbahnbaracke in die Höhe. Die Berg-fahrt kostet 10 Pesos mehr als die Talfahrt. Es gibt Kollektivtaxis, die durch die Straßen hochfahren, auch sie verlangen weniger fürs Hinunterfahren.

Ein Bau, kühn an den Hang geklebt, mit Stützbalken ins Leere verlängert, war früher die deutsche Schule, nur mit Schau-dern stelle ich mir vor, es würden alle Schüler zugleich an den Fenstern stehen.

Die Stadt setzt sich nordwärts über den Fluß Marga-Marga fort und heißt ab da Viña del Mar. Die Flüsse in Chile haben oft Doppelnamen, Bio-Bio heißt einer weiter südlich, LlaoLlao ein anderer. Es sei das Pluralelement in der Indianersprache, sagt man mir, ich empfinde es eher als Element der Bewegung.

Zwischen Bussen und Autos sehe ich plötzlich zwei Indios, die zusammen auf einem Pferd sitzen. Zielbewußt und stoisch reiten sie über die Marga-Marga-Brücke, als seien sie hier zu Hause.

Und vor der Flußmündung die Pelikane. Träge erheben sie sich von den Riffen, fliegen zuerst knapp über die Oberfläche, steigen dann überraschend leichtflüglig höher und stürzen sich unvermutet ins Wasser. Sie tauchen nicht ganz unter, offenbar ist ihr Schnabel lang genug zum Erwischen einer Beute. Dann gibt es Möwen mit dem spitzen Namen piqueros, die fliegen zwischen den Pelikanen herum und lassen sich pfeilschnell ins Wasser fallen, wie Kunstspringer, tauchen ganz unter und sehen sehr zufrieden aus, wenn sie wieder auftauchen.

Südlich von Valparaíso, in Isla Negra, liegt in Leuchtturm-lage am Pazifischen Ozean das Haus von Pablo Neruda. Wäh-rend der Militärdiktatur war es geschlossen, nun ist es seit einem Jahr für Interessierte zugänglich. Ein Haus voll von Gegenstän-den, es wirkt immer noch bewohnt, von Galionsfiguren, von Schmetterlingen, von Hunderterlei, das Neruda gesammelt hat. Ein Papier-maché-Pferd, das in seiner Kindheit vor einem Laden stand, an dem er täglich vorbeiging, hat er als erfolgreicher Erwachsener gekauft und restaurieren lassen, es bekam in seinem Haus ein eigenes Zimmer.

Einige seiner Kleider hängen noch an der Garderobe, als käme er gleich wieder nach Hause, auch Kopfbedeckungen, darunter weniger alltägliche wie ein Ehrendoktorhut und ein Tropenhelm. Wo seine Mütze sei, frage ich. Etwas verschämt sagt die Führerin, in der chemischen Reinigung.

Unter den Dichtern, die er aufgehängt hat, Poe, Jessenin, Lope de Vega, Gabriela Mistral. Auf seinem Arbeitstisch stand ein Bild von Baudelaire. Walt Whitman ist auch zu sehen, aber kein Autor deutscher Sprache.

Als Schreibtisch benutzte er eine Schiffsplanke, die eines Tages von der Brandung angespült wurde. Neruda, der jeden Morgen mit dem Fernrohr von seinem Bett aus auf das Meer hinausblickte, soll zu seiner Frau gesagt haben, schau mal, da kommt mein Schreibtisch.

Hier hat er wenige Tage nach dem Putsch von 1973 sein letztes Gedicht geschrieben, die schwere Anklage gegen Pinochet, ohnmächtig und stark wie eine Meereswelle, hier hat er aber auch das Gedicht geschrieben, das ich vor meinem Auftritt in Santiago las, als ich mich unbehaglich und unruhig fühlte, »Oda a la alegría«, in der er sagt, er hätte früher die Fröhlichkeit gering geschätzt, doch heute wisse er, er habe sich getäuscht, sie sei so nötig wie die Erde.

Rückflug von Buenos Aires

Einmal im Bauch des stählernen Vogels, hilft nichts mehr – er wird mit dir zu den Abkürzungen fliegen, die auf den Kofferetiketten stehen, BUE oder GRU oder ZRH.

Jetzt also von BUE nach GRU. GRU ist São Paulo, oder wie es hier auf der Abfahrtstafel stand, San Pablo, denn in Buenos Aires sprechen die Menschen spanisch, auch wenn fast alle Vorfahren haben, die von woanders kamen als von Spanien.

»Somos Calabreses del fondo de nuestra alma!« rief heute ein Priester bei einer Feier im Freien für die Göttin Maria, sie seien alle Kalabresen aus tiefster Seele, und dann fuhr er auf italienisch fort, den Leuten zu sagen, sie sollten jetzt der Statue mit ihren Taschentüchern zuwinken, und dazu krachten trommelfellzerreißende Böllerschüsse, und überall lag der Geruch von gebratenem Fleisch in der Luft.

»Asado« nennen sie hier die Grillparties, die um diese Jahreszeit wieder beginnen. Bratwürste, Blutwürste und Fleischstücke werden grilliert, eröffnet wird das Essen mit den Würsten, von denen man leicht zuviel ißt, weil man sich soviel Appetit aufgespart hat, und zuletzt muß man die Filetstücke hinunterwürgen.

Wann die Revolution stattfinden solle, fragt der Satiriker Enrique Pinti, Samstag? Das gehe leider nicht, da müsse er zu einem Asado. Er spielt seine Revue »Salsa criolla« das siebente Jahr, Abend für Abend, Samstag und Sonntag zweimal. Er spricht in ungeheurem Tempo, ich verstehe allerhöchstens ein Fünftel von allem. Das Publikum ist sehr gemischt, eigentlich wundert es mich, daß soviel applaudiert wird, wenn er Argentinien als Scheißland und Hurenstaat apostrophiert.

Weniger Probleme habe ich mit dem Applaus für das Tangoensemble aus Musikern des Sinfonieorchesters, das einmal in der Woche über Mittag gratis im städtischen Kulturzentrum spielt. Die Begeisterung der Leute für die Musik, die offensichtlich die ihre ist, rührt mich, auch fällt mir auf, daß ich hier nicht auffalle, in dieser Stadt leben vor allem Europäer. Neben mir sitzt der einzige Schwarze, den ich im ganzen Saal sehe.

Jetzt schweben wir über dem Golf, der riesigen Mündung des

Rio Paraná. Gestern bin ich ein Stück weit am Ufer entlanggefahren. Es ist fast durchgehend von Yachtclubs und Bootshäfen besetzt, und vom Abhang herunter blicken Gebäude, für die das Wort Villen schon zu tief angesetzt ist, sie sind semantisch und sozial zwischen Residenz und Palast anzusiedeln. Am Fuß der Hügel aber blubbern die grauenhaftesten Kloaken. Eigentlich heißt »Buenos Aires« »Gute Lüfte«, doch die Stadt hat kein Geld für Kläranlagen. Das Geld verwandelt sich hier in Segelboote und Residenzen, und irgendwie reicht es dann nicht mehr für die Bekämpfung des Übelriechenden. Ein reiches Land, das sich wie ein armes benimmt, sagt Pinti.

Im Vorortszug steigen dauernd Menschen ein, die etwas anpreisen und verkaufen, zu meinem Erstaunen finden sich sogar Käufer ab und zu, für Schokoladenriegel, Autogummispinnen, Rüstmesser und Kinderlesebücher. Alles ausgeraubte Lastwagenladungen, sagt ein Schweizer, der überzeugt ist, daß viele Arbeitslose einfach nicht arbeiten wollen. Mitten in der Schlange zur Bezahlung der Flughafentaxe steht eine Frau, die nicht zur Schlange gehört, sondern die mit leiser Stimme um ein Almosen bettelt.

Fliegen hat immer etwas Unwirkliches, ich habe das Gefühl, über einer Landkarte zu schweben. Da unten muß Uruguay sein.

Soviele Denkmäler in Buenos Aires. Pferde bäumen sich auf, Generäle stellen den linken Fuß vor. An den Sockeln vorbei rauscht der Verkehr, schwarze Wolken ausstoßend, ewig unzufrieden, hupend und knatternd.

In einem Park in der Nähe des Bahnhofs sehe ich 25 Marmortafeln mit je 25 Namen von jungen Menschen, die im Falklandkrieg umgekommen sind. Malwinen heißen diese Inseln für die Argentinier, und noch heute behauptet eine Tafel an der Autobahn beim Flughafen »Las Malwinas son argentinas«.

Kürzlich durften Angehörige der Gefallenen erstmals die Soldatengräber auf der Insel besuchen – die meisten hätten nach dem Besuch noch weniger begriffen, warum ihre Söhne sterben mußten.

Plötzlich ist es Nacht geworden.

Ich war drei Wochen in Südamerika unterwegs, bin in Goethe-Instituten und Universitäten und an Schweizer Schulen aufgetreten, habe in den Schulen auch mit einzelnen Klassen Sprachspielstunden gemacht, was den Kindern großes Vergnügen bereitete.

Dadurch hatte ich mehr mit Schweizern zu tun, als wenn ich touristisch gereist wäre. Meinen Landsleuten dort ist eines gemeinsam: sie erklären einem sehr bald, wieso das mit der Diktatur nicht so schlimm war, sei das nun in Argentinien oder in Chile. Zahlen, die ich nenne, bezweifeln sie – viele »desaparecidos« seien einfach abgehauen und hätten sich nicht mehr gemeldet, sagt einer. Diese Auskunft hat man den Frauen von der Plaza de Mayo auch gegeben, als sie nach ihren verschwundenen Söhnen fragten. Schweizer Söhne sind eben keine verschwundenen. Es gibt Gespräche, in denen ich fast beweisen muß, daß überhaupt etwas passiert ist. Wieso sind denn die chilenischen Schriftsteller ins Exil gegangen, es ging doch deutlich besser in der Pinochet-Zeit? Zurückgekehrte Chilenen erzählen von den Schwierigkeiten und Anfeindungen, denen sie ausgesetzt seien. Ein zürichdeutsch sprechender junger Chilene sagt aber auf meine Frage, wie es ihm jetzt hier gehe, fröhlich und ehrlich, gut, sie seien eben gut aufgenommen worden.

Alle diese Länder sind bei der Schweiz verschuldet, zum Teil entsetzlich hoch, Brasilien beispielsweise mit 3,7 Milliarden Schweizer Franken. Aber die Beträge, welche die Schweizer Banken den Gläubigern dieser Länder schulden, sind bedeutend höher. Es ist das Yachtvolk, das sein Geld lieber bei uns anlegt als in Kläranlagen, und da haben wir nichts dagegen, schließlich hat die Bankgesellschaft in Buenos Aires ihre Büros nur einen

Stock unter der Schweizer Botschaft, und im Parterre lockt die Swissair.

Nun tauchen die ersten Vorstadtlichter von São Paulo auf, bei Tage und von nahem dürfte es dort nicht sehr glanzvoll aussehen, aber jetzt wirken sie, als hätte ein Straßenverkäufer seinen Schmuck ausgebreitet, und ich möchte gerne einen Moment lang stehen bleiben, um ihn anzusehen.

Weit weg

In Australien wohnen 17 Millionen Menschen, gleichviel also wie in ganz São Paulo. Bloß ist Australien keine Stadt, sondern ein Kontinent.

Die meisten leben in Städten an der Küste. Wenige wohnen im unwirtlichen Landesinneren, und unter diesen wenigen die Ureinwohner.

Ich bin nur einem Ureinwohner begegnet, gleich zu Beginn meines dreiwöchigen Aufenthalts. Er hütete den Souvenirstand beim Parkplatz eines Freilandzoos, meine Gastgeber waren schon am Aufbrechen, ich wollte ihn nach der Didgeridoo-Musik fragen, die auf Kassetten angeboten wurde, aber als er hinter einem Vorhang verschwand, habe ich gedacht, ich treffe bestimmt noch weitere Ureinwohner, mit denen ich sprechen kann, und ging zum Auto.

Erst später habe ich gemerkt, daß dies mein Ureinwohner gewesen wäre und daß ich das Gespräch mit ihm verpaßt hatte.

Ich war nur in den Städten und in Tasmanien, wo ich einen Deutschkurs für australische Deutschlehrerinnen und Deutschlehrer gab, die alle aus den Städten kamen.

In Australien fürchten sich viele Leute davor, daß ihnen der leere Platz streitig gemacht werden könnte, von den nahen Asiaten zum Beispiel.

Als ich dort war, sind 34 Chinesen beinahe verhungert, weil sie in einem Boot an der Nordwestküste gelandet waren und während Tagen von niemandem entdeckt wurden, obwohl sie gekommen waren, um sich entdecken zu lassen. Wenn man sie wieder aufgepäppelt hat, wird man sie nach Hause schicken, falls sie nicht beweisen können, daß sie dort ernsthaft verfolgt werden. Das kommt mir bekannt vor.

Trotzdem sind die Asiaten im Vormarsch.

Im ethnischen Radiosender, der allen Volksgruppen zur Benützung offensteht, ist kürzlich die Sendezeit der Schweizer und Deutschen verkürzt und auf den Vormittag verlegt worden, wo ohnehin alle Schweizer und Deutschen arbeiten, und die bisherigen Abendtermine haben, wie der Schweizer Konsul halb belustigt, halb empört mitteilt, die Vietnamesen bekommen.

Es läuft hier eine Fernsehserie mit dem Titel »The Best of Embassy«, die in der australischen Botschaft eines asiatischen Landes spielt. Dieses asiatische Land, welches bananenrepublikanisch dargestellt wird, trägt so deutliche Züge Malaysias, daß sich der australische Außenminister neulich nach Kuala Lumpur begeben mußte, um sich für diese Fernsehserie zu entschuldigen. Er wäre in diesem Moment wahrscheinlich froh gewesen, hätte es in seinem Land keine Pressefreiheit gegeben, so daß er die Sendung hätte verbieten können.

Die weiße Bevölkerung, meint eine Australierin im Gespräch, werde wohl mit der Zeit ebenso in der asiatischen untergehen wie die Aborigines in der weißen.

Die älteste Australierin, eine Frau aus dem Stamme der Mungo, deren Skelett lange im Völkerkundemuseum ausgestellt gewesen war, wurde soeben auf Wunsch dieses Stammes wieder dort beerdigt, wo sie schon vor 23 000 Jahren einmal beerdigt worden war. Es sei nicht gut für die Verstorbene, fanden die Ureinwohner, wenn sie nicht mehr dort sei, wo sie hingehöre, und sie bestatteten sie nochmals in allen Ehren, als ob sie gestern erst gestorben wäre.

Etwas beschämt denke ich an unsere Keltenskelette im Landesmuseum, für deren Seelenruhe ich mich nie verantwortlich gefühlt habe.

Eine Gruppe Aborigines hat am Australia Day das Parlament in Canberra besetzt, es aber zwei Tage später, nachdem man vier von ihnen verhaftet hatte, wieder verlassen.

Eine andere Gruppe von Ureinwohnern hat an diesem Festtag, dem 26. Januar, der an den Tag der Landnahme im Jahre 1788 erinnert, als Gegenstück zu den Paraden in der Melbourner Innenstadt auch eine kleine Feier abgehalten, und zwar am Strand. Ein Schifflein legte an, aus dem ein Kapitän in historischer Kleidung stieg und die englische Fahne feierlich in den Sand rammte, womit er das Land für die englische Krone beanspruchte. Darauf wurde er von den Ureinwohnern in sein Schiff zurückgejagt und wieder aufs Wasser hinausgetrieben. So, sagten sie, hätte die Geschichte eigentlich verlaufen müssen.

Sie ist aber nicht so verlaufen.

Die Geschichte verläuft unumkehrbar.

James Cook ist nach Australien gesegelt, damals, Columbus hat Amerika entdeckt, und nicht Montezuma Europa.

Es sei für ihn, sagt mir ein weißer Australier, der Gedanke an die tragische Geschichte der Aborigines und die Hoffnungslosigkeit ihrer Situation so schlimm, daß er den Kontakt mit ihrer Welt nicht suche, er wisse einfach nicht, was er damit anfangen solle.

Ihre Kunst ist bezaubernd. Sie geht davon aus, daß alle Menschen Künstler sind, und so sind die Kunstwerke häufig Gemeinschaftsarbeiten. Oft stellen sie einen Traum dar, von fliegenden Schildkröten oder von tanzenden Schlangen, oft einen Schöpfungsmythos, andere sind ohne Titel, bemalte hohle Stämme etwa oder geflochtene Matten. Ihre Motive haben aber längst in die Welt der Tragtaschen und der T-Shirts Eingang gefunden, als willkommene Ergänzung zum Souvenirangebot an Stofftieren und Akubra Hüten, und wieviel von dieser Kunst noch gelebte Wirklichkeit ist, weiß ich nicht. Trotzdem berühren mich die

Bilder, ihre Botschaft ist das Geheimnis des Lebens, der Mensch ist immer ein Teil der Natur, und nicht der größte.

Die Natur wird allerdings in Australien ebenso gnadenlos angegriffen wie anderswo. In Tasmanien, wo ich den schönsten tropischen Regenwald meines Lebens gesehen habe, kommen uns auf der Fahrt ins einsame Inselinnere als einzige Fahrzeuge Langholzlastwagen entgegen. Sie bringen frisch gefällte Eukalyptusbäume in die Papiermühle, wo sie zu Schnipseln verarbeitet werden, für den Export nach Japan.

Ein riesiger Stausee, den wir besuchen, gefällt mir solange, bis mir jemand ein Bild des alten Sees zeigt, der darin ersäuft wurde: in einem bewaldeten Tal ein See mit einem weißen Sandstrand, so weiß, daß er eigentlich nur einem Traum entsprungen sein kann. Nun führt er seine Existenz als Traum weiter, als versunkener Traum vom Unberührten. Der Kampf um diesen Traum hat vor zwanzig Jahren zur Bildung der tasmanischen Grünen geführt, und kürzlich haben sie ein zweites Stauseeprojekt dieser Größe verhindert.

Seltsam, daß Australien zu England gehört. Die Königin ist durch einen Gouverneur vertreten, der, wenn es ihm paßt, sogar die Regierung auflösen kann, was in den siebziger Jahren tatsächlich einmal einer getan hat. Viele Australier waren damals ähnlich empört wie die Schweizer Katholiken, als sie gemerkt haben, daß der Churer Bischof vom Papst im entlegenen Rom gewählt wird, und nicht von ihnen. Trotzdem gehört Australien immer noch zum Commonwealth, eine Meinungsumfrage, lese ich, ergab gerade eine Mehrheit von 58%, die sich im Schatten der englischen Krone wohler fühlt als unter der direkten Sonneneinstrahlung der Unabhängigkeit.

In allen Kriegen dieses Jahrhunderts haben die Australier auf Seiten der Engländer und der Amerikaner gekämpft, überall auf der Welt, nur nicht in Australien. Als ich das Kriegsdenkmal in

Melbourne, den Shrine, besuche, merke ich erst beim Hinuntergehen vom Hügel, daß das eigentliche Denkmal nicht der triste Bau ist, sondern die Bäume des Hügels. Jeder Baum wurde zur Erinnerung an ein bestimmtes Regiment gepflanzt, eine Tafel teilt jeweils mit, an welches. Unter manchen Bäumen liegen Blumenkränze, und da es Sommer ist, blühen viele Bäume.

Was er für Gefühle habe, frage ich einen ehemaligen Kriegspiloten, der erfolgreiche Romane über diese Zeit geschrieben hat, wenn er den Shrine besuche. Eigentlich, sagt er mir, sei er nur ein- oder zweimal dort gewesen und könne meine Frage gar nicht beantworten. Dann, nach einer Pause, sagt er, er glaube, er gehe nächstens wieder hin.

Ich habe hier mehr Verbundenheit mit Europa, mehr Interesse an Europa und auch mehr Sehnsucht nach Europa angetroffen als etwa in Nordamerika. Man ist sehr weit weg hier, und ein Teil meines Deutschkurses wurde unversehens zur Gegenwartskunde, ich mußte Fragen beantworten über das normale Leben bei uns, über die EG, über die Flüchtlinge, das Militär, die Energie, die Arbeitslosigkeit.

Eine Woche nach dem Kurs begann hier die Schule. 800 000 Kinder, so war zu lesen, fingen die Schule wieder an. In der gleichen Zeitung las ich, daß 800 000 Menschen arbeitslos sind in Australien. Jeder dritte junge Mensch hat nichts zu tun, 26 000 Lehrerinnen und Lehrer haben keine Stelle, sie wußten also nicht, wohin gehen an diesem Morgen.

Trotzdem stoße ich immer wieder auf Optimismus und einen Zukunftsglauben, so unbekümmert wie die Muscheln der Oper von Sydney.

In Melbourne wollte ein Konzern ein Einkaufszentrum bauen, erhielt aber die Auflage, daß der historische Pulverturm auf dem Gelände erhalten bleiben mußte, worauf der Konzern das Warenhaus über und um diesen Turm herum baute, der nun das Zentrum einer riesigen Halle ist und in ein Restaurant umgewandelt wurde, womit er zur größeren Attraktion geworden ist, als er es vorher war. Ob wir vielleicht doch etwas zu pingelig sind mit unserm Denkmalschutz?

Tiere gibt es auf diesem Kontinent, die wirken wie Kuriere aus einer fernen Zeit, der geschäftige Ameisenigel, oder das schwimmende Schnabeltier, eine Art Biber, dem fast versehentlich ein Entenschnabel gewachsen ist, ein Prototyp, dessen Weiterentwicklung die Natur wieder aufgegeben hat, der watschelnde Fettmocken namens Wombat, dem so gut Sorge getragen wird, daß an entsprechenden Straßenrändern Verkehrstafeln mit der Warnung »Wombats crossing« stehen. Ein Wallaby-Känguruh hab ich gestreichelt im Wildlifezoo, sein Fell war unwahrscheinlich weich, und zu meinem Erstaunen hab ich hoch oben in einem Wipfel ein Baumkänguruh sitzen gesehen. Die Koalas, reine Eukalyptusblätterfresser, die am liebsten in einer Astgabel hocken, sind gefährdet, eine rätselhafte Krankheit, heißt es, beeinträchtige die Fruchtbarkeit der Weibchen, es wird nach ihr geforscht, ich glaube sie allerdings zu kennen, die Krankheit, Zivilisation heißt sie, allgemein ausgedrückt, es ist dieselbe, die auch die Aborigines bedroht, und den tasmanischen Teufel gibt's nur noch auf Tasmanien, aber den tasmanischen Beutelwolf gibt's nicht einmal mehr dort, er wurde ebenso ausgerottet wie die dortige Urbevölkerung, 1938 wurde der letzte dieser Wölfe gesichtet, und gesichtet heißt erlegt. Er steht jetzt ausgestopft in einer Museumsvitrine in Hobart.

Dafür gibt's in Tasmanien eine schöne Universität, an der sogar Deutschkurse abgehalten werden, mit freilebenden Autoren, die kurzfristig aus Europa eingeflogen werden.

Ganz nah

Nun habe ich auch die Fichen bekommen, die bei der politischen Abteilung der Zürcher Stadtpolizei über mich geführt wurden, nachdem ich in den Fichen der Bundespolizei lesen konnte, daß »die diskrete Überwachung« meines Wohnsitzes in Uetikon angeordnet war, und nachdem mir der Nachrichtendienst der Kantonspolizei geschrieben hat, über mich bestünden »keine kantonalen Akten«. Der Charme der Schweiz ist ja diese heilige Dreifaltigkeit von Bund, Kanton und Gemeinde, staatsbürgerlich gesehen existieren wir alle dreifach, folglich werfen wir in allen unsern öffentlichen und halböffentlichen Angelegenheiten einen dreifachen Schatten, den Bundesschatten, den Kantonsschatten und den Stadtschatten. Allerdings wurde ich im Schreiben der Kantonspolizei darauf hingewiesen, daß ich allenfalls in den übrigen Akten ebendieser Polizei durchaus vorhanden sein könnte, und daß ich mich diesbezüglich beim Chef der Kriminal-Innenabteilung melden solle, der mir nach telefonischer Voranmeldung Einsicht »in die über Sie bestehenden Akten im Archiv der Kantonspolizei Zürich« gewähren würde. Also doch?

Das hab ich dann aber nicht getan, irgendwie kam ich mir nicht deliktisch genug vor, um mich bei der Kriminal-Innenabteilung nach mir zu erkundigen.

Was hat die Nachrichtenbeschaffer der Stadtpolizei an mir interessiert?

Ich habe, lese ich, beispielsweise einen Aufruf für Aufnahme politisch Verfolgter aus Argentinien unterzeichnet, Mitte der siebziger Jahre, ich habe auf dem Hechtplatz mein »gegen die

AKW gerichtetes Straßentheater« »Der Erfinder« gespielt, ich bin auch auf dem Gelände des AKW Gösgen damit aufgetreten, das zwar außerhalb der Stadt Zürich liegt, sogar in einem andern Kanton, aber was man weiß, das weiß man, ich könnte ja auch wieder in Zürich damit auftreten, und dann wäre es gut, man wüßte schon, was man jetzt eben weiß, ferner bin ich in der »Krawall-Zusammenfassung A« erwähnt, was immer da zusammengefaßt wurde, ich habe an der Kundgebung »Solidarität mit dem Quartierzentrum Kanzlei« Gedichte und kurze Geschichten am Stadthausquai vorgelesen, ich war »Teilnehmer/Sänger« schon wieder in Gösgen, das offenbar doch zu Zürich gehört, aber ganz in Zürich war das Banquet républicain der Basisbewegung für gefährdete Asylsuchende, und bei der »Nichtbewill. Protestkundgebung gegen die Zwangsausschaffung von KURDEN-Flüchtlingen im STADTHAUS Zürich« waren ca. 10 Personen, darunter die Schriftsteller HOHLER/FRISCH und MEYENBERG, vornehm mit y geschrieben, und auch im März 89, als die Parlamentarische Untersuchungskommission schon längst an der Arbeit war und das politische Stoplicht für die Fichierungen schon mehrmals geschwenkt worden war, wurde ich noch als Mitunterzeichner des Vereins Städtepartnerschaft Zürich-Managua registriert, wer weiß, wie lange solch ein Stopsignal gültig ist.

Die subversiven Substantive sind also Unterzeichner, Mitunterzeichner, Schriftsteller, Sänger, oder schon nur, schlimm genug, meist als vernichtender Schlußpunkt einer Eintragung: Teilnehmer.

Es sind aber nicht diese Eintragungen, die mich am meisten verwundern, die passen ja ins einfache politische Hick-Hack-Schema, sondern es sind Eintragungen wie

01.11.79	Er schreibt im ›halbjahresheft für kultur und politik‹ »seegfrörni«, das vom AUTOREN-VEREIN FROST, 8581 Schocherswil herausgegeben wird.
01.07.80	»Nach 13 Jahren ist bei der Fourmière Schluß«. Er trat am Schlußfest der Fourmière am 24. 6. 80 in Zürich auf.
23.10.80	Gruppe Olten: Herausgabe des Buches »Die Zürcher Unruhe«. Gedichte von ihm.
19.05.81	Teilnehmer an der Tagung des Bildungsausschusses der SP-Stadt Zürich, vom 13.12.80 im Volkshaus.
20.12.84	Stellt in der Züri Woche seine Lieblingsbücher vor. Es handelt sich je um ein Buch für die Frau, das Göttikind, den Freund und den Feind.
23.02.87	In der ersten Ausgabe der Zeitschrift EINSPRUCH hat Hohler als Autor mitgewirkt.

Von dieser Art Eintragungen gibt es noch mehr.

Wovon sprechen sie? Sie sprechen von der Kultur als Angelegenheit der Kriminal-Innenabteilung, von einer Kultur, die offensichtlich unmittelbar an der Vorbereitung des gewaltsamen Umsturzes beteiligt ist, karteiwürdig ist sie und observierungsbedürftig. »Gedichte von ihm« können vielleicht schon morgen verboten werden, und dann kann es nicht schaden, wenn die Gedichte schon heute in der Kartei sind, und auch seine Lieblingsbücher, für die Frau, das Göttikind und den Freund und den Feind. Den Feinden hab ich damals von Joseph Weizenbaum »Kurs auf den Eisberg« empfohlen – ob das die Männer, die den Staat vor mir schützen, wohl gelesen haben, nachdem sie sich doch auch zu meinen Feinden zählen mußten?

Zu etlichen Eintragungen sind noch die dazugehörigen kompletten Aktennotizen kopiert worden, und es fröstelt mich bei der Gründlichkeit, mit welcher die Kultur als solche beschattet wurde, immer wieder Namenlisten aller Teilnehmer, darauf zum Teil interessante Unterscheidungen zwischen bekannt und unbekannt. Ob ein Autor »bek.« oder »unbek.« ist, richtet sich nicht etwa nach seinem literarischen Bekanntheitsgrad, sondern einzig danach, ob sein Schatten schon einmal ins Archiv gefallen ist. So ist dem Verfasser der Aktennotiz über die Tagung des Bildungsausschußes der SP der Schriftsteller *Steiger,* Otto bek., der war ja in Moskau, und auch *Wyss,* Hedy hat sich schon unliebsam bemerkbar gemacht und ist bek., hingegen ist *Blatter,* Silvio unbek., ebenso wie ein gewisser *Lötscher,* Hugo, Journalist. Ursprünglich war er als Lörtscher eingetragen, dann hat ein Einsichtiger das r gestrichen, aber bek. war er ihm trotzdem nicht. Die Autoren von EINSPRUCH, die sorgfältig einzeln aufgeführt werden, sind entweder »bek.« oder »nicht ident.« *Marchi,* Otto oder *Mehr,* Mariella sind nicht ident., während *Johansen,* Hanna den erstaunlichen Status bek. jedoch nicht ident. kriegt. Ob sie überhaupt mit sich identisch ist?

In diesen Namenlisten treten wir als Verdächtige auf, als gesperrt Gedruckte, auf die es aufzupassen gilt, als Feinde. Daß die Diktaturen die Kultur fürchten, wußten wir. Daß auch die Demokratien die Kultur fürchten, haben wir befürchtet, aber eigentlich haben wir gehofft, *unsere* Demokratie, die älteste, die beste, wie immer wieder betont wird in den Festreden, fürchte sie etwas weniger. Dem ist nicht so, dem war nicht so.

| 12.03.79 | Aussprache am 7.3.79 in Bern zwischen dem »Parlamentarischen Club für Kulturfragen« u. Vertretern der Kultur. Teilnehmer (kabarettistische Einlage) |

Ab wann ist eine Aussprache eine Verschwörung? Es genügt, daß die Kulturellen dabei sind, die gesperrt Gedruckten. Ob ein Treffen des Vororts für Handel und Industrie mit der Finanzkommission des Nationalrates auch registriert wurde? (Blocher, Chr.: kabarettistische Einlage) Ganz nah dabei sind sie gewesen, und bei den Namenlisten geht mir manchmal die Frage durch den Kopf, die unangenehme: Wer hat sie eigentlich weitergegeben? Wie kam sie auf den Tisch der KK III? So hieß die nachrichtendienstliche Abteilung der Stadtpolizei, warum, weiß ich nicht, vielleicht ist es die Abkürzung für Kulturkommission.

Und zum Schluß noch ein weiterer Anlaß, bei dem ich mich sozial auffällig verhalten habe. Nachdem ich ein paar Jahre in Oerlikon gewohnt habe, hatte ich Lust, einmal ein Fest zu machen für die Anwohner unserer Straße, ein Fest, bei dem alle aus ihren Wohnungen heraus kämen und sich zusammen an Tische auf der Straße setzen würden, zusammen essen und trinken würden, tanzen auch, denn Musik sollte da sein, auf einer Bühne, eigens dafür aufgestellt, unter farbigen Lichtgirlanden, und wer Lust hätte, würde eine kleine Produktion zum besten geben auf der Bühne, damit wir uns am Montag anders grüßen, weil wir am gleichen Fest waren, oder damit wir uns überhaupt grüßen, weil wir doch an derselben Straße wohnen, und nicht im Nowhereland von Züri-Nord.

Dieses Fest habe ich also zusammen mit dem TEAM 72, einer Arbeitsgemeinschaft für Strafentlassene, ebenfalls niedergelassen in dieser Häuserzeile, organisiert, und es wurde ein schöner und fröhlicher Abend, den wir seither fast jedes Jahr wieder organisierten und nach dem uns die Leute schon im Winter fragen, und wenn ich einmal nicht mehr genau weiß, wann wir das zum erstenmal gemacht haben, dann kann ich einfach in meiner Fiche der Kulturkommission der Stadtpolizei nachschauen, denn dort steht als drittletzte Eintragung

08.06.88   Verwaltungspolizei/Bewilligung: TEAM 72 und Franz Hohler. Anwohnerfest am 25.6.88 in Zürich 11, Gubelstraße.

Sind noch Fragen?

.

Am Himmel

Etwas Wunderschönes habe ich gesehen heute.

Als ich am Abend mit dem Velo vom Sternen Oerlikon nach Hause fuhr, flog ein großer schwarzer Vogelschwarm in die Gegenrichtung. Dann hielt ich beim Stop neben der Metzgerei und sah auf der andern Straßenseite zwei junge Leute in den Himmel schauen. Ich blickte auch nach oben, und da kam der Schwarm wieder, setzte zu einem langen Bogen an und brach nun in zwei Teile, indem sich ein Teil auf den Thujabaum fallen ließ, welcher zusammen mit einem zweiten mitten in den Häusern steht. Der weiterfliegende Rest teilte sich nochmals auf, es war wie eine unglaublich elegante, fließende Zellteilung, bei der die beiden neu entstandenen Einheiten nicht kleiner wirkten als der ganze Schwarm.

Zum Himmel aufschauend, dachte ich an das Velofahren in China, Hunderte von Radfahrern, und nie stoßen zwei zusammen, auch auf Kreuzungen nicht.

Die beiden haushohen und schlanken Thujas sind die Versammlungs- und Schlafbäume der Stare, wenn sie sich im Herbst zum Flug nach Afrika bereitmachen, und wenn sie im Frühling wieder, von unerklärlichen Kräften geleitet, nach Mitteleuropa-Alpennordseite-Schweiz-Kanton Zürich-Zürich-Oerlikon zurückkehren, um sich ihre Nistplätze zu suchen.

Vor dem Einschlafen schwatzen sie aber noch lange zusammen wie Kinder auf einer Schulreise, und wer in der Dunkelheit an den Bäumen vorbeigeht, schaut sich überrascht um, woher dieser Lärm kommt.

Die beiden Starenschwärme, die sich voneinander gelöst hatten, machten jetzt eine gegenläufige Kreisbewegung und kamen fast gleichzeitig bei den zwei Thujabäumen an, um sich ebenfalls auf ihnen niederzulassen.

Und wie nun der ganze, mehrfach geteilte Schwarm vereint und gut versteckt im Geäst saß, nachdem jeder Vogel sofort seinen Platz gefunden hatte, als wären die Zweige numeriert, und sich die Stare miteinander über den abgelaufenen Tag zu unterhalten begannen, dachte ich beim Weiterfahren, wenn diese Bäume je gefällt werden sollten, würde ich mich an sie anketten.

Da, wo ich wohne

Da, wo ich wohne, im zürcherischen Stadtteil Oerlikon, wurden vor ein paar Tagen zwei erwachsene Männer, als sie kurz nach Mitternacht den Marktplatz überquerten, von drei Jugendlichen mit Baseballschlägern niedergeknüppelt und ausgeraubt. Das habe ich in der Zeitung gelesen, wie eine Nachricht aus einer fremden Stadt. Erst beim zweiten Blick habe ich gesehen, daß das da war, wo ich wohne. Ich gehe oft über diesen Platz, auch nach Mitternacht noch, und ich bin nie auf den Gedanken gekommen, mich zu fürchten.

An einer Ecke des Platzes befindet sich eine Apotheke, und diese Apotheke wurde vor ein paar Wochen von einem jungen Mann überfallen. Mit vorgehaltener Pistole befahl er den anwesenden Kunden, auf den Boden zu knien, und ließ sich vom Apotheker das Geld aus der Kasse aushändigen, möglicherweise auch noch die vorrätigen Betäubungsmittel. Ich weiß es nicht mehr genau, ich selbst kaufe in einer anderen Apotheke ein und habe diese Nachricht in der Zeitung gelesen. Der Räuber, stand weiter, sei zu Fuß zum Warenhaus Jelmoli geflüchtet und dort unauffindbar verschwunden.

Kurz darauf erzählte mir ein Freund, daß da, wo ich wohne, in der Parallelstraße, ein Passant von vier Männern zusammengeschlagen worden sei. Mein Freund, der in dieser Parallelstraße zu Hause ist, hatte dies in der Zeitung gelesen und fragte mich, ob ich wüßte, wo genau es passiert sei, aber ich wußte es nicht. Niemand hatte mir davon erzählt.

Letzthin, als ich da, wo ich wohne, in die S-Bahn stieg, fiel mir ein junger Mann auf, der aus meinem Zug auf der falschen

Seite ausstieg und über das Geleise auf das nächste Perron rannte. Gleich danach wollte eine verzweifelte ältere Frau hinter ihm her rennen, wurde aber von andern Passagieren zurückgehalten. Sie schrie laut, weil der Dieb mit ihrer Handtasche quer über alle Geleise und Perrons auf die hintere Seite des Bahnhofs spurtete, und zwei Burschen, die sich aufgemacht hatten, ihn zu verfolgen, ließen wieder davon ab, weil sie hoffnungslos zu spät waren.

Und so sind wir alle überrascht und reagieren ein bißchen zu spät, und auch ich kann mich noch nicht daran gewöhnen, daß es so rasch New York und São Paulo wird, da, wo ich wohne.

Ein Tischchen

Wer unsere Wohnung betritt, steht zuerst in einem Vorraum, aus dem fünf Türen in die weiteren Räume führen.

In diesem Vorraum steht ein Tischchen, das ich als Student im Brockenhaus gekauft hatte. Es steht dort so unauffällig, daß ich es oft tage-, ja wochenlang gar nicht wahrnehme, und wenn mich jemand fragen würde, was im Vorraum unserer Wohnung alles steht, wäre ich nicht sicher, ob dieses Tischchen wirklich dazugehört.

Es ist aus Holz, hat vier gedrechselte, voneinander wegstrebende Beine und zwei quadratische Tischplatten, eine dort, wo Tischplatten eben sind, und eine zweite weiter unten, zwischen den vier Beinen. Die obere Tischplatte, die mit eingekerbten Blumenmustern verziert ist, war einmal gespalten, und ich habe sie leimen lassen. Sie bietet sich an als Abstellfläche für Dinge, die man gerade in der Hand hat, wenn beispielsweise das Telefon läutet oder die Hausglocke, oder wenn der Hund hinaus will, oder wenn einem sonst noch etwas in den Sinn kommt, das ohne Aufschub erledigt werden muß.

Zur Zeit haben sich auf der oberen, übrigens ziemlich kleinen Tischplatte, die eher eine Tischchenplatte ist, ein Wort, das seltsamerweise so wenig im Gebrauch ist wie Tischplättchen, das aber in diesem Fall zutreffend wäre, auf dieser Tischplatte haben sich zur Zeit, nämlich Anfang November, folgende Gegenstände angesammelt.

Ein großformatiges Buch von Oskar Marti mit dem Titel »Die Natur im Kochtopf«. Der Verfasser, auf dem Umschlag im Gras kniend abgebildet, ist auch als »Kräuter-Oski« bekannt, und nach seiner Rezeptsammlung koche ich manchmal zwischen Frühling und Herbst etwas, das von meiner Familie mit mißtrauischen Gesichtern gegessen wird, das kann ein Brennesselgratin sein oder ein Holundersoufflé oder sonst etwas, dessen Ingredienzien unser verwilderter Garten anbietet.

Auf dem Buch liegt die zerknitterte Quittung meines Aufenthaltes auf der Finsteraarhornhütte. Beim Auspacken des Rucksacks Ende August muß ich sie hierhergelegt haben und mochte sie offenbar nicht sofort wegwerfen. Ich habe für mich und meinen Sohn den »Tarif für Nichtmitglieder ab 20 Jahre« bezahlt.

Auf der Quittung liegt, geschützt durch eine weiterverwendete Plastikhülle für 10 Papiertaschentücher »mit Duo-Faser-System«, die normalen also, meine Reiserasierseife, die ich kürzlich erfolglos gesucht habe. Mit dem hinteren Ende stößt sie auf ein kariertes, zusammengefaltetes Küchentuch, das wir zum Abtrocknen brauchen und für dessen Dialektbezeichnung »Abtröchnitüechli« mir kein angemessenes hochdeutsches Äquivalent einfallen will.

Wie das Tüchlein und die Rasierseife an diesen Platz gekommen sind, kann ich mir nicht erklären, aber da sind sie. Gleich daneben liegt ein weißes Playmobilmännchen auf dem Rücken und streckt Füße und Hände nach oben. Meine Söhne sind beide erwachsen, aber die Spuren ihrer Kindheit sind noch nicht ganz verwischt, immer wieder tauchen solche Männchen auf, in Schubladen der Badezimmerkommode oder zuunterst in Früchteschalen oder in einer Ecke des Balkons, von Estrich und Garten ganz zu schweigen. Ein Stück farbiger Schnur läuft ihm zwischen den Händen durch, dem vergessenen Botschafter der Kindheit. Ein Überrest vom Zeitungspapierverschnüren? Es ist nicht einmal mehr lang genug, um einen Abfallsack zuzubinden.

Vor dem Rücken des Kräuterkochbuchs ein zweiter, ausgestreckter gelber Playmobilmann, dahingestreckt geradezu, durch einen schwarzen Edding-2000-Filzstift, der wie eine Keule auf seinem Bauch ruht.

Ein Plastikfläschchen, halb gefüllt mit Wasser, verschlossen mit drehbarem Deckel, stellt alle Familienmitglieder vor ein Rätsel. Vielleicht, meint mein älterer Sohn, sei einmal ein Bleichmittel für die Haare drin gewesen. Das wären dann seine Haare, mit andern Worten, er ist schuld, daß das Fläschchen dasteht.

Im weiteren: Zwei kleine Fahrradsatteltaschen mit dem Erste-Hilfe-Werkzeug für einfache Pannen, Schraubenschlüssel, Reifenklebeset und dergleichen. Von denen weiß ich allerdings genau, warum sie daliegen. Der hellgrauen Tasche ist eine Anhängeschlaufe gerissen, am Sattel des Velos meiner Frau, und ich wollte ihr das von früheren ruinierten Velos her noch vorhandene Ersatzsatteltäschchen montieren, und dann muß irgendeine Störung eingetreten sein.

Daran angelehnt ist eine alte Fahrradnummer. Die habe ich einmal hingelegt in der Absicht, die Größe des Loches zu messen, damit ich im »Do it yourself« eine exakt passende Schraube samt Mutter holen kann, denn für meine letzte Nummer, die ich ersetzen mußte, fand ich in meinen Vorräten keine wirklich passende Schraube, sondern bloß eine, die ein bißchen zu dünn ist, so daß ich immer wieder mit den Fingern hinter den Gepäckträger greifen muß, um die Schraubenmutter frisch anzuziehen.

Seit wann das Malerklebeband halb auf dieser Nummer liegt, weiß ich auch nicht, aber so etwas braucht dauernd irgendjemand.

Unter dem Klebeband entdecke ich eine grüne Wäscheklammer, und darunter wiederum eine Karte, die mich zum Abholen meiner frisch hergerichteten Lederjacke auffordert. Sie ist drei Wochen alt, die Karte, ich laufe in der Zwischenzeit schon lange wieder mit der Lederjacke herum, erinnere mich aber jetzt, daß ich damals vergeblich nach dieser Karte gesucht hatte, um sie mitzubringen.

Das Satteltäschchen mit der gerissenen Halterung ist benachbart mit zwei Musikkassetten, die ich im September in Stockholm geschenkt bekommen habe. Die eine enthält die »Pastoralsvit« von Lars-Erik Larsson und symphonische Dichtungen von Franz Berwald, auf der andern würden mich nordische Volkslieder erwarten, wenn ich sie einmal dem Dornröschenkuß des Abspielkopfes preisgeben würde. Bis jetzt liegen die unerlösten Tonträger in stummem Tiefschlaf in ihren durchsichtigen Plastiksärgen, dabei könnten sie unsern Wohnzimmerboden zum Erzittern bringen. Wie ein ganzes Orchester auf ein paar Millimetern eines Kunststoffbändchens Platz findet, werde ich nie verstehen.

Unter den Kassetten aber liegen, die eine Ecke der Tischplatte überragend, zwei Prospekte für diese Fensterrouleaus, durch welche wir schon lange die Vorhänge in unsern Schlafzimmern ersetzen möchten. Die Maße sind genommen, die Farben besprochen, aber dann müssen die verschiedensten Ablenkungsmanöver stattgefunden haben, denn in unserm Schlafzimmer hängen immer noch die alten Vorhänge.

Weshalb allerdings eine Rolle »Spezialgarn für Doppelmaschinen« hinter den Kassetten steht, weiß ich wirklich nicht mehr, ich weiß nicht einmal, wofür man so etwas brauchen kann. Hingegen ist die leere tibetanische Kupferschale daneben eigentlich ein kostbares Gefäß, wir haben sie etwas unter ihrem Wert benutzt, um den Schnurklüngel darin aufzubewahren, mit dem wir die alten Zeitungen bündeln, und offenbar ist dieser Schnurklüngel zu Ende gegangen. Halb darunter verborgen vier Reißnägel, mit denen ich manchmal ein Gedicht im Vorraum aufhänge, einige offene Bostitches aus einer Bostitch-Pistole, ein Ricola-Kräuterbonbon, das mir einmal beim Besuch eines Konzerts zu Werbezwecken zugesteckt wurde, ein braunes Eichenblatt, unter dem ich einen braunen Farbstift hervorziehe, der an beiden Enden gespitzt ist, und ein Rubbelkärtchen von »Pick Pay«, gewinnlos abgerubbelt von meinem jüngeren Sohn, wahrscheinlich, und all diese Gegenstände warten hier auf ihre Einordnung, auf ihre Verwendung, oder mindestens auf ihre Weiterbeförderung, die durch niemand anderes geschehen kann als durch jemanden von uns, und natürlich gibt es immer etwas Wichtigeres zu tun, als vier Reißnägel von einer Tischplatte zu klauben und im Werkzeugschrank im Reißnagelkarton zu versorgen, und wenn wir jetzt vom Ausbruch des Vesuvs überrascht würden wie in Pompeji, oder wenn wir in zwei Stunden unser Haus verlassen müßten wie die Bewohner von Pripjat bei Tschernobyl, dann bliebe all das einfach liegen, wer weiß, wie lang, Jahrhunderte womöglich, jedoch die Archäologen späterer Zeiten, sage ich mir, würden zwar ihre Mühe haben mit der Erklärung der Pick Pay-Rubbelkartenniete, aber sie würden an dieser Tischplatte womöglich besser als an einem sauber aufgeräumten Schrank erkennen, daß hier tatsächlich einmal Menschen gewohnt haben.

DIE BLAUE AMSEL
(1995)

Aufräumen

Den schafwollenen kleinen Teppich im Badezimmer, auf welchem der Hund über Nacht geschlafen hat, zusammenrollen und hinter den Wäschekorb stellen oder eher zwischen dem Wäschekorb und der Kommode einklemmen.

Nach dem Frühstück die Brosamen an den Tischrand wischen, in die Hand fallen lassen und auf den Fenstersims streuen, als Vogelfrühstück, der großen Kälte wegen.

Den Deckel der von einem Freund geschenkten Orangenkonfitüre wieder zuschrauben und zusammen mit der andern, auch geschenkten, aber nicht gebrauchten Johannisbeerkonfitüre und der Margarine wieder in den Kühlschrank stellen.

Das Kaffeefilterpapier mit dem feuchten, noch warmen Pulver in den kleinen Kompostkübel im ausziehbaren Abfallfach leeren, dann den Kaffeefilter kurz unters Wasser halten und umgekehrt auf den Geschirrabtropfer legen.

Das Streichholz, mit dem vor dem Frühstück die Kerze angezündet wurde, unter der Morgenzeitung entdecken und es in den offiziellen Kehrichtsack der Stadt Zürich werfen.

Die Zeitung von gestern und das Tagblatt von gestern, die immer noch auf dem Tisch liegen, zusammen mit der Zeitung von vorgestern und dem Tagblatt von vorgestern, die unter der Zeitung von gestern und dem Tagblatt von gestern liegen, sowie einige Bulletins von Organisationen, die unter der Zeitung und dem Tagblatt von vorgestern liegen, zum vor kurzem in einem Bürogeschäft gekauften Zeitungshalter unter dem Telefontischchen tragen und dort stapeln. Wurden nicht soeben zwei Packen alter Zeitungen aus ebendiesem Halter gehoben, umschnürt und in den Keller getragen, für die nächste Altpapierabfuhr? Nachdenklich den schon fast wieder vollen Halter betrachten.

Ins Badezimmer gehen und aufs Rasieren verzichten, denn heute soll ausschließlich aufgeräumt werden, jede Gepflegtheit wäre gelogen.

Das über Nacht getrocknete Seidenpyjama von den Bügeln nehmen und im Schlafzimmer unters Kopfkissen legen. Die Unterhose von gestern in den Wäschekorb schmeißen, und, da keine brauchbare neue mehr im Kasten liegt, ins Zimmer gehen, in welchem ein Haufen gewaschener, aber weder zusammengelegter noch geglätteter Kleider liegen, eine Unterhose heraussuchen und dabei denken, die Wäsche sollte man auch drannehmen.

Ein Umbau des Büroraums steht bevor. Die Gestelle des Büros müssen umgelagert werden, und zwar in den Archivraum, wozu erst der Boden dieses Raumes freigemacht werden muß, der schon lange überstellt ist mit allen möglichen Dingen, die einmal aus momentaner Verzweiflung ganz rasch dort deponiert wurden. Die Befreiungsaktion für den Boden kann aber nicht anders vor sich gehen als durch eine weitere Umlagerung eines Teils des Archivrauminhalts auf den Estrich, der seinerseits so überfüllt ist, daß dort mit der Bodengewinnung begonnen werden muß.

Also in den Estrich steigen und versuchen, die eine Ecke freizumachen, die mehr als eine Ecke ist, nämlich ein Dachvorsprung, der von den Kindern, als sie noch Kinder waren, hüttenartig genutzt wurde.

Den überraschenderweise vorgefundenen Rücksitz des längst aufgegebenen Citroëns auf den obersten Absatz des Treppenhauses hinuntertragen, ebenso wie die zwei kleinen Zusatzsitze aus dem Laderaum des Kombis.

Die riesigen Flugzeuge bewundern, welche die Kinder aus

Karton und Klebeband hergestellt hatten, es nicht übers Herz bringen, sie in Stücke zu reißen, und sie auf die andere Seite des Estrichs tragen, wo weitere Welten aus Karton von anderen Zeiten und anderen Wesen künden. Ein Carthago, dessen Schicksal es von Anfang an war, einmal zerstört zu werden. Beschließen, die Auswahl des zu zerstörenden der Frau zu überlassen, die in Kürze nachzukommen versprach. Matratzen aufeinanderstapeln, die bei unvorhergesehenem Einfall von Gästescharen hinuntergebracht werden können, und alte Schlafsäcke darüber ausbreiten.

Für die nun einsetzende Zerstörung Carthagos, oder Vinetas eher, eine Schachtel holen für die Kartontrümmer. Immer wieder neue Kartonstücke hineinschieben und sich wundern, wieviel noch hineingehen, auch nachdem sie schon gefüllt ist. Die volle Schachtel auf den obersten Treppenabsatz tragen und eine neue Schachtel holen. Beim Öffnen des Schachtelvorratsräumchens unter der Estrichtreppe zu verhindern versuchen, daß mehrere Schachteln aus der Türe stürzen. Sich ärgern über die schlechte, wohl zu hastige Stapelung, sich freuen, weil die Schachteln endlich wegkommen.

Zwischen Büchern und alten Kopfhörern eines Sohnes zwei Batterien finden. In die Wohnung hinuntergehen und aus dem Körbchen mit den Veloklammern, Sonnenbrillen und den Handschuhen den Batterieprüfer herausklauben. Sehen, daß beide Batterien noch Ladung anzeigen, also beide zu den Batterievorräten legen und sich vornehmen, bei Bedarf diese Batterien zuerst zu gebrauchen, obwohl sonst im Haushalt vor allem mit wiederaufladbaren Batterien gearbeitet wird, wenn überhaupt.

Dann angesichts der Küchennähe einen Schluck eines Gemüsesaftes trinken. Da es der letzte Rest ist, die Flasche ausspülen, den metallenen Halskragen mit einem Küchenmesser aufschlitzen und im Abfallfach in den kleinen Behälter legen, der scherzhaft mit »Heavy Metal« angeschrieben ist. Danach die Flasche auf den Balkon stellen, zu den andern leeren Flaschen, die einmal jemand in den Keller tragen und dort in bereitstehende Kisten, nach Farbe geordnet, stellen wird. Vermuten, daß dieser Jemand der Aufräumende selbst sein wird.

Kaum im Estrich oben, wieder hinuntergehen, weil eine Zange vonnöten ist, um verschiedene Nägel aus dem Boden und aus den Balken zu ziehen. Die krummen Nägel nicht in den Abfallsack fallen lassen, sondern im Schachtelräumchen, aus dem beim Öffnen sofort wieder die vorhin provisorisch zurückgestoßenen Kartons herauspurzeln, ganz zuunterst ein geflochtenes, gerecht bezahltes indisches Teeschächtelchen herausgrübeln, in das die krummen Nägel gelegt werden, bis sie später im »Heavy Metal«-Behälter enden werden.

Dann in den Archivraum hinuntergehen und eine Schachtel, die schon lange mitten im Raum Platz versperrt, hervorzerren, eine Schachtel mit Manuskriptentwürfen, genau die Art von Dingen, die in die äußerste Ecke eines Estrichs gehören und damit nochmals die Gnadenfrist einer weiteren Generation erhalten.

Ein altes Vortragspult, vor 25 Jahren aus dem Fundus des Stadttheaters Olten zum Aufräumenden gekommen, den langen Treppenweg bis in die Garage hinuntertragen. In der Garage, in welcher statt eines Autos ein Handwagen, Velos, Wintersportgeräte, Möbel und Bühnenrequisiten stehen, eine freie Ecke suchen und schließlich auch finden.

Die Garage abschließen, nach oben gehen und dort einen Freund antreffen, der gestern um Mithilfe gebeten wurde und der heute Zeit hat. Er wird die soeben vom Aufräumenden gesichteten Harassen aus der Garage hervorholen und nach oben tragen, um Ordner darin zu verstauen, in denen Leute ihre Ablehnung oder Zustimmung zur Arbeit des Aufräumenden äußern, Ordner mit erloschenen Verträgen und abgegoltenen Leistungen, und der Freund wird helfen, diese Ordner auf den Estrich zu tragen, in die neugewonnene Ecke, die bedenklich rasch aufgefüllt wird, mit aufbewahrten Zeitungen auch, die alte Neuigkeiten enthalten, welche bedeutsam waren, die Berliner Mauer sei gefallen, die UdSSR sei aufgelöst, Dürrenmatt sei gestorben, am Golf sei Krieg, und Frisch sei auch gestorben, und Niklaus Meienberg, und ein »Corriere della Sera« fällt aus einer Mappe, ein Interview von Oriana Fallaci mit Khomeini enthaltend, wann war das, im Paläolithikum oder in der letzten Zwischeneiszeit, und die alten Agenden sind auch alle noch da und wehren sich mit erbarmungswürdigem, zerschlissenem Aussehen gegen ihre endgültige Kraftloserklärung, lieber noch ein paar Jahre ins Altersheim in der Dachbodenecke, gemeinsam mit den Nachrichten und Anfragen und Verhandlungen von früher, und die älteste Agenda ist von 1953, da war er zehnjährig, der Aufräumer, und hat sich von den Menschen, die er kannte, den Tag ihres Geburtstags unterschreiben lassen, mit ihrem Jahrgang, und da findet er alle vier verstorbenen Großeltern, Jahrgang 1884, 1888, 1890, und dann hat er noch eine 96jährige Frau gekannt in seiner Verwandtschaft, und auch sie hat unterschrieben, er erinnert sich, sie wollte zuerst nicht, aber er hat darauf bestanden, damals, der Zehnjährige, und da schrieb sie in zittriger Spitzenschrift ihren Namen, Marie Senn, und ihren Jahrgang, 1857.

Auf einmal innehalten und nachdenken, was das heißt, 1857, und hinuntergehen und die Agenda seinem jüngeren Sohn zeigen, der 1974 geboren ist, und ihn fragen, ob er sich vorstellen könne, daß sein Vater einen Menschen gekannt hat, eine Frau, die 1857 zur Welt gekommen ist, die also als Vierzehnjährige vom deutsch-französischen Krieg 1870/71 gehört haben muß und von der Entwaffnung der Bourbaki-Armee an der Schweizer Grenze, und zehn Jahre später vom Bergsturz von Elm.

Über die Verblüffung des Sohnes Befriedigung empfinden, dann wieder in den Archivraum gehen und die Zeichnungshefte finden, die der Aufräumende als Fünf-, Sechs-, Sieben-, Achtjähriger in großer Zahl füllte, mit Zeichnungen von Häusern, Blumen, Sonnen, Wolken, Schmetterlingen, zusammenprallenden Zügen und abstürzenden Bergsteigern, und immer wieder Dinge in die Hand nehmen, ohne zu wissen, sollen sie weggeworfen oder behalten werden, und wenn behalten, wo ist denn ihr Ort, das ist doch die Frage beim Aufräumen.

Hat ein Metronom einen Ort? Wenn es nie zum Üben gebraucht wird, ist dann sein Ort die Kehrichtverbrennungsanstalt, oder ist er bei jemandem, der Musik macht, aber wer ernsthaft Musik macht, hat wohl schon eines; es gälte also einen Raum einzurichten mit lauter Gegenständen, die vielleicht noch jemand brauchen könnte, der vergoldete Gipsrahmen zum Beispiel, an dem verschiedene Stuckverzierungen abgeschlagen sind, ist er noch imstande, ein Leuchten auf dem Gesicht von irgendjemand hervorzurufen, wenn er ihn geschenkt kriegen soll, oder ist er bloß noch eine Geschenkdrohung? Der Aufräumende aber weiß schon jetzt, daß der Moment, in welchem er mit diesem vergoldeten Rahmen vor einer der tiefen Mulden der Kehrichtverbrennungsanstalt stehen wird, der Moment also, in dem er zum Schwung anhebt, um den vergoldeten Gipsrahmen in die Tiefe zu schleudern, wo Baggergreifer ganze Polstergruppen packen und zerfetzen und wo aus Hunderten von zerplatzten Abfallsäcken unheilvolle Säuredüfte und ätzende Räuchlein steigen, daß dieser Moment ihn schmerzen wird und daß er sich noch einmal umschauen wird, ob nicht ein bärtiger Kunstmaler keuchend dahergerannt kommt, um ihm in den Arm zu fallen, bevor er eine solche Kostbarkeit in das Fegefeuer der Zivilisation schmeißt, aber schon trägt sein Freund die Kostbarkeit hinunter in den Keller, den Warteraum zum Abtransport, die Todeszelle aller Gegenstände, deren Nutzlosigkeit jetzt entlarvt wurde, der alte Gasherd, die Autosessel, Schaumstoffsitzlein für Kinder mit zerrissenen Überzügen, Vorhangstangen, die zu keinem Fenster passen, verbogene Koffer mit ausgerenkten Deckeln.

Den Büroraum, der umgebaut werden soll, langsam leeren. Ordner aus Regalen nehmen und in Kisten einfüllen, die Kisten auf den soeben freigemachten Archivraumboden stellen und somit den leeren Platz sofort wieder besetzen, mit dem Freund Gestelle mühsam kippen und, verschiedenste Arten von Schrägstellungen durchprobierend, endlich qualvoll durch schlecht angeordnete Türöffnungen tragen, die Platte eines Schreibtisches lösen, in den Korpus kriechend wie ein Automechaniker, oder ein Schreibtischmechaniker, einen kaum je gebrauchten Sechskantschlüssel mit einem gewissen Stolz anwenden, die Platte ebenfalls zu zweit in den frisch gewonnenen Raum schleppen, dort Ersatzsaiten für längst nicht mehr gespielte Instrumente finden und sich fragen, in wieviel Jahren wohl Saiten für diatonische Harfen ihre Spannung und damit ihren Sinn und Wert verlieren, und im Hinuntergehen vom Estrich jedesmal ein paar Klebebandreste von den Wänden klauben, die einst irgendwelchen kindlichen Gebietsmarkierungen dienten, und immer mehr das ganze Haus als eine einzige Unordnung sehen, als hätte es ein böser Gott durcheinandergerüttelt, um den zweiten Hauptsatz der Thermodynamik zu beweisen, diesen Satz, der besagt, daß die Unordnung im Weltganzen zunimmt, und nun müßte alles an seinen Platz zurückgestellt werden, denn alles hätte einmal seinen Platz gehabt, früher, aber jetzt dieser Verdrängungskampf, diese Territorialkriege um leere Ländereien, und immer weniger wissen, wessen Partei man ergreifen soll, die Partei der Bergschuhe oder der Wechselrahmen, die Partei der Luftbefeuchter oder der Bankbelege, und am Ende des Tages keinen Gang mehr machen können, ohne sofort einen Gegenstand in die Hände zu nehmen und von einem Platz zum andern zu bringen, und nach dem Nachtessen in einem italienischen Restaurant mitten auf dem großen Marktplatz zwei umgestürzte Schachfiguren sehen und nicht anders können, einfach nicht anders können, als sie auflesen und an den Rand des Platzes zu den anderen Figuren tragen, dort, wo sie hingehören.

Herbstwärts

Die Bäume sind so gelb, als sei das Engadin hier in den Ferien.

Ein Collie rennt bellend neben dem Zug her, so schnell er kann.

Ein Bauer mäht mit seinem »Rapid« das letzte Gras. Es ist so niedrig, daß ich mich frage, ob sich's noch lohnt.

Eine Krähe hüpft auf ein Kompostgitter und pickt nach Eßbarem.

Zögernd erhebt sich ein Raubvogel von einem Bahndammpfosten und hebt zu einer trägen Runde über den Acker an.

Wo nisten wohl die Vögel, denke ich beim Anblick all der Niederstammkulturen.

Von Zeit zu Zeit durchschreitet eine blondgelockte Zugbegleiterin den Erstklasswagen, in dem außer mir niemand sitzt, und ruft seltene Ortsnamen aus: »Güttingen! Bottighofen! Mannenbach-Salenstein!«

Bei Mammern liegt ein rotes Auto in der Wiese neben der Hauptstraße auf dem Dach. Ein Polizeiwagen steht auf einem einmündenden Feldweg, davor ein Uniformierter mit Notizblock, umgeben von ratlosen Leuten.

Wenig später betritt ein junger Mann hastig mein Abteil und fragt mich, wie lang es bis Schaffhausen gehe. Er wirkt leicht verstört, und ich habe das Gefühl, er gehöre auf irgendeine Art zu diesem Unfall, bei dem eine schnelle Fahrt ihr Ende gefunden hat. Natürlich kann ich ihm seine Frage beantworten. »Eine schwache halbe Stunde«, sage ich.

Der Bodensee hat sich inzwischen in den Rhein verwandelt.

Die Stationsbeamten vor ihren Bahnhöfen wirken alle etwas enttäuscht.

In Schlattingen steigen ein Punk und ein Fremdarbeiter ein.

Niemand holt sie ab, als sie in Schaffhausen zur vorgesehenen Zeit wieder aussteigen.

Mord in Saarbrücken

Heute habe ich einen Nachmittag getötet.

Mit einem Film habe ich ihn umgebracht, einem Agenten-film, in dem böse Menschen andere, gute Menschen, achtlos ab-geknallt haben, und manchmal haben auch gute Menschen böse Menschen abgeknallt, aber nur, wenn es sein mußte, und immer zur Musik von Morricone.

Auf der Rückfahrt im Bus zum Hotel saß vor mir ein kurz-geschorener Jugendlicher, der sein Gehör vorsätzlich mit einem Walkman mißhandelte.

Als ich dann im Hotel ankam, um mich hinzulegen, war der Nachmittag tot und wurde nicht wieder lebendig.

Vielleicht hätte er einen Flußuferspaziergang für mich bereit gehabt, oder ein Gedichtbuch, oder ein Gespräch mit einem un-bekannten Menschen, einem Engel womöglich.

Es ist kein gutes Gefühl, ein Nachmittagsmörder zu sein.

Wieder einmal in Wien

Die Häuser sehen alle aus, als ob sie sich für einen Opernbesuch feingemacht hätten.

Die Pestsäule ist eine Sahnetorte aus Engeln, man muß lange suchen, bis man zuunterst die ausgezehrte Frau findet, die das Opfer darstellt. In Indien starben in den letzten Tagen 150 Menschen an der Pest, in jeder Zeitung sind Fotos von verzweifelten Menschen mit Schutzmasken zu sehen. Zwischen Estland und Stockholm ist eine Fähre innerhalb von 5 Minuten gesunken, vielleicht sind über 1000 Menschen ertrunken.

Im Caféhaus gibt es eine Kartenspielecke, wo an den Nachmittagen lauter alte Damen an grünen Tischchen sitzen und ernst, aber zutiefst vergnügt Bridge spielen. Am Nebentisch spielt auch ein Herr Doktor mit. Wien scheint mir die Stadt des Müßiggangs.

Müßig gehen wir am Hofkammerarchiv vorbei, mein Vater und ich, müßig und zufällig, und als ich lese, daß hier Grillparzer als Direktor gewirkt hat und daß man sein Arbeitszimmer besichtigen könne, wenn man durch die Kutschertüre eintrete und im Hof an der rechten Türe klingle und sich anmelde, will ich das unbedingt.

Wir treten in ein Bühnenbild ein. Schwere Regale, die bis zur Decke reichen, mit noch schwereren Büchern beladen, die jedes Maß sprengen, mit Faszikeln auch, also zwischen Deckeln zusammengeschnürten Papieren, die wohl Kaufverträge, Bescheinigungen, Servitute sind, vielleicht auch längst erloschene Privilegien, und zwischen den Regalwänden Querregale, die wie venezianische Brücken von einer Vergessenheit in die andere führen. Was in all diesen Büchern stehe, frage ich den Archivar. Zum Beispiel die Gehälter der kaiserlich-königlichen Angestellten, sagt dieser, zieht aus einem Regal eine Scharteke heraus, auf der die Jahreszahl 1791 steht, legt sie auf einen Tisch, blättert ein bißchen darin und hat dann die Seite gefunden, auf der mit gestochen feiner Schrift eingetragen ist: Mozart, Wolfgang Amadeus, Hof-Compositeur, 760 Gulden. Und weiter oben ist auch Salieri verzeichnet, Capellmeister, und sein Jahresgehalt, 1140 Gulden. Als der Archivar das Buch sorgfältig wieder zurückstellt, glaube ich auf einmal, daß Mozart tatsächlich gelebt hat.

Bei Grillparzer bin ich weniger sicher, sein Direktorialraum, in dem neben den Regalen noch etwas Platz für einen kunstvollen Schreibtisch gelassen wurde, ist mir nicht Beweis genug. Ein Vers von ihm kommt mir in den Sinn:

> Mein Kummer ist mein Eigentum,
> Den geb ich nicht heraus.

Er könnte ihn in diesem trostlosen Zimmer geschrieben haben, als er an einem Montagmorgen auf all die Bücher starrte und an die kommende Woche dachte.

Später gehen wir an der Kapuzinergruft vorbei, ohne einzutreten, ich weiß noch nicht, daß sie das Schlußbild von Joseph Roth's gleichnamigem Roman darstellt, den ich jeweils vor dem Einschlafen lese. In seinen Büchern kommen Wörter vor wie instradieren oder agnoszieren, womit »nicht kennen wollen« gemeint ist, oder, besonders unheimlich, weil es so nebensächlich klingt, Ergänzungsbezirkskommando. Von dort wurden die Wehrpflichtigen im Ersten Weltkrieg direkt an die Front geschickt.

Die Sprache verwundert mich immer wieder aufs neue. Trafikant ist ein ehrenwerter Beruf, das Gegenteil von verhaften ist nicht freilassen, sondern enthaften, und was sind schon wieder Karniesen? Sieh mal, Abverkauf, nicht Ausverkauf, sage ich zu meinem Vater, und würde ein Österreicher mit seinem Vater durch Berns Straßen gehen, würde er vielleicht zu ihm sagen, sieh mal, Ausverkauf, nicht Abverkauf.

Wo man hinschaut, sind Wahlen. Sie finden im Fernsehen statt und auf den Plakatwänden. Man ist ganz überrascht, wenn man auf einer Einkaufsstraße unvermutet eine Tribüne mit wirklichen Kandidaten sieht. Für die FPÖ werben junge Menschen mit blauen Mützen, auf denen »Jörg« steht. Als dessen Vorgruppe treten lokale Kandidaten und eine Kandidatin auf, die am Schluß alle einen Schnaps angeboten kriegen. Die Frau nippt mit zusammengekniffenen Lippen daran, bevor sie das kleine Glas auf den Lautsprecher stellt, während die Männer keine Miene verziehen, als sie ihn hinunterschlucken.

Jetzt erscheint Jörg Haider vor der wartenden Menge, und über einem Nebelmeer von Unzufriedenheit geht die Sonne auf. Er trägt dieselbe hellbraune Weste wie auf den Plakaten, wahrscheinlich hat er sich gleich ein Dutzend davon gekauft. Mit großem Erfolg zählt er haarsträubende Beispiele von Vetternwirtschaft und Staatsprivilegien auf. Ich habe das Gefühl, die meisten seien wahr. Trotzdem würde ich ihn nicht wählen.

Wer im Hundertwasserhaus wohnt, hat den ganzen Tag Besuch. Wenn einmal eine ganze Stadt so aussieht, werden die Stadtbesichtigungsbusse wieder vor dem letzten ganz normalen Wohnblock anhalten, und die Touristen werden Fotos von den regelmäßigen Fensterfronten machen und Postkarten davon kaufen und sich erkundigen, wo es weitere von diesen interessanten Bauten zu sehen gebe.

In einem Film zweier österreichischer Komiker stirbt der eine zuletzt an Hodenkrebs, und man verläßt das Kino etwas geknickt.

Als ich bei meiner Abreise am frühen Morgen aus dem Hotel trete, steht auf dem Parkplatz ein Bus aus Sarajewo, als ob nichts wäre.

Unterwegs

Es regnet.

Vor dem Eisenbahnfenster wird Dänemark durchgezogen. Der Bühnenbildner hat sich für Bäume, Büsche, Äcker und Wiesen entschieden. Auf zusammenhängende Wälder hat er verzichtet. Dafür hat er an Nebelkrähen gedacht, und dort – ist das nicht ein Fasan?

Ab und zu läßt er ein paar schwarzweiße Kühe auftreten, die zu einem Bauernhof im Hintergrund gehören. Die Höfe hat er mit einem Siloturm kenntlich gemacht.

Auch an Seen ist kein Mangel; des trüben Wetters wegen ist man oft im Ungewissen, ob es sich vielleicht um eine Meeresbucht handelt. Die Windknechte stehen gern in der Nähe des Meeres, es sind hohe Masten mit dreiflügligen Propellern, die den Wind einfangen und in die Steckdosen jagen. Manchmal stehen sie in ganzen Reihen da. Wenn ich der Wind wäre, würde ich versuchen, ihnen auszuweichen.

Aber ich bin nicht der Wind. Ich bin nur ein Bahnreisender, der sich wundert, wie unglaublich schmal und langgestreckt die dänische Flagge ist, die über so vielen Häusern flattert.

Daheim

Daheim bin ich, wenn ich in die richtige Höhe greife, um auf den Lichtschalter zu drücken.

Daheim bin ich, wenn meine Füße die Anzahl der Treppenstufen von selbst kennen.

Daheim bin ich, wenn ich mich über den Hund der Nachbarn ärgere, der bellt, wenn ich meinen eigenen Garten betrete.

Würde er nicht bellen, würde mir etwas fehlen.

Würden meine Füße die Treppenstufen nicht kennen, würde ich stürzen.

Würde meine Hand den Schalter nicht finden, wäre es dunkel.

Elsi oder Rosa – ein Dichterleben

Heute habe ich an der hochdeutschen Version meines neuen Bühnenprogramms »Drachenjagd« gearbeitet, das ich zur Zeit im »Theater am Hechtplatz« spiele und das zu etwa drei Viertel ein Dialektstück ist.

Als ich um 10 Uhr erwachte, war ich geblendet vom Frühlingswetter draußen, stellte fest, daß das Thermometer über 20 Grad an der Sonne zeigte und fand, heute sei der erste Tag für meinen Solarkocher, der im Keller unten überwinterte. Ich holte ihn, noch im Pyjama, herauf und stellte ihn auf den Balkon, damit er schon die ersten Sonnenstrahlen in seine Wärmefalle locken konnte. Dann bereitete ich einen Kartoffel/Gemüsegratin vor, das heißt, ich erhitzte die Zutaten kurz im Dampfkochtopf.

Danach stieg ich die Treppe hoch in mein Arbeitszimmer und setzte mich, zu spät, wie ich konstatierte, viel zu spät sogar, an die Schreibmaschine, um meinen Stadtrandspaziergänger von Schwamendingen nach Mainz zu transportieren, was ein ständiger Kampf mit Verlusten ist, mit Sprachverlusten, die auch Stimmungsverluste sind.

Schaffet dir im Abfall äne? – Arbeiten Sie im Müll drüben? I ha nume gmeint, wäge der Aaleggi. – Wie soll man das auf deutsch sagen? Ich entschied mich für: So, wie Sie angezogen sind. – Es fehlt mir ein deutscher Dialekt, den habe ich nicht zu bieten, er wäre auf jeden Fall unecht, also muß ich meine alemannische Farbe behalten, ohne ins billige Allemand fédéral zu verfallen. Ich glaube, das ist für viele von uns ein Problem beim Verfassen von Theaterstücken, daß wir nicht über eine wirkliche deutsche Alltagssprache verfügen; deshalb werden un-

sere Stücke entweder hochliterarisch und spielen in einem staub-
freien Raum, oder wir schreiben auf schweizerdeutsch, und dann
bleiben wir in Schwamendingen.

Ich will aber mit meinem Spaziergänger nach Mainz, und
schon pflanzt sich das nächste Hindernis vor mir auf, groß
und bedrohlich, s Elsi, das ist die Frau des Spaziergängers, die
er mehrmals erwähnt, meistens gömer z zwöit, s Elsi und i…
das Elsi also? Meistens gehen wir zu zweit, das Elsi und ich –
das kommt nicht mehr durch meine alemannische Endprüfung,
es klingt zu wenig selbstverständlich, und ich frage mein Ge-
dächtnis zuerst nach deutschen Neutrumformen für Frauen ab,
komme nur auf das Käthchen von Heilbronn oder das deutsche
Lieschen, denen jede umgangssprachliche Wärme abgeht, also
wieso nicht die Elsi, oder die Elsa, oder Elsa ohne Artikel, ich
bin mit allen unzufrieden und frage kurz meine Frau, da sie in
ihrem Arbeitszimmer hinter einer Übersetzung aus dem Englischen sitzt, aber sie hat keine rechte Lust, sich über deutsche
Frauennamen Gedanken zu machen, was ich auch begreife, und
in dem Moment fällt mir ein, daß jetzt wohl der Dampfkochtopf abgekühlt sein muß, ich gehe hinunter, schäle und scheible
(auch kein deutsches Wort) das Gemüse und die Kartoffeln und
lege sie in die schwarze Pfanne, die ich nachher in den Solarkocher hinausstelle, der mich bereits mit stolzen 100 Grad erwartet, und dann gehe ich hinauf und entscheide mich für Rosa,
die an meiner Seite spazieren soll und die ich dann später mindestens in einer Diminutivanrede verschweizern kann, schau,
Rösli, dort kommen schon die Schallschutzwände, jetzt ist es
nicht mehr weit…

Es ist erstaunlich, was Schweizerdeutsch für eine schöne und
saftige Sprache ist. S Elsi seit, de Geißli gruusis, wenn s Brot
nach Coci schmöcki…Wenn ich das verwandelt habe in: Die
Rosa sagt, es ekle die Geißlein, wenn das Brot nach Cola rie-

che …, dann ist mir, als hätte ich mich statt für einen selbergemachten Solargratin für eine Beutelsuppe entschieden. Trotzdem, die »Drachenjagd« ist in Mainz angekündigt, es gibt kein Zurück mehr, vielleicht kann ich den Beutelsuppenspaziergänger mit dem hölzernen Charme seiner Diktion retten.

Viel zu früh wird es halb eins, Essenszeit, ich bin jemand, der am Morgen besser arbeitet als am Nachmittag, stehe, wenn ich abends keine Vorstellung habe, gern zwischen 7 und 8 Uhr auf, aber wenn der Morgen so kurz ist wie jetzt und ich im Rückstand bin mit der Arbeit, bleibt mir nichts anderes, als mich am Nachmittag nochmals hinzuhocken, obwohl das Wetter so märzenhaft lockend ist, daß ich als Dichter sofort durch die Wälder und Felder streifen müßte, oder mindestens der Glatt entlang, oder, wie jeder deutsche Lektor sofort einwenden würde, an der Glatt entlang, zwischen der Trafostation und den Türmen des Fernheizwerks auf den Kamin der Müllverbrennungsanstalt zuhaltend (dir müejt eifach gäg s Chemi zuehebe …), aber da ich ein kultureller Schwerarbeiter bin, mache ich den Spaziergang eben auf dem Papier, jetzt endgültig mit Rosa zusammen, an die ich mich schon zu gewöhnen beginne.

Und so verläppert sich der Tag, zum Coiffeur muß ich noch, und die neuen Hosen hab ich vergessen abzuholen, die man mir 2,5 cm länger gemacht hat, einen Check hab ich eingelöst von meinem Filmproduzenten, solche Checks kann man nicht rasch genug einlösen, zwei Hundewürste hab ich gekauft, weil ich immer, wenn ich von der Bank komme, etwas kaufe mit dem Geld, und zwei Linzertörtlein und zwei Citrontörtlein, und meine Frau, die im Gegensatz zu mir mit einer Freundin spazierengegangen ist, kommt mit Frühling und Sonne im Gesicht zurück und macht mir – und das ist jetzt das donnernde Dichterleben – eine heiße Schokolade, zu der ich meine Filmproduzentenchecktörtlein auftische.

———

Dann bringe ich den germanisierten Stadtrandspaziergänger endgültig zu Papier und muß ins Theater, zum Hauptteil des Tages, darf ins Theater, will ins Theater, und denke, wie schön es ist, wenn man seine Texte genau so sprechen kann, wie man sie ursprünglich geschrieben hat, aber trotzdem tüftle ich gern an solchen Problemen herum, Probleme, die eigentlich den Namen gar nicht verdienen, angesichts der wirklichen Probleme unserer Zeit, aber könnte ich mich nicht mit meinem ganzen Ernst diesen nichtigen Problemen widmen, dann wüßte ich gar nicht mehr, was ich von Beruf bin und was ich überhaupt machen soll, und für die wirklichen Probleme hätte ich dann auch keinen Mumm mehr.

Und s Elsi hofft immer, es gsech emol der Sepp Trütsch...

Festival

Der Ort sei zu klein, um alle Teilnehmenden angemessen unterzubringen, sagt der Veranstalter schon am Bahnhof.

Vor die Wahl einer Pension im Ort und eines besseren Hotels außerhalb des Ortes gestellt, entscheide ich mich für die Pension im Ort, damit ich von Transporten unabhängig bin.

Im Badezimmer hängt der Spiegel so tief, daß ich mir die Brusthaare rasieren müßte. Als ich einen Stuhl hineinhole und mich vor den Spiegel setze, sehe ich nur noch meine Glatze. Es braucht seelische Größe, hier zwei Tage zu wohnen.

Aber ich bin zum Festival gekommen, wie andere auch. Ein Journalist organisiert es, zusammen mit einem Ösenfabrikanten. Kummer ist auf ihren Gesichtern, weil der Saal im »Volksheim« am ersten Abend nicht voll ist. Der alte Star, der ihn eröffnet, ist nicht der Publikumsmagnet, als den man ihn eingesetzt hat, er erzählt vor allem Bühnenanekdoten und er ist so dick, daß er sich kaum mehr bücken kann. Nachher sitzt er im behelfsmäßigen Restaurationsteil und trinkt, wie man sich später zuflüstert, 25 Bier und ißt 30 Sandwiches. Niemand spricht mit ihm. Er schaut sich die andern nicht an und läßt sich vom Chauffeur wieder heimfahren.

Eine Frau spielt ein Programm, in dem sie aus dem Fenster springen will, ein jüngerer Kollege spielt eine irre Abfolge von Szenen und Monologen.

Am anderen Morgen übe ich in der dünnwandigen Pension auf dem Cello, bis eine alte Frau energisch an die Tür klopft und mich bittet, a Ruah zu geben, damit auch sie a Ruah haben kann.

Es regnet. Trotzdem gehe ich spazieren, steige am Sessellift des Luftkurorts entlang in die Höhe. Der Lift läuft nur bei schönem Wetter. Die Wolken liegen auf den Bergen wie Bodenlappen für die Samstagsreinigung. Um 12 Uhr dröhnt überraschend eine Sirene über dem Ort. Welcher Krieg ist ausgebrochen? Wo entweichen giftige Gase? Nichts. Probealarm, höre ich später, jeden Samstag im ganzen Land. Gebe Gott, daß die Katastrophe nicht an einem Samstagmittag hereinbricht, kein Mensch würde sich rühren.

Am Nachmittag geht der Bub des Pensionswirts ins Kindermusical, er ist schon eine Stunde vorher schön angezogen.

Am Abend ist der Saal voll, der Kummer auf den Veranstaltergesichtern ist verschwunden und taucht erst wieder auf, als der junge Kollege viel zu lang spielt.

Dann komme ich, ich bin der ausländische Gast, und es geht gut, und dann kommt ein jüngerer Kollege, der aber schon der Star der Szene ist, und es geht auch gut.

Als zuletzt derselbe Rockmusiker auf österreichisch singt, der schon im Kindermusical gesungen hat, ist plötzlich die Stimmung da, und als er aufhören will, ruft die ganze Sehnsucht des Ortes nach Zugaben und hofft, daß es nicht mehr aufhört, und als er sein Lied von den Schwingen des Ikarus singt, schwebt die Verheißung noch eine Weile im Saal des Volksheims des dünnwandigen Luftkurorts, und die Festivalkünstler werden morgen alle wieder in ihre Autos und Züge steigen und in die großen Städte fahren und die Leute hier zurücklassen, mit den Bodenlappen auf den Bergen und den allwöchentlichen Samstagssirenen.

Die Wand

Wenn ich vom Pult des Zimmers 580 der University of Tasmania aufblicke und aus dem Fenster schaue, sehe ich fast nichts anderes als die Wand des gegenüberliegenden Gebäudes, oder des gegenüberstehenden, denn das Gebäude liegt ja nicht, und die Wand schon gar nicht, im Gegenteil, sie steht da, als gäbe es außer ihr nichts anderes auf der Welt.

Sie zeigt nur ihre Verkleidung, nämlich ein senkrecht gestreiftes plattes Unding, das unten links abgeschrägt ist und dort noch ein Stück einer Glasfront und der Mauer sehen läßt, welche aus grauen Backsteinen besteht.

Es gibt aber noch etwas anderes auf der Welt, denn in meiner rechten Fensterecke bewegen sich die Blätter einer Pappel, die vom Wind hin- und hergewiegt werden, der Wand zum Trotz; und der Wind, dieser große Spieler, tändelt auch mit dem Vorhang hinter dem offenen Spalt meines Schiebefensters, dem Vorhang, der sich leise bewegt wie jemand, der von ferne eine Musik hört, und ich höre sie, der Vorhang hört sie, die Pappel hört sie, nur die Wand steht dumpf und klotzig da – aber wenn ich sehe, daß sich die tanzenden Blätter im kleinen Stück ihrer Glasfront spiegeln, denke ich plötzlich, vielleicht träume auch sie vom Wind, und ihre Sehnsucht, von ihm bewegt zu werden, sei nahezu unstillbar.

Jemand ist gestorben

An zwei Abenden habe ich im Quartier Juan XXIII in Cochabamba Geschichten erzählt und habe mir von den Zuhörerinnen und Zuhörern Geschichten erzählen lassen.

Vor allem habe ich meine Geschichten erzählt, die auf spanisch übersetzt worden sind, aber ich habe auch Geschichten von anderen erzählt, die ich selbst übersetzt habe, zum Beispiel, weil hier viele ehemalige Minenarbeiter wohnen, Johann Peter Hebels »Unverhofftes Wiedersehen«. Auch das Grimm'sche Volksmärchen vom eigensinnigen Kinde, das starb, weil es nie gehorchte, und dessen Ärmchen nach seinem Tod zum Grab herausschaute, und zwar so lange, bis die Mutter aufs Grab ging und es mit einer Rute schlug, auch das habe ich übersetzt und erzählt. Vor der Stelle mit der Rute brach ich ab und fragte die Leute, wie sie dieses Problem lösen würden. Abhauen, den Arm, sagte jemand, Blumen in die Hand geben, sagte jemand anderes, oder die Mutter muß ihm eben verzeihen, ein dritter.

Eine junge Frau aber meldete sich und sagte, nachdem ich den Originalschluß vorgelesen hatte, sie kenne diese Geschichte auch, und zwar mit einem Fuß, der zum Grab herausgekommen sei. Diesen Fuß habe man auspeitschen müssen, dann erst sei er verschwunden. Als ich sie fragte, wer ihr diese Geschichte erzählt habe, sagte sie, ihre Mutter.

Und nun, eine Woche später, ist die Mutter dieser jungen Frau überraschend gestorben, als sie in der Hauptstadt La Paz war, das Herz hat versagt, das komme in der Höhe öfters vor, sagt man mir.

In der Casa comunal, dem Gemeinschaftsraum des Viertels,

ist sie aufgebahrt für den velorio, die Totenwache. Eben noch fand hier, vor drei Tagen, ein fröhliches Fest statt, an dem ich auch Geschichten erzählt habe und bei dem drei Musikgruppen mit lauter jungen Leuten, die hier wohnen, bolivianische Musik gespielt haben, und nach Mitternacht, als der Tanz zu Ende war, hat die letzte Gruppe, die sich »Penumbra« nennt, noch lange auf der Straße weitergespielt.

Und da sitzen sie alle wieder, das ganze Quartier ist da, die Frauen und Männer, die ich von den Geschichtenabenden und vom Fest kenne, und die Musiker der Folkloregruppen, auf den Bänken den Wänden entlang, Kinder laufen herum, und sogar der Hund, der am Fest war, liegt wieder da. In der Mitte steht der schwarzglänzende Sarg, geschlossen, eingerahmt von großen Kerzenständern, deren Säulen violett leuchten, und auf deren Säulenspitzen rote Lampen brennen, welche die Form von Flammen haben. Auch das Kreuz zu Häupten des Sarges schimmert, dazu ertönt Musik ab Kassette, »Ave Maria« ist zu erkennen, und »Jesu, meine Freude«. Am Fußende des Sarges brennen Kerzen, welche die Trauergäste mitgebracht haben. Ist eine am Niederbrennen, steht eine Frau aus der Trauerfamilie auf, bläst sie aus und wirft sie in eine große Kartonschachtel, auf der »Belle Hollandaise« steht. Von Zeit zu Zeit gehen junge Leute herum und bieten auf Tabletts Tee mit Cognac an, oder Zigaretten und auch Cocablätter mit Lejía, gepreßter Asche, zum Kauen, dazu aus Zeitungen gemachte Papiertüten, in die man die Reste der gekauten Blätter speien kann. Wer zur Totenwache kommt, bringt etwas mit, Cocablätter oder Zigaretten oder Kerzen.

Es ist schön, auf diese Art Abschied zu nehmen von einem Menschen. Es ist leichter, mit den andern zusammen hierherzukommen und bei der Toten zu sitzen, als einen Beileidsbrief mit schwarzem Trauerrand zu schreiben. Neben mir erzählt eine Frau mit leiser Stimme eine Geschichte von der Verstorbenen.

Ich habe sie nicht gekannt, ich kenne nur ihre Tochter, und das einzige, was ich von der Toten weiß, ist, daß sie ihrer Tochter die Geschichte vom Grab erzählt hat, aus dem ein Fuß herausschaute.

Janine, bei der ich wohne, sitzt eine Weile mit mir zusammen da, dann gehen wir zur jungen Frau, die weint, als wir sie umarmen. »Me duele mucho«, sage ich ihr, es tut mir sehr leid. »Gracias por haber venido« sagt sie, danke, daß ihr gekommen seid. Dann drücke ich allen andern Familienmitgliedern, die ich nicht kenne, die Hand und gehe mit Janine unter einem funkelnden Sternenhimmel durch das dunkle Quartier nach Hause.

Andere bleiben die ganze Nacht.

Viele Herzen

In ein paar Tagen fliege ich nach Paraguay. Ich weiß nicht, was mich dort alles erwartet, aber eines erwartet mich bestimmt: eine Sprache. Diese Sprache ist das Spanische, und jedesmal, wenn ich in ein Gebiet fahre, wo sie gesprochen wird, muß ich sie wieder aufs neue lernen. Was heißt schon wieder aguantar, arramar, asomar, arrastrar? Immer meine ich, ich könne eine Erzählung ohne Dictionnaire lesen, und immer wieder drückt mich schon die Last des Buchstabens a zu Boden. Sich nach zehn Tagen Aufenthalt, in denen man seine Sprache gehätschelt, gebürstet und poliert hat, in Santiago de Chile in ein Taxi setzen und lässig zusammen mit dem Fahrziel einen kleinen Satz fallen lassen, über das Wetter oder den Verkehr, und dann kein Wort verstehen von der Suada des Taxichauffeurs, kein Wort, das ist eine Demütigung durch eine stolze Sprache, die ich immer wieder erlebe.

Der erste, der meine Begeisterung für diese Sprache geweckt hat, war mein Spanischlehrer an der Kantonsschule in Aarau, ein Linguist durch und durch, einer, für den das Aufdecken einer Etymologie einer Liebeserklärung an ein Wort gleichkam. Die Entwicklung vom Lateinischen zum Spanischen schilderte er mit der Genauigkeit physikalischer Gesetze; von ihm, dessen Dissertation über die Mundart des Calancatales ich noch heute besitze, habe ich gelernt, daß Sprache auch eine Wissenschaft ist und daß man sie trotzdem lieben kann. Wer eine Sprache liebt, muß eigentlich auch die Menschen lieben, die sie sprechen. Ich glaube, wenn mehr von uns Arabisch sprechen würden, hätten wir ein anderes Verhältnis zur arabischen Welt.

Soviele Sprachen man spricht, soviele Herzen hat man, hat Herder gesagt, und ich, mit 21, wollte plötzlich vielherzig werden, und wollte, nachdem mich weder die Apostel der Geschichte noch diejenigen der Philosophie zu überzeugen vermocht hatten, plötzlich im ersten Nebenfach allgemeine Romanistik studieren. Ich erinnere mich an eine gewisse Verwunderung der Lehrkräfte, die ich darauf ansprach, aber man war diesem Wunsch dennoch wohlgesonnen, ohne daß ich mich in seiner Realisierung bewähren mußte, denn bereits im nächsten Semester, meinem fünften, verließ ich die Universität, um nie mehr zurückzukommen.

Was ich im Wintersemester meines Nebenfachentschlusses gelernt habe, weiß ich kaum mehr, da ich einmal alle meine Unterlagen zum Studium in einem Akt des Stolzes weggeworfen habe. Aber am meisten beeindruckt hat mich immer der Gang von Wörtern durch Räume und Zeiten. Miles, der römische Soldat, ist auf unendlich langen Märschen bis nach Pannonien gekommen, wo es so unwirtlich war, daß er den feuchten Wäldern, in denen er mit seinen Legionärssandalen im matschigen Boden dauernd einsank, den Namen palus anhängte, Sumpf, und heute heißt Wald auf Rumänisch padura, also eigentlich Sumpf, und die einheimischen Männer müssen beim Anblick der fremden Kohorten die Flucht ergriffen haben und verschwunden sein, in den sumpfigen Wäldern, denn der einzige Mann, der in der Sprache überlebte, war der Soldat, deshalb heißt ein rumänischer Mann heute noch mire, und daran denke ich sogar noch, wenn ich die rumänischen Fußball-Legionäre bei den Weltmeisterschaften so tapfer kämpfen sehe.

Und einer, den ich im Romanistikstudium kennenlernte, nannte sich Federico, und wir haben zusammen fast ausschließlich auf spanisch verkehrt, er trug oft einen dramatischen schwarzen Mantel und einen noch dramatischeren schwarzen Hut, in welchen er wie eine Mischung aus einem Grande und einem Torero einherschritt, und ich habe gern gescherzt mit ihm, mei-

stens eben auf spanisch, und dann habe ich ihn aus den Augen
verloren, und später habe ich sein Buch gelesen, »Mars«, als er
schon tot war, gestorben an Krebs, und habe erst dann gemerkt,
daß er ein einsamer Soldat in einem feindlichen Sumpf war, der
verzweifelt versuchte, den Schlag wenigstens eines Herzens zu
spüren.

Zeitunglesen in Paraguay

Heute habe ich, in einem Café in Asunción sitzend, eine Tages-zeitung gelesen und dazu einen großen Milchkaffee getrunken.

Die ersten Seiten sind mit ziemlich langen Artikeln über Ver-handlungen des Präsidenten Wasmosy mit der Opposition gefüllt, die ich nicht eingehend lesen mag. Aber vom Thema der Verhand-lungen habe ich schon vorher gehört, es ist die Stellung der Justiz, welche in diesem Land zu mächtig ist. Der oberste Gerichtshof, dessen Mitglieder von der Regierung ernannt werden, kann jeder-zeit ein Gesetz, das vom Parlament beschlossen wird, als ungül-tig erklären, was offenbar laufend passiert und einen wirklichen Fortschritt verhindert. Auf diese Art muß auch jede Gesetzesre-form über die Justiz selbst scheitern, da sie von eben dieser Justiz abgesegnet werden müßte. Die Opposition hat für übermorgen zu einer großen Demonstration vor dem Justizpalast aufgerufen.

Eine kleine Demonstration findet täglich vor dem Parla-mentsgebäude statt. Bauern ohne Land machen in einem Zelt einen Hungerstreik. Auf einem Transparent verlangen sie von einem Abgeordneten, der Großgrundbesitzer ist, 3500 Hektaren Land von seinen 70 000, die er offenbar besitzt. Er will auf die-sem Gelände eine Zuckerfabrik erstellen und deshalb die bis an-hin geduldeten Campesinos vertreiben. Diese Woche soll das Parlament darüber entscheiden, die Kommissionsmehrheit sei gegen die Enteignung, steht in der Zeitung. Als ich heute am Parlamentsgebäude vorbeikam, habe ich mit den hungerstrei-kenden Bauern gesprochen. Nein, von der Polizei würden sie nicht belästigt, sagten sie. Aber in ihren Gesichtern konnte ich keine Hoffnung erkennen.

An der »Expo 94«, einer großen agroindustriellen Ausstellung, ist ein Starzuchtstier mit dem Namen »Gran Campeón Hereford« nach dreitägigem Siechtum an einer Krankheit gestorben, die durch einen Zeckenbiß verursacht wird. Seltsamerweise wird sie nicht »Zeckenkrankheit« oder ähnlich genannt, sondern schlicht »tristeza«, Traurigkeit. Ein Foto zeigt den traurigen Champion mit gesenktem Kopf in seiner Ausstellungskoje, auf einem zweiten Foto liegt er schon dahingestreckt, mit dem Kommentar »ya nada que hacer«, da ist schon nichts mehr zu machen. Sein Wert wird auf 10 Millionen Guaraníes geschätzt, das wären etwa 7500 Franken. Dieses Jahr werden in den Viehverkäufen niedrigere Preise erzielt als im Vorjahr, ist weiter unten zu lesen, und daran sehe man, wie die Armut auf dem Land zunehme.

Keine solchen Einbrüche verzeichnet das lateinamerikanische Waffengeschäft. Die chilenische Waffenfabrik FAMAE, welche heuer erstmals mit einem Stand vertreten ist, will nächstes Jahr wiederkommen, wegen der großen internationalen Beachtung der Messe; so sagte der Direktor dieser Fabrik, der zufällig auch General der chilenischen Armee ist. Wer weiß, vielleicht gibt's sogar Interessenten für das SIG-Sturmgewehr, das sie schon lange in Lizenz herstellen, garantiert Schweizer Qualität?

Und was ist das für ein Foto, das einen alten kleinen Panzer auf einem Lastwagen zeigt? Sieh mal an, eine Kriegstrophäe, und zwar aus dem Chacokrieg mit Bolivien, der von 1932 bis 1935 dauerte. Dieser Panzer war während Jahrzehnten auf dem Platz vor dem Nationalkongreß ausgestellt, und nun wird Präsident Wasmosy nächste Woche die gesamte noch vorhandene Kriegsbeute nach La Paz zurückbringen. Die Aufzählung der Beutestücke schlägt nach einigen weiteren Panzern und 30 Repetiergewehren ins Kleinkalibrige um: eine Offizierskiste mit Mantel, Hose und Stiefeln, eine Feldküche, ein Feldbett, ein Ofen, 5 Regimentsfahnen und eine Kapitulationsfahne.

Dieser Krieg um die Grenzen der beiden Länder im Urwald war an Sinnlosigkeit nicht zu überbieten. Er hatte auf beiden Seiten Zehntausende von Toten zur Folge, die hier »héroes del Chaco« genannt werden und fast in jeder Ortschaft ein Denkmal haben. Viele sind im weglosen Kampfgebiet einfach verdurstet, gruben Brunnen, aus denen kein Wasser kam, verteidigten sie aber erbittert gegen die Feinde, die auch nichts mehr zu trinken hatten, und zuletzt gingen Freund und Feind zugrunde (so zu lesen bei Eduardo Galeano). Noch heute ist das Verhältnis der beiden Länder durch diesen Krieg getrübt; in der großen Geldwechselstube, die General Rodriguez gehört, und wegen deren beabsichtigten Schließung derselbe Rodriguez 1989 gegen Stroessner geputscht hatte (nicht etwa wegen der Demokratie), in dieser Wechselstube also werden alle möglichen Währungen zum Tausch angeboten, vom Yen bis zum brasilianischen Real, nur nicht der Boliviano des Nachbarlandes. Deshalb dürfte eine Geste wie diese Rückgabe nicht sinnlos sein.

Heute aber findet der Krieg an anderen Fronten statt. Der paraguayische Konsul in Hongkong, lese ich, hat demissioniert und ist verschwunden. Er wurde des Handels mit gefälschten Pässen verdächtigt, die vor allem unter Arabern gefragt sein sollen. Dieser Handel, dessen auch andere Konsulate verdächtigt werden, erhielt letzte Woche bedrückende Aktualität, als in Buenos Aires ein Attentat auf den Sitz einer jüdischen Organisation verübt wurde. Direkt nach dem Attentat wurden sämtliche Grenzen Argentiniens geschlossen, und diejenige zum Nachbarn Paraguay wurde mit besonderem Argwohn beobachtet. Meine Frau und ich bekamen dies dadurch zu spüren, daß wir aus dem startbereiten Flugzeug von Buenos Aires nach Asunción wieder aussteigen und mehr als 24 Stunden in Buenos Aires verbringen mußten. Seither werden hier immer wieder Araber festgenommen und überprüft, gestern zum Beispiel, so die Zeitung, 9 Libanesen in Ciudad del Este, an der Grenze zu Brasilien, auf der »Brücke der Freundschaft«. Der Polizeikommandant von Ciudad del Este spricht von möglichen Terroristen. Nun hat man wieder einen Feind.

Auch wir sind gestern über diese Brücke gefahren, nach einem Ausflug zu den Iguazú-Wasserfällen in Brasilien. Sie ist der einzige Grenzübergang weit und breit, und es ist unglaublich, welcher Verkehr sich durch diesen Flaschenhals quetscht. Die Wartezeit, während der wir in großer Hitze meterweise in unserem Mietwagen vorrückten, betrug über eine Stunde. Von der Brücke ist ein Foto in der Zeitung, zusammen mit der Nachricht, daß nächstens eine zweite Brücke gebaut werden solle und daß man sich davon eine Erleichterung für den überlasteten Grenzverkehr erhoffe. Ich glaube allerdings schon jetzt sagen zu können, daß diese Hoffnungen vergebens sind. Als verkehrsgebeutelter Schweizer weiß ich, daß jede zusätzliche Ader den Verkehr nicht halbiert, wie man rechnerisch annehmen müßte, sondern auf geheimnisvolle Art verdoppelt.

Die Kontrolle auf der Brücke war derart lasch, daß mich die Festnahme der Libanesen überraschte. Zudem fallen Menschen aus dem Nahen Osten gar nicht speziell auf, da es auf der brasilianischen Seite eine sehr zahlreiche arabische Bevölkerung gibt.

Auch Paraguay ist voll von Eingewanderten. Die Frau neben mir im Flugzeug sprach mit ihrer Tochter nicht dänisch, wie ich zuerst zu hören glaubte, sondern das Plattdeutsch der Mennoniten, die in den dreißiger Jahren aus Rußland in den Chaco eingewandert sind, ein Plattdeutsch, das mittlerweile auch von Teilen der dortigen indianischen Urbevölkerung gesprochen wird. Auf einer Fahrt durchs Land stößt man plötzlich auf Orte, in denen alles auf japanisch angeschrieben ist, oder, uns etwas vertrauter, auf deutsch, oder auf halbdeutsch, wie jene Kneipe im Städtchen Hohenau, die sich »Bier Chupen« nannte. Ein völlig heruntergekommenes Lädeli eines andern Dorfes trug den vielversprechenden Namen »Almacén Suizo«, Schweizer Laden, und unweit von Encarnación stießen wir auf ein ukrainisches Kulturzentrum.

Als ich das letztemal hier in diesem Café saß, hat ein cholerischer Bayer seinen zwei Bekannten ein Familiendrama auf bayrisch erzählt, und die andern zwei haben ihn auf spanisch bemitleidet: »Bschissen hot's mi, das Weib!« »Verdad? Qué pena!« »Aber sowas von bschissen, sog i, das stellst der goar net vor!« »No me digas...«

Mischungen scheinen mir typisch für dieses Land. Lange Zeit war es das einzige in Lateinamerika, das seine Indiosprache als Amtssprache anerkannte, und viele Menschen sprechen eine Mischsprache aus Spanisch und Guaraní, der ich nicht folgen kann.

In einer der zwei deutschen Zeitungen, die hier wöchentlich für die etwa 80 000 Deutschsprachigen erscheinen, lese ich von einer Indianersippe im Chaco, die noch ohne Kontakt mit unserer Zivilisation im Urwald lebt. Ein Siedler hat die Spuren einer kürzlich verlassenen Unterkunft angetroffen und sie fotografiert. Ich habe einen Ethnologen kennengelernt, der sich dafür einsetzt, daß diesen Indianern aus dem Stamm der Ayoréode der Urwald, in dem sie leben, zugesprochen wird. Da es sich, wie man von Verwandten der Waldleute weiß, nur um etwa 30 Menschen handelt, wirkt die Forderung von 600 000 Hektaren recht exzessiv, ich weiß auch nicht, was die demonstrierenden landlosen Bauern dazu sagen würden. Deshalb schlägt der Ethnologe die Deklaration als Naturschutzgebiet vor, was aber von den Fundis unter den Indianerfreunden abgelehnt wird; sie verlangen, daß das Gelände den Indianern als Eigentum überschrieben wird.

Aber überall ist Bruno Manser-Land, und der Urwald wird

abgeholzt, es ist direkt entlang der Straße von Encarnación nach Ciudad del Este zu sehen, wo sich Urwaldstücke mit verkohlten Baumstumpfparzellen abwechseln. Die unzähligen großen Weiden, die das Landschaftsbild prägen, mit den grauweißen Kühen, die wie Felsen darüber verstreut sind, waren wohl nicht immer große Weiden, und es ist nicht zu übersehen, wieviele Lastwagen mit schwerem Langholz einem auf dem Weg von Ciudad del Este nach Asunción entgegenkommen. Es gibt auch einen lukrativen Holzschmuggel nach Brasilien. Ich höre von einem Indianerstamm in einem dieser vom fortschreitenden Kahlschlag heimgesuchten Gebiete, in welchem sich immer mehr Junge das Leben nehmen, und zwar, indem sie sich eine Schlinge um den Hals legen, diese an einen Baumstamm binden und solange in die Schlinge rennen, bis sie tot sind. Ich glaube, sie sterben an der »tristeza«.

Doch ich war ja am Zeitunglesen, und da fiel mir, nach Seiten voll kleingedruckter Inserate mit Auto-, Wohnungs- und Gesundheitsangeboten und dem Teil »Sociales«, wo zum Beispiel Frau Gloria Sol de Stahlschmidt bei ihrem Geburtstagstee in Farbe mit Familie und Freundinnen abgebildet ist, oder auch der kleine Luís Fernando Avalos Hermosa, wie er bei der Feier seines ersten Geburtstages leicht erstaunt in die Kamera blickt, da fiel mir die Nachricht auf, daß der Staatsanwalt im Prozeß gegen Pastor Coronel, den früheren Chef der politischen Polizei und Oberfolterer Paraguays, und zwei Mitangeklagte 23 Jahre Gefängnis fordert. Zwei andere Folterer erhielten bereits letzte Woche 25 Jahre Gefängnis.

Da ich gerade das Buch von Martín Almada gelesen habe, einem Rechtsanwalt, der unter Stroessner drei Jahre lang bei schlimmsten Bedingungen gefangen war, immer wieder gefoltert wurde und nicht zuletzt dank der Bemühungen einer Basler »Amnesty International«-Gruppe freikam, kenne ich die Namen der Angeklagten, insbesondere die düstere Figur von Pastor Coronel. Er hat Hunderte von zu Tode Gefolterten auf dem Gewissen – es genügte z. B., daß ein Architekturstudent ein Buch »La revolución de la arquitectura moderna« bei sich trug, und er kam wegen des Wortes »Revolution« in diese Todesmühle, die direkt im Stadtzentrum lag, im Polizeigebäude, durch dessen offene Tür ich übrigens ein Poster vom Staubbachfall im Berner Oberland gesehen habe. Almadas Buch ist inzwischen mit einem Vorwort von Jean Ziegler in der 9. Auflage zu haben, und auch die Dokumentation »es mi informe« über das Archiv der politischen Polizei, das Almada vor 2 Jahren praktisch unversehrt entdeckte, hat Konjunktur. Es ist deprimierend zu lesen, auf welche Methoden sich die stabilste Diktatur Südamerikas stützte (der »estronismo«, wie die Stroessner-Zeit genannt wird, dauerte 35 Jahre!)

Coronel wird wegen des Todes eines einzigen Opfers angeklagt, eines Arztes. Damit man dessen Schreie während der Folterung nicht hörte, ließ er in voller Lautstärke Musik von José Asunción Flores laufen, schreibt die Zeitung. Dies ist eine besondere Ironie: Flores war ein populärer Komponist, der Erfinder der »Guaranía«, die für Paraguay mindestens soviel bedeutet wie der Tango für Argentinien. Flores mußte unter Stroessner ins Exil, der wollte ihn angesichts von dessen Popularität gern zurückhaben und ließ ihm in Buenos Aires in einer Feier durch den paraguayischen Botschafter eine Medaille übergeben. Flores nahm sie entgegen, spuckte darauf und warf sie dem Botschafter mit den Worten »Daran klebt Blut« vor die Füße und verließ den Saal. Als er in den achtziger Jahren in Buenos Aires starb und ihn seine Familie in Asunción begraben wollte, verweigerte Strößner der Leiche die Einreise.

Diese Geschichte hörte ich bei einem Besuch des Musikers Arturo Pereira, einem alten Geiger, der im winzigen Geburtshaus von Flores im Armenviertel Asuncións in einem kahlen

Raum an einer Schreibmaschine sitzt und an einer Geschichte der Musik Paraguays arbeitet. Es sei wichtig, sagt er, der nicht mehr Geige spielen kann, daß ein Volk über seine Kultur zu seiner Identität finde. Im Zimmer sind nur ein paar alte Fotos von Musikgruppen und einige Bücher auf Gestellen zu sehen, und an diesem Ort verstehe ich plötzlich besser, was Kultur ist, als bei den Diskussionen, ob unser vollgefressenes Land einen Kulturartikel in der Bundesverfassung braucht oder nicht.

Man sollte, findet Carlos Colombino, Maler und Direktor eines kleinen, höchst sehenswerten Museums, die Volkskultur nicht von der verfeinerten Kultur trennen, sie beide bilden erst zusammen die ganze Kultur, und er stellt in seinem Museum zeitgenössische Kunst zusammen mit traditioneller Kunst aus, mit Masken und Skulpturen von Tieren und Menschen aus der gegenwärtigen Produktion von Eingeborenen. Auch er spricht von der Suche nach der Identität, und seine eigenen Bilder sind unheimlich stark, eines, »La ultima cena«, eine wandfüllende Abendmahlsparaphrase, finde ich später auf einem Buchumschlag des bekannten paraguayischen Autors Augusto Roa Bastos wieder. Colombino forderte übrigens, wie er uns erzählte, von der staatlichen Elektrizitätsgesellschaft, sie solle ihm den Strom zum billigen Industrietarif abgeben, mit der Begründung, er vertrete die Kulturindustrie, aber er hatte keinen Erfolg damit.

Einem ausführlichen Artikel über Kinder, die im Gefängnis geboren werden und ihre ersten Lebensjahre auch dort verbringen, folgen zwei Berichte über den Kinderhandel. Paraguay entwickelt sich immer mehr zum Supermarkt, in dem nordamerikanische Paare ihre Kinder einkaufen. Man schätze, sagt unsere Gastgeberin, die für die Rechte der Kinder arbeitet, einen Umsatz von 12 Millionen Dollar pro Jahr (ein Kind kostet zwischen 15 und 20 000 Dollars). Es gibt Auftragsschwangerschaften und Entführungen (von einer solchen ist im einen Bericht die Rede), sowie zweifelhafte Adoptionsurteile von hiesigen Richtern und Richterinnen. Für die US-Botschaft arbeiten insgesamt 12 Adoptionsrechtsanwälte und ein Vertrauensarzt, der kürzlich an einer Tagung sagte, er bedaure, daß die Qualität der Neugeborenen nicht besser sei. Er sprach von Menschen.

In der deutschen Zeitung, die ich zwischenhinein zur sprachlichen Erholung aufschlage, lese ich ein Inserat, in dem sich eine Gesellschaft für Schatzsuche anerbietet, Vermögen wieder zu finden, welche »bis 1947 vermauert, vergraben oder zugesprengt wurden«, und zwar in Ost- und Westeuropa.

Oh, und da finde ich doch noch eine Schweizer Spur. Die Firma Resa aus Mellingen sucht Farmen, die zwischen 100 000 und 600 000 Dollars wert sind und vermittelt dann »den entsprechenden solventen Schweizer Käufer«.

Na, wie wär's? Oh, wie schön ist Paraguay! Am Morgen würden Sie auf den Stufen Ihrer Hazienda sitzen und durch ein Metallröhrchen Ihren Mate saugen. Stroessner lebt schon seit 5 Jahren in Brasilien, auf dem Land krähen jeden Morgen hundert Hähne, und an den Blüten der Stadtgärten saugen die Kolibris. Die »Hamburgueserías«, das »Pilsen« und der »Volkscar« erinnern an Europa, und »Coca-Cola« und »Sprite« an die USA. Und Ihre Kinder werden kaum das Pech haben, daß sie mit einem Bauchladen voller Schokolade oder Waffeln in einen Bus springen müssen und »5 por 1000!« oder »3 por 500!« rufen und dann wieder abspringen, wenn sie nichts verkauft haben. Und was die malerischen Ochsenkarren und das archaische Pflügen von Hand betrifft, so achten Sie einfach darauf, daß Sie der Fotografierende sind und nicht der Fotografierte. Allerdings, etwas heiß ist es schon hier. Sogar noch jetzt, im sogenannten Winter, merke ich, daß mir das Hemd an der Stuhllehne klebt, heute, am 27. Juli 1994, als ich am Schluß der Zeitung »Noticias« angekommen bin, auf der Seite 68, die mit der tröstlichen Reklame für ein Bier endet, das »Antárctica« heißt.

Wir!

Viele haben ihre Gesichter trotz des Zürcher Vermummungsverbots bis zur Unkenntlichkeit geschminkt, haben sich Schweizerkreuze über Nase und Mund gemalt, oder auf beide Wangen; eine ganze Gruppe ist als lebende Schweizerfahne gekommen, die Weißgekleideten stehen kreuzförmig in der Mitte, die Rotgekleideten quadratisch darum herum, Trommeln sind mitgebracht worden, Trompeten auch, allerhand Feuerzeug, Wunderkerzen, Amerikaflaggen und immer wieder Schweizerfähnchen und Schweizerfahnen. Welcher 1. August wird hier gefeiert, daß sogar der Bundespräsident anwesend ist? Und unsere einzige Landesmutter Frau Dreifuß ebenfalls, die nicht, wie man hätte befürchten können, während des Zeremoniells strickt, obwohl sie zum erstenmal daran teilnimmt, was sie vorher dem Fernsehreporter verschmitzt gesteht. Die Kamera streift auch über Altgediente des öffentlichen Lebens, Herrn Schlumpf z. B. oder Herrn Furgler, den Unvermeidlichen.

Und woraus besteht das Zeremoniell? Es besteht aus der Vollstreckung eines Urteils, das über eine schlechte Fußballmannschaft aus einem kleinen Land gesprochen wurde. Wir haben zwar Sympathie für das kleine Land, aber trotzdem – heute abend gibt es keine Gnade, wir brauchen diese abschließende Demütigung, damit wir nach Amerika können, zur Endrunde der Fußballweltmeisterschaft. Eine Formsache ist es eigentlich, aber dennoch dauert es über eine halbe Stunde, bis einem Basler Kopf der erste Einschuß gelingt, denn die Esten verteidigen sich heldenhaft, fast wie Schweizer, doch dann, während unsere elf Harten und Unerbittlichen stellvertretend für uns alle die erwartete Exekution ausführen, wächst die Begeisterung des Stadionpublikums, sogar Verdis Triumphmarsch aus »Aida« wird gesungen, und das Wort »wir« schwillt zu einer Größe an, die es während der ganzen 700-Jahrfeiern nie erreicht hat, und als der baumlange estnische Torhüter kurz vor der Pause zum drittenmal am Boden liegt, wissen wir es, wir gehen nach Amerika, welch eine Verheißung, wir sind dabei, wir können nicht mehr übersehen werden, wir sind kein Fußballtransitland, und die 80 000, die im Hardturm keinen Platz gefunden haben, jubeln nun in den Polstergruppen zu Hause und in den Beizen und auf den Straßen, es geht uns alle an, schon in der Pause verkündet der Zürcher Polizeivorstand Freinacht, da werden Straßen und Kreuzungen blockiert sein, und keine Ordnungskräfte werden einschreiten, und Menschenmassen werden am Limmatquai »die Welle« machen, die mexikanische, wie wir das schon im Stadion gesehen haben, für unsere glorreichen 11, und eigentlich auch für die glücklosen 11 aus Estland, denen doch ebenfalls unser Dank gebührt, denn sie haben uns, in einer Zeit, da Kantonalbanken wanken und nicht einmal mehr die Swissair zu den sicheren Werten gehört, sie haben uns in einer solchen Zeit mit ihrem fußballerischen Elend dazu verholfen, wieder etwas zu sein, das wir schon lange nicht mehr waren: identisch mit uns selbst, keine von Europa umbrandete und von Röstigräben zerfurchte Zitterinsel, sondern eine Nation, ein einig Volk – wir!

In einem andern Land

Währenddem mir der griechische Lebensmittelhändler sizilianische Artischockenherzen abwägt, betritt ein jüngerer Mann das Geschäft und fragt: »Gibt hier portugies Laden?«

Nein, antwortet der Händler, es gebe nur auf der andern Seite des Bahnhofs einen italienischen Laden, und in Seebach noch einen spanischen.

»Portugies Laden?« fragt der andere nochmals. Offenbar hat man ihn nicht richtig verstanden.

Aber der Grieche hat ihn gut verstanden. Nein, sagt er, nein, das sei alles.

Der Portugiese kann es immer noch nicht glauben, und er stellt die Frage zum letztenmal, doch diesmal schon ohne Fragezeichen: »Kein portugies Laden.«

So ist es. Kein portugies Laden, hier, wo er arbeitet, und einen Moment lang blickt er noch auf die gedörrten Fische in der Auslage. Es sind, das steht fest, auf keinen Fall portugiesische Fische, und ratlos verläßt er das Geschäft.

Wenn man die erste Zeit im Ausland sei, sagt mir der Grieche, der übrigens schon lange eingebürgert ist, brauche man einen solchen Laden zum Überleben, und der Kunde neben mir mit den ungarischen Paprikaschoten in der Hand fügt hinzu: »Was man die ersten zwanzig Jahre gegessen hat, ißt man ein Leben lang.«

Sein Deutsch ist fast ohne Akzent.

Die Absage

Als der bekannte Schriftsteller von einer Zeitung gefragt wurde, ob er einen Text über die Arbeitslosigkeit schreiben würde, sagte er ab.

Leider habe er, gab er als Grund an, zuviel zu tun.

Lernerfolg

Siehst du«, sagte die Logopädin strahlend zu ihrem 7jährigen Schüler, nachdem er erstmals und mehrmals das »sch« richtig ausgesprochen hatte, »siehst du, du mußt nur die Zunge etwas nach hinten nehmen, und schon geht es.«

»Ja«, sagte der Schüler und nickte. Und dann fügte er hinzu: »Ich habe sie eben lieber vorne.«

Plötzliche Erkenntnis zwischen
Potsdam und Wannsee

ein Protokoll

Oma: Freust du dich, daß wir zu Hause sind?

Kind: Ja. (Pause) Wir sind doch noch gar nicht zu Hause.

Oma: Aber fast.

Kind: Und du kommst gar nicht nach Hause. Du kommst nur
zu deinem Kind.

Oma: (erstaunt) Ja, ich komme zu meinem Kind.

Kind: Und dein Kind ist meine Mutti.

Oma: So ist es.

Kind: Und Opa ist an Krebs gestorben.

Unerschöpfliches Gespräch
zwischen Bellinzona und Zürich

Ist das nicht, denke ich, Elias Canetti, der da im Sitz des Inter-
city nebenan Platz genommen hat, und das Mädchen, das mit
schweizerdeutschem Akzent mit ihm hochdeutsch spricht, muß
seine Tochter sein, von der ich eben erst noch gehört zu haben
glaube, daß sie zur Welt gekommen ist.

Ich erinnere mich daran, daß ich vor etwa 20 Jahren mit meiner Frau eine Lesung von ihm im Zürcher Hechtplatz-Theater
gehört habe, in welcher er aus seinem Stück vorlas, dessen Motiv
ein Verbot der Spiegel ist. Seither habe ich ihn nie mehr selbst
gesehen.

Ich gehe auf die Toilette, um mir lange Hosen anzuziehen,
und als ich zum erstenmal seit einer Woche wieder in einen Spiegel schaue, blickt mir eine Art Waldmensch entgegen, nach meinen Ferientagen auf der Tessiner Alp.

Zurückgekommen, warte ich, bis er die »Neue Zürcher Zeitung« hingelegt hat und spreche ihn dann an, frage ihn, ob er es
sei, und natürlich ist er es, ich stelle mich ihm vor und sage ihm,
welche Freude ich an seinem Gesamtwerk habe.

Es beginnt dann ein Gespräch, das bis Zürich immer lebhafter
wird, ich frage ihn, woran er denn jetzt arbeite, und er sagt, an
seinem Werk, an dem er über Jahre schon sei und das wohl nie
fertig werde, an seinem Buch gegen den Tod, und dann werden
wir durch den Minibar-Wagen unterbrochen, an dem er sich ein
Sandwich und ein Mineralwasser ersteht.

Ich erzähle ihm über mein Lesevergnügen an seiner Auto-
biographie, er sagt, sie sei von vielen Kritikern als zu einfach

gerügt worden, aber diesen Vorwurf kenne ich wohl auch. Ich erwähne daraufhin die ungnädige Rezeption meines Romans »Der neue Berg« durch die Kritik. Er erkundigt sich eingehend nach dem Roman und sagt, das sei bestimmt nicht einfach gewesen, diese Verbindung des Realen mit dem Surrealen, und er habe sich immer für Erdbeben interessiert. Wir sprechen dann eine Weile über Erdbeben und ihre Anzeichen. Er selbst hat nur kurze Stöße erlebt, einen in Scuol und einen in Wien, wo der Kronleuchter geschwankt hat. Sein Stück »Hochzeit« beginnt mit dem Schwanken eines Kronleuchters.

Ich habe ihm schon vom Erdbeben in Innsbruck erzählt, bevor wir auf den Roman kamen. Damals stand ich in meinem Einmannprogramm auf der Bühne des Kongreßhauses, und als die Decke des Saales zu wackeln begann, meinte ich zuerst, ich hätte eine Kreislaufstörung und falle gleich um, bis mir klar wurde, daß alle dasselbe wahrnahmen und zu den Türen rannten. Es war das Erdbeben, welches Friaul zerstörte und das in Innsbruck noch mit solcher Heftigkeit zu spüren war. Dieses Erlebnis schilderte ich ihm, nachdem er mir gesagt hatte, warum er nicht mehr öffentlich vorlese. Vor zehn Jahren habe er einmal beim Vorlesen einen Schwindelanfall gehabt, den er zwar habe vertuschen können, aber so etwas wolle er nicht mehr erleben.

Ich erzähle von der gleichzeitig befremdend und vertraut machenden Wirkung, welche die Zürich-Schilderungen seiner Jugendzeit auf mich ausüben, und wie ich beim Durchfahren der Scheuchzerstraße auf dem Velo öfters an seinen Polizisten und dessen Schwein im Vorgarten denke. Wir kommen auf Gottfried Keller und Canettis Schrecken beim Gedanken, er selbst könnte einmal eine Lokalgröße werden. Er lacht und sagt, die Stadt Zürich habe ihn gefragt, ob er die Keller-Ausstellung im Helmhaus eröffnen wolle, und das wäre ihm unverfroren vorgekommen, wenn er das gemacht hätte, er als Nichtschweizer.

Ich sage, mich hätte es natürlich sehr interessiert, von ihm etwas über Gottfried Keller zu hören, und für mich wäre diese Konstellation kein Problem gewesen.

In der Schweiz, sagt Canetti, glaube er mehr Gerechtigkeitssinn zu verspüren als anderswo, versteht aber, daß ich das nicht ganz so sehe. Es ist 1990, das Jahr des Fichenskandals, und das Ausmaß der Schnüffeltätigkeit in der Schweiz hat ihn erstaunt, er wollte es zuerst gar nicht wahrhaben. Der Schweiz gegenüber, vor allem der Stadt Zürich gegenüber, empfinde er Dankbarkeit, sagt Canetti, darüber, daß er hier habe aufwachsen können, nachdem er aus diesem grauenhaften Wien gekommen sei, und einen Menschen ohne Dankbarkeit könne er sich nicht vorstellen.

Zu den Erdbeben hatte ich noch erwähnt, daß die Schweiz eine geringe Katastrophentradition hat, daß wir einzig ein bißchen Lawinen- und Felssturzerfahrungen haben, im Vergleich zu andern Ländern, und daß das für mich auch ein Stimmungsanreiz gewesen sei, meine Romangeschichte katastrophal enden zu lassen.

Darauf antwortete er, das möge sein, aber ihm sei auch aufgefallen, daß in England oder in Österreich, wo Katastrophen passiert seien, zum Teil überhaupt kein Bewußtsein dafür existiere, er habe in Wien mit Leuten nach 50 Jahren das Gespräch wieder aufnehmen können, und die hätten gesprochen, als ob nichts gewesen wäre in der Zwischenzeit, und England habe direkt eine Katastrophenverdrängungstradition, sonst wäre ja etwas so Absurdes wie der Falklandkrieg gar nicht möglich gewesen. Er habe bei befreundeten Menschen festgestellt, daß sie diesen Krieg verteidigten, was er kaum habe begreifen können.

Wir kommen auf die Vorgänge in Osteuropa, und er sagt, er sei zum erstenmal in der Situation, daß er einen einzelnen Mann in der Geschichte wirklich bewundern müsse, was ihm sonst immer zuwider gewesen sei. Ich zeige ihm das Bild von Gorbatschow an der 1. Mai-Feier in Moskau aus der Zeitung, die ich soeben gelesen habe, verstimmt und irritiert steht er da, und wir finden beide, das sei neu, so habe man ihn noch nie gesehen. Canetti fragt mich, ob ich Ceausescu auch gesehen habe am Fernsehen, im Moment, als zum erstenmal an der großen organisierten Demonstration die Gegner aufmarschiert seien, wie er da beschwörend die Hände hochgehalten habe, er imitiert die Geste, und ich sage ihm, ich erinnere mich sehr gut, und ich glaube, es sei die Angst vor der Berührung mit etwas Unbekanntem gewesen (der erste Satz aus »Masse und Macht« hat mir immer gut gefallen).

Ich füge hinzu, mich habe es beeindruckt, welche Rolle die Massen plötzlich gespielt hätten bei all diesen Veränderungen, Massen, etwas, das man bei uns eigentlich kaum noch erlebt, außer bei Länderspielen oder gelegentlich bei einer Demonstration größeren Ausmaßes.

Er ist geradezu stolz auf dieses Phänomen und sagt auch, als ich ihn frage, ob er seinen Text über die Fluchtmasse im »Einspruch« gesehen habe, daß er jetzt auf einmal wieder ein stärkeres Echo auf seine Gedanken zur Masse höre, nachdem der Begriff während Jahren gar nicht mehr aktuell war.

Er sammle, sagt er, alle Nachrichten über die Ereignisse in Osteuropa und untersuche sie daraufhin, ob sie zu seinen Theorien von Masse und Macht paßten. Viele der Vorgänge paßten überhaupt nicht dazu, und das sei ein gewaltiger Lernprozeß für ihn.

Ich sehe ihn an, den 85jährigen, wie er sich über den Mittelgang des Abteils immer mehr zu mir wendet und über die Geschichte spricht, wie er sie jetzt wahrnimmt und daran *lernen* will und wie er die Leidenschaft des Denkens noch in keiner Weise eingetauscht hat gegen irgendeinen Altersstarrsinn oder eine sanfte Resignation.

Der SPD-Präsident der DDR, Meckel, untermaure ja sein Christentum mit Hegel, das finde er eine unglaubliche Absurdität, Hegel sei nun wirklich am wenigsten zu gebrauchen für die Beurteilung der Geschichte oder für das Verständnis derselben.

Ich glaube, antworte ich ihm, in der DDR hätten sich die Menschen oft die Denknischen suchen müssen, die dort verfügbar waren und hätten in diesen Nischen ihre Kreativität gelebt oder ihre Entdeckungen gemacht, so hätte ich zum Beispiel Autoren wie Alexander Grin nur durch DDR-Editionen gefunden und könne mir nicht vorstellen, wo sonst ein Interesse gewesen wäre, diesen russischen Autor auf deutsch zu veröffentlichen. Ob er den kenne? Ja natürlich kenne er den. Ich glaube, er hat alles gelesen.

An meine Anthologie »111 einseitige Geschichten«, in die ich einen Text aus seinen »Ohrenzeugen« aufgenommen habe, erinnert er sich, aber nicht daran, welcher Text es war, peinlicherweise erinnere ich mich auch nicht.

Es ist, wie ich später zu Hause sehe, »Molières Tod«.

Ich frage ihn nach seinen Geschwistern, von einem Bruder weiß ich, er ist im französischen Show-Business tätig, managte Georges Brassens, im Hechtplatz-Theater hängt immer noch ein Plakat »Jacques Canetti présente – Les frères Jacques«, ein Abend, an den ich mich gut erinnere. Er muß der totale Gegensatz zu ihm sein, alles, was er tut, hat Erfolg, bringt Geld, er kaufte sich für ein Gitarrenfestival ein ganzes Pyrenäendorf, und ein altes Schloß, wo er Aufnahmen macht mit seinen Chansonniers, kaufte auch einmal ein Buffet, das er als Urnengrab für alle seine Familienmitglieder vorsah, er hatte schon jedem eine Schublade zugewiesen, bis die andern sagten, das sei Unsinn. Der Bruder, der ihm näherstand, ist gestorben, er war Tuberkuloseforscher, hatte selbst Tuberkulose und ließ jede neue Operationsart für diese Krankheit zuerst an sich selbst ausprobieren.

Ob ich verstehe, daß ihm der näher war? Ich verstehe. Was man am andern hasse, davon fürchte man wohl, daß man es selbst auch verkörpern könnte, darum hasse man es beim andern. Er fragt mich nach meinen Geschwistern und nickt, als ich sage, daß wir bei allem, das uns verbinde, recht gegensätzlich herausgekommen seien.

Interviews gebe er keine mehr, schon lange, man könne ja nicht auf alle Fragen eine wirkliche Antwort geben. Das sei ihm an Sartre suspekt gewesen, der habe immer auf alles sofort eine Antwort gewußt. Die Wirklichkeit sei aber nicht so – er müsse oft sehr lange nachdenken, bis er eine Antwort auf eine Frage habe.

Ob er mir denn einmal ein paar Fragen beantworten würde?

Privat, ja, zur Veröffentlichung, nein, er glaube, er würde mir nur lauter Unsinnigkeiten erzählen.

Ich wende ein, daß es natürlich diese Unsinnigkeiten seien, die mich interessierten, und ich glaube an den Sinn des Unsinns. Gerade hätte ich auf der Tessiner Alp wieder Kafka gelesen, erzähle ich ihm, und sei begeistert vom Beharren auf den unsinnigen Details, also daß er eine Geschichte über eine Zwirnspule schreibe, die den Namen Odradek trage, und ich staune immer wieder darüber, daß in Kafkas Geschichten soviel von seiner Zeit enthalten sei, obwohl es oft um derartige Nichtigkeiten gehe.

Kafka lese er alle fünf Jahre wieder, entgegnet Canetti, die ganzen Erzählungen, und vielleicht beeindrucke er uns deshalb so sehr, weil er das beschrieben habe, was seiner Zeit fehlte.

Oh ja, das muß es sein, und meine Frau bittet ihn nun, er solle mich empfangen, wenn ich mit ihm sprechen möchte, mich und alle, die das hören wollen, was er zu sagen habe. Er bleibt aber voller Anspruch an sich selbst, gesteht auch zu, daß das vielleicht hochmütig und undemokratisch sei, aber es sei so, und beim Abschied ist er erstaunt, als plötzlich unser Hund

Fleck unter dem Sitz hervorkriecht und die ganze Zeit dabeigewesen war.

Er wünschte sich von mir ein gewidmetes Exemplar meines Erzählbandes »Die Rückeroberung«, und ich mir von ihm »Die gerettete Zunge«. Er hat es mir geschickt und schrieb in seiner Widmung »zur Erinnerung an ein unerschöpfliches Gespräch.« Es blieb unser einziges.

Nach-Ruf

auf Niklaus Meienberg, † 24.9.1993

Lieber, böser Niklaus
nun sprechen und schreiben sie alle von Dir
im Imperfekt
er war, er wurde
er schrieb, er lebte
er ging
so schnell paßt sich Sprache
der Wirklichkeit an
und die Wirklichkeit sagt
seit Freitag, 16 Uhr
immer wieder dasselbe:
Selbstmord.
Und ich sitze da
und kann es
noch immer nicht glauben
obwohl Du selbst
mir davon gesprochen hast
im Sommer
der eben noch war
im Sommer
als Dich die Liebe verließ
und Dein harter Schädel
nach Deinem Unfall
langsam wieder

zu schaffen begann
und Dein weiches Herz
erbleichte vor Leere.
Auch Selbstmord
ist Mord.
Was brachte Dich um
oder wer?
Die Gesellschaft
gegen welche Du anschriebst
die schweigende Mehrheit
welche Dich haßte
oder am Ende wir alle?
Die Freunde noch mehr als die Feinde?
Täuschen ließen wir uns
durch den Hünen Meienberg
zu wenig spürten wir
daß Du auf nichts
so dringend gewartet hast
wie auf die Frage:
Wie geht es Dir?
Verwundert gingst Du
durch Oerlikon-City
mit dem Traum von Paris im Kopf
dem enttäuschten
denn auch Paris
wird immer mehr
Züri-Nord
so les ich's im ersten Kapitel
von »Zunder«
dem letzten Buch von Dir
das nun das letzte bleiben wird
und als Du es vorige Woche

bei mir vorbeigebracht hast
da hab ich noch nicht gewußt
daß das Dein Alterswerk ist
denn ich habe auch künftig
gerechnet mit Dir
Deinem starken Blick
für die Schwächen der Zeit
Deiner Wißbegier
Deinem Sinn für Gerechtes und Ungerechtes
für Lügen und Wahrheit
und vor allem hab ich gerechnet
mit Deiner farbigen, blühenden, blitzenden
fröhlichen, traurigen, knirschenden
Sprache
die ein Protest war
– ist! –
gegen Langeweile des Denkens und Lebens
gegen gens de toutes sortes
qui n'égalent pas leurs destins
wie Du in Deiner eigenen Todesanzeige
zitierst
gegen Leute jeglicher Art
die ihr Schicksal nicht wert sind.
Du wolltest das Deine selber bestimmen
davor ist Respekt am Platz
doch erlaube mir auch
zu trauern
um Dich
denn Du warst ein Freund
und als wir vor ein paar Tagen
zusammen am Oerliker Bahnhof standen
und spotteten über das Minishopville

das unter den Gleisen entsteht
und als Du dann Deine Hand hobst
zum Abschied
und in der Unterführung verschwandest
warum hab ich Dir da nicht nachgerufen:
Lieber Niklaus
bleib noch ein bißchen!
Auf unsern Tischen
steht Brot und Wein für Dich!
Wir alle würden Dich sehr vermissen
wenn Du jetzt schon gingest
schon jetzt!

Danach

Hallo!« rief Herr B., »hallo, hier bin ich!«

Niemand antwortete ihm. Er wußte nicht, wo er war. Rings um ihn war es dunkel.

»Hallo!« rief er nochmals und klammerte die Hände um die Mappe, die er bei sich trug, »ich bin angekommen!«

Nichts geschah. Kein Licht ging an. Kein Tor knarrte. War da ein Rieseln? Ein Wind vielleicht? Nein. So sehr sich Herr B. anstrengte, er hörte nichts.

»Darf ich Sie darauf aufmerksam machen, daß ich 32 Jahre lang Aktuar unserer Kirchgemeinde war?« rief er, »das muß doch bekannt sein hier!«

Da fiel ihm seine Mappe aus den Händen, und als er sich nach ihr bücken wollte, verließen ihn die Kräfte, der Mut, die Zuversicht, der Glaube, der Geist, die Gedanken, und alle Gesetze, denen er bisher gehorcht hatte.

Die Göttin

Am Anfang, bevor die Welt erschaffen war, streifte Gott durchs Nichts, um irgendwo etwas zu finden. Er hatte die Hoffnung schon fast aufgegeben und war todmüde, als er plötzlich vor einer großen Baracke stand. Er klopfte an, und eine Göttin öffnete und bat ihn, hereinzukommen.

Sie sei, sagte sie, gerade mit der Schöpfung beschäftigt, aber er solle sich ruhig ein bißchen hinsetzen und ihr bei der Arbeit zuschauen. Zur Zeit war sie daran, in einem Aquarium verschiedene Wasserpflanzen einzusetzen.

Gott war in höchstem Maße erstaunt über das, was er sah, er wäre nie auf die Idee gekommen, eine Substanz wie Wasser zu erschaffen. Gerade dies aber, sagte die Göttin lächelnd, sei sozusagen die Grundlage des Lebens überhaupt.

Nach einer Weile fragte Gott, ob er vielleicht etwas helfen könne, und die Göttin sagte, sie wäre sehr froh, wenn er das Wasser und ihre bisherigen Schöpfungen auf einen der Planeten bringen könnte, die sie etwas weiter hinten eingerichtet habe. Sie würde gerne auf dem unbedeutendsten anfangen, probeweise.

Also begann Gott damit, die Schöpfungen der Göttin eine nach der andern aus ihrer Baracke auf die Erde zu bringen, und es ist nicht verwunderlich, daß später die Menschen auf diesem Planeten nur den Gott kannten, der das alles gebracht hatte und ihn für den eigentlichen Schöpfer hielten.

Von der Göttin aber, die sich das ausgedacht hatte, wußten sie nichts, und deshalb ist es höchste Zeit, daß sie einmal erwähnt wurde.

Was nicht in der Bibel steht

Ist die Geschichte von den drei Prinzen aus dem Abendlande. An sie erging nämlich die gleiche Weissagung wie an die Heiligen Drei Könige aus dem Morgenlande, wenn auch etwas zeitiger, denn die Reise war entsprechend länger.

Sie machten sich also bereits ein Jahr vor dem angekündigten Erscheinen des Weihnachtskometen auf den Weg nach Bethlehem, zu Pferd alle drei, jeder mit einem Schildknappen auf einem zweiten Pferd sowie einem weiteren Pferd, das mit den Vorräten für die lange Reise und mit den Gaben für das heilige Kind beladen war.

Nach vielerlei Mühsal und Entbehrungen – sie ritten durch menschenleere, ausgedörrte Täler ohne irgendeine Quelle, sie mußten Furten und Isthmen auf wackligen Flößen überqueren, sie hatten mit Wegelagerern, fremden Sprachen und verwanzten Herbergslagern zu kämpfen – kamen sie in Jerusalem an und hatten noch fast einen Monat Zeit bis zum großen Ereignis. Ihren Wirt bezahlten sie schlecht, weil das Geld knapp geworden war, und als sie diesen fragten, wo es nach Bethlehem gehe, wies er sie zum Osttor hinaus und sagte, dieser Ort sei mindestens drei Wochen von Jerusalem entfernt.

Die drei Prinzen erschraken und machten sich sofort auf die Weiterreise, die sie von einer Wüstenoase zur nächsten brachte. Einmal trafen sie drei Könige an, die sich auf dem entgegengesetzten Weg befanden und verbrachten einen angenehmen Abend mit ihnen. Auch sie waren offenbar unterwegs zu einem neu zu gebärenden Kind, von denen es in dieser Gegend nur so zu wimmeln schien. Sie empfahlen den Prinzen aus dem Abendlande, in ihren Schlössern Einkehr zu halten, falls sie ihr Weg dort vorbeiführen würde.

Nach ein paar Tagen erblickten die Prinzen in der Abenddämmerung einen großen Stern, der auf ein Schloß wies. Sie wurden sehr aufgeregt, denn nun mußten sie sich der Bestimmung ihrer Reise nähern. Sie waren deshalb etwas überrascht, als sie im Schloß kein Neugeborenes antrafen, das in einer Krippe lag, sondern drei prachtvoll gekleidete junge Frauen. Es waren die Gemahlinnen der Heiligen Drei Könige, die sich hier versammelt hatten, um etwas Geselligkeit zu haben, während ihre Männer auf diese unverständliche Reise gingen, auf die sie sogar noch Schmuck als Geschenk für ein neugeborenes Kind mitgeschleppt hatten, Schmuck, der ihnen auch wohl angestanden hätte. Um auf ihre festliche Stimmung aufmerksam zu machen, hatten sie vom Hofmeister einen leuchtenden Stern über dem Schloß befestigen lassen, und sie waren außerordentlich erfreut, als sie von den drei interessanten Prinzen aus dem Abendlande Besuch bekamen.

Auch diese hatten gar nichts dagegen, in dampfenden Bädern gewaschen und gesalbt zu werden und sich dann mit ihren Gastgeberinnen an eine üppig gedeckte Tafel zu setzen. Danach verbrachten sie einige Nächte voll glühender Leidenschaft mit den drei wunderschönen Königinnen, die sie in alle Geheimnisse orientalischer Liebeskunst einweihten, und als sich die drei Prinzen wieder auf den Heimweg machten, um einer eventuellen Rückkehr der königlichen Ehemänner zuvorzukommen, waren sie höchst befriedigt über das Ergebnis ihrer Reise.

Wären sie in Jerusalem nicht vom verärgerten Wirt fehlgeleitet worden, wären sie wohl gemeinsam mit den Heiligen Drei Königen aus dem Morgenland in Bethlehem erschienen, hätten auch Erwähnung in der Bibel gefunden und wären heute ebenso Bestandteil jedes Krippenspiels wie Maria und Joseph, die Hirten und Ochs und Eselein.

Der Autostopper

Der Teufel machte einmal außerhalb von Bellinzona Autostop, aber niemand wollte einen Typ mit Hörnern und einem Dreizack mitnehmen.

Endlich, es ging schon gegen Abend, hielt ein Amerikanerwagen an, und der Fahrer, ein jüngerer Mann mit langen Haaren und sanften Augen, hieß den Teufel einsteigen. Dieser setzte sich neben den Fahrer und gab als Reiseziel Rom an.

Dorthin fahre er auch, sagte der sanfte Langhaarige und lächelte dem Autostopper zu.

Dieser schaute den Fahrer immer wieder an und fragte ihn schließlich: »Kennen wir uns nicht von irgendwoher?«

»Ich glaube, wir haben uns zuletzt in der Wüste gesehen«, sagte der und hob freundlich seine durchlöcherte Hand.

»Und was willst du in Rom?« fragte der Teufel.

»Den Papst erschrecken«, sagte der Fahrer, »der glaubt doch schon lang nicht mehr an mich.«

»Darf ich mitkommen?« fragte der Teufel.

»Aber gern«, sagte der Fahrer, »zusammen sind wir stärker.«

Beide lachten, und Jesus gab Gas.

Brief an einen Heiligen

Lieber Heiliger Georg,

was ich Dich schon lange fragen wollte: Warum hast Du eigentlich den Drachen getötet?

Du kamst doch damals in eine Stadt, in der gerade die Tochter des Königs dem Drachen geopfert werden sollte. Mit ihr zusammen gingst Du vor die Stadt, und als das Untier kam, hast Du es mit Deinem Speer tödlich verwundet.

So weit, so gut.

Dann hat die gerettete Prinzessin dem Drachen ihren Gürtel um den Hals gelegt und ihn wie einen Hund an der Leine in die Stadt geführt.

So weit, so gut.

Sehr gut sogar.

Aber dann, lieber Heiliger, hast Du den Drachen in der Stadt vor allen Leuten mit dem Schwert getötet. Hingerichtet eigentlich.

Und auf einmal tut mir der Drache leid.

Wieso hat ihn die Prinzessin nicht gezähmt? Vielleicht hätte er Hundebiscuits gefressen und hätte die Prinzessin bewacht, und später ihre Kinder.

Vielleicht hätte man ihm im Zoo ein Gehege einrichten können, zwischen den Wölfen und den Eisbären. Vielleicht war der Drache schwanger und hätte junge Drächlein zur Welt gebracht, die wiederum Junge gehabt hätten, und wir könnten sie heute noch bewundern.

Vielleicht hätte man den Drachen auch zu den armen Leuten

schicken können, die frieren, und er hätte ihre Hütten mit seinem Feuerstrahl ein bißchen wärmen können.

Vielleicht hätte man mit ihm sprechen müssen.

Warum hast Du nicht versucht, ihn zu streicheln, nachdem Du ihn verwundet hattest?

Das wäre das größere Kunststück gewesen, als ihn umzubringen, und für dieses Kunststück hätte ich Dich gern heilig gesprochen.

Ich warte jetzt, bis der Drache wieder auftaucht, und werde versuchen, ihn diesmal umzustimmen.

Wenn es mir gelingt, schreib ich Dir wieder.

Wenn es mir nicht gelingt, wirst Du's auch hören, dann werde ich wahrscheinlich heilig gesprochen. Weil ich ihn umgebracht habe. Oder er mich.

Alles Gute und herzliche Grüße

Franz Hohler

Der Reiter

Ein Reiter ist gekommen.

Den Weg ins Land muß er über die Berge gefunden haben. Er ist klein, barfuß, seine Haut glänzt dunkelgelb, er ist in ein weites Gewand gehüllt, das flattert, wenn er reitet. Auch sein Pferd ist klein, aber kräftig, von einer Farbe, als sei es früher weiß gewesen und durch die lange Reise stumpf geworden.

Er sagt nur ein einziges Wort, dschumal, und offensichtlich sagt er es als Frage, denn er zieht dazu ein Pergament aus seinem Gewand. Ein Gelehrter, zu dem er gebracht wird, weiß, daß das Wort in einer alten mongolischen Sprache »Kaiser« bedeutet hatte, aber er kann die Schrift auf dem Pergament nicht lesen.

Es ist schwer, dem Reiter begreiflich zu machen, daß wir keinen Kaiser haben.

Man begleitet ihn zum Regierungsgebäude. Der Bundespräsident empfängt ihn nicht. Ein Staatssekretär will die Botschaft entgegennehmen, doch der Reiter weigert sich.

Dschumal, sagt er immer wieder, während er das Pergament vor den Fotografen und den Fernsehkameras in die Höhe hält. Er weiß, daß der Kaiser die Botschaft lesen könnte, und er weiß, daß er verloren ist, wenn er sie nicht überbringen kann. Sinnlos seine große Reise, sinnlos sein langer Ritt. Weint er jetzt, oder warum greift er sich an die Stirn? Nein. Mit einer Handbewegung treibt er die Menschenmenge auseinander, und laut wiehernd galoppiert sein Pferd mit ihm davon, jagt durch die Gassen der Hauptstadt und verschwindet im großen Wald westlich des Flusses.

Das Befinden

Wie geht's?« fragte die Trauer die Hoffnung.
»Ich bin etwas traurig«, sagte die Hoffnung.
»Hoffentlich«, sagte die Trauer.

Die 47

Einmal, es war Abend, und eine Amsel sang auf dem Dach des Rechenzentrums, brach die 47 plötzlich in Tränen aus.

Sofort wandten sich die 46 und die 48 zu ihr, trockneten ihre Tränen ab und sprachen ihr gut zu.

Danach stand sie wieder schön und sauber in der Zahlenreihe. Nie hat sie gesagt, warum sie weinen mußte. Einen Zusammenhang mit der Amsel jedenfalls hat sie stets abgestritten.

Die blaue Amsel

Amseln sind schwarz.

Normalerweise.

Eines Tages aber saß auf einer Fernsehantenne eine blaue Amsel. Sie kam von weither, aus einer Gegend, in der die Amseln blau waren.

Ein schwarzer Amselmann verliebte sich in sie und bat sie, seine Frau zu werden. Zusammen bauten sie ein Nest, und die blaue Amsel begann, ihre Eier auszubrüten, während ihr der Amselmann abwechselnd zu fressen brachte oder für sie die schönsten Lieder sang.

Einmal, als der Mann auf Würmersuche war, kamen ein paar andere Amseln, vertrieben die blaue Amsel aus dem Nest und warfen ihre Eier auf den Boden, daß sie zerplatzten.

»Wieso habt ihr das getan?« fragte der Amselmann verzweifelt, als er zurückkam.

»Weil wir Amseln schwarz sind«, sagten die anderen nur, blickten zur blauen Amsel und wetzten ihre gelben Schnäbel.

Die Frage

Als das krebskranke Kind seine Mutter fragte, wieso es so viel leiden müsse, wußte die Mutter keine Antwort.

Als die kleine Krebsmaus ihrer Mutter die gleiche Frage stellte, wußte diese sofort eine Antwort.

»Das ist unsere Aufgabe«, sagte sie, »wir bekommen besonders leicht Krebs, damit die Wissenschaft an uns ausprobieren kann, wie man den Menschen hilft, die Krebs haben. Vielleicht kannst du sogar ein Menschenkind retten.«

Die kleine Krebsmaus nickte und biß auf die Zähne.

Etwas später fragte sie: »Aber warum tut es so grauenhaft weh?«

Beresinalied

Wir alle sind
verurteilt zum Tode
vom Augenblick an
an dem wir das Licht der Welt erblicken
deshalb schreien die meisten
bei der Geburt
doch niemand von uns
weiß den Tag und den Ort und die Stunde
an dem das Urteil vollstreckt wird
und so vergessen wir langsam
daß wir verurteilt sind
und wenn wir ins Auto steigen
denken wir nicht daran
daß drei von uns
nicht mehr aussteigen werden
an diesem Tag
in diesem Land
und ihnen wird
bei der Abfahrt
ihr Urteil nicht einmal verlesen
kein Abschied möglich
kein letzter Wunsch
dabei haben alle
noch soviele Worte nicht gesagt
und soviele Briefe nicht geschrieben
und soviele Berge nicht bestiegen
standrechtlich sind sie verunfallt

die drei von heute
von gestern
von vorgestern auch
und von morgen.
Wie aber geht es denen
welche ihr Urteil ausgehändigt kriegen
denen ein Weißgekleideter
teilnahmsvoll
aber unwiderleglich
ein kleines Wort präsentiert
zuunterst auf einem Blatt
voll Werten, Prozenten und Zahlen
ein Wort wie ein Messerstich
positiv
HIV-POSITIV
ausgerechnet
ganz genau ausgerechnet sie
sie können doch gar nicht gemeint sein
mit diesem Wort
und allem
was daraus folgt
und nun fangen sie an
Geschichten zu sammeln
von denen
bei welchen es gut ging
bei welchen es lange gut ging
so lange wie möglich
und leben wir denn nicht alle
in einem Gefängnis
ja
aber sie
sie sind ab jetzt

in der Todeszelle
und werden gesondert behandelt
es ist nicht derselbe Trakt des Gebäudes
umgeben sind sie
von Hochsicherheit
und Berührungsangst
sie werden
mit Plastikhandschuhen angefaßt
und draußen ist man für sie
an der Arbeit
ihre Verteidiger
eilen vom Arzt zum Spital
vom Spital zur Fürsorge
mobilisieren die Freundinnen, Freunde
Familien
alle
denn Trost ist gefragt
ganz dringend
und gute Gedanken
Gefühle
damit sie doch nicht Gefangene sind
nur Geiseln vielleicht
die noch zu befreien wären
oder ach, Soldaten
Soldaten sind sie
im tiefsten Winter
vor kalten Flüssen
in fremden Ländern
weit entfernt
von dort, wo sie eben noch waren
vom eignen gesunden Heimatkörper
und irgendwo singt der Leutnant Legler

sein Lied voller Eiskristalle
   Unser Leben gleicht der Reise
   eines Wandrers in der Nacht
   jeder hat auf seinem Gleise
   etwas, das ihm Kummer macht
an welchem Ufer stehen sie
wenn sie durchs Fenster schauen
vielleicht ist alles nicht wahr
und wird denn nicht weiter

gelacht, gelebt, gearbeitet
weiter getrunken und weiter gegessen
doch durch die große blaue Schüssel
in der sie die üppigen Sommersalate mischten
mit Feta, Oliven, Zwiebeln und Thon
durch diese Schüssel
geht ein Sprung
und wenn sie sich nun
eine neue kaufen
wird es nie mehr dieselbe sein
nie mehr
tragen sie doch
das eben gefällte Urteil
mit sich herum
in der Tasche
und in der andern Tasche
die Sehnsucht
die Träume
die Hoffnung
   Darum laßt uns weitergehen
   weichet nicht verzagt zurück
   hinter jenen fernen Höhen

wartet unser noch ein Glück
doch was für ein Glück soll das sein
das irgendwo fern
auf die nicht verzagenden wartet
ist es am Ende
nur die Erlösung vom Leid
wie soll man da leben
wie soll man da leben
und Sommersalate machen
im russischen Winter der Seele
und hat nicht der Zahnarzt
gestern gefragt
ob sich das denn wirklich noch lohne
die teure Gebißkorrektur
am Ufer der Beresina
getroffen bereits
vom tödlichen Splitter
   Aber unerwartet schwindet
   vor uns Nacht und Dunkelheit
   und der Schwergeprüfte findet
   Linderung in seinem Leid
und die Getroffenen wissen auf einmal
alles
und wir, die Verschonten
nichts
die Getroffenen wundern sich sehr
wenn wir, die Verschonten
in die Agenda blicken
und sagen
November 96
käme vielleicht in Frage
denn was wissen wir vom November 96

jetzt
im September 95
haben *sie* nicht in der Tasche
das Urteil, das Urteil, das Urteil
positiv, positiv, positiv
und plötzlich rufen sie uns, den Verschonten, zu:
Nehmt euer eigenes
Todesurteil hervor
und öffnet die Augen
und schaut es euch an
und dann kommt mit uns

    Mutig, mutig, liebe Brüder
    gebt die bangen Sorgen auf
    morgen steigt die Sonne wieder
    freundlich an dem Himmel auf

und dann kommt mit uns
zur großen Protestkundgebung
gegen den Tod
sie ist jeden Tag
auf unsern Straßen
in unsern Häusern
in unsern Betten
an unsern Tischen
singt und tanzt und eßt und trinkt
und liebt und träumt mit uns
wir haben nicht sehr viel Zeit
bis der Eisstrom
über die Ufer tritt
und uns mitreißt
weit in der Ferne
dort, wo wir stehen
und wir alle zusammen

haben nicht sehr viel Zeit
bis da, wo wir wohnen
die große blaue Schüssel
zerbricht.

Das verbotene Zimmer

Soviele Türen stehen offen in unserm Schloß.

Und dann ist die eine, die schlimme, die verbotene, die unheilvolle, von der Schloßvater und -mutter ihrem Kind sagen, aber gell, die machst du nie auf. Nie.

Mhm, sagt das Kind, nie, und es verkehrt in allen andern Zimmern, im Musikzimmer, im Wasserballzimmer, im Pingpongzimmer, vielleicht öffnet es auch die Türe, die nach Amerika führt, und nach einem Jahr kommt es durch dieselbe Türe wieder zurück, es wirkt zufrieden, es spricht vernünftig mit uns, es ist fröhlich, es ist phantasievoll, es macht eine Lehre oder nimmt die Matura in Angriff, und wir atmen schon auf – unsere Erziehung war richtig.

Und da, eines Tages, als wir weg sind, Schloßvater und -mutter, spürt das Kind die unerklärliche, durch nichts zu besänftigende Sehnsucht, einmal, nur ein einzigesmal, die verbotene Türe zu öffnen, und vielleicht schreien in diesem Moment hunderttausend Schloßmütter und -väter und -geschwister und -großmütter und -urgroßmütter in ihm: »Tu's nicht! Tu's nicht!«

Und das Kind geht hin und öffnet die Türe, allen Stimmen zum Trotz, und es kommt in ein wunderschönes Zimmer, und es ahnte ja, daß es dort schön sein würde, und es bleibt ein bißchen, und erst, als es die Eltern kommt hört und zurückhuschen will ins Schloß, merkt es, daß es im verbotenen Zimmer gefangen ist, und daß man durch diese Türe nur hinein kann, aber niemals wieder zurück.

Die Verurteilte

Da tritt sie ein, in den Festsaal des Märchenhotels oberhalb der reichen Stadt, und es applaudieren ihr die Vertreter der Ölgesellschaften, die verschiedensten Präsidenten und Vizepräsidenten, viele Menschen, die irgendeine Würde tragen, lauter Geladene, mit Begleitung, wie es auf der Eintrittskarte heißt, und sie, die den Saal betritt, gut beschirmt von kantigen jungen Männern mit Funkgeräten in der Hand und Knopflautsprechern im Ohr, sie ist jung und lieb, eine Frau, die man gernhaben muß, Schriftstellerin ist sie und Ärztin, und die Erstarrten ihres Landes und ihrer Religion haben sie zum Tode verurteilt, mehrmals, weil sie in ihren Büchern und Artikeln immer wieder geschrieben hat, daß die Menschen frei seien, und mit den Menschen meinte sie auch die Frauen, und hätte sie dafür nicht diesen unglaublichen Todesspruch auf sich gezogen, säßen wir nicht hier, denn dann wäre es niemandem von der Erdölvereinigung eingefallen, eine Schriftstellerin aus Bangla Desh einzuladen, die einfach Bücher und Artikel über das Leben und die Nöte der Menschen dort schreibt.

Nun aber darf, soll, muß sie hier eine Ansprache halten, im Vortragszyklus »Fairness«, und sie geht mit leichten Schritten zum Pult, entnimmt einem winzigen Handtäschchen ein Manuskript, faltet es auseinander und liest es vor, sie sagt nicht ladies and gentlemen zu uns, sondern dear friends, und sie breitet keine Analyse vor uns aus, was Fundamentalismus ist und wie er entstand, oder was die Frauen im Islam bedeuten und weshalb, oder sonst etwas, das unsern bereitwillig gerunzelten Denkerstirnen entgegenkäme, sondern sie spricht hartnäckig nur von dem, was ihr persönlich passiert ist, und von dem, was sie mit ihrem Schreiben erreichen möchte, und sie ist etwas aufgeregt dabei, stellt ständig einen Fuß mit der Zehenspitze auf den Boden hinter dem Rednerpult, und als sie nach zwanzig Minuten mit sanfter Stimme sagt, sie möchte ihre Tränen in Worte verwandeln, und sie hoffe, daß ihre Worte Feuerkugeln seien, fireballs which burn fundamentalism, sind wir alle etwas betreten, daß die Rede schon zu Ende ist, denn das Programm versprach eine Stunde mehr, aber da die Schriftstellerin keine Diskussion gewünscht hatte, klatschen wir umso heftiger, stehen dann auf und gehen zum Erdölapéritif hinunter, und beim Anblick des mehrstöckigen Weihnachtsbaums in der Hotelhalle denke ich, was denkt wohl die Verurteilte, wo sie hier ist und bei wem.

Am Ufer

Heute habe ich den Flußuferspaziergang nachgeholt, den ich vor einem Jahr verpaßt habe.

Mitten im Dezember behauptet die Sonne, es sei Frühling. Frauen schieben mit frischen Schritten ihre schlafenden Säuglinge über die Kieswege.

Zwei Kinder turnen an einem Nadelbaum mit ungeheuren Tannenzapfen. Ihre kleinen Fahrräder liegen am Boden, daneben zwei aufgeschlagene Alben mit eingeklebten Bildchen. »Zack, der Ranger« heißt die Geschichte, und die Bildchen, die offenbar zum Tauschen herumliegen, zeigen verschiedene Ansichten eines Mannes mit einem schwarzen, das ganze Gesicht verdeckenden Helm.

Große Hunde werden an kurzen Leinen geführt, kleine an solchen, die sich unendlich verlängern, wenn der Hund vorausspringt, oder wenn der Herr vorausgeht und der Hund stehenbleibt.

Die Saar fließt träge und bräunlich, ich weiß nicht wohin, sie wirkt irgendwie unzufrieden, vielleicht sehnt sie sich nach dem Meer. Am andern Ufer lärmt die Stadtautobahn, unbelehrbar.

Sind das Einschußlöcher da oben an der Brücke, in Geländerhöhe? Haben hier ein paar Gymnasiasten und Lehrlinge kurz vor Kriegsende zitternd auf die anrückenden Amerikaner geschossen? Oder sind es nur Witterungsschäden am Sandstein?

Zerschlagt die NATO! ist unter der Brücke an der Wand zu lesen, und etwas darunter: Nutella an die Macht!

Drei Männer legen mit einem Motorboot am Ufer an, ein vierter erhebt sich von einem Bänklein und spricht mit ihnen. Worüber? Vielleicht wollen sie zu Schiff nach Frankreich.

Es ist nicht die Jahreszeit für Bootsfahrten, und die fest vertäuten Restaurantschiffe sind kaum besucht. Eines heißt »Vaterland«, aber das nützt auch nichts.

Das Stadttheater zieht majestätisch an mir vorbei und preist auf Flaggen alles an, was heilig ist, Faust, Falstaff, Fledermaus.

Nun wird das Ufer von Neubauten gesäumt: Die Innenstadt ist da!

In den Parterres der Bürohäuser täuschen griechische und italienische Restaurants Süden vor. Ich sage dem griechischen Kellner, wenn er mir gesagt hätte, daß die Omelette mit gemischtem Salat serviert werde, hätte ich nicht noch einen gemischten Salat bestellt. Es kostet 20,80. Um mich für seine Unaufmerksamkeit zu rächen, will ich ihm kein Trinkgeld geben und lege eine 50er Note hin. Als er fragt, haben Sie 80 Pfennig, lege ich eine Mark hin und sage, es ist gut. Es ist so schwer, bis ins Detail böse zu sein.

Als ich mich auf den Rückweg mache, hat die Sonne ihre Behauptung wieder zurückgezogen. IST AUSBEUTUNG lese ich auf dem Boden des Uferwegs. Das Subjekt der Ausbeutung ist verblaßt.

Ein fallengelassener Einkaufszettel erinnert daran, daß es Kuchen Toast, Kaffee und Duokarten zu kaufen gilt.

Später liegt eine nackte Frau auf dem Trottoir und lädt mich zu einem Gratisdrink in einer Bar ein. Obwohl ich sofort weiß, daß ich die Einladung nicht annehmen werde, schaue ich sie einen Moment an, bevor ich weitergehe.

Wintersport

Mit dem Bus lasse ich mich von Pontresina nach Surlej bringen, steige dort aus und esse in einem Restaurant eine Gerstensuppe. Alle Menschen in Langlaufanzügen essen Gerstensuppe. Den Mann mit nur einem Arm, der seiner Frau sagt, ich muß mal wohin, sehe ich nachher in der Toilette, wo er sich vor dem Spiegel so ausgiebig kämmt, daß ich nicht an den Waschtrog rankomme.

Eine ängstliche Frau fragt mich beim Anschnallen ihrer Skis, wie lang es nach Sils gehe. Da ich es auch nicht weiß, sage ich, das hänge von ihrem Tempo ab, füge dann aber tröstend hinzu, länger als eine Stunde sollte es nicht dauern.

Es ist wunderschön, mit langen Schritten über den gefrorenen See zu gleiten und sich von den Bergen zuschauen zu lassen. Der Wind bläst mir so stark ins Gesicht, daß ich die Läufer der Gegenrichtung beneide. Gestern gehörte ich auch zu ihnen, aber heute will ich nach Maloja, dorthin, wo der Wind herkommt.

Später, hinter Sils, mitten auf dem Silsersee, kommt mir angesichts des mächtigen Hotels, das in der Ferne wie eine Zitadelle dasteht und das Ende des Oberengadins markiert, das Gedicht von Lorca in den Sinn mit der Zeile »yo nunca llegaré a Córdoba«, »nie werde ich Córdoba erreichen«, und als ein Wegweiser dazu einlädt, nach rechts zu einer Bushaltestelle abzubiegen, erliege ich sofort der Versuchung und steige bald darauf ins Postauto, welches an den verschiedenen Talstationen erschöpfte Wintersportler abholt, die sich mit unbeholfenen Schritten und abwesenden Blicken einen Sitzplatz suchen und dann etwas zu laut Schwünge und Stürze des heutigen Tages miteinander besprechen.

Eine große Heiterkeit liegt über dem abendlichen Engadin.

Auf dem St. Moritzer See haben ein paar Leute mit einer riesigen Spur das Wort ARSCH in den Schnee getreten.

Die Ankunft

Heute abend habe ich in Oerlikon zwei Vogelschwärmen zuge-
schaut, die über dem Franklinplatz kreisten. Der eine war ein
Taubenschwarm, was mich erstaunte, denn Tauben habe ich
sonst nur dann als Schwarm wahrgenommen, wenn es irgendwo
krachte und alle in gleichzeitigem Schrecken aufflogen. Der
andere Schwarm war kleiner, und am leicht nervösen Flug erkannte ich die Staren. Auch das erstaunte mich, denn es war der
27. Januar, ein bissiger Wind ging, und am Morgen hatte es geschneit.

Aber da waren sie, die Frühlingsboten, und die beiden
Schwärme machten sich nun ein Vergnügen daraus, wie Kunst-
fliegerstaffeln aufeinander zu und dann haarscharf aneinander
vorbeizufliegen, wobei allerdings öfter ein Vogel im Schwarm
der andern weiterzog, als hätte er sich beim Kreuzen getäuscht.
In großem Tempo verschwanden sie hinter der Kuppel des Apo-
thekerhauses in Richtung Marktplatz und tauchten dann wenig
später über dem Nachbargebäude wieder auf, drehten ab und
erhoben sich steil gegen das Migroshochhaus, um sich sogleich
im Sturzflug fallen zu lassen, immer spielerisch die gegenseitige
Nähe suchend, jedes Entfernen war nur ein Ausholen zum erneuten Aufeinanderzufliegen, und je länger ich zuschaute, desto
stärker wurde mein Gefühl, es handle sich hier um eine Begrüßung, und die Tauben freuten sich, daß die Stare wieder zurück
seien von ihrer langen und gefahrvollen Reise, und als der Taubenschwarm plötzlich auf dem Dach von Oerlikons teuerster
Bauruine Platz nahm, blieben noch einige Tauben im Staren-
schwarm und zogen mit den Neuankömmlingen zusammen so-

lange ihre Kreise, bis sich diese in einer ganz raschen Schluß-
kurve auf die beiden hohen Thujas neben der Bauruine setzten
und gedämpft miteinander zu zwitschern begannen, während
die Tauben auf dem Giebel daneben leise gurrend über den beiden Schlafbäumen wachten.

Frühlingsanfang

Mit den Taschen des Abendeinkaufs stand er vor seiner Haustüre und suchte den Schlüssel, da hörte er zum erstenmal in diesem Jahr eine Amsel singen. Wie schön, dachte er, jetzt bringe ich schnell die Taschen hinein, stelle dann den Kehrichtsack für morgen früh vors Haus und höre noch ein bißchen dem Vogel zu.

Als er mit dem verschnürten Sack vor die Türe trat, war der Gesang verstummt.

Die Taube

Aus dem Fenster meines Zimmers im Osten Berlins sehe ich auf ein zwanzigstöckiges Hochhaus. Blicke ich hinunter, sehe ich die Spree oder einen Arm davon.

Manchmal stehe ich eine Weile am Fenster und schaue hinaus, auch wenn es nicht viel zu sehen gibt. Über die Spreebrücke gehen Menschen, fahren Autos. Ab und zu tritt ein Hochhausbewohner auf einen Balkon, um eine Zigarette zu rauchen.

Gestern allerdings ist etwas passiert.

Auf den Spreearm schauend, sah ich erst auf den zweiten Blick, daß der Vogel, der von der Wasseroberfläche abzuheben versuchte, weder eine Möwe noch eine Ente war, sondern eine Taube. Sie mußte in den Fluß gefallen sein und mühte sich nun vergeblich ab, wieder hochzukommen. Durch die leichte Strömung wurde sie auf die Brücke zugetrieben, und nirgends war ein Halt zu sehen, die Ufer sind hier blanke Mauern. Eine zweite Taube flatterte um die ertrinkende herum, ohne ihr helfen zu können.

In Berlin, so hatte ich auf der Herreise in der Zeitung gelesen, sei den Tauben kaum beizukommen. Jedes Tier scheiße im Laufe eines Jahres etwa 14 kg Kot, harnsäurehaltig und ätzend, wodurch über tausend Tonnen Taubendreck auf die Stadt niedergingen und Gebäudeschäden in Millionenhöhe anrichteten. Versuche, Habichte und Falken als natürliche Feinde anzusiedeln, seien fehlgeschlagen, und man hoffe nun auf die Wirkung einer Hormonpille, welche, als Vogelfutter getarnt, den Fortpflanzungstrieb unterdrücken solle.

Wie könnte man denn nur, dachte ich, wie könnte man denn

nur diese Taube retten, diese eine Taube, die um ihr Leben kämpfte und die nun, zusammen mit der zweiten Taube, welche sie klagend in den Tod begleitete, langsam unter dem dunklen Brückenbogen verschwand.

Gedankenfax nach Sarajewo

an Simon Gerber und Marija Wernle-Matić, die nach einem einwöchigen Aufenthalt für die »Kulturbrücke« in Sarajewo am 3. April 1995 auf der Rückfahrt
von der Stadt zum Flughafen von Karadžić-Soldaten an einem serbischen Checkpoint festgenommen und verschleppt wurden. Erst 5 Wochen später wurden sie
wieder freigelassen.

Lieber Simon, liebe Marija,

Ihr saßt so vergnügt
im Bus nach Zagreb
am Montagabend vor vierzehn Tagen
als ich Euch winkte
und der Wagen langsam
durch schwere Flocken
am Sihlquai verschwand.
Ihr freutet Euch auf die Reise
aus der ich mich
ganz zuletzt zurückzog
Nachrichten lesend
von wiedereinsetzendem
Artillerie- und Granatbeschuß
Mobilmachungsaufrufen
sowie anderen Häßlichkeiten.
Hemingway wäre wohl trotzdem gegangen
doch Schwejk riet mir ab
und so blieb ich zu Hause.
Ihr nahmt mir's nicht übel
doch nach der Abfahrt des Busses

stand ich da wie gelähmt
und wußte die folgenden Tage nicht
was tun
fast nicht verstehend
warum mein Gefühl es nicht zugelassen hatte
mit Euch zu kommen
Besuche zu machen
bei Menschen
welche versuchen
um einen Rest von Kultur zu kämpfen
Izet Sarajlić zum Beispiel
der Dichter der Sätze:
    »Da,
       den zehnten Tag schon ist Krieg,
       und wir können
       immer noch nicht
       hassen.«
Oder Nedzad Ibrisimović
Präsident der übrigbleibenden Schreiber
in Sarajewo
der letzten November in Zürich
vor bestürzend wenig Leuten sagte
wie schwer es sei
wenn man täglich vom Bösen umgeben sei
nicht selbst auch böse zu werden.
Oder Adil Kulenović
der im Radio »Studio 99«
unermüdlich behauptet
daß das Zusammenleben von Menschen
verschiedener Herkunft, Religion und Gedanken
NORMAL sei…

Wenn man Euch nun
des Tragens von unerlaubtem Material
beschuldigt
kann damit nur gemeint sein
Kulturgut
Bilder, Filme, Zeitschriften, Bücher
Zeugen also der Worte
»Ich« und »Wir«
oder »miteinander«
und auf diese Worte
zielen die Mörser rings auf den Hügeln
die wollen sie treffen
denn sie bezeichnen die Menschen
die nicht aufgegeben haben
zu hoffen, zu träumen, zu lieben
die Dienstuntauglichen
die Realitätsverweigerer
die Kriegssaboteure
die sind gefährlich im Krieg
denn sie beschäftigen sich
mit dem Leben
statt mit dem Tod.
Ich möchte Euch sagen
wie traurig ich bin
daß ich Euch nichts anderes schicken kann
als meine guten Gedanken
und meine Hoffnung
daß Dein mütterlich-liebes Wesen
Marija
den Unmut Deiner Wächter erstickt
und daß Dein immer strahlender Blick
lieber Simon

standhält dem düsteren Blick der Bewacher
und daß Ihr bald wieder da seid
und uns erzählt
ob es wirklich nichts als ein Zufall war
daß Ihr in diese Falle gerietet
oder wer sie gestellt hat
Euch
der Kultur
und dem Leben.

Die Verhaftung

Kürzlich, als ich in Luzern im Zug saß und auf die Abfahrt nach Zürich wartete, ging ein Mann in einer roten Jacke und mit einer roten Starter-Mütze auf dem Kopf in großer Eile am Erstklaßwagen entlang, schob vor sich her einen andern Mann und rief laut etwas nach hinten, das ich von drinnen nicht verstand. Da es der letzte Wagen des abgehenden Zuges war, nahm ich zuerst an, er rufe weiteren Mitreisenden zu, sie sollen schon einsteigen, der Zug fahre gleich ab. Als er dann selbst einstieg, wunderte ich mich über die Art, wie er den zweiten Mann vor sich herstieß – war dieser vielleicht blind? Da die Türe zum Abteil offen stand, hörte ich jedoch sofort darauf, was er zu ihm sagte: »Faccia di merda, mi riconosci?« Und das war nun etwas, das man zu keinem Blinden sagen würde: »Scheißgesicht, erkennst du mich wieder?« Dann zog er ein Paar Handschellen hervor, sie klickten rechts hinter dem Türausschnitt, und jetzt kam durchs Abteil ein weiteres Duo, dessen erster Mann ähnlich unbarmherzig vom zweiten Mann vor sich hergeschoben wurde. Auch auf ihn wartete ein Paar Handschellen, die offenbar vom Mann mit der roten Mütze verwaltet wurden.

An dieser Stelle wären im Film über eine Großaufnahme der gefesselten Gelenke die Schlußtitel von unten nach oben über die geöffnete Abteiltüre gerollt. Aber die beiden Polizisten in Zivil stiegen nun mit ihren Missetätern aus und strebten wieder dem Perronende zu, und schon setzte sich der Zug langsam in Bewegung.

Mir seitlich gegenüber saßen zwei Interrail-Amerikanerinnen, die wohl zuvor über die frisch restaurierte Kapellbrücke ge-

schlendert waren und sich vielleicht etwas mehr Action gewünscht hätten im Postkartenstädtchen mit den Raddampfern
und dem Pilatus im Hintergrund. Ebenso überrascht wie ich
von der Schnelligkeit und der Wahrheit der soeben abgelaufenen Szene schauten sie einander an, nickten dann anerkennend
und sagten wie aus einem Mund: »Wow!«

Und das wäre die zweite Möglichkeit für einen Schlußtitel
gewesen.

ZUR MÜNDUNG
(2000)

37 GESCHICHTEN
VON LEBEN UND TOD

Zur Mündung

Der Frühling ist da, zu früh eigentlich, aber deshalb heißt er wohl so, ich habe nichts abgemacht heute, und nach dem Morgenessen denke ich, wieso breche ich jetzt nicht einfach auf und gehe irgendwohin. Ich ziehe meine neuen Turnschuhe an, nehme meine Jacke vom Haken, setze meine Mütze auf und hinterlasse auf dem Küchentisch einen Zettel mit der Nachricht »Ich gehe der Glatt entlang, bis sie in einen größeren Fluß mündet«.

Wäre ich im Kanton Zürich zur Schule gegangen, wüßte ich wahrscheinlich, ob die Glatt in die Töß oder in den Rhein mündet, aber nun schaue ich auf keiner Karte nach, sondern beschließe, selbst nachschauen zu gehen, wo die Mündung der Glatt liegt.

Ich fahre mit dem Bus am Fernsehen vorbei, das am Leutschenbach liegt, die Haltestelle vor dem Hotel Ambassador heißt Katzenbach, dann wird man durch eine Sakrallandschaft aus marmornen Banktempeln gefahren, die Haltestelle ist wirklich mit »Bank Center« angeschrieben, und nicht etwa mit »Moosbächli« oder »Gibisnüd«, während die nächste gegenüber vom Verwaltungsgebäude der VISA liegt, das aussieht wie ein Stück eines Briefkopfs, ins Dreidimensionale aufgeschachtelt. Sie heißt »Unterriet«, und dort steige ich aus, gehe ein paar Schritte zurück und stehe nun am Ufer des Flusses, den ich bis zu seiner Selbstauflösung begleiten will. Es ist eher ein Flüßlein, dessen Böschungen beidseitig mit Steinbrocken befestigt sind und das auf weite Strecken schnurgerade verläuft, es muß irgendwann entkrümmt, entsumpft, entrietet, berichtigt und beschwichtigt worden sein. Wäre ich hier zur Schule gegangen, wüßte ich wohl auch darüber etwas oder wüßte, daß ich einmal etwas darüber gewußt hätte.

So weiß ich nur, daß ich jetzt diesem Flußlauf folgen will und mache mich auf den Weg.

Es ist Werktag, und fast niemand ist unterwegs, ich gehe durch lauter Grün, Grasgrün, Brennesselgrün, Bärlauchgrün, Buchengrün, Tannennadelgrün, und unter der Wasseroberfläche bewegen sich überall grüne Büschel eines Wasserkrauts, das hier üppig wächst, obwohl das Flüßlein etwas seifig riecht. Einmal mündet ein fast stehender Bach vom Flughafen her in die Glatt, und da sehe ich große Fische schwimmen, es ist also möglich, in diesem Wasser zu leben. Als ich über den Steg gehe, treibt sie mein Schatten zwischen die Wassergrasbüschel. Auch Enten gibt es viele hier, vielleicht brauchen sie nichts anderes zum Leben als diese Wasserpflanze, die ich in Gedanken »Nixenhaar« nenne.

Wilde Kirschbäume blühen, fast nie steht einer allein, sondern meistens haben sie sich den Schutz einer Birke oder eines Ahorns ausgesucht, und da ich mein Baumbüchlein nicht in die Tasche gesteckt habe, weiß ich nicht, wie der wunderbar blühende Baum heißt, der manchmal auch als Busch auftritt und dessen Blüten ein bißchen denen des Ligusters ähneln. Den Bäumen selbst dürfte es allerdings egal sein, wie sie heißen, sie blühen einfach.

Nicht wegen mir sollten die Enten erschrecken, sondern wegen der Flugzeuge, die so tief über mich hinwegfliegen, als seien sie noch gar nicht zum Überwinden der Schwerkraft entschlossen. Als ich hinter dem Ende der Westpiste durchgehe, sehe ich im Gebüsch keinen einzigen Vogel, aber wenig später wieder Spatzen, Finken, Meisen, Rotschwänzchen, Amseln, Stare, Elstern, Krähen, die ersten Schwalben auch, und dazwischen, oder hoch darüber immer wieder Raubvögel, die großen Geduldigen.

Ein Propellerflugzeug ist ungleich leiser als die Jets, es massiert die Luft geradezu mit seinem Surren. Aber es gibt kein Entrinnen vor dem Lärm. Immer wieder drängt sich die Überlandstraße in die Nähe des Flüßleins, überquert es einmal sogar auf einer enormen Brücke, Lieferwagen, Lastwagen, Zisternenwagen, Sattelschlepper ziehen als Karawane des Bruttosozialprodukts durch das Land, und wenn sie einen Radfahrer vor sich hertreiben, können sie ihn nicht überholen, solange auf der andern Spur andere Karawanen entgegenkommen, und es kommen fast immer welche entgegen, obwohl ein Teil der Waren, die es zu befördern gilt, in den unendlich langen Güterzügen stecken muß, die auf den nahen Geleisen der Linie Zürich-Schaffhausen daherrattern. Zu meinem Erstaunen sind zudem aus den Wohnsiedlungen bereits erste Rasenmäher zu hören. Derweil versinken hinter den Hecken auf der Hügelkuppe zur rechten viel zu große Flugzeuge gravitätisch und gedämpft, um sich gleich darauf aus dem Unsichtbaren mit dem gewaltigen Brüllen ihrer Schubumkehr zurückzumelden.

Ununterbrochen wird der Stille Gewalt angetan.

In Niederglatt esse ich im Restaurant Bahnhof den indonesischen Tagesteller, Java-Rindfleisch mit Nasi Goreng, und lese nachher im Neuen Bülacher Tagblatt einen Brandartikel gegen die rot-grüne Stadtregierung Zürichs, aber nicht lange, denn ich will meine Expedition zur Mündung der Glatt fortsetzen.

Am Nachmittag belebt sich der Uferweg, es sind nun Frauen mit Hunden und ältere Paare unterwegs, immer mehr bunt gekleidete Menschen mit Helmen fahren auf ihren Velos sirrend flußauf- oder -abwärts; wenn sie sich während des Fahrens miteinander unterhalten, bewegt sich ihre Sprache überraschend schnell auf mich zu und an mir vorbei. Bei den Entgegenkommenden frage ich mich, ob sie die Mündung der Glatt schon gesehen haben und nun vielleicht auf der Fahrt zur Quelle sind.

Ab und zu mischt sich auch ein Rollschuhfahrer mit langen Gleitschritten unter die Radelnden.

Die Wegweiser beginnen nun Glattfelden anzukündigen, natürlich, denke ich, natürlich fließt durch Glattfelden die Glatt, und dahinter liegt, das weiß ich dann wieder, die Bahnstation Eglisau, aber ich kann mich einfach nicht erinnern, irgendwo einmal die Mündung der Glatt gesehen zu haben, in den 34 Jahren, die ich schon im Kanton Zürich wohne. Die Knie beginnen mich ein bißchen zu schmerzen, ich bin schon lang nicht mehr so weit zu Fuß gegangen, aber es steht für mich außer Zweifel, daß ich so lange diesem Wasser folge, bis es sich in den Rhein ergießt, denn dies ist mir inzwischen klar geworden, daß die Hügelzüge der Glatt keine Chance lassen, sich noch mit der Töß zusammenzutun. Die Gletscher in der letzten Eiszeit haben anders entschieden.

Vor Glattfelden stößt der Gottfried-Keller-Dichterweg zum Glattuferweg, und auf einer Tafel ist das Gedicht »Am Wasser« zu lesen, in dem mir das Wort »Weltenangesicht« besonders gefällt. Dieses glaubt der Dichter zu sehen, wenn er in die Wellen schaut, in denen sich der Himmel bricht. Gottfried Keller verbrachte als Kind jeweils den Sommer bei seiner Großmutter in Glattfelden, wer die Umgebung gut kennt, kann sie, glaube ich, im »Grünen Heinrich« wieder erkennen.

Immer wieder trifft man auf Zahlenreihen, die mitten in der Landschaft stehen und denen man an Sonntagen besser ausweicht, denn dann wird auf die Zahlen geschossen. Nach dem Dorf, das ich rechts hinter mir lasse, steigt meine Spannung, das Tal verengt sich wieder, das Flüßlein muß hier vor Jahrtausenden, als es noch ein Fluß war, gewaltig gearbeitet haben, um sich durchzufressen, durchzugurgeln, durchzustrudeln zum Vater Rhein hinüber, und auf einmal stehe ich neben einem Tunnel, oder ich wäre fast daran vorbeigegangen, denn Büsche am Wegrand verdecken die Sicht darauf, aber nun stehe ich und schaue darauf hinunter, mache sogar eine kleine Farbskizze in meinem Büchlein, das ich bei mir habe, und versuche nachzuzeichnen, wie das Wasser in einem dunklen Tor verschwindet, über welches Efeu-Girlanden fast bis zur Wasseroberfläche hinabhängen. Das Wasser zeichne ich blau, aus Verlegenheit, denn ich könnte nicht sagen, welche Farbe es wirklich hat, schwarz, grün oder braun, keiner meiner Farbstifte kann ein ernsthaftes Angebot machen. Kleine Gehsteige führen in den Tunnel hinein, sie wären über eine grün gestrichene Leiter neben dem Portal zu erreichen, doch ich wage nicht hinabzusteigen, und ich weiß nicht, was ich auf der andern Seite des Tunnels erwarten soll.

Ein paar Schritte hügelaufwärts, über die Aufschüttung, die wohl für den Tunnel gemacht wurde, und ich sehe es.

Die Wasser der Glatt ergießen sich nicht in den Rhein, sondern sie werden direkt in das Flußkraftwerk Rheinsfelden geleitet, oder vielleicht, das sehe ich von oben nicht genau, vielleicht noch in das Staubecken der vordersten Schleuse.

Ich bin enttäuscht. Die Mündung wurde annulliert. Es gibt keine Vereinigung des Flusses mit dem Strom, sondern nur eine Ankunft, die Glatt wird vom Rhein nicht empfangen und mitgerissen, sondern sie wird abgefertigt, runter durch die Röhren in die Turbinen, und dann unterhalb des Kraftwerks zur Weiterreise nach Holland entlassen.

Nach einer Weile gehe ich über den Fußgängersteg des Kraftwerks ans andere Ufer hinüber, setze meinen Fuß auf deutschen Boden, meine Turnschuhe melden keinen Unterschied, und gehe wieder zurück, auf die Schweizer Seite, wo das fensterreiche Kraftwerkschloß steht, rötlich und unwiderlegbar, eine Sommerresidenz für Königin Elektra, mit einem rätselhaft großen Tor, von dem Schienen zu einem Vorplatz hinunterführen und das wohl nur bei den großen Sommerfestspielen geöffnet wird, um im letzten Akt das Schiff langsam auf den Platz und von dort auf den Rhein hinunterzulassen, das Schiff, in dem sie alle stehen, die Königin, der König, der Prinz, die Prinzessin, umgeben von der Sehnsucht, der Langeweile, dem Heimweh, der Jungfrau, dem Kind, dem Greis, den Nixen mit ihren grünen Haaren, dem Flußgott, dem Mönch, dem Tod und dem Narr, und dann treiben sie langsam stromabwärts, mit einem Gesang, der nur einmal im Leben ertönt, die Wehmut spielt Trompete dazu, und sie werden in unsern Augen immer kleiner und in unserm Herz immer größer.

Ich schaue dem Sommerfestspielkahn nach, bis er im Glitzern des Flusses verschwunden ist, und gehe dann mit schmerzenden Knien zur Bahnstation Zweidlen, an der kein Zug mehr hält, sondern von wo man mit einem Postauto zum Bahnhof Glattfelden gebracht wird.

P. S. Es ist geradezu rührend, wie oft ich seit Erscheinen dieses Textes darauf aufmerksam gemacht wurde, dass der Tunnel die Glatt nicht oberhalb, sondern erst unterhalb des Kraftwerks in den Rhein entlässt, dass ich mich also getäuscht habe. Ich hätte eben doch in den Tunnel gehen sollen.

Und dass Elektra keine Königin war, weiss ich inzwischen auch.

Der Sterbende

Zum Entsetzen seiner Frau hat er in der kurzen Zeit, als ich an der Haustüre klingelte, eintrat, sie begrüßte und meinen Mantel auszog, sein Bett verlassen, ist ans Fenster getreten und will es öffnen. Sie bittet ihn, wieder ins Bett zu gehen, er läßt sich sofort überzeugen, und ich helfe ihr, ihn hinzulegen. Ganz leicht ist er geworden, der 88-jährige, und als er wieder daliegt, wie man das von einem Sterbenden erwartet und sogar seine kalten Hände über dem Leintuch gefaltet hat, erklärt er mir, warum er aufgestanden sei. Man müsse, sagt er, unbedingt zum Fenster hinausrufen: »Vivent les boules rouges – toutes allumées!« Ob ich das für ihn tun solle, frage ich ihn, und als er nickt, öffne ich das Fenster und rufe mit lauter Stimme in den Garten: »Vivent les boules rouges – toutes allumées!« Draußen herrscht, von seiner Frau und mir bisher unbemerkt, ein großer Betrieb. Auf dem Kanal führen jetzt, sagt der Sterbende, kräftige Burschen »mit ihrne Weidlig« hin und her, mit großen Booten also, die sie mit Stehrudern und Stangen bewegen. Es seien auch drei starke Männer dabei, einer davon sei der Schnetzelmann.

Ich habe einen großen sommerlichen Blumenstrauß mitgebracht. Als ich mit seiner Frau zusammen eine Vase ausgesucht habe, stelle ich den Strauß so in sein Zimmer, daß er ihn vom Bett aus sieht. Er läßt sich das Kopfende höher stellen und sagt dann, nun müsse man kontrollieren, ob es noch weitere solcher Sträuße gebe. Das sei der einzige, sagt seine Frau, und ob er wisse, wie die großen gelben Blumen darin heißen. Er überlegt lange, wie er die Sonnenblumen nennen soll und entscheidet sich dann für den Namen Roßblumen.

Morgen möchte er übrigens, sagt er, wieder seine Kleider anziehen. »Morgen ist Sonntag«, entgegnet seine Frau, »und morgen machen wir gar nichts.« Aha, Sonntag, sagt er und gibt dann bekannt, er möchte in die St. Ursenkirche, wir sollen ihm seine Kleider bereit machen, und dann könne ihn ja sein Sohn abholen. Solothurn sei eine Stadt mit sehr viel Wasser, fügt er hinzu, und ob ich das Wasser vor dem Fenster sehe. Solothurn, antworte ich, habe einen wunderbaren Fluß, die Aare, aber den Zürichsee sehe ich nicht direkt vor dem Fenster, der käme erst etwas weiter hinten. Soviel Wasser ringsum, und er ist am Vertrocknen, er trinkt zu wenig, und nicht einmal durch den Infusionsschlauch nimmt sein alter Körper genügend Flüssigkeit auf.

Unvermittelt fragt mich der Sterbende, ob morgen ein besonderer Sonntag sei. Ich überlege einen Moment und sage dann, morgen sei eine Abstimmung. So, eine Abstimmung. Er atmet tief auf und sagt, dann hoffe er, daß wir eine gute neue Verfassung bekämen. Das hoffe ich auch, sage ich, und ich werde auf alle Fälle für die neue Verfassung stimmen.

Dann gehe es vielleicht heute Nacht um zehn Uhr los mit dieser Stimmerei, sagt er, er werde uns jetzt entlassen und werde sich etwas bequemer fouragieren. Das muß ein Militärwort sein, während ich mir zu den Appliquen, die er an der kahlen Decke sieht, gar nichts mehr vorstellen kann. Beim Blick auf die Streifen der Tapeten sagt er, da seien ja lauter Stimmbänder, ob ich die mitgebracht habe. Nein, sage ich, die seien schon dagewesen, und als ich ihm zum Abschied die Hand reiche, danke ich ihm für seine Tochter, denn sie ist meine Frau. Da müsse ich, sagt er lächelnd, auch seinem Vater danken, ohne den wäre er nicht hier, und auf einmal werden seine Augen feucht, und er dankt mir, daß ich seine Tochter geheiratet habe, denn wir zwei gäben ein gutes Paar ab. Ich wünsche ihm gute Ruhe und gehe hinaus, und als ich später das Haus verlasse, passe ich auf, daß ich nicht in den Kanal falle, über welchen die kräftigen Fährleute ihre Gäste zum großen Fest bringen, für das schon alle roten Lampen leuchten, zu Ehren der neuen Verfassung.

Der Bassist

Es kommt vor, daß an einem Fest mit geladenen Gästen auch ein ungeladener Gast auftaucht, und von einem solchen Fest möchte ich erzählen.

Eine Frau, Buchhalterin auf einem städtischen Amt, feierte zusammen mit ihrem Lebensgefährten ihren fünfzigsten Geburtstag. Die beiden hatten für das Fest eine kleine Wirtschaft gemietet, in der sie mit ihren etwa vierzig Gästen zu Mittag aßen. Da das Lokal keine großen Räume hatte, war es an diesem Sonntag für andere Gäste geschlossen, und die Haupttüre war verriegelt.

Die Frau war lange Jahre mit einem Mann verheiratet gewesen, der neben seinem Beruf ein bekannter und beliebter Kontrabaßspieler gewesen war und eines Morgens ohne irgendeine Vorwarnung tot in seinem Bett lag. Für ihr Fest hatte die Frau einen ehemaligen Kollegen und Freund ihres Mannes gebeten, zwischen den Gängen und nach dem Essen Musik zu machen. Er war Geiger und kam zusammen mit einem Gitarristen, und die beiden spielten und sangen Stücke aus ihrem großen Repertoire von Folklore, Blues und Jazz.

Auf einmal stand ein hagerer alter Mann mit einer unglaublichen Adlernase, einem fliehenden Kinn und schulterlangen strähnigen Haaren unter den Gästen, der, wohl durch die Musik angezogen, die man bis auf die Straße hörte, die Gaststube durch den Hintereingang betreten haben mußte. Von der Wirtin darauf aufmerksam gemacht, daß es sich um eine geschlossene Gesellschaft handelte, verstand er es trotzdem, so lange stehen zu bleiben, bis er ein Glas Wein bekam, das er auch bezahlte. Von einem der Gäste in ein Gespräch gezogen, blieb er noch etwas länger und setzte sich auf einmal neben die Frau, deren Geburtstag gefeiert wurde. Sie wiederholte nicht unfreundlich, was die Wirtin schon gesagt hatte, und wandte sich deutlich von ihm ab. Währenddessen spielten die zwei Musiker »Bella ciao« und »Bei mir bist du scheen«, und auf einmal stand der Hagere auf und verließ den Saal.

Die Frau atmete auf, die Störung schien beendet. Sie erbleichte, als der Adlernasige, Fliehkinnige, Langsträhnige wenig später die Wirtschaft wieder betrat und scherzhaft stolpernd beinahe seinen Kontrabaß fallen ließ, den er bei sich trug.

Die zwei Musiker, beides umgängliche Menschen, wußten nicht, wie sie sich verhalten sollten, denn niemand hatte den Ungeladenen gebeten, auch noch sein Instrument mitzubringen, und beide haßten nichts so sehr wie Dilettantismus.

Die Frau ergriff einen Moment die Hand einer Freundin und blickte, den Tränen nahe, vor sich auf das Tischtuch. Der Geiger und Sänger versuchte zuerst mit grimmigem Gesicht, den Hinzugekommenen nicht zu beachten. Der stellte sich aber in aller Ruhe hinter den beiden auf, spannte seinen Bogen und wartete, bis die Musikanten mit dem nächsten Stück anfingen.

Zu ihrer Verwunderung und zur Verblüffung der ganzen kleinen Festgemeinde spielte er so locker und selbstverständlich mit, als wäre er schon immer der dritte Mann gewesen. Viele Gesichter wandten sich allerdings zuerst der Gefeierten zu, da allen klar war, daß sie der Musiker schmerzhaft an ihren verstorbenen Mann erinnern mußte.

Als sie sahen, wie sie sich angesichts der Kunst des Bassisten langsam entspannte und den neuen Klang genießen konnte, ja sogar sagte, ein Baß gebe der Musik erst einen Boden, war der Bann gebrochen, und die Begeisterung für den überraschenden Gast wuchs.

Dieser strich abwechselnd mit dem Bogen, zupfte mit den Fingern oder schlug manchmal auch kleine rhythmische Figuren mit den Händen auf seinen Kontrabaß, und erst jetzt merkten alle, wie sehr dieser Musik ein Baß gefehlt hatte.

Wie der ungeladene Gast den Weg hierher gefunden hatte, blieb ein Rätsel, er gab nur ausweichend Auskunft, und niemand kannte ihn, weder von den Gästen noch von den Wirtsleuten. Der Geiger, schon dreißig Jahre in der Musikszene, konnte nicht begreifen, warum er ihm noch nie begegnet war, denn er war offensichtlich ein außergewöhnlicher Könner, der von sich sagte, er sei 75 Jahre alt.

Noch lange sprachen die Gäste, wenn sie später auf dieses Fest zu reden kamen, von nichts anderem als von diesem Bassisten, den später nie wieder jemand antraf, und die Frau fragte sich, was ihn wohl an diesem Sonntagnachmittag in diese kleine Wirtschaft in einem Vorortsviertel gezogen haben mochte, und sie fand keine andere Erklärung, als daß ihr verstorbener Mann sich dadurch in Erinnerung rufen wollte, daß er ihr und der Festgemeinde den fehlenden Baßgeiger schickte.

Der nackte Mann

Der Vorplatz des Doms zu Köln ist mehr als ein Vorplatz, er ist ein Schauplatz. Die vom Bahnhof herbeiströmenden Reisegruppen, die hier zum Stillstand kommen, sehen sich konfrontiert mit exotischen Musikgruppen, mit blockflötenden Bettlern, mit auf dem Boden knienden Straßenmalern, die ihr Glück mit einem Portrait Goethes oder der Mona Lisa versuchen, mit einer sogenannten Klagemauer auch, einem Gerüst, an welchem Beschwerdebriefe über die Welt aufgehängt werden können. Zeugen Jehovas mischen sich mit als Nonnen verkleideten Jungen, die rollschuhfahrend für ein Musical werben, neben dem Stand der grauen Panther oder der Atomkraftgegner wirbelt ein schwarzer Liliputaner seine Jonglierkeulen durch die Luft, Blasmusikgruppen aus Litauen oder St. Petersburg schmettern einem ihre Potpourris entgegen, Zigeunerfrauen sitzen an den Mauern und stillen demonstrativ ihre Säuglinge, Obdachlose versuchen ihre Zeitung zu verkaufen, wer also vom Bahnhof her über die Treppen zwischen den biertrinkenden Punks mit ihren jungen, struppigen Hunden hindurch zu diesem gewaltigen Bauwerk hinübergeht, betritt eine Art Bühne, und auf dieser Bühne wurde neulich die folgende Szene gespielt.

An einem Vormittag, noch bevor sich der Klüngel aus Gauklern, Straßenkünstlern und Überzeugern einfand und sich gerade ein paar Schulreisen und Besichtigungsgruppen vor dem Hauptportal versammelt hatten, trat ein nackter Mann auf. Ich hatte ihn nicht kommen sehen, ich wußte nicht, woher er kam, er hatte ein Bäuchlein und angegraute lange Haare und trug eine Plastiktasche von einer Seite des Platzes zur andern. Sein Gang elektrisierte die Gruppen, alle Köpfe, die schon zur Litanei eines Reiseführers nach oben zu den Türmen starrten, wandten sich dem Mann zu, Schulklassen brachen in Kichern und Kreischen aus, Kinder und Jugendliche stießen sich mit den Ellbogen an, Geschäftsleute blieben mit ihren Aktenkoffern stehen und blickten ratlos oder kopfschüttelnd auf diesen Mann, die Bewegung des ganzen Platzes erstarrte zugunsten des Ganges dieses einen nackten Mannes, der sich nun bewußt wurde, wieviel Aufmerksamkeit er auf sich zog und im Gehen mit einer Grazie, die ich seiner dicklichen Figur nicht zugetraut hätte, einen Knicks zur Menge machte, ihr lächelnd zuwinkte und dann auf der andern Seite des Platzes in der Hohen Straße verschwand.

Und als sich die Gruppen langsam von dieser Szene erholten und sich wieder dem Bauwerk oder sich selber zuwandten, fragte ich mich, weshalb der Dom aus dem Mittelalter, dieses gotische Riesengebirge mit all seinen Steinfiguren, Engeln, Heiligen, Tieren, Türmchen und Rosetten die Leute weniger zu fesseln vermochte als der Anblick eines nackten Menschen.

Grüfte

Eigentlich müßte der Wiener Stephansdom schon längst im Boden versunken sein, denn seine tonnenschwere Steinlast liegt nicht auf massivem Grund, sondern auf einem mehrstöckigen System von Gewölbekellern und -gängen, welche die Erde wie ein Maulwurfsbau durchlöchern. In früheren Jahrhunderten konnte man sich dort unten bestatten lassen, die Särge wurden in ein Gewölbe geschichtet, bis dieses voll war, dann wurde es zugemauert. Wurde der Platz einmal knapp, brach man ein altes Gewölbe auf, nahm die zerfallenen Sargbretter heraus, schichtete die Knochen und Schädel wie eine Holzbeige aufeinander, und es gab wieder Raum für frische Leichname.

Adalbert Stifter hat diese Katakomben vor 150 Jahren herzzermalmend beschrieben, deshalb bin ich heute hier.

Was einst ein Labyrinth des Todes war, ist jetzt für 40 Schillinge zugänglich, Kinder zahlen 30, Eingang hinter dem dritten Altar links, Führungen auf deutsch und englisch, der Führer muß Wörter wie Sarg, Eingeweide und Pest auf englisch zur Verfügung haben, coffin, guts, plague, etwa wenn er die Gruppen zu den Särgen der Habsburger bringt, in denen man sich einbalsamierte Mumien vorstellen muß, und wenn er auf die an Hutschachteln erinnernden Behälter hinweist, in denen die Innereien der habsburgischen Leichen von den Körpern getrennt der Ewigkeit entgegenfaulen.

Ein Pestgrab enthält eine wirre Anhäufung von Skeletten, man hat die Toten in der Eile sarglos hineingeworfen, noch glaube ich etwas von der Panik der Totengräber zu spüren, welche die ansteckenden Leiber so rasch wie möglich loswerden wollten.

Was für ein elender Ort, um begraben zu werden, was heißt begraben, beigesetzt, aufbewahrt, zur ewigen Unruhe verdammt – wie schön muß es dagegen sein, von Mutter Erde sanft umschlossen zu sein oder als Asche in einem Bergtal zu zerstäuben. Wie gut, daß dieser unterirdische Friedhof am Ende des 18. Jahrhunderts geschlossen wurde.

Nicht ganz, allerdings.

Wir kommen zu zwei Grüften mit kupfernen Abteilen in Sarggröße, und hier werden doch tatsächlich die hohen geistlichen Würdenträger Wiens in posthumer Käfighaltung aufbewahrt, die Domherren in der einen, in der anderen die Bischöfe und Kardinäle.

Vor dem Sarg des zuletzt verstorbenen Kardinals steht eine kleine Vase mit roten Rosen und sein Foto, auf dem er freundlich lächelt. Ein anderes Abteil ist mit »Kardinal Innitzer« angeschrieben, und weiter oben gibt es noch freie Plätze, wie der Führer mehrmals täglich scherzend bemerkt. Ich bin froh, daß ich weder Bischof noch Domherr bin und steige wieder ans Tageslicht.

Wenig später schaue ich mir im alten Rathaus eine Ausstellung über den Widerstand während der Nazizeit an, auf die ich beim Weiterbummeln zufällig gestoßen bin. Eine ganze Wand voller Fotos von Menschen, häufig jungen, die von den Nazis ermordet wurden, erfüllt mich mit Beklemmung, ferner wird mir wieder bewußt gemacht, daß alle österreichischen Schriftsteller jener Zeit, die mir etwas bedeuten, von Joseph Roth über Stefan Zweig bis zu Erich Fried und Elias Canetti, ihr Land damals verlassen mußten.

Und dann sehe ich auf einmal eine Erklärung der österreichischen Bischöfe vom März 1938, kurz vor der geplanten Abstimmung über den »Anschluß« Österreichs ans Deutsche Reich. Darin anerkennen sie »freudig, daß die nationalsozialistische Bewegung Hervorragendes geleistet hat und leistet«. Damit noch deutlicher wird, wie es gemeint ist, steht weiter unten: »Die Bischöfe begleiten dieses Wirken für die Zukunft mit den besten Segenswünschen und werden auch die Gläubigen in diesem Sinne ermahnen.« Und da die Zukunft zunächst einmal aus der Abstimmung besteht, lesen wir zuletzt: »Am Tage der Volksabstimmung ist es für uns Bischöfe selbstverständliche nationale Pflicht, uns als Deutsche zum Deutschen Reich zu bekennen, und wir erwarten von allen gläubigen Christen, daß sie wissen, was sie ihrem Volke schuldig sind.«

Es folgen die Unterschriften, und zuoberst ist diejenige von Herrn Innitzer, von dem ich jetzt weiß, wo er die Auferstehung erwartet.

Da kann er aber lange warten.

Im Osten

W̲o fahre ich hin?

Es ist Nacht, das Neonlicht aus den Zugfenstern huscht über endlosen Schnee.

Manchmal steht ein Haus wie ein Adventskalender im Dunkeln, vier Fenster erleuchtet, oder drei. Der letzte Bahnhof, an dem der Zug hielt, war mit »Pionki Zach« angeschrieben.

Die Altstadt von Lublin ist eine Ansammlung chronisch kranker Häuser, die geheilten heben sich fast unangenehm ab.

Auf einmal steht man auf einem leeren Platz.

Hier war das jüdische Viertel, eine Bronzetafel zeigt einen Plan davon, als handle es sich um eine Römersiedlung. Ich versuche mir zu vergegenwärtigen, daß 1943, das Jahr meiner Geburt, das Jahr des Todes für das jüdische Leben in Lublin war. Über dem Schloß ist der Mond zu sehen. Eiseskälte steigt aus den gefrorenen Straßen.

Wie viele Krähen es hier gibt! Riesig, schwarz, mit grauen Schnäbeln, sitzen sie wie Boten des Frostes auf Bäumen und Dächern. Manche davon kämen, höre ich, aus Sibirien, um hier den Winter zu verbringen. Wovon sie wohl leben? Es gibt in der Stadt einen Russenmarkt, so wie es in Berlin einen Polenmarkt gibt.

In Sieradz wohnen 40 000 Menschen in schnell gebauten Wohnblöcken, der Lehrer hat den Seminarklassen während meines Besuchs Prospekte unserer Hochglanzschweiz verteilt, an den Wänden hängen Fotos vom Vierwaldstättersee im Sommer und vom Langwieser Viadukt im Winter. Ich bin nicht sicher, ob die jungen Menschen glauben, daß es dieses Land gibt. Sie träumen von einem Schüleraustausch, ich sage, ich werde mich dafür einsetzen und werde schon zum Hoffnungsträger.

In Warschau hatte ich plötzlich den Wunsch, den Dichter Andrzej Szczypiorski zu besuchen, dessen Bücher mich beeindrucken. Da er in seinen »Notizen zum Stand der Dinge« öfters von seiner Frau Ewa schreibt, kaufe ich für sie einen Blumenstrauß, nehme für ihn mein neustes Buch mit und lasse mich von einem Taxi an seine Adresse fahren. Ein kleines graues Haus, gegenüber von einem unverbauten Landstück, das im Sommer vielleicht ein Park ist. Auf mein Läuten kläffen zwei Hunde, und eine Frau im Morgenmantel öffnet fragend die Haustüre. In geringem Abstand stehe ich vor dem verschlossenen Gartentor und hebe Buch und Blumen wie Friedensfahnen in die Höhe. Ich kann nicht polnisch, nur ein paar panslawische Brocken. Er komme erst am Freitag wieder, glaube ich zu verstehen. Zu spät für mich. Obwohl ich weiß, daß sie es nicht sein kann, frage ich, ob sie Ewa sei. Heftige Verneinung, so heftig, daß ich frage »smiert?«, womit ich »tot« meine. Sie nickt und fügt bei, »she's gone«. Ich bin traurig, als hätte ich sie gekannt. Für den Dichter schreibe ich etwas ins Buch, der Frau im Morgenmantel reiche ich den Blumenstrauß, und dann gehe ich dorthin, wo sie beim Wort »Bus« hingezeigt hat, an der pompösen Residenz des amerikanischen Botschafters vorbei, die sich unter dem Schutz einer riesigen Flagge unvermittelt aus dem Park erhebt.

Die Züge hier verkehren pünktlich. Ich bin allein im Abteil. Manchmal fahren wir an Güterwagen vorbei, die von orangen Bahnhoflampen angestrahlt werden.

Ich bin kein deutscher Soldat, der an die Ostfront fährt. Heute habe ich im Gespräch mit einer polnischen Studentin betont, ich sei Schweizer, nicht Deutscher, und nachher schämte ich mich sofort über diese Bemerkung. Als ob die Schweiz damals nicht die Juden zurückgeschickt hätte, die vor den Deutschen flüchten mußten. Ob das die Linie von Majdanek nach Auschwitz war? Wo ist »Zagansk«? Hängt auch hier in einem Schulzimmer der Vierwaldstättersee? Auf dem Perron wurden die Sitzbänke von den Betonsockeln entfernt.

Das Buch ist zu Ende gelesen.

Wäre ich Raucher, würde ich mir jetzt wahrscheinlich eine Zigarette anzünden.

In Krakau soll ich abgeholt werden. Ich freue mich auf die Stadt und auf das Hotel. Im Polnischen heißt »Zimmer« dasselbe wie »Frieden«, pokoj.

Der Griff in den Schrank

Paß auf, wenn du den Kleiderschrank öffnest, um deinen Sonntagsanzug herauszuholen.

Normalerweise hängt er dort am Bügel, in einer Reihe mit deinen andern Jacken und Hosen.

Aber es wird ein Tag kommen, und du kennst ihn nicht im voraus, da werden dir beim Öffnen der Schranktür alte Koffer entgegenpoltern, mit Aufschriften wie »Kind Weißbrod Johanna«, und Schuhe werden herausrutschen, Hunderte von Schuhen, Brillen werden hinterherklirren, zu Tausenden, und zwei schwere Tafeln mit den 10 Geboten werden auf den Boden schlagen und in Stücke brechen.

Ein Wind wird dir entgegenwehen, in dem vergilbte Rechnungen flattern und Listen und Durchschläge voller Namen und Nummern, die sich in deine ganze Wohnung legen werden, und der Wind wird dir von weither, aus der Tiefe deines Kirschbaumschrankes, der ein Erbstück deiner Eltern ist, einen Gesang zutragen, einen Gesang unendlich vieler Stimmen, der dir fremd ist und doch seltsam nah, denn du hast ihn in der Stunde deiner Geburt gehört, und dann beginnt es Haare zu schneien, Menschenhaare, und langsam decken sie die Endmoräne deines Schrankes zu.

Und wenn der Wind sich legt und der Gesang erstirbt, dann stehst du da und merkst, daß dein Kopf zu klein ist und dein Herz um Hilfe ruft.

Mein Heimatort

Um meinen Heimatort zu sehen, muß ich die Augen schließen.

Ich glaube ihn dann in den Bergen zu erkennen, in einem Tal, wo klare Wasser unter den Felsen hervorquellen und in großen Wasserfällen über Abgründe in die Tiefe stürzen. In der Nähe muß ein Gletscher sein, über dem sich weiße Gipfel erheben. Was für ein Rundblick von dort oben! Merkwürdig allerdings, wie nahe an meinem Heimatort das Meer liegt, ich höre seine nie erlahmende Brandung und das Gekeife von Möwen. Fischgeruch weht herüber. Woher aber der Kanonendonner? Und der aufsteigende Rauch? Sollte in meinem Heimatort Krieg sein? Es ist mir, als höre ich Kinder weinen, und ich möchte sie trösten. Nein, eine Täuschung – wenn ich genau hinhorche, höre ich Gelächter, Musik, das Geräusch von Schuhen auf einem Tanzboden. Oder ist es ein Leichenzug, der die Kirche betritt? Ja, so ist es, nicht eine Handorgel spielt, sondern eine Orgel, und als ich mich unter die Trauernden mische, stehe ich in einer kleinen Kirche in den Anden, in der sich Eingeborene leise, aber eindringlich in einer mir fremden Sprache Geschichten erzählen, und wenn ich mich geduldig zu ihnen setze, verstehe ich sie mit einemmal, und zu meinem Erstaunen erzählen sie die Geschichten meiner verstorbenen Vorfahren, die auch die ihren waren, und jedes Leben war voller Mühsal, Arbeit und unerfüllter Träume, aber kein einziges Leben war ohne Hoffnung, Zuversicht und Zärtlichkeit, und es wird gar niemand begraben, sondern es wird das Fest des Lebens gefeiert, und da sitzen sie, meine Vorfahren, unter den Eingeborenen und warten auf mich, in meinem Heimatort im Salzgeruch des Meeres, mitten im Hochland, über dem die Sturmmöwen und Steinadler ihre langen Schreie austauschen.

Kleine Auferstehungen

Die Toten, wie sie da sind in ihrem Reich, mit nichts anderem beschäftigt als damit, tot zu sein, liegend auf kalten Böden oder sitzend auf steinernen Bänken, und es ist ganz ruhig, sie sind nicht im Gespräch miteinander.

Nur manchmal hebt ein Liegender seinen Kopf oder stützt sich halb auf, und ein Sitzender erhebt sich und schaut in die Ferne, als suche er etwas. Er horcht, als klinge in der Ferne ein Ton, für ihn bestimmt.

In diesem Moment denkt jemand an ihn, in der Welt, die er schon so lange verlassen hat. Oder eine Frage wird gestellt, ihn betreffend, sein Leben, seinen Tod, oder sein Bild wurde aufgeschlagen in einem Fotoalbum, und seiner wurde gedacht. Das sind die einzigen Augenblicke, in denen ein Lächeln die toten Gesichter bewegt.

Und wenn, fern von ihnen, die Seite wieder umgedreht ist und die Frage beantwortet oder abgewehrt, sinken die Körper der Toten in ihre alte Lage zurück, um für Jahre darin zu verharren und zu erstarren.

Novembermänner

Einen Mann hab ich gesehen heute, einen alten Mann, der blieb vor einem Garten stehen und nahm von einem Ast, der auf die Straße hinausreichte, ein gelbes Ahornblatt, sorgfältig und langsam, als pflücke er eine Blume, behielt es in der Hand und schaute es lange an.

Der zweite Mann, den ich sah, war weniger alt, aber auch schon älter, wie ich vielleicht, und ging zielstrebig über einen Fußgängerstreifen auf einen Schaltkasten zu, der neben einer Ampel stand. An diesem Kasten klebten zwei Plakate für irgendein Rockkonzert. Mit Ingrimm riß er eines nach dem andern ab, entfernte auch das Klebeband, das haften blieb, rollte die Plakate hastig und roh zusammen, stopfte sie in seinen Plastiksack und ging dann entschlossenen Schrittes weiter, dem nächsten Schandmal zu.

Die Zeichnung

Ich habe von einer Kindergärtnerin gehört, hier in der Schweiz, die ihren Kindern sagte, sie sollten auf ihre Pausentäschchen etwas zeichnen, das sie besonders gerne hätten – ein Tier vielleicht, oder eine Blume, schlug sie vor.

Daraufhin erblühten auf den Täschchen viele bunte Blumen, und Katzen, Elefanten und Giraffen begleiteten die Kinder auf ihrem Weg zum Schulhaus. Nur ein Bub aus der Gegend, die man früher Jugoslawien nannte, malte auf sein Täschchen mit schwarzem Filzstift einen Panzer.

Die Kindergärtnerin, entsetzt, verbot ihm, dieses Täschchen nochmals mitzubringen.

Den Fortgang der Geschichte kenne ich nicht.

Was dort noch ist

Und während wir hier wieder von den Geschichten hören, die vor fünfzig und sechzig Jahren bei uns und an unsern Grenzen und außerhalb davon passiert sind, sitzen dort Menschen, denen diese Geschichten soeben passiert sind, und es ist fast nicht möglich, ein längeres Gespräch an diesen Geschichten vorbeizusteuern, denn es muß erzählt werden, wie die Menschen vor Hunger halluzinierten, wie sie durch die feindlichen Linien aus der umzingelten Stadt schlichen, um auf endlosen winterlichen Fußmärschen irgendwohin zu gelangen, wo man etwas Eßbares auftreiben konnte, wie die Frauen nachts am Fluß waschen mußten, auch im Winter, um keine Zielscheibe abzugeben, wie der Vater einen Tag vor dem elften Geburtstag des Buben an die Front ging und nicht mehr zurückkam, und wie der Bub nie mehr Geburtstag feiern will seither, und wie die Menschen selbst an einfachen Verletzungen starben, weil bei Beginn der Blockade kein Chirurg in der Stadt war, und wie später, als die Chirurgen kamen, fast keine Anästhesiemittel mit ihnen kamen, und wie sie den Menschen ihre zerschossenen Glieder ohne Narkose amputieren mußten, und wie nach und nach die Leute vor Hunger starben, und wie niemand begriff, daß so etwas geschehen konnte, und wie es heute noch niemand begreift, und wenn man jetzt seine Gäste wieder zu einem gebratenen Lamm am Ufer der Drina einladen und mit ihnen essen und trinken und Fußball spielen kann, während in den Büschen die Nachtigallen singen, dann müssen alle, Einladende und Eingeladene, einfach daran glauben, daß das wahr ist, denn überall warnen Plakate vor Minen, und in den Gärten sitzen die Witwen und hüten mit verlorenem Blick ihre Hühner.

———

Später Gast

Die zwei Betreuer und die Betreuerin der Obdachlosenunterkunft erschraken. Es war elf Uhr, und gerade wollten sie die Türe schließen, als vor dem Eingang ein Mann in einem furchtbaren Zustand erschien. Er trug einen offenen Militärmantel, der an verschiedenen Stellen zerrissen war, und darunter nichts als eine Unterhose. Am einen Fuß hatte er eine Sandale, die mit Schnüren zusammen gebunden war, der andere Fuß war in ein schmutziges Tuch voller Blutflecken eingewickelt. Das linke Auge bedeckte ein alter Verband, das rechte war blau geschwollen. Er ging an einem Stock und hatte kein Gepäck bei sich.

Er sei froh, hier unterzukommen, sagte er, als ihm die Frau und der Mann die Treppe hochhalfen, er sei auf einer langen Wanderung.

»Und wie ist Ihr Name?« fragte der Mann mit dem Formular.

»Frieden.«

»Und der Vorname?«

»Der.«

Drei Mehlsäcke

Es ist Herbst.

Die Leute stellen Quitten in ihre Zimmer, damit es besser riecht.

Sie bauen an ihren zerstörten Häusern.

Vieles ist wieder in Ordnung.

In manchen Fensterrahmen sind wieder Fenster. Aber die Seelen sind erst mit dünnem Plastik abgedeckt.

Ein Gewitter geht über die Stadt nieder, und als ein unglaublich heller Blitz unmittelbar von einem unglaublich mächtigen Donner gefolgt wird, der mehrfach von den Abhängen des Talkessels widerhallt, stürzt eine Frau ans Fenster und ruft: »Geht es wieder los?«

In der Nacht zuvor bin ich von einer Explosion erwacht.

Drei Straßen weiter ging vor der katholischen Schule eine Zeitbombe los, war am nächsten Tag zu hören.

Niemand weiß, wer solche Bomben legt. Eine neue Dramaturgie, sagt ein Filmemacher.

Mehrere hundert Frauen von Srebrenica ziehen mit Transparenten durch die Stadt, um zu sagen, daß ihre Männer und Söhne immer noch tot sind.

Nach einer Theaterpremière wird an der Feier in der Kantine die Frage aufgeworfen, ob ein Belgrader Theater, das zum erstenmal seit dem Krieg eine Truppe aus Sarajewo zu einem Gastspiel eingeladen hat, hier gastieren könnte.

Nein, sagt der Direktor, zuerst müssen diplomatische Beziehungen hergestellt werden.

Ob nicht Kultur vor Politik gehen sollte?

Es gingen Granaten vor Kultur, sagt der Direktor, der im Rollstuhl sitzt, und zeigt auf seine beiden Prothesen.

Es gibt viel zu viele Geschichten. Etwa diese: Eine alte Frau, heute 85, brachte es nicht fertig, ihr altes Brot wegzuwerfen und bewahrte es auf, in der Hoffnung, es irgendeinmal zu einem Hühnerhof bringen zu können. Als sie drei Mehlsäcke voll hatte, brach der Krieg aus, und sie hat ihn nur dank dieser drei Säcke überlebt.

Mit Bangen sehen die Leute dem Winter entgegen. Sie sind nicht ganz sicher, ob es wieder Frühling wird.

Dust To Dust

Was für ein klarer Tag! Die gelben Lärchen leuchteten zwischen den Arven, als hielten sie die Sonnenstrahlen in ihren Zweigen gefangen. Knapp oberhalb der Waldgrenze begannen die Flecken des ersten Herbstschnees.

Wir überschritten mit unsern Rucksäcken die kleine Holzbrücke und bogen ins baumlose Seitental ein. Die Sonne blendete. Über den verschneiten Bergen, die das Tal abschlossen, quollen dicke weiße Wolken auf. Die Grashänge, die sich zu den Felsen hinaufzogen, waren braun an den sonnigen Stellen, schneebedeckt an den schattigen. Wo im Sommer die Murmeltiere pfiffen, war jetzt alles ruhig. Das Rauschen des Baches wirkte wie die Verkündung der Stille.

Wir ließen die letzte Alphütte hinter uns und gingen so lange weiter, bis ein enges Nebental in unser Tal mündete. Die Frau, die mich begleitete, ging ein kleines Stück am Bach entlang, der aus diesem Tal herunterfloß, überquerte ihn auf herausragenden Steinen und rief dann: »Da!« Ich folgte ihr nach. Wir blieben einen Moment stehen und schauten die Stelle an. Ich nickte. Ein schöner Ort.

Wir stellten unsere Rucksäcke ab und entnahmen ihnen einige Dinge. Vor einen großen Felsblock stellten wir drei Kerzen und zündeten sie an. Die kleinen Rechaudkerzen in den etwas größeren Aluminiumschälchen brannten sofort, die große blaue Kerze etwas widerwilliger. Wir versuchten sie mit ein paar Steinen, die wir an den Felsblock lehnten, vor dem Wind zu schützen. Auf das kleine Schneefeld vor dem Fels schrieb ich mit einem spitzen Stein einen Frauennamen und legte drei Rosen, die ich mitgebracht hatte, dazu. Die Frau nahm eine grüne Schachtel und stellte sie zu den Rosen. Sie steckte einige Räucherstäbchen in den Schnee und zündete sie an, und sie begannen zu duften wie fremde Alpenblumen. Ich nahm meine Blockflöte und spielte eine Melodie, die ich lange wiederholte, vom Rauschen des Bergbaches begleitet.

Nun begann die Frau die Schachtel zu öffnen, indem sie sorgfältig die Klebebänder abriß, mit denen diese verschlossen war. Der Deckel gab einen durchsichtigen Plastiksack frei, der mit getrockneten Blüten und Weihrauchkörnern bedeckt war, von welchen ein erstaunlich heftiger Geruch ausging. Sie waren schon ein Vierteljahr hier eingeschlossen. Dann stieg die Frau auf den Felsblock, öffnete den Plastiksack und warf mit großen Gebärden die Asche unserer Freundin aus Amerika ins Tal hinein. Der Wind blies die graue Staubwolke aber zu uns zurück, und sie umhüllte uns, als wollte uns die Asche unserer Freundin nochmals umarmen. Bald verflüchtigte sie sich und lag kaum erkennbar auf den Steinen, deren Farbe sie hatte. Wie leicht der Mensch ist, zuletzt.

Ich spielte nochmals eine Melodie auf der Flöte. Die Frau las ein englisches Gedicht über einen einsamen Vogel, und da entdeckte ich kleine Vogelfedern am Boden. Wir lasen sie auf und legten sie zu den Rosen.

Dann begann ich flache Steine zusammenzutragen und auf dem Felsblock zu einem Steinmännlein aufzuschichten.

Als wir unsere Rucksäcke wieder aufsetzten, schien die Sonne auf die Schrift im Schnee, die nun durch die Schatten in den Vertiefungen modelliert wurde. Bald würde sie schmelzen.

Die Asche wird nach und nach vom Wind weggetragen werden, und ihre kleinen Teilchen werden sich am Fußweg anschmiegen, zwischen den verdorrten Gräsern und den vertrockneten Alpendisteln verkriechen oder ins Wasser schweben und sich dort auflösen. Der Schnee wird fallen und alles zudecken.

Als wir zurückblicken, ist der Felsblock, der eben noch ein Felsblock war, zu einem Grabstein geworden. Der Steinmann leuchtet in der Sonne. Das Tal dahinter liegt im Schatten. Der Bach rauscht.

Kleines Welttheater

Ich betrete das Pressegebäude, wo 100 Fotos aus dem letzten Jahr ausgestellt sind, 100 Fotos von Menschen, die der Redaktion besonders gelungen schienen. Damit man das Abbild mit dem Original vergleichen kann, wurden alle Portraitierten eingeladen, an der Vernissage teilzunehmen.

Der Altbundesrat ist da und lächelt verschmitzt, als ob ihn das ganze nichts anginge und er eigentlich ein anderer sei, aber er weiß doch, daß er der ist, der jetzt hier ist, denn er hat sich schon auf das Spiel eingelassen, und die andern wissen es auch, der dienstälteste Schweizer Maler ist da und die junge Pornodarstellerin, vor der sich die Anwesenden teilen wie die Wellen vor einem Schiff, sie läßt sich von zwei Männern eskortieren, wie man sie von Modeplakaten kennt, und die Fernsehfrau ist auch da, die sich in den Ferien vor dem Hintergrund der verschneiten Alpen knipsen ließ, und der alte Skiakrobat mit dem Cowboyhut, er stieg fürs Foto in einen eiskalten Bergsee, mit ebendiesem Hut bekleidet, an dem wir ihn noch erkennen werden, auch wenn wir uns an keinen seiner Sprünge mehr erinnern können, und der eidgenössische Parlamentarier hat sich mit seiner Frau zusammen in seiner Berner Miniwohnung vor die Kamera gestellt – es ist bemerkenswert, wieviele Menschen sich mit ihrer Partnerin oder ihrem Partner an Orten fotografieren lassen, wo sonst nur Gäste Zugang haben, Freunde, Vertraute, Verwandte, und plötzlich gehören wir alle zum Freundeskreis dieser Paare und setzen uns auf ihre Sofas oder nehmen an ihrem Gartentischchen Platz, und sie sind selbst schuld, wenn wir plötzlich in Scharen einbrechen in ihre Treppenhäuser und Wohnzimmer,

oder ihnen zum Windelnwechseln ihrer Säuglinge in die Badezimmer folgen, wie unserm schweizerischen Turnweltmeister
aus China, der sich gerade mit dem dienstältesten Maler zusammen ablichten läßt, der ja auch in Luzern wohnt, und habe nicht
auch ich mich in meiner Küche fotografieren lassen, wie ich ein
Buch verspeise, da die Zeitschrift ein Bild zu meinem Werk »Das
verspeiste Buch« machen wollte, und hat mir nicht soeben eine
Besucherin gesagt: »Wissen Sie, was ich bei Ihrem Bild gedacht
habe? Eine schöne Küche haben Sie!«

Ich schätze, daß etwa ein Drittel der Abgebildeten gekommen
ist. Gern hätte ich den 95jährigen Bergführer aus Zermatt gesehen, denn an seinem Seil war ich als Zwanzigjähriger auf dem
Matterhorn, aber eine Reise nach Zürich ist für ihn wohl beschwerlicher als ein Gang uf s Horu.

Und während nun der Kunstkritiker zu seiner kritischen Wür-
digung des Fotografiestils der Zeitschrift anhebt, gruppieren sich
die Anwesenden langsam auf ihn zu, und nun sehe ich auch einen Portraitierten ohne Arme und Hände in einem Rollstuhl,
und gelangweilt und tatendurstig zugleich schleichen einige Kinder umher, die auch auf den Bildern zu sehen waren, als An-
hängsel der Abgelichteten, oder weil das Interesse tatsächlich
ihnen galt, vielmehr ihrer Krankheit oder ihrer Verletzung, und
endlich sehe ich eine Velorennfahrerin von nahem, kann aber
nicht, wie ich das gerne täte, mit ihr ins Gespräch kommen und
sie nach ihrer Erholungsfähigkeit fragen, ein Begriff aus dem
Radsport, der mich interessiert, denn der Kunstkritiker spricht
immer noch von den 13 Bildern, die ihm aus der Hundertschaft
aufgefallen sind, und auch mit dem Mann ohne Arme würde ich
gerne sprechen, doch als dann die Ansprache zu Ende ist, beginnen die Portraitierten und ihre Mitgebrachten wieder durch-
einanderzufließen wie ein Beispiel aus der Chaostheorie, ich ver-
wickle mich in ein langes Gespräch mit der Fernsehfrau, und als

ich mich irgendeinmal davonstehle und auf die Straße heraustrete, geht der Anlaß weiter, denn der Papst kommt mir entgegen, der Energiepapst, jedenfalls nannte man ihn lange so, und ich habe ihn mehrmals angegriffen, aber ich grüße ihn gern und freundlich, und er hat meine Radiosendung gehört, in der ich jiddische Lieder auf schweizerdeutsch sang, und er fragt mich, woher ich jiddisch könne, denn seine Eltern sprachen jiddisch, und nun haben wir auf einmal etwas gemeinsam, und als ich weitergehe, treffe ich den dienstältesten Kabarettisten und seine Frau, wie sie mit leichtem Ekel die ausgehängte Speisekarte eines Restaurants mustern und sich gerade entschließen, zu Hause zu essen, und als ich sie aufs Tram begleite und mich abrupt verabschiede, weil im S-Bahnhof ein Zug einfährt, den ich dann doch knapp verpasse, ist mir, als käme ich soeben aus einem Theaterstück, und es heiße »Das kleine Welttheater«, und ich sei selbst in einer Nebenrolle darin aufgetreten.

Feierabend

Gestern habe ich mich bei einem Kriminalfilm entspannt, der im Fernsehen gezeigt wurde. Die Handlung war geschickt ausgedacht. Ein Mann, der bei seiner Mutter in einem pompös ausgestatteten Haus lebt, lädt jeweils junge Männer ein, in diesem Haus zu wohnen und führt sie dann nach einer Weile in einen Steinbruch, wo er sie ermordet. Er begräbt sie auch dort, und der Film fängt mit dem Mord am dritten jungen Mann an, den wir am Boden liegend sehen, den Körper mit Messerstichen übersät. Das Auge des Kommissars ist durch jahrelange Auftritte in dieser Fernsehserie so sehr geschärft, daß sein Verdacht bald auf den wahren Mörder fällt. Um diesem seine Taten zu beweisen, schickt er ihm einen Polizisten ins Haus, dem es gelingt, als ahnungsloser junger Mann getarnt bei dem krankhaften Menschen Unterschlupf zu finden. Als dessen Mutter schließlich zum Mordkommissar fährt und ihm endlich alles über ihren Sohn erzählt, ist es schon fast zu spät, denn der Mörder hat den Polizisten entlarvt, ist mit ihm in den Steinbruch gefahren und hätte ihn dort beim Grab seines ersten Opfers, aus dem noch eine halb verfaulte Hand herausschaut, fast umgebracht, wäre nicht im letzten Moment der Wagen des Kommissars im Steinbruch aufgetaucht, so daß sich der Mörder vor den Augen seiner Mutter und des Kommissars und seines zuverlässigen Helfers sowie des zu Tode erschrockenen jungen Polizisten selbst erschoß.

Das war wirklich eine unterhaltende Sache.

Maggiatal

Der Wald hat den Kampf um die Abhänge gewonnen.

Während Jahren und Jahren und Jahren haben ihn die Menschen zu bannen versucht, haben gesägt, gehackt, gebrannt, haben ihm Baumstrünke und Wurzelstöcke entrissen, haben ihm Lichtungen abgetrotzt, haben diese mit Gras besät und mit Mauern gestützt, haben kunstvoll die passenden Steine aufeinander geschichtet, die ohne einen einzigen Schlag Mörtel stark genug waren, das Gewicht des Berges auszuhalten, haben so eine Terrasse der nächsten angefügt, haben nur wenige Kastanienbäume stehen lassen, auch Eichenbäume, denn sie gaben Schweinefutter her, haben im Herbst die Kastanien aus ihren stachligen Hüllen herausgeklaubt und Blätter und Hüllen sorgfältig aus dem Gras entfernt, haben Laubhaufen angezündet bei Regenwetter, um keinen Quadratzentimeter Wiese zu verlieren, und Ställe und Hütten haben sie gebaut, mit derselben Kunst des mörtellosen Schichtens, auch die Dächer nur aus Stein, getragen von Kastanienbalken, und Wege haben sie angelegt, um all die kleinen Besitztümer miteinander zu verbinden, mit Steinen gepflastert, treppenartig ansteigend oft, an den vielen steilen Stellen, und mit Bildstöcken ausgerüstet an den Orten, wo man überraschend in die Weite des Tales sieht, sie zeigen den Engel, der Maria die Freude verkündet, die Geburt, das Abendmahl, und Heilige, Theresa, Magdalena, Hermann, Antonius mit dem Schwein und Rochus mit der Pestbeule am Knie, und auch einmal ganz klein einen Menschen, zu Boden gestreckt durch einen Baum, und darunter zeigen die zwei Buchstaben G.R. an, daß der Verunfallte davongekommen ist, daß er durch Gebete seiner Angehörigen zu ebendiesen Heiligen die Gnade zum Weiterleben erhalten hat, Grazia Ricevuta.

Unendlich viele Männermuskeln müssen sich gespannt haben beim Hacken, Sägen, Fällen und Abasten all dieser Bäume, beim Tragen, Schleppen, Behauen, Schichten und Setzen all dieser Granitplatten, mit denen der Wald gezähmt wurde und in eine dem Menschen untertane Landschaft aus Weinbergen und Bergweiden verwandelt wurde, die sich bis zur Grenze hinaufzog, wo der Wald von selber aufgab, und knapp darüber standen noch die letzten Alphütten und Ställe, in denen das Vieh gesömmert wurde, das einmal im Jahr bimmelnd, muhend, blökend, meckernd über die Steinpfade hochtrottete, die zum Teil wie hohle Gassen angelegt wurden, als Kanal für all die Tierleiber, und im Herbst ging's denselben Weg wieder hinunter, und Maulesel müssen auch dabei gewesen sein, die große, schwere Käse trugen.

Irgendeinmal meldete sich dann die Zeit der Maschinen, Motoren und Zahnräder an, der Dampfkraft, des Dynamits, der Elektrizität und des Benzins, doch das Leben an den Hängen ging weiter wie zuvor, außer daß nun starke Stahlseile über Masten hochgezogen wurden, über die man im Herbst Bündel mit Heu zu Tale sausen lassen konnte, man band sie an Astgabelstücke, denen die Talfahrten nach und nach eine Rille eingruben. Aber eigentlich war es erst die Zeit der Versicherungen, der Verwaltungen, der Verrechnungen und Formulare, die Zeit der Postfächer, der Staumauern und der Vitamine, die Zeit der Reiseprospekte, der Fotokopien und der Bildschirme, die etwas wie einen unbekannten Virus in die Täler blies, welcher den Betrieb an den Hängen zum Erlahmen brachte.

Es verschwand das Vieh, es verschwanden die Sennen, es verschwanden die Hirten, die Hirtinnen auch, und ließen ihre Steinhütten zurück, mit den Feuerstellen in der einen Ecke, dem Strohbett in der andern, und einem Kasten, auf dessen Innenseite sie mit Bleistift hinkritzelten, wann sie da waren, und manchmal auch eine Nachricht aufschrieben wie »Evviva la montagna!«, die nun von keinem Nachfolger mehr gelesen wurde, sie alle wurden aufgesogen von Großraumbüros, Telefonzentralen, Verteilzentren und Garagen, und kaum blieben sie aus, begannen die Bäume ihren leisen Vormarsch, die Kastanien ließen ihre Blätter auf die Terrassen fallen, und niemand mehr rechte sie auf, der Regen pappte sie zu einem Belag zusammen, unter dem kein Gras mehr wuchs, Stauden, Sträucher und Dornengestrüpp begannen sie zu überziehen, die Haselnuß fraß sich mit ihren Wurzeln in die Kanten und Ecken der wohlgeschichteten Mauern und begann sie mit ihren Wurzeln zu sprengen, es genügte, unten einen Stein hinauszudrücken, und die Nachbarsteine knickten ein wenig ein, und irgendeinmal wurde der Druck der oberen Steine zu groß und sie drängten in die kleine Leere, die ganze Mauer begann sich zu wölben, und bei einer der zahlreichen Sintfluten im Frühjahr oder Herbst strömte die Erde durch die Bresche auf die nächstuntere Terrasse, deren Ecke schon durch eine Esche angehoben wurde, und niemand achtete mehr auf die Baumkronen, und wenn ein gewaltiger morscher Eichenast auf das Steindach eines Stalles krachte, riß er ein Loch, welches das Ende des Gebäudes bedeutete, das nun für die Brombeerstauden und Hagebutten freigegeben war.

Aus anderen Terrassenwiesen erhoben sich Birken, Legionen von Birken standen auf einmal da, Stamm an Stamm, und fiel eine von ihnen um, hielten sie die andern und ließen sie nicht stürzen, sie tranken mit ihrem gewaltigen Durst manche der Quellen leer, die bisher für Mensch und Vieh eine Steinfassung gefüllt hatte, und zu ihren Füßen sprießen Farne, die wie dünne vorzeitliche Vögel mit ihrem bizarren Gefieder vom Boden abzuheben versuchen, und unter dem Teppich der welken

Farne kriechen die Nattern, Ottern und Vipern und wühlen sich Gänge zu den eingestürzten Mauern, in deren Fugen sie sich heimisch machen, und die Pfade, auf denen der Senn von der oberen Alp die Hirtin von der unteren Alp besuchte, wurden in der Folge immer mehr benutzt für die Besuche des Strauchwerks beim Unterholz und des Unterholzes beim Strauchwerk, wodurch die gestrichelten Linien auf der Landeskarte langsam zum Gerücht verkamen, mehr noch, zur Falle, aus der ein Rückweg kaum mehr auszumachen ist, wenn ein Ginsterbusch Halt gebietet – und die Könige des Waldes, die alten Kastanien, schneiden triumphierende Fratzen mit ihren alten Rinden, und lassen sieben, acht, zehn neue Bäume aus ihrem Wurzelstock wachsen, die sie wie Leibwachen umstehen, während sie ihre verkrüppelten alten Äste, von Waldbränden geschwärzt, von Unwettern verwittert, erheben, um den Sieg über den Menschen auszurufen, den Sieg der stillen Armee der Bäume, die nur rauschen, wenn der Wind sie packt, und in den Wipfeln sitzen die Amseln, Finken und Grasmücken und jubeln, der Kuckuck hüpft wie ein Hofnarr mit irrem Gelächter von hier nach dort, und abends, wenn es dämmert, zittert die Prozession der Glühwürmchen über die verlassenen Wiesen, aus denen der Ginster sein gelbes Feuerwerk steigen läßt, und über den Kronen vollführen die Fledermäuse ihren Taumeltanz, doch wenn es Nacht wird und der Waldkauz durchs Dickicht schreit, dann ist es nicht nur der Ruf des Siegers, sondern auch die Klage Quetzalcoatls über sein ganz und gar überwachsenes und versunkenes Mayareich.

Selzach

Die Warteschlange rückt eins weiter.

Die Reihe ist an meinem Vordermann, einem großen, breitschultrigen Herrn aus dem fernen Osten – ein Inder, vermute ich.

Er nennt sein Reiseziel: »Selzach«.

Die Frau hinter der Scheibe runzelt die Stirn, und durch den Lautsprecher ist ihr »Wie bitte?« zu hören.

Der Inder wiederholt den Ort: »Selzach«.

Die Frau hebt ihre Augenbrauen: »Seuzach?« fragt sie zurück und nickt einladend.

Der Inder verneint: »Selzach«, sagt er so deutlich wie möglich.

Die Frau schüttelt den Kopf. Diesen Namen hat sie noch nie gehört – bestimmt täuscht sich der Mann. »Gibt es nicht«, sagt sie.

Der Inder merkt, daß er nicht verstanden wird und präzisiert: »Zwei nach Solothurn.«

Als ihm nun die Schalterfrau ein Zettelchen auf die Drehscheibe legt, auf das er seinen weltfernen Ortsnamen aufschreiben soll, rufe ich ihr zu: »Natürlich gibt's Selzach!« und füge bei: »Ich als Solothurner.« Und ich sehe die Karte des Kantons Solothurn vor mir, mit lauter roten Kreislein für die Ortschaften, die wir in der 5. Klasse auswendig lernen mußten. Auf dieser Karte lag Selzach zwischen der Stadt Solothurn und Grenchen, und dort liegt es immer noch, zwei nach Solothurn, wie der Inder richtig bemerkte, aber nun liegt sein Zettelchen schon vor der Bahnbeamtin, und sie tippt in den Computer ein, was er ihr aufgeschrieben hat: »Selzeg«, und sagt ihm dann, daß es Selzeg nicht gebe, nur Selzach, wie sie inzwischen festgestellt hat, und ob er einfach lösen wolle.

Aber der Inder will auch wieder zurück, zurück nach Zürich, und er bezahlt sein Billett, das ihm aufgrund eines Programms ausgedruckt wird, welches die Schweizerischen Bundesbahnen bei einer Softwarefirma in Indien bestellt haben.

Dann verläßt er den Schalter und beendet damit eine Szene für drei Personen, in der alle recht gehabt haben und doch niemand zufrieden ist.

Berlin, Donnerstag

Mir gegenüber sitzen in der U-Bahn ein weißer und ein schwarzer Junge. Der schwarze Junge, dessen Gesicht voller Pickel ist, hat im linken Ohr ein Kopfhörerchen, und der weiße Junge, der etwas größer ist, hat im rechten Ohr ein Kopfhörerchen, und zwischen ihnen laufen die Kabel zusammen und enden im selben Walkman, der auf dem Knie des weißen Jungen liegt, und beide schauen geradeaus, durch mich hindurch, als ob irgendwo weit hinter mir eine geradezu unglaubliche Musik gespielt würde.

Aus der U-Bahn tretend, muß ich mich gegen einen Frühlingssturm stemmen, der über die Chaussee zwischen den Hochhäusern durchdonnert, und aus einer Seitenstraße tritt ein schwankender Mann, oder er wird vom Sturm getreten, in einer roten Windjacke, er trägt ein Körbchen mit Champignons am Arm, ruft und winkt der ganzen Welt zu, und als er mich sieht, hebt er seine linke Hand, formt damit eine Pistole und schießt auf mich, lachend.

Später gehe ich auf der Straße an spielenden Kindern vorbei, die alle kleine Plastiktiere in der Hand halten, Giraffen, Tiger, Elefanten, und ein Mädchen stellt gerade klar: »Die kennen sich ... die kennen sich auch ...«, und kommt dann zum beruhigenden Schluß: »Die kennen sich alle.«

Abends, in einer Kneipe, die vor allem von jungen Menschen besucht wird, kommt ein alter Mann auf mich zu, den einzigen auch alten Mann im Lokal, fragt: »Darf ich?«, setzt sich, ohne meine Antwort abzuwarten und fragt mich dann in vertrautem Ton: »Sag mal, wo bin ich hier?« Ich sage ihm, er sei in Kreuzberg, und er fragt mich, ob ich eine Zigarette für ihn habe. Leider nein, sage ich, Nichtraucher, und dann wiederholt der Alte seine Frage: »Wo bin ich?«, und als ich meinerseits wiederhole, er sei in Kreuzberg, steht er auf, reicht mir eine Hand, die fast schwarz ist vor Schmutz, und sagt: »Na, dann geh ich zurück nach Spandau.«

Berlin, Freitag

Auf dem S-Bahnhof Schöneberg sitzt eine große, zerzauste, junge Taube verängstigt im Schutz eines Fahrkarten-Automaten. Ein paar 10- oder 11-jährige Jungen, die den Vogel entdeckt haben, wenden sich an mich, den einzigen Erwachsenen in der Nähe, und fragen mich, ob ich den Vogel nach Hause bringen könne.

Wenn ich wüßte, wo er zu Hause ist, sage ich.

Sie rätseln nun unter sich, was zu tun sei, bis schließlich einer von ihnen entschieden sagt: »Man muß ihn töten.«

Wieso denn, entgegne ich.

Er hat Schmerzen, sagt einer.

Er jammert aber nicht, sage ich.

Er hat nur noch ein Bein, sagt ein anderer.

Ich sage, Vögel stehen oft auf einem Bein und hätten das andere eingezogen.

Man muß ihn töten, sagt der erste wieder.

Ich sage, vielleicht suchen ihn gerade seine Eltern und würden ihn bald finden, und am besten sei es wohl, gar nichts zu tun und den Vogel sich selbst zu überlassen, und ich beginne um das Leben der jungen Taube zu bitten, in dieser Stadt, die unter einer großen Taubenplage leidet.

Als ich in die S-Bahn steige, steigen die Kinder nicht ein.

Berlin, Sonntag

Heute war ich im Theater. Die Vorstellung, die ich besuchte, war sozusagen ausverkauft, aber einer Freundin gelang es, noch zwei Plätze am Rande einer der vorderen Reihen zu bekommen, die eigentlich, wie man ihr an der Kasse sagte, für den Theaterarzt wären. Ich schließe daraus, daß der Theaterbesuch für den Arzt freiwillig ist.

Das Stück ist von Thomas Bernhard, es handelt von einem Gelehrten, der nicht mehr gehen kann und an diesem Tag bei sich zu Hause den Ehrendoktor bekommen soll, und der die Frau, die ihn pflegt und die auch seine Lebensgefährtin ist, ununterbrochen demütigt, schikaniert und tyrannisiert.

Fünf Minuten nach Stückbeginn merken zwei junge Leute vor mir, daß sie offenbar im falschen Stück sind, stehen auf und verlassen den Saal, und jetzt fällt mein Blick auf drei Frauen, die hintereinander in den Reihen vor mir sitzen. Die erste hat eine betörend schöne Frisur, sie hat ihre dunklen Haare locker oben zusammengebunden, aber so, daß verschiedene kleine Bündel davon noch abstehen und lässig nach unten fallen, sie trägt eine fliederfarbene Jacke, aus der ein grauer Kragen ragt, und ab und zu flüstert sie dem Mann neben sich etwas zu, oder sie streichelt ihn sogar mit der rechten Hand, es ist ein sportlicher Typ in einem karierten Veston, auf den ich sofort eifersüchtig bin.

Vor ihr sitzt eine kleine Frau in einem roten Rollkragenpullover mit einer Brille, ihre Haare sind kürzer und geben einen wunderschönen Hals frei, und sie muß sich immer etwas nach links beugen, weil vor ihr eine größere Frau sitzt, deren blonde Haare einer Kaskade gleichen.

Es ist quälend mitanzusehen, wieviele Beleidigungen sich die Lebensgefährtin des gehbehinderten Gelehrten gefallen lassen muß; kaum schickt er sie hinaus, weil sie etwas nicht nach seinem Wunsch gemacht hat, lockt er sie schon wieder herein, um sie aufs neue zu erniedrigen.

Als schließlich gegen Ende des Stückes die Honoratioren die Bühne betreten, um dem Gelehrten die Ehrendoktorwürde zu verleihen, erträgt es die Lebensgefährtin nicht länger, sie bricht zusammen und fällt der Länge nach zu Boden. Ich bin überrascht von dieser Wendung des Stücks und finde sie genial.

Doch als es den Honoratioren nicht gelingt, die Frau wieder auf die Beine zu bringen und sie einfach mit einem verwunderten Blick an der Bühnenwand sitzen bleibt, fällt der Vorhang, und ein etwas verstörter Mann tritt an die Rampe und sagt, es sei ungewiß, ob das Stück weitergespielt werden könne, sie bäten um einige Minuten Geduld, und nach einigen Minuten erscheint ein anderer Mann vor dem Vorhang, stellt sich als Abendregisseur vor und sagt, ein Arzt sei benachrichtigt worden, aber es sei schon jetzt klar, daß das Stück nicht fertig gespielt werden könne und hier zu einem abrupten, aber logischen Ende käme, wofür sie um Verständnis bäten.

Wäre jetzt ein Theaterarzt auf meinem Platz gesessen, wäre er sofort bei der zusammengebrochenen Schauspielerin gewesen, so aber stehe ich an seiner Stelle auf, stimme mit schlechtem Gewissen in den konsternierten, kurzen Applaus ein, der jetzt einsetzt, und verlasse das Theater, und draußen fällt, es ist Anfang März, in dichten Flocken Schnee. Die Sirene der Ambulanz ist zu hören, die gleich danach vor dem Bühneneingang des Theaters stillsteht und deren blaue Lichter sich wie eine Sturmwarnung weiterdrehen und über die Gesichter der Leute huschen, die sich beim Hinausgehen alle erzählen, in welchem Moment sie gemerkt hätten, daß es kein Theaterstück mehr gewesen sei.

Versteckte Süchte

Schon auf dem Weg zum Bus in Oerlikon schärft sich der Blick für das Tagungsthema.

Ich überhole einen älteren Mann, der in Jeans und dicker Windjacke mit einer Papiertragtasche an der Hand auf dem Trottoir dahinschlurft. Wer so langsam läuft, steht unter akutem Suchtverdacht, Alkohol, vermute ich, des Alters wegen, aber sofort fallen einem auch die schnell Laufenden auf, die junge Frau im Deux-Pièces, mit der straffen Frisur und dem leicht geschminkten Gesicht, die ein Aktenköfferchen trägt und so zielbewußt über die Straße geht – könnte sie nicht arbeitssüchtig sein? Schließlich denkt man seit Tagen über mögliche Suchtformen nach, und dann der junge, langhaarige Mann mit dem Hund und dem großen Rucksack, vor dem Coop, die Flasche in der Hand, da haben wir's, um acht Uhr schon eine Flasche in der Hand, allerdings sehe ich beim Vorbeigehen etwas irritiert, daß es eine Cola-Flasche ist, aber wie immer, die Tagung wird ja wohl von Menschen handeln, die auf irgendeine Art stehenbleiben, mit einer Flasche in der Hand, auch wenn diese Menschen aus dem Hotel, vor dem der Bus jetzt hält, augenblicklich rausgeschmissen würden. Wenn es hier Süchtige gibt, dann nur die Art mit dem Aktenköfferchen in der Hand, und tatsächlich sehe ich schon einen, der in der Rechten die Kaffeetasse hat und in der Linken sein Handy, und erst dieses letztere verleiht ihm die Weihe der Bedeutsamkeit, die Berechtigung, in einem so noblen Hotel zu frühstücken, einem Hotel, das einen Steinwurf außerhalb der Stadtgrenze im Niemandsland liegt, doch das ursprünglich vorgesehene Hotel ist inzwischen in eine Techno-

Disco umgewandelt worden, komplett schwarz ausgeschlagen, und soweit wollte man in der Annäherung an die Suchtatmosphäre auch wieder nicht gehen.

Zwischen den europäischen und asiatischen Geschäftsleuten sind nun immer deutlicher die Teilnehmenden der Tagung zu erkennen, die langsam, aber unaufhaltsam im Rhythmus der Shuttle-Busse und der Busfahrpläne in den Rezeptionsraum strömen, ich glaube, ich würde mich auf hundert Personen höchstens in einer darin täuschen, was sie hierher führt.

Die Wendeltreppe hinaufgehend, sieht man sich in einer Spiegelwand von amerikanischen Ausmaßen verdoppelt und erreicht die Tagungsplattform, die sich durch einen umfangreichen Büchertisch ankündigt und ergänzt wird durch Tische, an denen Produkte der Psychohygiene angeboten werden, von Zeitschriften bis zu Würfel- und Rollenspielen für Therapiegruppen, die von einem Herrn mit besorgtem Blick einfühlend erläutert und mit eigenen Erfahrungen angereichert werden.

Es haben sich, das wird gleich zu Beginn klar, überraschend viele Menschen eingefunden, alle heben zuerst den Prospekt der Zeitschrift »intra« auf, der auf ihrer Sitzfläche liegt, und am Schluß müssen sogar noch einige etwas später Eingetroffene den Wänden entlang stehen, so groß ist das Interesse, etwas über versteckte Süchte zu hören. Ein paar Bekannte treffe ich, was mich ein bißchen beruhigt. Die Teilnehmenden und Wißbegierigen sind vor allem Frauen, die Referenten, die etwas zu wissen glauben, sind vor allem Männer, ich gehöre auch dazu, obwohl ich nichts Spezielles weiß, aber es handelt sich, wie der Organisator am Anfang in Erinnerung ruft, um eine Kultur- und Fachtagung, eine Tagung also, in welcher das Fach in die Kultur hineingreift und die Kultur in das Fach, und ich bin gefragt worden, ob ich beim kulturellen Eingriff ins Fach dabei wäre.

Eine Sucht, sagt er, könne des weitern durchaus eine Chance

sein, und er hoffe, daß heute auch Unerhörtes diskutiert werde, und auf dieses Stichwort kracht und donnert es aus den Lautsprechern, daß wir alle zusammenfahren, aber irgendwie wirkt es auch ermutigend.

Die Aufforderung des Tagungsleiters, die Nachbarn oder eher die Nachbarinnen zu fragen, weshalb sie hierhergekommen seien, nehme ich ernst, und da ich dies vom Mann neben mir schon weiß – er ist auch als Referent eingeladen worden – drehe ich mich um und frage die zwei hinter mir sitzenden Frauen nach ihren Motiven, und beide wollen wissen, wann etwas eine Sucht ist, eine von ihnen ist Krankenschwester und hatte schon öfters Patienten, an denen sie eine Sucht erkannte, ohne daß sie wirklich darauf eingehen oder das in befriedigender Weise zur Sprache bringen konnte.

Der Suchtpräventionsmann spricht zuerst über das Spannende am Verstecken, das Geheimnis, das aber auch beinhaltet, daß nach dem Versteckten gesucht wird.

Und im Laufe des Vormittags beginnen wir nun alle immer mehr zu suchen, in allen möglichen Verstecken, denn jeder, der auftritt, und auch die einzige jede, erwähnt nun Möglichkeiten der Sucht, bei deren purer Aufzählung einem schon angst und bange wird und man sich fragt, ob man jemals auch nur die geringste Chance hat, sich aus diesen Abhängigkeiten zu befreien. Während wir uns immer noch Gedanken über Haschisch machen, sind die Alcopops schon da, und Heroin wurde vor genau 100 Jahren als Heilmittel auf den Markt gebracht, von der berühmten Aspirinfirma Bayer, und wurde von den Ärzten genau so souverän lächelnd auf den Rezeptblock geschrieben wie seit 1963 Valium, 1963 bekam ich gerade das Stimmrecht, aber rückblickend habe ich das Gefühl, das Valium sei 100 Jahre älter als das Frauenstimmrecht, ich habe nie eins genommen, nur einmal im Leben habe ich aus Verzweiflung ein Antidepressivum geschluckt und war nie mehr so depressiv wie die Stunden danach, es war mir, als hätte ein böser fremder Gast mein Haus betreten und hätte mir befohlen, alle Möbel umzustellen, und Schokolade soll auch zum Suchtpotential gehören, ist denn das möglich, ich weiß nicht, was die Firma Toblerone dazu sagen würde, die in diesen Tagen im Zürcher Lokalfernsehen immer wieder heimelig unter den betroffenen Gesichtern des Ehepaars Meili und deren Anwalt Ed Fagan als Sponsor aufgeleuchtet hat, der Anwalt, der ihnen, wie er im Interview betonte, vor allem »helfen« möchte, aber da sind wir ja hellhörig, die Krankenschwester zieht jedem Helfer den Teppich unter den Füßen weg, wer hilft, schreit nach Hilfe, höre ich aus ihrem Referat. Ich werde es mir merken – wenn ich das nächstemal krank und schwach im Spitalbett liege und die Nachtschwester kommt, werd ich mich aufrichten und tapfer zu ihr sagen: »Kann ich Ihnen helfen, Schwester?« Aber wenn die Nachtschwester auch an dieser Tagung war, wird sie mich als Kulturschaffenden sofort zu den Suchtfällen einordnen, zu Recht, wie in der Ausstellung in der Pause zu sehen ist, wo von Goethe bis zu Schiller, dem Schnüffler von faulen Äpfeln über Marilyn Monroe mit ihren Medikamenten bis zu Edith Piaf so mancher der Menschen wiederzufinden ist, deren Werke an unsere Gefühle gerührt haben, an unsere Gefühle, die wir, wie die Krankenschwester und Autorin auch erwähnt, so gut versteckt haben, daß wir sie oft nicht mehr finden, aber wir Kulturschaffenden sagen an diesem Vormittag auch nichts ausgesprochen Trostreiches, sondern fahren fort mit der detaillierten Beschreibung von Trivialfällen, die wir zu Suchtfällen aufbauschen, damit niemand mehr einen Schritt machen kann, ohne sich als Süchtiger outen zu müssen, und zum Glück hören wir dann auch noch, wie wir uns aus dieser Falle befreien können, endlich kommt der Hellraumprojektor zum Einsatz, der schon lange mit seiner Anwesenheit gedroht

hat, da gibt es Zwölfschritteprogramme, Neunpunktemodelle
und Vierstrichemethoden, mit denen man die Enge des eigenen
Käfigs durchbrechen muß, oder ist das nicht schon wieder ein
Suchtverhalten, das wollten sie doch alle auch, die Sensiblen, die
gefallenen Engel, zu denen wir uns in der Ausstellung gesellen
können, indem wir auf einem Zettel einen Strich machen dürfen
hinter den Begriff, hinter dem wir eine eigene Sucht vermuten,
der Spitzenreiter ist, wie ich mit Freude sehe, Kaffee mit zwölf
Strichlein, ich füge rasch ein dreizehntes hinzu, Verbundenheit
sei auch etwas, was man in der Sucht suche, glaube ich gehört
zu haben, bei Sex hätte ich noch gern ein zweites Strichlein hinter das eine, einsame gesetzt, aber es hat mir zuviel Leute, und
mit Genugtuung sehe ich auch, daß offenbar acht Buch-Süch-
tige unter uns sind, hoffentlich spüren wir das an den Bücher-
käufen, ich freue mich darüber, bis ich merke, daß ich ja plötzlich auch zu den Profiteuren einer Sucht gehöre, wie die eben
gerade genannte Pharma- oder die Autoindustrie. Schlafen hat
ebensoviele Suchtpunkte wie Bücher, was mir etwas verdächtig
ist, vielleicht sind es dieselben, die über unsern Büchern einfach
einschlafen und sie sozusagen als Edel-Benzodiazepin benutzen,
irgendwie kann man nicht richtig froh werden heute, und ich
suche nochmals die Alltags-Suchtangebote auf den großen Zet-
teln ab, ohne meine wirkliche Sucht zu finden, denn eigentlich
bin ich brotsüchtig, ich kann jederzeit Brot essen, ich kaufe diese
frischen Goldbürlis, auch wenn ich ganz genau weiß, daß es zu
Hause noch ein unangeschnittenes St. Gallerbrot gibt, und ich
beiße schon auf dem Heimweg hinein, vor allem der Krustenbiß
ist wie ein schwarzer Afghane für mich, ohne den ich nicht mehr
leben kann, und kein Hellraumprojektor der Welt wird mir pre-
digen können, ich solle auf meine Baguettescheiben am Morgen verzichten, und auf die Dosissteigerung zum Znüni, und
habe ich nicht meinen Mitreferenten vor seinem Vortrag nach

einem Gipfeli seufzen hören, es war mir, als seufze ich selbst, so sind wir nun mal, die Schöngeister, und hat es ihm nicht ein Herr Helfer beschafft, und ohne diesen Kick hätte der Dichter seine Autogeschichte nicht über die Lippen gebracht, ich hätte meinem Kollegen um den Hals fallen können, denn schon lange trage ich mich mit dem Gedanken, eine AB-Gruppe zu gründen, anonyme Brotabhängige, ich bin ja inzwischen schon soweit, daß ich mir das Brot intravenös injiziere, am gewaltigsten fährt der Kuchenteig ein, ich sehe mich dann als Apfel im Eierguß in einem Swissair-Catering über die Nordpolroute donnern…

Und nach dem Essen, wo kaum jemand ein Glas Wein zu bestellen wagt und man sich bei jeder Gabel voll Nudeln fragt, ob man die Suchtgrenze schon erreicht oder gar überschritten hat, geht's dann ab in die Workshops, wo man den Referenten persönlich auf den Zahn fühlen kann, und ich merke plötzlich, daß ich in keinen der Workshops möchte, nicht einmal, um an der Atmosphäre zu schnüffeln wie Schiller an seinen faulen Äpfeln, sondern daß es mich mit nicht zu bremsender Macht hinauszieht, nach Glattbrugg, in diese Bäckerei mit den unvergleichlich weichen und süßen Brioches.

Die schönste Erinnerung

Und was ist denn, Frau Ehrenzeller, Ihre schönste Erinnerung?«
fragte der Stadtpräsident die Hundertjährige mit jovialem Lächeln, nachdem sie sich mit Hilfe des Altersheimleiters im frisch
geschenkten Lehnstuhl niedergelassen hatte.

»Wie bitte?« fragte die Jubilarin mit leicht vorgerecktem Kopf.

»Ihre schönste Erinnerung?« wiederholte der Stadtpräsident
mit angehobener Stimme.

»Sie meinen…?« fragte Frau Ehrenzeller nochmals, indem sie
ihre Hand an die Ohrmuschel hielt.

»Welches Ihre schönste Erinnerung ist!« schrien der Stadtpräsident und der Altersheimleiter fast gleichzeitig.

»Ach«, sagte die alte Frau und lachte, »meine schönsten Erinnerungen sind eigentlich sexueller Natur.«

»Oh«, sagte der Stadtpräsident und nickte, »warum auch
nicht? Also dann, Frau –«

»Insbesondere«, fuhr die Hundertjährige fort, »denke ich mit
Genuß an die Zeit zurück, in der ich zwei Freunde gleichzeitig
hatte.«

»Na«, hüstelte der Stadtpräsident, »da kommen ja schöne
Dinge raus, Frau –«

»Wir hatten«, sagte die Gefeierte und lehnte sich mit halbgeschlossenen Augen in den Sessel zurück, »wunderbare Dreier
zusammen, zum Beispiel nahm mich der eine von hinten, während ich den anderen –«

»Frau Ehrenzeller, wir bringen Ihnen jetzt die Geburtstagstorte!« rief der Altersheimleiter beschwörend.

»Wissen Sie, das Gefühl, mit beiden Händen zuzugreifen und

links und rechts neben sich einen Mann stöhnen zu hören, das möchte ich in meinem Leben keinesfalls missen. Oder habt ihr so etwas nie ausprobiert, ihr zwei Lausbuben?« fragte sie die beiden Hauptgratulanten fröhlich.

Aber als nun groß und sahnig eine Geburtstagstorte mit 100 Kerzen von zwei gertenschlanken jungen Zivilschützern auf einem Servierboy hereingeschoben wurde, hatten der Stadtpräsident und der Altersheimleiter bereits die Flucht ergriffen.

Die neue Nachbarin

Unsere neue Nachbarin, das bemerkten wir bald, schaute sich abends am liebsten Kriminalfilme im Fernsehen an.

Wenn meine Frau und ich abends auf dem Balkon ein Glas Wein tranken oder Karten spielten, hörten wir aus dem offenen Fenster gegenüber Musik, die sich dramatisch steigerte, Schüsse, Schreie, Polizeisirenen.

Öfters bekamen wir auch einzelne Sätze mit wie: »Das hättest du dir besser früher überlegt, Jim!« oder »Kommt mal hier rüber, Jungs!« oder »Und du kleine Kröte meinst, ich merke das nicht?«, lauter Sätze, die schon von weitem nach Drehbuch riechen, und kurz danach wurde jeweils geballert, gekämpft oder geschrien.

Als an einem schönen Sommerabend kurz vor Mitternacht aus dem Nachbarhaus der einfältige Satz »Das Spiel ist aus, Schätzchen!« zu hören war, gefolgt von einem trockenen Schuß, dachten wir uns nichts Besonderes dabei. Auch das rasch quietschende Anfahren eines Autos kurz danach war uns von den Filmen her ein vertrautes Geräusch, und erst als uns die Polizei am nächsten Tag fragte, ob uns gestern Nacht zur Tatzeit nichts aufgefallen sei, fiel es uns wie Schuppen von den Augen.

Ordnungsliebe

An einem schönen Frühlingstag konnte er sich auf seinem täglichen Waldlauf nicht mehr beherrschen.

Zu seiner Person nur soviel: Er war bei den 68-er Demonstrationen von einem Feuerwehrschlauch abgespritzt worden, als er eine Rose schwenkte, er war bei den 80-er Unruhen an der vordersten Verständnisfront für die Chaoten gestanden, er war bestimmt alles andere als ein Spießbürger und kleinlicher Saubermann, aber nun hing seit drei Tagen dieselbe Plastiktüte an diesem Brombeerstrauch, und etwas weiter vorn war ein städtischer Abfallkorb in Sicht.

Also tat er einen Schritt ins Unterholz und angelte den Plastiksack herunter, genauer, er wollte ihn herunter angeln, denn der eine Träger blieb in den Dornen hängen, so daß der Sack der Länge nach aufriß und leere Bierdosen auf den Waldboden fielen und Packungen mit halbgegessenen Käsescheiben sichtbar wurden. Beim Versuch, den zweiten Träger wieder dem ersten anzunähern, platzte die Tüte unten auf, und Orangenschalen, Pumpernickelbrote und ein gebrauchter Kondom verteilten sich im Gestrüpp, auch zerknitterte Papierservietten, die nach Samen rochen, entfalteten sich träge und blieben im Gedörne hängen, eine davon mußte er sogar von seinem Trainingsanzug entfernen.

Als er nun entschieden am Plastiksack riß, der übrigens für ein Musikgeschäft Werbung machte, zerfetzte sich dieser ganz, und ein Brombeerast federte ihm ins Gesicht und verpaßte ihm einen Kratzer über Nase und Wange.

Mit einem ärgerlichen Aufschrei ließ er alles fahren und trat aus dem Unterholz auf den Waldweg, da sah er drei Pfadfinder, die mit dem Ruf: »Endlich haben wir den Sauhund!« triumphierend und Gerechtigkeit verstrahlend auf ihn zu kamen.

Die Reparatur

Ich komme wegen der Brücke«, sagte der kleine grauhaarige Mann im blauen Overall, der vor der Tür stand.

»Bitte«, sagte die Frau, »treten Sie ein, wir haben Sie erwartet.«

Sie schloß die Tür hinter ihm.

»Es ist im oberen Stock«, sagte sie, ging vor ihm die Treppe hinauf, und er folgte ihr.

»Als ich das Inserat sah, wußte ich sofort, daß es das ist, was wir brauchen«, sagte sie und öffnete dann eine Tür.

In einem verdunkelten Zimmer lag eine dünne Gestalt im Bett und starrte mit weit geöffneten Augen auf die beiden Eintretenden.

»Es ist immer dasselbe«, sagte sie mit brüchiger Stimme, »ich gehe auf einer Brücke über eine tiefe Schlucht. Auf der andern Seite ist eine blühende Alpenwiese. Wenn ich in der Mitte bin, brechen die Bretter, und ich stürze in die Tiefe. Bitte reparieren Sie die Brücke. Bitte.«

»Können Sie das?« fügte die Frau hinzu, die neben ihm stand.

Der Mann schaute das Foto auf der Kommode an, das ein Mädchen in einer bergbäuerlichen Tracht auf einer blühenden Alpwiese zeigte.

»Nicht ganz leicht«, sagte er dann, »so hoch über der Schlucht, aber ich werde es versuchen. Ich muß zuerst ein paar Dinge besorgen.«

Dann nahm er die Hand der alten Frau und sagte: »Ich komme morgen wieder und bringe eine Gehilfin mit. Dann flicken wir die Brücke.«

Am nächsten Abend schlug der kleine graue Mann mit dem Hammer dicke Nägel in einige Arvenplanken, die am Boden lagen.

Eine junge Frau in einer Tracht hatte überall im Raum Sträuße mit Alpenblumen und kleine Heubündel verteilt, und das ganze Zimmer duftete wie eine Bergwiese.

»So«, sagte der Mann und erhob sich vom Boden, »die Brücke ist repariert. Sie können sie ohne Bedenken betreten.«

Hoch aufgerichtet saß die alte Frau im Bett und atmete tief und ruhig.

Als ihre Tochter am nächsten Morgen die Firma »Reparatur von Träumen aller Art« anrief, um dem grauhaarigen kleinen Mann zu sagen, ihre Mutter habe in dieser Nacht sterben können, sagte eine Tonbandstimme, diese Nummer sei nicht mehr in Betrieb.

Geschichtenunterricht

Kürzlich hat mir ein junger Mann die folgende Geschichte erzählt: Er war zu einer großen Konferenz gefahren, um am Rande dieser Konferenz Flugblätter zu verteilen, auf denen er die Beschlüsse der Konferenz kritisierte. Da die Konferenz in einem europäischen Land stattfand, rechnete er damit, daß er seine Meinung auch in dieser Form äußern durfte. Nun geschah es aber, daß er mit diesen Flugblättern in einen Straßenabschnitt geriet, der schon so nahe beim Konferenzgelände lag, daß ihn die Polizei unter ihren Schutz stellte, und wer immer ihn betrat, mit dem wurde etwa so verfahren wie mit dem jungen Mann.

Dieser wurde, so erzählte er mir, festgenommen, wurde in eine Parkgarage geführt, wo er fünf Stunden lang, an eine Stange gekettet, ausharren mußte, zusammen mit sieben weiteren Unvorsichtigen, wurde dann 24 Stunden in ein Untersuchungsgefängnis eingesperrt, ohne daß er die Möglichkeit hatte, jemandem mitzuteilen, wo er sich befand, sollte dann ein Dokument in der Sprache dieser Stadt unterschreiben, die er nicht versteht, und da ihm der Inhalt auch nicht übersetzt wurde, unterschrieb er es nicht und kam für die nächsten 48 Stunden in ein bekanntes Hochsicherheitsgefängnis, wo er einem Sozialarbeiter die Telefonnummer seiner Angehörigen bekanntgeben durfte, die aber, wie er später erfuhr, nicht benachrichtigt wurden, und nach Ablauf dieser insgesamt 72 Stunden wurde er von der Polizei zuerst zu seinem parkierten Wagen begleitet und von dort zur nahen Grenze eskortiert, wo man ihm ein Dokument aushändigte, auf dem stand, er habe, da er ein unerwünschter Ausländer sei, ab sofort fünf Jahre Einreiseverbot.

Und diese Geschichte, Sie ahnen es, hat sich weder in Seoul noch in Djakarta noch in Belgrad ereignet, sondern in Genf, und da Genf in der Schweiz liegt, ist es eine Schweizer Geschichte, warum soll man sie also nicht erzählen, in der Schule, an Jubiläen oder am Nationalfeiertag, nachher können wir ja immer noch Vulkane und Raketen zischen lassen.

Der Tod schaut vorbei

Mein Vater, der sich einer heiklen Operation unterziehen mußte, rief mich heute gegen Abend an, um mir zu sagen, man habe ihn aus dem Spital entlassen und er sei wieder bei meiner Mutter zu Hause. Daraufhin war ich so erleichtert, daß ich Turnhose und Turnschuhe anzog, um noch etwas zu rennen.

Als ich bei der kleinen Sportanlage meines Quartiers eintraf, um einige Runden zu laufen, stand am Rande der Rennbahn ein Raubvogel im Disput mit zwei Krähen. So etwas hatte ich in den zwanzig Jahren, seit ich hier wohne, noch nie gesehen. Die Krähen keiften ihn an, worauf er ruhig unter dem Geländer durch auf die Bahn spazierte, dort seine großen Schwingen ausbreitete und sich gelassen in die Luft erhob, begleitet vom Spott der beiden Krähen, dem alsbald ein vielstimmiges Krächzen aus verschiedenen Baumkronen ringsum folgte. Als ginge ihn das alles nichts an, drehte der Raubvogel, der seiner Größe und seiner weißen Unterflügel wegen fast nur ein Milan sein konnte, einige Kreise über den Bäumen, welche die Rennbahn säumen, stieg immer höher und flog nach einer Weile davon, in der Gewißheit, irgendwo ein anderes Opfer zu finden.

Zu Berg

Als ich am Hauptbahnhof in Zürich meinen Zug besteigen will, muß ich mir durch eine große Menge von Tamilen den Weg bahnen, die alle festlich gekleidet in Gruppen herumstehen. Einer von ihnen verteilt den andern Papierfähnchen. Ich kaufe am Kiosk noch schnell eine Schokolade, die mir in meinem Picknick fehlt, und frage einen Tamilen, der nach mir dran ist, ob sie Nationalfeiertag hätten, und er sagt mir, ja, und sie gingen alle nach Genf, vor die UNO.

Ich bin froh, daß ich nicht nach Genf vor die UNO muß und nehme den Zug nach Bern. Erst als ich drin bin, merke ich, daß es derselbe ist, der von Bern auch noch bis Interlaken fährt. Dort steige ich in den Zug nach Lauterbrunnen um. In Lauterbrunnen, dem Ort im Talboden, auf den der Staubbachfall hinunterfällt, welcher schon Goethe begeistert hatte (»Seele des Menschen, wie gleichst du dem Wasser...«) und in dessen mittlerer Höhe jemand eine Schweizerfahne befestigt hat, gleich neben der Gischtfahne, man fragt sich, wie, in Lauterbrunnen also muß man in die Jungfraubahn wechseln, und da dort auch die Allmacht des SBB-Generalabonnements endet, löse ich am Schalter ein Billett mit der Destination »Eismeer«. Der Gedanke, daß man von jedem Ort der Schweiz eine solche Fahrkarte lösen kann, beschwingt mich, ein Billett, auf dem steht »Muttenz – Eismeer« muß eine Verheißung sein, besonders in diesen Sommertagen, die zu den heißesten der letzten Jahre gehören. Mein Bergführer, mit dem ich jedes Jahr eine oder zwei Touren abmache, erwartet mich hier, seine Frau, eine sehr gute Alpinistin, wird uns auf dieser Tour begleiten.

Eiger, Mönch und Jungfrau, die Kulissen des schweizerischen Mittellandes, werden immer näher gerückt, bis sie auf der Kleinen Scheidegg vor uns halt machen, als wollten sie uns fragen, ob wir wirklich in ihrem Stück mitspielen wollen. Das wollen wir, und wir kriechen nun mit der Zahnradbahn in den Eiger hinein, in der Eigerwand hält sie an, damit sich alle Fahrgäste an den Schaufensterscheiben, hinter denen die Eigernordwand ausgestellt ist, die Nasen plattdrücken können, auch an der Station Eismeer gibt es einen Aussichtshalt, nach welchem alle wieder einsteigen, außer den wenigen, die von hier aus die Bühne des Bergtheaters betreten wollen, und zu denen gehören wir. Erstmals seile ich mich auf einem Bahnhof an, dann steigen wir durch einen langen Felsenstollen hinunter, bis wir vor einer eisernen Türe stehen, und als sie sich krächzend öffnet und uns aus dem Urgestein entläßt, stehen wir mitten in einem mächtigen Bergkessel auf dem Gletscher.

Der Bergführer zeigt mir, wo sich die Hütte befindet, zu der wir aufsteigen müssen, sie steht genau auf einem Absatz des Eigergrates und sieht nicht aus, als ob sie zu Fuß erreichbar wäre. Mein Bergführer geht aber offenbar davon aus, und wir marschieren nun über den Gletscher an den Fuß einer Felswand, klettern ein Stück darin hoch und erreichen ein Schuttband, das einem Weg gleicht, und diesem Band folgen wir so lange, bis wir die Hütte erreicht haben.

Von hier aus sehe ich erst, daß der Eiger wirklich eine Kulisse ist. Während seine Nachbarn Mönch und Jungfrau große Klötze sind, deren Rückseiten sich weit abfallend gegen den Aletschgletscher hin erstrecken, steht er aufgerichtet wie eine Scheibe da, zeigt der ganzen Welt seine berüchtigte Nordwand, und hinter ihm ist nichts, nichts als eine nackte Südwand, die zu durchsteigen fast noch sinnloser ist als die Nordwand, er besteht also eigentlich nur aus diesem Grat, der sich turmhoch über der

Hütte erhebt, und über den wir morgen den Gipfel erreichen wollen. Ein Gast eines Bergführers, den wir schon im Zug getroffen haben, schaut ähnlich beklommen wie ich seinem morgigen Auftritt entgegen und murmelt zu mir etwas von einem Bubentraum. Ich beneide ihn um dieses Argument, denn ich weiß nicht genau, um welche Art von Irrsinn es sich bei mir handelt.

Die Hüttenwartin kocht das Essen, sie ist eine fröhliche junge Frau und verbringt schon den zweiten Sommer hier oben, ohne auch nur einen Tag ins Tal zu gehen, oder zu fliegen. Souverän teilt sie die Essensgäste in Schichten ein, wir sind in der zweiten Schicht, und ich sitze direkt neben der großen Eisenstange, welche die Verankerung der Hütte darstellt, und in welche, wie ich höre, bei Gewittern die Blitze einschlagen und einen Funkenregen in der Hütte verbreiten. Die Küche ist in einer neuen Biwakbaracke gleich daneben, in der wir übernachten, da die Hütte schon voll ist. Die Baracke trägt den Namen eines Grindelwalder Bergführers, der seit 1973 im Finsteraarhorngebiet vermißt wird, sein Foto hängt in unserm kleinen Schlafraum, ein junger Mann, der mit einer Gletscherbrille unternehmungslustig in die Höhe blickt, und ihm über die Schulter blickt das Finsteraarhorn, und er weiß offensichtlich noch nicht, daß es ihn zum Opfer erwählt hat. Heute wäre er vielleicht so alt wie ich.

Mit den Worten »You two!« weckt ein Bergführer um 3 Uhr seine zwei japanischen Gäste, und da wir alle in diesem Raum über den Grat wollen, sind wir alle gemeint und stehen hastig auf, suchen mit unsern Taschenlampen nach Socken, Kappen und Gamaschen, stellen uns vor der Toilette auf der Rückseite der Hütte an, deren Schlund offen in der Steilwand endet, wo Kot und WC-Papier ein unappetitliches Delta bilden, für manchen Berggänger ein Grund, seinen Stuhl einen ganzen Tag lang zu unterdrücken und mit sich über den Grat zu schleppen. Mir gelingt es trotzdem, ihn loszuwerden, vermutlich ist meine Angst einfach groß genug.

Noch scheint der Mond und erhellt eine unglaubliche Szene. Wolken treiben auf die Eigernordwand zu und brechen sich an ihr wie eine Brandung, die sich bis zum Gipfel überschlägt, und darunter schimmern immer wieder die Lichter von Grindelwald wie eine Korallenstadt vom Meeresgrund herauf. Am Grat sind bereits die ersten Seilschaften unterwegs, als Bergmannslichter flackern sie mit ihren Stirnlampen am Kopf langsam höher. Es sind die, welche von der fröhlichen Hüttenwartin zum ersten Frühstücksgang eingeteilt wurden, den man stehend vor ihrer Biwakküche einnimmt, wie im Hotel wird man gefragt »Tee oder Kaffee?«, und man kann sich auch selbst ein Birchermüesli aus einem großen Topf herausnehmen. Da mein Bergführer vor einer Tour immer Tee trinkt, weil die Flüssigkeit im Körper länger herhalte, trinke ich auch Tee, ich mache alles, was er macht.

Schon nach kurzer Zeit haben wir im letzten Mondlicht das erste fixe Seil erreicht, das der Grindelwalder Bergführerverein an einem Gratturm befestigt hat, um den es kein Ausweichen gibt. Der Bergführer klettert solange voraus, bis ich ihn nicht mehr sehe, dann ruft mir seine Stimme zu: »Chaisch cho!« Ich ergreife das fixe Seil, suche mit den Füßen kleine Tritte und arbeite mich langsam in die Höhe, die Abgründe links und rechts nicht beachtend, zwei oder dreimal finde ich keine Tritte und ziehe mich tarzanartig mit den Armen am Seil hoch. Es beruhigt mich, daß mich das Bergführerehepaar in die Mitte genommen hat, er klettert voraus, sie hinter mir nach. Die beiden haben zwei kleine Kinder, die ich auch kenne, die Tochter hat mir kürzlich eine selbergeschriebene Geschichte von einer Wunderblume geschickt, die sprechen kann. Wenn die beiden hier durchgehen, als ob nichts wäre, denke ich, dann kann ich gut mitgehen, die wollen ja auf alle Fälle wieder zurück zu ihren Kindern.

Als die Sonnenstrahlen den Schneegipfel des Mönchs rötlich färben und uns kurz danach selbst erreichen, ist es mir, als würde mir persönlich mitgeteilt, daß der Tag angebrochen ist. Die Gipfel ringsum wissen schon Bescheid, und auch die Gletscher tiefer unten werden es nach und nach erfahren, aus dem Eismeer ist immer wieder das Krachen zerplatzender Eisberge zu hören, manchmal sehen wir sogar, wo ein Stück abgebrochen ist und auf einem Felsbuckel zerstiebt. Wir machen eine kleine Rast, und kaum haben wir uns hingesetzt, um etwas Brot und Käse zu essen, landen neben uns zwei Bergdohlen und schauen uns, die Köpfe schräg geneigt, erwartungsvoll an. Ich bin gerührt, daß sie uns in dieser unwirtlichen Höhe begleiten und glaube, ich würde ihnen auch noch eine Krume zuwerfen, wenn ich schon am Verhungern wäre.

Nach fast fünf Stunden haben wir den Gipfel erreicht, sehen auch in die Ausstiegsrinnen der Eigernordwand hinunter, mit Schaudern ich, mit Wohlgefühl mein Bergführer, der die Wand schon zweimal durchstiegen hat, im Sommer und im Winter. Viel Boden gibt es nicht auf dem Kulissengipfel, einige Biwakplätze sind mit aufgeschichteten Steinmäuerchen hergerichtet worden, eine Gruppe von drei Bergsteigern ist gestern Abend um acht Uhr von der Hütte zur Tour aufgebrochen und hat den ganzen Grat beim Mondlicht überstiegen, offensichtlich haben die drei hier oben geschlafen. Wer auf dem Gipfel ist, gratuliert sich händeschüttelnd, für Frauen gibt es Küsse, hinter uns kommt ein Tiroler Bergführer mit einer Frau als Gast, wir saßen gestern beim Nachtessen neben den beiden, und ich zucke etwas zusammen, als er seinen Händedruck mit den Worten »Berg Heil!« unterstreicht.

Wir lassen uns knapp unterhalb des Gipfels nieder, trinken und essen etwas und blicken in die Tiefe, auf die Kleine Scheidegg hinunter, auf welche der Eiger ein gewaltiges Schattendreieck wirft, ein Zug von Wengen fährt wie eine Modelleisenbahn in die Höhe. Ringsum in der Nähe und der Weite andere Gipfel, man raunt sich die Namen zu wie die von berühmten Schauspielern, denen man plötzlich selbst begegnet, siehst du dort drüben den Montblanc, oh, schau mal, das ist doch das Lauteraarhorn, und dort hinten die ägyptische Firnpyramide, das Weißhorn, einer meiner Traumberge.

Aus Erfahrung weiß ich, daß eine Tour mit dem Erreichen des Gipfels nicht beendet ist, es kann ohne weiteres sein, daß der Abstieg beschwerlicher wird als der Aufstieg. Die meisten steigen über die Westflanke, eine steile und ungemütliche Schutthalde, auf die Kleine Scheidegg ab, wir begeben uns auf die hintere Gratrippe, welche zu den Eigerjöchern hinunterführt. Schon bald kommen wir zu einer Abseilstelle, der Bergführer trifft alle erforderlichen Sicherungsvorbereitungen, ordnet mit lockerer Hand Knoten, Schlingen und Karabiner wie ein Seemann und schickt uns dann ins Leere hinunter, die Beine sollen wir an den Fels stemmen und getrost in sozusagen horizontaler Lage hinunterlaufen, wie eine Fliege an der Stubenwand. Ich bin froh, daß die Frau des Bergführers zuerst geht, sie ist, sage ich mir, die Mutter der Wunderblumentochter, und ich wandere horizontal einen leichten Überhang hinunter, bis ich auf einem kleinen Absatz bin, auf dem auch schon die Frau des Bergführers steht, die selbstverständlich mehr ist als einfach die Frau des Bergführers, nämlich Lehrerin.

Auf dem ersten Eigerjoch angekommen, bestätigt sich meine Befürchtung, die ich schon beim Blick vom Eigergipfel hegte, nämlich daß es nun einen nächsten Grat zu übersteigen gilt, der nicht weniger schroff aussieht als derjenige von heute morgen, er hält zum Beispiel eine Stelle für mich bereit, wo ich von einer Felswand über eine Spalte die nächste Felswand erreichen muß, die nur einen einzigen sichtbaren kleinen Tritt für meinen Fuß hat, an der Kante über dem Nichts, und von diesem Tritt muß man sich hinter die Kante schwindeln und dann wieder zum Grat hochziehen. Ich rufe meinem Bergführer, der hinter der Kante nach oben verschwunden ist, die überflüssige Frage zu, ob ich gut gesichert sei, freundlicherweise nimmt er sie ernst und bejaht, doppelt habe er mich gesichert, was immer das heißt, und seine Frau hinter mir ergänzt, auch sie habe mich gesichert, und falls ich falle, hänge ich wie an einer Wäscheleine. Gleichermaßen beruhigt und angeekelt vom Gedanken, wie ein Waschlappen an einer Leine zu baumeln, wage ich den Schritt und bin überrascht, wie einfach er ist, wenn man dran glaubt, daß man ihn machen kann.

Beim nächsten Rastplatz stinkt es so, daß wir etwas weiterrücken, es gelingt doch nicht allen, ihrem Entleerungsdrang bis zuletzt zu widerstehen. Es wird nun immer heißer, ein erschreckend abgründiges Firnfeld, das es zu traversieren gilt, verlangt den Gebrauch der Steigeisen, deren Anschnallen für jemanden, der das nicht täglich macht, mühsam und qualvoll ist, welcher Riemen kommt durch welchen Ring, soll man ihn zuerst quer über den Schuh oder zur Spitze des Schuhs ziehen, oh, die Ferse steht nicht ganz drin, alles nochmals abnehmen und von vorn anfangen, und die Schnalle muß außen am Schuh sein, damit man sich beim Gehen nicht verheddert, aber dann tritt man so selbstbewußt auf den Firn, als hätte man Krallen an den Füßen. Die Kundin des Tiroler Bergführers läßt sich die Eisen von Anfang an von ihm anziehen, der wie ein treuer Diener vor ihr kniet, »Full service!« sagt sie strahlend zu mir.

Endlich ist das zweite Eigerjoch erreicht, mein Bergführer schlägt dem Tiroler Kollegen vor, unsere Seilschaften für den bevorstehenden Gang über den Gletscher zusammenzuhängen, da eine Fünfergruppe für eine Gletscherspalte schwerer zu schlukken ist als eine Zweiergruppe. Dann betreten wir den Gletscher, der den Anfang einer unendlichen weißen Fläche bildet, die schlicht »Ewigschneefeld« genannt wird. Vor uns auf einem Buckel eine Reihe von bizarren Schneetürmen am Ende eines Gletscherabbruchs, einer stürzt vor unsern Augen lautlos in sich zusammen, ein Opfer der Sonne, die triumphierend ihre Strahlen vom Himmelszenit verschießt. So zügig wie möglich überqueren wir den Schrund, ein großer Schritt wird verlangt, ein Sprung eher, wir leisten ihn alle und gehen dann rasch aus dem möglichen Sturzfeld des Abbruchs weg, ich denke an den Vers von Uhland, den ich einmal in der Stuttgarter Straßenbahn gelesen habe:

O, brich nicht, Steg! du zitterst sehr.
O, stürz nicht, Fels, du dräuest schwer.
Welt, geh nicht unter, Himmel, fall nicht ein,
Eh ich mag bei der Liebsten sein!

Prosaischer spricht man bei solchen Stellen von objektiven Gefahren, welche drohen, und ich bin froh, daß es bei der Drohung geblieben ist.

Für den Schlußaufstieg durch die gleißende Nachmittagssonne muß ich meine physischen und psychischen Reserven hervorholen, die beide schon fast aufgebraucht sind, und als wir nach insgesamt elf Stunden auf der Mönchsjochhütte eintreffen, eröffne ich meinem Bergführer, daß ich kaum glaube, den Mönch morgen über den schwierigeren Westgrat besteigen zu wollen, und die Normalroute sei doch bestimmt auch schön.

Seine Frau verabschiedet sich nun, um zu ihren Wunderblumenkindern zurückzugehen, ich lege meine nassen Schuhe, Gamaschen und Socken in die Sonne, gehe mich dann sofort hinlegen und verfalle in einen anderthalbstündigen Dämmerschlaf. Nachher desinfiziere und pflastere ich meine kleinen

Wunden, die ich vom Klettern an beiden Händen habe, und mache alle meine Sachen bereit, als ob es morgen so weiterginge.

Auch diese Hütte, bedeutend größer als diejenige auf dem Grat, ist überfüllt, alle wollen bei diesem Augustwetter auf die Berggipfel, abends nach dem Essen darf ich mich mit meinem Bergführer an den Führertisch in der Küche setzen, wo es etwas ruhiger ist. Von einem der Kollegen, die hier sitzen, hat er mit Respekt erzählt, es ist derjenige, der eine Route durch die Eigersüdwand eröffnet hat, ich kann mir, nachdem ich sie von unten und oben gesehen habe, kaum vorstellen, daß sie zu durchsteigen ist, aber die Legende mir gegenüber lächelt, als ich sage, die Wand sehe recht gäch aus, und sagt, dafür habe sie unten Auslauf. So untertreiben sie, die Könner. Dann kommt die Rede auf die Veränderungen in den Bergen, die er beängstigend findet, die ständig fortschreitende Ausaperung macht ihm Sorgen. Direkt neben dem Publikumsausgang auf dem Jungfraujoch hat sich diesen Sommer der Gletscherschrund aufgetan, eine Pistenmaschine schiebt seither immer wieder Schnee hinein, um die riesige Spalte ungeschehen zu machen, aber niemand weiß, wie lange man den jetzigen Stollenausgang überhaupt noch benutzen kann.

Als wir am nächsten Morgen im verbleichenden Mondlicht an der Stelle stehen, wo die Normalroute von der Spur zum Westgrat abzweigt, fragt mich mein Bergführer, was ich nun lieber wolle, den gewöhnlichen Aufstieg oder die viel interessantere Überquerung des Westgrates. Ich schaue in den berückend schönen Sternenhimmel und sehe einen Kometen fallen. »Zum Westgrat«, sage ich.

Mit größerer Gelassenheit als gestern steige ich hinter ihm her, der »bösen Platte«, die er mir als schwierig geschildert hat, spreche ich gut zu, sage ihr, daß ich sicher sei, daß sie eigentlich gern eine liebe Platte wäre, und das ist sie denn auch, wenigstens mit mir.

In der Scharte schließlich, aus der man zum Gipfelfirn aussteigt, ist eine Gedenktafel für einen Bergführer angebracht, der hier vor acht Jahren mit seinem Bruder abgestürzt ist, ich bringe es nicht fertig, die Tafel nicht zu lesen, stelle aber meinem Bergführer keine Fragen. Wir ziehen die Steigeisen an, und beim anschließenden Anstieg über den Gipfelfirn halte ich meine linke Hand mit dem dicken Handschuh wie eine Scheuklappe neben mein Gesicht, damit ich den schwer erträglichen Abgrund nicht sehe, der offenbar sogar Bergführern zum Verhängnis werden kann. Dann der schönste Moment, das Erreichen des sanften Firns, der zum Gipfel führt, wir sind ganz allein, es ist ganz ruhig, wir sind ganz hoch oben, und ganz langsam steigen wir zum Gipfel. Als er kürzlich neu vermessen wurde, stellte man erstaunt fest, daß er fast um 10 Meter gewachsen ist, was aber offenbar nur mit einem Fehler bei der letzten Messung zu tun hat und mit der Schwierigkeit, sich mit einer Schneekuppe über ihre genaue Höhe zu verständigen.

Vier Wiener, die über die Normalroute auf dem Gipfel eintreffen, möchten sofort ein Gipfelfoto von ihrer ganzen Gruppe, jeder mit seinem eigenen Apparat, was uns einiges zu tun gibt. Wir rächen uns dann mit der Bitte um ein Gipfelfoto von uns zweien.

Der Abstieg ist heikler, als ich mir vorgestellt hatte, der Mönch wird meistens als leichter Viertausender beschrieben, aber der Pfad über den Gipfelfirn ist bestürzend schmal, und die Wächten, die sich schon von ihm zu lösen beginnen, können jeden Moment abbrechen. Viele Seilschaften befinden sich noch auf dem Aufstieg, obwohl es schon gegen Mittag geht, auch Einzelgänger sind darunter, ich hoffe, daß niemandem etwas passiert, manche sehen nicht besonders trittsicher aus.

Erst als wir auf dem breiten Pfad zur Jungfraujochstation gehen, fragt mich mein Bergführer, ob ich die Tafel oben gesehen habe. Er hat die beiden Brüder gut gekannt, und niemand weiß, was genau geschehen war, er nimmt an, da es im November passierte und ein enormer Wind ging, es hätte die beiden einfach »usegchuttet«, vom Grat geweht. Der Bergführer, der gestern mit dem Bubentraumgast auf den Eiger ging, war der dritte Bruder der beiden.

Da stehen sie alle im Sonnenlicht, diese Gipfel, und wecken etwas in uns, das wir nicht verstehen, den Wunsch, dort hinaufzugehen, wohin es keinen Grund zu gehen gibt, und wir hoffen alle, daß wir wieder zurückkommen, und nur ab und zu bestrafen die Berge diesen Wunsch, lassen einen Stein fallen, geben einem Tritt nach oder stoßen einen Windhauch aus und lassen das Stück tragisch enden. Letzte Woche sind am Mönch zwei junge Menschen zu Tode gestürzt, vor vier Tagen waren es zwei am Aletschhorn, eine davon, wie ich auf der Heimfahrt in der Zeitung lese, eine bekannte Wirtin aus Bern, erfahrene Berggängerin und in meinem Alter, und vorgestern sind auf den weißglänzenden Rockfalten der Jungfrau zwei Menschen tausend Meter in die Tiefe gefallen.

Ich aber, ich habe an beiden Tagen zum Gipfel meines großen Traumberges hinübergeschaut, an den ich mich bis jetzt nicht wagte, und habe meinen Bergführer, mit dem ich in vierzehn Tagen nochmals abgemacht habe, gefragt, ob wir es als Nächstes mit dem Weißhorn versuchen wollen.

Wind

Während eines Herbststurms in Berlin wurde einem älteren Mann, als er auf dem Gehsteig auf eine Kreuzung zuschritt, die Mütze vom Kopfe gerissen, rollte auf die Mitte dieser Kreuzung, einer gewaltigen Kreuzung, zwischen dem Messegelände, dem S-Bahnhof Witzleben und dem Sender Freies Berlin, und blieb genau vor einer Reihe von Autos liegen, welche auf vier Spuren nebeneinander mit laufenden Motoren auf ihr Grünlicht warteten. Der Mann hatte seine Mütze schon mit einer wegwerfenden Handbewegung aufgegeben, da nicht abzusehen war, wohin der heftige Wind sie noch treiben würde, und sah nun erstaunt, daß sie doch in erreichbarer Distanz zur Ruhe gekommen war, versicherte sich, nach allen Seiten blickend, ob von nirgendwoher Autos über die Straße geschossen kamen, aber es war ein Moment, in dem sämtliche Kolonnen in Lauerstellung an den Ampeln warteten, also rannte er in einem raschen Entschluß auf die Straße hinaus, seiner Mütze entgegen. In diesem Augenblick schaltete eine Ampel auf Grün, und die Autos, die in einer Viererreihe knurrend vor der Mütze standen, fuhren nun nicht los, sondern setzten sich nur ganz langsam, geradezu zärtlich in Bewegung, dem Mann dergestalt zu verstehen gebend, daß sie ihn und sein Mützenmalheur wohl gesehen hatten, und der Mann seinerseits, als er das bemerkte, beschleunigte seinen Gang, bückte sich in der Mitte der Kreuzung nach seiner Mütze, hob sie auf und schwang sie den wartenden Autofahrern fröhlich und dankend zum Gruße zu, worauf sich hinter den Scheiben Hände erhoben und ihm zurückwinkten, bleckende Zahnreihen lachten ihm zu, und es drang eine Heiterkeit durch die Gehäuse der Wagen auf die Straße hinaus, eine Heiterkeit in einer Welt voll Unlösbarem, über ein winziges Problem, das an diesem Tag zu dieser Stunde gelöst werden konnte durch ein wenig Freundlichkeit einem älteren Mann gegenüber, der sonst hätte zusehen müssen, wie seine Kopfbedeckung durch Reifen plattgedrückt oder weggeschleift oder zerfetzt worden wäre, und auch der ältere Mann ging, nachdem er sich schnell wieder auf den Gehsteig gerettet hatte, durchaus beschwingt und ermutigt für den weiteren Verlauf des Tages über die Brücke auf den S-Bahnhof Witzleben zu, und ich kann dies mit umso stärkerer Gewißheit sagen, als es sich beim älteren Mann um mich selbst handelte.

Kosovo Ja

Die Ureinwohner unserer Bahnhöfe sind die Ausländer.

Je verlassener die Orte sind, desto sicherer triffst du auf dem Bahnhof die Ausländer, die im Geruch der Schienen und Schnellzüge eine wenn auch noch so dünne Verbindung zum Land wittern, aus dem sie kommen und in dem sie lieber wären, hätte sie nicht eine machtvolle und unerbittliche Hand gepackt und ausgerechnet hier fallen gelassen, in Flüelen zum Beispiel, wo ich, nachdem ich Schulkinder im tief verschneiten Schächental besucht habe, im Wartesaal sitze, bis der Zug nach Zürich fährt.

Während ich in meiner Tasche ein Buch für die Fahrt suche, von dem ich sicher bin, daß ich es bei mir habe, meldet sich von der Tür her ein dünnes Stimmchen, mit einem Gruß in der Ursprache, nicht »Hallo«, nicht »Hoi« noch »Salü«, sondern eine Art Präsenzvokal, der bedeutet, da bin ich, bist du auch da?

Ich will nicht hinhören, und erst nach einer Weile, als ich mein Buch nicht gefunden habe, merke ich, daß neben mir ein Bub sitzt, klein ist er, dünn ist er, bleich ist er, und als ihn mein Blick trifft, wiederholt er seinen Begrüßungsvokal.

Auf welchen Zug er warte, frage ich ihn auf schweizerdeutsch, worauf er sofort ein Sätzlein hervorzieht, das er immer griffbereit in der Tasche hat: »Nicht verstehen.«

Ich schaue ihn an und verstehe sofort, daß er nicht versteht.

»Bosnia?« frage ich.

Er schüttelt den Kopf.

»Kosovo?«

Er nickt heftig und sagt: »Kosovo ja.«

»Miredita«, sage ich.

Kürzlich habe ich mir aus Ratlosigkeit über die vielen Albaner in unserm Land ein Albanisch-Lehrbuch gekauft, und das ist das einzige Wort, das ich mir bisher merken konnte. Es heißt »Guten Tag«.

Der Kleine lächelt und fragt hoffnungsvoll: »Albanisch?«

Ich schüttle den Kopf, und unser Gespräch ist vorläufig beendet. Er blickt mich aber an wie ein Zuschauer in der ersten Reihe. Die Vorstellung hat doch eben erst begonnen.

»Ist deine Mutter auch da?« frage ich.

»Mutter ja«, sagt er.

»Dein Vater?«

»Vater ja.«

»Was heißt Mutter auf albanisch?« will ich wissen. Vor mir sitzt schließlich ein lebendiges Lehrbuch.

Aber das ist zuviel verlangt.

»Mutter nein«, sagt er kleinlaut.

Dem jetzt drohenden Kontaktzerfall beugt der Kleine vor, indem er mich am Mantel zupft und verschmitzt sagt: »Mantel.«

Ich bestätige diese Einsicht, zupfe ihn meinerseits an der Jacke und sage: »Jacke«, und an der Art, wie er das Wort wiederholt, merke ich, daß er es schon kennt.

Ich zeige auf meine Schuhe, und er nennt sie »Schuhe«, und dann mache ich nochmals einen Versuch und frage: »Schuhe – albanisch?«, und diesmal hat er begriffen, was ich will und sagt: »Kepuce.« Ich spreche das Wort nach, und er ist zufrieden mit mir.

Die Wand ist mit einem Fresko von Heinrich Danioth geschmückt, »Föhnwache«.

Drei grimmige Männer mit Feuerwehrutensilien stehen am Seeufer und blicken auf zwei leichtgewandete Frauenfiguren in tänzerischer Pose, die sich offenbar auf ihren Schutz verlassen, falls der Föhn hereinbrechen sollte.

Wir schauen beide auf das Bild, das ich laut »Bild« nenne, worauf er es auch »Bild« nennt. Damit ist es für uns erledigt. Ich suche ein einfacheres Gesprächsthema. Warum nicht noch etwas albanisch lernen, jetzt, wo ich schon weiß, wie die Schuhe heißen?

»Mutter – albanisch?« frage ich nochmals.

Er wehrt wieder ab. »Mutter nein.« Das hat er mir doch schon erklärt.

Ich gebe nicht nach. »Vater – albanisch?«

»Vater nein.«

Dann halt nicht. »Wie heißt du? Dein Name?«

Er strahlt. »Martin.«

Dann zeigt er auf mich. »Du?«

»Franz«, sage ich.

Dann stehe ich auf und sage: »Mein Zug kommt.«

Er ist enttäuscht. Jetzt, wo wir unsere Namen kennen und schon fast Freunde sind, gehe ich weg und lasse ihn in Flüelen sitzen, bei Mutter nein und Vater nein.

Ich hole mir eine Zeitung am Kiosk und gehe auf mein Perron.

Als ich in den Zug steige, sehe ich den Kleinen vor dem Kiosk stehen. Er winkt mir, als der Zug abfährt, und ich winke zurück.

Ich kenne sonst niemanden in Flüelen.

Niemanden – außer Martin.

Da ist er

Monatelang hat man ihn herbeigesehnt in den Ferienorten, hat ihn eigentlich schon fast aufgegeben und ihn wieder wie jedes Jahr durch künstliche Beschneiung erzeugt, damit sich wenigstens ein weißes, wenn auch noch so hartes Pistenband durch das Segantinibraun der Grasnarben zog. Wir haben uns an den Gedanken bereits gewöhnt, daß wir von nun an mit geklonten Wintern leben müssen, gegen die sich angesichts der wirtschaftlichen Misère nicht einmal mehr die Grünen zu wehren wagen, und nun ist er unvermutet zurückgekommen, der Vermißte, der Vergessene, der Totgeglaubte, und wo er durchgeht, kracht und donnert und stäubt es, und die Menschen ziehen die Köpfe ein.

Eben noch ein willkommener Heimkehrer, fragen sich nun alle, was er in seiner langen Abwesenheit für Sitten gelernt hat, wo war er, an einer Retraite in Sibirien, oder kriegsgefangen an der Klimafront?

Anfänglich hielt man ihn noch für den alten. Der Wirt, der in Wengen mit seiner Frau im Schlaf begraben wurde, war selbst Mitglied des Rettungsdienstes, ein erfahrener Bergführer, der schon viele Menschen aus dem Schnee ausgegraben hat, und er entschied sich in der verhängnisvollen Nacht für's Bleiben, er glaubte den Heimkehrer zu kennen.

Aber der hat nichts mehr gemein mit dem Winter aus den letzten Jahren. Nicht einmal mit dem aus den letzten Jahrzehnten, eher mit dem aus dem letzten Jahrhundert. Wenn er mit seiner Geißel über die Grate knallt, beginnt dort oben ein Volk zu tanzen, das sich nur selten zeigt, aber wir wissen, wie sie heißen, die Lawinen, sie tragen Namen wie aus fernen Alpensagen und fallen doch über unsere heutigen Straßen her, über unsere Autobahnen, über unsere Strommasten, unsere Fahrleitungen, unsere Eisenbahnschienen, unsere Hütten, Ställe, Häuser und Chalets, die Chüebodenlaui, die Meißenbodenlaui, die Britterenlaui, die Stellilaui, die Breitlaui, die Bristlaui, die Rohrbachlaui, die Limibachlaui, die Ribitallaui, die Urschilaui, die Bolanera, die Londadusa.

Und es gefällt ihnen, nach der alten, schrillen Melodie des Totgeglaubten von den Alpweiden herunterzufahren und dabei Wege zu nehmen, die sie noch nie genommen haben, und ganze Talböden so gründlich zuzudecken, daß nicht so bald jemand anders auf diesen Böden hocken bleiben wird, und so wie es für die Skifahrer der volle Genuß ist, bis ganz hinunter ins Tal zu fahren, so fahren auch sie so weit hinunter wie es geht, bis in den Brienzersee womöglich, oder sie bleiben knapp oberhalb von Brig stehen, ächzend und knirschend, schieben noch ihre Wülste über die Ablenkungsmauern und schauen lüstern auf all die Wohnblöcke, Kirchen und Paläste hinunter, die so schön knirschen würden unter ihrem Gewicht.

Und derweil machen unten die Hüter unserer Straßen, Autobahnen, Strommasten, Fahrleitungen, Eisenbahnschienen, Hütten, Ställe, Häuser, Chalets und Menschen mobil, sie bilden Krisenstäbe und sprechen mit besorgten Gesichtern in die Fernsehkameras, sie brauchen Ausdrücke wie »noch nie« und »Teilentladung« und »nicht auszuschließen«, und einer hat einer Laui bescheinigt, sie hätte sich genau an die Lawinenkarte gehalten, und auch hier bringt der Winter die alten Zeiten wieder mit, denn die Schützer und Retter sind alles Männer, und die Frauen sind die Beschützten und Geretteten, oder sie werden als die Sich-Fürchtenden gezeigt, die sagen dürfen, letzte Nacht hätten sie also schon Angst gehabt.

Wenn ich mit Abgeschnittenen telefoniere, die ich kenne, um

zu fragen, wie es ihnen geht, in Elm zum Beispiel oder im Berner Oberland, dann erinnere ich mich wieder an Telefongespräche nach Sarajewo, zu Menschen, die irgendeiner unberechenbaren Macht ausgesetzt sind, die man im Hintergrund grollen hört und von der sie nicht wissen, in welcher Form sie zuschlägt.

Und die höchsten je gemessenen Schneemassen ziehen auch die höchsten je gemessenen Zuschauermassen nach sich. Noch nie, konnten wir kürzlich unsern Nachrichtensprecher mit sichtlicher Genugtuung sagen sehen, hätten soviele Menschen die »Tagesschau« gesehen wie am Abend des ersten gewaltigen Schneefalls, über anderthalb Millionen, und während wir am Juranord- und -südfuß in den geheizten Wohnzimmern vor den Fernsehapparaten sitzen, um mit offenem Mund zu sehen, wie Suchtrupps mit leeren Bahren von Schuttkegeln zurückkommen, wie sich auf dem Brienzersee ein Lawinenschiff durch die Wellen kämpft, wie die Gotthardautobahn und die Gotthardeisenbahn gesperrt werden und wie der San Bernardino vergeblich gesalzen wird, füllen sich unsere Keller langsam mit dem Schmelz- und Regenwasser, das sich unsere Mittellandböden zu schlucken weigern.

Zwei Büsche

Im Sommer kam der Gärtner und sägte im Auftrag des Kantons unsern großen Cotoneasterbusch um, da dieser, wie uns auf einem Informationsblatt mitgeteilt wurde, den Feuerbrand auf die Obstbäume weiterverbreite.

Erst als er am Boden lag, merkten wir, wie sehr er mit dem alten Fliederbusch verwachsen gewesen war, von dessen ganz im Efeu verborgenem Stamm die Äste nun nackt und viel zu lang abstanden und hilfesuchend im Wind ruderten, wenn es stürmte.

Im Winter dann, beim ersten großen Schnee, stürzte der Flieder um.

Die Bruchstelle verriet: Er war so morsch gewesen, daß er schon längst zusammengebrochen wäre, hätte ihn der Cotoneaster in seinen letzten Jahren nicht sanft umarmt.

Ein Doppelleben

Ich führe – und es ist vielleicht langsam an der Zeit, das allen, die mich zu kennen glauben, einzugestehen – ich führe ein Doppelleben.

Tagsüber lebe ich wie die meisten andern auch, ich rasiere mich, ich trinke Kaffee, esse Vollkornbrot mit Margarine und selbergemachter Erdbeerkonfitüre, hole die Post aus dem Briefkasten, dem Faxgerät und vom Bildschirm, telefoniere vernünftig mit meinen Geschäftspartnern, meinen Freunden und Verwandten, schlecke Briefmarken ab, verschnüre alte Zeitungen, stelle bis zum äußersten gefüllte Abfallsäcke vor das Haus, kaufe Dinge ein, die ich mir aufgeschrieben habe, lasse meinen aufgespannten nassen Schirm im Treppenhaus zum Trocknen, hänge meinen Mantel an der Garderobe auf, höre, während ich mir ein leichtes Mittagsmahl zubereite, am Radio das Gespräch mit dem Meteorologen über die vermutete Wetterentwicklung der nächsten Tage und anschließend die Nachrichten und die neusten Berichte aus den Krisengebieten, öffne die Haustüre, wenn die Monteure läuten, um die Durchlauferhitzer, Kochherde, Dampfabzüge und Fernsehapparate zu reparieren, bezahle die Rechnungen, die sie mir anschließend schicken, innert der vorgesehenen 30 Tage, hole ertrunkene Amseln aus dem Brunnen im Garten und verscharre sie bei der Thujahecke.

Nachts aber, wenn die normalen Mitbürger ihre Tür zweimal verschlossen und die Rolläden ihrer Wohnungen heruntergelassen haben, nachts verwandle ich mich in einen umgetriebenen, vollkommen vernunftlosen Menschen, der immer neue, exquisite Abenteuer und atemberaubende Situationen suchen muß, um seine rätselhafte seelische Gier zufrieden zu stellen, ich rase, in einem Cembalo sitzend, das zu einer Seifenkiste umgebaut ist, kopfsteingepflasterte Bergstraßen hinunter, ich springe auf langsam rollende Militärzüge auf, die, kaum bin ich drin, immer schneller fahren und mich erst wieder in einem Bergdorf entlassen, dessen sämtliche Gebäude von Lawinen schief gedrückt sind, ich stürze mich in Flüsse, die donnernd und tosend von Tunnels verschluckt werden, ohne zu wissen, ob und wie ich das Ende des Tunnels erreichen werde, ich schwimme in Event-Parks unter Wasser und werde von Fischen für ihresgleichen gehalten und um Auskunft angegangen, »C'est la Dordogne ou la Bourgogne?« fragte mich kürzlich ein Karpfen, dabei war ich überzeugt, daß ich durch Österreich schwämme, ich treibe für Filmaufnahmen auf Eisschollen in der Antarktis, bis ich fast erfriere, ich werde wegen meiner Taten, über die ich den Überblick verloren habe, vor Gericht gestellt und zu mehreren Jahren Haft verurteilt, entkomme mit Tricks, die ich tagsüber nie anzuwenden wagte, aus dem Gefängnis, verstecke mich an unwürdigen Orten, vergreife mich an Frauen, die mich mit laszivem Lachen gewähren lassen, denn auch sie leben ihr zweites Leben, das nichts mit ihren Kindern, ihren Arbeitskitteln und Einkaufskörben gemein hat, und sie sind ebenso unberechenbar wie ich, zwei von ihnen haben sich einmal als meine Henkerinnen entpuppt, ihr teilnahmsloses Lächeln macht mich noch heute schaudern, und trotzdem suche ich immer wieder derartige Situationen, gerate überraschend in Kriege, finde mich auf Flugplätzen wieder, welche bombardiert werden, muß mich zu Boden werfen, weil ringsum Granaten explodieren, werde von alten Schulfreunden mit Messern angegriffen, ein Bergführer lädt mich in einen Bus ein, der die Eigernordwand hinunterfahren wird, und gleich darauf muß ich Särge herumtragen, aus denen Fleischstümpfe ragen, mache nachher Fernsehaufnahmen, bei denen ich vollkommen nackt bin und statt mit Schminke mit Schlamm eingeschmiert werde, ich bin oft nackt nachts, habe manchmal noch Turnschuhe an oder trage einen Rucksack, stürze öfters in Abgründe und kann auf seltsamste Weise der Schwerkraft widerstehen, bin auch schon richtiggehend geflogen, habe schon Dutzende von Flugzeugabstürzen überlebt, bin vor riesigen Schlangen geflohen, habe Löwen und Leguane gefüttert, bin in einem Faltboot zu einer Weltumpaddlung aufgebrochen und gleich zu Beginn gekentert, ich kann zugleich alles und nichts, ich packe die tollkühnsten Unternehmungen an und scheitere an den einfachsten Dingen, so bin ich imstande, Milch in einem Dampfkochtopf zu erhitzen, bis sie zu einer braunen Kruste wird, es ist mir grundsätzlich nicht zu trauen, nicht einmal die Töchter meiner Freunde sind vor mir sicher, mit einer von ihnen habe ich letzthin einen Banküberfall begangen, ebenso kaltblütig wie erfolgreich, und in der Frühe, wenn die normalen Mitbürger nach dem Rasseln oder Piepsen ihrer Wecker pflichteifrig und morgengeil unter die Dusche rennen, bleibe ich liegen, räkle mich mit halbgeschlossenen Augen und denke noch lächelnd darüber nach, aus welchem brennenden Haus ich heute Nacht entkommen bin, und ob ich etwa selbst der Brandstifter war.

Dann stehe ich auf, gehe auf die Toilette, gurgle mit Mundwasser und mache dreimal hintereinander eine Yoga-Übung, die Sonnenbegrüßung, bevor ich mir in der Küche den Morgenkaffee aufsetze.

Das erste Programm

In meinem Fensterrahmen ist eine Wiese zu sehen, hinter der Wiese ein großer, grüner, baumloser, von Felsen durchsetzter Hügel, und oben schaut hinter dem Hügel ein dreieckiger kleiner Bergspitz hervor. Am Sockel des Hügels fließt ein Bach. Das Sand- und Geröllfeld, welches sich zwischen ihm und der Wiese breitmacht, zeigt an, daß der Bach zum Fluß werden kann, wenn ihm danach zumute ist. Eine kleine Brücke verbindet die beiden Ufer, ein Viehpfad führt ein Stück weit den Hügel hinan, verliert sich aber bald.

Das ist das Bühnenbild des ersten Programms.

Und die Handlung?

Ein feiner Regen setzt ein und schraffiert den Hügel. Eine Schwalbe fliegt über den bedeckten Himmel. Gegen die Bergspitze hinauf wird dünnes Gewölk getrieben, als ob der Hügel dampfen würde.

Doch nun tut sich Entscheidendes.

Von links tritt, mit einer Glocke am Hals, eine Kuh auf, gefolgt von einer zweiten. Eine dritte erscheint, als Toneffekt ist das Geläute der Kuhglocken zu hören, und aus dem Off erklingen die Rufe der Hirtinnen, die wenig später mit der ganzen kleinen Herde vom Fensterrahmen erfaßt werden. Die eine der beiden Frauen trägt einen langen grünen Regenschutz, die andere eine rote Windjacke und einen spitzen Filzhut.

Würdevoll trotten die Kühe durch das Sand- und Geröllbett. Will aber eine ausscheren, und sei es noch so gemächlich, um etwas Gras zu fressen, wird sie von einer der Frauen mit einem langen Haselstock zurechtgewiesen. Die Kühe kennen den Weg zum Stall, ein Ziel, mit dem sie durchaus einverstanden sind, die Euter zwischen ihren Hinterbeinen sind so dick, daß sie ihnen beim Gehen fast hinderlich werden. Ein Kalb, das der Herde als Nachzügler folgt, macht ab und zu einen launigen Sprung.

Alle gehen nach rechts ab, und nachdem sie verschwunden sind, werden die Glocken und die Treibrufe langsam ausgeblendet.

Und dann, wie geht es weiter?

Eine Zimmermannsfliege mit großen Flügeln und langen, schlaffen Beinen schwirrt vorbei.

Ein leichter Wind erhebt sich und bewegt die Spitzen der Gräser.

Ein Wesen, halb Falter, halb Insekt, steigt aus der Wiese in die Höhe und versinkt dann wieder.

Oben auf dem Hügel erscheinen kleine Rinder. Niemand treibt sie in den Stall, sie werden die Nacht in der Höhe verbringen, am Fuß der Bergspitze, welche nun von einer großen, schnellen Wolke ausradiert wird. Wie winzige Scherenschnitte bleiben die Rinder vor der Wolke stehen, bis diese ihr Weiß auch über sie ausgießt und sie verloren gehen.

Die Handlung ist zu Ende. Es bleibt das unglaubliche stille Grün des Hügels und der Wiese.

Das ist das erste Programm.

Ich betrachte es mit Spannung.

Ich brauche kein zweites.

Ein Weltuntergang

Der Gipfel des Weißhorns ist über 4500 Meter hoch, und er ist so klein, daß kaum mehr als die zwei Deutschen und mein Bergführer und ich Platz finden, um uns darauf niederzulassen. Wer zurücktritt, um ein Gipfelfoto zu machen, muß aufpassen, wo er sich hinstellt, es geht überall nur hinunter. Ein großes Kreuz ist im Fels verankert, daran hängt ein echter Jesus, aus rostfreiem Eisen, und er tut mir leid, wenn ich daran denke, wie er hier lange Nächte durchfriert, von Gott und den Menschen verlassen. Mein Bergführer hat gleich nach unserer Ankunft das Seil um einen Balken des Gipfelkreuzes geschlungen, um uns zu sichern – so werden wir, während wir hier sind, durch Jesus gehalten.

Der Berg, auf dem wir stehen, ist eine Insel inmitten eines gewaltigen Wolkenmeers, aus dem immer wieder die Gischt zu uns heraufbrandet und die Sonne verschleiert. Einige wenige andere Inseln sind zu sehen, die Dent d'Hérens und das Matterhorn, auch sie umspült von den Wolkenwogen, die oft so hoch geschleudert werden, daß sie die Gipfel verdecken, und in der Ferne treibt wie ein Eisberg der Montblanc. Mitten im Meer erstreckt sich, als zeige es eine Untiefe an, ein breites schwarzes Band, und am Horizont türmen sich mächtige weiße Wolkenschiffe, Cumulusfrachter, die vor Anker liegen und auf ihre Entladung warten.

Wir sind um viertel nach elf Uhr angekommen. Nach dem ersten Blick in die Runde, meinem Dank an den Bergführer und dem Händedruck mit den zweien, die schon oben sind, ziehe ich ein Werbegeschenk der Firma Sunrise aus dem Rucksack, eine

Spezialsonnenbrille, halte sie vor meine Gletscherbrille und blicke zur Sonne hinauf. Ich schreie auf vor Erstaunen, obwohl ich nur das sehe, worauf ich seit langem durch verschiedenste Artikel und Sendungen vorbereitet bin: der Sonne ist auf ihrer rechten Seite ein Stück herausgeschnitten worden, und zwar durch den Mond, der sich heute, einer ekliptischen Laune folgend, zwischen der Erde und der Sonne hindurchdrängt. Ich reiche die Spezialbrille herum, alle sind gleichermaßen verwundert, daß das Erwartete auch eingetroffen ist. Darauf fotografieren uns die Deutschen mit unserm Apparat, wir fotografieren sie mit ihrem Apparat, dann machen sie sich auf den Abstieg, verschwinden, indem sie sich Anweisungen zurufen, rasch in der Tiefe, und wir bleiben allein zurück.

Eine Gipfelrast nach einem mehrstündigen Aufstieg verläuft sonst so, daß man, hin- und hergerissen zwischen Glücksgefühl und Leere, ein paar Berge zu erkennen und benennen versucht, ein bißchen Proviant zu sich nimmt und dann wieder absteigt, weil man weiß, wie lange es dauern wird und wie schwierig es werden kann.

Jetzt aber, da der Mond dieses eigenartige Spiel mit der Sonne treibt, beschließen wir, länger oben zu bleiben, als Zuschauer, denn beim Blick auf das kompakte Wolkenmeer wird uns klar, daß wir uns, im Gegensatz zu den Hunderttausenden, die sich unten den Hals bis zur Nackenstarre verrenken, ohne etwas mitzubekommen, offenbar eine Art Logenplatz verschafft haben.

Was am Himmel passiert, ist nun ganz und gar unvermeidlich und folgt der astronomischen Logik, der Mond spielt sich immer mehr in den Vordergrund und stiehlt der Sonne ihre gewohnte Form. Alle paar Minuten vergewissern wir uns beim Blick durch die Sonderbrille über den ordnungsgemäßen Verlauf dieses außerordentlichen Ereignisses, und je ordnungsgemäßer der Vorgang, desto größer unser Erstaunen. Auch was auf der Erde zu geschehen hat, wurde uns schon von den Kenntnisreichen prophezeit, und doch, wenn es wirklich eintrifft, fragen wir uns, ist das nun wirklich das Prophezeite? Ist das schwarze Wolkenband etwa der Kernschatten des Mondes, und sollte er dann nicht auf uns zurasen, statt untätig dazuliegen?

Als die Sonne etwa zur Hälfte abgedeckt ist, sage ich zu meinem Bergführer, ich hätte nicht den Eindruck, als leuchte sie weniger stark. Er setzt seine Gletscherbrille ab und schlägt mir vor, dasselbe zu tun, und siehe da, das Licht ist so stumpf geworden, daß mich selbst der sonst kaum erträgliche Blick in den Bergschnee nicht mehr blendet. Auf einmal merken wir, daß es kalt geworden ist, wir frieren an die Finger und schlagen die Hände wärmend um den Körper. Ein Wind ist aufgekommen, und es ist nicht derselbe, der diesen Morgen geblasen hat, aus dem Osten, sondern er weht aus dem Westen, von dort, wo der Mondschatten herkommt, sein Name ist Finsterniswind, und es wird nun so unwirtlich kalt, daß wir beschließen, abzusteigen, bevor der Höhepunkt des Spiels erreicht ist.

Wir verabschieden uns vom Gipfel und lassen Jesus allein zurück, wie einen Bergtoten, dem man nicht mehr helfen kann, und bewegen uns über die Firnflanke abwärts, die steil wie eine Himmelsleiter ist, ich habe die Gletscherbrille nicht wieder aufgesetzt, denn der Schnee ist nun nicht mehr weiß, sondern grau, und das Wolkenmeer ist aschfahl geworden, selbst der schwarze Streifen ist ergraut, und die Berginseln sind erblaßt, als seien sie Zeugen von etwas Schrecklichem geworden, Zeugen des Erlöschens einer großen Kraft, welche, als wir im Abstieg innehalten und noch einmal durch die Schutzbrille nach oben blicken, zu einer liegenden Sichel geworden ist, die von der Schwere des Schattens erdrückt wird.

Die Sonne als Sichel, dieses Bild ist dem Mond vorbehalten, und die Berge wissen es, sie haben es oft genug gesehen, deshalb erbleichen sie, und noch strahlt die Sichel so stark, daß man sie nicht von barem Auge anschauen kann, aber dennoch ist ihre nährende, farben- und lebenspendende Kraft gebrochen, und hätte sich nun die Sichel nicht, wie vorausgesagt, wieder vergrößert, sondern wäre einfach so auf dem Rücken liegen geblieben wie ein besiegter Ringer, dann wäre vielleicht unter dem Wolkenmeer nichts mehr von der Welt, die ich kenne, übrig geblieben, und wir zwei hätten irgendwo am Meeresufer des Weißhorns verharren müssen und wären, wenn wir unsere letzten Dörrfrüchte gegessen, unsern letzten Tee getrunken und unsere letzten Notrufe durchgegeben hätten, ohne daß ein Helikopter mit rettendem Knattern erschienen wäre, auf den untersten Sprossen der Himmelsleiter langsam zu grauen Gestalten erstarrt, aneinander geseilt, mit Steigeisen an den Füßen und Eispickeln in den Händen, ein rätselhafter Anblick dereinst, für Astronauten aus fernen Galaxien.

DAS ENDE EINES
GANZ NORMALEN TAGES
(2008)

Ein Fall

Jemand, nämlich ich, ging zielbewusst über einen Platz in Basel, nur noch wenige Minuten von der Lokalität entfernt, die er aufzusuchen gedachte, da er dort verabredet war, sein Schritt war nicht hastig, aber doch vorwärts orientiert, nicht schlendernd wie etwa derjenige der bemerkenswert schönen jungen Frau, die er überholte. Der Jemand war beschwingt, denn er war dort, wo er hinging, ein freudig Erwarteter, und es muss wohl sein in die Ferne gerichteter, seinerseits erwartungsvoller Blick gewesen sein, der ihn die kleine Kante übersehen ließ, die er nun mit seinem rechten Fuß übertrat. Er hatte sie übersehen, weil er sich auf einem gepflästerten Platz wähnte und nicht auf einem Trottoir, und nun wurden die Gesetze der Physik sekundenschnell und erbarmungslos auf ihn angewendet, Zentrifugal- und Zentripetalkraft stritten sich um ihn, zerrten ihn vor und zurück und auf und ab, sein eben noch gelassener und ebenmäßiger Gang verwandelte sich in ein Zucken und Krümmen seines Körpers, einen gnomenhaften Tanz, durch den ihm die Mütze vom Kopf geschleudert wurde, und er selbst wurde schließlich durch die wild ausscherenden Kräfte in die Knie gezwungen, und während er sich mit Mühe wieder zu erheben und seiner verlorenen Würde zu bemächtigen suchte, bückte sich die schöne junge Frau nach seiner Mütze und überreichte sie ihm lächelnd, so wie man einem Invaliden etwas zuliebe tut, bevor sie, die Handtasche an der Schulter, lässig weiter bummelte und ihn, diesen Jemand, mich also, mit einem scharfen Schmerz im Knöchel als plötzlichen Greis zurückließ, der sofort spürte, dass ihn dieser Misstritt um Kilometer von seiner Abmachung trennte und auch alle seine andern Abmachungen in eine ungewisse, bedrohliche Ferne rückte, dass dadurch auch ein Verb wie »gehen« sofort aus seinem Vokabular verbannt wurde, mehr noch, dass es niedergeschlagen wurde durch eine Bande von Substantiven, deren lümmelhafte Anführer »Unfall« und »Notfall« hießen, ein dritter, der blöde grinste, nannte sich »Zufall«, und sie alle kamen nun auf Jemand zu und sagten zu ihm, als sie ihn links und rechts unter dem Arm fassten, sie hätten schon lange auf ihn gewartet.

Liederabend

Der Sänger und die Pianistin treten auf, im Saal einer Kleinstadt, auf einem niederen Podest, vor getäferter Rückwand, mit schlechter Deckenbeleuchtung. Der Lüster im Saal bleibt während der Darbietung angezündet, damit ein wenig Licht auf das Gesicht des Sängers fällt.

Und nun hebt er an zu singen, ruhig, schön, eindringlich, während die Hände der Pianistin wie Tänzerinnen über die Tasten wirbeln. Der Sänger singt, indem er die Leute dazu anblickt, von Myrten und Rosen, von Nachtigallen, von Tränen und Träumen, von Sehnsucht, Seufzern und Verlangen, von Kummer, Gram und der Wiege seiner Leiden. Die meisten, die zuhören, kommen aber nicht aus einer aufgewühlten Stimmung, sondern sie haben den Tag an irgendeinem Pult verbracht oder haben unterrichtet oder haben die Angebote der Woche eingekauft oder haben sich in der Baumusterzentrale neue Bodenbeläge für die Küche zeigen lassen, und nun verharren sie hier alle nebeneinander in dem kleinen Saal und lassen die Botschaften der Liebe, der Ahnungen und des wilden Schmerzes auf sich niedergehen, und sie sitzen da, Kopf an Kopf, wie in den Boden eingelassene Pflastersteine, auf die nach einer trockenen Zeit ein Frühlingsregen sprüht, der sie einen Moment aufatmen und von etwas längst Vergessenem träumen lässt, bis der Sänger und die Pianistin sich verneigen und den Saal unter Applaus verlassen. Dann sinken sie in ihre alte Trockenheit zurück, um sich wieder täglich über die Köpfe gehen, treten, trampeln und rollen zu lassen.

Die Verkündung

Letzthin, im Zug, direkt neben dir, das elend-fröhliche Digitalpiepsen eines Handys, und du weißt, jetzt wirst du die Seite nicht in Ruhe zu Ende lesen können, du wirst mithören müssen, wo die Unterlagen im Büro gesucht werden sollten oder warum die Sitzung auf nächste Woche verschoben ist oder in welchem Restaurant man sich um 19 Uhr trifft, kurz, du bist auf die unüberhörbaren Schrecknisse des Alltags gefasst – und da kramt der junge Mann sein Apparätchen aus der Tasche, meldet sich und sagt dann laut: »Nein! – Wann? – Gestern Nacht? – Und was ist es? – Ein Bub? – So herzig! – 3 ½ Kilo? – Und wie geht es Jeannette? – So schön! – Sag ihr einen Gruß, gell! – Wie? – Oliver?...«

Und über uns alle, die wir in der Nähe sitzen und durch das Gespräch abgelenkt und gestört werden, huscht ein Schimmer von Rührung, denn soeben haben wir die uralte Botschaft vernommen, dass uns ein Kind geboren wurde.

Kinder

Das Haus, das wir bewohnten, stand etwas außerhalb des Dorfes, in dem mein Vater Lehrer war. Neben dem Haus befand sich ein kleiner künstlicher Weiher.

Ich war höchstens drei Jahre alt, als mein Bruder und ich beschlossen, diesen Weiher auszuschöpfen. Mit einer leeren Ovomaltinebüchse gingen wir zum Rand des Teichs und begannen damit Wasser zu schöpfen und hinter uns in den Garten zu leeren. Wir schöpften und schöpften und schöpften und konnten nicht begreifen, dass sich der Wasserspiegel nicht senken wollte und dass der Grund des Weihers so unerreichbar blieb, als hätten wir ihm nicht eine einzige Büchse Wasser entnommen.

Die junge Großmutter

Im Eingangsraum unserer Wohnung hängt ein Bild, das die Großmutter meiner Frau als junges Mädchen zeigt. Eine Cousine brachte es vor ein paar Jahren zu uns, nach dem Tod ihrer Mutter, und nun schaut uns das Mädchen jeden Tag an, uns und alle, die hier ein- und ausgehen.

Sie mag vielleicht 18 Jahre gewesen sein, damals, hält den Kopf leicht geneigt und blickt erwartungsvoll und skeptisch zugleich auf das Leben, das vor ihr liegt. Die Haare sind kunstvoll gebunden, ein Band hält sie zusammen. Ordentlich sollte sie aussehen für das Portrait, und doch hat ihr der Maler ein paar Strähnen zugestanden, die ihr seitlich und hinten etwas vom Kopf abstehen, eine hängt ihr sogar ein kleines bisschen in die Stirn hinein.

Die Skepsis, hinter der man auch Melancholie ahnt, war berechtigt. Ich weiß nicht viel von ihr, aber ich weiß, dass sie den Mann, den sie ursprünglich liebte, nicht bekam. Die Gesellschaft war dagegen und ordnete ihr einen anderen zu, der später Direktor einer Großbank wurde und am Tag ihres Todes einen Geldtransport in das künstliche Höhlensystem der Alpen begleiten musste, denn der Zweite Weltkrieg war ausgebrochen, und Hitlers Einfall in die Schweiz wurde täglich erwartet.

Als sie starb, war sie erst 47 Jahre alt und hinterließ einen Sohn und drei Töchter. Eine davon war die Mutter meiner Frau. Hätte die junge Großmutter der Stimme ihres Herzens folgen können, würde sie heute nicht im Eingangsraum meines Hauses hängen, denn dann wäre ihre Tochter und damit auch deren Tochter nicht zur Welt gekommen, und ich hätte sie nie kennen gelernt, und auch meine zwei Söhne, ohne die ich mir mein Leben nicht mehr vorstellen kann, wären nicht da.

Ich achte darauf, dass auf dem Tischchen unter ihrem Bild stets ein kleiner Blumenstrauß steht.

Als ich zwanzig war

Als ich zwanzig war, war es so kalt, dass der Zürichsee gefroren war.

Als ich zwanzig war, schrieb ich meinen Matura-Aufsatz über Kräfte, die jenseits von Politik und Wissenschaft unser Leben bestimmen. Ich schrieb vor allem über die Phantasie.

Als ich zwanzig war, durfte ich zum erstenmal abstimmen. In meinem Primarschulhaus betrat man eine Wahlkabine, konnte dort seinen Stimmzettel mit »Ja« oder »Nein« beschriften und ihn nachher in die Urne werfen. Ich weiß nicht mehr, wozu ich damals Ja oder Nein gesagt habe. Stimmen durften, als ich zwanzig war, nur die Männer.

Als ich zwanzig war, gab es an der Universität so viele Studenten, dass man für die Vorlesungen des berühmten Germanistikprofessors Platzkarten lösen musste. Etwa 700 andere studierten auch Germanistik. Mindestens die Hälfte davon waren Frauen. Darunter, dachte ich, müsste auch eine für mich sein. Ich hatte Recht.

Ich werde alt

Ich steige in Gaggenau aus. Eine Dame vom Kulturamt holt mich ab. Ich erkenne sie, bevor sie mich erkannt hat. Fast immer erkenne ich die Leute, die am Bahnhof stehen, um mich abzuholen, sie stehen da wie Fragezeichen. Da ich morgen früh eine Fahrkarte nach Rastatt benötige, werfe ich, bevor wir zum Auto gehen, einen Blick auf den Fahrkartenautomaten. Unter den vielen kleingedruckten Ortsnamen finde ich Rastatt nicht, obwohl ich sorgfältig den Anfang der R-Orte absuche.

»Sehen *Sie* Rastatt?« frage ich die Kulturbeauftragte, und sie sieht es ebenso wenig, schon aus Respekt mir gegenüber.

Ich gehe zum Schalter und verlange eine einfache Karte nach Rastatt, gültig am morgigen Tag. Die könne sie mir nicht geben, sagt die Schalterbeamtin, da müsse ich morgen den Automaten quälen. Sie sagt »quälen«, mit einem rätselhaften, halb ironischen, halb maliziösen Lächeln. Da sei eben Rastatt nicht drauf, sage ich. Rastatt sei schon drauf, sagt sie, aber ich könne auch einfach die Zahl 340 wählen.

»Mach ich«, sag ich, »aber Rastatt ist nicht drauf.«

»Doch, doch«, sagt sie.

Als ich hinzufüge: »Ich bin 60, ich kann lesen«, sagt ein Mann, der auf der Wartebank Zeitung liest: »Ich bin auch 60, kommen Sie, ich zeig's Ihnen.«

Gefolgt von der erstaunten Dame vom Kulturamt gehen wir zum Automaten, und auf den ersten Blick sehe ich unter »R« Rastatt. Warum ich es vorher nicht gesehen habe, kann ich mir nicht erklären.

»Das kostet eine Schokolade«, sagt der Gleichaltrige. Wir gehen zurück in den Schalterraum, wo mein Koffer steht, ich lege diesen auf den Rücken, öffne ihn und ziehe eine kleine Schokolade, die ich im letzten Moment noch eingepackt hatte, heraus. Er wehrt ab, ein Scherz sei das gewesen, aber ich beharre auf der Gabe, und schließlich nimmt er sie, »aus der Schweiz«, sagt er anerkennend.

Zur Schalterbeamtin, die immer noch mit ihrem Mona Lisa-Lächeln hinter der Scheibe sitzt, sage ich, und jetzt bin ich der Gequälte: »Sie hatten Recht, Rastatt steht drauf.«

Sie nickt zufrieden, und der Mann auf der Wartebank isst bereits zufrieden meine Schokolade, als ich mit der Dame vom Kulturamt unzufrieden dem Parkplatz zustrebe.

Ich werde noch älter

Wer das Hotelzimmer betritt, findet gleich links neben der Türe zwei Lichtschalter. Sie haben die Form kleiner Tafeln, die leicht schräg stehen, und werden sie von einer Schräglage in die andere gedrückt, geht das Licht an. Der eine Schalter bedient den Eingang, der andere das eigentliche Zimmer.

Wer das Bad betritt, findet linkerhand dieselben tafelförmigen Lichtschalter, mit denen sich das Badezimmer erleuchten lässt.

Am Morgen suche ich nach dem Duschen vergeblich eine Steckdose für den Haarföhn, der wie in einer Badeanstalt fest an der Wand installiert ist. Ein Kabel mit einem Stecker hängt zwar einladend herunter, aber die Steckdose für allfällige Rasierapparate ist bösartig weit davon entfernt, keine Chance, ihn mit dem kurzen Kabel zu erreichen. Ich trockne mir die Haare mit dem Badetuch.

Später, beim Auschecken an der Rezeption, sage ich, nach Bestätigung meiner grundsätzlichen Zufriedenheit, einzig der Haarföhn sei ein leeres Versprechen gewesen, und erwähne das zu kurze Kabel.

Aber gleich darunter sei doch über dem Lichtschalter der Deckel für die Steckdose, sagt die Dame freundlich mitfühlend, so wie man einem Schüler die richtige Lösung einer Hausaufgabe erklärt.

Rückblickend fällt mir ein, dass es im Bad nur eine einzige Lichtquelle gab, die also auch nur mit einem einzigen Schalter zu bedienen war. Ich hatte mich von der Analogie der Schalteranordnung im Zimmer zur Nichtüberprüfung der vorhandenen Möglichkeiten verleiten lassen und war auch bereit anzuneh-

men, dass mir die Einrichtungen dieses Hotels ohnehin feind-
lich gesinnt waren.

Gelähmte Neugier, Unwillen, sich am Unbekannten zu messen, erwartete Demütigung durch mir fremde Installationen,
und zuletzt wenigstens Recht haben wollen – Alarmsignale, sage
ich mir, lauter Alarmsignale, als ich meinen Koffer zum Bahnhof
ziehe und am Automaten die Zahl 340 eintippe.

Lebenslauf

Auf der Straße traf ich einen Nachbarn, den ich länger nicht gesehen hatte, und fragte ihn, wie es ihm gehe. Er hatte ein Leben lang als Mechaniker bei ABB in Oerlikon gearbeitet, bis der Betrieb stillgelegt wurde. Dann musste er zuerst ins Werk Pratteln, bei Basel, und als es auch dort eng wurde, bot man ihm eine Stelle in Mannheim an. Er spricht italienisch und schweizerdeutsch und ertrug das Leben als Wochenaufenthalter unter fremden Kollegen mit einer fremden Sprache nicht, wurde schließlich krank, und ist jetzt zusammen mit jugendlichen Arbeitslosen in einem Beschäftigungsprogramm beim Demontieren von elektrischen und elektronischen Geräten.

»Früher«, sagte er mir, »war ich in der Konstruktion, heute bin ich in der Dekonstruktion.«

Der Vater meiner Mutter

Er hatte als Kind seine Eltern verloren und erlebte eine geradezu Gotthelf'sche Jugendzeit als schlecht behandelter Verdingbub, hatte es aber geschafft, das Technikum zu absolvieren, um danach den Beruf eines Fernmeldetechnikers auszuüben. Er heiratete eine Frau, die ebenfalls als Waisenkind aufgewachsen war, es kamen vier Kinder zur Welt, und als sich das nun alles wohl angelassen hatte, hat sich mein Großvater offenbar eines heimlichen Credos erinnert. Dieses Credo, das er sich durch die harten Zeiten seines Lebens hindurch bewahrte, muss so etwas wie der Glaube an das Schöne gewesen sein, denn mein Großvater beschloss mit 41 Jahren, Cello spielen zu lernen.

Wie tat er das? Borgte er sich ein Cello? Ging er zu einem Cellolehrer? Nein, er ging zu einem Geigenbauer und bestellte sich bei ihm ein Cello. Erst, als er das Instrument hatte – und es konnte nicht billig gewesen sein, denn Herr Meinel aus Liestal hatte einen guten Namen –, suchte er einen Cellolehrer auf. Der sagte ihm aber nach der zweiten oder dritten Stunde, es habe keinen Zweck, denn seine Finger seien zu klein für die Griffe, die das Cello verlange.

An dieser Stelle seiner Erzählung pflegte mir mein Großvater seine linke Hand hinzuhalten und den kleinen Finger etwas abzuspreizen, was ihm eben kaum gelang.

Und so stellte er das Instrument zur Seite und ging in einen Mandolinenclub, dort war es bestimmt auch lustiger als in der Cellostunde, und die Griffe waren weniger groß. Das Cello aber musste er noch jahrelang abzahlen, erst vor kurzem habe ich in einer Familienschublade das Bündelchen Quittungen mit den monatlichen Ratenzahlungen gefunden. Seinen Töchtern ließ er Privatunterricht in Geige und Klavier geben – meine Mutter war ein Leben lang eine gute Geigerin – aber sein Sohn interessierte sich nicht für das Cello.

Und schon kam die nächste Generation.

Mein älterer Bruder lernte auch Geige, und als mich meine Eltern fragten, welches Instrument ich lernen wolle, wir hätten ein Klavier und ein Cello im Haus, sagte ich als 10-jähriger ohne zu zögern: Cello. Ich begann auf einem Dreiviertel-Instrument, aber schon bald waren meine Hände samt meinem kleinen Finger groß genug, dass ich auf das Cello meines Großvaters wechseln konnte, und auf diesem Cello spiele ich noch heute, und wenn ich meine Chansons singe, begleite ich mich darauf.

Ohne den hartnäckigen Glauben meines Großvaters an das Schöne hätte sein Instrument in unserer Familie nicht auf mich gewartet, und vielleicht konnte erst ich sein Credo verwirklichen, zwei Generationen später, auch ich hartnäckig genug, um an *meinem* Credo festzuhalten: Das, was du gut findest, musst du tun!

Der Vater meines Vaters

Er war Webermeister und kam gegen Ende der Zwanzigerjahre nach Schönenwerd, wo er eine Stelle bei der Bally Bandfabrik gefunden hatte. Dort arbeitete er bis zu seiner Pensionierung, und ich war als Bub öfters bei den Großeltern in Schönenwerd in den Ferien.

Großvater fuhr mit einem Militärvelo zur Arbeit, und ich erinnere mich sehr gut an das Geräusch des Gartentörchens am Carl Franz Bally-Weg, das er um fünf nach zwölf aufstieß, an das Knirschen seiner Schritte und dasjenige des Fahrrades, das er auf dem Kiesweg neben sich herstieß, und wenn er in die Küche kam, musste das Essen schon auf dem Tisch stehen, denn die Mittagszeit war knapp. Auch das Kaffeepulver samt Würfelzucker lag schon in den hohen Gläsern bereit, und nach dem Essen ließ meine Großmutter, die etwas bequem war, das Kaffeewasser einfach aus dem Heißwasserhahn in die Gläser laufen.

Etwa um fünf vor halb eins gingen wir dann alle in die kleine Stube, der Großvater setzte sich auf das Sofa, nahm die Brille hervor und las das »Aargauer Tagblatt«, und wenn das Halbein-Uhr-Zeitzeichen auf Radio Beromünster ertönte, die kleine helvetische Informationsnationalhymne, legte er sich auf dem Sofa zurück und hörte sich liegend die Nachrichten der schweizerischen Depeschenagentur an, aber spätestens bei Sätzen wie »Der Bundesrat hat in seiner heutigen Sitzung…« hörte ich ihn schon regelmäßig atmen, manchmal schnarchte er sogar ein bisschen. Wenn dann um zehn vor eins die Bally-Fabriksirene heulte, als Arbeitsalarm für ganz Schönenwerd, sagte meine Großmutter sanft, aber eindringlich zu ihm: »Vatter, du muesch go schaffe«, und er erhob sich mit einem Seufzer, sagte »Adie mitnand«, setzte sich im Korridor seine Mütze auf, und etwas später hörte ich das Knirschen seiner Schritte und das Geräusch des Gartentörchens.

Er tat mir jedesmal leid, wenn er wieder gehen musste, und als ich später mit dem Wort »Ausbeutung« Bekanntschaft machte, kam mir immer zuerst mein Großvater in den Sinn. Aber er hatte eine wichtige und große Fähigkeit, nämlich die, sich zu freuen.

Als junger Mann hatte er am Morgen einen Weg von anderthalb Stunden zurückzulegen, bis er in der Fabrik in Säckingen auf der deutschen Seite des Rheins um 6 Uhr morgens seinen Arbeitstag beginnen konnte, und nach Fabrikschluss um 18 Uhr musste er die anderthalb Stunden wieder zurück nach Zuzgen, wo er wohnte. Sie waren einige junge Männer, die diesen Weg über die Grenze machten, und oft hätten sie, erzählte mir mein Großvater, auf dem Weg zusammen gesungen. Er besaß eine wunderschöne Tenorstimme, war in Schönenwerd im Männerchor und im Kirchenchor dabei, und als ich letzthin an einem Musikgeschäft in Bern vorbeikam, trat ich ein und verlangte die Noten des Beethoven-Liedes »Die Himmel rühmen«, das er mir einmal vorgesungen hatte, als ich noch ein Kind war und das ich seither nicht mehr vergessen habe.

12.30 Uhr

Ich habe eine Broccoli-Suppe aufgewärmt, mit etwas Wasser und Weißwein gestreckt, dazu Brot, Käse, Trockenfleisch und Oliven auf den Tisch gestellt, fülle ein Glas mit Apfelsaft und Sodawasser und lasse dazu das Radio laufen, in dem ein italienischer Sänger eine Ballade vorträgt, die mit »Questa è la storia di uno di noi« anfängt.

Als die Musik ausgeblendet wird und das Zeitzeichen ertönt, setze ich mich und nehme Punkt halb eins den ersten Löffel Suppe. Sie schmeckt überraschend gut.

In Frankreich wurden westlich von Genf Hunderte von Truthähnen in einer industriellen Geflügelfarm notgeschlachtet, weil sie mit der asiatischen Vogelgrippe infiziert waren. Präsident Chirac ermahnt mich und die Medien, nicht in Panik zu verfallen. Ich löffle weiter und nehme ein Stück Brot mit etwas Hobelkäse.

Die tote Bodensee-Ente hatte ebenfalls die Vogelgrippe, oder wie die Deutschen sagen, die Geflügelpest. Der badische Umweltminister ermahnt mich, Ruhe zu bewahren, also löffle ich weiter und greife nach dem Hirsch-Salsiz aus dem Safiental.

In Bagdad dauert die Gewaltwelle nach der Zerstörung der goldenen Moschee an. Eine zwölfköpfige schiitische Familie wurde in ihrem Haus überfallen und ermordet, bei weiteren Anschlägen starben acht Menschen.

Ich trinke das halbe Glas meiner Apfelschorle.

In Bangladesh stürzte eine Textilfabrik ein, 16 Frauen fanden den Tod, etwa 50 wurden schwer verletzt.

Meine Suppe ist bald zu Ende, ich steche mit einem Kartoffelgäbelchen eine Bio-Olive an.

Schon vor wenigen Tagen sei in Bangladesh eine Textilfabrik niedergebrannt, erinnert mich der Nachrichtensprecher, etwa 60 Arbeiterinnen seien dabei umgekommen, weil die Fenster vergittert und die Ausgänge verschlossen gewesen seien, damit niemand von den Angestellten Kleider mitlaufen lassen konnte. Die meisten Kleider seien für den Export bestimmt.

Ich esse die Suppe zu Ende, nehme noch eine Olive und das letzte Scheibchen Hirsch.

Das Wetter heute und morgen, trüb und kalt, unter der Nebeldecke keine Chance auf Sonne.

Ich räume mein Geschirr ab und esse im Stehen den Rest Hobelkäse.

Stau auf folgenden Strassen.

Froh, informiert zu sein, schalte ich das Radio aus, ziehe Schuhe und Mantel an und verlasse das Haus.

Herbsttag

Hoch oben am Südhang eines Tessiner Tals sitzt ein ergrauter Mann mit einem zehnjährigen Mädchen bei einer Quelle im Gras. Die Röhre, welche sonst in ein Emailbecken mündet, in dem stets ein flacher Granitstein eine Bierdose beschwert, hat der Mann in die Öffnung seines Kunststoffkanisters gesteckt. Ein dünner Wasserstrahl plätschert hinein, und der Mann und das Mädchen schauen zu, wie sich der Behälter langsam füllt. Vor ein paar Jahren hat ein Nachbar diese Röhre in den Boden getrieben und damit das wunderbar kühle Wasser gefasst. Das Mädchen ist zum ersten Mal hier und schlägt einen Namen für diesen Ort vor: »Quelle, die den Durst löscht.« Der Ergraute, den wir Großvater nennen können, ist einverstanden.

Weit unten glänzt silbern das Restwasser des Flusses, der dem Tal den Namen gegeben hat. Weit oben hinterlässt ein Flugzeug zwei Kondensstreifen.

»Wohin fliegt es?« fragt das Mädchen.

»Nach Rom«, sagt der Großvater, »oder weiter.«

»Helikopter sind auch Flugzeuge«, sagt das Mädchen.

»Sie fliegen, aber eigentlich nennt man sie nicht Flugzeuge.«

»Doch«, sagt das Mädchen, »Helikopter gehören zu den Flugzeugen, so wie Orangen und Äpfel zu den Früchten gehören.«

Der Großvater hält den Kanister etwas steiler, damit sich dieser ganz mit Wasser füllen kann.

»Meinetwegen«, sagt er, »es ist richtig gedacht.«

»Es ist nicht nur richtig gedacht, es *ist* richtig«, sagt das Mädchen, das wir Enkelin nennen können.

»Also gut«, antwortet der Großvater, »es ist bloß so: wenn du Flugzeug sagst, denkt kein Mensch an Helikopter.«

»Ja, aber wenn ich Frucht sage, denkt auch kein Mensch an Orange«, fährt das Mädchen fort. »Haben wir noch Äpfel?«

»Ja«, sagt der Großvater, »in der Hütte.«

Er zieht den vollen Kanister unter der Röhre hervor und schraubt den Deckel zu. Dann steckt er ihn in ein Babytraggestell, schwingt sich dieses auf den Rücken, und zusammen steigen sie die kurze Strecke zu ihrer Alphütte hinauf.

Die Enkelin liest unterwegs Kastanien auf und steckt sie in eine Plastiktüte. Der Großvater ermahnt sie, nur solche zu nehmen, die ganz aus der Schale gesprungen sind, sonst zersteche sie sich die Finger. Als die Enkelin »Au!« ruft und der Großvater »Hab ich dir's nicht gesagt?« sagt, meint sie: »Ja, aber so groß wie die war keine!«

Später sitzt die Frau mit den weißen Haaren mit dem Mädchen auf einer Wiese vor der Hütte und erzählt ihm das Märchen vom Zwerg Nase.

Der Mann sägt einen Kastanienbaum um, der direkt neben der Hütte emporgewachsen ist. Im Falle eines Waldbrandes, das weiß er, würde dieser Baum die Hütte gefährden.

»Hast du dich beim Baum entschuldigt?« hat ihn seine Frau gefragt, und da hat er ihn gerühmt für den Schatten, den er warf, und ihm erklärt, warum er hier nicht bleiben könne. Dann sägt er ihn in drei Malen ab. Erstaunlich hoch ist er gewachsen, erstaunlich stark ist das Knarren, als sich das obere Stück neigt, und erschreckend laut sein Krachen, als er zu Boden stürzt.

Der Mann kocht eine Suppe aus Brennnesseln, welche er mit Handschuhen gepflückt hat. Die Enkelin wundert sich, dass es sie im Mund nicht brennt.

Sie sitzen im Freien am Tisch unter dem mächtigen alten Kastanienbaum. Ab und zu fällt eine Kastanie herunter und prallt mit einem lauten Geräusch auf dem Boden auf. Als plötzlich eine Kastanie den Großvater an der Schulter trifft, erschrickt er, während die Frau und das Mädchen in ein fröhliches Gelächter ausbrechen.

»Wartet nur«, sagt der Großvater, aber es passiert nichts mehr.

Am Nachmittag baut die Frau mit den weißen Haaren, die wir auch Großmutter nennen können, mit dem Mädchen zusammen ein Hotel für Zwerge, im verwitterten Wurzelstock eines mindestens hundertjährigen Kastanienbaums. Aus kleinen Granitsteinchen werden Stufen gebaut, die zu verschiedenen, mit Farn ausgelegten Gemächern führen. Für ärmere Zwerge gibt es Zimmer mit runden Käseschachteln, dort können sie alle zusammen schlafen, für reiche Zwerge gibt es Zimmer mit Streichholzschachteln als Einzelbetten. Gewisse, besonders exklusive Zimmer sind nur mit kleinen Strickleitern erreichbar.

Gegen Abend brät der Großvater Kastanien auf einem Rost über dem offenen Feuer, und zum Nachtessen kocht die Großmutter Nudeln mit Gemüse. Der Tisch wird mit vier Kerzen erhellt.

Danach setzen sie sich zu dritt auf die Wiese neben der Hütte. Es ist dunkel, die ersten Sterne blinken am Himmel auf, die roten Positionslichter eines Flugzeugs sind unterwegs nach Rom. Der Mann und die Frau singen dem Mädchen zuerst »Abendstille überall«, und danach »Der Mond ist aufgegangen.«

Dann kriechen sie in ihre Schlafsäcke und hören beim Einschlafen den klagenden Ruf des Nachtkauzes. Manchmal erschrecken sie, wenn draußen eine Kastanie herunterfällt und auf dem Laubboden noch zwei, drei Sprünge talwärts macht, so dass man das Gefühl hat, es gehe jemand ums Haus herum. Aber es dauert nicht lange, und sie schlafen alle drei.

Drei Wörter

Es ist unglaublich, was ein Mensch im Laufe seines Lebens alles lernen muss, gehen, greifen, hören, sehen, die Schuhe binden, die Kleider anziehen, die Kleider ausziehen, sich schneuzen, sich waschen, sich kämmen, Türen öffnen, Türen schließen, sprechen, singen, zeichnen, die Zähne putzen, den Mund spülen, lesen, rechnen, schreiben, ja sagen, nein sagen, ein Hemd zuknöpfen, den Hintern putzen, schwimmen, klettern, sich verstecken, Knöpfe drücken, Tasten drücken, Dreiradfahren, Velofahren, Zugfahren, Billette entwerten, Geldstücke in Automaten werfen, Tramfahren, Busfahren, Fahrpläne lesen, nach dem Weg fragen, um einen Gefallen bitten, danke sagen, Telefonnummern einstellen, Telefonnummern nachschauen, durch die Finger pfeifen, Blockflöte spielen, Trompete blasen, mit den Fingern trommeln, sich gedulden, sich beeilen, ein Feuer machen, einen Korken ziehen, einen Kronenverschluss öffnen, ein Bier einschenken, eine PET-Flasche flachdrücken, küssen, lieben, verhüten, erzeugen, gebären, erziehen, günstige Angebote von ungünstigen unterscheiden, Zinsen berechnen, Kleingedrucktes studieren, Bewerbungen schreiben, mit Gebrauchsanweisungen klarkommen, Wegleitungen verstehen, die Wut unterdrücken, die Tränen zurückhalten, das Spezielle mit speziellen Wörtern versehen, Knebelgriff, Wachflamme, Klappventil, Bundweite, Schrittlänge, Steppnaht, crescendo, mezzoforte, pianissimo, und zuletzt, ganz zuletzt, wenn das Leben von ihm Abschied nimmt, kann er nichts mehr von alledem, und er liegt nur noch da und atmet tief und flüstert: »Müed.«

Und ein anderes Mal, fast unhörbar: »Weh.«

Und wenn du ihm zusprichst und ihn trösten und ermutigen willst, haucht er: »Jo.«

Und mehr als diese drei Wörter braucht er nicht mehr, um diese Welt und alles, was er in ihr gelernt und gemacht hat, zu verlassen.

Sonntagsspaziergang

Eine Schweizerin, seit kurzem verwitwet, machte sich an einem Sonntag mit ihren zwei Hunden und einem dritten, den sie zur Pflege hatte, zu einer Wanderung am Hallwilersee auf.

Sie hatte zwei Würste mitgenommen, die sie irgendwo braten wollte, fühlte sich dann aber nicht in der Lage, ein Feuer zu entfachen. Also nahm sie sich ein Herz und fragte das erste Paar, das sie in einem Garten grillieren sah, ob sie vielleicht ihre beiden Würste auch aufs Feuer legen dürfe. Oh, sagten die, leider käme gleich noch jemand. Bei den nächsten hatten die Kinder Angst vor Hunden, und bei den dritten war schlicht kein Platz auf dem Grill mehr.

Als sie bei einer offenen Feuerstelle vorbeikam, ging es ihr mit der ersten Familie nicht anders, erst als sie sich an das Ende eines Tisches setzte, an dem eine größere Gruppe tafelte, übernahm es auf ihre Frage hin sofort einer der Männer, die Würste zu braten und sie ihr nachher auf einem Teller zu servieren.

Nachdem sie gegessen und sich bedankt hatte, spazierte sie weiter, kehrte dann um, und als sie wieder an der Feuerstelle vorbeikam, winkten ihr die Leute am Tisch zu, riefen, sie hätten jetzt eine Suppe gemacht, die sie unbedingt probieren müsse, was sie denn auch mit Freude und Genuss tat, und als Abschluss erhielt sie ein großes Stück Rübentorte.

Sie ging mit dem Gefühl nach Hause, wieder einmal einen schönen Sonntag verbracht zu haben. Bestimmt ist es ein Zufall, aber die Menschen, die sie abgewiesen hatten, waren alles Schweizer, und bestimmt ist es ein Zufall, dass die, die sie eingeladen hatten, aus Polen und Kroatien kamen.

London 1

Ich bin bei einem Schweizer zu Gast, der mit einer Jamaikanerin verheiratet ist.

Es klingelt in ihrer Apartment-Wohnung, und der Kurier eines chinesischen Restaurants steht vor der Türe. Ein Irrtum – meine Gastgeber haben nichts bestellt, aber da sie gerade kochen wollten, werfen sie einen Blick auf die in Alu-Schachteln gebetteten Nudelgerichte, die zusammen mit Pommes-Frites und Coca-Cola geliefert werden und fragen den jungen Mann, ob es denn ein gutes chinesisches Restaurant sei. Dieser, ein Spanier, zuckt die Achseln und sagt, only English people go there.

Profitierangebot

Fisch, Pasteten, Saucenbeutel, Brätkügeli, Nudeln – ich nehme eines nach dem andern aus dem Auffangfach, in das es nach dem Eintippen des Preises geschoben wurde und verstaue die Waren in meiner Tasche. Die Kassiererin fragt alle Kundinnen und Kunden, ob sie beim Profitierangebot mitmachen wollen, 8-mal einkaufen bis Ende Monat, und zwar für mindestens 35 Franken, dafür einen Stempel auf die Karte kriegen, und beim 9. Einkauf gibt's 10 % Rabatt. Wenn sich jemand dafür entscheidet, die Karte mitzunehmen, stempelt sie diese ab mit dem fröhlichen Satz: »Sehen Sie, jetzt haben Sie schon den ersten Stempel!«, und auch ich nehme eine mit, obwohl ich sicher bin, dass ich sie nicht brauche.

Hinter mir aber reagiert die nächste Kundin ganz anders. Es ist eine runzlige kleine Frau in einem dicken schwarzen Mantel, die als Antwort ein Bündelchen Gutscheine auf den Tresen legt, jene Gutscheine, die man zusammen mit dem 5 Fr.-Bon für die Cumulus-Karte zugeschickt bekommt. Es stehen beträchtliche, vielversprechende Beträge darauf, aber sie sind zweckgebunden, also 50 Franken beim Kauf eines kompletten Schlagbohrsets oder 125 Franken beim Kauf einer Hollywoodschaukel.

Die Kassiererin erklärt der alten Frau, dass sie die Gutscheine nur bei den entsprechenden Käufen in der entsprechenden Filiale einlösen kann und schiebt sie wieder zurück, die Frau starrt einen Moment darauf und schiebt sie dann entschlossen wieder der Verkäuferin zu, welche nochmals zur selben Erklärung ausholt. Vergebens, denn ihre Freundlichkeit prallt am Weiblein im dicken schwarzen Mantel ab, das offensichtlich keiner hiesigen

Sprache mächtig ist, wer weiß, welches Idiom ihr vertraut ist, das Kurdische, das Georgische oder das Kasachische, aber die Zahlen kann sie lesen, und die Zahlen verprechen ihr, dass sie etwas zugut hat, deshalb schiebt sie das ganze Gutscheinangebot erneut über die kleine Wechselgeldmulde zur Kassiererin hinüber und schaut sie durchdringend an. Ist sie hier im gelobten Land oder nicht? Sie ist es nicht. Die Verkäuferin sagt nochmals dasselbe, lauter und langsamer diesmal, greift sich die Cumulus-Karte des Weibchens aus den Gutscheinen heraus, lässt diese über den Scanner gleiten, welcher sie piepsend quittiert, und händigt sie ihrer Kundin wieder aus, welche sie schließlich ebenso verständnislos wie klaglos in ihr Täschchen steckt, zusammen mit all den leeren Versprechungen. Lug und Trug, sie hat es geahnt, sind diese Zahlen, sie sind für andere, wie alles hier, für andere, aber nicht für sie, deren Augen den Blick in Steppen oder in unendliche Hochebenen gewohnt sind, die weit hinter der Kasse und der Verkäuferin und diesem Einkaufszentrum liegen, in dem man ihr nichts vom reichen Segen zugestehen will, der ihr nach einem entbehrungsreichen Leben zusteht.

Verzweifelte Blicke

Ein alter Homosexueller am Hauptbahnhof, mit offenem Hemd, ein goldenes Kettchen auf der nackten Brust, glänzend schwarz gefärbte Haare, üppige Fingerringe an beiden Händen – seine Lebenszeit läuft ab, und seine Wünsche sind nicht mehr zu stillen.

London 2

Richmond, Endstation der District-Line-U-Bahn. Ein Zug kommt an, ich steige ein, und mit mir das Reinigungsteam, das sich über verschiedene Waggons verteilt. Eine stämmige dunkle Frau ergreift mit einer Zange PET-Flaschen, Alu-Dosen, Metro-Zeitungen, McDonald's-Schachteln und Hot-Food Tüten und steckt sie in den Abfallsack, den sie mit sich schleift. Hinter ihr her trippeln drei Tauben und besorgen die Feinreinigung, sie picken die kleinen Essensreste auf dem Fußbodenrost auf. Zwei von ihnen verlassen den Wagen mit der Frau, die dritte macht, kurz bevor sich die Türen schließen, rechtsumkehrt und nimmt sich nochmals sorgfältig alles vor, was sie beim ersten Durchgang übersehen hat.

Als der Zug anfährt, gerät sie nicht in Panik, sondern beendet ihre Picktour mit großer Ruhe, und als sich die Türen in Kew Gardens wieder öffnen, hüpft sie leichtfüßig auf den Bahnsteig hinaus und bleibt dort stehen.

Wahrscheinlich nimmt sie den nächsten Zug zurück.

Die Nachricht vom Kellner

Kürzlich, als ich auf dem Bahnhof von Bonn auf meinen Zug wartete, stürzte sich ein Kellner aus dem Bahnhofsrestaurant, schaute sich hastig nach allen Seiten um und rannte dann zwischen Reisenden, Koffern und Gepäckkulis durch, bis er eine Frau mit einem Rucksack eingeholt hatte, die ein Kind an der Hand führte.

Der Kellner drückte dem Kind den Stoffseehund, den er bei sich trug, in den Arm und ging nachher wieder ins Restaurant hinein, langsamer, als er herausgekommen war.

Als ich am selben Abend im Radio die Meldungen über Finanzkrisen, Selbstmordattentate und Armee-Einsätze gegen Demonstrationen hörte, merkte ich plötzlich, wie sehr ich die Nachricht vom Kellner vermisste, der dem Kind seinen vergessenen Stoffseehund zurückgebracht hatte.

Transkanada

Der Zug durchpflügt die Sümpfe Kanadas wie ein Schnellboot. Verdorrte Fichtenstämme ragen aus abgestandenem Wasser, Birken krümmen sich, als habe sie das metallische Hupen des Zuges erschreckt. Ahornbäume schwenken kleine kanadische Fähnchen und verkünden das Ende des Sommers. Auf einmal eine Lichtung voller Autoreifen, als liege hier ein Truckerhäuptling begraben.

Eigentlich müssten links und rechts des Zuges Wasserfontänen aufschießen, oder Staubwolken, wenn er durch die Äcker prescht. Das unablässige Hupen der Lokomotive klingt verzweifelt, so, als seien *wir* bedroht, die Passagiere, die als nicht zu bremsende Masse durch die Landschaft jagen.

Verwelkte Maisfelder, abgeerntete Niederstammkulturen, da stehen lauter Veteranen herum und wissen nichts mehr mit sich anzufangen.

Telefonleitungen begleiten die Geleise, leicht schief, ich bin nicht sicher, ob durch diese Drähte noch Gespräche geführt werden.

Braune Klumpen sind von einer Mähmaschine gebündelt und zurückgelassen worden, sie sehen aus wie weidende Bären. Gleich werden sie schwerfällig und doch behende die Flucht ergreifen. Die Kirchtürme, die am Horizont auftauchen, erweisen sich als Futtersilos von Farmen.

Auf einmal marschieren riesige Strommasten in Zweierkolonnen neben uns her und versperren mit den Türmen von Zementwerken den Himmel, und ganz überraschend sind die Fenster der einen Seite voll See, aber auf der andern Seite gesellt sich eine Autobahn zum Zug, befahren von sich überholenden Autos und Lastwagen, auf welchen wiederum Autos transportiert werden, man fragt sich, mit welchem Zaubertrick die leeren Ebenen so viele Menschen aufbringen, die einen werden von der großen Stadt, die irgendwo vor uns liegen muss, ausgestoßen, und die andern werden, wie wir im Zug, unaufhaltsam in sie hineingesogen, und ich hoffe, dass sich am Ende der Bahnhofshalle ein Fangnetz befindet, wie auf einem Flugzeugträger, stark genug, um den Aufprall eines entfesselten kanadischen Sumpfkreuzers abzufedern.

Das Ende eines ganz normalen Tages

Gestern Nachmittag habe ich meine Schwiegermutter ins Kino eingeladen. »Dr. Dolittle 2«, mit Eddie Murphy in der Hauptrolle, ein amerikanischer Film, in dem am Schluss alles gut ausgeht, zuletzt ist der Wald dank Dr. Dolittles Hilfe gerettet, die Guten triumphieren, und die Bösen werden gedemütigt.

Als ich sie im Bus zurück nach Zollikon begleite, läuft das Radio, gerade laut genug, dass ich verstehe, es müsse sich in Amerika eine Katastrophe abgespielt haben, aber nicht laut genug, dass ich verstehe, welcher Art sie war. Ich höre das Wort »erschüttert«, und es ist mir, als habe der Korrespondent von sich selbst gesprochen.

Auf dem Heimweg sehe ich, dass die Zeit noch reicht, um bei meinem Weinhändler vorbeizugehen und ein paar Flaschen zu bestellen, etwas, das ich schon lange vorhatte. Hinter seiner Theke läuft ein kleiner Fernsehapparat, auf dem unser Außenminister zu sehen ist, in vorgebeugter Haltung, eine Erklärung verlesend, aber der Ton ist abgedreht. Ich ahne, dass es etwas mit der Katastrophe in Amerika zu tun hat, frage aber den Weinhändler nicht nach dem Grund, und er sagt auch von sich aus nichts, wir sprechen nur über die Bestellung, und dann gehe ich nach Hause. Etwas muss passiert sein; da ich durch den Kinobesuch mit meiner Steuererklärung in Rückstand geraten bin, die ich eigentlich heute zu Ende bringen wollte, widerstehe ich der Versuchung, Radio oder Fernseher einzuschalten, und gehe ins Arbeitszimmer, will aber um halb acht pünktlich aufhören, um die »Tagesschau« zu sehen. Wenn es etwas Schlimmes ist, erfahre ich es noch früh genug.

Und dann diese Bilder.

Sie sind offensichtlich echt, es ist offensichtlich wahr, es ist offensichtlich kein Hollywood-Film, es wurden keine Miniaturen des World Trade Centers nachgebaut, in die dann ein Flugzeugmodell prallte, und die Menschen, die vor der Staubwolke des einstürzenden Turmes flüchten, rennen nicht in einem Studio vor einer Großprojektion davon, sondern sie rennen wirklich um ihr Leben, und hinter ihnen sacken wirklich die Hochhäuser in sich zusammen, welche lange Zeit die höchsten der Welt waren. Und die Flugzeuge, die mit der Zielgenauigkeit eines Computerspiels in die Türme krachten, waren keine Bomber mit Kamikazepiloten am Steuerknüppel, sondern entführte Passagierflugzeuge mit Menschen, die von Boston nach San Francisco fliegen wollten oder von Washington nach Dallas, Passagierflugzeuge, in denen offensichtlich Piloten die Macht übernommen hatten, die bereit waren, nicht nur andere, sondern auch sich selbst umzubringen.

Während ich dasitze und merke, dass ich zittere, kommt meine Frau nach Hause. Sie ist aus einem Vortrag davongelaufen, als sie in der Pause hörte, das Pentagon brenne, und hat ein Taxi nach Hause genommen.

Zusammen schauen wir die ganze Berichterstattung an, der »Tages-Anzeiger«-Korrespondent ist in einem kurzen Telefongespräch zu hören, er hat größte Mühe, seine Sätze zusammenzukriegen. Auch nachher, als wir auf CNN umschalten, auf die sprach- und sprechgewandten Amerikaner, ist deutlich zu hören: Grammatik und Syntax sind durch die Explosionen erschüttert, die Menschen sind am Rand ihrer Sprache. Eine Wiederholung des Moments, in dem sich das Flugzeug in den zweiten Turm bohrt, macht klar: Der Live-Kommentator hat nicht geglaubt, was er sah, er sagte etwas später, sie *hörten* gerade, das Flugzeug sei in den zweiten Turm gerast.

Hier wird also Krieg geführt, aber man hat ihn ganz woanders erwartet. Kein Schutzschild ist aktiv geworden, kein Abfangjäger ist aufgestiegen, kein James Bond konnte die Vernichtungsmaschinerie in der letzten Sekunde noch aufhalten, der Geheimdienst war offenbar desselben Unglaubens wie wir alle: Das kann doch nicht wahr sein. Und es ist wahr. Vergleiche mit Pearl Harbour fallen, aber nirgends ein Vergleich mit Hiroshima, es muss ein ebenso schöner Morgen gewesen sein damals, an dem die dortige Bevölkerung ebenso ahnungslos zur Arbeit ging.

Wer kann so etwas tun? Wer ist verzweifelt genug, oder, wie es Präsident Bush sagt, evil, böse? Natürlich fließen die Hauptverdachtsströme sofort in den Nahen Osten. Es wäre nicht das erstemal, der düstere Bin Laden hatte das World Trade Center schon einmal im Visier, Archivbilder werden gezeigt, 6 Tote, 1000 Verletzte waren es damals. Heute ist es anders, es muss sich um Tausende von Toten handeln. Schon über 200 Feuerwehrleute werden vermisst, wird im Lauf des Abends gesagt, und wechselnde 10 000er-Zahlen werden genannt, wie viele Menschen sich im Moment der Katastrophe in den beiden Hochhäusern aufgehalten haben könnten.

Man möchte nicht Palästinenser sein heute, und morgen lieber auch nicht, man sieht einen Moment lang einen verwirrten Arafat, der nur stottern kann, wie schockiert er sei, und hinzufügt, unbelievable. Er, der Vater der Flugzeugentführungen, kann auch nicht glauben, was er gesehen hat, und es muss ihm sofort klar geworden sein, dass es für sein Volk nichts Gutes bedeutet.

Und wenn es nun Amerikaner gewesen wären? Wie der Urheber des Attentats auf das Hochhaus in Oklahoma? Anhänger einer Sekte etwa? Kam es da nicht schon zu kollektiven Selbstmorden, sogar in der Schweiz, und alle fragten sich, wie ist so etwas möglich? Wieso haben wir denn nichts gemerkt?

Es ist wohl alles möglich – nichts ist so unwahrscheinlich, dass es nicht passieren kann. Die Ingenieure, welche die beiden Türme gebaut haben, hätten die Aufgabe gehabt, sie sicher genug gegen einen aufprallenden Jumbo Jet zu machen. Unsere Atomreaktoren, so wurde den Kritikern stets versichert, seien so dicht, dass sie selbst durch den unwahrscheinlichen Absturz eines Jumbos nicht beschädigt würden.

Unser ganzes Lebenssystem kann jeden Augenblick an tausend verschiedenen Stellen angegriffen werden. Noch in keiner Zeit waren die Einrichtungen des Alltags so kompliziert und so verletzlich wie in der unseren. Aber der Grund, warum sie bewusst verletzt werden, ist immer noch derselbe wie in den einfacheren Zeiten: weil auf irgendeine Art Menschen verletzt und gedemütigt wurden.

Meine Frau rief eine Freundin in Amerika an. Diese tat dasselbe wie wir: sie saß wie gelähmt vor dem Fernsehapparat.

Wir gingen schnell in die Küche etwas essen und setzten uns dann wieder vor den Bildschirm, als wisse er Rat oder würde sonst irgendwie zu uns sprechen.

Später, als wir nicht mehr wussten, was sagen und was tun, zündeten wir eine Kerze für die Opfer an und gingen dann zu Bett.

Da ich nicht gleich einschlafen konnte, las ich noch etwas in Stifters »Nachsommer«, einem Buch, in dem gute Menschen Gutes tun und schöne Menschen Schönes schaffen und niemand irgendjemandem etwas zuleide tut.

Genozid

Unser Treppenhaus hat alte, farbige Fenster, vor die wir der Isolation wegen eine zweite, doppelverglaste Fensterfront setzen ließen. Dadurch entstand in jedem Stockwerk ein etwa handbreiter Zwischenraum, der die alten Scheiben von den neuen trennt.

Als mitten im heißen Sommer im Fensterzwischenraum des zweiten Stockes in der Abenddämmerung Hunderte, Tausende von Ameisen herumkrabbeln, hole ich, gleichermaßen von Ekel und Ratlosigkeit erfüllt, eine Bockleiter und den Staubsauger, öffne zwei der inneren Fenster und beginne die Ameisen wegzusaugen, sowohl die großen, geflügelten als auch die kleinen ohne Flügel. Eine Sisyphusarbeit. Danach verspritze ich aus einem Insektenspray eine Ladung nach der andern auf die noch herumeilenden Tiere, die sich kurz zusammenkrümmen und dann liegen bleiben oder von Simsen und Rahmen herunterfallen. Es ist Nacht, als meine Säuberungsarbeit abgeschlossen ist.

Am nächsten Abend jedoch dasselbe Bild, die Fenster schwarz von Ameisen in hektischer Bewegung. Und nochmals dieselbe qualvolle Vernichtung. Es tut mir leid für das Volk von Winzlingen, das ich auslöschen muss, aber ich weiß nicht, was ich sonst tun soll. Eine einzelne Ameise ist bestimmt etwas Schönes, aber ein ganzer Schwarm, der sich anschickt, mein Haus zu erobern, ist eine Plage.

Als tags darauf ein Freund für einige Zeit zu Besuch kommt, steigen wir abends zusammen die Treppe hoch, und da sind sie wieder. Der Vorrat an Ameisenarmeen in den Gemäuern unseres alten Hauses scheint unermesslich zu sein. Entmutigt erzähle ich, was ich bisher unternommen habe. Oder ob er etwas anderes wisse, frage ich meinen Freund.

»Mach doch einfach das äußere Fenster auf«, sagt er, »ich glaube, die wollen raus.«

Ich folge seinem Rat.

Am nächsten Morgen ist an den Scheiben keine einzige Ameise mehr zu sehen.

Beschämt, entschuldige ich mich im Nachhinein bei den beiden ausgemerzten Völkern und frage mich, warum ich, der ich mich für naturnah und lebensfreundlich halte, nicht auf den Gedanken gekommen bin, den Ameisen, bevor ich zu den tödlichen Waffen griff, den Weg ins Freie anzubieten.

Wildnis

Wenn ich aus meiner Haustür trete, stehe ich auf einem kleinen Vorplatz, dessen Bodenbelag nicht mehr ganz kompakt ist. Aus seinen Ritzen sprießen kleine Gräser, winziger Klee, ab und zu ein Löwenzahn oder ein Breitwegerich, manchmal sogar Maßliebchen, und der Humusrand, der sich in der Spalte um den Gully verfestigt hat, genügt dem Schöllkraut als Nährboden. Ich betrachte dessen gelbe Blüten, den Schrecken jeder Gärtnerseele, mit Wohlgefallen. Für den ordnenden Rasenkantenscherenästheten ist das Schöllkraut keine Blume, nicht einmal ein Kraut, sondern ein Unkraut, so schlimm wie ein Unmensch für die Menschen. Die Botanik, welche sich der Pflanzenwelt unparteiisch nähert, hat allerdings eine schmeichelhafte Gattungsbezeichnung für das Schöllkraut. Sie rechnet es zu den Pionierpflanzen, zu den tapferen also, den entbehrungsreichen, die bereit sind, ein gefahrvolles, ressourcenarmes Leben zu führen, die darin sogar ihre eigentliche Bestimmung finden.

Wenn ich im Herbst das frisch gefallene Birkenlaub von unserer großen Treppe wische, die zur Straße hinunterführt, streift mich gelegentlich ein Hauch von Perfektionismus, und ich kehre mit dem knirschenden Laubrechen auch die Blätter heraus, die sich während eines Sommers in den Ecken zusammengepappt haben. Dann stelle ich mit Erstaunen fest, dass darunter bereits Wohnorte entstanden sind, Pioniersiedlungen für ein genügsames, improvisationsfreudiges Gliederfüßlervolk, die Asseln, und wenn ich sie verstört und hastig herumkrabbeln sehe, komme ich mir vor, als hätte ich mit einem Stock mutwillig einen Ameisenhaufen aufgewühlt.

Meistens lasse ich dann das Laub in den Ecken liegen, aus Respekt vor den unentwegten Kleinsquattern, und nehme mir sogar vor, mich über sie und ihre Lebensform kundig zu machen. Das große Buch der Gartenassel muss wohl noch geschrieben werden, aber etwas weiß ich auch so: Die Asseln sind Kundschafter, die im Auftrag der Wildnis unsere Zivilisation ausspähen. Sie können dabei mit der Unterstützung des Schöllkrauts rechnen, aber auch Breitwegerich, Brombeere und Brennnessel gehören zu ihren Helferinnen.

Das Ziel der Natur, wenn sie denn eines haben sollte, ist nicht das Gepflegte, sondern das Ungepflegte, nicht die Kultur, sondern die Wildnis. Ich bin überzeugt, dass sie unsere Eingriffe, Zugriffe, Durchgriffe und Angriffe überleben wird, verwundet zwar, aber letztlich stärker. Ihre Boten sind im Anmarsch. Schon überziehen sich die Betonsäulen mit Flechten und Moos, und aus den Mauerfugen wachsen junge Birken, deren Wurzeln den Asphalt wölben.

Wenn ich eine Wette eingehen müsste, was auf unserer Erde länger leben wird, Schallschutzmauern oder Schöllkraut, Autobahnen oder Asseln, ich wüsste sofort, wer meine Favoriten sind.

Dramolett

Als die Referentin bei der Suchttagung die Folie mit den Unterrichtsmodulen zur Gesundheitsförderung auf den Hellraumprojektor legte, ließ sich, durch das Licht und die Wärme angezogen, ein Insekt neben der Folie nieder und wurde als zierliche, zartflüglige Vignette der Zeilen

Klassen 12
Streubreite . . . . 2–50 Std.

auf der Leinwand abgebildet.

Nach einer Weile wollte das Insekt weiterkriechen, aber es blieb an der erhitzten Glasplatte kleben, ja die Flügel schienen zu schmelzen, und ich fürchtete um sein Leben. Zum Glück konnte es sich aber wieder lösen, und ich hoffte, es würde nun angesichts der Verbrennungsgefahr davonfliegen. Doch das Insekt verschob sich nur ein kleines bisschen gegen die Zeile mit der Streubreite und gab sich dann wieder der gefährlichen Wirkung der Quecksilberdampflampe hin, die zur Folge hatte, dass es abermals mühsam darum kämpfen musste, wieder freizukommen.

Warum, denke ich, warum sieht es nicht ein, dass es vom heißen Licht betäubt, mehr noch, tödlich bedroht wird?

In dem Moment tauschte die Referentin ihre Unterrichtsmodule mit der farbigen Titelfolie ihres Buches »Auf dem Weg zur gesundheitsfördernden Schule« aus, welches die ganze Platte bedeckte, so dass ich nicht erkannte, ob sich das Insekt retten konnte oder ob es als Opfer der Suchttagung zermalmt worden war.

Es wird regnen

Die Wolken sind schon lange da und verdecken die Berggipfel. Seit dem Morgen wurden sie über den Kamm getrieben, der das Hochtal auf seiner westlichen Seite begrenzt. Anfänglich waren sie weiß, dann wurden sie grau, dann dunkelgrau, sie wurden größer, vom Himmel blieben nur noch blaue Reste, dann verschwanden auch diese ganz, und nun quellen schwarze Wolken über hellgraue Nebelteppiche, schlagen Purzelbäume in Zeitlupe, eilen einander hinterher, um über den Ostrand des Tales zu entweichen und immer neue nachzuziehen. Was wir jetzt sehen, wenn wir nach oben blicken, ist nicht mehr der Himmel, denn mit Himmel bezeichnen wir eine wolkenfreie Bläue, so etwas wie ein tiefblaues Weltraummeer über unsern Köpfen. Für die schwarzgrauen Gebilde, die sich nun in einer Höhe von 3000 Metern andauernd verformen, umschichten und neu gruppieren, haben wir einen anderen Namen: Störung. Ihr Komplize: der Wind.

Er fährt durch das Tal hinunter und befiehlt allen Pflanzen, sich zu beugen, den Gräsern, den Weidenröschen, den Brennnesseln, den Schafgarben, den Sauerampfern, den Margeriten und Butterblumen, den Kerbeln und Disteln, und alle gehorchen, eifrig bemüht geradezu, und je höher die Pflanzen, desto tiefer verneigen sie sich, dem Talausgang zu. Gelassener nimmt es das niedere Volk, die Kleeblumen in Bodennähe wackeln ein bisschen mit den Köpfen, das soll genügen als Reverenz, und der Thymian krallt sich wie immer am Boden fest, duftet und weiß von nichts.

Widerstand kommt von den Zaunpfählen, Strommasten und

Häusern, die sich auf keinen Fall verbeugen wollen, der Wind pfeift sie an zur Strafe, heult auf sie ein und prophezeit ihnen Regengüsse, mediterrane, biskayische, britannische, die er in seinem grauschwarzen Treck mit sich führt und nach Belieben über uns entleeren wird – wir sind eingekesselt.

Nun genügt es dem Wind nicht mehr, den Blumen eine Richtung vorzugeben, in welcher sie ihre Halme neigen sollen, er fällt von oben über sie her, dass sie zerstieben möchten wie der Spatzenschwarm aus dem Heustadel nebenan, aber die Erde lässt sie nicht los, so dass sie sich hastig nach allen Seiten verbeugen, sich schütteln und ducken, ratlos, und nun muss eine der schweren Wolken an einen Gratzacken angestossen sein, denn es kracht von weit oben, und wurde nicht ein Funke hinter der Wolkenwand gezündet, und nochmals ein Rumpeln und Poltern, das gar nicht mehr aus dem Talkessel herausfindet, irgendwo an den Kämmen wurde ein atlantischer Seemannssack aufgeschlitzt, auf dem Vorplatz vermehren sich plötzlich dunkle Punkte auf den Granitplatten, und jetzt wissen wir: Es wird regnen.

von Matt liest

Als sich die Türen der Aula öffnen und die ersten Studenten der Vorlesung über das Völkerrecht herauskommen, sind sie in keiner Weise auf den Auflauf im Gang vorbereitet. Zu den Türen herein flutet nämlich, ohne jeden Respekt vor denen, die noch hinaus möchten, ein Volk von Ergrauten, Anständigen, Gepflegten, Mappen- und Handtäschchentragenden, welches nun die Stühle des Saales besetzt, bevor sie noch ganz geräumt sind.

Gilt dieser Auflauf tatsächlich E. T. A. Hoffmann, dem Vater der phantastischen Literatur? Nein, er gilt dem Professor der Germanistik, dem Wortmächtigen, dem Spracherheller, dem Zusammenhangsmagier, den nun die Pensionierung eingeholt hat und der heute zum letzten Mal vor seiner Anhängerschaft in der Aula der Universität auftritt.

Die große Leinwand ist heruntergelassen, über den Prokischreiber wird die Nachricht darauf projiziert, dass die Vorlesung auch in den Hörsaal 108 übertragen wird, sogar mit Video, und abwechselnd ermahnen Assistentinnen die Menschen, die bereits keinen Platz mehr haben und die Fluchtwege zu überschwemmen beginnen, doch bitte ins andere Auditorium zu gehen, und nach einer Weile trifft die Botschaft ein, auch das andere Auditorium sei nun voll, und es sei zusätzlich eine Übertragungsmöglichkeit in den Hörsaal 121 geschaffen worden.

Trotzdem ziehen es viele vor, dem Meister stehend zu lauschen, an eine Wand gelehnt oder auf einem Sims sitzend oder, wie vor allem die jungen Leute, die noch wirklich studieren, auf dem Boden hockend. Käme jetzt jemand von der Feuerpolizei, die Veranstaltung fände nicht statt. Aber stattdessen betritt von

Matt den Saal, in blauem Jackett und weißem Hemd, aber ohne Krawatte, und wird mit Applaus empfangen, und als er leichten Schrittes die marmorne Pultkanzel ersteigt, seinen Lehrstuhl sozusagen, wird hinter ihm die Leinwand hochgezogen, und es erscheint ein riesiges Fresko, das junge Frauen in togaähnlichen Gewändern zeigt, die sich zusammen mit halbnackten Burschen in einer Waldlichtung versammeln, als hätten auch sie keinen Sitzplatz in der Vorlesung gefunden.

Und wenn nun von Matt zu reden anhebt und leicht vorgebeugt ins Mikrofon spricht, wirkt er fast gnomenhaft vor den überlebensgroßen allegorischen Figuren in seinem Rücken, aber er verfügt über eine Schatzkammer, über die Schatzkammer der Literatur, und er klimpert zunächst mit den Schlüsseln, spricht über das Gehen, und dass es in der Literatur immer etwas bedeutet, wie jemand geht, sei es ein Stifterscher Wanderer oder ein Walserscher Spaziergänger oder seien es Gerhard Meiers Baur und Bindschädler, und fragt dann unvermutet, was das mit E. T. A. Hoffmann zu tun habe. Danach springt er das Thema seiner Vorlesung regelrecht an, indem er darauf hinweist, dass die Protagonisten Hoffmanns nie gehen, sondern immer rennen, hüpfen, Haken schlagen, stolpern, herumhühnern. Während er das sagt, fallen mir über den Türen die beiden rennenden grünen Männlein auf dem Notausgangssignet auf.

Und nun lädt uns von Matt zu einem Rundgang durch die Schatzkammer ein, und wenn er die Vorräte darin schildert, ist eine unglaubliche Verheißung in seiner Stimme; Freunde, scheint er uns zuzurufen, da drin gibt's etwas zu holen, wer Augen hat zu sehen, dem werden sie übergehen von all dem Schimmern und Glitzern des menschlichen Geistes, und er erzählt uns, was Herder über den Unterschied des Menschen zum Affen geschrieben hat, wie er den Menschen als den ersten Freigelassenen der Schöpfung bezeichnete, und was Newtons physikalische

Erkenntnisse für das menschliche Denken wirklich bedeuteten, und wie auf dem Höhepunkt der endlich gewonnenen Klarheit über das Planetensystem und das Wirken der physikalischen Kräfte, der Entzauberung der Natur somit, auf einmal der phantastische Roman auftaucht, als Gegengewicht, als Nachruf auf das eben Begrabene, als plötzliche Sekunde des Zweifels, und wie in Newtons ausgeleuchtetes Weltbild schwarze Sonnen hineinzuscheinen beginnen, aus dem, was Jean Paul das innere Afrika des Menschen nannte, und wir sitzen, stehen oder kauern und schicken unsere Gedanken ihm nach, wir stützen die Köpfe in die Hände, wir halten den Zeigefinger an die Nasenwurzel, wir drücken die Finger vor die Stirn oder pressen die ganze Stirn in die flache Hand, dass es uns die Frisuren nach hinten sträubt, wir umrahmen die Lippen mit einem Daumen und einem Zeigefinger, wir halten einen Ellbogen mit einem Arm, wir richten unsere Ohrmuscheln mit der Hand nach vorn, damit uns kein Wort entgeht, und wir schreiben Sätze mit, Zitate, Formulierungen, die wir festhalten möchten, auf Papier, das bereits gelocht ist, damit es sofort einem Ordner anvertraut werden kann, auf linierte und unlinierte A4-Blätter, auf kleine, gehäuselte Notizblöcke, auf die Rückseite von ausgedruckten Zugsverbindungen, denn wir möchten ja etwas mit nach Hause nehmen von der Schatzkammer des menschlichen Geistes, dessen Kustos uns durch seine Brillengläser immer wieder so anschaut, als seien wir persönlich gemeint, denn er meint es gut mit uns, er öffnet uns die Türen, er heißt uns eintreten in das funkelnde Geisteshaus, und wir neigen die Köpfe, noch etwas unentschlossen, in unsern Anzügen, in unsern Deux-Pièces und in unsern T-Shirts, auf denen »Festival« steht oder »Sex Pistols«, und wenn wir nicht alle gleichzeitig eintreten können, dann hören wir doch zu, auch die in Bronze gegossenen Köpfe auf den Marmorkonsolen an den Wänden hören zu, hat nicht sogar Otto Nägeli den Kopf etwas gedreht, als von Matt vom Kapellmeister Hoffmann und seiner Zeichnung des Geigers Kreisler sprach, und hat nicht Lorenz Oken die Augenbrauen angehoben, als von Newton die Rede war, und hat nicht Karl Moser genickt, als von Matt die Metropolen erwähnte und ihre große Bedeutung in der französischen und englischen und ihre geringe Bedeutung in der deutschen Literatur? Die vordersten beiden Konsolen sind noch leer, eine davon sollten wir für ihn reservieren, in der Hoffnung, sie werde noch lange leer bleiben, denn er hat uns alle verzaubert, der Schatzmeister aus der Innerschweiz, der Wortprophet vom Stanserhorn mit seinen literarischen Lockrufen.

Und irgendeinmal, als er von den unwahrscheinlichen Begebenheiten spricht, schaue ich zur Decke und sehe hoch über ihm den dicken, schweren Lautsprecher hängen, und ich bin froh, dass die Newtonschen Gesetze so lange in Kraft bleiben, bis er am Schluss mit den Worten »Das wär's de gsi« sein Manuskript in die Mappe packt, sich verbeugt, die Hände für den entgegenbrandenden Applaus ausbreitet wie ein Schauspieler und dann federnd die Kanzeltreppen hinabsteigt und den großen Blumenstrauß mitzunehmen vergisst, der die ganze Zeit für ihn auf dem Pult lag und ihn halb verdeckte und den er, ergriffen und gepackt von der Schilderung seiner Schätze, gar nicht gesehen hat.

Gutscheine

Es begann damit, dass ich es eines Tages müde wurde, bei der immer wiederkehrenden Frage der Verkäuferinnen: »Haben Sie eine Supercard?« mit immer wieder andern Formen von Verneinung zu antworten, also kapitulierte ich und schickte einen Anmeldungszettel ein. Der Besitz einer solchen Karte hat zunächst zur Folge, dass der Großverteiler für mich ein Punktekonto eröffnet, das nun langsam wächst, und mit der nötigen Anzahl Punkte kann ich mir aus einem Katalog Dinge bestellen, wie einen Flaschenkühler, ein Set Fitnesshanteln oder einen Tischgrill, und, das ist ein weiterer Vorteil, man wird in Gutscheinaktionen mit einbezogen.

Da liegt, unbestellt und überraschend, ein Couvert für den Supercardinhaber im Briefkasten, aus dem Glücksangebote flattern, Rabatte noch und noch, 5 Rappen pro Liter beim Tanken, 5 Franken beim Kauf von Obst und Gemüse, 5 Franken beim frühzeitigen Erwerb von großen Osterhasenmengen, 10fache Superpunkte auf einen beliebigen Einkauf oder 15 Franken auf einen Betrag von über 100 Franken usw.

Es ist klar, dass eine optimale Verwertung dieser Rabattpalette eine minutiöse Planung verlangt, umso mehr als die Gutscheine nicht alle gleichzeitig und auch nur zu gestaffelten Zeiten gültig sind. Am einfachsten auszuscheiden ist für den Nichtautomobilisten der Benzingutschein, aber ab dann muss man sich kleine Listen machen, was man zu welcher Zeit einzukaufen gedenkt, um sich möglichst viele der Vergünstigungen zu holen. Im Übrigen war ich von Anfang an entschlossen, nichts Überflüssiges zu kaufen, das den Spareffekt wieder aufheben würde.

Und so stand ich nun mit dem Einkaufswagen und dem Einkaufszettel, den ich an einen Gutschein geheftet hatte, im Super Center, das in unserer Nähe in die Zukunft hinein gebaut wurde, mitten in einen Stadtteil, der erst im Entstehen ist, was dazu führt, dass das überdimensionierte Center, solange der Stadtteil noch nicht gebaut ist, angenehm leer ist und man an der Kasse immer gleich drankommt. Dennoch werden die scheinbar vollen Gestelle ununterbrochen aufgefüllt, für mich ist nie ganz klar, wer das alles braucht und kauft.

Jetzt war ich also einer der wenigen Käufer, und zwar hatte ich mir, da ich über einen Gutschein für 10 % auf alle »Non Food«-Produkte verfügte, ein Zettelchen mit ebensolchen Produkten angelegt, die in unserm Haushalt zu ergänzen waren, also z. B. lange Gläser, für die man den Namen Longdrinkgläser herausgefunden hat, Champagnergläser, weil sie sofort zerbrechen, wenn man einmal kräftig damit anstößt, oder Spritzdeckel, von denen ich gleich zwei bringen sollte, wie mich meine Frau ermahnte – diesen Auftrag nahm ich natürlich angesichts der zu erwartenden 10 % gelassen entgegen. Stabkerzen, Putzmittel, Putzschwämme ohne FCKW, Zahnpasta, naturgerecht hergestellte Watte, wiederverwertetes WC-Papier, die dreiklingigen Rasiermessereinsätze – ich legte eines nach dem andern aufs Rollband und präsentierte der Kassiererin sofort triumphierend meinen 10 %-Gutschein zusammen mit meiner Supercard. Sie scannte einen »Non Food«-Artikel nach dem andern, fuhr auch über den einsamen Halbrahm und das winzige Bauernbrot, rief dazwischen nach einer andern Verkäuferin und sagte mir, diesen Gutschein habe sie noch nie gesehen, sie sei eben neu hier.

Die andere Verkäuferin warf einen kurzen Blick auf meinen Gutschein und sagte dann trocken, der sei nur in der City-Filiale gültig. »Sehen Sie?« sagte sie zu mir und hielt ihren Zeigefinger unter das Wort »City«.

Ein Blick von mir genügte. Natürlich hatte sie Recht, und ich, der ich mich auf der Kampfbahn des Gutscheinwesens noch nicht auskenne, hatte Unrecht.

»Pfui«, sagte ich scherzhaft, und zu meinem Erstaunen war ich wirklich enttäuscht, wenn nicht gekränkt. Offensichtlich hatte ich mich auf die 10 % gefreut. Mechanisch packte ich alle Artikel, Food und Non Food, in den großen Rucksack auf meinem Einkaufswagen, bezahlte den Betrag von 90.50, und erst dann kam mir die Idee, die mir eigentlich gleich hätte kommen können, wäre ich nicht durch diesen Schlag zunächst wie betäubt gewesen.

»Wenn ich noch etwas dazu kaufe, so dass ich über 100 Franken komme, könnte ich dann *diesen* Gutschein brauchen?« fragte ich und zupfte aus meinem Glücksbündelchen den Bon, der bei einem Einkauf von über 100 Franken ganze 15 Franken Rabatt versprach.

Hilfesuchend schaute sich die Neue nach der Kollegin um, die vorher Bescheid gewusst hatte. Diese stand mit einer andern Verkäuferin an der Nebenkasse und wechselte die Papierrolle aus. Energisch schüttelte sie den Kopf, nein, das gehe auf keinen Fall, der Kauf sei ja schon abgeschlossen.

Als ich nun nochmals »Pfui!« rief, schaltete sich die zweite Kollegin ein, die offensichtlich eine Vorgesetzte war, kam zu unserer Kasse, schaute mütterlich die Neue und mich an und sagte dann, es gehe schon, aber sie, die Verkäuferin, müsse eine FR schreiben, und ich, der Käufer, müsse wieder zurück und alles nochmals aufs Rollband legen, zusammen mit dem, was ich zusätzlich kaufe.

Ich war einverstanden, drängte mich also mit meinem Wagen an der Kundin hinter mir vorbei, ging dann zum nächsten Gestell, auf dem mir biologisch abbaubare Unterhosen aufgefallen waren, oder naturreine jedenfalls, rechnete die 9.90 zu den

90.50 und erreichte damit die Schallgrenze des Rabatts. Leider gab es die Unterhosen in meiner Größe weder in blau noch in schwarz, nur in giftgrün, aber auf solche Details konnte ich keine Rücksicht nehmen. Während die Kundin hinter mir, eine Japanerin, von den zwei Verkäuferinnen hingehalten wurde, schrieb die Neue unter Anleitung der Vorgesetzten die erste FR ihres Lebens, dann zog ich alle meine Artikel wieder aus dem großen Rucksack und legte sie hinter den Unterhosen aufs Rollband, die Verkäuferin scannte sie nochmals, und zuletzt leuchtete auf dem Display der Endbetrag von 100.40 auf, ich war also als Konsument nahezu die Ideallinie gefahren.

Die Neue machte sich nun mit einem Zettelchen und einem Kugelschreiber ans Ausrechnen der Differenz, die ich noch zu bezahlen hatte, da traf mich der unbestechliche Blick der Vorgesetzten.

»Hatten Sie eine oder zwei Weinflaschen?« fragte sie.

Ich hatte zwei kleine Weißweinflaschen zum Kochen gekauft.

»Zwei«, sagte ich argwöhnisch.

»Da sind zweimal 30 Rappen Depot drauf, das zählt nicht als Kauf. Sie sind erst auf 99.80.«

»Und das genügt nicht?« fragte ich, wohl wissend, dass die Frage überflüssig war. Natürlich genügte es nicht, 100 Franken sind nun einmal 100 Franken, und jetzt gab es kein Zurück mehr, zu tief steckte ich schon in der Rabattfalle drin, ich defilierte also trotzig an der länger werdenden Schlange hinter mir vorbei zum Textilienregal und griff mir noch einen zweiten dieser wirklich abstoßend grünen Slips heraus und legte ihn wie eine Opfergabe vor die Kassiererin. Diese tippte die giftgrünen 9.90 ein und rechnete dann die neu entstandene Differenz aus, die ich zu bezahlen hatte, eine anspruchsvolle Rechnung, 110.30 minus 90.50, das ergab 19.80, weniger 15 Franken Rabatt, macht 4.80. Eigentlich hatte ich also für 4.80 zwei hässliche, wenn auch ökologisch unbedenkliche Unterhosen gekauft, die ich eigentlich gar nicht wollte.

Die Neue bedankte sich bei der Vorgesetzten – das hätte sie nie allein geschafft, sagte sie mit einem zweideutigen Blick auf mich, ich bedankte mich bei den beiden aufopferungswilligen Verkäuferinnen, aber ich brauchte eine Weile, um mich von den Strapazen des errungenen Rabatts zu erholen, und erst zu Hause merkte ich beim Studium meines Quittungsstreifens, dass ich doch noch profitiert hatte: Meine 89 Supercard-Punkte vom durch die FR annullierten Kauf, diese 89 Supercard-Punkte also wurden nicht gelöscht, sondern blieben einfach auf meinem Konto stehen, das sich nun schon der Grenze nähert, wo ich mir einen Kristallelefant kommen lassen kann.

Eine mongolische Hochzeit

Am Morgen früh wird zuerst die Jurte für das Brautpaar aufgestellt. Die Bestandteile wurden schon in den Tagen zuvor hergebracht und zwischen die beiden Jurten der Eltern des Bräutigams gelegt.

Die Jurte, das runde Zelt der mongolischen Nomaden, wurde schon zu den Zeiten Dschingis Khans als Wohnung benutzt, und ihre Bauweise hat sich seither nicht verändert.

Die Gitter für die Wände sind aus Weidenholz, sie werden mit Kamelhaarschnüren verbunden, und dann wird in der Mitte der Dachkranz aufgestellt. Er gleicht einem Rad, ist aus Zedernholz und wird von zwei Säulen getragen, aber den eigentlichen Halt geben ihm die Stützstäbe, die in die Löcher des Dachkranzes eingesteckt werden und auf die Gitter zu liegen kommen. Diese etwa 80 Stangen sind aus Lärchenholz, sind orange bemalt, mit Ornamenten in der Nähe des Dachkranzes, und sie werden das Dach über dem Kopf des Brautpaares tragen. In der Mitte des Dachkranzes steckt eine Rundschraube, und daran hängt, knapp über dem Boden, ein Sack mit 50 kg Mehl, ein erstes Hochzeitsgeschenk, das aber auch als Gewicht zur Stabilisierung der Jurte dient. Im Winter wird der Bräutigam vielleicht anstelle des Sackes einen schweren Stein befestigen.

Das Gerippe der Jurte ist nirgends im Boden verankert, es sieht aus, als könne man es mit ein paar kräftigen Fußtritten zum Einsturz bringen, aber es wird allen Herbst- und Winterstürmen trotzen.

Die letzten Bestandteile der neuen Jurte werden erst am Hochzeitsmorgen fertiggestellt, die Türe, die in der Frühe mit oranger Farbe gestrichen wurde, wird nun in den Türrahmen eingepasst, die Männer begutachten das Maß, machen sie auf und zu, geben ihre Meinungen bekannt, klopfen noch mit dem Hammer daran herum, obwohl offensichtlich ist: die Türe passt, und sie schaut, wie alle Jurtentüren, nach Süden.

Eine Frau sitzt mit einer Kurbelnähmaschine Marke Kohler vor der Jurte und näht die blauen Bettüberzüge zusammen, neben ihr schneidet ein Mann mit einer Blechschere aus einem farbigen Stück Blech einen Kranz, den er als Schmuck um das Ofenrohr herum befestigt. Hinter einer der beiden Elternjurten knien verschiedene ältere Frauen und schneiden mit dicken Scheren den Filz zurecht, der die Wände umhüllen und die Stützstangen bedecken wird. Besonders wichtig ist das Stück, welches bei schlechtem Wetter über den Dachkranz gezogen wird, der sonst halb oder ganz geöffnet bleibt. Damit der Filz geschmeidig wird, muss sich ein sorgfältig ausgewählter Verwandter von der Mutterseite der Bräutigamseltern auf den Filz setzen, dann fassen so viele Männer wie möglich an und werfen ihn wie auf einem Sprungtuch dreimal in die Luft. Die Kinder, die dabei zuschauen, kreischen vor Vergnügen und machen nachher dasselbe Spiel mit einem großen Karton.

Nun wird der Ofen hineingestellt, mit einem Korb voll trockenem Kuhmist als Brennstoff, die Kaminrohre werden eingepasst, bunte Stoffbahnen werden an den Faltgittern als Tapeten aufgehängt, dann werden die Filzwände um die Jurten gelegt und mit Kamelhaarschnüren, die in den letzten Tagen von den schon vorher angereisten Verwandten gezöpfelt wurden, festgebunden, wobei gut darauf geachtet wird, dass kein Spalt zwischen Tür und Filz entsteht, denn durch einen solchen Spalt könnten die bösen Geister hereinschlüpfen. Die Dachfilze werden unter verschiedensten Zurufen und Anweisungen über die Stangen gelegt und festgemacht, auch der Bräutigam packt

mit an, ein rotwangiger Jüngling in Jeans und einem gestreiften
T-Shirt, die Bodenbeläge und Teppiche werden hineingetragen,
zusammen mit einem schmalen, niedrigen Tisch und einigen
noch niedrigeren Stühlen sowie zwei Betten, die auch als Sitzge-
legenheit benutzt werden können, und irgendeinmal ist es dann
soweit: die neue Jurte für das Brautpaar steht.

Ein alter Mann betritt sie als Erster, um, mit einer Gebets-
schnur zwischen den Fingern, vor dem Ofen zu beten. Die Kinder rennen aufgeregt hinein und hinaus und werden von den
Erwachsenen zurechtgewiesen.

Dann wird die Szene festlicher, einige, die vorher noch in westlichen Kleidern mitgearbeitet haben, so auch der Bräutigam, haben jetzt einen Del angezogen, den langen mongolischen Mantel, der mit einem farbigen Tuch als Gürtel zusammengeschnürt
wird, und haben dazu ihre Mützen mit den vergoldeten Spitzen
oder ihre Filzhüte aufgesetzt, die Frauen tragen schöne, mit Blumenmustern bedruckte oder mit Goldborten verzierte Gewänder.
Die Gäste werden hereingebeten, die ältesten Männer nehmen
auf dem Bett gegenüber der Türe Platz, die ältesten Frauen auf
dem Bett an der rechten Seite, im Übrigen gilt die Jurtenordnung:
die Männer links, die Frauen rechts. Auf dem Tisch sind schon
Backwaren mit Bonbons aufgetürmt, daneben liegt ein am Vortag
gebratenes Schaf. Der Fettschwanz dieses Schafes wird nun vom
Bruder des Bräutigams auf eine Stange gespießt, und während ein
älterer Mann mit einer Brille einen Text abliest, welcher die neue
Jurte lobt, hält der Bräutigamsbruder den Fettschwanz an die Stellen der Jurte, die gerade gepriesen werden, an den Dachkranz etwa
oder an die Tragesäulen oder an die Wände im Westen, Norden
und Osten. Danach übergibt er den Fettschwanz einer der Frauen,
nicht ohne Mühe, denn in der ganzen Jurte sitzen Gäste am Boden, meist mit gekreuzten Beinen, und er muss aufpassen, dass er
mit dem Stangenende niemanden trifft.

Dieses Ritual ist das einzige liturgische Element der ganzen Trauung, und es wird von den Angehörigen ausgeführt, ein Geistlicher ist nicht vonnöten.

Während die Frau den Fettschwanz in kleine Stücke zerschneidet und das erste Stück an die Lieblingsenkelin der Bräutigamseltern verfüttert, beginnt ein Cousin des Bräutigams, Milchschnaps in Trinkschalen abzufüllen und den Gästen zu reichen, meist nehmen sie einen Schluck und geben die Schale zum Auffüllen wieder zurück; aus einer großen chinesischen Vase, die mit Pferden bemalt ist, wird auch Stutenmilch geschöpft und auf die gleiche Art gereicht. Der fremde Besucher, freundlich gewarnt vor der reinigenden Kraft dieses Getränks, nimmt nur einen winzigen Schluck, das hilft ihm aber wenig, denn bald darauf kommt die Schale wieder zu ihm, und als er die vollen Wodka-Gläschen bereitstehen sieht und denkt, eine Kleinigkeit zu essen wäre vielleicht hilfreich, ist das Gefäß mit den Fettschwanzstücken bei ihm angelangt. Mutig greift er sich eins heraus, seine Geschmacksnerven melden ausschließlich Fett, und als er es zerkaut hat, kommt rechtzeitig eines der Wodkagläschen bei ihm an, das er in einem Zug leert.

Die Gesellschaft ist außerordentlich ruhig, es wird kaum gesprochen, obwohl zweifellos Leute darunter sind, die sich lange nicht gesehen haben und bestimmt viel zu erzählen hätten. Einige der Verwandten sind über 1000 km im Auto hergereist zu diesem Tag, der übrigens nicht beliebig ausgewählt wurde, sondern der nach dem Mondkalender und den 12 Jahrestieren und den 8 Elementen als einer der drei bis vier günstigen Hochzeitstage im Monat gilt, einige Tage nach Vollmond, und später ist zu hören, dass es an diesem Tag auch in der Hauptstadt zahlreiche Hochzeiten gab.

Nachbarn treffen ein, manche im Del, manche im Anzug, der jedoch an den Hirten auch festlich wirkt. Nun werden dem

Bräutigam Geschenke übergeben, die meisten Gäste werfen ein schönes Tuch über das Hauptseil der Jurte und sagen dazu, was sie schenken, ein Pferd oder fünf Schafe und Ziegen, einige stecken einen oder mehrere Geldscheine in die Plastiktasche, die am Seil befestigt ist.

Dann werden wieder die Schalen und Gläschen herumgereicht, und zur Erleichterung des fremden Besuchers, der mit gekreuzten Beinen am Boden sitzt, auch ein russischer Salat, gefolgt von einer Schüssel mit Schaffleisch, das auf die Art der Nomaden gekocht wurde, nämlich mit heißen Steinen, welche das Wasser in der Kanne zum Kochen bringen. Mit dem Messer, das dabei ist, kann man sich ein Stück von einem Knochen absäbeln und dann die Schüssel weitergeben, zum Glück weiß der fremde Besucher schon, dass das Schulterblatt, welches zuoberst liegt, dasjenige Stück ist, das man mit den Nachbarn teilen muss, also schneidet er das Fleisch in kleine Teile, die er den Männern um ihn herum anbietet, später gibt es eine Nudelsuppe mit Kartoffeln und Lammfleisch, manchmal kommt man zu einer Tasse mit Milchtee. Die kunstvoll geformten Gebäcke bringen auch keine wirkliche Abwechslung, denn sie sind im brodelnden Schafsfett erhitzt worden.

Beim Essen ist es immer noch ruhig, und ruhig bleibt es auch weiterhin. Schließlich fehlt noch jemand, der für eine Hochzeit nicht ganz unwesentlich ist, nämlich die Braut.

Nach der Fettschwanzzeremonie ist der Bruder des Bräutigams mit einem Verwandten der Mutterseite, demselben, der auf dem Filz hochgeworfen worden war, sowie einer Frau, welche die Frau eines Verwandten der Eltern des Bräutigams sein muss, mit dem Auto zur Jurte der Brauteltern gefahren, um die Braut abzuholen. Wichtig ist bei der Auswahl des zweiten Mannes, dass das Tier, welches das Jahr seiner Geburt bestimmte, dem Jahrestier der Braut freundlich gesinnt ist, die Braut hat das Schaf als

Jahrestier, der ausgewählte Verwandte den Hasen, und die zwei Tiere sind sich gut, da sollte also nichts passieren.

In der Jurte der Braut, so hört der fremde Besucher, überbringt die Abholgruppe der ganzen Familie der Braut Geschenke zum Trost dafür, dass sie ihr, wie sie sagen, eine Wurzel ausreißen, nämlich ihre Tochter, die Familie offeriert ihrerseits Milchschnaps, Stutenmilch und Wodka sowie verschiedene der Speisen, die auch in der Bräutigamsjurte gegessen wurden, und der Mittag ist längst vorbei, als die Braut mit ihrem Abholtrupp vor der Jurte des Bräutigams eintrifft, die bald auch ihre eigene ist.

Alle Gäste haben nun die Jurte zu verlassen, denn die Braut muss mit Hilfe zweier Tanten, die sie begleiten, ihr Kleid ausziehen und dafür das Brautkleid, das die Eltern des Bräutigams für sie bereit gemacht haben, anziehen. Kichernd versuchen die Kinder, die Türe einen Spalt zu öffnen, was aber von den Müttern nicht zugelassen wird.

Schön sieht sie aus, als sie herauskommt, in einem schlichten himmelblauen Gewand mit grünem Gürtel und einer Mütze, von der eine lange rote Kordel herunterhängt, etwas blass ist sie, während der Bräutigam immer rotwangiger wird. Erstmals darf sie die Jurte mit ihrem Bräutigam betreten, gefolgt von der ganzen Hochzeitsgesellschaft, sie setzt sich dorthin, wo vorher die alten Männer saßen, und es zirkulieren sofort wieder Speisen und Getränke, der fremde Besucher versucht einmal mit erhobenem Wodkagläschen, einen Milchschnaps abzulehnen, was auf großes Befremden stößt, er merkt es sich und nimmt vom nächsten wieder einen kräftigen Schluck, auch wenn seine Magensäfte schon hörbar protestieren.

Braut und Bräutigam sitzen in einer Art Schockstarre da, sagen nichts zueinander und nichts zu den andern, auch jetzt belebt sich das Gespräch unter den Gästen nicht, alle schauen immer wieder zum Brautpaar. Die Braut wird von ihren zwei

Tanten flankiert, die aber auch nicht gesprächiger sind. Ihre Verwandten treffen nun in der Jurte ein, darunter sind zwei alte Frauen mit erlesenem Schmuck sowie einige eher städtisch wirkende Menschen, vor allem eine junge Frau in Plateau-Schuhen und einem Ethno-Jäckchen erschrickt zu Tode, als sie nach rechts auf die Frauenseite muss und ihr Freund nach links zu den Männern.

Die Verwandten des Bräutigams beginnen Lieder vorzutragen; wenn es bekannte sind, stimmen die andern mit ein, sonst lässt man den Sänger mit seinen vielen Strophen allein.

Dann antwortet die Verwandtschaft der Frau mit einem Lied. Die meisten Lieder preisen die Mütter, die Pferde und die Schönheit der Mongolei und ihrer Frauen. Manchmal singen auch die fremden Besucher eins, aber auch das vermag das Brautpaar nicht aufzuheitern. Es gelte, wird später erklärt, als unfein, wenn sich die Brautleute zu ausgelassen gäben. Allerdings scheinen sie diese Regel ziemlich streng auszulegen.

Der Besucher probiert sich auch vorzustellen, wie es einer Braut in Olten oder Aarau zumute wäre, wenn sie in ihre neue Wohnung käme und die Einrichtung stünde schon da, nicht von ihr ausgewählt, und die ganze Wohnung wäre voll von der weitverzweigten Verwandtschaft ihres Bräutigams und ihrer eigenen, und ein paar ihr unbekannte Gäste aus der Mongolei würden mit Blitzlichtern ein Foto nach dem andern knipsen.

Noch ist allerdings nicht die ganze Einrichtung da, denn erst am Nachmittag trifft ein Lieferwagen mit den Möbeln der Braut ein, und dahinter fährt ein Personenwagen mit den letzten wichtigen Gästen vor, den Eltern der Braut.

Alle finden sich vor der Jurte ein, um dem Ausladen beizuwohnen und einen Blick auf den Inhalt des Wagens zu werfen, und da wird ein Sofa hingestellt, ein weiteres Tischchen, zusammengerollte Teppiche, dann auch eine Kommode mit aufgesetztem Spiegel, und ein kleiner Hausaltar, an dem die Fotos der Menschen, an welche sich die beiden Brautleute zu erinnern haben, bereits befestigt sind. Diese schauen sich die Bescherung leicht verdutzt an, sprachlos immer noch, und auch als ihnen der fremde Besucher die Hand drückt und ihnen in seiner Sprache und ohne Dolmetscher alles Gute wünscht, nicken sie nur, als hätten sie soeben etwas Schweres erlebt.

Der fremde Besucher, dem von Milchschnaps, Stutenmilch und Wodka der Magen grollt und der Schädel saust, beschließt, sich an dieser Stelle zu verabschieden, da gerade jemand mit dem Auto zu seiner Gästejurte zurückfährt.

Er hört aber von den andern, die geblieben sind, dass der Braut alle Geschenke, die der Bräutigam schon empfangen hat, nochmals überreicht werden, dass zum fortdauernden Kreisen der Getränke und des Essens die Familie des Bräutigams und der Braut wieder abwechselnd Lieder singen, dass die Braut dann den Ofen einweiht, indem sie zum erstenmal, instruiert von einer der Brauttanten, der jüngeren, die übrigens Geologie studiert hat, eine Speise zubereitet, die nachher mit den Getränken die Runde macht, und Braut und Bräutigam seien dann doch noch etwas lockerer geworden, während viele der Gäste sich derart gelockert hätten, dass sie stockbetrunken zwischen den Jurten herumgewankt seien, denn es ist durchaus nicht so, dass dem Maß an alkoholischen Getränken nur die fremden Besucher nicht gewachsen sind, die totenbleich vom Fest zurückkommen und sich in der Nacht mehrmals übergeben müssen, und es kann auch dazu kommen, dass beim Eindunkeln alte Rechnungen beglichen und frühere Demütigungen heimgezahlt werden und Schlägereien ausbrechen, bei denen sich die Verwandtschaft derart prügelt, dass einer um seine Armbanduhr oder um seine schöne Kopfbedeckung kommt und zuletzt die Flucht ergreifen muss, weil ihn die andern in den Fluss werfen wollen, und dass er wie ein Hase übers Feld rennt und sich in einen Graben duckt, wenn ihn seine Feinde, die eben noch seine Freunde waren, mit dem Auto verfolgen und im Scheinwerferlicht suchen.

Er wird wohl am nächsten Morgen mit blauen Flecken, gesprungener Lippe und geschwollenem Schienbein irgendwo in der Steppe in seiner Jurte sitzen und keinen großen Appetit mehr haben, ebenso wie die fremden Besucher, von denen ab und zu einer aufsteht, hastig nach einer Rolle Toilettenpapier greift und leicht gekrümmt verschwindet, aber trotz ihrer gequälten Blicke ist klar, dass da etwas Einmaliges und Unvergessliches stattgefunden hat.

Mit Katharina in Indien

Als die siebenjährige Katharina Disch mit ihrem vierjährigen Bruder Kaspar am Freitag, dem 9. September 1881 das Haus ihrer Großmutter betrat, wusste sie nicht, dass sie es erst am Tag ihrer Hochzeit wieder verlassen würde.«

So fängt meine Novelle »Die Steinflut« an, und als ich sie im Jahre 1998 fertig geschrieben hatte, wusste ich nicht, wo mich Katharina aus Elm überall hinbringen würde.

In der ganzen Schweiz waren wir, auch im Welschland, in Berlin waren wir, in München waren wir, in London waren wir, in Athen und in Thessaloniki, wo man mit ihrer Geschichte das Deutschdiplom machen musste, und nun waren wir auch zusammen in Indien.

Katharina lernte bald, zum Gruß die Hände zu falten und sich ein bisschen zu verneigen, sie lächelte, wenn man uns in Schulen und in Colleges einen süßlich duftenden Blumenkranz um den Hals legte und einen Glückspunkt auf die Stirne drückte, sie fand die Schulzimmer manchmal gar nicht so verschieden von demjenigen, das sie in Elm im neunzehnten Jahrhundert erlebt hatte.

Auch die Kühe gefielen ihr, die ihren Platz auf Straßen und Autobahnen mit einer Selbstverständlichkeit behaupteten, als seien diese für sie geschaffen worden und nicht für die Autos, für die Autobusse, für die Lastwagen, für die Dreiradtaxis, in die sich ohne weiteres 7 Personen zwängten, für die Motorräder, die ganze Familien beförderten, für die Dreiradfahrräder, auf welchen unvorstellbare Lasten aufgetürmt waren, für die Ochsen- und Pferdegespanne, für die Fahrräder, auf deren Gepäckträger oft noch eine zweite Person Platz fand, und für die Fußgänger. Entzückt war sie von den Elefanten und Kamelen, die bisweilen ebenfalls als Verkehrsteilnehmer auftraten. Und lachen musste sie über das ununterbrochene Hupkonzert. Was man hier auf den Straßen brauche, sagte unser Chauffeur fröhlich, während er einen Lastwagen links statt rechts überholte, seien drei Dinge, good horn, good breaks, good luck.

Katharina erschrak ein wenig, als wir auf der ersten Station unserer Reise bei der Polizei einquartiert wurden, aber als sie den Polizeichef sah, beruhigte sie sich, er war der zweithöchste einer Provinz, die so groß war wie die halbe Schweiz, und auch mir musste Amrit Mehta, der Katharinas Geschichte ins Hindi übersetzt hatte, erklären, dass der Polizeichef ein großer Literaturfreund war, der einen Verlag betreibt, in welchem er mehrere Kurzgeschichten von mir in einem Bändchen publiziert hatte, und dass in Indien kein Mensch an einer solchen Zusatztätigkeit Anstoß nehme. Also nahmen Katharina und ich ebenfalls keinen Anstoß daran, auch nicht, als ich bei der Lesung in Karnal in einer Bibliothek, die zu Ehren von vier erschossenen Polizisten gebaut worden war, vom Chef der Stadtpolizei in Uniform begrüßt und verabschiedet wurde, ich hätte sie alle, sagte er zum Schluss, mit meinen Geschichten erleuchtet, enlightened.

Nach dieser Lesung sprach mich einer an, der mir sagte, er sei zehn Jahre im Gefängnis gewesen und habe, als er nichts zu lesen bekam, unserm Provinzpolizeichef einen Brief geschrieben, und der habe ihn ab dann mit Lektüre versorgt, und besonders gefallen hätten ihm Dante und Kafka. So freundlich geht es nicht immer zu, ein Anwalt in Ambala erzählte, er sei einmal beim Verteilen von Flugblättern verhaftet und auf der Polizeistation an den Füßen aufgehängt und geschlagen worden. Er sagte das so ruhig, wie wir von einem kleinen Missgeschick erzählen würden, ich spürte weder Empörung noch Verwunderung.

Es braucht hier, das merken Katharina und ich bald, ziemlich viel, bis sich jemand wundert. Als die erste Lesung beginnen soll, bricht der Strom zusammen, die Lichter gehen aus, die Ventilatoren hören auf zu rotieren, und die Mikrofone sind tot. In der Schweiz würden die Veranstalter sofort herumrennen und die Quelle der Panne suchen. Hier bleibt man ruhig sitzen und wartet darauf, dass der Strom irgendeinmal wieder kommt. Als nach einer Weile im Vorraum auf wundersame Weise das Licht angeht, nehmen alle ihren Stuhl, und wir ziehen zur Lesung in den Vorraum, wo es auch gemütlicher ist.

Katharinas Geschichte erscheint den Menschen so selbstverständlich, dass sie in ihren Fragen kaum darauf Bezug nehmen. Bei ihren Erdbeben, Schlammlawinen und Überschwemmungen geht es bald einmal um Hunderte von Toten. Am letzten Tag unseres Aufenthalts fährt ein Zug über eine von den Fluten weggerissene Brücke, und es kommen etwa soviel Menschen ums Leben wie seinerzeit beim Bergsturz von Elm, 114 waren es damals. Nur einmal sagt eine Frau, sie finde es bezeichnend, dass sowohl in Indien als auch in der Schweiz eine Katastrophe immer zuerst die Ärmsten treffe. Das kann man zwar bei Katharinas Geschichte nicht behaupten, aber es wird genickt dazu, und so nicken wir auch, Katharina und ich, als es uns der Übersetzer zuflüstert.

Sonst interessieren die Zuhörer ganz andere Dinge: Sind Sie für oder gegen die Globalisierung? Muss man als guter Autor auch ein guter Mensch sein? Glauben Sie an die Auferstehung? Welchen Einfluss hat die indische Literatur auf die Literatur der Schweiz? Wenn Gott Ihnen drei Wünsche geben würde, was würden Sie sich wünschen? Welcher Vorfall hat Sie in Ihrem Leben am meisten geschmerzt? Welche indischen Autoren haben Sie gelesen?

In Elm hat man immer gebetet, bevor die Schule begann, deshalb war es Katharina auch nicht fremd, als bei einer Lesung zuerst ein Bild von Saraswati, der Göttin des Lernens und der Kunst, aufgestellt wurde, vor dem dann ein Lämpchen mit sechs Dochten entzündet werden musste, unter anderem von mir, und danach sangen drei Frauen ein Gebet zu ebendieser Göttin. Dann begrüßte der Präsident, dann die Vizepräsidentin, dann der Kulturredaktor, dann die Verlegerin, dann stellte mich der Übersetzer vor, und dann begann die Lesung.

Begrüßen, das fand Katharina bald heraus, ist wichtig in Indien, einmal berührte man zur Begrüßung sogar unsere Knie und unsere Füße, was uns beide etwas verlegen machte.

Was ein Handy ist, musste ich Katharina zuerst erklären, und dann musste ich mir selbst erklären, warum es in Indien niemand ausschaltet, nicht einmal mein Übersetzer, der mit mir auf dem Podium sitzt. In Chandighar hat er gerade den letzten Satz gelesen, da klingelt sein Handy, er zieht es aus der Tasche, spricht halblaut hinein und stürmt dann mit leicht vorgebeugtem Oberkörper, das Gerät fest an sein Ohr drückend und beschwörend hineinmurmelnd, aus dem Saal, und die Dreizeilengeschichte von der Trauer und der Hoffnung, mit der ich eigentlich aufhören wollte, bleibt unübersetzt, ich schaffe die englische Version nicht auf Anhieb, spreche sie wie ein richtiger Dichter mit großer Geste auf Deutsch in den Saal und lasse sie unverstanden stehen.

Katharina konnte zuerst nicht recht glauben, dass das, was der Übersetzer vorlas, ihre Geschichte sein sollte, aber ab und zu hörte sie ihren Namen, und auch die Namen Kaspar, Züsi und Bäsi, da wusste sie, dass das »Bleiggen«-Haus, von dem aus sie den Bergsturz gesehen hatte, nun auch in Indien stand, und wenn Amrit Mehta zur Stelle kam, wo sie gesagt hatte »Je, Bäsi, dört chunnt öppis ufs Untertal abe«, hielt er inne und erklärte der indischen Zuhörerschaft, dass das ein Dialektsatz sei und

dass er diesen deshalb in einem Dialekt des Himalaya wieder-
gegeben habe, und so kamen wir beide auch noch in den Himalaya.

Als in Hyderabad, wo ebensoviel Telugu wie Hindi gesprochen wird, ein schöner Mann mit dunklen Augen und tiefem
Blick auf uns zukommt und fragt, ob er die »Steinflut« aus dem
Hindi ins Telugu übersetzen dürfe, flüstert mir Katharina zu, ob
er wohl wisse, was »Kartoffelfenz« auf Telugu heiße, aber wir sind
einverstanden, wieso sollen Grosi und Bäsi und Züsi und ganz
Elm nicht auch noch nach Südindien mitkommen, und als wir
nachts um zwei Uhr auf dem Flughafen von Delhi zwischen den
schlafenden jungen Indern durchgehen, die sich wahrscheinlich
irgendwo in der weiten Welt verdingen müssen, weil es bei ihnen
zu Hause keine Schieferwerke gibt, in denen sie Arbeit finden,
fragt mich Katharina: »Wo gehen wir das nächstemal hin?«

Im gelobten Land

We can speak about water, or about technical aid, but the most important is dignity«, sagt der Präsident einer Nachbargemeinde von Qalqiliya einer Stadt in Palästina, die auf drei Seiten von der Grenzmauer eingekesselt ist und für seine 40 000 Einwohner nur einen einzigen Zugang über einen einzigen Checkpoint hat – wichtiger als die Probleme des Wassers oder der technischen Hilfe sei die Würde.

Was er damit meint, ist in den besetzten Gebieten täglich zu sehen.

Ein israelischer Soldat hat den Lieferwagen eines Palästinensers kontrolliert und gibt ihm seine Ausweise zurück, und zwar über die Schulter, so dass er ihn nicht anschauen muss.

In Bethlehem steht, als wir zum Checkpoint kommen, eine Ambulanz mit einem Schwerverletzten auf der andern Seite, und hinter der Stacheldrahtrolle, die über die Strasse gespannt ist, wartet eine Ambulanz aus Bethlehem, um diesen ins Spital zu bringen. Die Begleiter wollen den Stacheldraht zurückschieben, um den Patienten auf seiner Rollbahre auf dem kürzesten Weg von einem Wagen in den andern zu bringen. Der israelische Soldat lässt es nicht zu, sondern schickt sie den längeren, holprigen Weg für die Fußgänger hinter den Steinblöcken durch.

Als ich im Auto von Jerusalem nach Ramallah gebracht werde, stehen wir am Checkpoint eine halbe Stunde im Stau. Von zwei möglichen Spuren ist nur eine geöffnet. Mit uns stehen insgesamt drei Ambulanzen. Keine darf die zweite Spur benützen.

Wer sich bewegen will, muss sich den Regeln der Besatzung

beugen, und diese Regeln wollen, dass sich die Leute nicht bewegen können.

Von Jayyus aus ist der Sperrzaun zu sehen, der weit innerhalb der offiziellen Grenze verläuft. Auf der andern Seite des Zauns liegt ein Großteil der landwirtschaftlichen Güter der Ortschaft, die Treibhäuser einer Gemüsekultur sind zu sehen. Ein Tor im Zaun wird morgens um 6, mittags um 12 und abends um 6 für je eine Viertelstunde geöffnet, für die, welche einen Erlaubnisschein haben. Traktoren dürfen nicht passieren, und der »permit« zur Bewirtschaftung der Güter wird jeweils für 3 Monate ausgestellt, dann muss ein neuer beantragt werden.

Am Westeingang der Stadt Qalqiliya, an der Straße, die nach Israel führte und auf der die Israelis gern zum Einkaufen kamen, standen Läden, Cafés und Restaurants. Als in zwei- bis dreihundert Meter Entfernung der Bau der Mauer begann, wurden diese Gebäude in einer Nacht niedergewalzt, ohne dass die Besitzer auch nur einen einzigen Kühlschrank retten konnten. Wir stehen auf den Fundamenten dieser Häuser und blicken auf ein Bild, das ich von Berlin her noch kenne: die Mauer. »Wall of hatred« nennen sie die Palästinenser, Mauer des Hasses, sie ist eine Verneinung jeden Kontakts, eine Verneinung jeder Kommunikation, eine Verneinung jeder Bewegung.

Auf 3,4 Milliarden Dollar werden die Kosten des Mauerbaus geschätzt. Einen Augenblick habe ich die irrwitzige Vorstellung, Israel würde dieses Geld für die Infrastruktur Palästinas zur Verfügung stellen. Ich vermute, dass es sich die Mauer ersparen könnte.

Dort, wo sie in einen Grenzzaun übergeht, mit einem Tor für israelische Militärfahrzeuge, steht hinter der Mauer einer jener fast zweistöckigen Bulldozer bereit, die es mit jedem Gebäude aufnehmen. Vor zwei Tagen sei er zum letzten Mal gekommen, um ein Haus zu zerstören, sagt einer unserer Gastgeber.

Diese Ungetüme sind auch problemlos in der Lage, einen Olivenbaum samt Wurzeln in die Luft zu heben. Das palästinensische Nationaltheater hat einen Zeichen- und Malworkshop für Kinder veranstaltet; auf vielen der Zeichnungen sind Bulldozer zu sehen, die Bäume ausheben oder umkippen. 64% aller Olivenbäume seien seit der Besatzung zerstört worden, sagt man uns. Natürlich sind wir nicht in der Lage, solche Zahlen zu überprüfen, aber es ist klar, dass die israelischen Siedlungen in der Westbank, die sich seit den Abkommen von Oslo verdoppelt haben, nicht einfach auf Landstücken gebaut wurden, auf denen vorher nichts war.

Oft stehen sie auf einer Hügelkuppe, und ihre regelmässige Bauweise, die ein Haus mit einem kleinen Zwischenraum an das nächste reiht, führt dazu, dass sie von weitem wie mittelalterliche Festungen aussehen.

Und mittelalterlich ist auch die Denkweise der Siedler. Sie sind überzeugt, dass ihnen Gott dieses Land vor 2500 Jahren zugewiesen hat, das steht oft auf Hebräisch so am Eingang einer Siedlung geschrieben. Sie erobern das Land nicht, sie erobern es zurück. Dazu gehört auch die Vertreibung des andern. In der Stadt Hebron haben sich insgesamt 400 Siedler niedergelassen, und ihretwegen wurde praktisch der ganze Bazar geschlossen, Hunderte von Läden, aus Sicherheitsgründen, heißt das unwidersprechbare Donnerwort. Wir gehen durch eine Geisterstadt. Auf jeder zweiten der kleinen Ladentüren ist entweder ein Davidstern gesprayt oder eine hebräische Inschrift, die ich mir mit »Tod den Arabern« übersetzen lasse. Was bis vor ein paar Jahren die Gemüsehallen waren, sind heute die Büroräume der Siedlergemeinschaft.

Die Shuhada-Straße war früher die Hauptverkehrsader von Hebron. Wenn sie die Palästinenser heute überqueren wollen, um von einem Stadtteil in den andern zu gelangen, müssen sie entweder einen der Checkpoints benützen, oder einen Umweg von 5 Kilometern machen. Die meisten bevorzugen den Umweg. Am Checkpoint stehen, als wir daran vorbeikommen, nur drei Palästinenser. Sie haben ihre Ausweise abgegeben, der israelische Soldat ist damit in sein Wachhäuschen gegangen, und sie warten und warten. Solange wir dort sind, kommt er nicht zurück.

Ein großes, hohes Gebäude, von Siedlern bewohnt und als Schule benutzt, liegt direkt an einer engen Straße mit palästinensischen Geschäften und Wohnhäusern. Die israelische Armee hat vor einem Jahr zum Schutz des Gebäudes und der Geschäfte darunter ein Stahlgitter über der Straße angebracht, auf das nun von oben immer wieder Gegenstände geworfen werden. Gegenstände? Ein Blick auf das Gitter über uns zeigt: es liegen auch große Steine darauf, schwer genug, um einen Menschen zu erschlagen. Und das dort, sieht das nicht aus wie eine Schafshälfte? Ja, altes Fleisch, und es soll den Arabern da unten die Straße und den Alltag verstinken. Der Boden ist sandig von den Sandsäcken, die heruntergeschmissen werden und auf dem Gitter zerplatzen. Während wir durch die Straße gehen und unsern Augen nicht glauben, knallt ein Abfallsack auf das Gitter.

Die Siedler sind in Israel nicht beliebt, aber sie werden vom Staat gedeckt. 1500 Soldaten beschützen die 400 rabiaten Zuzüger in der Innenstadt von Hebron. Ich frage mich, wie man so leben kann. Hier wird Verzweiflung produziert. Die zwei letzten Selbstmordattentäter, die in Beersheba 16 Menschen in den Tod gerissen haben, kamen aus Hebron. Die Häuser ihrer Familien wurden umgehend niedergewalzt.

Aber es genügt schon, wenn man einen Sohn in der Familie hat, der unter Verdacht steht, Aktivist zu sein. In Dheishe, einem Flüchtlingsquartier in der Nähe von Bethlehem, stehen wir vor dem zerstörten Haus eines Mannes, zu dem im Frühling ein Armeekommando kam und ihn nach einem seiner Söhne fragte. Er sei nicht da, sagte der Vater. – Wo er sei? – Er wisse es nicht. – Er habe zwei Stunden Zeit, ihnen zu sagen, wo sie seinen Sohn fänden, sonst würde sein Haus gesprengt. Welcher Vater würde seinen Sohn denunzieren? Das Haus wurde gesprengt. Er baute es wieder auf, inzwischen wurden zwei seiner Söhne als Aktivisten verhaftet und kamen ins Gefängnis. Vor zwei Tagen erschien abermals ein Armeekommando und sprengte sein Haus ein zweites Mal.

Wie Vieles von dem, was die Israelis heute tun, erinnert an das, was ihnen selbst in ihrer leidvollen Geschichte widerfahren ist, von der Einschränkung der Bewegungsfreiheit bis zur Sippenhaft. Das Wort »Ghetto«, einst auf die Juden bezogen, benutzen die Palästinenser heute, wenn sie von ihrer Situation reden.

Die Selbstmordattentate sind eine Schrecklichkeit, und es ist keine Frage, dass es sie nicht geben dürfte. Im Flüchtlingslager Balata erzählen uns die Lehrer, wie sie die Kinder zu friedlichem Verhalten erziehen, aber zwei Schritte von der Schule weg kleben überall jene Poster mit den jungen Märtyrern, die auf den ersten Blick wie Filmplakate aussehen. Ich habe von einer Umfrage unter Teenagern in Gaza gehört, die ergeben habe, dass jeder dritte davon träume, als Märtyrer zu sterben. Sumaya Farhat-Naser, die Autorin von »Thymian und Steine«, die ich an der Uni Bir-Zeit treffe, erzähle ich davon, und sie kann das so nicht glauben. Was sie aber häufig hört, ist, dass die Kinder am liebsten einfach sterben wollen. Zukunft haben sie keine, und eine Gegenwart, die den unbeschwerten Namen Kindheit verdient, auch nicht.

Da ich mich einer Reise von Schweizer Parlamentariern angeschlossen hatte, waren wir auch zu Besuch bei Jassir Arafat in seinem zerbombten Amtssitz. Was für ein Präsidentenpalast, durch Verteidigungswälle von Ruinen, verbrannten Autos, Fässern und Sandsäcken mehr dekoriert als geschützt. Und dann die Legende selbst, ein verschmitzter, witziger, kleiner alter Mann, der oben am Tisch zwischen Türmen von Papieren sitzt, sich ab und zu ein Blatt hervorgreift, von dem er etwas zitieren will, und nur die Fragen hört, die er hören will. Er spricht vom erschossenen Rabin fast wie von einem alten Freund, entwirft eine Zukunftsvision von Palästina als einem Land, in dem alle Religionen friedlich nebeneinander leben, so wie er das als Kind noch in Jerusalem erlebt habe, kann aber nicht sagen, wie er sein Land aus der gegenwärtigen Situation so weit bringen will. Am Schluss erwischt er uns alle, indem er uns zum Abschied einen nach dem andern küsst, die Damen entlässt er mit einem Handkuss. Wir dürften zu seinen letzten Besuchern gehört haben, denn wenig später erkrankte er und starb.

Ein hoher israelischer Sicherheitsbeamter erläutert uns, während wir mit Mühe ein wunderbares Essen zu uns nehmen, seinen Sicherheitsbegriff, der ein rein militärisch-technischer ist, auf Isolation und Stilllegung des Gegners zielend. Ich frage ihn, ob er arabisch könne. Er kann nicht Arabisch. Auf der letzten Wochenendbeilage der »Jerusalem Post« sind vermummte Irakkrieger abgebildet, die Titelgeschichte heißt »This is our neighbourhood« und zeigt Mahdi-Kämpfer mit Arafat-Kopftüchern, es gibt auch einen Beitrag über bewaffnete Frauen im Irak und über die Spekulation, dass die Muslime in Europa in hundert Jahren zur Mehrheit werden könnten. Nirgends finde ich einen Artikel über arabische Kultur.

In Ramallah treffe ich den Schriftsteller Mahmoud Darwish. Ich kenne ihn als Lyriker, und er ist der Herausgeber einer Kulturzeitschrift, die ich leider nicht lesen kann, sie enthält Gedichte, Essays, Kritiken und poetische Texte. In seinem Kulturzentrum »Sakakini« arbeitet unter anderem auch ein Hebraist, der sich ausschließlich mit dem Studium hebräischer Kunst und Kultur beschäftigt. Als Darwishs Gedichte vor ein paar Jahren in hebräischer Übersetzung erschienen, führte das in Israel zu heftigen Reaktionen, die in einer Knesset-Debatte gipfelten. Es besteht offenbar wenig Interesse daran, den Gegner von seiner poetischen Seite kennenzulernen, es ist praktischer, wenn man ihn mit Kopftuch und Maschinenpistole abbildet.

Darwish fragt mich, ob ich die Mauer gesehen habe, ich bejahe es und sage, es sei ein kafkaesker Anblick, und von da an sprechen wir, zwei Kilometer von der Mauer entfernt, nur noch über Probleme der Übersetzung. Ich habe ihm den letzten auf Deutsch erschienenen Band seiner Gedichte mitgebracht, den er noch nicht gesehen hat, und übersetze ihm Verszeilen, nach denen er fragt, vom Deutschen ins Englische.

Im Nationaltheater in Jerusalem versammeln sich einmal in der Woche Autoren und Autorinnen, um über Kinderliteratur zu sprechen, und am Abend, anschließend an dieses Treffen, höre ich das Konzert einer Gruppe von jungen Musikern, welche die Tristesse des Alltags in Songs verwandeln, einer davon, locker und schwungvoll, ist eine Liebesgeschichte, die an einem Checkpoint beginnt, wo sich der Sänger beim Warten in ein Mädchen verliebt.

Hätte ich das nicht auch erlebt, wären die sechs Tage fast unerträglich gewesen.

Beim Anblick der Mauer kam mir das Gedicht von Bertolt Brecht aus »Schweyk im Zweiten Weltkrieg« in den Sinn, das ich nachher auch bei einem Treffen mit Parlamentariern in Jerusalem vortrug und auf Arabisch übersetzen ließ:

»Am Grunde der Moldau wandern die Steine
Es liegen drei Kaiser begraben in Prag.
Das Große bleibt groß nicht und klein nicht das Kleine.
Die Nacht hat zwölf Stunden, dann kommt schon der Tag.«

Daraufhin erhob sich ein Parlamentarier und sagte, es gebe ein arabisches Sprichwort, das heiße: »Die dunkelsten Stunden der Nacht sind die vor der Morgendämmerung.«

Landsgemeinden

Zwei Landsgemeinden habe ich besucht, und Seltsames habe ich gesehen.

Die erste versammelte sich am 30. April in Appenzell.

Zu einer getragenen, schwungarmen Marschmusik zogen die Magistraten und die Kantonsrichter samt den drei Richterinnen auf dem Landsgemeindeplatz in einem Taktschritt ein, der eine langsame Gewichtsverlagerung vom einen auf den andern Fuß und einen kurzen Halt auf dem andern Fuß verlangt. Auch die Ehrengäste waren bemüht, diesen Zeitlupengang mitzumachen; die ganze vorarlbergische Landesregierung, zwei hohe Militärs und der schweizerische Bauernpräsident wankten so auf ihre Tribüne, von wo sie sitzend das demokratische Geschehen verfolgen durften, während das Volk stand, auf dem Platz, der mit Seilen abgesperrt war gegen all die, welche keinen Landsgemeindesäbel bei sich trugen, kein »Seitengewehr«, wie die Männer, oder keinen blauen Stimmausweis, wie die Frauen. Die Amtspersonen hatten ebenfalls zu stehen, vorn auf der Haupttribüne, obwohl diese »Stuhl« genannt wird. Nur einige echte Stühle waren zuvorderst für die Alten reserviert.

Fahnen, die vorher knapp über den Häuptern der Gemeinde geschwungen worden waren, wurden nun postiert, die Fähnriche in Uniformen wurden von kleinen Fahnenbuben eskortiert, auch sie in Uniformen, und nach einer kurzen Ansprache des schweizweit bekannten Landammanns wurde die Versammlung in altertümlichem Deutsch eröffnet.

Sofort wurde der neue Landammann gewählt. Das Bild, wie die Hände aller Anwesenden in die Höhe schossen, ließ mich erschauern, und dann hatte dieser die Eidesformeln zu sprechen, Formeln von liturgischer Qualität, »Das hab ich wohl verstanden«, musste er nach Anhören seiner Pflichten sagen, dann verstand ich, »treulich und ungefährlich« werde er seines Amtes walten und keine Geschenke entgegennehmen, es sei denn »in den Landsäckel«. Danach kam ein erstaunlicher Moment, denn jetzt wurde auch das Volk vereidigt, und als der ganze Landsgemeindeplatz murmelte »Das hab ich wohl verstanden«, wurde mir, an einem der Hotelfenster über dem Platze klebend, ganz eigenartig zumute, denn auch ich hatte wohl verstanden, dass Volk sein etwas genauso Ernstes ist wie Landammann sein, oder stillstehender Landammann, wie der Vize hier heißt.

Richter und Richterinnen mussten nun dem Platz den Rücken zukehren, wurden eine nach dem andern vom Volk bestätigt und durften dann wieder auf die Tribüne, von wo sie dem politischen Prozess tatenlos zusahen. Ein leichter Wind bauschte ihre Mantelroben immer wieder auf, so dass sie von oben aussahen wie seltene Schmetterlinge.

Und dann trat die Realität auf.

Eine Initiative, welche die Golderträge, die der Kanton von der Nationalbank bekommt, für besondere Projekte zurückstellen wollte, statt sie einfach in den Landsäckel fließen zu lassen, wurde zur Zufriedenheit der Regierung abgelehnt.

Das neue Steuergesetz, welches Appenzell im Rennen der Kleinkantone um Steuerflüchtlinge einen der vordersten Plätze sichern sollte – ein Opponent sprach vom »Monaco« der Schweiz –, wurde zwar von so vielen Stimmenden abgelehnt, dass der Landammann, der die Mehrheiten nur mit seinem Augenmaß schätzt, nochmals abstimmen ließ. Als die Hände der Gegner und Gegnerinnen in die Höhe fuhren, hatte ich einen Moment lang das Gefühl, dem Volk sträubten sich die Haare, aber dann herrschte Gewissheit, dass das vereidigte Volk mit der vereidigten Regierung einig war. Und so blieb es bis zum Schluss, als die Magistraten den »Stuhl« räumten und der ganze Zug wieder demokratietrunken im Taumelschritt durchs Dorf zog, an den fotografierenden Japanern, Amerikanern und Restschweizern vorbei.

Wie kann man hier wohl, fragte ich mich, erfolgreich Opposition machen, unter den strengen Blicken eines ganzen Platzes, auf dem sich alle kennen, und wenn der Landammann jedes Votum auch noch kontert, während der Votant von der Bühne abgeht?

Auf dem Weg zum Bahnhof ging ich hinter einer Gruppe dunkel gekleideter junger Männer her, von denen jeder einen Landsgemeindesäbel trug und von denen einer lachend zu den andern sagte, wie das wohl wäre, wenn einmal einer am Rednerpult alle zusammenscheißen würde. Mit lauter, in der Unterführung widerhallender Stimme ließ er imaginäre Schimpftiraden auf die Versammlung prasseln, und die Vorstellung belustigte die andern ungemein, gerade weil sie wohl verstanden, dass das nie jemand machen wird, dass das Ritual an der Macht bleiben wird und der Landammann und sein stillstehendes Volk immer zusammenhalten werden. Der schwarze Block Innerrhoden stieg dann in Gontenbad aus, um den Normalbetrieb wieder aufzunehmen.

Die zweite Landsgemeinde habe ich tags darauf am 1. Mai in Zürich besucht. In der Bäcker-Anlage, einer Art Parkinsel im Kreis 4, hatten die Sozialdemokraten zum Fest gerufen, saßen an langen Tischen oder lagerten sich im Gras, tranken Bier, aßen Spanferkel oder Spaghetti und warteten auf ihren Bundesrat, der dieses Jahr auch unser Bundespräsident ist. Alle wussten allerdings um die Gefährdung des Picknicks, war doch die Bäcker-Insel an diesem Tag umbrandet von den Wellen des Chaos und den Nebelbänken der Ordnungskräfte, denn das Epizentrum der alljährlichen Mai-Turbulenzen, der Helvetiaplatz, liegt nur einen Steinwurf weit entfernt. Wer, wie ich, und etliche andere, die »de Leuebärger wänd go lose«, vom Limmatplatz her auf dem Landweg auf die Insel zu gelangen versuchte, da die Busse ihren Betrieb wegen der stürmischen Witterung eingestellt hatten, dem konnte schon die bewegte Stimmung im Milieu auffallen, ist es doch sonst eher selten, dass sich Zuhälter mit goldenen Kettchen und üppigen Haarmähnen Tränen aus den Augen wischen. Hier musste, daran ließ der Geruch keinen Zweifel, kurz zuvor die Ordnung wiederhergestellt worden sein.

Aber die Stimmung auf dem Rasen war friedlich, und tolerant war man auch, durfte doch ein Gegner des neuen HB-Großprojekts unbehelligt seine fahrbare Gegenpropagandamaschine aufstellen, an welcher man alle Stadträte, auch die sozialdemokratischen, als Stabpuppen auf und ab bewegen konnte, eine Gelegenheit, die von Kindern gerne benutzt wurde.

Das Podest für die Ansprachen war ungleich niedriger als in Appenzell. Wer immer dort erschien, kam aus unserer Mitte und gehörte zum Volk, das sich hier ohne Säbel und Stimmausweis eingefunden hatte. Sozusagen als Vorgruppe des Stars trat, angekündigt vom Stadtpräsidenten, das Kampagnenkomitee der kantonalen Volksinitiative »Chancen für Kinder« auf und warb für dieses Anliegen, das einhellig begrüßt wurde, die gelben Informationszettel gingen so gut weg, dass die Initiative als zustande gekommen gelten kann.

Und dann, kurz nach 18 Uhr, war es soweit, dass Koni Löpfe, Landammann der Zürcher Sozialdemokratie, »unsern Bundesrat« auf die Volksbühne bitten konnte, und Moritz Leuenberger, in einem schwarzen Regenmantel, hob zu seiner Ansprache an, die sogleich durch Zwischenrufe unterbrochen wurde. Die Rufe waren aber freundlicher Art, forderten sie doch bloß ein akustisches Näherrücken des Redners: »Lauter! Lauter!« Unser Bundesrat zog das Mikrofon etwas näher zu sich und schilderte als launige Ouvertüre die 1. Mai-Feiern im Berner Oberland, ein Idyll, das er sich wohl heimlich auch ein bisschen wünschte, denn er war via Spitzenlöhne der Bankmanager gerade beim Gedanken der Solidarität angekommen, als klar wurde, dass die Bäcker-Insel besetzt wurde, von einer Handvoll Seeräubern, unter denen nun doch welche mit »Seitengewehren« waren, Feuerwerkskörpern, die sie wie Fackeln in die Höhe hielten und Knallpetarden daraus abfeuerten. In einer Kolonne marschierten sie, vermummt, bekapuzt, mit verwegenen Tüchern um den Kopf, in einem Bogen auf das Rednerpodest zu, wo sich unser Bundesrat mit den Worten »Ich glaub, ich hör mal uf« duckte, weil nun die ersten Eier geflogen kamen, und während unser Koni alle dazu aufrief, nicht davonzulaufen und näher zur Bühne zu kommen, machten sich die ersten Mütter mit ihren Kindern davon, und unser Moritz wurde von seinen Sicherheitsleuten, auch in schwarz gekleidet, sanft, aber bestimmt von der Bühne geführt.

Als er später ausrichten ließ, er komme nicht mehr, ging ein Aufmurmeln durch die Dagebliebenen, das halb Enttäuschung, halb Verständnis bedeutete. Einige Buhs waren zu hören, die Seeräuber waren wieder abgezogen, nachdem sie ihr Ziel erreicht hatten, und der stillstehende Landammann Ledergerber ergriff einen Besen und wischte treulich und ungefährlich die Eier von der Bühne, und trotz Löpfes Aufforderung, es uns wieder gemütlich zu machen und zu essen und zu trinken, wollte bei der linken Landsgemeinde keine rechte Festfreude mehr aufkommen.

Als ich die Bäcker-Insel verließ, wurde der Helvetiaplatz gerade wieder von einem Cordon der Ordnung zurückerobert; dieser wäre groß genug gewesen, die offene Flanke der Insel abzudecken. Ich ging die Langstraße hinunter und merkte nach einer Weile an den erschreckten Blicken der schwarzen Frauen vor den Cafés, dass der Cordon ebenfalls die Langstraße hinunter marschierte und mich, ohne dass ein Seeräuber zu sehen war, ganz allein vor sich hertrieb. Ich beschleunigte meinen Schritt, drückte mich seitlich auf ein Trottoir und ließ die behelmte, blaugewandete Schar mit ihren Tränengaspistolen und Astronautenrucksäcken an mir vorbeiziehen, nicht ohne die frechen Rossschwänze von Frauen zu bemerken, die unter einigen Helmen hervorquollen.

Das waren meine zwei Landsgemeinden, und beide fanden in der Schweiz statt.

Hallo!

Hallo … ich bi's …

Los emal, Hildegard, ich hoffe, in Züri der Zug am 12 ab 12i z neh.

Tschau, bye-bye!

Ja, wie lang bisch du no im Büro?

I bi jetz no im Zug, dänn check i y, dänn rüef di zrugg.

Hallo!

Wir haben zur Zeit 8 Minuten Verspätung.

Du bist schon da?

Ja, die haben grade gesagt, wir hätten 8 Minuten Verspätung.

Na gut …

Au weia …

Ich drück den Daumen.

Loset, i ha dä Wüethrich nid verwütscht.

De het's no ne chlyne Vorbehalt im Vertrag, es bruuchti zerst d Unterschrift für en Ytrag im Grundbuech.

Dini Liebi bedütet mir sehr vill.

Jo, isch guet, chanich mache.

Doch, sie bestätige s Budget.

Sie händ ihre offebar 24 Std. Flüssigkeit i Darm gloh, damit er sech greiniget het.

d Transaktion isch an sich abgschlosse.

Hallo, hesch gar nid so guet tönt uf der Combox – isch öppis passiert?

S letschtmol, woni mit em Chauffeur gange bi, isch es drü Stund gsi, drü Stund ufs Loch.

Hallo? … En train …
    Non, non, on dira juste bonjour.
    Alors, à tout à l'heure!

Du, ich weis es no gar nöd so rächt.

Ke Sau hät mir chöne aalütte.
    Ich ha na dänkt, ich heg huere wenig Telefon.

Ja – i lütte dir hütt a.

Loset, wenn irgendöppis wär, lüten ech a, i bi am zähni uf der Botschaft.

Süsch mach ich mir mol Gedanke, Joe, und cha dir's ufs Mail tue.

Irgendwas passiert, das ich wissen sollte?

Ja, dasch no guet.
    Ja.

Ja, ja.

Ja, das wird no vill mache.

Ja.

Ja, genau.

Ja.

Ja, das wär sehr guet.

Ja, ja.

Das findi sehr guet.

Das findi sehr guet.

Tätsch du das veranlasse?

Ja.

Ja, sehr guet.

Nei, dasch i mim Sinn.

Dasch sehr guet.

Ja. Ja. I danke dir für di Ysatz.

Du, ich han 8 jungi Häsli.

Ich glaube, ich versuch's in einer Viertelstunde noch mal.

Dann ist die Leitung besser.

Nein, es ist gar nicht so dringend, es ist nur ein kleiner Sturm im Wasserglas ... o. k. Andreas – tschau, tschüs!

Är het jetz plötzlich grundsätzlech Interässe ...

I ha ihm gseit, dass du morn mit em Lieferwage chunnsch ...

Jä, ich lütt dir sicher no aa morn und cha der denn Bscheid gäh ...

Du bisch der bewusst, das Ding isch guet mannshoch? ...

I mues es eifach morn wisse, verbindlich – dä chunnt nid zweimol ...

Joachim?

Hallo … Hallo …

Oh, ich muss mich verwählt haben.

Hallo, Joachim, hier ist Holger, ich wollte meine Bestellliste ausweiten.

Ich ha dir scho mol aaglütte, ja.

Dir gaht's guet?

Du, ich hanes chlyses organisatorisch-logistischs Problem: Ich würd gern a Polyball gah, aber de Papi isch weg und s Mami au, jetz hanich kes Auto …

Ah, dänn bisch du z Davos?

S Vreni chönnt mir natürlech bestätige, dass d Margrit cha cho. S Problem isch immer d Margrit.

Ja, und wir sehen uns dann nächsten Mittwoch – ach ja, Dienstag, Dienstag, ja, und ich komme dann mit den Kindern in die Schule, um 8 Uhr – alles klar … vielen Dank.

Ich glaub, ich chumen au.

20 %? Das finde ich, muss ich mal sagen, relativ aggressiv.

Hast du die Auswertungen von ihr?

Ich bin zurück in einer Stunde in Stuttgart, und dann guck ich rein.

Jetz bini scho z wyt gloffe.

I laufe grad dure Spiiswage dure … söll i der na öppis mitbringe?

Ich hab nochmal mit dem Opa gesprochen, und er hat im Prinzip nichts dagegen.

Ich bi ebe am Mittwuch z München, und es stinkt mir chli, wieder uf Frankfurt ufe z goh wäg eim Tag.

Hoi Roger, bisch du au unterwägs?
    Ich bi im letschte Wage vor em Spiiswage …
    Alles klar, tschau, tschau!

Hallo – säg emal, wie gaht's dene Fälge?
    Nanig da?
    Aha.
    Jä nu.
    Ah, so.
    Also seisch mer eifach, wänn's sowit isch.
    Ja, Häusler, grüezi.
    Ich sött morn mis Auto vorfüere, aber s hät käni Redli.
    Ja, gaht nöd eso guet, jetz bruucht ich en neue Termin.

Grüss dich, Eva, hier ist Peter.
    Ganz gut – bis morgen um 8 Uhr schrecklich, weil ich da gepackt habe wie ein blöder.
    Hör mal, ich werde in einer Stunde oder so in Zürich sein, und ich komme morgen früh in die Bank.
    Gut … jawohl … super …

Hesch mi gsuecht?
    Ja, wie du meinsch.
    Mir isch glych, wie du Lust hesch.
    Nenei … Nei, süsch chan *ich* jo ychaufe, denn chasch du diräkt heicho.

Nee, nee, das ist, glaub ich, alles bestens.

Der Lastwagen fährt jetzt dann los und fährt morgen früh über die Grenze.

Ich habe 3 x 25 Kartons zwischengelagert... vergiss nicht, ich hab 330 Kartons geschickt – aber nicht jetzt, schon vor einer Weile.

Jo, hoi.

Uf welem Gleis bisch?

Uf em elfi?

Ja.

Im hindere oder im vordere?

Es het zwe.

Jo guet.

Jo, i chume.

Also im hindere.

Vo euch us gseh hinde?

Der Zug isch zwöiteilt.

Also uf welem Gleis seisch?

Uf em elfi.

Jetz fahri grad i Hauptbahnhof y.

I chume, tschüss.

Pantomime

Als ich am Bucheggplatz auf den Elfer wartete, erklärte ein junger Mann auf der gegenüberliegenden Plattform der Haltestelle einem andern ein Gerät und dessen Bedienungsmöglichkeiten. Das Gerät hatte er nicht bei sich, aber je mehr er seine Hände brauchte, um es zu beschreiben, desto mehr tauchte es aus dem Nichts auf, nahm Konturen an, und als die Straßenbahn herannahte, hätte ich fast »Vorsicht!« hinübergerufen, weil es mit dem vorderen Teil gefährlich ins Gleis hineinragte.

Das Ziel

Zur Uni, bitte.«
»Uni-Spital?« fragte der Taxifahrer.
»Nein«, sagte ich aufatmend, »nur Uni.«

The Last Show

Der Film ist zu Ende, und während auf dem Abspann die Namen aller Hilfskräfte des Meisters von unten nach oben gezogen werden, Best Boy, Gaffer, Driver und Dutzende andere, treten wir aus dem Kino Piccadilly, mit dem verschleierten Blick und dem behutsamen Gang von Verzauberten. Ein Magier hat einen Vorhang geöffnet, und was er uns dahinter zeigte, nannte er Show, singende Schwestern traten auf, drittklassige Cowboys, alternde Schlagersänger, ein zynischer Entertainer, ein stellenloser Privatdetektiv und ein Todesengel. Er nannte es Show, aber eigentlich tat sich hinter dem Vorhang ganz Amerika auf. Er nannte es Show, aber es war Welttheater. Er hat uns den Schmelz der Vergänglichkeit gezeigt, die Grazie des Gewöhnlichen, die Einmaligkeit des Lebens.

Wir können uns nicht einfach in den Zug setzen oder ins Tram und nach Hause fahren, sondern müssen noch ein paar Schritte durch dieses Leben machen, vorbei an dem Pulk von Punks in der Parkanlage, die in großen Gesprächen mit Bierdosen in der Hand ihre heiser bellenden Hunde zu übertönen versuchen, mitten durch die Ströme von Menschen, die auf der Suche nach irgendeiner letzten Show durch die Straßen dahintreiben, durchqueren eine Schlange, die über das ganze Trottoir vor einem Dancing ansteht, schlendern an den Tischen der Straßencafés vorbei, die bis auf den letzten Stuhl besetzt sind, von Vergnügungssehnsüchtigen, Glücklichen und Glücksuchenden. Am Limmatquai taucht ein Wagen der Linie 13 auf, unwirklich leise, er ist hier auf der falschen Strecke, rollt daher, als hätte er sich aus dem Tramdepot davongestohlen, um sich unter die Flanierenden zu mischen.

Aus der Halle vor der Wasserkirche hören wir Klänge, die viel zu schön sind für das Akkordeon, dem sie ein Spieler entlockt, nicht Handorgel-, Orgelklänge sind es, Präludien und Fugen von Bach, und wir gesellen uns zu den Lauschenden, die einen Halbkreis um ihn gebildet haben oder an Wänden und Säulen lehnen, ab und zu löst sich jemand, kann nicht anders, als auf ihn zugehen und eine Münze in die Dose werfen, die der russische Virtuose vor sich hingestellt hat. Als wir uns umdrehen, um weiterzugehen, fährt ein doppelstöckiger roter Bus aus London über die Brücke, und wir wissen einen Moment nicht mehr, wo wir sind, ebenso, als mich wenig später am Paradeplatz ein junger Mann umarmt, der sich als nackte dicke Frau verkleidet hat.

Doch, es ist Zürich, das ganz gewöhnliche Zürich, in dem wir wohnen, Samstagnacht, zu Beginn des Sommers, you see, saturday night, würde der Magier sagen, bevor er den Vorhangzipfel wieder fallen ließe. Halt ihn noch einen Moment. Vielleicht wird die Stadt morgen früh abgebrochen.

Heimweg

Aus der S-Bahn steigend, verlassen wir den Bahnhof Zürich-Oerlikon, gehen zwischen Einkaufszentrum und Swissôtel am Kleidergeschäft vorbei, in dessen Schaufenster Frauenkleider um Puppen drapiert sind, die statt eines Kopfes einen Strick haben, an dem sie aufgehängt sind. Wir erreichen ein weiteres Kleidergeschäft, vor dem früher ein Johannisbrotbaum stand. Jetzt ist der ganze Platz davor aufgerissen, der Baum ist gefällt, einige letzte zertretene Schoten am Boden sind noch zu erkennen. Das Gebüsch, aus dem jeweils die Spatzen tschilpten, ist weg.

Zwischen den Absperrungen für die Baustellen überqueren wir den Platz und biegen nun in die Straße ein, die zu unserm Haus führt. Zwei lachende schwarze Frauen kommen uns entgegen, die sich in einer afrikanischen Sprache das erzählen, was sie zum Lachen bringt. Hinter ihnen folgen zwei muslimische Frauen, beide einen Kinderwagen schiebend, umgeben von einer Schar von Kindern, ein Mädchen, das höchstens 11 Jahre alt ist, trägt auch schon ein Kopftuch.

Als wir über die Straße bei der Post gehen, holen wir eine tamilische Familie ein, die Frau ruft dem Mann offensichtlich zu, er soll etwas zur Seite treten, er tut es und gibt den Befehl dem kleinen Buben weiter, der trällernd vor ihm hergeht und wie eine Beute eine Flasche eines Limonadengetränks in beiden Händen trägt.

Nun haben wir die Straße erreicht, an der unser Haus steht, und schwenken in sie ein. Auf dem Trottoir weiter vorn ist ein Schwarzafrikaner mit einer tief liegenden Mütze zu sehen. Eindringlich und lautstark unterhält er sich mit einem Mann von arabischem Aussehen. Die beiden wechseln die Seite, als sie uns bemerken, und wir öffnen das große alte Gartentor und sind zu Hause.

EPILOG

Die Ankunft

Als er durch das Land reiste und die Autobahnen, Umfahrungs-
straßen und Tunnelröhren sah, als er vor den Centers, Towers
und Parkings stand, als er durch die Terminals, die Shopvilles
und die Wohnparadiese schlenderte, wusste er auf einmal:
Es ist soweit.
Die Wölfe kommen.

Gerechte

Gerechtigkeit wird es niemals geben.
Umso wichtiger, dass es Gerechte gibt.

Die Taube

Eine Taube flog über das Kriegsgebiet und wurde vom Rotorblatt eines Kampfhelikopters zerfetzt.

Eine ihrer schönen weißen Federn schwebte in den Hof eines Hauses, wo sie von einem Kind aufgelesen wurde.

Kurz darauf mussten die Großeltern und die Mutter mit dem Kind flüchten.

»Wir nehmen nur das Nötigste mit«, sagte die Mutter, raffte ein paar Kleider zusammen und stopfte sie mit ihren Dokumenten und etwas Geld und Schmuck in einen Koffer, der Großvater füllte zwei Flaschen mit Wasser, die Großmutter packte das letzte Brot, einige Äpfel und eine Schokolade ein.

Das Kind nahm die Feder mit.

Nachwort

Beatrice von Matt

Franz Hohler hat Verwandte in der weiten literarischen Vergangenheit. Einer davon ist der Sachse Johann Gottfried Seume, der Verfasser des legendären »Spaziergangs nach Syrakus«. Als er 1802 daran ging, seine Erlebnisse auf dem langen Marsch zu veröffentlichen, wandte er sich an den Leser mit den Worten: »Ich erzähle Dir nur freundschaftlich, was ich sehe; was mich vielleicht beschäftigt…«

Eine ähnliche Haltung steht hinter dem Schreiben Franz Hohlers. Er bekundet sie in seinen Geschichten und Berichten von den 1970er Jahren bis heute, ob er nun von einem Zimmer zum andern wandert, vor die Stadt hinaus, auf einen Berg oder in die weite Welt. Immer sind die Texte freundschaftlich an uns Lesende gerichtet. Sie sind dem Menschenwesen zugewandt. Bei aller Kritik auch am Menschenunwesen dürfte es gegenwärtig kaum einen menschenfreundlicheren Dichter geben als ihn.

Er redet fast durchwegs im eigenen Namen. Protagonist dieser Short Storys ist der Ich-Erzähler. Damit wird unaufdringlich das kabarettistische Muster des Alleinunterhalters weitergeführt, als welcher der junge Studienabbrecher einst begonnen hat. Sogar der mediale Mix jener Auftritte wird gelegentlich hinübergerettet in die Prosa, die frühe vor allem in den Bänden »Ein eigenartiger Tag«, »Idyllen« und »Wo?«. Die pure Aufzählung lautmalerischer Ortsnamen beispielsweise macht den Text »Österreich« zum musikalisch experimentellen Ereignis, und das Lesepublikum, das Hohler kennt, wird Cello und Vortrag mitdenken. Ein

743

grafisch arrangiertes Schriftbild kann die eigentliche Beschreibung ersetzen, wie im Text »Quinten« (»Idyllen«).

Überhaupt eignet den hier versammelten Geschichten eine erstaunliche Spannweite der Themen. Alle sind sie durchgestaltet bis zur leisen Schlusspointe, bis zum letzten, oft eigenwillig gesetzten, Komma. Das Komma sei eine Regieanweisung, sagt Hohler. Die Prosastücke klingen dichterisch oder alltäglich, nachdenklich oder absurd, heiter oder verstörend. Viele haben eine rebellische, eine satirische Note, oft auch eine selbstironische und clowneske. Doch viel eher denn der Komiker agiert hier der poetische Philosoph.

* * *

Eine heimliche Anarchie treibt diesen freundlichen Erzähler an. Sie richtet sich gegen geltende Ordnungen, hinter denen die Ver-Ordnungen stehen. Sie rüttelt an verbreiteten Meinungen, gerne auch an politisch korrekten. Hohler unterläuft die Regelungen, indem er genau auf die Verhältnisse schaut, wo immer sie ihm entgegentreten: Jetzt und hier, an diesem und jenem Nachmittag, zu dieser und jener Stunde. Manches bleibt zwielichtig und ungeklärt. Der Befund wirkt dann umso nachhaltiger.

Nicht zuletzt dürfte der sorgsam registrierte Moment der stets mächtiger agierenden Einteilungsmaschinerie von Big Data ein Fünklein (Eigen-)Leben entgegenhalten.

Die Geschichten sind also der Achtsamkeit auf das Einzelne, der Begegnung mit Dingen und Leuten, verpflichtet. Sie vermeiden, ja torpedieren die Gesamtansicht, manchmal mit winzigen Hinweisen und Begebenheiten. Auch da mag man an Seume denken, der beispielsweise von Cefalù nur eine lange, hohe Rosenhecke hervorhebt oder in Neapel dem Leser gegenüber betont, er biete ihm keine »topische, statistische... oder vollständige kosmische Beschreibung« der Stadt, worauf er bloß bei einzelnen Kirchen und Häusern verweilt.

Wenn Hohler sich Orte vornimmt wie Herisau oder Luzern, vermeidet er alles, was deren landläufiges Bild ausmacht. Mit dem parodierten Gestus eines Reiseführers erwähnt er in Herisau etwa die Vielzahl der Fenster und die »Piazzahaftigkeit« appenzellischer Plätze, obwohl die Wirtschaften da meistens »Schäfli« hießen. Er notiert, was er von der dortigen Distanzentabelle beim Barometerhäuschen abliest: »Paris 537 km, Berlin 640 km, Rom 665 km, Wien 535 km«, und schließt daraus: »Herisau liegt ungefähr in der Mitte«.

Nebensachen laufen den vermeintlichen Hauptsachen den Rang ab. Geht es um einen Trioabend, lässt der Erzähler das Konzert und die Musiker aus, beschreibt dafür die Seitenumwenderin, die schüchtern dasitzt. Wenn er ins Schauspielhaus geht, erwähnt er die Aufführung kaum, redet aber vom Drum und Dran, von Leuten, die er flüchtig kennt und die in derselben Reihe sitzen. Beispielsweise von einer Frau in Rot aus Edmonton, die eigentlich aus Zürich ist und die er in der Pause zu einem Drink einlädt, wobei die Frau so ernsthaft reagiert, als hätte er sie gefragt, ob sie »eigentlich noch länger mit ihrem Mann zusammenleben wolle«. Eine andere Frau, die er grüßt, ist Malerin. Sie hat zum Figürlichen zurückgefunden, »aber mit modernem Pinselstrich«. Nach der Vorstellung macht er auf der Tramhaltestelle einen Bekannten und dessen Frau auf die Schauspielhausfassade aufmerksam, auf den Engel zuoberst, nach dem eine Hand zu greifen scheine. Das Paar pflichtet höflich bei.

Eine verquere Situation kann sich an die andere reihen, so dass der Erzähler an den Zirkusclown erinnert, der vergeblich versucht, einen Liegestuhl aufzustellen – in der Geschichte »Ein eigenartiger Tag« beispielsweise. Das Ungesicherte, nicht Planbare, das oft etwas Schiefe gewöhnlicher Situationen machen in diesen Texten das Leben aus, wie es der Mensch von Tag zu Tag bestehen muss.

So werden aus »Idyllen«, wie ein früher Band heißt, Antiidyllen. Sie haken sich im Lesenden fest, gerade weil sie nicht so ganz gemütlich sind. Sie können gar in eine beklemmende Ödnis kippen, die an Beckett denken lässt. Eine trägt die Überschrift »St. Gallen« und spielt an der dortigen Fasnacht. Der Erzähler übernachtet in einem Hotel, das in diesen Tagen verworfen wirken möchte. Das Restaurant ist leer und stellt eine Lasterhöhle dar. Während der Wirt am hintersten Tisch in einer Illustrierten blättert, kommen die Kellnerinnen in Leopardenfellen daher, die knapp den Hintern bedecken. So stünden sie verlegen herum und seien schon verwirrt, wenn sie der Gast um ein Zündholz bitte. – Der so erzählt, hat Sinn für den Widersinn. Er hält sich mittendrin auf und wahrt zugleich jene Distanz, welche Beobachtungen erst ermöglicht.

Unscheinbarstes kann einen Part übernehmen, die Mütze eines älteren Mannes auf der Autobahn, das Gemüsegratin im neuen Solarkocher, die Windeln eines Zweieinhalbjährigen. Der Autor lässt sich auf das kleinstmögliche Menschliche ein, was freilich nicht heißt, dass das Kleine nicht auch hereingezogen wird in die Weite eines schöpferischen Denkraums. Denn mit bloßen Protokollen haben diese Texte nichts zu tun. Jeder folgt einem dichterischen Konzept, das je wieder anders die Aufmerksamkeit auf Welt und Umwelt lenkt. Hohler erteilt damit wunderbaren »Geschichtenunterricht«, um einen seiner Titel zu zitieren.

Elegant bewegt sich der Erzähler im Umkreis eines gegebenen Themas, biegt unverhofft ab und landet an einem nicht vorhergesehenen Ort. Das Verfahren wirkt dabei nicht einfach assoziativ, sondern auf inspirierende Weise kalkuliert. Wir sollen überrascht werden und auch ein bisschen etwas lernen, aber ohne dass wir es zu sehr merken. Wir werden unterhalten und gleichzeitig zum Nachdenken gebracht. Damit erinnert diese Prosa an die Kalendergeschichten Johann Peter Hebels, welche subtile Dichtung mit Volksnähe und aufklärerischer Urbanität verbinden und die Hohler denn auch da und dort erwähnt. Im ergreifenden, kaum eine Seite umfassenden Text »Noch eine Liebesgeschichte« (im Band »Der Mann auf der Insel«) beispielsweise. Da werden in den Ötztaler Alpen die Leichen eines Mannes und einer Frau gefunden, die vor fünfundzwanzig Jahren von einer Bergtour nicht mehr zurückgekehrt sind. Ihre Tochter zählte damals ein halbes Jahr und begegnet jetzt erstmals ihren Eltern, die, als sie starben, wenig älter waren als sie jetzt ist. Körper und Gesichtszüge des umschlungenen Paares sind im Eis erhalten geblieben. Sie haben Kafka geheißen, waren entfernt mit Franz Kafka verwandt. Dieser nun habe das »Unverhoffte Wiedersehen« von Johann Peter Hebel als die schönste Erzählung überhaupt bezeichnet. Sie ist berühmt: eine Greisin findet dort nach fünfzig Jahren ihren verschollenen Bräutigam wieder. Der Bergmann ist unversehrt. Eisenvitriol hat den Leichnam konserviert.

So unverkrampft bewegt sich Franz Hohler in der literarischen Überlieferung. Mit welcher Kenntnis er dort zugange ist, beweist seine Sammlung »112 einseitige Geschichten«, welche Kürzestprosa aus aller Welt, von Tolstoi über Charms bis Jelinek, Urs Widmer, Peter Bichsel und Gertrud Leutenegger, versammelt.

* * *

Bei aller Vielfalt der Schauplätze gibt es doch solche, die der Autor über Jahrzehnte hinweg immer wieder aufsucht: Einer davon liegt vor den Toren Zürich-Oerlikons, wo er wohnt. Der wuchernde Stadtrand erscheint in harter Realistik: Krane, Unterführungen, Autobahnzubringer, graue Wohnblockgegenden, der kanalisierte Fluss, die Einkaufszentren, zunächst im Bau, dann fertiggestellt. Der Kundschafter bewegt sich auf dem schmalen Grat zwischen Dokumentation und Erfindung. Einzelne Beschreibungen werden in späterer Sicht zu historischen Zeugnissen. Wildnis und Zivilisationswüsten stoßen in diesem Raum irritierend aneinander. Der Ort wird Sinnbild für Zerstörung einerseits, andererseits für eine erregende Unübersichtlichkeit, in der verborgene Energien pochen – und seien es nur jene einer unbesiegbaren Pflanzenmacht. Die Rückeroberung der Betonwüsten durch die Natur gerät in manchen dieser Kurzgeschichten zur heimlichen Feier. Die Asseln würden im Auftrag der Wildnis unsere Zivilisation ausspähen, heißt es im Band »Das Ende eines ganz normalen Tages«. Schöllkraut, Breitwegerich, Brombeere und Brennnessel helfen ihnen dabei. Schon wachsen junge Birken aus Mauerfugen, werden Pfeiler mit Flechten und Moos überzogen. Das wuchernde Leben wird also unsere »Eingriffe, Zugriffe, Durchgriffe und Angriffe« überdauern, »verwundet zwar, aber letztlich stärker«. Was im Zerfall wieder der Natur anheimfällt, übt einen wilden Zauber aus.

Technik und Natur – ein Hohlersches Kardinalthema – gehen eine bald leidvolle, bald fantastische Verbindung ein. In der Geschichte »Zur Mündung« wandert der Erzähler an der Glatt entlang, dem Fluss, der irgendwann »entkrümmt, entsumpft, entrietet, berichtigt und beschwichtigt« worden ist. Zu seiner Überraschung mündet das Gewässer nicht in den Rhein, sondern in ein Kraftwerk, das von weitem aussieht wie die Sommerresidenz der »Königin Elektra«. Eine kühne Märchenrede holt den brutalen Bau samt Turbinen zurück in mythische Zeiten: Einmal im Jahr öffnet sich das große Tor, und heraus gleitet unter wehmütigen Klängen ein Kahn, auf dem die Königin samt ihrem Hofstaat steht, begleitet von Nixen mit grünen Haaren, von Narr und Tod. Während der Wanderer diese Vision bald wieder hinter sich lässt und das Postauto nach Glattfelden besteigt, denkt die Leserin unwillkürlich an das Großvaterdorf im »Grünen Heinrich« und an die Novelle »Romeo und Julia auf dem Dorfe«, die auf den gleichen Gewässern traurig-festlich endet.

Das Gebirge markiert in diesen Geschichten einen Gegenbereich, doch nicht immer erscheint es als naturbelassenes Paradies. Hohlers Sinn für Realität bleibt auch hier unbestechlich. In »Zu Berg« ist ein herrlicher Gletscher nur durch einen in den Fels getriebenen Tunnel zu erreichen. Auf schmalen Vorsprüngen stinkt es von den Exkrementen angsterfüllter Bergsteiger, die sich auf den Gipfeln den spärlichen Platz streitig machen. Die einsame kleine Alp »Richetli« hingegen – unweit des Richetlipasses im Kanton Glarus – gerät samt sorgsam gepflegter Hütte zum einzigen wahren Idyll der »Idyllen«.

Das Dorf Zuzgen im Fricktal gehört zu den wiederholt aufgesuchten Schauplätzen. Da kommen nämlich die Hohler her. Im Ortsregister sind Vorfahren mit biblischen Namen (Barnabas, Abraham …) verzeichnet, aber auch mehrere, die Franz hießen. Einer von diesen ist 1746 von einem Baum gefallen und vierzehn Tage später gestorben, ein anderer ertrank 1904 in der Limmat, und wieder einer wanderte 1879 nach Amerika aus. Der Ich-Erzähler fühlt sich bestätigt, wenn er hört, einer habe zu einem Bläsersextett gehört und ein anderer Schnitzelbänke ersonnen. Eine große Hast im Gebären und Sterben findet in diesen Kirchenbüchern statt: »Stirbt einem seine Frau, wird gleich nochmals geheiratet und wieder gezeugt, um in diesen Zeiten des plötzlichen Todes möglichst viel Leben zu hinterlassen …« (»Bei den Vorfahren«). Besonders eindrücklich wird die Herkunft im Band »Zur Mündung« beschworen: ein Heimatort der Seele ist's. Er liegt am Fuß weißer Gipfel bei einem Gletscher, wo man zugleich das Meer rauschen hört. In der kleinen Dorfkirche – jetzt offensichtlich in den Anden – erzählt man sich Geschichten von

Mühsal und Zuversicht, und siehe da, es sind die Geschichten von Hohlers verstorbenen Vorfahren: »…da sitzen sie, meine Vorfahren, unter den Eingeborenen und warten auf mich… im Salzgeruch des Meeres, mitten im Hochland…«.

Manche Storys spielen in Städten auf allen Kontinenten. Franz Hohler ist ein weitgereister Mann, und vielerorts hat er aus seinem Werk gelesen. Unvergesslich dabei der Auftritt »Mit Katharina in Indien«. Das Mädchen Katharina aus Elm, die Protagonistin der Novelle »Die Steinflut«, begleitet angeblich ihren Schöpfer überallhin, auch nach Indien. Ihr Schicksal beim Bergsturz kommt vielen Zuhörern bekannt vor. Erdbeben, Schlammlawinen und Überschwemmungen sind sie gewohnt. Katharina ist entzückt von den Kühen auf den Autobahnen, den Elefanten und Kamelen, und wundert sich am Schluss über nichts mehr, nicht einmal über die Frage, welchen Einfluss die indische Literatur auf die Schweizer Literatur habe. Beim Abflug in Delhi fragt sie bloß: »Wo gehen wir das nächste Mal hin?«

Die politischen Texte haben trotz ihrer Entstehungszeit oft schon in den frühen Siebzigern keinerlei Staub angesetzt, so freimütig, so wenig verbissen kommen sie daher. Etwa «An der Demonstration«, wo gegen das geplante Atomkraftwerk Kaiseraugst demonstriert wird. Ausstaffiert mit Gasmaskenbrille und Eishockeyhandschuhen trägt der Protagonist sein Sprechlied vom Weltuntergang vor, hält es im Übrigen aber wie immer, wenn er Haupt- und Staatsaktionen schildert: Er beschreibt die scheinbaren Nebensachen.

Geschichte und damit auch Kriege werden zum Thema: im Bericht »Auf dem Schlachtfeld« (von Verdun) beispielsweise, in »Gedankenfax nach Sarajewo« oder in »Drei Mehlsäcke«, wo die Frauen von Srebrenica mit Transparenten durch die Stadt ziehen und eine Greisin den Krieg nur überlebt hat, weil sie in Mehlsäcken Brot für die Hühner aufbewahrte. Surreal und erschreckend zugleich liest sich das Stück »Der Griff in den Schrank«: Statt der gesuchten Jacken und Hosen quellen plötzlich Hunderte von Schuhen, Tausende von Brillen und Nummern aus dem eigenen Kleiderschrank. Dabei ertönen Gesänge ferner Stimmen. Als sie verstummen, bedecken Menschenhaare das schöne Erbstück aus Kirschenholz.

* * *

Wie nur schafft es dieser Autor, die unterschiedlichen Geschichten so zusammenzubringen, dass man glaubt, man lese in einem einzigen Buch. Die Präsenz des Ich-Erzählers, der mit wacher, weiter Seele vielerlei Welten zugewandt ist, hilft dabei sehr. Zudem behält dieser stets seinen versöhnlichen, den einnehmenden Ton, ob er nun Monströses zum Besten gibt »(»Der Sonderling« z.B., »Ein eigenartiger Tag«) oder eine Begebenheit aus dem Alltag. Auch serielle Mittel können das Auseinanderliegende verknüpfen. Die »Idyllen« beispielsweise sind alphabetisch gereiht, von »Aarespaziergang« bis »Zuzgen«, wobei am Ende – typisch Hohler – ein Appendix mit »3 Ersatzidyllen zum Überkleben« die Ordnung doch noch stören muss. Das Buch »Wo?« folgt wieder einem anderen Prinzip. Jede Geschichte wird mit einer Ortsangabe eröffnet, ob im Titel oder im ersten Satz: »Im Salmen hat es noch Platz…«; »An der Bundesfeier«; »An der Demonstration«; »In Amerika«; »Im Gebärsaal«; »Bei den Vorfahren« …

In den neueren Texten tritt das Performative etwas zurück. Wortakrobatik, groteske und hybride Elemente, die den unmittelbaren Effekt suchen, sind seltener anzutreffen. Ein wunderbar leichtes, doch auch beruhigtes Erzählen zeugt da von einem Autor, der den öffentlichen Auftritten die einsame Arbeit am Schreibtisch zunehmend vorzieht. Ein Spieler aber bleibt er, unerschöpflich in seiner arbeitenden Fantasie und so verführerisch, dass man mit andauerndem Vergnügen mitspielt. Franz Hohler nimmt teil an der Kunst der kurzen Erzählung, die im deutschsprachigen Raum unter amerikanischem Einfluss neu aufgeblüht ist, und es ist ihm gelungen, sie auf ganz eigene Weise zu erweitern.

Nachweise

Idyllen, Hermann Luchterhand Verlag, Darmstadt und Neuwied
  1970.
Wo?, Hermann Luchterhand Verlag, Darmstadt und Neuwied
  1975.
Ein eigenartiger Tag, Lesebuch, Hermann Luchterhand Verlag,
  Darmstadt und Neuwied 1979.
Der Mann auf der Insel, Ein Lesebuch, Luchterhand Literatur-
  verlag, Frankfurt am Main 1991.
Da, wo ich wohne, Luchterhand Literaturverlag, Hamburg 1993.
Die blaue Amsel, Luchterhand Literaturverlag, München 1995.
Zur Mündung, 37 Geschichten von Leben und Tod, Luchter-
  hand Literaturverlag, München 2000.
Das Ende eines ganz normalen Tages, Luchterhand Literaturver-
  lag, München 2008.

Der Abdruck der Erzählungen in diesem Band folgt ihrem Abdruck in den ersten Auflagen der Bücher, in die sie Franz Hohler
aufgenommen hat. Die Orthografie ist in allen Fällen erhalten
geblieben. Aufgenommen in diesen Band wurden sämtliche Bücher von Franz Hohler mit kurzen Erzählungen.

Inhalt

7   IDYLLEN (1970)

11   Aarespaziergang

13   Basel

15   Chur

17   Dorf in Böhmen

19   Endingen

21   Friedhof

23   Gelsenkirchen

25   Herisau

27   Ignaz Heim-Platz

31   Koblenz

33   Luzern

35   Männedorf

39   Nachrichten aus den Gemeinden

43   Olten

47   Österreich

49   Prag

51   Quinten

53   Richetli

57   St. Gallen

59   Schwetzingen

61   Stierva 081

63   Thun

65   Unterwegs

67   Valencia

69   Wien

71   X

73   Yverdon

75   Zuzgen

79   3 Ersatzidyllen zum Überkleben

Aarau

Graz

Heimfahrt von Köln

93   WO? (1975)

95   Vor der Stadt

99   In der Stadt

101   Durch das Fenster

103   Im 6. Stock

105   An der Tour de Suisse

108   An der Bundesfeier

112   Am Fernsehen

118   An der Demonstration

123   Auf dem Schlachtfeld

127   Beim Essen und unmittelbar danach

129   In vollen Zügen

130   In der Luft

131   Unter dem Boden

135   In Amerika I

138   In Amerika II

141   In Amerika III

144   In schlechter Gesellschaft

148   Auf der Straße

149   Bei den Vorfahren

153   Im Gebärsaal

156   In der Flasche

162   Zu Hause

165   Im Rausch

166   Im Schlaf

169   EIN EIGENARTIGER TAG (1979)

171   Ein eigenartiger Tag
178   Die Asamkirche
182   Die Hochzeit
187   Heute
190   Wie ich lebe
192   Der Rest des Tages
194   Erlebnis
196   Chicago
199   Der Anfall
201   Morgen im Spital
202   Abend im Spital
203   Herbst
205   Aufenthalt in Karlsruhe
208   Ein temporeicher Vormittag
213   Der Leuchter
216   66 Fragen
221   Theaterpause
224   Die Hinrichtung
225   Der Abstecher
229   Das Fußballspiel
231   Die drei Beobachter
233   Eine üble Gewohnheit
235   Eine waldreiche Geschichte
237   Heißes Bratenfett
239   Eine ganz neue Erfindung
241   Der Liederhörer
243   Die Reinigung
244   Der Verkäufer und der Elch
246   Die Riesen im Parkhaus
247   Die Befreiung
249   Der Eisberg in der Hölle

250 Der Gärtner

251 Das neue Alphabet

253 Eine Flugzeuggeschichte

254 Die Karawane

256 Der Skarabäus

258 Ein erschreckender Anblick

259 Der Sonderling

261 Die plötzliche Fläche

263 DER MANN AUF DER INSEL (1991)
    EIN LESEBUCH

265 Der Mann auf der Insel

266 Die alte Frau

267 Eine kurze Geschichte

268 Das letzte Jahrzehnt

269 Die Schiffahrt

271 Der Haken

273 Spurensicherung

274 In Nevada

275 Der Traum

276 Ein paar Fragen zum Tage

280 Alarm

283 Der Aussteiger

285 Abschied von Max

289 Bedrohte Völker

291 Sein Schulweg

296 Bulgakows Blick

298 Defekte Geräte

301 Im Theater

305 Der Sonntagsspaziergang

307 In Deutschland

311 In Bremen

313 Nocturne

317 Die wilde Jagd am Oberalp

320 Ivo

322 Ein Film

324 Eine Liebesgeschichte

325 Kostroma

329 Noch eine Liebesgeschichte

330 Defilée

332 Wachtm. Loder

335 Die schöne Insel

339 Das Zentrum Amerikas

345 Ostwestberlin

349 Heilige Nacht

352 Bei uns

357 Bildschirmwende

363 Einheitsschnitte

367 Die feindlichen Schwestern

368 Der Empfang

370 Vorkrieg

374 Drei Gebete

379 Die Schöpfung

381 DA, WO ICH WOHNE (1993)

383 Kulturlandschaft

385 Absturz-City

389 Information

391 So alt?

396 Lieber Kain, lieber Abel!

397 Die Antwort

398 Ostern

399 Die Ausgießung

400 Die Konferenz

401 Eine Weihnachtsgeschichte

403 Die sprechende Kastanie

405 Die Norne

407 Das Blatt

408 Die Kinder

409 Das Alter

411 Der Flüsterkünstler

412 Die Druiden

415 Die Tonleiter

416 Der Begleiter

418 Frage

419 Straßenecke in Stockholm

421 Schön leer

426 Im Süden Amerikas

429 Valparaíso

331 Rückflug von Buenos Aires

436 Weit weg

442 Ganz nah

448 Am Himmel

450 Da, wo ich wohne

452 Ein Tischchen

457 DIE BLAUE AMSEL (1995)

459 Aufräumen

467 Herbstwärts

469 Mord in Saarbrücken

470 Wieder einmal in Wien

473 Unterwegs

474 Daheim

475 Elsi oder Rosa – ein Dichterleben

479 Festival

481 Die Wand

482 Jemand ist gestorben

485 Viele Herzen

488 Zeitunglesen in Paraguay

497 Wir!

499 In einem andern Land

500 Die Absage

501 Lernerfolg

502 Plötzliche Erkenntnis zwischen
Potsdam und Wannsee

503 Unerschöpfliches Gespräch
zwischen Bellinzona und Zürich

514 Danach

515 Die Göttin

516 Was nicht in der Bibel steht

518 Der Autostopper

519 Brief an einen Heiligen

521 Der Reiter

522 Das Befinden

523 Die 47

524 Die blaue Amsel

525 Die Frage

526 Beresinalied

533 Das verbotene Zimmer

534 Die Verurteilte

536 Am Ufer

538 Wintersport

540 Die Ankunft

542 Frühlingsanfang

543 Die Taube

545 Gedankenfax nach Sarajewo

549 Die Verhaftung

551 ZUR MÜNDUNG (2000)
37 GESCHICHTEN VON LEBEN UND TOD

553 Zur Mündung
559 Der Sterbende
562 Der Bassist
565 Der nackte Mann
567 Grüfte
570 Im Osten
573 Der Griff in den Schrank
574 Mein Heimatort
576 Kleine Auferstehungen
577 Novembermänner
578 Die Zeichnung
579 Was dort noch ist
580 Später Gast
581 Drei Mehlsäcke
583 Dust To Dust
586 Kleines Welttheater
589 Feierabend
590 Maggiatal
594 Selzach
596 Berlin, Donnerstag
598 Berlin, Freitag
599 Berlin, Sonntag
601 Versteckte Süchte
607 Die schönste Erinnerung
609 Die neue Nachbarin
610 Ordnungsliebe
612 Die Reparatur
614 Geschichtenunterricht
616 Der Tod schaut vorbei
617 Zu Berg

628   Wind

630   Kosovo Ja

633   Da ist er

636   Zwei Büsche

637   Ein Doppelleben

640   Das erste Programm

642   Ein Weltuntergang

647   DAS ENDE EINES
      GANZ NORMALEN TAGES (2008)

649   Ein Fall

651   Liederabend

652   Die Verkündung

653   Kinder

654   Die junge Großmutter

656   Als ich zwanzig war

657   Ich werde alt

659   Ich werde noch älter

661   Lebenslauf

662   Der Vater meiner Mutter

664   Der Vater meines Vaters

666   12.30 Uhr

668   Herbsttag

671   Drei Wörter

673   Sonntagsspaziergang

674   London 1

675   Profitierangebot

677   Verzweifelte Blicke

678   London 2

679   Die Nachricht vom Kellner

680   Transkanada

682   Das Ende eines ganz normalen Tages

686 Genozid

688 Wildnis

690 Dramolett

691 Es wird regnen

693 von Matt liest

697 Gutscheine

702 Eine mongolische Hochzeit

711 Mit Katharina in Indien

716 Im gelobten Land

723 Landsgemeinden

729 Hallo!

735 Pantomime

736 Das Ziel

737 The Last Show

739 Heimweg

741 EPILOG

741 Die Ankunft

741 Gerechte

742 Die Taube

743 Nachwort: Beatrice von Matt

753 Nachweise

755 Inhalt

Verlagsgruppe Random House FSC® N001967
Das für dieses Buch verwendete FSC®-zertifizierte Papier
EOS liefert Salzer Papier, St. Pölten, Austria.

1. Auflage
© 2014 Luchterhand Literaturverlag, München
in der Verlagsgruppe Random House GmbH.
Satz: Uhl + Massopust, Aalen
Druck und Bindung: GGP Media GmbH, Pößneck
Alle Rechte vorbehalten. Printed in Germany.
ISBN 978-3-630-87456-2